CW00661411

E SE POI NON MUOIO?

Parte I

Il Segreto di un Padre, una Luce nel Buio ed una Morte Misteriosa, Raccontano un'Oscura Bugia Avvolta nel Silenzio

By

FAAB
INTERNATIONAL
Online Books

Dedico questa opera a mio marito,

che crede costantemente in me

ed ai miei figli,

che sono i pilastri della mia vita.

CAPITOLO 1

LIBROAMICO

Erano giunte le 20:30 e Laura si accingeva a chiudere la cassa mentre le due ragazze Milena e Martina si occupavano di chiudere le vetrine e mettere in ordine il locale.

Laura, una donna di 35 anni, dai capelli castani mossi che le cadevano un po' sulla spalla, aveva uno sguardo dolce e un sorriso accattivante che trasmetteva simpatia ai clienti; era molto romantica e legata ai ricordi, per lei i sentimenti restavano scolpiti nel cuore e nessuno poteva cancellarli. Proprio per questo suo modo di essere, a fine giornata ringraziava sempre, in cuor suo, suo padre che le aveva lasciato quel patrimonio e che lei, con tanto amore, lo aveva trasformato in un luogo di pubblico interesse. Si trattava della villa in cui era nata ed era vissuta per 25 anni, cioè sino all'età in cui si era sposata con Paolo Carpelli, un avvocato molto stimato sia professionalmente che moralmente.

Il padre di Laura, il Dott. Carmine Scuderi, era medico chirurgo, primario dell'ospedale di

Cremona, amava molto la lettura e questa passione l'aveva trasmessa anche a sua figlia. Erano passati due anni ormai dalla sua morte e Laura, essendo unica figlia, aveva ereditato la villa con un patrimonio di libri di cui lei ne aveva fatto tesoro, trasformando la villa in un locale Biblioteca-Bar e lo aveva chiamato "LIBRO AMICO". Ogni volta che, nei momenti di tranquillità, le capitava di osservare il suo locale, si sentiva fiera di quella realizzazione, perché tutto le ricordava il padre ed in un certo qual modo si sentiva di averlo reso immortale.

Quella sera, in uno di quei momenti di riflessione, nostalgia e gratitudine, fu interrotta dalla presenza di un uomo ben distinto che furtivamente era riuscito ad entrare nel suo locale. Quasi spaventata, per questo incontro inaspettato, prontamente gli disse:

<<Buonasera, signore, posso esserle utile?>>

<<Mi scusi se sono entrato in un orario di chiusura, vorrei solo chiedervi una informazione>>

<< Prego>>

sporgeva rispetto alle librerie a muro che lo fiancheggiavano.

Racchiudevano l'angolo camino tre divani con due pouf lavorati in capitonnè ed un grande tavolino in mogano con piano in cristallo posto al centro dei divani. Il tutto era disposto su un tappeto chiaro con dei disegni floreali in glicine. A sinistra, c'erano due grandi finestre in rientranza, con vetri in stile inglese; erano abbellite da tende in seta bianca con disegni floreali in glicine le quali, essendo legate lateralmente, lasciavano intravedere il giardino. Sotto ad ogni finestra, nella rientranza, c'era una panca divanetto bianca con cuscini fantasia. Davanti a questo bellissimo scenario, dominava al centro, un pianoforte a mezza coda Steinway, in palissandro delle indie orientali.

<< Buonasera, mamma Adele!! >> disse Laura mentre si avvicinava al camino acceso.

<< Buonasera, cara! Tutto bene? >>

<<Sì, sì, finalmente a casa! >>

<< Devo dire che stasera, Paolo mi ha preoccupata, perché non era del solito umore; a

mala pena mi ha salutato >>

<<Ah! E non ti ha detto nulla? >> disse Laura mentre aggiungeva qualche pezzo di legna sul fuoco.

<< No, si è subito ritirato nel suo studio >>.

In quel momento si presentò Veronica annunciando che la cena era pronta.

<< Grazie, Veronica, arriviamo subito >>.

Mentre si accingeva ad incontrare Paolo, la porta dello studio si aprì ed effettivamente, dal volto del marito, riscontrò che mamma Adele non sbagliava.

<< Ciao, tutto bene? >> disse Laura, dandogli un bacio a stampo.

<< Sì, e tu cosa mi racconti? >> Rispose con un sorriso apparente che non lasciava trasparire gioia.

Laura preferì non raccontargli nulla, perché si accorse, dalla sua espressione, dell'esistenza di una preoccupazione che tentava di mascherare.

L'indomani, Laura, mentre percorreva la strada principale, ebbe un attimo di esitazione, ma poi decise di deviare per quella strada di campagna che portava a quel casolare misterioso. La voglia di scoprire cosa si nascondesse in quella casa, le dava il coraggio di andare avanti e di pensare come giustificare la sua presenza nel caso in cui avesse incontrato qualcuno.

Appena arrivata, scese subito dalla macchina e si avvicinò al cancello. Rimase sorpresa, perché era una bella villetta ben curata, circondata da piante ornamentali: tutto sembrava tranquillo.

In quel momento le squillò il cellulare: la chiamavano dal locale.

<< Signora, potete arrivare presto? Perché abbiamo un problema per dei pacchi in consegna. >>

<< Certo! Arrivo subito, mi trovo già sulla strada.>> Rispose Laura chiudendo la comunicazione.

Mentre tornava alla macchina, vide, dietro i vetri di una finestra, il volto di una ragazza che, accorgendosi di essere stata notata, si nascose dietro le tende con uno scatto fulmineo.

Quella scena la colpì e si propose di ritornare in quel luogo, magari in un orario diverso, per poter scoprire qualcosa in più; in quel momento, aveva fretta, non poteva rimanere ancora lì, ad osservare, quindi andò subito via.

<<Buongiorno, ragazze! >> disse Laura entrando nel suo locale.

<< Buongiorno, Signora! >>

<< Scusate se vi ho chiamata, ma in quel momento non sapevo come fare. >>, disse Milena avvicinandosi.

<< Cosa è successo? >> chiese Laura.

<< Mentre ci stavano lasciando i pacchi, mi sono accorta che ne mancava uno e quindi non sapevo se accettare la consegna. Comunque, siccome il corriere non poteva aspettare, ho pensato di telefonare in ditta, e quindi ho risolto tutto: la prossima settimana ci invieranno il pacco mancante. >> rispose Milena mentre sistemava la merce arrivata.

Il locale era molto curato nei particolari: sulla

destra c'era la zona Bar- Ristoro quindi era sempre frequentato, sia a colazione che a pranzo. L'angolo dei tavolini, adibiti al Ristoro, erano racchiusi da piante ornamentali che creavano un ambiente riservato; il tutto era impreziosito da tendine in organza con disegni floreali che rivestivano una serie di finestre.

Al centro del locale c'erano dei divani del tipo Chesterfield Chester inglese color marrone, a due, a tre e a quattro posti, disposti in maniera tale da formare tanti angoli salotto, con dei tavolini bassi, in legno, che permettevano di trascorrere comodamente l'ora del te; il tutto era dominato da un gruppo di Tronchi della Felicità e da Ficus che raggiungevano i tre metri di altezza disposti in direzione di una vetrata a cupola che si trovava sotto la volta al centro del locale. Dietro questo bellissimo scenario di ritrovo, si apriva una grande biblioteca che rivestiva tutte le pareti, con delle scale laterali collegate da ballatoi, i quali, davano la possibilità di accedere anche ai libri che erano situati più in alto.

La sala che restava al centro, circondata dalla biblioteca, era arredata da diverse scrivanie in legno scuro con delle sedie e delle poltroncine ad un posto, ed era adibita a lavori di ricerca e dedizione alla lettura.

Quella mattina c'erano ancora dei pacchi, appena arrivati, da sistemare che servivano per il Bar, ma le ragazze erano abbastanza svelte a ripristinare il tutto e Laura rimase molto soddisfatta del loro lavoro. Era molto soddisfatta anche del lavoro che svolgevano Marco e Luisa addetti al banco Bar-Ristoro. Marco un ragazzo di 24 anni bruno dai capelli ricci, con la sua allegria rendeva l'ambiente armonioso; Luisa una ragazza di 22 anni biondina dai capelli lisci che portava sempre raccolti, era di statura bassa, ma tutto pepe e molto simpatica. I due ragazzi provenivano da Pavia, erano amici di scuola, avevano conseguito la maturità al liceo scientifico, poi, essendosi innamorati vollero subito iniziare a lavorare per poter andare a convivere.

Laura incontrò, per la prima volta, questi due ragazzi, in una maniera puramente casuale, quando una mattina si recò allo studio dell'architetto Covelli Giacomo che in quel periodo, incontrava spesso in quanto curava i lavori presso il suo locale, si trovarono nella sala di attesa e Laura non poté fare a meno di notare la loro spontaneità mentre scherzavano tra di loro e l'entusiasmo che sprigionavano riguardo a progetti futuri.

Dopo un'attesa di circa un quarto d'ora, la porta dell'ufficio si aprì ed una ragazza, forse sui trent'anni dai lineamenti un po' marcati e con un aspetto autoritario, rivolgendosi ai ragazzi, disse:

<<Buongiorno, avete un appuntamento? >>

<< No, non abbiamo fissato un incontro, siamo qui in cerca di lavoro. Possiamo lasciarvi le nostre referenze? >> risposero educatamente, in maniera molto composta.

<< Sono spiacente, al momento non abbiamo bisogno di altri collaboratori. Arrivederci. >>

Con un sorriso stampato sul volto e con un atteggiamento da superiore volse loro le spalle anche perché, in quel momento, squillò il telefono nel suo ufficio.

Laura vedendo quei due ragazzi andar via delusi

per la risposta, istintivamente si alzò chiamandoli.

<< Ragazzi!... >>

Nel sentire quella voce si voltarono stupiti e tornando indietro, posero attenzione alle parole di Laura.

<<E' stato inevitabile ascoltare e ho capito che cercate lavoro >>.

<< Sì. Signora, per noi è importante. >>

<< Sto allestendo un nuovo locale a Cremona, e sto cercando qualcuno che si occupi della gestione del reparto Bar- Ristoro >>.

I due ragazzi si guardarono e scoppiarono a ridere.

<< Scusi signora, se stiamo ridendo, è che non abbiamo mai gestito un bar e tanto meno ci siamo occupati di preparazioni per ristoro >>

<< Non volete nemmeno provarci? >>

Questa volta i ragazzi si guardarono seriamente e di fronte ad una proposta di lavoro non si sentirono di rifiutare; quindi i loro sguardi furono subito affermativi non nascondendo la preoccupazione della loro capacità a svolgere un lavoro che non conoscevano.

<< Va bene, proviamoci! Abbiamo tanta volontà e inoltre lei ci ispira fiducia. >> risposero sorridendo.

<< Sono stata attratta proprio dalla grande volontà che avete di lavorare e questo lo ritengo un fattore importante; dunque, possiamo incontrarci domani? >>

<< Ok! dove ci incontriamo? >> risposero allegramente i due ragazzi, felici di aver trovato un lavoro così casualmente.

<< Il locale si trova a Cremona in Via Dei Mille angolo Via Magenta. Incontriamoci domani mattina alle 10:00, per mostrarvi il posto di lavoro e per stabilire i vari punti di accordo, anche se l'apertura è prevista fra 15 giorni >>

<< Grazie, signora, per questa opportunità che ci state offrendo. Ci vediamo domani. >>

Così Marco e Luisa già da un anno lavoravano

nel locale "LIBROAMICO"; avevano tanto rispetto e riconoscenza verso la signora che aveva creduto in loro e si comportavano con tanta diligenza e responsabilità.

Come tutte le mattine, il locale Bar-Ristoro era pieno di gente e Laura, impegnata alla cassa, controllava che tutto procedesse per il meglio.

Non le passò inosservato l'arrivo di una ragazza magra alta dai capelli biondi e lisci che si stava avvicinando a lei. Si girò verso Milena che si trovava accanto dicendole sottovoce:

<< Milena, guarda! penso che quella, sia la ragazza di cui ci ha chiesto informazioni quel signore ieri sera all'orario di chiusura. >>

Milena la guardò per un attimo, poi girò subito lo sguardo per non attirare l'attenzione e con un cenno del capo affermativo, rivolto a Laura, le fece capire che percepiva la stessa impressione.

Laura trattava sia Milena che Martina con molta complicità: si fidava di loro. Le due ragazze erano sorelle che Laura conosceva da vecchia data perché erano figlie della signora Claudia Rampelli che abitava vicino alla sua villa ed era stata una grande amica dei suoi genitori.

Milena era una bella brunetta di 28 anni, dall'aspetto sveglio con un bel taglio di capelli corti, perfetto per il suo viso; era sposata con Giorgio, un ragioniere impiegato di banca ed erano felici anche perché avevano una meravigliosa bambina di 5 anni che si chiamava Susanna.

Martina, invece, aveva 23 anni era fidanzata con un ragazzo che studiava medicina; era bruna come la sorella, ma aveva un temperamento più tranquillo e portava i capelli lunghi e lisci.

<< Buongiorno, signorina! >> disse Laura, vedendo la ragazza vicina alla cassa.

Ora la guardava con più attenzione e curiosità perché voleva scoprire che storia potesse mai esserci dietro quel bel viso giovane, ma triste.

<< Buongiorno Signora! >>

<< Cosa desidera? >> rispose Laura continuando a scrutare quel viso.

<< Un cornetto ed un cappuccino, grazie! >>

<< Subito! >> disse dandole lo scontrino.

Mentre la ragazza cercava le monete nel borsello, Laura le chiese:

<< Lei è una studentessa? >>

<< Sì ...>> rispose con freddezza e poi si allontanò verso il banco Bar.

Laura capì che cercava di evitarla, e si rese conto della difficoltà ad instaurare un piccolo colloquio amichevole con lei: era poco loquace, e soprattutto non era sorridente.

<< Ciao Laura! >> dissero due donne appena entrarono nel locale, avvicinandosi verso la cassa.

Si trattava di Ida e Clara, due amiche inseparabili; Ida Ranieri, una donna di 53 anni aveva i capelli color biondo cenere, mossi, non molto corti; Clara Vezzi, una donna di 51 anni, invece, aveva i capelli a caschetto di un colore castano scuro. Amavano indossare dei cappelli cloche in lana con i quali assumevano un aspetto distinto; la caratteristica che le accomunava era la curiosità, e quindi erano grandi osservatrici e per questa loro tendenza, alcune volte si avventuravano per scoprire delle verità. Conobbero Laura il giorno della inaugurazione del locale e questa conoscenza si è subito trasformata in una bella amicizia, perché Laura era affascinata dalla loro allegria e spontaneità e quindi ogni volta che le vedeva, cercava di passare un po' di tempo con loro, scambiandosi delle confidenze.

<< Ciao, che piacere vedervi! >> rispose Laura con gioia.

<< Il piacere è anche nostro, cara Laura; qui ci sentiamo a nostro agio anche perché i tuoi ragazzi sono molto bravi. >> Rispose Clara.

<< E poi, tu Laura, crei un ambiente amichevole e per noi, in particolare, sei un'amica speciale, >> disse Ida sorridendo.

<< Vi ringrazio, siete molto generose! sì, è vero, la mia gioia è quella di offrire ai clienti un'amicizia pura, che tante volte può essere anche un aiuto morale, ma purtroppo c'è sempre qualcuno che ama la solitudine, racchiudendosi nelle proprie sofferenze.>>

<< Certo, ma non è colpa tua! >> disse Clara.

Le due donne, dopo aver pagato alla cassa, si spostarono nella zona Bar-Ristoro per occupare un tavolino. La loro era un'amicizia decennale; si conobbero in ospedale, quando si ricoverarono per un intervento alle gambe; trascorrendo quindici giorni insieme, nella stessa camera, ebbero modo di scoprire di avere delle affinità e da allora nacque una profonda amicizia.

<< Milena! >> disse Laura, sottovoce.

<< Dite, signora. >>

<< Approfitto di questo momento tranquillo per riposarmi un po', sostituiscimi alla cassa. >>

<< Ok, signora, state tranquilla! >>

Laura vedendo le sue amiche che ridevano e chiacchieravano allegramente, si avvicinò a loro.

<< Ho proprio bisogno di riposarmi e gustarmi un caffè in buona compagnia >>

<< Certo, stai pure con noi! >> disse Ida

<< Allora, cosa mi raccontate?   Ho visto che, prima, ridevate. >>

<< Si tratta di situazioni imbarazzanti, che abbiamo vissuto nel passato, nel momento in cui le ricordiamo, è inevitabile ridere>>

<< Conoscendovi, immagino! >> disse Laura in tono scherzoso, sorseggiando il caffè.

<< Beh! A noi piace molto l'avventura, osservare tutto ciò che ci circonda, per cui i racconti sono tanti >> Disse Clara; poi rivolgendosi a Laura continuò:

<< E tu, Laura, cosa ci racconti? >>

<< Mah! Ho sempre la solita routine, lavoro-casa, casa-lavoro, ho poco spazio per frequentare amici, però mi piacerebbe tanto, per questo sono felice quando sto con voi. >>

<< A te non piace l'avventura? >> chiese Ida.

<< Mah! In una vita così piatta è difficile pensare a qualcosa di avventuroso. >> rispose ridendo, coinvolgendo, in quella risata, anche le sue amiche.

Ma subito dopo, Laura ebbe un sussulto e disse:<< Ah, ragazze! mi sta venendo in mente qualcosa! >>

<< Raccontaci pure, siamo tutte orecchie. >> rispose Ida in tono ironico.

<< Ieri sera, mentre tornavo a casa, sulla strada provinciale, girando lo sguardo verso la campagna, mi ha colpito una luce intermittente che proveniva da un casolare. Non riesco a capire cosa potesse significare. >>

<< Non sai dirci la sequenza dell'intermittenza? >> disse Ida

<< No, a dire il vero non ho fatto caso; però se questo può essere un fattore importante, vuol dire che la prossima volta guarderò meglio. >>

<< Sì, Laura, devi sapere che, se le intermittenze sono fatte in una maniera particolare, possono segnalare un messaggio di aiuto. >> disse Clara.

<< E come devono essere, per avere questo significato? >>

<< Ci devono essere tre intermittenze a distanza breve, tre a distanza più prolungata e tre a distanza breve>> disse Ida.

<< Ah! stasera se dovessi notare daccapo quella luce, mi fermerò per guardare con attenzione.

Adesso devo lasciarvi. Grazie amiche ci terremo aggiornate! >> disse Laura mentre tornava alla cassa dove c'era una lunga fila.

Dopo aver smaltito quella folla, vide entrare l'uomo distinto che l'aveva lasciata perplessa la sera prima.

<<Buongiorno Signora >> le disse porgendole la mano in segno di presentazione.

Laura, sorpresa da quel gesto, non esitò a rispondere, in fondo, desiderava anche lei conoscere il nome di quell'uomo che continuava a comportarsi in un modo strano.

<< Piacere, Laura ... e lei? >>

<< Filippo Manzi, molto lieto! >>

<< Va sempre alla ricerca di quella ragazza bionda? >>

<< Purtroppo, sì. Per questo ho pensato di fermarmi un po' qui. >>

<< Dove vuol fermarsi: al Bar-Ristoro o in biblioteca? >>

<< Ho pensato di fermarmi per un pranzo veloce, e poi magari, di passare un po' di tempo in biblioteca >>

<< Cosa vuole ordinare? >> chiese Laura folgorata sempre, da quello sguardo profondo appesantito da quelle sopracciglia folte.

<< Una porzione di riso al curry; un'insalata di pollo con radicchio; un tiramisù; ed un caffè. Grazie >>

<< Benissimo, si accomodi pure, grazie! >> disse mentre gli consegnava lo scontrino.

Da quel momento, Laura, di tanto in tanto, volgeva lo sguardo tra la ragazza bionda ed il Signor Manzi per scoprire se fosse proprio quella, la ragazza che quest'ultimo diceva di andare alla ricerca; ma non successe nulla, quindi dedusse che non esisteva nessuna correlazione e conoscenza tra di loro.

Il locale era pieno, ma la gente si spostava piacevolmente dal reparto Bar-Ristoro al reparto salotto, lasciando così il loro posto ad altri; infatti le due amiche Ida e Clara si trovavano già da un pezzo comodamente sedute sul divano a chiacchierare sorseggiando un digestivo.

Anche la signorina triste dai capelli biondi lasciò
il tavolino al Bar e si spostò in biblioteca, dove si
sedette ad una scrivania per studiare.

CAPITOLO 2

S.O.S.

La sera, come al solito, Laura salutò le ragazze e si avviò per far ritorno a casa. Era stata una giornata impegnativa, ed anche piena di novità; a lei piaceva stare a contatto con la gente perché aveva modo di capire i comportamenti umani ed arricchiva il suo bagaglio di conoscenze e di esperienze.

Le dispiaceva, invece, dover trascorrere tante ore della giornata, lontano dalla sua piccola Giulia; ma per fortuna poteva essere tranquilla perché viveva in una casa serena circondata da tanto amore.

Mentre era immersa, come al solito, nei suoi pensieri, la sua attenzione fu catturata da quella luce intermittente. Questa volta si accostò al ciglio della strada e rimase ad osservare la sequenza che trasmetteva. In effetti, aveva un ritmo ben preciso: tre intervalli brevi, tre lunghi, tre brevi.

Non poteva credere ai suoi occhi, ora aveva la certezza che di là c'era qualcuno che chiedeva aiuto.

Durante il percorso di ritorno a casa, di solito, mentre guidava, vagava con la mente; essendo da sola, si rifugiava piacevolmente nei pensieri, ricordando momenti belli del passato o qualcosa che teneva particolarmente a cuore; era un momento in cui nessuno poteva condizionarla e si sentiva libera anche di esprimersi.

Quella sera, però fu presa totalmente dal pensiero di quella persona che inviava messaggi di aiuto e si dedicò a supporre le varie ipotesi che la inducevano a farlo.

<< Il fatto che ogni sera invia segnali di aiuto mi fa credere che non sia in pericolo in questo momento, ma che molto probabilmente subisca dei maltrattamenti quotidiani. Comunque è una situazione   preoccupante; devo assolutamente aiutarla! >> sussurrò tra se mentre guidava.

Era intenzionata a raccontare tutto a Paolo, ma arrivata a casa, vedendo il marito impegnato nel suo studio, e la bambina desiderosa di giocare con lei, ci ripensò: non aveva voglia di appesantire la serata con problemi da risolvere. Pensò alle due amiche Ida e Clara e decise di rimandare al giorno dopo chiedendo a loro una collaborazione. In quel momento aveva tanto bisogno di rilassarsi e non pensare a nulla.

Dopo cena, come al solito, si godeva la sua famiglia. Mamma Adele si ritirava nella sua camera dove si sdraiava comodamente sulla poltrona, dalla quale estraeva automaticamente il poggia gambe e qui rimaneva un paio di ore a seguire i programmi televisivi, sino a quando arrivava Veronica: la loro collaboratrice domestica.

Lavorava presso la famiglia Carpelli già da 5 anni, aveva 26 anni, di media statura, magra, capelli neri e con modi molto garbati. Non era sposata e la sua famiglia viveva in Croazia. Per crearsi una sua indipendenza economica aveva deciso di lasciare il suo paese per venire a lavorare in Italia. Indossava sempre un vestitino nero con colletto e polsi bianchi che si coordinavano al grembiulino e al frontino, tipo coroncina, il quale portava poggiato sui capelli raccolti.

<< Signora, le ho portato il suo bicchiere di latte caldo >> disse Veronica entrando dopo aver bussato alla porta.

<< Grazie, Veronica, puoi lasciare qui il vassoio >> disse la signora Adele indicando il tavolino che si trovava vicino alla poltroncina.

<< Desiderate qualcos'altro? >>

<< No, grazie, Puoi ritirarti, mi metterò da sola a letto, non preoccuparti. >>

<< Buonanotte, Signora.   >> le rispose sorridendo.

<< Buonanotte cara! >>

Laura,   invece   dedicava   il   dopocena, completamente alla figlia. Giulia si aggrappava al collo riempiendola di baci.

<< Basta, amore mio, mi fai perdere l'equilibrio!>> disse Laura ridendo.

<< Mamma, sei così bella che quando sei qui, sono felice di abbracciarti >>

La forza di quegli abbracci e le parole dolci ed affettuose infondevano in Laura una grande felicità.

La bimba trascorreva tutto il giorno lontano

dalla mamma e quindi quando era insieme, per lei era una grande festa tanto che non smetteva mai di parlare e di abbracciarla; infatti subito dopo continuò dicendo:<< Mamma, quando sarò grande mi prometti di poter lavorare con te? >>

<< Promesso... ne sarò felice! Adesso però devi andare a letto. >>

<< Mi racconti, però, una storia? >>

<< D'accordo! >> rispose Laura abbracciandola dandole dei baci per rassicurarla.

Così insieme si recarono nella incantevole cameretta.

C'era un letto, ad una piazza e mezza, a baldacchino in legno, con la testata avorio stile barocco. Era posto al centro della parete frontale alla porta ed era rivestito con una trapunta rosa e fucsia. In alto, spiccava una balza color fucsia attaccata alla volta e dalla quale partivano i teli color avorio raggruppati agli angoli della struttura con dei fiocchi color fucsia.

Ai due lati del letto, c'erano due finestre abbellite da tendine in pizzo color avorio con dei passanastri fucsia. Un'altra finestra, con le stesse tendine, era posizionata sulla parete a sinistra, ma sotto era arredata con una panca che conteneva i giochi della piccola ed era abbellita da diversi cuscini rosa e fucsia, ben sistemati; il pavimento era in parquet, con un tappeto avorio in pelliccia sintetica, dove Giulia di solito giocava.

Passò solo mezz'ora e Giulia si addormentò serena.

L'indomani, Laura, mentre guidava per recarsi al lavoro, pensava a Ida e Clara. Era contenta di averle come amiche, sapeva che poteva contare su di loro; inoltre, con la loro allegria, infondevano buon umore.

Arrivata al locale trovò già un po' di gente seduta ai tavolini del bar per la colazione. Mentre poggiò la borsa sulla mensola che si trovava sotto la cassa, le caddero un gruppo di fatture ed altri documenti; c'erano anche i blocchetti delle ricevute che rilasciava ai clienti che portavano via i libri e poi li riportavano quando finivano di leggerli e quindi man mano occupavano sempre più spazio.

<< Milena, questa situazione è diventata insostenibile. Non mi piace affatto, ogni giorno, dover combattere con questi fogli cadenti >> disse Laura scrollando le spalle.

<< Sì, è vero signora, effettivamente dobbiamo trovare una soluzione. >>

Mentre Laura si accingeva a sistemare alla meglio quelle mensole sotto la cassa, sentì la voce delle due amiche.

<<Buongiorno Laura!>> dissero Ida e Clara

Laura riconobbe subito le loro voci, e balzò in piedi, in un attimo, felice di vederle, dimenticando quel momento di nervosismo che poco prima l'aveva pervasa.

<< Buongiorno care amiche! >> disse sistemandosi i capelli che si erano scompigliati quando si era chinata per sistemare le mensole. >>

<< Tutto bene? >> disse Ida

<< Sì sì grazie. Oggi ho da darvi delle notizie relative a quella faccenda. Vi ricordate? >>

<< Ah! sì, allora ci raggiungi al tavolo così ci racconti? >> disse Clara.

<< Sì, arrivo al più presto. Ordinate qualcosa nel frattempo? >>

<< Certo! >> Rispose Ida.

Così, dopo aver effettuato l'ordinazione, si allontanarono per prendere posto ad un tavolino. Mentre consumavano allegramente la colazione, Laura fu impegnata alla cassa per l'affluenza di gente che in quel momento le si avvicinava per ordinare e pagare. Non appena ebbe un momento di tranquillità si fece sostituire da Milena, come al solito, e raggiunse le sue amiche approfittando anche per una pausa caffè.

<< Bene, amiche, ho da dirvi che ieri ho appurato che quelle luci hanno una sequenza ben precisa ed esattamente come mi avete descritto voi. Adesso non abbiamo dubbi: c'è qualcuno che manda una richiesta di aiuto >>.

<< Ma è strano, mandarli ogni sera >> disse Clara.

<< Forse non si tratta di un pericolo di vita o di morte >> disse Ida.

<< Sì, in effetti è quello che ho pensato anch'io >> rispose Laura.

<< Penso, a questo punto, che debba trattarsi di una richiesta di aiuto dovuta ad una sofferenza quotidiana>>. Osservò Ida.

<< Cosa possiamo fare? >> disse Laura.

<< Bisogna fare un sopralluogo e cercare di scoprire qualcosa >> rispose Clara.

<< Sono d'accordo con voi però sono impossibilitata per il mio lavoro. Ieri mattina, prima di venire qui, mi sono fermata proprio davanti a quella casa, ma tutto sembrava tranquillo. >> disse Laura.

<< Non hai visto proprio nessuno? >> chiese Ida.

<< Ah! Ora ricordo; mentre andavo via, una ragazza sbirciava dietro le tendine di una finestra, ma non appena mi vide si nascose. >>

<< Laura, non preoccuparti, ci penseremo noi; questa è una storia che ci sta interessando. Lo sai che amiamo indagare e allo stesso tempo aiutare chi ha bisogno. >> disse Clara.

<< Promettetemi, però, di non essere imprudenti, non dimenticate che lì c'è qualcosa che non va e che al momento ignoriamo il livello di gravità. >> disse Laura con preoccupazione.

<< Promesso. >> dissero stringendole la mano.

Si allontanò da loro e riprese il suo lavoro. Dopo circa un'ora, le due amiche si alzarono e avvicinandosi a Laura dissero in tono scherzoso:

<< La nostra missione incomincia adesso >> disse Ida salutandola con un occhiolino.

Laura, avendo intuito le loro intenzioni, rispose anche lei con lo stesso segno d'intesa, restando a guardarle mentre andavano via.

CAPITOLO 3

IDA E CLARA

Erano circa le 11:00 quando le due donne parcheggiarono la loro macchina un po' prima di arrivare davanti a quella villetta; poi scesero e proseguirono l'ultimo tratto a piedi. Il sole splendente di quella mattina fu d'aiuto per poter fingere una passeggiata spensierata, nascondendo, così, il vero motivo della loro presenza in quel luogo.

La casa si erigeva sul lato sinistro dell'entrata del giardino, ed era circondata da tutti i lati da vari tipi di piante ed alberi.

Sulla facciata frontale c'era una scaletta in legno, posta al centro, che portava su un ballatoio dove c'era una porta d'ingresso in direzione della scaletta, fiancheggiata da due finestre che completavano il piano rialzato. Al primo piano, sempre frontalmente, c'erano altre due finestre dominate ancora più su da un'altra finestra centrale che illuminava la mansarda. Sul lato sinistro della costruzione erano posizionate tre finestre al piano rialzato e due al primo piano; invece sul lato destro c'era una scala che poggiava sulla facciata e portava ad un ballatoio dove si trovavano una portafinestra con altre due finestre. Completavano quest'ultima facciata altre due finestre poste al primo piano.

Arrivate davanti al cancello di quella casa, Ida prese nota del nome scritto sulla cassetta della posta: Raffi Enrico. Non conoscevano nessuno con questo nome.

Il silenzio fu interrotto dalla voce di un uomo che diceva gridando:

<< Quante volte devo dirti, di non prendere le mie cose! >>

Dopo si sentì la voce di una ragazza che piangendo diceva:

<< Ma io l'ho presa solo per un momento, poi l'avrei rimessa subito a posto. Credimi! >>

<< Smettila! adesso sparisci! >> Le rispose bruscamente quell'uomo.

Dopo un attimo di silenzio, la porta si aprì ed uscì un ragazzo infuriato che la richiuse sbattendola; aveva una borsa nera, si recò in garage ed uscì subito con una Alfa Romeo grigia, dal cancello grande.

Le due donne, che nel frattempo erano rimaste nascoste dietro un cespuglio fuori dal cancello, intuirono che in quella casa non c'era tranquillità.

Vedendo quel ragazzo andare via, sperarono che quel momento fosse propizio per contattare la ragazza; così con coraggio e determinazione decisero di suonare il campanello, ma furono bloccate dall'arrivo di una macchina che si fermò proprio davanti al cancello grande di quella casa; uscì un signore di media statura, robusto un po' calvo che si avvicinò subito, alle due donne.

<< Cosa cercate? >> disse con tono serio che mancava di cordialità.>>

Le due amiche, prese in contropiede, rimasero per un attimo senza parole; dovevano subito pensare ad una risposta plausibile.

<< Scusi, lei abita qui? >> Chiese Clara prendendo prontamente l'iniziativa.

<< Sì, cosa desiderate? >>

<< Cerchiamo una fattoria che dovrebbe trovarsi nei paraggi. Ci hanno detto che si possono acquistare dei formaggi squisiti. Le risulta? >> continuò Clara con disinvoltura.

<< Sì, a un kilometro da qui, proseguendo sempre dritto, c'è una fattoria che si chiama "Fiordilatte" >>.

<<La ringrazio! >> disse Clara. << Mi scusi se l'ho disturbata. >>

<< Grazie, molto gentile! >> disse Ida.

L'uomo rimase in silenzio, a guardarle, non curante di esprimere forme di cordialità.

Le due donne, ritornarono subito al parcheggio e accorgendosi di essere guardate, ripassarono davanti alla villetta; quando furono davanti a quell'uomo, accennando un saluto con la mano dissero a voce alta:

<< Grazie, arrivederla! >>

Proseguirono a dritto facendo finta di seguire le indicazioOni che avevano ricevuto.

<< Certo, sarà difficile contattare quella ragazza che abbiamo sentito piangere. >> disse Ida.

<< Che impressione ti ha fatto quel signore? E secondo te chi sarà? >> chiese Clara.

<< Sicuramente non è simpatico e poi penso che sia il padre di quella ragazza. >>

<< Sono d'accordo con te. Comunque non dobbiamo arrenderci >> disse Clara.

<< Che ne dici di ripassare adesso? >> .

Clara non si meravigliò della proposta di Ida, infatti la riteneva molto più audace di lei.

<<È impressionante la tua determinazione! >> disse Clara scoppiando in una risata. << Però sono convinta che sia un'ottima idea. Dai! Torniamo indietro! >> continuò con tono deciso.

Parcheggiarono sempre un po' prima della casa, e si avvicinarono percorrendo l'ultimo tratto a piedi. Questa volta con molta cautela; si nascosero dietro ad un cespuglio, che permetteva di intravedere la porta e la finestra situata a piano terra.

Subito dopo, il signore uscì dalla porta, scese le scale e mentre prendeva la legna situata nel sottoscala disse gridando:

<< Allora ti sbrighi a venire giù? >>

<< Si arrivo >> disse la ragazza.

<< Sei sempre la solita addormentata. Ti vuoi svegliare? >> le rispose con un tono di voce ancora più aspro.

<< Sto arrivando! >> rispose uscendo dalla porta con un'aria premurosa e spaventata.

La ragazza si avvicinò al padre, il quale le caricò i tronchetti di legna sulle braccia e lei subito dopo li portò in casa.

Non appena si ritirarono e chiusero la porta d'entrata, Ida disse sottovoce:

<< Clara, dobbiamo trovare un modo per spiare dalle finestre, che ne dici? >>

<< Sì, direi di osservare bene il giardino, qualche idea ci verrà >>.

<< Guarda, Clara!... in direzione di quella finestra

che si trova al primo piano, c'è un albero con un tronco ben robusto, penso che non debba essere molto difficile salirci. >>

<< Ma dovremmo tornare al buio, magari, anche dopo la mezzanotte. >> le rispose Clara.

<< Si, certamente. Che ne diresti questa notte? >>

<< Sono d'accordo. Credo che non debbano esserci problemi ad entrare nel giardino, perché per fortuna non hanno il cane.>>

<< Allora... deciso. >>

Le due amiche si strinsero la mano e poi andarono subito via.

Tornarono al locale "LIBROAMICO" per un pranzo veloce.

<< Ciao, Laura, la missione è andata male >> disse Ida con un'aria di sconforto.

<< Sicuramente c'è da scoprire. Questo è stato un primo approccio >> disse Clara.

<< Allora, avete parlato con la ragazza? >> chiese

Laura incuriosita.

<< Purtroppo no. Siamo state ostacolate dall'arrivo di un signore che presumiamo sia il padre. >> rispose Clara.

<< Quindi adesso cosa pensate di fare? >>

<< Abbiamo deciso di tornarci stanotte: al buio possiamo spiare dalle finestre. >>

<< Ma voi siete matte? Potrebbe essere pericoloso!>>

<< Non preoccuparti, sappiamo affrontare le difficoltà >> rispose Ida, stringendo la mano di Laura per tranquillizzarla.

Si fermarono al locale sino all'ora del tè, poi andarono via.

Le due amiche abitavano separatamente in due appartamenti nello stesso palazzo e vivevano da sole non molto lontano dal locale di Laura.

Ida era vedova da otto anni ed aveva due figli sposati che vivevano in Svizzera. Spesso li sentiva per telefono; la sera, quando rientrava, adorava, in particolar modo, sentire la voce dei suoi nipotini. Non era felice di vivere da sola, per questo trascorreva volentieri gran parte della giornata fuori con la sua simpatica amica; ormai era diventata la sua piacevole routine, anche perché quando rincasava era così stanca che si addormentava subito. La casa, dove viveva, era di sua proprietà e percepiva la pensione del marito che era stato colonnello dell'esercito.

Clara, invece, non si era mai sposata, avrebbe desiderato formarsi una famiglia ma, a seguito di una delusione amorosa, non ha voluto più credere in un uomo. Aveva solo una sorella sposata che viveva a Parigi, ma la sentiva raramente. Era una donna presa da tanti interessi: amava la musica, amava leggere, curare le piante e poi la profonda amicizia che aveva instaurato con Ida l'aiutava moltissimo a non sentire il peso della solitudine. L' abitazione era di sua proprietà e viveva di rendita da immobili che aveva ereditato dai suoi genitori.

Le due amiche indossando cappello di lana, jeans, pullover e giaccone tipo piumino, erano pronte per l'avventura che avevano deciso di affrontare. Era mezzanotte, quando si incontrarono; subito si diressero con la macchina verso quella villetta misteriosa. Poco prima di girare in quella strada di campagna, Ida guardando da lontano quella casa disse:

<< Guarda, Clara!... non ci sono quei segnali di luce, è tutto buio >>

<< Sì, infatti in questo punto avremmo dovuto vederli. >>

Poco dopo girarono per quella strada dove, dopo cento metri sulla destra, si trovava quella casa. Silenziosamente e con i fari spenti si avvicinarono e parcheggiarono in un punto un po' nascosto.

Era tutto buio. Ida alzando la testa notò che una finestra era ancora   illuminata e precisamente quella situata sul lato sinistro al primo piano.

L'albero sul quale avevano deciso di salire si trovava proprio su quel lato, ma quella luce non le intimorì; le due donne erano più che mai decise a portare a termine la loro iniziativa.

Clara con un ferretto tentava di aprire il cancello.

<< Vuoi che ci provo io?>> disse Ida sottovoce.

Clara trovandosi in difficoltà, rispose:

<< Non riesco proprio. Provaci tu. >>

Ida, dopo aver manovrato il ferretto in una maniera particolare nella serratura, riuscì dopo poco ad aprire.

<< Ecco, ce l'abbiamo fatta >> disse Ida

Lasciarono il cancello socchiuso, e si inoltrarono nel giardino con passo felino.

Si avvicinarono a quell'albero che fiancheggiava il lato sinistro di quella casa.

<< Che dici, salgo io >> disse Ida sottovoce con coraggio e determinazione.

<< D'accordo! Fai attenzione, perché il minimo rumore può crearci problemi.>> rispose Clara.

Ida provò ad arrampicarsi, ma niente, non riusciva a salire, allora disse:

<< Clara mentre mi arrampico, tu reggimi da sotto così posso darmi lo slancio >>

Provarono, ma lo slancio non riuscì e si trovò ancora giù.

<< Accidenti! Pensavo fosse più facile. Dai riproviamoci! >> disse Ida con caparbietà.

L'impresa si dimostrava faticosa per le due donne cinquantenni, ma la perseveranza e la testardaggine era la loro caratteristica e quindi non si arresero.

<< Prova a prendermi in braccio mentre mi appoggio al tronco >> disse Ida.

Così mentre si teneva fortemente aggrappata all'albero, Clara cercava di sollevarla.

<< Dai!... forse ci siamo! ... non mollare!... sto salendo. >>

<< Non ce la faccio più, fai presto! >> rispose Clara, con una voce strozzata dalla fatica.

Infatti dopo poco, Clara, essendo arrivata al punto estremo delle sue forze allentò la presa. Questa volta però Ida non cadde, rimase con una gamba appoggiata sull'albero e l'altra penzolante.

<< Dai! ...aiutami a sollevare l'altra gamba, forse adesso ci siamo. >> disse Ida.

Clara, raccogliendo tutte le sue forze, le dette

una spinta verso l'alto e finalmente Ida giunse sul tronco dove partivano le ramificazioni dell'albero. Si riposò un attimo e poi si sollevò appoggiandosi ai rami più robusti; qui incominciò a guardarsi intorno per rendersi conto della visibilità che aveva in quella posizione.

Da quel punto in cui si trovava, riusciva a vedere la camera corrispondente alla finestra con la luce spenta.

<< Allora cosa vedi? >> chiese Clara.

La camera era al buio, ma per fortuna la luna, con la sua luce, illuminava un po' l'ambiente.

<< Vedo una ragazza nel letto che ha una torcia in mano poggiata sulla coperta. >> subito dopo esclamò incredula << Ah!... forse ha sentito i passi di qualcuno, perché velocemente, adesso, l'ha nascosta sotto le coperte, e sta facendo finta di dormire. >>

<< Qualcuno sta entrando in camera? >> disse Clara sempre sottovoce.

<< Presumo di sì perché vedo la porta aprirsi. >>

In quel momento, cambiando posizione, per cercare di nascondersi meglio, mise un piede in fallo.

<< Accidenti! Clara sto scivolando. Ah!... finalmente sono riuscita ad aggrapparmi. >>

<< Resta ferma ed in silenzio. >> le disse Clara.

Spiando, vide un uomo entrare in quella camera, frugò in un cassetto, poi si avvicinò ai vetri della finestra per curiosare, come se avesse avvertito dei rumori. In quel momento Ida rimase impavida e completamente immobile. Riusciva, tra le foglie dell'albero, a vedere mezzo volto di quell'uomo, illuminato grazie a quella luce lunare.

Non appena andò via e richiuse la porta di quella camera, Ida fece un respiro profondo.

<< Clara, adesso scendo. >>

<< Sì dai...ti aiuto.>>

<< Fammi poggiare il piede sulla tua spalla, poi mi prendi per aiutarmi a scendere>>

Clara non riuscì a prenderla bene e Ida

purtroppo finì per terra, con un tonfo.

L'amica l'aiutò ad alzarsi e subito uscirono dal giardino. Furono velocissime a mettersi in macchina, perché videro che si illuminò la finestra accanto alla porta d'ingresso mentre chiudevano il cancello; evidentemente qualcuno fu attratto dal rumore provocato dal tonfo.

Durante il percorso che fecero per tornare a casa, Ida raccontò a Clara tutto quello che aveva visto.

<< Secondo me, ora dobbiamo far di tutto di parlare con la ragazza, solo lei può dirci se ha bisogno di aiuto >> disse Ida.

<< Magari, dobbiamo fare in modo di diventare sue amiche. >>

Adesso, comunque, avevano la certezza che quella ragazza era l'artefice di quei segnali di luce; quindi fecero ritorno a casa soddisfatte della riuscita di quell'avventura.

Il giorno dopo, erano più che mai decise ad andare avanti nella loro indagine. Dopo aver fatto colazione e aver raccontato tutto a Laura, si diressero alla villetta Raffi.

Questa volta trovarono la ragazza in giardino mentre innaffiava le piante.

Rimasero nascoste perché volevano accertarsi che stesse da sola, ed ebbero una buona intuizione, perché subito sentirono provenire dalla casa, la voce di un ragazzo che gridava in una maniera esagerata dicendo:

<< BRUTTA STRONZA, DOVE SEI? >>

La ragazza che fino a quel momento sembrava tranquilla, sentendo quel grido, sussultò per lo spavento.

<< Sono qui in giardino >> rispose ad alta voce impaurita.

<< Quante volte devo dirti di non stare in giardino? >> gridò il ragazzo aprendo la porta.

<< Hai bisogno di qualcosa? >> rispose la ragazza con una voce tremante, restando immobile con l'innaffiatoio in mano.

<< DOVE HAI MESSO LA MIA CAMICIA CELESTE? >> disse ancora gridando come un forsennato.

<< Ah!......nel terzo cassetto in camera tua. >> rispose la ragazza restando sempre immobile, non sapendo cosa fare. Aveva paura di rientrare in casa ed aspettò in giardino seduta alla panchina.

<< Ti ho detto che devi stare in casa! >> disse con una voce autoritaria. <<Entra subito! Brutta smorfiosa! >> replicò ancora.

La ragazza ubbidì mentre lui usciva. Vedendo la sua macchina allontanarsi, le due amiche si guardarono con un respiro profondo di sollievo.

<< Finalmente è andato via! >> disse Ida.

<< Certo, che vivere insieme ad una persona così burbera, fa sembrare la vita una catastrofe >> disse Clara.

Rimasero davanti al cancello osservando il giardino; volevano citofonare, ma non erano sicure che la ragazza fosse da sola, per evitare un ulteriore incontro con il padre, preferirono andar via.Si proposero di ripassare più volte per riuscire a trovare il momento fortunato; il loro obiettivo era avvicinare la ragazza per poterla aiutare.

CAPITOLO 4

L'ULTIMO MESSAGGIO

Era il primo di Dicembre, quella mattina, Laura si svegliò molto presto, guardò l'orologio e vide che erano le 6,30. Aveva ancora vivo nella mente il ricordo del sogno di quella notte: le era apparso il padre che le sorrideva. Fu così piacevole vederlo come se fosse ancora vivo che rimase nel letto sveglia con gli occhi chiusi a pensare quel sorriso che le trasmetteva la sensazione di sentirlo accanto.

Dopo un po' si riaddormentò e successivamente, il suono della sveglia le dette l'impulso di alzarsi.

Quella mattina mentre guidava per andare a lavoro, si lasciava accompagnare dolcemente dall'immagine del padre che le sorrideva. Si sentiva orgogliosa e fortunata di aver avuto un padre pieno di risorse: oltre ad essere stato un bravo medico, era stato un buon maestro di vita per lei.

Presa da questi pensieri, si meravigliò di essere già arrivata al locale.

<< Buongiorno ragazze! >> Disse Laura appena entrata con un'aria allegra.

<< Buongiorno, signora! >> le risposero.

<< Oggi, signora, siete molto raggiante! >> disse Milena

<< Ah!!...forse l'avvicinarsi del Natale mi mette di buon umore; che ne dite ragazze, iniziamo a pensare come creare nel locale una bella atmosfera natalizia? >> disse Laura con gioia,

<< Con molto piacere! >> rispose Martina con altrettanto entusiasmo.

Era lei, infatti quella che si dedicava con più passione a quei lavori di addobbi, perché era molto calma e fantasiosa.

Questa euforia, però fu interrotta dall'arrivo di due persone.

<< Buongiorno signora Laura! >>

<< Buongiorno signor Manzi >>

Laura, in quel momento, rimase abbagliata dalla presenza della donna che gli era accanto. Aveva un vestito corto nero in lana, con una lunga collana dorata ed un girocollo in perle con orecchini a completo; indossava stivali neri al ginocchio con tacco, e portava con molta disinvoltura un cappello in visone come la giacca.

<< Vorremmo ordinare la colazione >> disse

<<Bene!   >> rispose Laura distogliendo lo sguardo dalla donna.

Si allontanarono verso il bar lasciando una scia di profumo. Laura notò che occuparono un tavolo un po' appartato; non si aspettava una donna così sofisticata insieme a quell'uomo, per questo non riusciva a rimanere indifferente; ogni tanto li osservava, cercando di capire che tipo di relazione ci fosse tra di loro;

Soltanto l'improvvisa presenza delle due amiche riuscì a distoglierla.

<< Ciao Laura! >>

<< Ciao, care amiche, sono contenta di

vedervi >>

<< Ci fermiamo qui al bar per la colazione, ci fai compagnia? >> disse Clara.

<< In questo momento, non posso, vi raggiungerò dopo>> rispose Laura.

Aveva da sistemare delle ricevute di libri che aveva dato in noleggio, la sera prima. Ci teneva a sistemare ogni cosa al momento giusto, per evitare di dover svolgere lavoro arretrato. Non appena ebbe finito si avvicinò alle sue amiche.

<< Oggi, avverto in voi un'espressione particolarmente gioiosa >> disse Laura sorridendo. << Come se steste complottando qualcosa; ditemi se sbaglio! >>Le amiche scoppiarono a ridere.

<< A dire la verità non ti sbagli >> rispose Ida.

<< Stiamo organizzando un modo per contattare quella ragazza che chiede aiuto. >> disse Clara.

<< E in che maniera? >> rispose Laura.

<< Dobbiamo essere lì ogni giorno e studiare i comportamenti dei familiari. Solo così possiamo

avere più probabilità di trovare un momento favorevole. >> disse Clara.

La loro conversazione fu bruscamente interrotta da Milena che chiamò con urgenza Laura alla cassa.

Le due amiche, poi, andarono via e la salutarono frettolosamente.

Ci fu affluenza di gente e solo verso le 15,00 Laura si concesse una breve pausa. Mentre gustava al bar un panino con un'insalata, pensava come sistemare il locale in occasione del Natale e d'impulso le venne un forte desiderio di andare in soffitta per prendere lo scatolone che conteneva gli addobbi, poi sicuramente ne avrebbe comperati altri, per dare un tocco di nuovo. Finì velocemente di mangiare e poi chiamò la ragazza dicendo:

<< Martina! andiamo su in soffitta a prendere lo scatolone degli addobbi? >>

<< Ottima idea, signora! >> rispose la ragazza con aria gioiosa.

Si allontanarono ed arrivarono in soffitta: era

posizionata sotto i tetti in una mansarda. Al centro, quasi sotto la finestra, c'era una scrivania coperta da un telo bianco, poi c'erano vari scatoloni; mentre Martina cercava quello degli addobbi, Laura si soffermò a guardare quella scrivania. Tolse il telo impolverato e fu subito trasportata dai ricordi: si trattava dello scrittoio che il padre aveva in camera da letto. Ricordava quando, negli ultimi tempi, passando dalla sua camera per dargli la buonanotte, lo vedeva lì che leggeva oppure scriveva. All'improvviso le venne in mente l'idea di portarla giù nel locale e collocarla sulla parete di spalle alla cassa; d'altronde aveva bisogno di un punto di appoggio per sistemare meglio i documenti e poi fu catturata da un forte desiderio di tenerla accanto a se.

<<Martina! hai trovato lo scatolone degli addobbi? >>

<< Sì, signora, eccolo qua, era finito proprio dietro e ho dovuto liberare lo spazio, qui avanti, per poterlo prendere >>

<< Ho pensato di portare giù anche questa scrivania. Mi piacerebbe tanto! >>

<< Va bene signora, è molto bella e si abbina molto bene anche all'arredamento del locale. Comunque posso farmi aiutare da Milena. >>

<< No, non preoccuparti credo di farcela con il tuo aiuto. >>

Dopo un po' di sforzi, finalmente arrivarono giù e Laura con tanto orgoglio sistemò la scrivania dove aveva pensato... ci stava proprio bene.

Era in legno di mogano stile inglese. Sotto ad una fascia frontale partivano dei cassetti: due a sinistra e due a destra. Era munita di secretaire con una sequenza di cassettini disposti a due a due orizzontalmente, che lasciavano spazio al centro, per uno sportellino più alto il quale poteva chiudersi a chiave; il tutto era completato da un ripiano con il bordo arrotondato che poggiava sullo sportellino centrale e si congiungeva alle fiancate laterali lasciando uno spazio vuoto sui cassettini.

Mentre Milena si occupava della cassa, Laura, con calma, si prese cura di quella sistemazione. A fine serata era tutto perfetto e rimase molto soddisfatta.

Nel frattempo che le ragazze stavano sistemando il locale per la chiusura, Laura distrattamente urtò bruscamente, con il gomito, allo spigolo della scrivania: doveva abituarsi ai nuovi spazi; mentre strofinava il gomito per attenuare il dolore che sentiva, si accorse di una cosa strana: si era distaccata una fascia laterale dalla parte sinistra della scrivania. In un primo momento pensò di aver rotto qualcosa, ma avvicinandosi e guardando meglio, si accorse che si era aperto un cassetto segreto, non visibile esternamente; inoltre notò, sotto al ripiano, in direzione dello spigolo, una levetta che azionata, provocava uno scatto d'apertura. Stupita, dall'esistenza di quell'ingranaggio, aprì ancora di più, quel cassetto, e con molta sorpresa trovò un tagliacarte ed un libro molto antichi.

Non volle rendere palese la sua scoperta: in fondo, un cassetto segreto fa sempre comodo averlo.

Frettolosamente, prese il libro con il tagliacarte e li nascose in borsa, poi richiuse il cassetto.

Quella sera, tornando a casa, aveva una forte emozione e non vedeva l'ora di guardare attentamente quel libro.

<<Perché nasconderlo così?   Rappresenta qualcosa di importante? Disse tra se Laura.>>

Arrivata a casa doveva dedicarsi a Giulia e grazie all'amore della figlia riuscì a controllare quella voglia irrefrenabile che aveva, di appartarsi per osservare quel libro.

Non appena Giulia si addormentò, si rifugiò in camera da letto, mentre Paolo era ancora giù in salotto accanto al camino, che leggeva. Si sedette sul letto con il libro tra le mani; lo aprì, ma non vide niente di particolare, era solo un libro che trattava tutto sulla storia della musica antica.

Allora, dopo un respiro profondo per liberarsi da quello stato d'ansia, riaprì il libro dall'inizio. Adesso osservava ogni pagina nei minimi particolari cercando, in quel libro, qualcosa che potesse sciogliere il mistero che lo avvolgeva. Arrivò all'ultima pagina, ma purtroppo non trovò nulla.

Fu interrotta dall'arrivo di Paolo.

<< Come mai sei rimasta rinchiusa qui? >> le

chiese con preoccupazione.

<< Non preoccuparti!   avevo solo voglia di leggere in tranquillità >> Gli rispose con il libro tra le mani. << Ah! Vedo che si è fatto tardi!... non me ne sono proprio accorta. >> Lo tranquillizzò dandogli un bacio.

Laura preferì non raccontare l'accaduto di quella sera, perché in quel libro misterioso lei avvertiva la presenza di un segreto che la collegava al padre, e voleva, prima, vederci chiaro.

Spense la luce per addormentarsi, ma il suo stato d'animo non glielo permetteva: quei tanti perché, le passavano nella mente senza risposta, tormentandola. Dopo un'ora era ancora sveglia dominata da un'irrequietezza che non riusciva a placare. Accese la luce e si sedette al letto. Paolo si era già addormentato; prese daccapo quel libro per cercare di scoprire qualcosa. Dopo averlo riaperto, lo sfogliò ancora con molta attenzione soffermandosi ad osservare anche la copertina.

Niente, non riusciva ancora a capire nulla.

<< Non è possibile che non ci sia niente in questo libro. E' assurdo custodirlo in un cassetto

segreto, senza motivo. >> Osservò continuando a sfogliare quelle pagine.

<< Per mio padre tutto aveva un senso logico. I suoi comportamenti erano sempre mossi da una ragione.>> replicò.

Sentiva tra le mani che quel libro racchiudeva un messaggio, ma non riusciva ancora a decifrarlo.

Erano le 2:00. Stanca, si rimise a letto e spense la luce. Chiuse gli occhi nel tentativo di addormentarsi, ma continuando ad essere ossessionata da quel pensiero li riaprì, e nel buio vagava con i pensieri.

All'improvviso le tornò in mente la scena del cassetto che si aprì automaticamente, mosso da un congegno che lei aveva movimentato involontariamente e, come un flash, fu folgorata dall'immagine del tagliacarte.

D'impulso si sedette al letto dopo aver riacceso la luce, guardò l'orologio ed erano le 2:30. Paolo dormiva in un sonno profondo.

Si alzò in silenzio e dalla sua borsa estrasse il

tagliacarte.

Lo osservò con attenzione e vide che era stata incisa una frase:

"Fatina mia, giochiamo per l'ultima volta".

Si emozionò tanto che le uscirono le lacrime, quella frase le ricordò i momenti in cui il padre le proponeva dei rebus che lei doveva risolvere. Lo faceva in quanto ci teneva ad allenare la mente con giochi intelligenti e lei si divertiva tanto a risolverli. Aveva imparato anche la musica con quei metodi giocosi.

Quella frase incisa le trasmise maggiore convinzione di continuare ad insistere nella sua ricerca.

Riaprì nuovamente il libro, e con il tagliacarte in mano, si chiedeva quale correlazione poteva esserci tra quei due oggetti custoditi insieme.

Incaponita, pensando all'utilizzo di quell'attrezzo, sfogliava, ora, il libro alla ricerca di pagine unite da aprire con il tagliacarte. Trovando le pagine tutte leggibili e quindi aperte, la sua attenzione si focalizzò sulla copertina.

Guardandola bene notò che nella parte interna, era stato attaccato un foglio di una carta leggermente diversa rispetto alle pagine. Aderiva molto bene e non creava sospetti, però toccando con attenzione verso il centro della copertina, avvertì, al tatto l'esistenza di un ulteriore foglio all'interno. Non fu subito entusiasta di quella sensazione perché pensò che potesse appartenere alla struttura della copertina; ma non aveva scelta, doveva togliersi ogni dubbio; così prese il tagliacarte e con la punta cercò di distaccare il rivestimento interno.

Subito dopo, ebbe l'impressione di aver avuto l'intuizione giusta, in quanto con molta sorpresa e gioia allo stesso tempo, notò che quel rivestimento custodiva un foglio. Era ingiallito e piegato, ed il modo in cui era stato nascosto, le dava la sensazione di essere vicina alla scoperta di un segreto.

La curiosità si confondeva con la forte emozione che provava. Aprì quel foglio con il cuore in gola, ed il contenuto che mostrò fu sorprendente: si trattava del seguente spartito musicale.

In un primo momento, Laura non riuscì a capire il significato, ma poi guardando attentamente i gambi delle figure notò che non erano conformi al modo corretto di scrittura musicale, e fu questa osservazione che le fece venire in mente un gioco della sua infanzia.

Il padre si divertiva a scrivere le note invece delle lettere, praticamente aveva inventato la disposizione delle lettere dell'alfabeto sul pentagramma; quindi partendo dallo spazio,

72

fuori rigo sotto, sino ad arrivare allo spazio, fuori rigo sopra, inseriva le lettere dalla "A" alla "M" poi discendendo dal quinto rigo sino ad arrivare allo spazio, fuori rigo sotto, inseriva le altre lettere dalla "N" alla "Z". Quindi era obbligatorio il verso del gambo della figura, perché per indicare le lettere che ascendevano, il gambo doveva essere verso su, al contrario per quelle che discendevano. Inoltre, le note scritte, rispettavano anche la divisione delle sillabe e le pause servivano per separare le parole. In questa maniera si poteva scrivere una frase che nessuno avrebbe potuto leggere. Laura ricordò subito questo bellissimo gioco che le faceva rivivere il passato. Si ricordò tutto per bene ed incominciò a decifrare nota per nota. Era molto emozionata, e sentiva il peso di quella frase nascosta sotto le note perché in fondo rappresentava l'ultima frase che il padre avrebbe voluto comunicarle e quindi doveva essere sicuramente importante. Lentamente riuscì a tradurre quella scrittura ed alla fine la lesse:

"Sotto la tastiera del pianoforte a coda che tengo a casa si trova il mio testamento."

Rimase immobile ed incredibilmente meravigliata.

<< Un testamento! Ma perché un altro testamento? Alla sua morte il notaio mi ha letto quello ufficiale. Dunque, perché lasciarmene un altro? >> disse Laura tra sé

<< Cosa mi nascondevi? Per quale motivo non me lo hai detto quando eri ancora in vita? >>

Subito dopo Laura pensando al pianoforte disse tra sé:

<< Chissà che fine avrà fatto! Ricordo di averlo dato all'Istituto Sacro Cuore di Cremona; e pensare che l'ho donato! Credendo fosse inutile tenermelo! E invece...>>

Guardò l'orologio ed erano le 4.00; si sentiva tanto stanca e confusa che appena si mise a letto e spense la luce si addormentò.

CAPITOLO 5

IL PIANOFORTE

La mattina successiva Laura, si svegliò molto presto, dominata da una irrequietezza che non la lasciava riposare. Il pensiero che le balenava nella mente era la grande scoperta di quella notte: il testamento.

Non riusciva ancora a trovare una spiegazione del modo in cui era stato custodito, ed inoltre, si tormentava per il fatto di non essere più in possesso di quel pianoforte; parlava tra sé, quasi con rabbia, con un tono di rimprovero verso il padre, dicendo:<< Babbo! Perché non me lo hai detto quando eri in vita? >> e dopo un po' continuava: << Perché lasciarmi in questo mistero che forse non riuscirò mai a risolvere? >>

Queste frasi come un flash, le fecero affiorare un ricordo appartenente all'ultimo periodo di vita del padre, e cioè quando lei si trasferì nella casa paterna per stargli vicino giorno e notte.

Una mattina il padre, seduto al letto con difficoltà respiratorie, la chiamò: <<Laura! ... Laura! >> lei accorse subito, premurosa dicendo: << Babbo! ...sono qua! Dimmi! >> e lui con titubanza e sofferenza, invece, le rispose dicendo: << Niente! ...E se poi non muoio? >>

Laura, in quel momento non dette peso a quella frase, anzi, si preoccupò più che altro, a confortarlo scacciando via dalla sua mente, la presenza della morte.

Ora, quella riluttanza nel risponderle, aveva assunto un significato: le dava la sensazione che si riferisse al testamento nascosto. Forse in quel momento avrebbe voluto svelarle quel segreto, ma purtroppo la vita non glielo aveva più permesso. Questa deduzione logica, la lasciava più incuriosita e perplessa di prima, perché non solo andava a confermare l'esistenza di un segreto, ma addirittura, la sua rivelazione presupponeva la morte imminente di suo padre.

Certo, tutti questi pensieri trasmettevano a Laura solo angoscia, e lei ad un tratto per vincere questo stato d'animo, si alzò di scatto, indossò la vestaglia e con determinazione decise di rivelare al marito l'accaduto di quella notte: aveva un bisogno spasmodico di essere aiutata.

Mentre scendeva le scale per raggiungere Paolo in soggiorno, che già faceva colazione, fu inebriata da un piacevole profumo di biscotti che Veronica, con molta diligenza e passione, aveva preparato. Quando entrò in soggiorno, Paolo stava leggendo il giornale mentre sorseggiava il suo cappuccino; quella tavola apparecchiata con cura con al centro una ciotola di biscotti appena fatti, ed un piattino con cornetti caldi, le infuse subito buon umore.

<< Buongiorno, tesoro! ... ti sei svegliata presto stamattina! >> le disse Paolo affettuosamente.

<< Sì, non ho dormito tanto, mi sento un po' intontita >> gli rispose portandosi le mani alla fronte. <<Mi sono addormentata verso le quattro, sono stata presa da un avvenimento che mi ha lasciata sveglia.>> e guardandolo negli occhi con uno sguardo profondo disse: <<Paolo, ho da darti una notizia importante >>.

Con uno sguardo accigliato e quasi interdetto disse: << Dimmi pure!... è grave? >>

Veronica in quel momento le portò il suo cappuccino, e lei, dopo un respiro profondo e iniziando ad assaporare quei biscotti molto invitanti, disse: << Non spaventarti! Non è una cosa grave! >> E dopo aver ringraziato Veronica per la colazione pronta continuò a dirgli: << Ieri ho scoperto che mio padre mi ha lasciato un testamento. >>

<< Un testamento? >> ripeté Paolo restando immobile con uno sguardo pieno di meraviglia. << Ma non l'hai già letto, davanti al notaio, quando è morto tuo padre? >> osservò.

<< Sì, … ma evidentemente me ne ha lasciato un altro in forma segreta. >>spiegò Laura notando in lui tanto stupore.

<< Solo che ho un problema da risolvere: è stato nascosto nel pianoforte che non ho più. Ti chiedo se puoi aiutarmi nella ricerca.>> aggiunse sperando in una sua collaborazione.

Paolo era rimasto ancora sconvolto da quella notizia inaspettata, e dopo un attimo di esitazione le disse:

<<Sì, Certo!... ma tu sai dov'è quel pianoforte? >>

<< Non ricordi? L'ho donato all'Istituto Sacro Cuore di Cremona, circa sei mesi fa. Che dici passiamo stamattina? >> chiese Laura con un atteggiamento ansioso.

<< Sì, però dobbiamo andarci il più presto possibile perché ho un appuntamento in tarda mattinata. >> rispose Paolo dopo un attimo di esitazione.

Laura fu tanto felice, per quella risposta, che gli dette un bacio fortissimo. Subito andò a prepararsi e dopo venti minuti era già pronta.

Aprì lo sportello della macchina con l'entusiasmo di una bambina, resa felice per essere stata accontentata in un suo desiderio.

Paolo era un uomo molto preso dal suo lavoro di avvocato, ma riusciva quasi sempre ad intercalare gli impegni riguardanti la famiglia. Era bruno, alto, magro, affascinante con quei capelli che portava all'indietro. Lei si sentiva protetta quando l'abbracciava, essendo più alto di lei, e quegli occhi neri, con uno sguardo vivace quando la guardavano, le infondevano sicurezza perché trasmettevano una prontezza nel trovare la soluzione ad ogni problema.

In macchina, durante il percorso, Laura, mentre lo guardava con gratitudine e gioia, ricadde, subito dopo, nei pensieri di quella realtà che le si era presentata: le sue prime indagini per il ritrovamento del testamento. Porgendo la sua mano sulla spalla di Paolo, che stava guidando, gli disse:

<< Sai, Paolo! ... sto sperando di incontrare brave persone che possano comprendere la mia situazione e possano, soprattutto, dirmi la verità. >> Accarezzandogli la guancia, continuò dicendo: << In questo momento sto avvertendo la stessa ansia che provavo in un giorno di esami, con la stessa speranza che tutto possa essere superato. >>

<< Ti capisco, ma non essere così in ansia, vedrai che tutto andrà bene.>> Le rispose stringendole la mano.

<< Purtroppo, non è facile! sono tormentata, dal mistero che c'è dietro questa storia. >> confessò Laura portandosi i capelli all'indietro. << Cosa mai, potrà esserci scritto su un testamento,

80

escludendo l'ipotesi di una proprietà, visto che ne sono venuta già in possesso?>> osservò guardando il marito impegnato alla guida.

<< Anch'io mi pongo la stessa domanda. >> Rispose Paolo.

Laura rimase in silenzio per tutto il resto del percorso, rimuginando ricordi e pensieri legati a suo padre.

Fu quasi scossa dalla voce di Paolo quando all'improvviso esclamò nel silenzio: << Ecco!... siamo arrivati! >> disse mentre si accingeva a parcheggiare la macchina.

Erano le 9:00 quando arrivarono davanti all'Istituto Sacro Cuore di Cremona, scesero dalla macchina, dopo aver varcato il cancello, attraversarono il giardino, qui c'erano delle scale davanti ad un portone e dopo averle salite ebbero accesso in un corridoio lungo e largo che attraversava tutto lo stabile. Una donna, addetta alle pulizie, che si trovava a metà corridoio, vedendoli entrare, interruppe il suo lavoro poggiando i guanti e gli stracci sul macchinario che stava utilizzando per lucidare il pavimento; si apprestò, con modi servizievoli, a correre verso di loro dicendo:<< Signori, cosa desiderate? >>

Laura e Paolo rimasero fermi, non sapendo di chi avessero realmente bisogno, dopo un attimo di esitazione, Paolo rispose:

<< Vorremmo parlare con il direttore, è possibile? >>

<< Avete un appuntamento? >> rispose la donna gentilmente.

<< No, ma essendo una questione piuttosto urgente, vorremmo contattarlo lo stesso. >> rispose Paolo gentilmente, accennando ad un sorriso.

<< Il Direttore non è ancora arrivato, ma sicuramente sarà qui tra poco; se volete potete attenderlo. >> Avendo ricevuto approvazione da parte dei due coniugi, li invitò a seguirla e si diresse verso una porta che si trovava a sinistra. << Ecco accomodatevi pure in questa sala. >> disse aprendo la porta.

<< Grazie! >> rispose Laura con compiacimento.

La sala dove entrarono, era molto grande, c'era un pianoforte a coda sul lato sinistro ed era posizionato davanti ad una finestra la quale aveva delle tende aperte, che lasciavano intravedere il davanzale ricolmo, esternamente, di gerani in vari colori. Al centro della sala c'era un tappeto persiano grandissimo, sul quale erano disposte delle poltrone, due divani e due tavolini bassi quadrati; sulla destra c'era una grande scrivania con una poltrona in pelle nera posizionata davanti ad un balcone colmo di piante. Si sedettero occupando uno di quei due divani posizionati al centro della camera; rimasero ad osservare i quadri e gli oggetti che la adornavano e l'attesa fu resa piacevole dall'ambiente circostante in quanto era indubbiamente pulito ed ordinato.

Dopo appena 5 minuti videro entrare un signore di circa quarant'anni, alto, magro dai capelli neri portati all' indietro. Laura e Paolo si alzarono immediatamente.

<< Buongiorno! mi hanno detto che desiderate parlare con me >> disse con voce possente.

<< Sì. buongiorno, sono Paolo Carpelli >> si

presentò stringendogli la mano.

<< Piacere! Mario Leoncavallo. Cosa avete da dirmi? >> chiese invitandoli ad accomodarsi alle poltroncine della scrivania, mentre lui passava dall'altra parte sistemandosi alla sua poltrona.

<< Mia moglie, circa sei mesi fa, ha donato a questo istituto, un pianoforte a coda. Ieri è venuta a conoscenza che proprio in quel pianoforte, sotto la tastiera, il padre le ha lasciato un testamento. Potete aiutarci in questa ricerca? >>

<< Ma come ha saputo tutto questo? >> Chiese il direttore incuriosito, ignorando la richiesta di aiuto.

<< Ha trovato una dichiarazione scritta dal padre. >> Rispose Paolo un po' infastidito dalla curiosità inappropriata.

<< Potete dirci se lo avete trovato? >> chiese Laura con impazienza, non sopportando l'aspetto autoritario di quel signore.

<< No, non ho mai saputo di un testamento, e poi questa cosa non mi compete >> rispose con

un atteggiamento distaccato. << Comunque, ogni giorno viene un maestro di musica che è anche accordatore ed è stato lui a prendersi cura del vostro pianoforte; vi consiglio di contattarlo >> disse con un tono risoluto.

<< Quando possiamo trovarlo? >> chiese Paolo.

<< Dovrebbe arrivare, credo, tra mezz'ora. Se volete, potete rimanere qui ad aspettarlo. >>

<< Grazie, per la vostra gentilezza >> rispose Paolo

Il Direttore si alzò subito, e con un sorriso stampato, li salutò andando via immediatamente.

I due coniugi, si guardarono e poi decisero di rimanere. Laura rimase in silenzio per un po' di tempo, poi si rivolse a Paolo con una voce silenziosa.

<< Penso che anche l'accordatore ci dirà di non sapere nulla >>

<< No, Laura non devi abbatterti! anche se ci risponderà come dici tu, questo non vuol dire che non riusciremo a trovarlo. >>

<< Voglio crederti. Solo tu mi dai la forza. >> rispose Laura dandogli un bacio.

Mentre aspettavano in silenzio, guardandosi di tanto in tanto, e prendendosi per mano, sentirono dei passi. Pensarono che stesse arrivando il maestro, invece arrivò una ragazza.

Laura rimase sorpresa nel vederla: era la ragazza bionda dai capelli lunghi e lisci cliente del locale.

<< Buongiorno signora, come mai qui? >> chiese la ragazza meravigliata per quell'incontro inaspettato.

<< Devo parlare con il maestro. E lei come mai qui? >> chiese con stupore Laura.

<< Sono un'allieva. Studio pianoforte da cinque anni e da due anni mi segue il maestro Renzo Raffi >> spiegò la ragazza con molta disinvoltura.

<< Di solito ci incontriamo al locale, ma non abbiamo mai avuto l'occasione di presentarci. >> osservò Laura e, prendendo l'iniziativa, le porse la mano dicendo:

<< Molto lieta, Laura. >>

<< Piacere, Alice Carrera. >> rispose la ragazza stringendole la mano con forza.

Si allontanò per poggiare la sua borsa di libri sul pianoforte e subito dopo si riavvicinò a Laura.

<< Che strano incontrarci qui. Non l'avrei mai immaginato! >> osservò la ragazza esprimendo la sua meraviglia.

<< Oggi la vedo più allegra, a differenza dell'ultima volta che l'ho vista al locale. >> puntualizzò Laura sorridendo.

<< Sì, in effetti ho attraversato un brutto periodo per un problema in famiglia, che mi faceva stare male, ma adesso sono un po' più serena. >> spiegò la ragazza con disinvoltura.

Mentre conversavano furono interrotti dalla presenza del maestro che entrò all'improvviso.

Era un uomo di circa trent'anni, capelli neri, un po' stempiato, con un abito blu ed un cappotto blu che portava sul braccio, con l'altra mano portava una borsa color cuoio tipo cartella.

<< Buongiorno, state aspettando me? >> disse mentre poggiava la borsa ed il cappotto sulla

sedia vicino al pianoforte.

<< Vorremmo parlare con il maestro di musica; è Lei? >> chiese Paolo.

<< Sì, in cosa posso esservi utile? >> rispose con molta naturalezza.

Nel frattempo Alice si appartò dirigendosi verso il pianoforte e stette lì ad aspettare il maestro.

<< Circa sei mesi fa ho donato un pianoforte a coda che avete accettato qui in questo Istituto. Oggi ho saputo che in quel pianoforte c'era il testamento di mio padre, lei per caso, lo ha visto? >>

Il maestro rimase un po' sorpreso e per un attimo non sapeva dare risposta.

<< Scusate la mia perplessità. Non capisco! questa storia mi sembra un po' strana. Lasciare un testamento in un pianoforte! >> replicò con un'aria estranea all'argomento.

<< Ma quando lei lo ha accordato, ha trovato qualcosa sotto la tastiera? >> chiese Paolo con determinazione.

<< No, guardi, ricordo solo che era un pianoforte che non manteneva l'accordatura, perché aveva le caviglie allentate, e quindi proprio per questo motivo ce ne siamo sbarazzati; l'abbiamo donato ad un ragazzo di una famiglia di contadini, se vuole posso darle l'indirizzo. >>

<< D'accordo, grazie. Vedremo di contattare questo ragazzo. >> rispose Paolo, disposto, ormai, ad andare fino in fondo a questa faccenda.

Il maestro si recò in un'altra stanza e tornò subito dopo con un biglietto dove era scritto quell'indirizzo e lo consegnò a Paolo.

<<Grazie, e scusi per il disturbo, >> rispose Paolo gentilmente.

<< Scusi se le faccio un'ulteriore domanda. >> intervenne Laura quasi vergognandosi del disturbo che stava arrecando. << Vorrei sapere, quando lei lo ha accordato, le è capitato di guardare sotto la tastiera? >>

<< Guardi, per accordare un pianoforte non occorre smontarlo completamente, dunque, perché avrei dovuto guardare sotto la tastiera? >> rispose con freddezza il maestro.

Subito dopo si salutarono e andarono via. Laura era sconfortata, ma allo stesso tempo si sentiva sostenuta da un filo di speranza.

Uscendo, lessero l'indirizzo che era scritto sul biglietto e Laura disse:

<< Che dici, possiamo passare verso le 15:00, non voglio rimandare a domani, sarebbe un'attesa che mi farebbe stare molto in ansia. Hai degli impegni oggi pomeriggio? >>

Dopo un attimo di esitazione le disse:

<< Aspetta un attimo. >> Rispose prendendo la borsa portadocumenti, sui sedili posteriori della macchina. Dopo aver dato uno sguardo alla sua agenda, le disse:

<< D'accordo, passerò a prenderti dal locale. >>

Paolo la accompagnò al lavoro e poi andò via.

Entrando nel suo locale, cercò di mascherare il problema che l'assillava, salutando tutti con un sorriso. Le sue amiche in quel momento stavano andando via, la salutarono allegramente e lei non fece cenno, in nessun modo, del suo accaduto.

Quella mattina anche se il lavoro la teneva impegnata, guardava sempre l'orologio, con impazienza; l'idea di poter rivedere, finalmente, il suo pianoforte rafforzava la speranza di poter avere tra le mani il testamento, anche perché, il maestro aveva dichiarato di non aver mai guardato sotto la tastiera. Continuò così tutta la mattinata sino all'orario dell'appuntamento, alternando il lavoro alle sue preoccupazioni personali,

Paolo, si presentò alle 15:00 puntualissimo e Laura salì subito in macchina. Dovevano percorrere 10 chilometri; durante il tragitto, era sorridente e gioiosa, ma ad un tratto cambiò espressione: in quel momento fu assalita dalla paura di vivere un'illusione.

Paolo si accorse di questo suo cambiamento repentino, e prendendole la mano disse:

<< Che cosa stai pensando? >>

<< Forse mi sto illudendo. Questa è l'ultima opportunità; dopo non saprò più in quale direzione andare. >> Rispose con gli occhi lucidi come se volesse piangere.

<< A quel punto l'avrò perso per sempre, e non saprò mai cosa avrebbe voluto dirmi mio padre. >>

Paolo comprendendo la sua emozione, rimase per un attimo in silenzio, poi rallentando accostò la macchina sul ciglio della strada e con la mano le prese il mento e girò il suo viso verso di lui. La guardò e disse:

<< Non voglio vederti così. Fidati di me non mollerò sino a quando non lo avrò trovato>>

Lei lo guardò con un sorriso che le illuminò il volto e poi gli disse:

<< Grazie, so che posso contare su di te. >>

<< Certo! se qui non dovessimo trovarlo, vorrà dire che qualcuno se ne sarà appropriato; in questo caso ci lavorerò per smascherarlo, ricordati che sono un avvocato! >> Disse Paolo per incoraggiarla.

Rasserenata da quelle parole, lo baciò sulla guancia, con molta gratitudine.

Dopo cinque minuti arrivarono. Era un posto di campagna dove c'era una casetta abitata e, accanto, una stalla con delle mucche. Fuori, un signore basso e robusto curava l'orto, appena li vide si avvicinò con aria sospettosa dicendo:

<< Chi siete? Cosa cercate? >>

<< Sono Paolo Carpelli, cerchiamo Fabrizio, è vostro figlio? >> Gli rispose gentilmente cercando di tranquillizzare quel signore che mostrava una evidente diffidenza.

<< Sì, ma cosa volete da lui? >>

<< Dobbiamo chiedere delle informazioni che solo lui può darci, perché riguardano un pianoforte che gli è stato donato qualche mese fa. >>

<< Ah!!... per quel pianoforte! >> disse l'uomo con un'aria infastidita, << In quel periodo abbiamo litigato; comunque ora ve lo chiamo. >>

Si avvicinò alla casa camminando lentamente ed un po' zoppicante; aprendo la porta lo chiamò.

Fabrizio dopo un po' uscì. Era un ragazzo di vent'anni dai capelli ricci con il volto di lentiggini. A primo impatto, trovandosi davanti a due persone sconosciute, aveva un'aria distaccata mantenendo uno sguardo accigliato anche dopo le presentazioni.

<< Cosa vi ha spinto a venire sin qui? Non vi conosco. >> disse con voce sottile che esprimeva il suo disagio.

<< Sappiamo che ti hanno regalato, qualche mese fa, un pianoforte; potremmo vederlo? >> disse Paolo.

<< Non capisco il motivo di questa vostra richiesta. >> Rispose il ragazzo mantenendo una posizione distaccata.

<< Perché ho scoperto, in questi giorni, che mio padre mi ha lasciato una lettera sotto la tastiera. >> Disse Laura con un sorriso che serviva a tranquillizzare il ragazzo per la sua giusta diffidenza. << Mio padre è morto, e puoi capire cosa significa per me ritrovare quella lettera. >> Disse Laura cercando di impietosire il ragazzo.

<< Mi dispiace! >> rispose colpito dall'espressione di Laura. <<Una lettera? Certo deve essere importante per lei. >> continuò.

Dai suoi occhi traspariva, che incominciava a sciogliere quei suoi dubbi assumendo un atteggiamento più disinvolto e sicuro.

Un attimo dopo si mise a loro disposizione dicendo: << Seguitemi! ora vi accompagno.>>

Entrarono in una stanza adiacente alla stalla e Laura vide il suo pianoforte in pessime condizioni. Le si strinse il cuore nel vederlo malridotto, in quel momento sentì di aver commesso un grave errore nel donarlo, si avvicinò per toccarlo e fu presa da un grande rammarico.

<< Ti è capitato di aprirlo dove c'è la meccanica?>> chiese Laura, ormai con un'aria più confidenziale.

<< No, non saprei nemmeno farlo. >> rispose il ragazzo; poi con tanta tristezza le rivelò la sua sofferenza. <<Avrei tanto voluto tenerlo in casa, ma mio padre non me lo ha permesso, e adesso si è rovinato, tanto che ci sono dei tasti che non suonano più. >>

<< Mi dispiace! >> disse Laura, colpita da quella rivelazione che fece emergere il lato tenero di

quel ragazzo. <<Vorrei aprirlo. >> continuò con un'emozione che le si leggeva negli occhi.

<< Apritelo pure! >> disse il ragazzo indietreggiando dal pianoforte per far spazio a Laura.

Lei conosceva il meccanismo, lo aveva visto tante volte a casa sua. Il loro giardiniere era anche musicista, sapeva suonare il piano e sapeva anche accordarlo. Il padre si riteneva fortunato per avere un giardiniere anche accordatore, perché così aveva la possibilità di tenere quel pianoforte sempre a posto pur avendo una meccanica rovinata.

<< Scusa, mi occorre un giravite. >> disse Laura al ragazzo << E' possibile averlo? >>

<< Sì, vado a prenderlo. >> rispose allontanandosi.

Tornò, subito dopo, con il giravite in mano. Laura, nel frattempo, aveva già tolto il coperchio della tastiera e quando ebbe il giravite, riuscì ad estrarre la meccanica, liberandola dalle viti che la tenevano fissata; infine si trovò a guardare sotto la tastiera rimuovendo i tasti un po' per volta, ma quando ebbe finito, purtroppo, non trovò nulla; si sentì sprofondare, in cuor suo sperava tanto in quel momento.

Rimise tutto a posto, e subito dopo, scrollando le spalle, andò via con Paolo, salutando e ringraziando Fabrizio per la sua gentile disponibilità.Ormai era invasa da una delusione profonda, appena risalita in macchina, telefonò alle ragazze che lavoravano nel suo locale e disse:

<< Milena, occupati tu della chiusura: ho bisogno di tornare a casa. >>

<< Signora, Vi è successo qualcosa? State poco bene? >> chiese con preoccupazione la ragazza.

<< No, non preoccuparti, mi sento solo stanca. >> Rispose rassicurandola.

Non appena chiuse la comunicazione, rimase in silenzio rifugiandosi nei suoi pensieri.

Stavano tornando a casa, e dopo dieci minuti di quel silenzio, volgendo lo sguardo verso Paolo che guidava, gli disse:

<< Una cosa è certa: il testamento esiste e si trovava proprio lì, mio padre non poteva

mentirmi. Qualcuno ne è entrato in possesso e lo tiene nascosto, non so per quale motivo. Ora la ricerca diventa sempre più difficile >>

<< Hai ragione Laura, ma non perdere la speranza di ritrovarlo! >>

Tornando a casa in anticipo, Giulia fu felice e Laura trascorse la serata in armonia con la figlia. Ma, appena si mise a letto rimase tanto tempo al buio con gli occhi aperti, pensando sempre la stessa cosa: <<dove sarà mai il mio testamento? Cosa mai ci sarà scritto, per indurre una persona a tenerlo per sè? >>

Con tutte queste domande, che le martellavano il cervello alle quali non sapeva dare risposta, si addormentò.

L'indomani si alzò con una forza interiore diversa, aveva deciso di combattere. Il padre le aveva insegnato che nella vita non bisogna mai arrendersi; una situazione difficile da risolvere non vuol dire impossibile, quindi mai arrendersi. Era giunto il momento di mettere in pratica gli insegnamenti che aveva ricevuto, e non voleva, di certo, deludere suo padre.

CAPITOLO 6

ALICE

Alice, pur rimanendo in disparte, aveva ascoltato la conversazione tra Laura ed il maestro.

Ne rimase indubbiamente colpita, ma non appena incominciò la lezione, fu presa dall'impegno che il pianoforte richiedeva e durante quell'ora rimase estranea alla vicenda di Laura.

Quando salutò il maestro ed andò via, ritornò a pensare alla strana storia che aveva ascoltato e si immedesimò in quella situazione che, purtroppo, Laura stava vivendo. Non solo aveva perso il padre, ma stava perdendo anche un qualcosa che il padre stesso desiderava lasciarle, e questo, pensò, doveva essere terribile.

Alice, una ragazza di ventitré anni, molto sensibile agli affetti familiari, era unica figlia ed aveva superato per ben due volte situazioni che l'avevano fatta tanto soffrire. La prima volta quando la mamma, abbandonò sia lei che suo padre per inseguire un folle amore; era successo tutto in così breve tempo, che si trovò impreparata a quel cambiamento di vita. All'inizio piangeva di nascosto e avvertendo il vuoto che le aveva lasciato, la detestava e si sentiva una ragazza sfortunata. Dopo circa due mesi, proprio quando riusciva a comprendere e quindi ad accettare il gesto della mamma, si presentò una seconda situazione, altrettanto dolorosa, cioè quando il padre portò a casa una donna che in poco tempo si stabilì, prendendo il posto di sua madre. Non riusciva ad accettare questa decisione del padre, anche perché la donna, con la quale doveva convivere, era poco rispettosa.

La circostanza che le ridette il sorriso e la gioia di vivere, fu di andare a convivere con il suo ragazzo: Marco Crespi.

Distaccandosi dal padre non doveva più sopportare la pressione della sua compagna che continuamente condizionava la sua vita: le impediva di studiare il pianoforte dicendole che le provocava mal di testa; inoltre aveva apportato cambiamenti in quella casa, facendola sentire una estranea.

Non sopportava più quella vita soffocante. Non appena Marco, accorgendosi della sua sofferenza, le fece la proposta di andare a vivere insieme, le si illuminò il viso, perché era felice di cambiare vita.

I due ragazzi erano fidanzati da due anni ed erano molto innamorati ed avevano una grande complicità ed intesa.

Quella mattina tornando a casa, i suoi pensieri giravano intorno al comportamento del maestro, per come si era posto nei confronti di Laura. Quasi istintivamente le passò nella mente un ricordo che le faceva presupporre una correlazione al testamento che cercava Laura e voleva subito consultarsi con il suo ragazzo.

Appena entrata in casa, Marco le propose di andare a mangiare fuori e lei fu contenta così avevano un po' di tempo per parlare in tranquillità, decisero di recarsi al locale "LIBROAMICO".

Appena entrati Laura rimase meravigliata nel vedere Alice con un bel ragazzo, era la prima volta che le capitava di vederla in compagnia.

<< Ciao, Alice! >> le disse mentre osservava quel ragazzo alto dai capelli di un biondo cenere e dagli occhi verdi.

<< Ciao, Laura, vorremmo fermarci per il pranzo. >>

Dopo aver ordinato, presero posto ad un tavolino; Alice poggiò la borsa su una sedia che stava accanto e prendendo le mani di Marco tra le sue, catturò la sua attenzione dicendo:

<< Marco, sono impaziente nel volerti raccontare quello che mi è accaduto stamattina, quando ero a lezione di pianoforte. >>

Lui, non riuscendo ad immaginare il motivo di quella impazienza insolita di Alice, guardandola rimase ad ascoltarla con curiosità.

<< Laura, la proprietaria di questo locale, stamattina è venuta a parlare con il mio maestro, perché da pochi giorni ha scoperto che il padre le ha lasciato un testamento in un pianoforte che purtroppo lei non ha più, in quanto lo ha donato. Era evidente, dalla espressione del suo viso, il grande rammarico che provava per essersi sbarazzata di quello strumento così prezioso.>>

<< Ma il tuo maestro cosa centra in tutto questo? >>

<< Quel pianoforte è stato portato all'istituto, ed il mio maestro aveva l'incarico di accordarlo >>

<< E tu perché sei così presa da questa storia? >>

<< Perché istintivamente mi sono ricordata di una scena che mi è successa circa tre mesi fa, che mi è rimasta impressa. >>

<< Di cosa si tratta? >>

Furono interrotti dall'arrivo del pranzo che avevano ordinato; e mentre mangiavano l'insalata continuarono la conversazione.

<< Una mattina mi recai a scuola per la solita lezione di piano e trovando la porta aperta, entrai senza bussare, vidi il maestro che stava leggendo un foglio, ma non appena si accorse della mia presenza, con uno scatto fulmineo lo nascose tra i libri. Questa è una scena che mi è rimasta impressa ed oggi mi fa nascere dei dubbi, perché posso anche pensare che stesse leggendo il testamento di Laura. Non ti

pare? >>

<< Sì, può essere anche giusto quello che pensi, ma non puoi esserne certa! >>

<< Sento che devo raccontarlo a Laura, magari lei, essendo la persona interessata, può fare pressione sul maestro per conoscere la verità. >>

<< Ma no! sbagli completamente! Non puoi raccontare in giro, supposizioni che ti passano nella mente, senza nessuna certezza di quello che dici. Ti rendi conto che, in questa maniera vai ad infangare la reputazione del tuo maestro? >>

<< È chiaro che devo puntualizzare il fatto che non ho prove in merito; è solo un episodio che ho collegato alla sua ricerca. >>

<< Continuo a dirti che stai sbagliando, non devi divulgare i tuoi pensieri così facilmente. Oltretutto non sei nemmeno una grande amica di Laura, quindi perché metterti in questa situazione? >>

<< La vicenda di Laura mi ha toccato nei sentimenti. Sai cosa significa non riuscire a

trovare il testamento? Ignorare per tutto il resto della vita ciò che tuo padre avrebbe voluto dirti? È come essere privata per sempre di un gesto d'amore di un tuo genitore; ed io ne so qualcosa, perché sono stata privata non solo dei gesti, ma anche della loro presenza. >>

Adesso Alice aveva gli occhi lucidi ed il viso arrossato: era evidente che inconsciamente, la sua sofferenza, vissuta in passato, stava riaffiorando.

Marco frenò questa sua emozione, accarezzandole il viso e tenendo le sue mani ben strette.

<< Alice, adesso calmati, non credo sia il momento giusto per parlare con Laura; rimanda a domani la tua decisione. >>

La ragazza, coccolata dalle attenzioni di Marco si tranquillizzò, accettando i consigli del suo ragazzo. Non appena ebbero finito di pranzare andarono via serenamente.

Il giorno successivo il locale fu molto frequentato da gente, sia in biblioteca sia al bar. Nel primo pomeriggio l'ora di punta era passata e Laura approfittò per una pausa caffè.

<< Ciao, amiche mie! >> disse Laura con un'aria stanca avvicinandosi ad Ida e Clara che erano sedute nel reparto salotto. << Finalmente un po' di riposo. >> disse dopo un respiro profondo per liberarsi dallo stress accumulato. << Che mi dite di nuovo? >> disse dopo aver sorseggiato il suo caffè.

<< Niente di particolare. Possiamo dirti soltanto che questi ultimi dieci giorni li abbiamo dedicati a studiare le abitudini della famiglia che abita in quel famoso villino. >> Rispose Ida.

<< È stato un lavoro abbastanza duro passare inosservati per non creare sospetti e, addirittura, alcune volte abbiamo dovuto nasconderci. Per fortuna quello è un posto dove ci sono molti alberi e cespugli; puoi immaginare le scene assurde che abbiamo dovuto vivere. >> disse Clara ridendo.

<< Adesso però siamo pronte ad intervenire. >> continuò Clara mentre sorseggiava il tè.

<< Sì, abbiamo notato che conducono una vita abitudinaria e questo ci facilita tutto, perché

conoscendo gli orari di uscita e di rientro sappiamo quando avvicinarci alla ragazza; il nostro obiettivo è offrirle la nostra amicizia. Penso che, quando si è soli, fa sempre piacere avere un amico. Non è vero?>> disse Ida.

<< Sì, lo penso anch'io. Sono contenta! Quindi fra poco avremo degli sviluppi in merito. Da parte mia posso dirvi che ogni sera, passando da quella strada continuo a vedere sempre quella luce intermittente. >>

<< E tu hai qualcosa da raccontare? >> disse Ida con molta naturalezza.

Ci fu un attimo di silenzio da parte di Laura, dovuta all'indecisione di renderle partecipe alle indagini per il ritrovamento del testamento. Ma alla fine prevalse la fiducia che lei ormai nutriva per loro e così raccontò tutto.

<< Incredibile! >> disse Ida << Ma adesso stai continuando ad indagare? Non mi dire che ti sei arresa. >>

<< No, non voglio arrendermi, solo che per il momento non so da dove incominciare perché sono priva di indizi. Anzi ne ho parlato con voi

anche per avere un aiuto. >>

<< Certo, Hai fatto benissimo! >> rispose Clara.

<< Quindi analizzando la situazione, possiamo dire che, sino ad ora, hai contattato solo tre persone; ma devi pensare che in quell'istituto ci sono sicuramente altri insegnanti. Quindi l'indagine potrebbe allargarsi ad altre persone che lo frequentano. >> disse Ida con molta convinzione.

In quel momento entrò Alice che dopo essersi fermata alla cassa si diresse verso il bar dove occupò il solito tavolino un po' appartato e mentre sorseggiava una spremuta di arancia si immerse nella lettura di un libro.

<< Allora, Laura, cosa ne pensi della mia idea? >> chiese Ida.

Le amiche si accorsero che era rimasta con uno sguardo fisso e non riuscivano a capire cosa stesse pensando o vedendo.

<<Laura, cosa ti è successo? >> chiese Clara scuotendole la gamba con la mano.

<< Oh! ... Scusate è che mi avete fatto venire in

mente un'idea. Adesso devo andare via ci vediamo più tardi. >>

Ida e Clara, prese da un improvviso sconcerto, la seguirono con lo sguardo e videro che si sedette al tavolino in compagnia di una ragazza dai capelli biondi e lisci.

<< Scusami Alice. Posso rubarti qualche minuto? >>

<< Certo, Laura, non preoccuparti. >>

<< Non so se stamattina hai sentito la conversazione con il tuo maestro. >>

<< Sì, a dire la verità, è stato inevitabile ascoltare e mi è dispiaciuto vederti andar via a mani vuote. >>

<< Purtroppo sto vivendo in uno stato di angoscia che devo cercare di superare. L'unica cosa che può farmi ritornare la serenità è riuscire ad avere tra le mani quel testamento. >>

<< Ti capisco perfettamente. Posso esserti utile in qualche modo? >>

<< Sì, siccome frequenti quell'istituto da due

anni, voglio chiederti se il giorno che hanno consegnato il pianoforte tu eri presente. >>

<< Sì, ricordo perfettamente quel giorno; mentre mi sedetti al pianoforte per prepararmi alla lezione sentì un movimento di gente nel corridoio e la donna, addetta alle pulizie, entrò velocemente nella mia stanza per spostare alcuni divani; successivamente entrarono quattro uomini che trascinavano un pianoforte a coda e lo sistemarono nello spazio vuoto che la donna aveva creato. Il maestro tardava a venire ed io incuriosita mi alzai e mi avvicinai a quel pianoforte. Sollevai il coperchio e vidi che aveva una tastiera un po' consumata, addirittura c'erano dei tasti che avevano le placchette in avorio spezzate. >>

<< Sì, era proprio il mio pianoforte! >> disse Laura con gioia. << Dai raccontami tutto quello che hai visto.>>

<< Il mio maestro arrivò subito dopo e rimase meravigliato nel vedere un secondo pianoforte a coda.>>

<< Nient'altro? >> chiese Laura felice di

110

conoscere quei dettagli. << Puoi dirmi poi cosa è successo? >>

<<Per fortuna ho potuto assistere al seguito. La mattina successiva avevo lezione di armonia; quando entrai rimasi colpita nel vedere quel pianoforte aperto. Il maestro mi spiegò che aveva intenzione di accordarlo, ma controllando la meccanica si rese conto che c'erano da fare degli interventi in particolar modo su alcuni martelli consumati   che rovinavano il suono. Per questo motivo era stato costretto a rimuovere dei tasti. >>

<< Quindi hai visto il pianoforte smontato e aperto? >> chiese con stupore, notando che quel racconto non corrispondeva alla versione del maestro, il quale aveva dichiarato di non averlo aperto.

<< Sì, è proprio così >> affermò Alice << inoltre devi sapere che però, quando mi sono recata dopo tre giorni, per la lezione successiva il pianoforte era stato ricomposto e mentre stavo aspettando il maestro, vidi entrare all'improvviso il Direttore seguito da una squadra di quattro uomini i quali gli chiesero

dove avrebbero dovuto portare quel pianoforte. Il Direttore, prontamente rispose dicendo: in "Via Alessandro Manzoni, 5 al terzo piano" >>

<< Sei sicura di questa via? Come fai a ricordarla? >>

<< Mi è rimasta impressa perché è la stessa dove abitava Marco, il mio ragazzo. >>

<< E dopo cosa è successo? >> chiese Laura incuriosita da quel racconto.

<< Quel giorno portarono via quel pianoforte; ma la cosa strana è che dopo circa un mese, lo riportarono e di questo non so spiegarti il motivo. >>

<< Non hai più nulla da dirmi? >>

<< Per una settimana, il maestro, tutte le mattine alle 7:00 si recava all'istituto per sistemare quel pianoforte. Me lo raccontò lui stesso che era preso da quel lavoro. Una mattina appena arrivata, lo trovai che suonava con soddisfazione, felice di averlo sistemato, anzi mi disse che aveva un suono bellissimo. Questo non è durato tanto perché il maestro si accorse che

quel piano presentava, purtroppo, un danno difficile da ripararsi, Infatti incominciò a lamentarsi sino a spazientirsi completamente perché non manteneva l'accordatura.

Un giorno, il maestro, parlando per caso con la donna addetta alle pulizie dell'istituto, sentì che parlavano di un nipote della donna, il quale aveva tanta voglia di imparare a suonare il piano, ma non aveva le possibilità per acquistarlo e così, il maestro, dopo essersi consultato con il direttore decise di donarlo. Due giorni dopo, il pianoforte non c'era più e quindi non so dirti più nulla, non so che fine abbia fatto.>>

<< Alice, ti ringrazio tanto per avermi raccontato tutta questa storia che ignoravo completamente e che non so perché non me l'abbiano raccontata. Comunque scusami se ti ho fatto perdere del tempo, te ne sono grata. >>

<< Non ci pensare nemmeno, se posso fare qualcosa che ti può essere di aiuto, ne sono felice. >>

Laura fu chiamata da Milena per un problema alla cassa, lei accorse subito dovendo reprimere l'emozione che aveva provato ascoltando Alice. Successivamente ritornò dalle sue amiche, si sentiva in dovere di dare delle spiegazioni per come le aveva lasciate.

<< Scusate se prima, vi sono apparsa strana. >> disse Laura sedendosi accanto a Ida.

<< Ci siamo un po' preoccupate, ma alla fine abbiamo capito che avevi da dire qualcosa a quella ragazza.>>

<< Sì, infatti mi avete fatto venire voi l'idea di parlare con Alice.>>

<< Si chiama così? >> chiese Clara.

<< Sì, ed è un'allieva del maestro che ha accordato il mio pianoforte in quell'istituto. >>

<< Allora è stato interessante parlare con lei! >> osservò Clara.

<< Sì, in effetti è stato utile perché mi ha aperto il campo delle indagini. >>

Le due amiche rimasero ad ascoltare con molta attenzione.

<< È interessante sapere che il pianoforte è stato subito trasferito in un altro posto. Ora bisogna scoprire, cosa c'è in via Alessandro Manzoni, 5 >> disse Ida con fermezza.

Intanto si era fatto tardi ed era orario di chiusura, le due amiche si alzarono per andar via e Laura con le ragazze si dedicò alla sistemazione del locale.

Dopo un po' era già in macchina immersa in mille pensieri.

Arrivata a casa si fece subito una doccia per eliminare la stanchezza di quella giornata e dopo cena, come al solito, accompagnò Giulia a dormire e non appena la lasciò tranquilla nel mondo dei sogni, raggiunse Paolo che si rilassava in salotto con una buona lettura.

Laura si sedette accanto e gli raccontò tutto l'accaduto di quella giornata.

<< Ma, allora, il pianoforte ha avuto un'altra destinazione! >> disse con meraviglia.

<< Sì, e dobbiamo scoprire a chi è stato consegnato. >>

<< Sono d'accordo. Non credo sia difficile; comunque, me ne occuperò domani. Non

preoccuparti! >>

CAPITOLO 7

CHIARA

Ida e Clara stavano percorrendo la strada verso il villino misterioso, volevano arrivare un po' prima dell'orario di uscita dei due uomini che abitavano in quella villa, per essere sicure di trovare la ragazza da sola.

Girarono in Via Torretta che costituiva l'ultimo tratto di strada, parcheggiarono a venti metri prima della villetta e restarono in macchina per tenere sotto controllo la situazione. Dopo cinque minuti videro uscire dal cancello di quel villino una macchina e nel momento in cui passò davanti a loro riconobbero alla guida il ragazzo. Ora si aspettavano l'uscita dell'uomo più anziano, perché avendo osservato nei giorni precedenti le sue abitudini, sapevano che quello era il giorno in cui usciva per la spesa; dopo circa 10 minuti ebbero conferma: l'uomo passò davanti a loro con la sua autovettura.

<< Adesso incomincia la nostra avventura. >> disse Clara scendendo dalla macchina.

Ida la seguì ed arrivarono insieme al cancello; furono sorprese nel vedere la ragazza uscire di casa. Istintivamente le due amiche si nascosero, però continuando a sbirciare videro la ragazza scendere le scale e fermarsi in giardino ad osservare le sue piante.

Era una ragazza magra, dai capelli di un castano chiaro, lunghi, che portava raccolti sulla nuca; indossava un paio di jeans, maglietta bianca e scarpe sportive bianche.

Evidentemente non si accorse della loro presenza perché continuò, tranquillamente, ad osservare le sue piante, eliminando foglie secche ed erbaccia che si era formata nei vasi. Nel momento in cui si stava sedendo sulla panchina che si trovava sotto un albero di ciliegio, Ida tirò Clara per poterle parlare nell'orecchio sottovoce.

<< Dobbiamo escogitare qualcosa per attirare l'attenzione! >> disse Ida tirando ancora il braccio di Clara.

<< Smettila di tirarmi così! Mi fai cadere! >>

<< Grazie! Mi hai fatto venire una splendida idea! >> disse Ida ancora sottovoce; Subito dopo,

118

mettendosi davanti a Clara, all'improvviso cadde per terra rimanendo distesa a pancia in giù gridando per il dolore alla gamba.

Clara si spaventò e subito si prodigò ad aiutarla, ma quando vide che Ida le fece un occhiolino di nascosto, capì che stava recitando.

<< Dai grida! Fai capire che hai bisogno di aiuto! >> le suggerì Ida intercalando le parole ai lamenti che simulavano il dolore alla gamba.

<< Ida, Cosa ti è successo? Dimmi dove senti dolore? >> disse Clara gridando per attirare l'attenzione.

<< Mi fa molto male la caviglia! >> Le disse lamentandosi.

Erano riuscite nel loro intento:

<< Avete bisogno di aiuto? >> disse la ragazza aprendo il cancello. Potete sedervi qui sulla panchina, entrate pure! >>

<< Grazie, signorina! >> disse Clara sorreggendo con un braccio l'amica. << Non riesco a spiegarmi come sia potuto succedere.>>

<< Ho preso una buca che mi ha fatto perdere l'equilibrio ed ho sforzato la caviglia. >> disse Ida continuando ad avere una voce lamentosa << E pensare che oggi, approfittando di questa bella giornata di Sole avevamo voglia di farci una lunga passeggiata.>> disse Ida tenendo una mano stretta alla caviglia. << Ahi! quanto mi fa male! ...Temo che dobbiamo rinunciare: non riesco a camminare. >> e guardando la ragazza negli occhi continuò dicendo: << e pensare che passiamo spesso da queste parti, siamo innamorate di questa zona molto tranquilla dove la natura non lascia spazio allo stress. >>

<< Anche lei ha avuto il desiderio di stare un po' all'aperto! Vero? Ho notato che ama molto le piante!>> disse Clara guardando la ragazza

<< Sì, questa passione me l'ha trasmessa mia madre, che adesso non c'è più. >> disse con nostalgia; poi, riprendendosi subito, continuò dicendo: << Oggi sono stata attratta da questo Sole mattutino che non capita spesso a Dicembre>>

Le guardò con un sorriso, e sentendo i lamenti di Ida, si alzò dicendo:

<< Vado a prenderle un po' di ghiaccio, sicuramente le farà bene! >>

Le lasciò sole in giardino e Clara approfittando del momento disse sottovoce:

<< Ida, sei stata uno spettacolo! Non credevo fossi così brava a recitare! >>

<< Mi meraviglia, invece, l'ospitalità di questa ragazza, è proprio brava! >> bisbigliò Ida.

Interruppero i loro commenti riprendendo a recitare, perché videro la ragazza arrivare con la borsa di ghiaccio che dette subito ad Ida.

<< Grazie! Lei è molto gentile! >> disse mentre sistemava il ghiaccio sulla caviglia. Poi continuò dicendo:<< Non ci siamo presentate!   Io mi chiamo Ida e lei Clara. >>

<< Mi chiamo Chiara. >> disse la ragazza stringendo la mano alle due donne.

Noi siamo amiche da più di dieci anni, e pensa ci siamo conosciute in un letto di ospedale, >> disse Clara ridendo. << Da allora non ci siamo più lasciate.>>

<< Sì, sono molto convinta che la forza del destino non ha limiti e non ha protocolli; anche un cimitero può essere un luogo fantastico per un incontro formidabile! >> con questa frase risero tutti.

Ida e Clara rimasero sorprese nel vederla ridere,

<< Certo sei molto simpatica! Ed anche sorridente! Non ti immaginavamo così socievole. >>disse Clara. In tono confidenziale dandole anche del tu.

<< Perché mi sta dicendo questo? A cosa si riferisce? >> disse Chiara con un atteggiamento rispettoso continuando ancora a dare del lei.

Clara si pentì, per aver fatto quella constatazione, perché adesso si trovava in difficoltà a rispondere.

<< Dobbiamo confessarti che abbiamo assistito, involontariamente, a delle scene poco piacevoli, dove alcune persone, quasi burbere, ti hanno fatto soffrire; anzi cogliamo questa occasione per dirti che desideriamo offrirti la nostra amicizia, anche come forma di aiuto. >> disse Ida parlando seriamente.

<< Vedi, questo momento di dialogo con te ci ha reso felici, soprattutto perché ti abbiamo visto più serena e sorridente, a differenza di quei momenti in cui ti hanno fatto piangere. >> disse Clara

Queste parole scaturirono una reazione da parte della ragazza, perché immediatamente si alzò dicendo:

<< Adesso vi prego di lasciarmi da sola. Devo salutarvi e rientrare in casa. >>

Ida si alzò simulando una camminata zoppicante e mentre stava restituendo la borsa di ghiaccio, Chiara le disse:

<< Non importa, può tenerla! >>

L'espressione della ragazza ormai aveva perso quel sorriso che poco prima la illuminava.

Appena uscirono dal giardino, chiuse immediatamente il cancello e mentre rientrava in casa Ida cercava di dissuaderla parlando a voce alta.

<< Scusa se ti abbiamo ferita, non volevamo essere scortesi, forse abbiamo sbagliato, ma devi

crederci da parte nostra puoi avere una pura amicizia ed anche aiuto se lo desideri! >>

<< Pensaci, Chiara! >> gridò Clara.

Ma fu tutto invano, la ragazza chiuse la porta e non apparve nemmeno dietro ai vetri della finestra. Le due amiche rimasero ancora un po' ad aspettare, sperando ancora di rivederla, ma niente.

<< Peccato! Eravamo riuscite così bene ad avvicinarla e poi abbiamo rovinato tutto! >> disse Ida mentre camminavano verso la macchina.

<< Forse ci siamo precipitate a raccontarle quello che conoscevamo della sua famiglia; dovevamo trattarla, ancora per un po' di tempo, in incognita sino a diventare sue amiche per instaurare un rapporto di fiducia e stima>> osservò Clara.

Con queste riflessioni andarono via, ma questa volta con una testardaggine maggiore di riprovarci e di voler riuscire, nel loro progetto: quella ragazza aveva bisogno di aiuto.

Dall'altra parte della città, Paolo stava parcheggiando in Via Alessandro Manzoni, proprio davanti al numero civico 5. Scese dalla macchina ed entrò nel portone che fortunatamente aveva trovato aperto; salì al terzo piano e qui c'era solo una porta, si avvicinò lentamente senza far rumore soffermandosi a leggere la targhetta dove trovò scritto: Dott. Leoncavallo Mario.

<< Ma chi sarà mai questa persona? >> si domandò.

Adesso doveva cercare di indagare per poterla contattare.

Andò via subito, ma si fermò in portineria:

<< Mi scusi può dirmi se il Dott. Mario Leoncavallo è uscito? >>

<< Sì, può trovarlo nel bar che si trova di fronte al portone. >>

<< La ringrazio! >> disse andandosene.

Entrò nel bar, ed ordinò un caffè per potersi

sedere ed osservare le persone che in quel momento erano sedute lì. Girando lo sguardo intorno riconobbe subito il direttore dell'Istituto Sacro Cuore, che parlava con atteggiamento serio con una persona; Paolo riconobbe anche quest'ultima, in quanto era un avvocato molto conosciuto in Pretura.

<< Forse sarà il Direttore di quell'Istituto, la persona che abita al terso piano? >> disse tra sé.

Andò via subito ed appena si sedette in macchina, telefonò all'Istituto.

<< Buongiorno! Ufficio di segreteria dell'Istituto Sacro Cuore. Come posso esserle utile? >> rispose una voce di ragazza.

<< Vorrei parlare con il Dott. Mario Leoncavallo. >>

<< Mi dispiace, non è ancora arrivato; con chi parlo? >>

<< Non ha importanza riproverò più tardi >>

Adesso, Paolo aveva avuto la certezza: il pianoforte era stato consegnato alla casa del direttore; ora doveva scoprire il perché, spinto anche dal fatto che glielo aveva tenuto nascosto.

Intanto le due amiche si fermarono da Laura per raccontarle tutto l'accaduto di quella mattina.

<< Ora sappiamo che quella ragazza si chiama Chiara. >> disse Ida, come se avesse raggiunto già un traguardo.

<< Possiamo anche dire che è una ragazza di buon animo perché è venuta subito a soccorrerci. >> osservò Clara.

<< Inoltre ha manifestato la gioia di essere in compagnia, perché con noi è stata subito sorridente. Ci ha sorpreso tanto, scoprire questo suo aspetto che non conoscevamo. >> replicò Ida

<< E allora, perché vi ha mandato via in un momento in cui volevate solo offrirle la vostra disponibilità? >> disse Laura.

<< Sicuramente abbiamo toccato il suo lato dolente: la famiglia. Evidentemente si vergogna e vuole evitare di parlarne. >> rispose Ida.

<< Sì, ma è un controsenso inviare dei segnali e poi rifiutare un aiuto, nel momento in cui una persona glielo offre. Non ti pare? >> disse Laura.

<< Dobbiamo pensare che è una ragazza molto giovane, forse avrà venticinque anni, poi ha perso la mamma e quindi è sola, non ha nessuno che la guidi. >> disse Ida con molta comprensione.

Mentre chiacchieravano, Clara fu attratta da una persona che in quel momento stava entrando nel locale.

<< Ida! Guarda chi c'è! >> disse sottovoce.

<< Ah! Sì, è proprio lui! >> le rispose meravigliata.

<< Ma di chi state parlando? >> disse Laura con uno sguardo accigliato provocato dalla curiosità.

<< Guarda, Laura, quel signore che adesso sta pagando alla cassa, è l'uomo che tratta male Chiara. Presumiamo sia il fratello. >> disse Clara.

<< Non ci posso credere! >> esclamò Laura. << Quella è la stessa persona che insegna musica all'Istituto Sacro Cuore; ed è con lui che ho parlato del mio testamento perché è anche accordatore. >>

<< Ma guarda che coincidenza! >> rispose Clara

128

con meraviglia.

Rimasero ad osservarlo e videro che, con tranquillità, si sedette poggiando sul tavolino un bicchiere alto contenente una bibita, subito dopo ricevette una telefonata che lo tenne impegnato per circa 5 minuti; successivamente, continuando a sorseggiare la bevanda, si guardava intorno, osservando il locale dall'alto in basso. Quando finì di bere, si alzò e si spostò nel reparto biblioteca, qui salì la scaletta che portava sul ballatoio per accedere ai libri posti più in alto e con calma girò per tutto il perimetro della biblioteca sino ad arrivare alla scaletta opposta dalla quale scese.

Le due amiche e Laura erano rimaste ancora sedute in conversazione nel reparto salotto, ma spostarono le loro sedute per poter osservare Renzo Raffi nel reparto biblioteca.

<< Guarda! Adesso si è seduto a quella scrivania >> disse Ida, notando che aprì un libro ma il suo interesse era altrove.

<< Chissà perché si guarda intorno >> osservò Laura. << Si direbbe interessato all'arredamento

di questo locale. >>

<< Sì in effetti, anch'io ho notato la stessa cosa. >> affermò Clara.

Dopo un po' andò via, lasciando le tre donne con tanta perplessità; mentre commentavano il comportamento di quell'uomo squillò il telefono di Laura.

<< Scusatemi un momento! >> disse rivolgendosi alle amiche. << Dimmi Paolo, cosa c'è? >> e dall'altra parte del telefono, Paolo rispose raccontando la scoperta che aveva fatto quella mattina.

<< Allora, questo significa che il pianoforte è stato un mese a casa del direttore! >> rispose con meraviglia.

<< Sì, adesso ho intenzione di pedinarlo. >> rispose Paolo

<< Certo! È un modo per riuscire a scoprire qualcosa in più. >> disse Laura.

Finita la conversazione con Paolo, le due amiche che avevano ascoltato la telefonata, rimasero a guardare Laura in attesa di chiarimenti.

<< Paolo mi ha appena detto che ha intenzione di pedinare il direttore di quell'istituto per riuscire a scoprire la motivazione del trasferimento a casa sua del nostro pianoforte. >> e poi guardando le amiche chiese: << Che dite, è giusto? >>

<< Certo è sorprendente una notizia del genere, anche perché non ve lo ha rivelato quando siete andati a parlare con lui. >> disse immediatamente Clara.

<< Laura, ti auguro che tu possa avere subito notizie concrete sul tuo testamento >> Disse Ida abbracciandola, e dimostrando la sua solidarietà.

CAPITOLO 8

L'AFFRONTO

Marco Crespi era un giovane di ventinove anni, laureato in architettura ed era impiegato presso lo studio associato di architetti denominato "AL.FA. S.R.L." che si trovava nella zona centrale di Cremona.

Aveva iniziato come tirocinante, per un periodo di otto mesi, durante il quale, avendo fatto emergere le sue attitudini lavorative, gli fu proposto di collaborare in quella equipe.

Marco, non esitò ad accettare e a distanza di cinque anni era riuscito a raggiungere, in quell'ufficio, una posizione di rilevante importanza. Il suo temperamento forte e determinato, aveva contribuito al successo, in quanto, pur essendo così giovane, era sempre riuscito a farsi rispettare affermando la sua professionalità e a raggiungere gli obiettivi che si prefiggeva.

Da circa due mesi aveva iniziato la convivenza

con Alice, dando una svolta alla propria vita, ma, da questo cambiamento, era sorto in lui il desiderio di svolgere la sua professione in maniera autonoma. Gli mancava la disponibilità economica sufficiente per affrontare l'apertura di un nuovo studio, ma il pensiero di raggiungere tale obiettivo, non lo abbandonava, infatti ne parlava spesso con Alice.

Quella mattina, in ufficio, seduto alla scrivania, stava lavorando su di un progetto di arredamento e ristrutturazione; era un lavoro un po' impegnativo, perché riguardava la villa di un cliente facoltoso ed esigente, ed aveva quattro giorni per presentare i suoi progetti e preventivi.

All'improvviso, quel discorso di Alice, riguardante il comportamento strano del suo maestro, affiorò nella sua mente inducendolo a delle riflessioni:

<<Penso che Alice abbia ragione; nascondere un foglio, appena si vede qualcuno, presuppone un qualcosa che non si vuol rendere noto agli altri: è abbastanza logico come discorso! >>

Dopo aver bevuto un succo di frutta che aveva sulla scrivania, riprese il suo lavoro cercando di liberare la mente da quel pensiero.

Purtroppo perdeva la concentrazione: gli affiorava sempre nella mente il pensiero che quel maestro potesse tenere nascosto un testamento.

<< Un testamento è da affiancare sempre ad un qualcosa di valore e quel maestro, per tenerlo nascosto, ne trarrà sicuramente beneficio >> sussurrò tra sé.

Quella convinzione, ormai, si era insidiata nella sua mente.

<< Basta! Oggi non riesco a lavorare! >> disse gettando la matita all'aria.

Con i gomiti sulla scrivania tenendo la testa tra le mani, sembrava un disperato.

Rimase così fermo per qualche minuto, poi istintivamente si alzò lasciando il suo lavoro aperto ed incompleto sulla scrivania.

<< Devo andare via; devo agire in qualche modo! >> disse tra sé.

Non prese la macchina, preferì camminare, così aveva modo di scaricare la tensione accumulata. Si stava dirigendo verso l'Istituto Sacro Cuore, voleva affrontare il maestro Renzo Raffi per scrutare nei suoi occhi la verità.

Erano le 10:30 quando arrivò all'istituto, appena varcata la soglia del cancello i suoi passi erano accompagnati dalla dolce musica del Notturno di Chopin op. 9 n. 2 che proveniva dall'interno e questo gli dava conferma della presenza del maestro.

All'entrata del portone non trovò nessuno; si lasciò trasportare da quella musica, cercando di capire il punto di provenienza; subito dopo, passando davanti alla prima porta che si trovava a sinistra, capì che quella doveva essere la stanza del maestro. Lentamente aprì la porta e vide un uomo che suonava.

Non essendo stato notato, la richiuse e rimase ad aspettare in corridoio.

Non appena quella musica fu terminata, bussò.

<< Avanti! >> rispose il maestro.

<< Buongiorno! È lei il maestro Raffi? >>

<< Sì, cosa desidera? >>

<< Ho bisogno di parlarle di una faccenda molto delicata e seria. >>

Il maestro con uno sguardo accigliato lo invitò a sedersi, e poi disse:<< Posso sapere chi è lei? >>

<< Non ha importanza il mio nome, è invece molto importante quello che ho da dirle. >>

<< Allora, mi dica pure! >>

Ora Marco, trovandosi faccia a faccia con il maestro, lo guardava fisso negli occhi, ma non sapeva da dove iniziare l'argomento; poi con atto di coraggio assunse un atteggiamento che mostrava sicurezza per riuscire ad intimorirlo, quindi iniziò a parlare bluffando << Se sono qui, è perché ho la certezza di quello che sto per dirle, quindi la invito a non mentire, sarebbe inutile per lei. >>

<< Non riesco a seguirla. Non può essere più esplicito? >> disse il maestro disorientato da quelle parole.

<< Qualche mese fa, mentre riparava un pianoforte, che vi arrivò qui per donazione, ha trovato sotto la tastiera, un testamento e se ne è appropriato nascondendolo gelosamente. Sono qui perché voglio quel testamento altrimenti riferirò tutto a Laura. >>

<< Ma cosa sta dicendo! Non ho trovato niente e tanto meno un testamento. >> rispose il maestro con un tono più acceso.

<< È inutile alzare la voce e stia calmo! Le ripeto che ho le prove di quello che sto affermando. >>

<< Quali sono queste prove? >> Disse il maestro a voce alta alzandosi in piedi.

Marco alzandosi in piedi anche lui, lo afferrò dal colletto della giacca e tirandolo verso di sé disse:

<< Non sono tenuto a dimostrare quello che sto affermando con sicurezza. Al momento giusto, se sarà necessario, esibirò tutte le prove che la inchioderanno. >>

<< Mi lasci stare, non ha nessun diritto di trattarmi in questo modo >> rispose il maestro cercando di svincolarsi da quelle mani che gli

stringevano il collo. In quel momento qualcuno bussò alla porta.

<< Adesso vado via, ma le assicuro che verrò spesso a trovarla. >>Poi lo mollò di colpo e si diresse verso la porta.

Bussarono daccapo.

<< Avanti! >> disse Renzo.

<< Maestro, potete recarvi un momento in segreteria? >>

<< Arrivo subito >> rispose licenziando quella ragazza.

Mentre Marco stava uscendo il maestro gridò:

<< Lei è un pazzo. >>

Marco si voltò e disse:

<< Non sto scherzando! E non sono nemmeno pazzo! Le consiglio di riflettere! Non mi fermerò sino a quando non mi avrà mostrato quel testamento! >> disse guardandolo con fermezza, poi avvicinandosi ancora di più continuò dicendo:

<< anzi, stia bene attento a quello che sto per dirle: d'ora in poi ponga attenzione dove mette i suoi libri! >> Immediatamente andò via lasciando il maestro in un'enorme confusione mentale.

Mentre Marco percorreva a piedi la strada di ritorno per il suo ufficio, si domandava se il suo intervento fosse stato corretto. Non poteva essere sicuro che il maestro avesse quel testamento però faceva leva sul suo istinto che di solito non sbagliava e questo lo convinceva sempre di più di aver agito nella maniera giusta.

Il fatto stesso che quella mattina fu spinto da una forza maggiore ad affrontarlo per lui significava qualcosa. Arrivato in ufficio riprese il suo lavoro, ma si sentiva in agitazione per il confronto che aveva sostenuto e non riusciva ancora a concentrarsi, quindi pensò di distrarsi andando a fare la spesa per poi rientrare a casa.

Alice, rimase sorpresa nel vederlo rientrare prima del solito e mentre lo aiutava a sistemare la spesa gli chiese:<< Come mai così presto oggi? >>

<< Ho impegnato tutta la mattinata a lavorare ininterrottamente su di un progetto, essendo un lavoro impegnativo, ho accusato un po' di stanchezza ed ho sentito la necessità di staccare. E tu cosa hai fatto? Hai raccontato a Laura quella scena dubbiosa del maestro? >>

<< No, ho pensato che avessi ragione tu, e ho ascoltato il tuo consiglio; però Laura si è avvicinata per farmi delle domande inerenti al periodo in cui consegnarono il suo pianoforte all'istituto, e così le ho raccontato tutto quello che sapevo. >>

<< Non pensi più, quindi, a quella vicenda del foglio nascosto tra i libri? >>

<< Sì che ci penso! Anzi vorrei indagare; ti confesso che d'ora in poi, nei momenti propizi, mi metterò a frugare. Che ne dici? >>

<< Sì, è un'ottima idea; però fai attenzione perché potresti insospettirlo e compromettere il vostro rapporto. >>

Alice lo guardò facendogli una smorfia scherzosa e poi disse: << Non sono così stupida! >>

Lui l'afferrò con un braccio e tirandola a sé la baciò appassionatamente.

Renzo Raffi uscì dall'istituto con un'aria pensierosa: l'accaduto di quella mattina lo aveva sconvolto.

<< Ma chi sarà mai quella persona! non l'ho mai vista! E poi cosa vuol dire: ponga attenzione dove mette i suoi libri! >> Si domandava cercando di dare una spiegazione a quella frase che ormai gli tornava sempre nella mente. Si sentiva spiato, e questo lo rendeva insicuro nei comportamenti, infatti prima di mettersi in macchina, si guardò intorno e una volta seduto alla guida, il suo sguardo si posò spesso sullo specchietto retrovisore. Questo stato d'ansia gli procurò nervosismo, tanto da influire sulla capacità di guida: uscendo dal parcheggio non si accorse dell'arrivo di una macchina e quindi andò a scontrarsi.

In un attimo si ritrovò lo sportello sinistro tutto ammaccato, lo specchietto penzolante ed il faro sinistro ridotto in mille pezzi per terra.

Istintivamente dette un pugno sul volante ed

uscì dalla macchina infuriato come se volesse aggredire la persona che guidava l'altra macchina; quando si accorse che si trattava di una donna, mise a freno i suoi impulsi e si limitò solo ad offenderla; infine con l'aiuto dei vigili urbani che si trovarono in zona, dovette calmarsi e dopo aver firmato il verbale andò via.

<< Oggi è proprio una giornata nera! >> disse tra sé sbuffando.

Appena tornato a casa, Chiara stava apparecchiando la tavola e accorgendosi che Renzo entrò senza salutare, immaginò che dovesse essere di pessimo umore; poi sentì sbattere la porta della sua stanza, a quel punto non osò nemmeno chiamarlo per dirgli che era pronto da mangiare, perché sapeva che le avrebbe risposto male. Renzo dopo un po' entrò in cucina e si sedette a tavola.

<< Non hai messo ancora l'acqua ed il vino a tavola, dormigliona! >> gridò.

Chiara con molta pazienza provvide subito, ma in quei momenti tremava di paura; se avesse provato a parlargli con calma, sarebbe stato peggio.

La mattina successiva Alice aveva lezione di pianoforte e si presentò a scuola puntualissima, il maestro arrivò dopo poco con la sua solita borsa che conteneva i libri. Mentre stavano completando la lezione, si presentò una donna insieme al figlio di 15 anni; il maestro non approvò questa intromissione e le disse subito:<< Signora, mi dispiace ma adesso non posso riceverla, sto facendo lezione; la prego di aspettare in corridoio, la chiamerò non appena avrò finito. >>

La signora con gentilezza gli rispose: Mi scusi, non voglio sembrarle scortese o prepotente, ma ho il pullman che parte fra mezz'ora, quindi le chiedo, per cortesia, di poter avere un colloquio in questo momento. >>

Il maestro immedesimandosi nell'esigenza di quella donna ed apprezzando la sua gentilezza, guardò Alice e le disse:

<< Scusami, devo interrompere per un momento, arrivo subito. >>

Avvicinandosi al divano posto al centro di quella

sala, invitò la signora ad accomodarsi con il figlio. Rimasero a parlare circa dieci minuti poi il maestro prese la sua agenda e li accompagnò in segreteria per effettuare l'iscrizione e fissare i giorni delle lezioni.

Non appena uscirono dalla stanza, Alice, rimasta sola approfittò subito di quel momento e velocemente aprì la borsa del maestro dove c'erano dei libri di musica, e con il batticuore ne prese uno e si mise a sfogliarlo, ma non trovò nulla; ne prese subito un altro, lo sfogliò, ma niente. Dopo si alzò per accertarsi che il maestro fosse ancora occupato e subito ritornò al suo posto prese un terzo libro e mentre lo sfogliava comparve un foglio piegato; lo aprì: si trattava di una lettera; subito saltò agli occhi la firma e la dedica:<< Ti aspetto con amore. Lisa >>. Rimase colpita e non avendo il tempo per leggerla, prese velocemente il telefonino ed in un attimo scattò la foto per memorizzarla. Intanto nella borsa c'erano ancora due libri da controllare, ne prese uno e dopo averlo sfogliato riuscì a rimetterlo a posto, ma nel momento in cui stava sfogliando l'ultimo libro entrò il maestro, fu fortunata perché dietro di lui c'era il direttore che lo chiamò e lo esortò a seguirlo. Alice con il cuore alla gola continuò a controllare l'ultimo libro dove trovò solo una ricevuta della biblioteca. Velocemente chiuse la borsa ed emanò un sospiro di sollievo per cacciare la tensione che si era procurata con quell'azione folle. Si rilassò per un attimo e mentre riprese a suonare rientrò il maestro che si sedette accanto per completare la lezione, non accorgendosi di nulla.

Quando Alice andò via, per strada pensava a quella lettera, e alla fortuna di quel momento in cui stava per essere scoperta. Rientrata a casa trovò Marco in cucina e lei frizzante di gioia, lo invitò a sedersi.

<< Marco, ho da mostrarti il risultato della mia indagine sul maestro. >>

<< Davvero? Non mi dire che hai trovato il testamento! >>

<< No purtroppo; però ho trovato una lettera d'amore; vieni siediti accanto che la leggiamo insieme! >

Così, seduti sul divano lessero la lettera:

"Cremona, 3 Settembre. 2018

Renzo, caro amore mio ti scrivo questa lettera perché non riesco a dirti a voce quello che provo per te; da quando ci siamo guardati e mi hai preso la mano, non faccio altro che pensarti.

Aspettare il giorno della lezione, è troppo per me, non riesco a starti lontano.

Ti prego rispondimi!

Incontriamoci domani mattina al bar a colazione, per poter parlare apertamente di noi due. Spero tanto che anche tu possa provare questo sentimento, per me sarebbe una grande felicità.

Ti aspetto con amore.

Lisa."

Alice guardò Marco e con profonda riconoscenza gli disse:

<< Marco, penso proprio che tu hai avuto ragione, forse, questo è il foglio che ho visto nascondere quel giorno, quando si accorse della mia presenza. Ti ringrazio per avermi fermata,

perché avrei trasmesso a Laura dei sospetti infondati. >>

Marco guardandola le disse con un sorriso:

<< Questa è una lezione di vita: non bisogna mai agire in una maniera avventata. >>

<< Sì, anche mio padre mi ha sempre insegnato che la riflessione deve essere l'anticamera del parlare per non commettere azioni insensate. >>Si abbracciarono.

Marco però, mentre la teneva stretta tra le braccia aveva un atteggiamento spiazzato: quella lettera aveva scombinato la sua presa di posizione nei confronti del maestro. Ora non sapeva se mollare o continuare a perseguitarlo.

CAPITOLO 9

IL DIRETTORE

Erano le 8:00 di mattina quando Paolo, impaziente di incontrare il suo investigatore privato, era rimasto ad aspettarlo sul marciapiede, sotto allo stabile del suo ufficio, ma dopo 10 minuti di attesa, non vedendolo ancora arrivare, decise di salire e di aspettarlo nel suo ufficio.

L'investigatore che lui aveva convocato era Filippo Manzi; lo riteneva molto bravo perché in passato aveva collaborato con lui per una causa di difesa di un suo cliente e grazie alle prove schiaccianti che era riuscito a procurargli, Paolo ne era uscito vittorioso, chiudendo la causa con successo.

<< Buongiorno! >> disse Filippo entrando nello studio di Paolo.

<<Buongiorno! Sono lieto di vederti! >> rispose invitandolo ad accomodarsi davanti alla sua scrivania.

<<Scusa per il ritardo, ho avuto un contrattempo a casa, che mi ha costretto ad uscire più tardi. >>

<< Non preoccuparti! >> rispose Paolo con un sorriso raggiante.

<< Sono trascorsi diversi mesi, dall'ultima volta che ci siamo visti, ricordo che ci siamo salvati all'ultima udienza>> osservò Filippo.

<< È vero! non posso dimenticare quel giorno, quando ti ho visto entrare in aula con quelle foto che abbiamo subito mostrato al giudice; avevo perso le speranze di vincere quella causa, ad un tratto quasi per magia, ne sono uscito vittorioso. Incredibile! Devo dire però, grazie al tuo aiuto.>>

<< Sì, ma devo dirti che, se sono riuscito ad aiutarti è stato grazie agli elementi che mi hai fornito, i quali mi hanno indotto sulla pista giusta. >>

<< Diciamo, allora che è stato un bel gioco di squadra... >> rispose Paolo coinvolgendolo in una risata.

Furono interrotti dalla presenza della segretaria che, gentilmente, poggiò sulla scrivania, un vassoio con due caffè.

<<Allora, perché mi hai invitato a venire qui da te? Devi affidarmi un'altra indagine?>>

<< Questa volta si tratta di una questione personale, che mi sento di affidare solo ad una persona di estrema fiducia. >>

<< Ne sono onorato! Sicuramente farò del mio meglio >> gli rispose, e dopo aver finito di bere il suo caffè, gli disse: << Ora, raccontami! >>

<< Mia moglie vorrebbe rintracciare un testamento che suo padre le ha lasciato in un pianoforte che purtroppo non ha più, in quanto volle donarlo all'Istituto Sacro Cuore di Cremona. Abbiamo già svolto una prima indagine, interpellando le persone dirette, ma non abbiamo conseguito dei risultati. Inoltre, abbiamo scoperto che il Direttore ha tenuto a casa sua quel pianoforte e dopo un mese lo ha fatto riportare all'Istituto. Questo avvenimento mi ha sorpreso. >>

<< Sei proprio sicuro che il testamento sia stato

conservato nel pianoforte? >>

<< Mia moglie, conoscendo il padre, non ha dubbi. >>

<< Capisco! Ma sono anche convinto che la sicurezza non può essere data da una profonda conoscenza di una persona, bisogna sempre prendere in considerazione fattori esterni. >> Rispose Filippo mentre prendeva la sua agenda per annotarsi i dettagli.

<< Hai ragione! Ma pur avendo dei dubbi in merito, non posso abbandonare le ricerche: la scoperta della verità ci darà le risposte. >>

<< Allora da dove incominciamo? >>

Paolo, guardandolo negli occhi, con una risposta secca gli disse:

<< Dal Direttore. >> E dopo una breve pausa continuò dicendo:

<< È una persona che mi ha trasmesso dei dubbi nascondendomi quella vicenda del pianoforte a casa sua; >>

<< Quindi vorresti indagare su di lui, per

sciogliere l'enigma di questo suo comportamento. >> Sottolineò Filippo.

<< Precisamente! Inoltre l'ho visto, casualmente in un bar, che parlava animatamente con un avvocato che lavora in Pretura e questo mi ha indotto a pensare che abbia dei problemi. >>

<< Certo, potrebbe avere dei collegamenti alla storia del pianoforte. Sai come si chiama? >>

<< Mario Leoncavallo ed abita in Via Alessandro Manzoni, 5 terzo piano. >>

<< Potresti mostrarmi una sua foto? >>

<< Puoi trovarla nel sito dell'Istituto Sacro Cuore; comunque ora te la procuro. >> Rispose Paolo mentre si apprestava ad eseguire la ricerca al computer; dopo qualche minuto gli mostrò l'immagine.

<< Ok, Grazie! Potresti dirmi, nella tua indagine iniziale, chi hai contattato? >>

<< Ho interpellato, per prima, il direttore, poi a seguito delle sue indicazioni ho contattato il maestro Renzo Raffi, insegnante di pianoforte presso l'Istituto. Da questa indagine ho saputo

152

soltanto che il pianoforte attualmente si trova in una casa di campagna, dove ci siamo anche recati, ma non abbiamo trovato niente.>>

<< Certo, le ipotesi relative al probabile possessore del testamento, possono essere diverse, ma sino a quando non riusciremo ad avere un minimo di prove concrete, resteranno solo delle ipotesi. >>

<< Adesso, Filippo, ti chiedo in qualità di amico, di impegnarti al massimo a questa indagine; devi sapere che per mia moglie è diventato un pensiero fisso che le toglie la serenità, inoltre ogni giorno che passa sente di avere meno possibilità di arrivare alla soluzione, e questo la distrugge ancora di più. >>

<< Non preoccuparti, per fortuna in questo periodo non ho altre indagini in corso, quindi posso dedicarmi pienamente. >>

Dimostrando di accettare con entusiasmo l'incarico che gli era stato conferito, Filippo si alzò per andarsene; dopo essersi salutati amichevolmente si lasciarono dandosi appuntamento alla settimana successiva.

La mattina del giorno dopo, l'investigatore, dette inizio alla sua indagine: alle 8:00 si trovava già davanti all'abitazione del direttore Mario Leoncavallo.

Era rimasto in macchina ad aspettare che uscisse, e dopo mezz'ora lo vide attraversare la strada. Era un uomo bruno con i capelli all'indietro, molto alto, magro e dall'aspetto altezzoso; indossava un abito grigio con un cappotto antracite che portava aperto. Si recò al bar che si trovava di fronte e subito dopo Filippo lo seguì. L'entrata del bar non era molto spaziosa, perché ci si trovava subito davanti al bancone con accanto la cassa, però proseguendo sulla destra si accedeva ad una grande sala che ospitava una ventina di tavolini. L'ambiente era molto caldo ed accogliente, con colori natalizi; tovagliette e tendine rosse con piante ornamentali di stelle di natale disposte sui davanzali delle finestre; il tutto era reso più caratteristico dalle travi di legno scuro che si trovavano a vista sotto la volta.

Appena entrò in quella sala, Filippo si guardava intorno per cercare di individuare la presenza del direttore; subito dopo lo vide che era in

154

compagnia di un uomo molto distinto; stavano conversando tenendo basso il tono della voce, ma Filippo avendo occupato un tavolo accanto e acuendo l'udito, riusciva ad ascoltare.

<< Hai dato un'occhiata a quel documento che ti ho mostrato l'altro giorno? >> disse il direttore rivolgendosi all'amico che era seduto davanti a lui.

<< Sì, certo! Ho rilevato solo che suo padre ha voluto fare una donazione a sua figlia, ma è un po' problematico entrare in possesso del bene. >>

<< Per quale motivo? >>

<< Perché è un documento non ufficiale; è solo una dichiarazione. >>

<< Però abbiamo il vantaggio che gli altri non conoscono questo lascito. >>

<< Come fai a saperlo? >>

<< Perché qualche giorno fa sono venuti alcuni parenti a trovarmi e mi hanno fatto delle domande. Sono rimasto sorpreso nel vederli, e questo, in quel momento, mi ha creato tensione,

che comunque sono riuscito a dominare; la mia disinvoltura nelle risposte, è stata predominante e naturalmente ho detto di non sapere nulla. >>

<< Ti hanno spiegato come sono venuti a conoscenza? >>

<< Sì, casualmente hanno trovato un biglietto del padre dove era scritto che alla sua morte avrebbe lasciato qualcosa non specificando che cosa.>>

<< Pensi che stiano ancora indagando? >>

<< Credo di sì, ma noi aspetteremo qualche mese prima di effettuare il trasferimento del possesso del bene. Cosa ne pensi? >>

<< Sì, sono d'accordo. >> gli rispose.

Successivamente, guardandosi intorno come per timore di essere ascoltato, avvicinò la sua faccia verso quella del direttore dicendo sottovoce: <<Poi, per quella faccenda come hai risolto?>>

<< Sto risolvendo, certo è un debito che devo estinguere un po' alla volta, ma sono sicuro di riuscirci. >>

<< Hai preso degli accordi? >>

<< Sì, l'altro giorno ho incontrato il mio creditore ed ho stabilito di dargli 500 euro al mese per 10 mesi, e lui ha accettato. Per fortuna si tratta solo di 5000 euro. >>

<< Se fossi riuscito in quella vendita avresti già risolto tutto. >>

<< Certo, ma non è stato possibile, alla fine ho rinunciato. >>

<< Mi dispiace che quei clienti che ti avevo procurato non abbiano accettato l'offerta. >>

<< Non preoccuparti, sto risolvendo in altri modi...Scusa adesso devo proprio andare via, si è fatto tardi >>, disse alzandosi dopo aver guardato l'orologio.

Si avviarono verso l'uscita e Filippo che aveva ascoltato tutto, li seguì. Quando uscì da quel locale li vide ancora fermi a parlare; si accese una sigaretta restando fermo non molto distante da loro, per poter riuscire ad ascoltare la loro conversazione.

<< Allora, ti saluto. Ci vediamo stasera al Royal

Club, alla solita ora?>>, chiese il direttore all'amico.

<< D'accordo, al Royal Club! Buona giornata! >>, rispose l'amico allontanandosi.

Filippo seguendolo con lo sguardo vide che quest'ultimo entrò in una Peugeot grigia, invece il direttore attraversò la strada e si fermò davanti al portone di casa sua per citofonare. Dal marciapiede di fronte e con il rumore delle macchine che passavano, non riusciva a capire la conversazione, quindi attraversò per avvicinarsi ed in quel momento sentì dire:<< Vado a prendere la macchina. Fai presto! >>

Quindi si sedette in macchina ad aspettare e dopo cinque minuti vide aprirsi il cancello che si trovava accanto al portone: uscì una Mercedes grigia metallizzata ed alla guida c'era il direttore; nello stesso momento, dal portone uscì una donna dai capelli biondi ondulati non molto corti, indossava un cappotto beige, con un collo in pelliccia di volpe; salì in macchina e Filippo si accorse che il loro incontro dette inizio ad un diverbio. Continuarono a discutere animatamente per tutto il percorso sino a quando si fermarono davanti ad un Centro Estetico dove la moglie entrò, subito dopo essere scesa dalla macchina.

Il direttore proseguì il suo percorso sino ad arrivare all'Istituto Sacro Cuore e qui parcheggiò.

Filippo si fermò e con sguardo nascosto da un giornale aperto, seguiva ogni suo movimento; quando lo vide varcare la soglia della scuola, uscì dalla macchina continuando a piedi lo stesso suo percorso.

Appena varcò il cancello si trovò in un immenso giardino che circondava l'Istituto. Era curato molto bene: pur essendo inverno, le viole dai multicolori, ciclamini ed ellebori rosa e bianchi ravvivavano le aiuole, Filippo rimase colpito dalla bellezza di quel giardino, ed essendo un appassionato di piante si soffermò a guardarle, poi alzando lo sguardo vide in lontananza un giardiniere intento a potare le siepi.

Con passo tranquillo, lasciandosi trasportare dalla magia che quell'ambiente gli trasmetteva, si avvicinava verso di lui; non appena gli fu vicino rimase fermo ad osservarlo.

<< Buongiorno signore! Ha bisogno di qualcosa?>>, gli disse il giardiniere accorgendosi della sua presenza.

<<È un piacere guardare questo meraviglioso giardino! E presumo sia merito suo! >>

<< Beh! Sono da solo ad occuparmene, diciamo che ci metto tutto il mio impegno e passione, ma tutto il resto è dato dalla natura che non finisce mai di sorprenderci. >>

<< Viene ogni giorno qui? >>

<< Sì, mi dedico 3 ore tutte le mattine.>>

<< Ma lei svolge dei lavori anche a domicilio? >>

<< Sì, certamente! >>, ed estraendo dalla tasca un bigliettino, lo consegnò a Filippo dicendo: << Tenga, quando ha bisogno può chiamarmi >>

<< Grazie! Quindi lei si chiama Lorenzo Ponchielli >>, gli disse leggendo il nome sul biglietto.

<< Esattamente! >>

Subito dopo si salutarono ed il giardiniere

riprese il suo lavoro. Filippo si allontanò contento di aver fatto quella conoscenza che gli poteva tornare utile. Uscendo dal cancello, rimase in quel viale alberato che si trovava di fronte alla scuola, per qualche ora, prima passeggiando, poi seduto su di una panchina dando l'impressione di essere intento alla lettura di un giornale, ma in effetti con lo sguardo teneva sotto controllo l'uscita dell'Istituto per seguire eventuali spostamenti del direttore. Non successe nulla di particolare e guardando l'orologio si accorse che era ora di pranzo, subito gli venne in mente il locale "LIBROAMICO" non solo per il servizio che offriva e per l'ambiente abbastanza piacevole, ma anche perché voleva avvicinarsi a Laura per poter ottenere delle informazioni riguardanti suo padre: lo avrebbero potuto aiutare nell'indagine che stava svolgendo.

Era mezzogiorno quando Filippo entrò nel locale, non c'era molta gente e girando lo sguardo verso la saletta ristorante, vide Laura con un vassoio in mano sedersi ad un tavolo. Si avvicinò alla cassa dove trovò Milena ad accoglierlo con un sorriso e subito dopo si diresse verso il banco per ritirare la sua ordinazione. Con il suo vassoio si avvicinò a Laura:<< La disturbo se mi siedo qui al suo tavolo? >>

<< No di certo, Sig. Manzi! >>, gli rispose con un sorriso, pur non condividendo quella scelta: la presenza di quell'uomo non la faceva sentire a proprio agio.

<< Anche lei polenta al ragù? >>, le disse giusto per iniziare un discorso.

<< Sì, è stato sempre uno dei miei piatti preferiti >>, rispose Laura, provando ancora un certo imbarazzo.

<< Anche per me; quando viveva mia madre me la preparava spesso perché sapeva di farmi contento.>>

<< Da quanto tempo ha perso sua madre? >>

<< Sono già passati 8 anni, ma per me il suo ricordo è così vivo e presente quotidianamente, che non mi sembra sia passato tanto tempo. >>

<< Ci credo. Sto vivendo anch'io la stessa sensazione. >>

<< Da quanti anni ha perso sua madre? >>

<< Per quanto riguarda mia madre provo una sensazione diversa dalla sua, perché è morta quando avevo 10 anni: ero una bambina e quindi ho ricordi legati all'infanzia. Non è stato così per mio padre che invece è venuto a mancare solo da due anni. >>

<< Quindi non si tratta solo di ricordi, ma anche di un dolore che non è riuscita ancora a metabolizzare.>>

<< Precisamente! >>, rispose Laura colpita da quella osservazione che racchiudeva una profonda sensibilità. Quello sguardo profondo che prima le trasmetteva mistero e diffidenza si stava rivelando ricco di tenerezza e sentimenti.

<< La comprendo pienamente >>, le rispose continuando a consumare il pranzo. Dopo una breve pausa, guardandola negli occhi le chiese: << Se dovesse descrivere suo padre cosa direbbe? >>

<< Per prima cosa direi che era una persona molto paziente e comprensiva e quindi mi trasmetteva sicuramente tranquillità. E' stato

un chirurgo molto stimato, primario dell'ospedale di Cremona, ma la sua professione non gli ha impedito di starmi accanto regalandomi le sue attenzioni e quindi mi ha trasmesso tanto amore, e questo mi ha insegnato a considerare i sentimenti, il motore della vita. Inoltre amava molto la lettura e la musica e questo è il tesoro che sento di possedere.>>

<< Devo dedurre che suo padre è stata una persona eccezionale, e mi complimento con lei perché è ricca di valori. >>

<< La ringrazio >>, si limitò a rispondere Laura, abbassando lo sguardo per l'imbarazzo che quei complimenti le avevano suscitato.

<< Certo, i genitori lasciano sempre la loro impronta, nelle nostre azioni, nel nostro modo di essere. Sia nel bene che nel male. >>

<< Sono pienamente d'accordo! Anche se poi spetta a noi migliorare quello che di sbagliato possono trasmetterci e a trovare il lato buono dei loro difetti. >>

<< Giusto! Per esempio mia madre era una

persona molto istruita che amava la lettura e mi ha trasmesso la passione per lo studio; però ha avuto anche i suoi difetti come per esempio quello di non rendermi partecipe ai suoi problemi. Sono stato sempre io, da solo, a scoprire le sue preoccupazioni. Era una forma di segretezza, la sua. >>

<< Anch'io potrei dire la stessa cosa di mio padre; forse l'unico difetto che posso attribuirgli è proprio la segretezza, purtroppo l'ho scoperto dopo la sua morte. Però ho riflettuto tanto su questo suo aspetto che in vita non mi aveva mai rivelato e credo che non si sia trattato di diffidenza nei miei confronti; sono convinta che, aver avuto in serbo dei segreti, sia stato per lui un qualcosa di affascinante. >>

<< Bella considerazione! >>, esclamò Filippo provando interesse in quella conversazione.

<< Gradisce un po' di vino? >>, Le chiese appoggiando la bottiglia al suo bicchiere.

<< No, grazie! Preferisco bere solo acqua quando sono a lavoro perché mi fa venire sonnolenza. >>

<< Ritornando al di scorso di prima, devo dire

che condivido la sua ipotesi. Quando sono da solo e mi capita di ricordare alcuni avvenimenti che mi hanno lasciato emozioni, che non ho mai rivelato a nessuno, oppure quando guardo degli oggetti che solo io so a quale ricordo mi legano, non posso nascondere di provare un piacere indescrivibile. È come rifugiarsi in un posto dove nessuno può trovarti e ti senti veramente te stesso con la libertà di vivere quei momenti senza condizionamenti e paure; quindi penso indubbiamente che tutto questo abbia il suo fascino. >>

<< Devo ammettere, dopo questa sua spiegazione così analitica, che lei è una persona molto profonda e attribuendo quella segretezza di mio padre al fascino che gli trasmetteva, alla fine forse, non devo nemmeno considerarlo un difetto.>>, a questo punto, Filippo la guardò e scoppiò a ridere.

<< Mi scusi se sono stato preso da questa risata, ma ha notato come una situazione può cambiare guardandola da prospettive diverse? >>, disse mentre si asciugava gli occhi lacrimanti dal forte ridere.

<< Quello che prima le sembrava un difetto di suo padre, adesso lo considera quasi un pregio, perché non è da tutti ricercare la felicità nelle emozioni così profonde. >>

<< Ha proprio ragione >>, gli rispose accompagnandolo nella risata.

Laura rimase sorpresa per come stava trascorrendo quel momento insieme a quell'uomo; non si sarebbe mai aspettata doversi divertire così tanto.

<< Posso farle una domanda indiscreta? >>, le chiese dopo essersi ricomposto in un atteggiamento più serio<< Dica pure >>, rispose Laura incuriosita dalla domanda che stava per farle.

<< Lei prima ha affermato che questo "difetto" di suo padre l'ha scoperto dopo la sua morte; è successo un avvenimento in particolare, che l'ha indotta a scoprire questo suo lato segreto? >>

<< Sì, ma questa è una storia lunga, forse un giorno gliela racconterò, ma adesso devo interrompere questa conversazione che devo dire è stata piacevole: il lavoro mi chiama. Le

porto un caffè?>>

<< Sì, grazie! È stato anche per me un piacere, spero di poter riavere la possibilità di parlare con lei. >>

Laura si alzò, preferì non rispondere in merito alla sua speranza, voleva evitare fraintendimenti che in genere possono sorgere quando si crea un rapporto più confidenziale. Aveva in mente di mantenere un certo distacco da quell'uomo anche se l'aveva divertita e si era rivelato diverso da quello che a lei appariva; quindi si limitò a salutarlo e si allontanò.

Poco dopo l'investigatore lasciò il locale di Laura e si recò nei pressi dell'Istituto Sacro Cuore, dove si accorse subito che la macchina del direttore non era più parcheggiata in quel luogo. Rimase seduto alla panchina per pensare come organizzare la serata al Royal Club.

Per accedere in questo locale bisognava essere muniti di tessera e quindi ne erano in possesso solo gli iscritti al Club; però ogni socio aveva diritto di dare la possibilità di accesso ad una sola persona non iscritta, di sua conoscenza. Si ricordò della sua amica Sara Frangi: una sua vecchia fiamma, socia del Royal Club. Una storia durata un anno tra alti e bassi. Lei avrebbe desiderato sposarlo anche perché era molto innamorata di lui, non si può dire lo stesso per Filippo il quale la considerava solo di buona compagnia e nient'altro in quanto non si sentiva innamorato di lei. Questo contrasto fu la causa principale della loro rottura. Ora, a distanza di due anni, Filippo le stava telefonando.

<< Ciao, Filippo! Come stai? Non mi sarei mai aspettata questa chiamata! >>, gli rispose con voce cantilenante inconfondibile.

<< Stavo pensando a te, ed ho voluto chiamarti. Ti fa piacere? >>

<< Certo! Anche se mi hai fatto soffrire, sentire la tua voce mi accarezza il cuore >>, Rispose lei con voce nostalgica.

<<Grazie! Sei molto cara. Che ne dici di incontrarci e trascorrere una serata insieme? >>, chiese Filippo sperando che accettasse.

<< Sì, mi farebbe tanto piacere vederti >>, rispose subito lei, felice per quella proposta.

<< Avevi qualcosa in programma per stasera? >> chiese Filippo.

<< Il mio solito appuntamento al "Royal Club", se vuoi, posso usufruire, con la mia tessera, di un accompagnatore.>>

<< Ti ringrazio, sei gentilissima. >>

<< Inoltre, se hai voglia di cenare, te lo consiglio, in quanto preparano delle pietanze eccellenti>>

<< Perfetto! Allora passo a prenderti alle 19:30 da casa tua. >>

Puntualissimo, quella sera, Filippo era lì davanti alla abitazione di Sara.

Dopo pochi minuti di attesa la vide uscire dal lussuoso portone di quello stabile. Era una donna molto magra, bruna con capelli un po' lunghi lisci. Indossava un cappotto in visone e camminava in maniera disinvolta pur avendo tacchi a spillo.

Lui le andò incontro e portandola sottobraccio le aprì lo sportello del suo BMW Serie 3 nero.

Filippo sedendosi alla guida fu inebriato dal suo

profumo che si era diffuso nell'abitacolo tanto da perdere il controllo e senza pensarci due volte la baciò appassionatamente.

Lei sorpresa da quel gesto, non reagì, anzi contraccambiò quel bacio provando un forte formicolio nello stomaco ed un'emozione indescrivibile sentendosi stretta tra le sue braccia.

Subito dopo fissando il suo sguardo nei suoi occhi gli disse:

<< No, Filippo, non voglio cadere nella tua trappola e soffrire ancora. Perdonami! Voglio trattarti solo come amico. >>

<< Sì, hai ragione. Perdonami! Non ho resistito al tuo fascino. >>

Si avviarono per il "Royal Club" dopo pochi minuti entrarono nel locale.

L'ambiente era poco illuminato, c'era una moquette rossa e pareti tappezzate in damasco su fondo beige con effetto dorato. C'era un grande bancone bar ad angolo che si proiettava verso sinistra nella sala ristorante e verso destra nella sala bar per aperitivi e cocktail. Poi proseguendo oltre la sala aperitivi, si sviluppava una grandiosa sala discoteca, che era arredata con divanetti rossi perimetrali e tavolini quadrati in acciaio lucido. Si diressero verso la sala ristorante, occupando un tavolo in fondo alla sala nell'angolo sinistro. Filippo si sedette cercando di avere sotto controllo la visibilità della porta d'entrata.

Furono accolti da un cameriere che non tardò a versare nei calici un prosecco molto fresco, dopo aver posto i menù sul loro tavolo. Filippo, mentre sceglieva la sua pietanza preferita, osservava la gente che entrava.

<< Non mi sembra vero essere qui con te, stasera.>> confessò Sara mentre sorseggiava il prosecco, <<E devo dirti che mi rende felice.>>

<< Di solito viviamo la vita dando per scontato tutto quello che facciamo o che riceviamo, e credo sia questo l'elemento che ci crea monotonia e insoddisfazione>>, osservò Filippo.

<< Sì, in effetti gli avvenimenti belli inaspettati sono quelli che ci rendono più felici. >>

<< E sai perché? >>, chiese Filippo prendendole la mano tre le sue << Perché c'è stata la sorpresa, che non ti ha permesso di dare per scontato questo incontro>>, continuò.

<< Ho l'impressione che mi stai dando lezioni di vita! >>, gli rispose in senso ironico.

In quel momento, Filippo volse la sua attenzione verso un gruppo di persone che stava entrando nel locale; purtroppo la persona di suo interesse non c'era, e questo iniziava a preoccuparlo.

La serata continuò tranquillamente con la cena.

<< Devo ammettere che hai avuto ragione nel considerare questo ristorante tra i migliori.>>

<< Mi fa piacere non averti deluso >>, gli rispose Sara mentre gustava il dessert. << Che ne dici di passare ancora del tempo, insieme, nella sala Bar?>>

Filippo accettò subito perché voleva assolutamente indagare, in quel luogo, per scoprire dove fosse finito il direttore, in quanto non era riuscito ancora ad incontrarlo.

Arrivati nella sala Bar, Sara incontrò alcuni suoi

amici che presentò a Filippo e quest'ultimo, dopo i soliti convenevoli di presentazione approfittò del momento per allontanarsi da Sara, dicendole di recarsi alla toilette. Si inoltrò nel locale attraversando la discoteca e qui, in fondo a sinistra, notò una porta dove era scritto "Privato"; incuriosito entrò richiudendola subito. Si trovò in una anticamera dove frontalmente, nascoste da un tendone rosso, c'erano ancora due porte, avvicinandosi sentiva delle voci e dalle parole capì che si trattava di un ritrovo di gioco d'azzardo. Subito uscì da quella anticamera e per qualche minuto pose la sua attenzione sugli spostamenti dei camerieri.

Mentre pensava come agire per poter entrare in quelle salette che aveva appena scoperto, si accorse che c'erano ancora tre porte di fronte a quella che aveva appena esplorato: due riguardavano la toilette uomini e donne, la terza scoprì che era adibita agli armadietti dei camerieri. Provò ad aprirli, e dopo vari tentativi, con molta sorpresa, uno si aprì: evidentemente non era stato chiuso a chiave.

Qui trovò una divisa da cameriere e non esitò ad indossarla, indossò anche dei baffi finti che

174

portava sempre in tasca; uscì da quella camera confondendosi tra i camerieri.

Il locale poco illuminato lo aiutava a camuffarsi ed avvicinandosi al banco Bar trasmise una ordinazione che gli fu subito preparata, ora era tutto perfetto: assumendo lo stesso atteggiamento dei camerieri nel modo in cui portavano il vassoio e adeguandosi anche al loro ritmo veloce, si avventurò verso quella camera di ritrovo per il gioco.

Aprì con disinvoltura una di quelle due salette; la stanza era annebbiata dal fumo di sigarette, c'erano 4 tavoli verdi occupati da 4 persone per ogni tavolo; nell'aria c'era molta tensione che non si accorsero nemmeno della sua presenza. Filippo fu soddisfatto perché qui finalmente vide il direttore che maneggiava banconote da 50 e da 100 euro. La sua indagine ora aveva un altro tassello: il direttore giocava d'azzardo e questo vizio molto spesso porta a vivere problemi economici.

Lasciò il vassoio su di un tavolo e si affrettò ad andare via per rivestirsi e raggiungere Sara.

CAPITOLO 10

L'INCONTRO

Mancavano solo cinque giorni alla Vigilia di Natale, la festa che risveglia i cuori e diffonde nell'aria un'atmosfera magica. La gente era presa dai preparativi ed era un continuo movimento tra luci, colori ed addobbi i quali trasformavano l'ambiente in una maniera tale da farlo apparire quasi surreale.

Ida e Clara erano appena uscite dal centro commerciale e si dirigevano verso la loro macchina nella zona parcheggio.

<< Clara, mi è venuta in mente un'idea, che ne dici di pensare un regalino anche per Chiara?>>, disse Ida mentre sistemava i vari pacchi regalo in macchina sul sedile posteriore.

<< Ma come ti viene in mente un'idea del genere!>>, le rispose scoppiando in una risata. E poi continuò dicendo: <<Pensando come ci siamo lasciati l'ultima volta non credo sia un'ottima idea.>>

<< Ricordo perfettamente!.......e quindi, come possiamo dimostrarle la nostra vera disponibilità? >>

<< Non certo, con un regalo >>, insistette continuando a ridere.

<< Continui ancora a ridere? .... È stata solo un'idea la mia, oltretutto anche a fin di bene.>>

<< Scusami, ma mi sono immaginata la reazione di Chiara vedendoci con un pacco regalo.>>

Le rispose mentre sedeva al posto di guida.

<< E quindi cosa proponi? >>, rispose Ida con molta determinazione.

<< Sicuramente dobbiamo pensare ad un espediente per avere la possibilità di riavvicinarla, e naturalmente dobbiamo parlarle con molta cautela.>>, le rispose dopo un attimo di riflessione riassumendo un atteggiamento serio.

<< Mi è venuto in mente che abbiamo la sua borsa per il ghiaccio, possiamo presentarci per restituirgliela, che ne dici, può essere un valido espediente? >>

<< Questa volta hai avuto un'idea eccellente. >>

<< Oh, grazie per l'approvazione! >>, le rispose in tono ironico. <<Certo, non ti avrei permesso di ridere ancora su di me! >>, disse accennando ad un sorriso.

Le due amiche erano un po' stanche per la mattinata trascorsa in mezzo a tanta gente che brulicava nei negozi e così si fermarono da Laura per un pranzo veloce, e per poter passare un po' di tempo in salotto sorseggiando un tè e parlando serenamente.

Il locale "LIBROAMICO" era spettacolare come addobbi: c'era un gigantesco albero di Natale che dominava nella zona libreria ed era addobbato solo con serie di luci bianche che cadevano dall'apice sino alla base e che gli conferivano un aspetto innevato; il tutto era completato da altrettante serie di luci bianche che cadevano dalla volta con un gioco di intermittenza molto dolce e delicato tanto da sembrare fiocchi di neve. Dei nastri argentati, abbelliti da fiocchi blu vellutati, giravano intorno alle colonne a spirale. Sul lato opposto a quello della cassa, in un angolo tranquillo, era stato realizzato un presepe dove la grotta di Gesù Bambino, posta al centro, dominava il paesaggio che era stato curato nei particolari: c'erano cascatine, ruscelli con movimento d'acqua e statuine, il tutto era stato costruito su massi di pietra che conferivano un aspetto realistico.

Tutto il personale era molto impegnato per l'affluenza della gente che, oltre a fermarsi per la consumazione, prenotava dei cesti regalo dove Laura suggeriva anche l'inserimento di qualche libro che aveva predisposto per la vendita.

<< Ciao Laura! >>, disse Ida avvicinandosi alla cassa.

<< Ciao, vi fermate a pranzo? >>, Le rispose frettolosamente mentre incartava un libro come pacco regalo.

<< Sì, oggi siamo stanchissime abbiamo bisogno di rilassarci un po' >>, disse Ida.

<< Mi dispiace non poter trascorrere un po' di tempo con voi>>, le rispose mentre registrava la loro ordinazione.

Salutandola con un sorriso amichevole si

allontanarono lasciandole proseguire il suo lavoro.

Mentre occupavano un tavolino per la consumazione del pranzo, Ida con uno sguardo fisso che esprimeva grande stupore esclamò:

<< Clara! Guarda quella ragazza intenta ad osservare il presepe! Ho l'impressione che sia Chiara, che te ne pare? >>

<< Forse hai ragione, ma vedendola di spalle non posso essere certa>>, le rispose Clara continuando a guardare in quella direzione.

<< Avviciniamoci! >> rispose Ida tirandola per il braccio.

La ragazza era da sola, assorta nei pensieri trasportata da quel meraviglioso paesaggio, ed era, forse, in un momento di preghiera.

<< Chiara! >>, disse Ida non appena le fu vicino.

Di scatto la ragazza si girò e subito riconobbe le due donne.

<< Cosa volete ancora da me?... Lasciatemi in pace! >>, rispose con tono aspro guardandole

negli occhi.

<< Ci dispiace per come ci siamo lasciate l'ultima volta >>, le rispose Ida.

<< Non vi conosco e l'idea che mi abbiate spiata mi irrita terribilmente.>>

<< Hai ragione, forse proprio perché non ci conosci hai interpretato male il nostro comportamento >>, disse Clara.

<<Ritengo, invece, di avervi conosciuto abbastanza per capire che siete solo delle ficcanasi >>, disse con disprezzo voltando loro le spalle.

<< Chiara! >> disse Clara dolcemente << ti assicuro che stai sbagliando di grosso: il nostro interessamento è stato a fin di bene >>

La ragazza ironicamente scoppiò a ridere.

<< Adesso volete convincermi che è stato a fin di bene? >>, disse continuando con quella risata ironica.

All'improvviso la sua espressione divenne molto seria, con uno sguardo spento che racchiudeva tutta la sua sofferenza.

<< Non fa certo piacere venire a conoscenza che i maltrattamenti di mio padre e di mio fratello siano sulla bocca di tutti! >>, con tono basso, per non attirare l'attenzione nel locale, ma con gli occhi sbarrati e pieni di rabbia.

Ida e Clara non si aspettavano quella reazione così forte e con pazienza cercavano di calmarla, ma ogni parola che dicevano veniva sempre contrariata da quella ragazza che ormai aveva assunto un atteggiamento ostile.

<< Devi calmarti, non vogliamo farti del male! >>, disse Clara ancora con tono dolce per cercare di tranquillizzarla.

<< Adesso lasciatemi in pace! >> rispose con tono deciso.

Mentre stava per allontanarsi, Ida fu presa da uno scatto d'ira, adesso pretendeva di essere ascoltata; non riteneva giusto il comportamento di quella ragazza che sembrava indifesa, ma quella rabbia che portava dentro faceva emergere il suo lato forte e nutriva la sua diffidenza verso gli altri. Con grande decisione e forza, Ida la seguì e l'afferrò per il braccio.

<< Adesso devi ascoltarmi... La torcia: ti ricorda qualcosa questa parola? >>

Sul volto della ragazza fu evidente la reazione: rimase ferma e perplessa.

<<Non capisco, non so a cosa ti riferisci >>, rispose cercando di nascondere l'imbarazzo che provava.

<< Chiara, non fingere! >>, disse Ida con determinazione.

<< Se ci stiamo interessando a te è per via di quei segnali che puntualmente ogni sera invii con la tua torcia, e per giunta sono segnali di aiuto. >>

Ascoltando quelle parole, rimase immobile con uno sguardo smarrito; le si arrossarono le guance per la vergogna che provava, ma allo stesso tempo era sorpresa perché finalmente era riuscita nel suo intento: attirare l'attenzione. Erano mesi che viveva aggrappata a quei segnali che emanavano un grido di aiuto e che per lei costituivano l'unica speranza di incontrare

qualcuno che l'aiutasse ad uscire da quella triste
realtà.

<< Come avete fatto a scoprirlo? >> rispose con
diffidenza.

<< La storia è lunga, possiamo raccontartela, ma
che ne dici di fermarti a pranzo con noi? >>,
disse Clara con voce pacata.

<< Non so, non ho molto tempo, devo tornare
subito a casa. >> rispose mantenendo un
atteggiamento distaccato.

<< Dai, fermati un po' con noi, non preoccuparti
per il ritorno a casa! Ti accompagneremo con la
nostra   macchina   >>,   esclamò   Clara
comprendendo la difficoltà di quel momento per
Chiara ad accettare subito la loro compagnia,
considerandoil fatto che sino a qualche minuto
prima le aveva disprezzate e respinte in malo
modo.

Mentre Clara si allontanò per ordinare il pranzo
per Chiara, Ida seduta al tavolino incominciò a
raccontare tutto.

<< Circa tre mesi fa, una nostra amica, passando

dalla strada principale che fiancheggia la tua casa, fu colpita da una luce intermittente che proveniva da lontano, in un primo momento non ha dato importanza, ma dovendo percorrere la stessa strada tutte le sere era perseguitata da questo avvenimento strano, tanto da confidarlo a noi. Successivamente, spinta da un nostro consiglio, ha posto attenzione ed ha verificato che si trattava di un segnale di aiuto.>>

Chiara seguiva il racconto con molto stupore ed interesse era evidente dall'espressione del suo volto che aspettava quel momento da tanto tempo.

<< A questo punto si è accesa la nostra curiosità ed anche preoccupazione verso quella persona misteriosa che persistentemente imponeva la sua presenza. Così abbiamo deciso di indagare. Nascoste dietro ai cespugli nei pressi della tua abitazione, cercavamo di scoprire qualcosa, ma la nostra non era una semplice curiosità: eravamo spinte dal pensiero che in quella casa ci fosse qualcuno bisognoso di aiuto; quindi frequentando quel posto assiduamente, ci siamo trovati ad assistere, involontariamente, a scene burrascose; quando poi abbiamo scoperto che eri

tu la vittima, abbiamo sentito maggiormente il dovere di aiutarti: non potevamo lasciarti sola ed indifesa. Il nostro obiettivo ormai, era quello di avvicinarti per trasmetterti che avevi qualcuno su cui contare. >>

Ida fu interrotta dalla presenza di Clara che porgeva i vassoi con il pranzo sul tavolo.

<< Continua! >>, disse Chiara mostrando molto interesse a quel racconto.

<< Ed eravamo felici per esserci riuscite! >>, disse Clara intervenendo nel discorso di Ida.

<< Ma per colpa di una parola detta in più nel momento sbagliato, abbiamo incrinato il rapporto ancor prima che nascesse! >>, continuò Ida prontamente.

<<Però, il caso ha voluto che ci incontrassimo ed eccoci qui finalmente a chiarirci>>, disse Clara allegramente cercando di creare un po' di brio e poi con un sorriso guardando Chiara le chiese:

<< Ora che conosci tutta la storia che opinione hai di noi? >>

La ragazza ebbe un attimo di riflessione, rimase

in silenzio, in un atteggiamento disorientato ed alla fine alzando lo sguardo verso Clara, disse: << Riconosco di aver agito d'impulso, arrivando a conclusioni affrettate, anche perché non vi conosco e quindi non posso permettermi di giudicarvi, ma questo non esclude il fatto che mi abbiate recato disagio e sofferenza. >>

<< Ci dispiace tantissimo! >>, disse Clara. << Non era nelle nostre intenzioni >>

<< Chiara, scusa la mia indiscrezione, perché inviavi insistentemente quei messaggi? >>, chiese Ida inducendo la ragazza ad aprirsi verso di loro.

La ragazza abbassò lo sguardo provando un po' di imbarazzo, non si sentiva pronta a confidare le proprie azioni, però dopo un attimo di riflessione si rese conto che era stata lei stessa ad attirare la loro attenzione e quindi era giusto e meritevole dare una risposta.

<< Una sera, dopo aver litigato con mio fratello, mi rinchiusi in camera mia pervasa da una grande solitudine e tristezza. Fu un momento in cui sentii in modo particolare l'assenza di mia

madre. Così per sentirla vicina, presi la scatola che conteneva i suoi ricordi e sfogliando le sue foto mi accorsi di una torcia che non ricordavo nemmeno di averla; la utilizzava mia madre quando andava giù in cantina, fui felice di stringerla tra le mani sentivo di stringere le sue; trovai le pile conservate da parte, le inserii e subito dopo provai ad accenderla: funzionava perfettamente. >>

A questo punto, Chiara si fermò dimostrando una certa riluttanza nel voler continuare il racconto: aveva tra le mani un tovagliolo di carta che piegava e ripiegava. Dopo una breve pausa fece un lungo respiro per darsi coraggio e riprese, con voce sottile:

<< In quel momento sentii la torcia come un mezzo di comunicazione, e dentro di me scattò una molla: il desiderio di esternare la mia sofferenza. Volevo, in qualche modo combattere quella nostalgia che mi dominava e così mi avvicinai alla finestra e composi con l'intermittenza della luce, un segnale di SOS. Quest'azione influiva beneficamente sul mio stato d'animo, era come un grido di aiuto verso il mondo che mi circondava, con la possibilità di

catturare l'attenzione di qualcuno disposto ad offrirmi aiuto. >>

<<È proprio quello che noi vogliamo darti! >>, intervenne Ida prontamente.

<< Da quella sera ho vissuto con questa speranza che alleviava la mia sofferenza e mi aiutava a fantasticare >>, confessò ancora Chiara.

Le si riempirono gli occhi di lacrime e per nascondere la sua emozione, abbassò lo sguardo.

<< Ma adesso vivi solo con tuo fratello e tuo padre? >>, le chiese Clara.

La ragazza sentiva un nodo alla gola e rispose affermando con un gesto della testa.

<< Comunque hai tuo padre che può sempre proteggerti e ti vorrà sicuramente bene. >>, disse Clara per incoraggiarla.

Con un colpo di tosse, la ragazza mandò giù quel nodo alla gola, alzò subito lo sguardo con forza di volontà per combattere quel momento di debolezza: non voleva essere compatita. Con un sorriso stampato rispose:

<< Certo, un padre dovrebbe essere così! >>

<< Cosa vuoi dire con questo? >>, chiese Clara.

Chiara cercò di sviare il discorso: non voleva evidenziare anche il comportamento poco genitoriale del padre.

<< Perché non mi avete raccontato subito che siete arrivate a me per via di quei segnali? >>

<< Chiara, devi comprendere la nostra difficoltà: non sapevamo come comportarci nei tuoi confronti, avevamo paura di sbagliare e questo timore ci ha trattenuto ad uscire allo scoperto>>, spiegò Clara.

<< Il nostro proposito era quello di creare, per prima, un rapporto di fiducia ed in seguito ti avremmo raccontato tutto >>, continuò Ida.

<< Perdonatemi se non riesco ancora a trattarvi con completa fiducia. Ho bisogno di tempo! >>, disse Chiara guardando l'orologio che aveva al polso.

All'improvviso fu presa dal panico e sobbalzando dalla sedia esclamò: << È tardi, devo tornare a casa, tra meno di mezz'ora mio fratello rientrerà; sono uscita di nascosto e non deve accorgersi di nulla. >>

Le due amiche si alzarono immediatamente da tavola, pronte per accompagnarla, Ida salutò Laura con un gesto della mano.

Durante il percorso passarono davanti all'Istituto Sacro Cuore e Chiara si rincuorò vedendo la macchina del fratello ancora parcheggiata lì.

<< Sono fortunata, mio fratello è ancora a lavoro. >>

<< E tuo padre dov'è? >>, le chiese Clara.

<< Oggi si trova a Milano, tornerà stasera. >>

<< Che lavoro svolge? >>, le chiese ancora Clara,

<< Lavora presso un ingrosso di prodotti alimentari. >>

La ragazza ora, era più tranquilla, ma restava sempre in un atteggiamento distaccato. Si scambiarono il numero di telefono, e questo preannunciava la possibilità di incontrarsi successivamente.

Arrivate al cancello della sua abitazione, Ida e Clara scesero dalla macchina per salutarla;

<< Datemi del tempo devo abituarmi a questa nuova realtà! >>, disse Chiara accennando un sorriso.

<< Ciao, Chiara, ci rivedremo a presto, contiamo sul tuo aiuto per approfittare di un altro momento propizio che ci consenta di trascorrere un po' di tempo insieme in tranquillità>>, e poi dopo una breve pausa, con uno sguardo sereno e rassicurante continuò dicendo: << Hai tutto il tempo che vuoi >>.

Chiara rispose con un cenno del capo come per affermare che era disposta ad un altro incontro e poi disse: << Grazie! >>

Entrò nel suo giardino e agitando la mano in segno di saluto, chiuse il cancello.

Anche se apparentemente dimostrava freddezza, in cuor suo provava una immensa gioia per essere riuscita ad attirare, con il suo stratagemma, l'attenzione di quelle due donne che le offrivano la loro disponibilità.

<< Non posso crederci! >>, disse Ida durante il percorso di ritorno, in macchina.

<< L'incontro di oggi con Chiara sembra quasi mandato dal cielo! >>, esclamò Clara sorridendo.

<< È vero! Non vedo l'ora di raccontare tutto l'accaduto a Laura >>, le rispose Ida con soddisfazione per aver finalmente avvicinato a loro quella ragazza misteriosa.

Quella sera Chiara, quando si chiuse nella sua camera per andare a letto, prese la torcia e chiudendo gli occhi, la strinse tra le mani pensando alla mamma. Poi la accese, ma immediatamente la spense e la ripose nella scatola.

CAPITOLO 11

LA PRIMA INDAGINE

Filippo Manzi svolgeva il suo lavoro di investigatore con molta dedizione e passione: era l'unica risorsa che rendeva la sua vita impegnata e attiva. Sua moglie lo aveva lasciato solo dopo cinque anni di matrimonio per amore di un altro uomo. Era stato molto innamorato di lei e quella separazione così inaspettata per lui e oltretutto a causa di un tradimento, lo aveva lasciato in una profonda delusione della vita. Erano passati, ormai 4 anni dalla fine del suo matrimonio, ma pur avendo frequentato altre donne, non era più riuscito a provare sentimenti profondi e quindi queste relazioni finivano per essere soltanto delle avventure.

Aveva sempre desiderato avere dei figli, ma purtroppo sua moglie non gli aveva concesso questa gioia perché non propensa alla formazione di una famiglia ed al sacrificio che ne conseguiva.

Filippo aveva solo un fratello che viveva a

Berlino con il quale aveva un rapporto molto affettuoso e confidenziale. I due fratelli pur sentendosi spesso telefonicamente, non si incontravano mai per motivi di lavoro; quindi Filippo conviveva con la sua solitudine cercando di combatterla con delle abitudini quotidiane.

Abitava in un palazzo condominiale al quinto ed ultimo piano dove era molto rispettato e stimato da tutti. Ogni mattina, la sua collaboratrice domestica, si recava da lui, un paio di ore, per prendersi cura della casa, e questo contribuiva a rendere il suo ambiente abbastanza tranquillo, dove regnava l'ordine e la pulizia.

Quella sera erano circa le 21:00 quando Filippo fece rientro a casa; si diresse nel suo studio dove poggiò sulla scrivania la sua agenda degli appunti, e come era solito fare azionò lo stereo per creare un sottofondo musicale che diffondendosi in tutte le camere contrastava quel silenzio assoluto che ogni sera lo accoglieva in casa e che, naturalmente, lo angosciava.

Amava molto la musica classica sia orchestrale che al pianoforte e quella sera scelse "Le Quattro Stagioni" di Vivaldi e accompagnato dalle note dell'Inverno fece una doccia calda per scrollarsi la stanchezza che aveva accumulato durante la giornata.

Si recò nel suo studio in pigiama e vestaglia e seduto comodamente sul divano rosso che era situato sulla parete opposta a quella della scrivania, si soffermò a pensare come continuare l'indagine che aveva in corso, sorseggiando il suo solito whisky.

<< Certo, adesso, essendo a conoscenza di alcuni aspetti della vita privata del Sig. Leoncavallo posso intuire la motivazione che lo abbia indotto ad ordinare il trasferimento di quel pianoforte dall'Istituto Sacro Cuore a casa sua, ma è solo una intuizione che non mi offre sicurezza...>>, mormorò.

<< Inoltre, il fatto stesso che quel pianoforte sia rimasto a casa sua per un mese mi fa pensare che, potenzialmente, potrebbe essere lui il possessore di quel testamento, ma anche questa certezza mi manca. Ci vorrebbe una perquisizione a casa sua per avere maggiori conferme. >>, osservò mentre continuava a sorseggiare il suo whisky.

<<Ma come faccio a sapere quando e come potrò introdurmi in quell'appartamento? Devo assolutamente escogitare qualcosa per rendere possibile questo mio piano. >>

Dopo un attimo di riflessione, lasciandosi trasportare da quella musica che lo avvolgeva, improvvisamente, spinto da un'idea che gli passò nella mente, si alzò di scatto, prese la sua giacca e frugando nelle tasche estrasse un bigliettino da visita.

<< Ecco l'ho trovato! >> esclamò.

Subito dopo prese il suo cellulare e compose un numero che era scritto su quel bigliettino:

<< Pronto? >> rispose subito la voce di un uomo.

<< Buonasera, parlo con il Sig. Lorenzo Ponchielli? >>

<< Sì, con chi parlo? >>

<< Ci siamo conosciuti qualche giorno fa nel giardino dell'Istituto Sacro Cuore. Si ricorda? >>

<< A dire la verità, in questo momento non mi sovviene >>, rispose con una voce indecisa.

<< Una mattina passando in quel giardino sono rimasto affascinato dalla bellezza di quelle aiuole e mi sono avvicinato a lei per elogiare il suo magnifico lavoro e dopo aver chiacchierato per un po' lei mi ha lasciato il suo bigliettino da visita.>>, disse Filippo cercando di farsi riconoscere.

<< Sì, sì adesso ricordo. Mi fa piacere risentirla. Cosa desidera? >>

<< Ho una grande veranda che voglio sistemare meglio, magari inserendo anche altre piante, lei potrebbe fare un sopralluogo domani? >>

<< Certo! Con molto piacere! Le va bene per le 8:30? >>

<< Sì, va benissimo. Abito in Via Giacomo Leopardi, 21. Sarò qui ad aspettarla. Grazie, a domani>>, rispose chiudendo immediatamente la comunicazione.

Poi disse tra sé: << Spero che questo pretesto mi porti a ricevere informazioni utili >>

La mattina successiva, con una impeccabile puntualità, il giardiniere era da lui.

198

<< Buongiorno, Signor Manzi >>, disse stringendogli la mano mentre entrava in casa.

<< Buongiorno, Signor Lorenzo, sono veramente lieto di rivederla. Prego, si accomodi! >>

Il giardiniere si tolse il cappello e tenendolo stretto tra le mani entrò con poca disinvoltura; era una persona di 53 anni, alta e leggermente robusta, con capelli brizzolati e con atteggiamento molto discreto.

<< Mi segua! >>, disse Filippo mentre gli faceva strada.

Appena aprì la vetrata scorrevole che c'era nel suo studio ebbero accesso alla veranda. Era molto spaziosa, quasi quadrata, al centro era situato un bel tavolo in legno massiccio con sei sedie disposte intorno; una composizione di divani bianchi con dei cuscini colorati riempiva ad angolo la parete sinistra e quella frontale rendendo l'ambiente molto accogliente e ben arredato; completava il tutto una bella tettoia in legno Iroko racchiusa da vetrate le quali rendevano l'ambiente luminoso e confortevole, ma il fattore più coinvolgente era dato dalla bella vista, in quanto la veranda era contornata esternamente da un giardino che si rendeva visibile anche dall'interno , attraverso le vetrate.

A destra c'era una stufa a Pellet accesa, che con il suo calore rendeva il tutto molto piacevole.

<< Bellissima! Ma qui è meraviglioso! Una veranda in giardino, è spettacolare! >>, esclamò il giardiniere rimasto fermo ad osservare, catturato da quella bellezza.

<< Grazie! Amo molto gli spazi contornati dal verde, però, come può notare, durante l'inverno non ci sono fiori. >>, rispose Filippo spiegando la motivazione della richiesta di quel sopralluogo.

<< Per caso sta alludendo a quei fiori che ha notato nel giardino dell'Istituto Sacro Cuore? >>, chiese il giardiniere con aria sorridente.

<< Vedo che lei ha già captato il mio desiderio! >>, rispose con una risatina.

<< Devo dire che in questo ambiente, ci starebbero molto bene degli ellebori, dette anche "Rose di Natale" e delle viole variopinte. >>

<< Lei è molto impegnato in questo periodo? >>

200

<< Questa è la settimana del Natale e...>>

<< Deve partire in questi giorni ? >> chiese Filippo interrompendolo mentre parlava.

<< Io? Partire?>>, rispose Lorenzo in una risata. << Sono anni che io e mia moglie non organizziamo un viaggetto. >>

<< Mi scusi se le ho fatto questa domanda, non volevo essere invadente. >>, rispose Filippo pensando di aver creato disagio ed imbarazzo.

<< Non si preoccupi d'altronde, in questo periodo diverse persone decidono di trascorrere la notte di Natale e di Capodanno altrove, magari trascorrendo anche una settimana in montagna, quindi la sua domanda non è stata proprio fuori luogo.>>, rispose il giardiniere con molta tranquillità.

<< Sono del parere che queste feste sono belle quando si trascorrono in famiglia perché emerge l'amore che la unisce, e questo è l'elemento più importante. Cosa ne pensa?>>, chiese Filippo mentre lo invitava a sedersi al tavolo della veranda.

<< Condivido in pieno questa sua opinione. È indifferente festeggiarlo in casa o altrove, invece è importante, l'unione famigliare perché si crea armonia e gioia di stare insieme. >>

<< E lei lo trascorrerà con sua cugina? >> chiese Filippo con aria indifferente, celando il vero scopo di quella domanda.

<< A quale cugina si riferisce? >>

<< Alla persona che lavora come collaboratrice domestica a casa del direttore dell'Istituto; Se non ricordo male, è stata lei che ha fatto da tramite per farle ottenere il lavoro come giardiniere. Me ne ha parlato lei stesso, l'ultima volta che ci siamo visti. >>

<< Si, ora ricordo. Quella cugina per me è una persona veramente speciale; mi ritengo fortunato perché anche mia moglie le vuole molto bene e tra di loro c'è molta complicità >>

<< Presumo quindi che stiano organizzando il Natale insieme. >> rispose Filippo sorridendo.

<< Indubbiamente! Ed è stata facilitata anche dal fatto che la sua signora le ha concesso una

settimana libera. >>

<< Presumo per le feste natalizie.>>, rispose Filippo cercando di ottenere più notizie possibili.

<< Sì, certo! Ecco, quella è una di quelle famiglie che trascorrerà il Natale e Capodanno fuori, organizzando la cosiddetta "settimana bianca". >>

Subito dopo Filippo si alzò dalla sedia, seguito da Lorenzo, troncando il discorso: ormai aveva ricevuto le notizie di suo interesse.

<< Bene, quindi quando potrà effettuare il lavoro qui?>> disse Filippo mentre rientravano nel suo studio e lo accompagnava alla porta d'entrata.

<< Se per lei va bene, anche subito dopo il Natale. Posso passare il 28 di questo mese alle 8:30. >>

<< Per me va benissimo. >>

Dopo che si scambiarono gli auguri di Buon Natale, il giardiniere andò via.

<<Devo dire che è andata benissimo >>, disse chiudendo la porta con aria soddisfatta.

<< Adesso non mi resta che entrare in azione. >>

Aveva una grande conoscenza delle serrature delle porte, riusciva, con degli attrezzi specifici, ad aprirle pur non avendo le chiavi. Certamente non utilizzava questa sua capacità, per effettuare furti, arrivava a questo stratagemma solo quando aveva bisogno di prove e certezze per aiutare le indagini di cui si occupava.

Si sedette nel suo studio e con la penna rossa cerchiò, sul calendario della scrivania il giorno 25 Dicembre.

Infatti la mattina del Natale si alzò di buonora, aveva una forte emozione, pregava che tutto potesse svolgersi nel migliore dei modi. Preparò i suoi piccoli attrezzi e pensò che l'ora di pranzo potesse essere il momento più favorevole in quanto la gente, riunita a tavola, quindi distratta dalla confusione, non avrebbe badato ad eventuali rumori. Successivamente cercò il numero di telefono della famiglia Leoncavallo e telefonò per assicurarsi che nessuno rispondesse.

A mezzogiorno entrò in azione, si trovava davanti al portone della casa del signor Mario, citofonò varie volte per avere una ulteriore conferma che in casa non ci fosse nessuno.

Era ben vestito, e portava una scatola di panettone regalo, dove aveva nascosto i suoi piccoli attrezzi; Agli occhi della gente che passava dava l'impressione di essere un invitato che si recava lì per il pranzo di Natale.

Il portone però era chiuso, dopo qualche minuto di attesa sentì lo scatto di apertura seguito dall'uscita di un uomo molto distinto e lui nello stesso istante entrò indifferentemente, prese l'ascensore e arrivò al terzo piano.

Finalmente si trovava davanti alla porta e doveva prestare molta attenzione per non essere scoperto.

Guardò la serratura e si rassicurò perché era una di quelle vecchie che non presentava difficoltà.

Immediatamente entrò in azione estraendo dalla scatola che aveva poggiato a terra, un particolare attrezzo che consisteva in un ferretto sagomato il quale serviva a tenere in pressione i cilindri della serratura e subito dopo inserì un ferro sottile che era azionato da un attrezzo a forma di pistola; dopo pochi tentativi la porta si aprì.

Velocemente ripose tutto nella scatola ed entrò in casa chiudendosi immediatamente all'interno.

Dopo un attimo, il pensiero di voler uscire da quella casa il più presto possibile gli dette lo scatto per passare in azione.

Davanti a se c'era un lungo corridoio con una passatoia in tappeto persiano rosso; sulla sinistra una consolle, stile veneziano in legno decorata in oro con specchio, arredava l'entrata; sulla destra si sviluppava un ambiente aperto dove c'era l'angolo salotto con due tavolini; il tutto era disposto su un grande tappeto persiano dai colori chiari come i divani. Sulla parete frontale un tendaggio sontuoso addobbava due balconi.

Filippo entrò con molta attenzione cercando di non lasciare impronte e notò sulla destra un divisorio con due porte scorrevoli in stile inglese le quali lasciavano intravedere uno studio.

Aprì delicatamente le due porte e si trovò di fronte ad una grande scrivania in noce massiccio posta davanti ad una parete adibita a libreria.

<< Ecco, penso sia il posto giusto per trovare qualcosa di interessante >>, disse tra sé mentre si avvicinava alla scrivania.

<< Ah! Qui ci sono solo penne e cancelleria >>, disse mentre richiudeva il primo cassetto di sinistra;

Aprì il secondo cassetto sempre di sinistra e qui trovò delle cartelline verdi.

<< Qui è scritto "Bollette "/ "Buste paga ">>, disse mentre leggeva le intestazioni.

Una di queste cartelline catturò subito la sua attenzione.

<< È strano che questa non sia intestata >> disse mentre si accingeva ad aprirla.

Qui rimase colpito da foto che ritraevano una meccanica di pianoforte.

<< Interessanti queste foto! >>, esclamò. << Anche perché qui non c'è un pianoforte e quindi presumo sia quello che ha tenuto per un mese. >>

Incuriosito continuò a frugare e trovò altri documenti interessanti,

<< Centro Asta D'Arte >> disse mentre leggeva l'intestazione di una ricevuta.

Si trattava di una perizia che portava la seguente descrizione:

"Da una perizia accurata effettuata dal nostro esperto Raffaele Panzio, si è stabilito

che il pianoforte a coda del Sig. Mario Leoncavallo ha una meccanica rovinata per cui non mantiene l'accordatura, quindi il suo valore d'asta non potrà mai raggiungere 5000 euro come da richiesta avanzata dal proprietario."

In allegato c'era un altro foglio con l'intestazione di Raffaele Panzio Via della Repubblica 10 Cremona, dove era documentata tecnicamente la perizia effettuata ed il preventivo per l'intervento che necessitava il quale ammontava a 8000 euro.

<< Benissimo! >> disse con molta soddisfazione.

Memorizzò il tutto nel suo cellulare con delle foto e proseguì nella sua ricerca.

Sul lato destro della scrivania c'erano ancora due cassetti che ispezionò minuziosamente non trovò, però, nulla di interessante.

Restava da controllare l'ultimo cassetto: quello centrale, ma mentre cercò di aprirlo si accorse che era chiuso a chiave.

<< Qui la situazione diventa più interessante: un cassetto chiuso a chiave custodisce sempre dei segreti.>>, disse frugando nella sua giacca dalla quale estrasse due ferretti.

<< Per fortuna porto sempre insieme i mie piccoli attrezzi >>, disse sorridendo.

Dopo poche manovre il cassetto si aprì.

Qui erano conservati blocchetti di assegni, contratti notarili che subito lesse in una maniera superficiale accorgendosi che non erano di suo interesse.

Sotto a tutti gli altri documenti c'era una cartellina verde che aveva come intestazione "Conto Corrente personale" la prese e all'interno trovò diversi blocchetti di assegni staccati.

Dando uno sguardo alle matrici vide che erano di piccoli importi, ma con scadenze molto frequenti, inoltre avevano tutti come intestatario: "Royal Club ".

<< Il nostro direttore ha debiti di gioco a quanto pare.>> disse in tono ironico.

<< Questo spiega la motivazione del voler vendere quel pianoforte e mi rafforza l'idea che il testamento di Laura possa trovarsi proprio in questa casa. >> disse con molta convinzione.

Si guardò intorno, e aprendo gli sportelli della libreria continuò a frugare, ma c'erano solo libri e nulla che potesse interessargli.

Uscì da quella stanza, dopo aver richiuso le due porte scorrevoli. Ritornò in corridoio e continuò a perlustrare tutta la casa, guardando con molta attenzione nei cassetti e armadi.

Purtroppo non trovò nulla che a lui potesse interessare e decise di andar via.

CAPITOLO 12

31 DICEMBRE 2018

Erano le 7:30 dell'ultimo giorno dell'anno. Chiara era sveglia nel letto ricordando con nostalgia i capodanni trascorsi quando c'era la mamma; era vivo nella sua mente l'entusiasmo che aveva nei preparativi; gli addobbi che realizzava in casa creando un'atmosfera magica ed accogliente e l'impegno che ci metteva nel preparare il cenone per il nuovo anno; in ogni angolo della casa si sentiva il calore della famiglia.

<< Quanto mi manchi mamma! >>, disse tra sé con le lacrime che le scendevano sul viso.

Chiuse gli occhi abbandonandosi alla tristezza e fu proprio in quel momento, priva di forze, che avvertì un qualcosa di strano, come un bagliore e una voce interiore che le diceva:

<< Non lasciarti andare, reagisci! Sono sempre con te! >>

Spaventata da quella sensazione, si sedette a letto e un qualcosa in lei si ribellò.

<< In questo giorno devo sostituire la mamma! >>, disse con determinazione. << Non importa se non sarò apprezzata. Devo farlo per lei! >>

Si asciugò le lacrime e con una grinta che si era imposta, fece subito una doccia, si vestì e si recò in cucina per preparare la colazione; consultò un libro dove la mamma aveva lasciato le sue ricette ed in poco tempo preparò un ciambellone ed un buon caffè.

Nel frattempo Renzo era ancora a letto, poteva godersi i privilegi delle vacanze scolastiche, infatti dormiva tranquillo non curante dell'orario. Era un momento piacevole e sereno trasmesso da quel silenzio mattutino che contribuiva a prolungare il sonno; ma ecco che all'improvviso, quella quiete fu interrotta dal suono di campane che Renzo avvertì in maniera assordante. Proveniva dalla chiesa San Lorenzo che si trovava a cento metri da casa sua.

<< Maledette campane! >> disse girandosi

dall'altra parte tappandosi le orecchie col cuscino, per cercare di riaddormentarsi.

Dopo vari tentativi, rigirandosi nel letto varie volte, si arrese.

<< Che brutto risveglio! >>, replicò seduto a letto con la testa tra le mani.<< Ormai sono sveglio!>>, continuò alzandosi indispettito.

Indossò subito la vestaglia per recarsi in cucina e, quando uscì dalla stanza, fu sorpreso nel sentire l'odore di caffè e quello di dolci appena sfornati: fu come rivivere momenti piacevoli del passato.

<< Che bella sensazione sentire questi profumi in casa! >>, disse scendendo le scale. Appena entrò in cucina vide che tutto era stato merito della sorella, quindi non esternò la gioia che provava e si dimostrò molto indifferente.

Mentre Chiara gli versava il caffè nella tazzina e gli tagliava una fetta di ciambellone, così come avrebbe fatto la mamma, entrò il padre con la legna per accendere il fuoco.

<< Come mai così presto stamattina? >> disse mentre puliva il camino.

<< È stato un risveglio da nervosismo per colpa di quelle maledette campane!>>, rispose Renzo mentre gustava una fetta di ciambellone

<< Addirittura maledette! >>, disse il padre con una risata.

Quella risata irritò Renzo che aveva un po' stemperato quel nervosismo gustando quella colazione inaspettata.

<< Non si può essere nervosi per così poco! Pensa piuttosto come potresti impiegare questo tempo sottratto al sonno! >>, disse con un atteggiamento di imposizione.

Mentre il padre continuava con i suoi sermoni inappropriati, Renzo poggiò sul tavolo la tazzina del caffè che aveva appena finito di bere e si ritirò nella sua camera, non curante delle parole che il padre continuava a dirgli.

<< Non riesco a capire perché deve parlarmi sempre con quel tono autoritario! >>, disse tra sé camminando su e giù per la stanza. << Mi tratta come se fossi un ragazzino. >>

Si fermò davanti alla finestra catturato dalla

bellezza del paesaggio. Ebbe l'impressione di trovarsi in un altro posto, perché tutto era coperto di bianco per la nevicata della notte: era un paesaggio che sembrava ovattato e gli trasmetteva molta tranquillità.

<< Che pace! >>, disse con un lungo sospiro.

Mentre continuava a guardare provando beneficio, la sua attenzione fu catturata dall'arrivo di una macchina rossa che spiccava in quel contesto tutto bianco e che si fermò proprio davanti al cancello di casa sua. Da quella macchina vide uscire un ragazzo che alzando la testa verso la finestra incrociò il suo sguardo.

Portava un giubbotto ed un cappello di lana nero, Renzo non riuscì a capire chi fosse.

La sua attenzione, focalizzata su quella persona, fu colpita dal fatto che quel ragazzo gli fece cenno di scendere. Dopo un attimo di riflessione, aguzzò lo sguardo ed incominciò a capire chi fosse.

<< Non posso crederci! Addirittura ha scoperto dove abito! >>, esclamò con aria preoccupata avendolo riconosciuto;

Come scordarlo! per come era stato aggressivo e minaccioso quel giorno a scuola presentandosi all'improvviso.

In un primo momento voleva ignorarlo, infatti si allontanò dalla finestra non pensando alla richiesta ricevuta di volerlo incontrare, ma quando dalla finestra scrutò per capire il comportamento di quel ragazzo, questi gli fece, daccapo, cenno di scendere;

Rimase pietrificato, non aveva dubbi: quel ragazzo era lì per lui.

<< Adesso cosa faccio? È imbarazzante avere uno scontro proprio qui davanti a casa. Devo assolutamente evitare di coinvolgere la famiglia in questa faccenda. >>

<< Mi conviene affrontarlo! Magari eviterò di litigare. >>, disse mentre si vestiva.

Era molto agitato, non conosceva le intenzioni di quel ragazzo, però sapeva che poteva essere violento, come si era dimostrato l'ultima volta.

Si fece coraggio e dopo 5 minuti era giù in giardino. Aprì il cancello e si trovò faccia a faccia.

<< Cosa ci fai qui? >>

<< Vedo che ti ricordi chi sono! >>, esclamò con ironia quel ragazzo.

Renzo chiuse il cancello e lo invitò, con un gesto della mano a seguirlo.

<< Allontaniamoci! Non saresti dovuto venire qui! >>, disse continuando a camminare.

<< Sono venuto per darti un ultimo avvertimento, e per dimostrarti che non sto scherzando. Non mi costringere a passare alle maniere forti. >>

<< Queste minacce non servono a niente, non mi fai paura. Mi stai perseguitando su un qualcosa che non esiste! >>, disse guardandolo negli occhi.

<< Basta! >>, gli rispose quel ragazzo a voce alta, fermandosi e prendendolo per il collo della giacca.

<< Non continuare a mentire! So con certezza che nascondi quel testamento! >>

<< Sono disposto a parlare con te, ma in modo tranquillo. >> Gli rispose moderatamente,

217

impallidito da quella reazione improvvisa.

Quel ragazzo lasciò la presa da Renzo e frugando nelle tasche estrasse un bigliettino.

<< Ti lascio il mio numero di telefono e ti consiglio di chiamarmi al più presto, per un incontro dove dovrai rendermi partecipe di ciò che ti sei impossessato. >>, gli disse mentre gli infilava, nel taschino della giacca, quel bigliettino. << Pensaci! >>, gli disse a voce alta guardandolo con aria minacciosa.

<< A presto! >>, continuò con un sorriso beffardo, mentre si allontanava verso la sua macchina.

Renzo rimase impalato seguendo con lo sguardo quel ragazzo che si rimise in macchina; solo quando vide che finalmente andò via, ebbe un lungo respiro di sollievo e con passo tranquillo tornò a casa. Prima di rientrare prese quel biglietto dal taschino e vide che era scritto solo un numero di cellulare.

Quando Renzo rientrò in casa, vide Chiara ed il padre seduti in cucina che parlavano, fu propizio quel momento per tornare in camera inosservato.

<< Papà, ho preparato la lista della spesa. >>, disse Chiara rivolgendosi al padre.

<< Perché questa lista, cosa ti manca? >>, rispose con atteggiamento distaccato.

<< Papà, ho un grande desiderio di preparare una cena come quando c'era la mamma: voglio sentire la sua presenza in questo giorno particolare. >>, disse guardandolo con tenerezza.

Il padre rimase sconcertato, fu colpito da quella risposta; ora capiva perché quella mattina, in casa c'era qualcosa di diverso. I buoni propositi della figlia, però, non riuscirono a placare quel suo carattere avverso.

<< Non ho nessuna voglia di rivivere il passato! >>, le rispose con rabbia.

Chiara rimase dispiaciuta, ma non voleva rinunciare al desiderio che aveva in cuor suo e, con molta pazienza, si avvicinò al padre e con voce quasi implorante gli disse:

<< Ti prego, accontentami! Guardami! Da bambina per dei capricci riuscivo ad intenerirti e

tu finivi sempre per assecondarmi. Ricordo che mi volevi tanto bene! >>

In quel momento, il padre si alzò infastidito da quei ricordi e riversò la sua attenzione sulla cura del fuoco, girando la legna che scoppiettava nel camino.

<< Vestiti! Ti accompagno a fare la spesa, ma non pretendere di più. >>

<< D'accordo! >>, si limitò a rispondere Chiara.

Andò subito a prepararsi e dopo poco tempo uscirono insieme, ma da quel momento tra loro si creò un profondo silenzio.

Durante la loro assenza Renzo continuò a pensare quel ragazzo tanto prepotente, conosceva il suo numero di telefono, ma non conosceva ancora il suo nome.

<<È strano che questa persona mi abbia preso di mira; non ricordo di averlo mai incontrato prima, perché proprio me, se non ci siamo mai visti? Sicuramente avremo una conoscenza in comune. >>

Trascorse tutto il pomeriggio ad effettuare delle

ricerche sui profili Facebook. Prima passò in rassegna i suoi amici: non erano tanti. Successivamente dette uno sguardo tra i colleghi di lavoro; infine passò ai suoi allievi; era stanco di cercare, ne aveva controllato 6 dei suoi allievi senza riscontrare dei risultati.

<< Sono stanco di cercare >>, sussurrò tra sé, abbandonando quella pista.

Trascorse il resto del tempo suonando al pianoforte cercando di liberarsi dalla pressione di quel ragazzo che incombeva su di lui. La musica lo aiutava, ma non appena nella mente riaffiorava il suo volto, sentiva il peso delle sue minacce.

Nel frattempo Chiara trascorse tutto il pomeriggio in cucina consultando in continuazione le ricette della mamma; aveva preparato gli spaghetti in cartoccio al sugo di gamberetti, uno sformato di carciofi e degli involtini di filetto di pesce persico con purè di patate e come dolce un tiramisù.

Erano le sette di sera quando aveva infornato lo sformato: era tutto pronto; quindi si dedicò ad apparecchiare la tavola. Prese in cantina una scatola dove erano conservati gli addobbi, con emozione ed entusiasmo preparò una bellissima tavola in soggiorno dove il camino acceso rendeva tutto più incantevole.

All'ora di cena si sedettero a tavola; il fratello e il padre rimasero in silenzio stupefatti, ma non esternarono i loro sentimenti. Chiara non si aspettava nulla e tanto meno un elogio, ciò nonostante era felice perché nel suo cuore sentiva gli abbracci e le carezze della mamma.

Alice aveva trascorso tutta la mattinata per le ultime compere del momento; stava organizzando una cenetta intima per festeggiare in casa l'arrivo del nuovo anno; era molto orgogliosa di preparare tutto da sola. Di solito Marco collaborava ed insieme decidevano il da farsi, ma questa volta aveva deciso così: voleva sorprenderlo. Quel capodanno costituiva per loro il primo anniversario della loro storia d'amore per questo Alice aveva preso anche un regalo per lui che doveva ritirare quella mattina: un braccialetto d'oro con una targhetta dove dalla parte interna aveva fatto incidere la data del giorno in cui avevano iniziato la loro convivenza.

Era mezzogiorno quando rientrò in casa e trovò Marco nel suo studio impegnato in un progetto.

<< Rimani pure qui, tranquillo!>> gli disse dopo averlo salutato con un bacio. << Questa volta voglio sorprenderti! >> continuò con gli occhi che sprizzavano gioia.

<< D'accordo! Non voglio intralciare i tuoi piani. >> le disse con un sorriso.

Rimasto solo, concentrò i suoi pensieri su Renzo. Aveva un'agitazione interiore dovuta alla situazione conflittuale che stava vivendo.

<< Non so se sto agendo nella maniera giusta. >>, disse tra sé pensando alle minacce inflitte a Renzo.

<<In fin dei conti non ho prove certe, sto insistendo basandomi su un intuito personale >>

Rimase a riflettere a lungo dandosi delle risposte.

<< Da quello che mi risulta, è stato solo lui ad aprire quel pianoforte, e quindi con molta probabilità, si è potuto impossessare di quel testamento>>, sussurrò continuando a pensare.

<< Basta! >>, disse stanco di rimuginare. << Resto sempre nella convinzione che continuando a fargli pressione, prima o poi riuscirò a scoprire la verità>>

<< E nel caso in cui stessi sbagliando? >>, si domandò cercando delle risposte.

<< Se non avrà nulla da nascondere si stancherà delle mie minacce e sicuramente diventerà più minaccioso di me! >>, disse dopo una lunga riflessione.

<< Solo allora capirò di aver commesso un errore e mollerò tutto scomparendo nella più profonda indifferenza. >>, disse provando un sollievo di liberazione.

Guardò l'orologio e si accorse che erano passate diverse ore tra i pensieri che riguardavano Renzo, e l'impegno per il suo lavoro.

All'improvviso bussò alla porta Alice e

vedendolo immerso tra le carte sparse sulla scrivania esclamò dicendo:<< Amore non ti sembra di esagerare con il tuo lavoro? >> disse avvicinandosi per abbracciarlo. << È tutto pronto, e voglio che dobbiamo essere rilassati per la cena. Che ne dici di brindare con un prosecco? Ho preparato degli stuzzichini appetitosi. >> disse prendendolo per mano, tirandolo fuori da quella camera.

Era stata bravissima, aveva apparecchiato la tavola in maniera impeccabile con tovaglia bianca dove al centro dominava un centrotavola che aveva realizzato utilizzando addobbi dorati con luccichii delicati in sintonia con i sottopiatti. Tutto era illuminato solo da candele accese, disposte a tavola ed in vari punti della camera che rendevano l'ambiente intimo e rilassante.

<< Che atmosfera romantica! >>, disse Marco abbracciandola per poi baciarla. Quel lungo bacio fu, per Alice, più significativo di tante parole d'amore.

Marco sentì subito calare la sua tensione che poco prima lo aveva pervaso. Ora doveva trascorrere quella meravigliosa serata con Alice che inconsciamente lo aveva aiutato ad allontanare quelle perplessità che si erano impadronite di lui in quella giornata.

La serata proseguì nella massima serenità tra le soddisfazioni del palato, nel gustare le prelibatezze che aveva preparato Alice, e le continue coccole e tenerezze che univano i due cuori innamorati.

Quell' atmosfera idilliaca fu però, spezzata dal suono del cellulare di Marco. Erano le

22:00; dette uno sguardo e vide che era comparso solo un numero di telefono, si alzò da tavola non sapendo chi fosse e rispose. << Pronto? >> disse con uno sguardo smarrito.

<< Sono Renzo Raffi. Voglio chiudere per sempre questa faccenda. >>

Sentendo quella voce fu assalito dallo stupore e, incrociando lo sguardo accigliato di Alice, prontamente disse:<< Ciao! >>, poi con voce tranquilla controllando il suo stato emotivo continuò dicendo:

<< Allora, cosa mi proponi? >>

226

<< Incontriamoci all'Istituto Sacro cuore il giorno 4 gennaio, alle ore 9:30 >>

<< Ci sarò, non dubitare! >>, rispose.

Renzo chiuse la comunicazione e Marco continuò a parlare, fingendo agli occhi di Alice, di essere ancora in linea.

<< Non preoccuparti! Ti ringrazio, sei stato gentilissimo ad avvisarmi >>

Dopo una pausa, per dare l'impressione di ascoltare, disse:

<< D'accordo, spostiamo tutto dopo l'epifania. Non preoccuparti! >>

<< Grazie, Buon anno anche per te! >>

Prima che Alice gli chiedesse spiegazioni, lui la anticipò dicendo con un sorriso:

<< Era un caro cliente, con il quale avevo appuntamento il giorno 3 gennaio. Siccome è in partenza per l'estero, mi ha avvisato di spostare l'appuntamento. >>

Alice rimase perplessa, non riusciva ad

inquadrare il fatto che a poche ore dai festeggiamenti del capodanno potessero esserci persone che si preoccupavano di spostare gli appuntamenti, ma l'atmosfera magica di quella serata era molto più coinvolgente, tanto che, dopo pochi attimi quelle perplessità svanirono nel nulla.

La mattina successiva, mentre Marco era sotto la doccia, squillò il suo cellulare; Alice era vicino e inevitabilmente lesse la chiamata: Avv. Sergio Cappelletti; non rispose e quando smise di squillare, avendo il telefonino tra le mani, fu spinta dalla curiosità di leggere la chiamata che c'era stata la sera prima durante la cena. Vide che mancava il nome e questo la lasciò perplessa

<< Come può essere possibile non avere in rubrica l'intestazione di un caro cliente? >>

<< Sicuramente non si tratta di un cliente, e quindi? >>, a quel punto incominciò a darsi delle risposte ipotetiche.

<< Potrebbe essere una donna! >>

Istintivamente, mossa da questi dubbi, si annotò il numero di telefono su un foglietto.

<< Devo assolutamente scoprire cosa mi sta nascondendo Marco! >>, disse mentre trasferiva quel numero nel suo cellulare per non perderlo e per non lasciare tracce.

Non appena registrò quel numero scoprì che risultava salvato nel suo cellulare con la voce: Maestro Renzo Raffi. Questa scoperta la lasciò ancora più sconcertata, e preoccupata.

Mille domande alle quali non sapeva dare risposta si conficcarono nella sua mente.

<< Oltretutto, non mi risulta che debba partire per l'estero. >>, disse tra sé.

<< Perché Marco mi ha mentito? >>

Mentre poggiava il telefonino sul tavolo lo vide arrivare in accappatoio; si sedettero per la colazione.

<< Hai ricevuto una chiamata mentre eri sotto la doccia >>, disse Alice con molta naturalezza, non lasciando trasparire il suo turbamento.

Marco dette un'occhiata alla chiamata e ripose il telefonino sul tavolo. << Lo richiamerò più tardi, con calma. >>, disse mostrando indifferenza.

<< Oggi è la giornata piena di messaggi augurali per il nuovo anno. >>, disse Alice mentre beveva il suo caffè. << Ho già provveduto, ad inviarli ai parenti ed amici. L'ho inviati anche al mio maestro di musica. >>, disse alzandosi da tavola per prendere la spremuta d'arancia che aveva lasciato in cucina.

Mentre Marco spalmava la marmellata sui biscotti, Alice gli chiese:

<< Conosci il mio maestro? >>

<< No, non l'ho mai visto. >> rispose con sguardo accigliato. Dopo un attimo di silenzio continuò dicendo: << Come mai questa domanda? >>

<< Niente di particolare! Mi chiedevo che, essendo una persona che frequento assiduamente per le lezioni, è strano che non sia capitata l'occasione per presentartela. Non ti pare? >>

<< Sì, in effetti hai ragione. Ma adesso non pensiamoci, arriverà il giorno in cui me la presenterai! >>, rispose abbracciandola per spezzare il suo imbarazzo nel mentire.

Mentre contraccambiava l'abbraccio, Alice coltivava l'idea di dover indagare su quella menzogna di Marco.

Anche Filippo fu alle prese dei messaggi augurali e tra questi ci fu uno, inviato a Paolo, seguito da un ulteriore messaggio; <<incontriamoci il giorno 7, la mia indagine si è quasi conclusa, mi manca l'ultimo tassello che svilupperò in questi giorni. >>

Infatti aveva in mente di recarsi, furtivamente, all'Istituto Sacro Cuore per intrufolarsi nell'ufficio del direttore e cercare il testamento: era l'ultimo posto dove controllare.

Sapeva che, di solito nelle scuole, effettuavano lavori di disinfestazione per preparare gli ambienti alla riapertura;

<< Pronto, sono il segretario dell'Istituto Sacro Cuore di Cremona, vorrei avere conferma del vostro intervento per la disinfestazione qui a scuola. >>, disse contattando una delle tre aziende che aveva cercato in zona.

<< Mi dispiace, ma qui non vedo una vostra prenotazione. >>, gli rispose una voce di donna.

<< Mi scusi, forse ho sbagliato numero. >>,
rispose Filippo con gentilezza.

Provò con un altro numero di telefono di
un'altra azienda addetta a quei lavori. Dopo aver
formulato la stessa domanda gli rispose la voce
di un uomo:

<< Sì, è stato confermato per il giorno 4 Gennaio
alle 8:30. Non vi è pervenuta l'e-mail? >>

<< Sì, certo! Ma ho telefonato per avere maggiore
conferma. La ringrazio, Buongiorno! >>

Il 4 Gennaio alle 8:20 Filippo era davanti alla
scuola Sacro Cuore, vide il cancello aperto.
Parcheggiò e rimase ad aspettare; dopo 10
minuti arrivò un furgone che varcando il
cancello entrò nel giardino della scuola e si
fermò davanti alla scalinata dell'entrata
principale. Sopraggiunse un altro furgone
uguale a quello di prima che fu parcheggiato
accanto all'altro. Qui scesero 4 uomini i quali
indossarono anche loro delle tute arancioni e dei
cappelli con visiera;

Furono tutti impegnati a trasportare i vari
attrezzi nella scuola, lasciando i due furgoni

incustoditi e aperti. Filippo approfittando di quel momento si avvicinò trovando, all'interno, delle tute imbustate e delle pompe a spalla, subito prelevò una tuta arancione e la indossò velocemente, insieme al cappello con visiera e, prendendo una di quelle pompe, la indossò sulle spalle. Così travestito si intrufolò nella scuola confondendosi tra gli altri operai.

Erano tutti all'opera e quindi non badavano alla sua presenza.

<<Un travestimento perfetto!>>, sussurrò tra sé.

Infatti dava l'impressione di appartenere a quella squadra e questo lo aiutò a procedere nei suoi piani con molta tranquillità.

Camminava nel corridoio alla ricerca della stanza del direttore imitando i gesti degli altri operai. Non fu difficile trovarla, dopo poco si trovò davanti a quella targhetta.

Entrò immediatamente richiudendosi la porta alle spalle.

A sinistra c'era una grande scrivania posta davanti ad una libreria che rivestiva tutta la parete, sulla destra c'era un salottino blu con tavolino e due poltrone, di fronte c'erano due vetrinette divise da un balcone. Una vetrinetta era piena di libri, mentre l'altra mostrava delle coppe e medaglie con delle foto incorniciate, incominciò subito a rovistare nei cassetti della scrivania, passò al setaccio tutte le cartelline che vi erano conservate: contenevano documenti inerenti alla scuola. Imperterrito continuò per mezz'ora a cercare nella libreria spostando anche i libri, ma niente. Si guardò intorno e si accorse che sul lato destro del divano c'era una porta, incuriosito si avvicinò per aprirla e vide che si trattava di un ripostiglio archivio, perché c'erano delle scaffalature a quattro ripiani con tanti faldoni.

<< Questo potrebbe essere un buon nascondiglio, ma come si fa a controllare tutte queste cartelle? >>, mormorò.

Mentre osservava quella cameretta sentì dei passi in corridoio che man mano si sentivano sempre più vicini.

<< Devo nascondermi! È meglio non farmi notare. >> disse agendo velocemente.

I passi erano molto vicini, ebbe giusto il tempo di infilarsi in quell'archivio trovando un giusto spazio tra la scaffalatura e la parete per potersi nascondere.

<< Entra! Qui possiamo stare tranquilli! >>, disse una voce.

<< Ho deciso di incontrarti perché voglio porre fine a questa situazione. >>, disse la stessa voce.

<< Benissimo! Allora hai deciso di confessare tutto? >>

<< Voglio che devi ascoltarmi con attenzione; non so cosa ti faccia pensare che abbia qualcosa da confessare, ma devi credermi, non ho nulla. >>

<< Non ti credo! Perché proprio una persona che ti conosce molto bene mi ha riferito ciò che nascondi. >>, disse l'altra voce con un tono forte e deciso.

<< Ma chi è questa persona? >>, rispose con tono alterato.

<< È una persona molto vicino a te. >>, disse Marco bleffando guardandolo negli occhi per

scrutare la sua reazione; poi continuò rafforzando il tono della voce: << Non fare il furbo con me, mostrami subito quel foglio! >>.

A questo punto Filippo sentì un forte rumore come un pugno o un oggetto sbattuto sulla scrivania e si avvicinò alla porta del suo nascondiglio per curiosare; da uno spiraglio riuscì a vedere il volto di uno dei due ragazzi, perché l'altro si trovava di spalle. Dai loro atteggiamenti era evidente che stessero litigando.

<< Ma che profitto si può trarre da un foglio! sei assurdo e testardo!>>, rispose l'altro con voce grossa, stanco di quelle insinuazioni.

<< Quello non è un semplice foglio e lo sai benissimo. Anzi, chissà che fortuna avrai trovato!>>, replicò ancora Marco.

Furono interrotti da qualcuno che bussò alla porta.

<< Avanti! >>, disse Renzo.

Aprì la porta una giovane ragazza che lavorava in segreteria.

<< Mi scusi maestro Raffi, le devo chiedere gentilmente di uscire da questa camera perché devono passare per la disinfestazione. >>

<< D'accordo, dite pure di passare tra cinque minuti. >>

Non appena la ragazza andò via, Marcò riprese a replicare.

<< Non ti mollerò! Dovrai dividere con me tutto ciò di cui ti sei appropriato. Ho bisogno di soldi, lo vuoi capire? >>, disse avvicinando la sua faccia a quella di Renzo per infondere in quello sguardo la sua caparbietà.

<< Questa è una grande rivelazione! >>, rispose ridendo Renzo. << Ora capisco perché insisti così tanto, ma stai perdendo il tuo tempo perché stai perseverando su una pista sbagliata>>

<< Adesso basta! >>, disse infuriato Marco battendo un pugno sulla scrivania.<< Mi hai fatto venire fin qui, per dirmi che non hai nulla? >>

<< Certo! Perché questa è la verità! >>, rispose subito Renzo. << Adesso dobbiamo andar via. Ti

saluto. >>, continuò avviandosi verso l'uscita.

<< Non pensare che mi sia arreso. Ci rivedremo a presto! >> rispose Marco seguendo i suoi passi.>>

<< Ti assicuro che ti pentirai >>, replicò Renzo mentre camminava in corridoio.

Filippo, immediatamente uscì dal suo nascondiglio si tolse la tuta che nascose sotto la giacca e uscendo dalla porta lasciò per terra la pompa, dopo essersi guardato intorno.

Si diresse verso l'uscita con molta naturalezza, arrivato alla sua macchina aprì subito lo sportello e si sedette stanco ma molto soddisfatto.

Il litigio di quei due ragazzi lo incuriosì e oltretutto conosceva il volto di uno ed il nome dell'altro: Maestro Raffi.

CAPITOLO 13

LA ROTTURA

Quella mattina, Filippo era diretto ad incontrare l'accordatore qualificato di pianoforte Raffaele Panzio.

Erano le 10:30, dopo aver parcheggiato la macchina in Via Della Repubblica, camminava ponendo attenzione ai numeri civici.

<< Ecco, deve essere qui! >>, esclamò fermandosi al numero dieci, davanti ad una grande vetrina con porta d'ingresso in vetro, la quale contrastava con la costruzione molto antica in pietra.

Esternamente, quella vetrina, rendeva molto visibile l'esposizione di diversi pianoforti ed altri strumenti musicali.

Il locale era molto lungo e largo con volte a padiglione in pietra; c'erano una ventina di pianoforti verticali disposti sia a sinistra che a destra. Spostando lo sguardo oltre, verso l'interno, era visibile l'esposizione di un pianoforte a coda nero e tre pianoforti a mezza coda dei quali uno era bianco e due neri. La parete di destra era attrezzata per l'esposizione di chitarre e violini, mentre sulla parete di sinistra c'era una scaffalatura che conteneva libri.

In fondo al locale era situato un laboratorio che si rendeva molto visibile in quanto era delimitato da vetrate.

Un signore, impegnato ad accordare un pianoforte, fu distolto dal tintinnio della porta di accesso nel locale, non appena Filippo si apprestò ad entrare.

Era un signore non molto alto di circa cinquant'anni, con capelli e baffi brizzolati; indossava un pullover blu alla dolce vita ed un pantalone in velluto a coste blu.

<< Buongiorno! >>, disse andando incontro a Filippo. << Cosa desidera? >>, continuò.

<< Buongiorno! >>, rispose Filippo stringendogli la mano. Poi guardandolo negli occhi con un

sorriso di cortesia, continuò dicendo: << Sono un investigatore e vorrei delle informazioni riguardo un pianoforte da lei periziato dietro richiesta del Dottor Leoncavallo. Si ricorda? >>

Rimase con lo sguardo accigliato cercando di ricordare quel riferimento.

<< Guardi, le mostro il documento di perizia da lei rilasciato >> continuò Filippo mostrando con il suo cellulare la foto di quel documento. >>

<< Sì, ora ricordo! >>, rispose quel signore dopo aver dato uno sguardo a quella immagine.

Con una espressione accigliata continuò dicendo: << Cosa le interessa sapere? >>

<< Questa perizia, è stata effettuata da lei personalmente? >>

<< Sì, è un lavoro che eseguo con meticolosità; inoltre, deve sapere che dalla meccanica dipende molto la valutazione, e quindi ho dovuto esaminarla attentamente. >>

<< Dunque, ha guardato anche sotto la tastiera? >>, chiese ancora Filippo mostrando molto interesse.

<< Certamente! Dovevo rendermi conto del livello di usura dei tasti. >>

Mentre l'accordatore rispondeva, Filippo prendeva appunti di quelle risposte. Poi continuò ancora con le domande:

<< Ha effettuato qui la perizia o a casa del dott. Leoncavallo?>>

<< Trattandosi solo di una perizia, non ho ritenuto opportuno trasportarlo qui. >>, rispose con molta cordialità.

<< Mi scusi mi interessa sapere se ha trovato qualcosa sotto la tastiera di quel pianoforte come per esempio: una lettera, o un documento. >>

<< No, mi dispiace, non c'era nulla. >>

<< Ne è proprio sicuro? >> disse con insistenza Filippo.

<< Sì, sicurissimo! >>, rispose in maniera molto decisa. Poi dopo un attimo di riflessione continuò dicendo: << Però, posso dirle che ricordo, di quel pianoforte, un particolare che mi lasciò infastidito. >>

<< Di cosa si tratta? >>, chiese Filippo con molta curiosità.

<< Quando lo aprì, per valutare la meccanica, mi accorsi che era stato già aperto da qualcuno. Lo riscontrai da impronte che erano state lasciate nella polvere. Questo mi infastidì perché fu evidente dedurre che avessero affidato quel lavoro ad un'altra persona prima di me. >>

<< Capisco. >>, rispose Filippo con tono di approvazione. << La ringrazio, comunque, per la disponibilità e gentilezza. >>, aggiunse, congedandosi con una stretta di mano.

Purtroppo non era riuscito ancora a sciogliere il mistero di quel testamento.

Nel pomeriggio aveva appuntamento con Paolo, ed era impaziente di incontrarlo per aggiornarlo sugli sviluppi raggiunti e allo stesso tempo per stabilire come procedere.

Nell'attesa, aveva deciso di recarsi al locale "LIBROAMICO "per la pausa pranzo, e per trascorrere un po' di tempo in relax.

Passato il Natale e Capodanno, il locale era

tornato nella normalità. Laura non avendo più lo stress di quel periodo di feste, poteva concedersi dei piccoli spazi con le sue amiche Ida e Clara.

Quella mattina si era aggregata, a loro, anche Chiara. Suo padre era andato a Milano per lavoro e tornava la sera; il fratello aveva ripreso l'insegnamento a scuola e quel giorno, avendo lezioni nel primo pomeriggio, non tornava a casa per il pranzo; quindi, Chiara pensò di trascorrere la giornata con Ida e Clara.

Erano comodamente sedute, nel reparto salotto, in conversazione, mentre gustavano un aperitivo. Stavano raccontando come avevano trascorso le feste.

<< Posso dirvi che trascorrere dieci giorni in montagna è veramente salutare >> disse Ida con molta soddisfazione. << La mattina sciavamo e la sera assistevamo a spettacoli divertenti... >>, continuò mentre prendeva un'oliva dalla ciotola sistemata sul tavolino.

<< Dovevate vedere un cameriere che perdeva la testa per una cliente, sua coetanea, dai capelli biondi ed occhi azzurri, la quale era lì con i suoi

genitori.>>, disse Clara ridendo mentre pensava l'andatura goffa ed impacciata che quel cameriere assumeva per l'emozione.

<< È vero! >> confermò Ida << Era evidente notare la sua confusione quando le passava vicino. >> continuò ridendo.

<< Poi c'è un altro episodio che voglio raccontarvi che ci ha fatto ridere tanto. >>, disse Clara.

<< Eravamo su un trenino che girava sui monti, per godere di vedute spettacolari. Una coppia tedesca, intorno ai settant'anni, era seduta di fronte a noi; il marito era molto allegro e divertente, tanto che, quando parlava alla moglie, questa rideva e la sua risata era così contagiosa da coinvolgerci.

Il marito, vedendoci ridere, pensò di essere compreso nella sua lingua e continuò a parlare rivolgendosi verso di noi; a quel punto scoppiammo a ridere in una maniera ancora più forte, perché non capivamo niente di quello che diceva e continuavamo a ridere solo per la situazione che si era creata e per la risata della moglie >>.

Scoppiarono tutti a ridere. Chiara si divertì molto ad ascoltare; era da tanto tempo che non rideva così.

<< Certo, siete molto simpatiche! >>, disse Laura con aria sorridente.

In quel momento entrò Filippo che la vide ridere con le sue amiche. In quello stesso istante, Laura incrociò il suo sguardo e si alzò per recarsi alla cassa.

<< Scusate, devo lasciarvi, sta arrivando gente per l'ora di pranzo. >>

<< Non preoccuparti! >>, le risposero.

Poco dopo, si alzarono anche le due amiche e Chiara, per occupare un tavolino nella sala Ristoro. Ida si allontanò per ritirare la loro prenotazione.

La conversazione di quella mattina aveva creato un avvicinamento tra loro. Chiara si comportava in una maniera più disinvolta e confidenziale.

<< Non è giusto che mi offriate sempre voi! >>, replicò mentre prendevano posto in sala.

<< Non preoccuparti! >>, rispose Clara mentre poggiava la borsa sulla sedia.

<< Allora concedetemi di offrirvi il dolce ed il caffè >> disse la ragazza con insistenza alzandosi da tavola.

Con determinazione e senza aspettare l'approvazione delle due amiche si avviò verso la cassa. In quel momento entrarono diverse persone e si formò una lunga fila. Chiara si aggregò aspettando con pazienza il suo turno. Nel frattempo entrarono Marco ed Alice, quest'ultima, notando l'affluenza di quel momento, si allontanò per occupare un tavolino in sala, lasciando Marco alla cassa.

Chiara si guardava intorno in una maniera strana, non era abituata a quella confusione che si era creata.

<< Quanta gente! >>, esclamò Marco sbuffando, trovandosi dietro di lei.

Chiara intuì l'impazienza di quel ragazzo e si girò

guardandolo con un sorriso e, con una espressione di condivisione, manifestò la noia che provava anche lei in quell'attesa.

<< Sembra quasi che gli amici siano stati lontani in questi giorni di festa ed oggi abbiano tanta voglia di incontrarsi >> gli disse guardandolo negli occhi.

Marco approvò con un sorriso tirando fuori, dalla tasca, il cellulare che squillava. Nel frattempo Chiara si accorse che gli era caduto qualcosa per terra e si chinò per raccoglierla.

La telefonata fu breve e, non appena chiuse la comunicazione, Chiara gli disse:

<< Mi sono accorta, mentre estraeva il cellulare, che le sono cadute 50 euro dalla tasca. Tenga! Gliele ho raccolte io. >>

<< Non so come ringraziarla! È molto gentile da parte sua, anzi direi, molto onesto! >>

<< Si spera sempre di incontrare persone oneste, quindi, oggi si è presentata l'occasione per esserlo io verso gli altri. >>

In quel frangente entrò Renzo il quale, con

molta sorpresa, notò la presenza della sorella, ma rimase sconvolto nel vederla in conversazione con Marco.

Istintivamente rimase in disparte per spiare i loro comportamenti.

<< La prego di accettare almeno un gelato per ringraziarla del suo nobile gesto. >> disse Marco poggiando la sua mano sulla spalla di Chiara.

<< No, non si preoccupi! Lei non mi deve nulla. >>

Allibito da quella scena uscì dal locale, anche perché non desiderava incrociarsi con Marco.

<< Che legame potrà esserci mai, tra mia sorella e quel farabutto? >>, sussurrò tra sé appoggiandosi al muro esterno di fianco all'entrata.

Subito dopo andò via con tanti dubbi che gli martellavano il cervello.

Dopo un po' le due donne e Chiara si riunirono a tavola per il pranzo.

<< E tu, Chiara, come hai trascorso le feste? >>

chiese Ida.

<< Sono stati giorni normali, privi di armonia ed allegria. Però l'ultimo giorno dell'anno ho voluto viverlo magicamente bene. >>

<< In che senso "magicamente bene"? >>, chiese Ida con un sorriso di gioia.

<< Ho voluto sentire, in casa, l'atmosfera che creava la mamma nei giorni di festa. >>, disse con un velo di tristezza assumendo una espressione seria. << Per lo meno ci ho provato! >>, disse subito dopo ridendo.

<< Brava! >> esclamò Clara. << In che modo? >> continuò.

<< Ho preparato una cena squisita; inoltre con gli addobbi che utilizzava la mamma, ho reso l'ambiente completamente diverso, quasi come un tocco di magia. >>

<< Complimenti! Sei una ragazza eccezionale! >>, disse Ida guardandola negli occhi.

<< Non è stato, però, tutto merito mio. >>

<< Perché dici questo? >>, chiese Ida

<< Perché quella mattina ero caduta in un completo abbandono, poi ho sentito una forza interiore che mi ha spinta a combattere quel momento. All'improvviso, si è acceso in me un entusiasmo che non avevo avuto mai prima; inoltre sentivo la presenza della mamma che mi guidava e il calore del suo affetto che ha colmato il vuoto che mi circondava.>>

Dopo una piccola pausa, mentre beveva il caffè, continuò:

<< Chissà, forse sarà stata proprio la mamma a sollevarmi. >>

<< Penso proprio di sì. >>, disse Ida guardandola con molta tenerezza.

Avevano finito di pranzare e Chiara guardò l'orologio.

<< Devo tornare a casa! >> esclamò, alzandosi da tavola.

<< Ti accompagniamo, non preoccuparti! >>

Lasciarono il locale salutando Laura con un gesto della mano. Durante il percorso in macchina, Chiara rimase per un po' in silenzio,

251

poi con un sorriso che lasciava trasparire un momento di gioia disse:

<< Grazie! Per essermi vicine. Oggi ho trascorso una bellissima giornata con voi. >>

<< Siamo noi, che dobbiamo ringraziarti per averci dato questa possibilità. Siamo veramente felici. >> replicò Ida.

Arrivate al cancello di casa sua, Clara guardando la ragazza negli occhi, con la mano sulla sua spalla, le disse:

<< Non esitare a chiamarci in qualsiasi momento. Fidati di noi! Vogliamo solo il tuo bene.>>

<< Grazie! Lo terrò presente. >> Rispose chiudendo il cancello.

<< Che bella giornata ho trascorso oggi >>, sussurrò tra sé mentre richiudeva la porta.

Poi si recò in cucina e con buon umore pensò cosa preparare per cena.

In frigo aveva il pollo ed i peperoni così pensò di approntare la teglia del pollo da infornare ed inoltre, pulire i peperoni per farli in padella come contorno.

<< Sono stata veramente fortunata ad incontrare quelle due donne; oggi mi hanno trasmesso buon umore. >>, sussurrò ancora tra sé.

Si dedicò a preparare quella cena canticchiando; sentiva di provare un pizzico di felicità.

Dopo circa un'ora rientrò il fratello. Entrò in cucina senza salutarla; poggiò la borsa sulla sedia e si avvicinò a lei.

<< Ti ho scoperto! Sei tu la maledetta che trama alle mie spalle! >>, le disse con voce aspra guardandola negli occhi.

Chiara fu colta di sorpresa, e si spaventò quando vide nei suoi occhi tanta rabbia.

<< Di cosa stai parlando? Non ti capisco! >>, disse Chiara con voce debole indietreggiando di qualche passo.

<< Hai anche il coraggio di mentirmi. Smettila di fingere! >>, disse avvicinandosi ancor di più a lei.

<< Non riesco a capire. Credimi! >>, rispose Chiara con voce tremante.

All'improvviso, si scatenò con una raffica di schiaffi.

<< Ma cosa ti ho fatto? >>, gridò Chiara piangendo, alzando il braccio destro per ripararsi il volto.

<< È tutta colpa tua se mi trovo nei guai! Vuoi liberarti di me? >>, le disse gridando a squarcia gola. << Pensi che quel ragazzo sia innamorato di te? >>, replicò con una risata sarcastica e carica di odio.

<< Ma di chi stai parlando? >>, esclamò Chiara piangendo.

In preda a fortissima collera, le mollò schiaffi ed un pugno sul naso che chiara riuscì ad attutire alzando il braccio in difesa.

<< Hai fatto in modo che mi ricattasse. Brutta stronza! >> Le disse prendendola a calci.

Chiara correva intorno al tavolo per sfuggire da quelle mani violente, ma lui riuscì a prenderla, e con atteggiamento più furioso le dette ancora due schiaffi in faccia e la scaraventò per terra.

<< Non ho fatto niente! >>, ripeteva più volte Chiara tra i lamenti e pianti.

Dopo l'afferrò per il collo e tirandola a sé, la fissò negli occhi con uno sguardo penetrante e cattivo.

<< Non farti vedere più con quell'idiota! È un avvertimento, ricordati! Perché, altrimenti rischi di peggio. >> Le gridò lasciandola per terra con il naso sanguinante.

Chiara, estenuata ed abbandonata a sé stessa rimase rannicchiata a terra; si sentiva confusa, aveva i capelli scompigliati, continuava a piangere chiedendosi il motivo di quell'aggressione.

Nel frattempo sentì sbattere la porta d'entrata: il fratello stava andando via.

Era una sua abitudine, uscire per placare il suo nervosismo.

Lentamente si alzò, cercò di tamponare con un fazzoletto bagnato, il sangue che fuoriusciva dal naso, tenendo la testa all'indietro.

<< Basta! >>, sussurrò tra sé. << Devo andare via da questa casa! >>

Sentì il rumore della macchina del fratello che usciva dal cancello, e questo la rincuorò; però doveva agire immediatamente, approfittando della sua assenza.

Il naso continuava a sanguinare; uscì di casa senza una meta, aveva bisogno di aiuto. Le prime persone che le vennero in mente furono Ida e Clara, camminando affannosamente prese il cellulare e chiamò Ida.

<< Chiara, ciao! Che sorpresa sentirti! >>

<< Ida, aiutami! >>, disse piangendo con voce debole come se non avesse nemmeno la forza per parlare. >>

<< Chiara! Cosa è successo? >>

<< Mio... Fratello...>> disse con un filo di voce, intercalando le parole al pianto.

<< Chiara. Stai bene? >>, gridò Ida al telefono.

<< Sì, sono solo spaventata e non so cosa fare. >>

256

Ida si trovava in macchina con la sua amica.

<< Clara, dobbiamo correre a casa di Chiara: sarà successo qualcosa di grave!>>, disse Ida invertendo la marcia.

In poco tempo arrivarono davanti alla villetta.

Il cancello era spalancato.

<< Ida, guarda! Per terra ci sono tracce di sangue! >> osservò Clara notando per terra, delle macchie di sangue che continuavano anche fuori dal cancello.

Chiara era nascosta dietro un albero, nel bosco che si trovava di fronte a casa sua. Accorgendosi dell'arrivo delle due amiche uscì dal nascondiglio

<< Oh, grazie a Dio! >>, disse Clara con gioia nel rivederla.

Avevano pensato di peggio, nel vedere quelle macchie di sangue per terra.

Chiara abbracciò le sue amiche e grazie al loro sostegno rientrò in casa.

<< Grazie! >> disse Chiara piangendo.

<< Sicuramente avrai avuto uno scontro violento con tuo fratello>> disse Ida mentre l'aiutava a sedersi in cucina.

<< Mi dispiace! Non ti meriti questa vita! >>, aggiunse Clara accarezzandole i capelli.

<< Sì, è stato terribile. Voglio andare via da questa casa. >>

<< Dai, affrettiamoci! Può ritornare tuo fratello! >>, disse a Chiara mentre le porgeva un bicchiere d'acqua.

<<Dai Chiara! Devi fare un ultimo sforzo; ti aiutiamo noi a prendere lo stretto necessario e poi andiamo via. >>, disse Ida sollecitandola ad alzarsi dalla sedia.

<< D'accordo, seguitemi! Andiamo in camera mia. >> rispose la ragazza mentre si accingeva a salire le scale.

In un attimo Ida e Clara riempirono una valigia con la roba che trovarono nell'armadio.

<< Per il momento basta così! >>, disse Chiara.

<< Sì, certo! abbiamo poco tempo... >> aggiunse Ida. <<... dobbiamo fuggire da qui il più presto possibile. >>

<< Ma non so dove andare! >>, disse Chiara scoppiando a piangere.

<< Non preoccuparti! potrai vivere con noi tutto il tempo che vorrai... >>

<< Davvero? >>

<< Certo! Adesso calmati! Stai tranquilla. Andiamo via! >>.

In quel momento, mentre stavano uscendo di casa, si trovarono faccia a faccia con il padre, il quale stava salendo le scale del giardino.

<< Cosa sta succedendo! >> esclamò il padre con grande sorpresa, nel vedere la valigia.

<< Vado via, Addio Papà! >>, rispose Chiara.

<< Tu non vai da nessuna parte! >>, gridò il padre mentre le stringeva il braccio. << E queste persone chi sono? >>, disse riferendosi ad Ida e Clara.

<< Sono mie amiche. Non potrai impedirmi di andare via. >>

<< Sono tuo padre, e dovrai fare quello che dico io.>>

<< Ha visto come è spaventata sua figlia? Dovrebbe capire perché vuole andare via. >>, intervenne Ida stanca delle insistenze di quell'uomo non curante della salute della figlia.

<< Lei non si intrometta! Questa è una faccenda tra me e lei! >>, gli rispose con tono alterato.

<< Deve ringraziare questa ragazza, per essersi presa cura di voi, nonostante l'abbiate trattata male. Non meritate la sua bontà! >>, rispose Ida a voce alta.

<< Renzo, questa volta, ha superato i limiti; mi ha alzato le mani. Non ti importa? >> replicò Chiara con rabbia.

<< Chissà cosa avrai commesso per meritartelo! >>, rispose il padre con tono di rimprovero.

Quella fu una frase che la colpì profondamente.

<<Ida, Andiamo via! >>, disse Chiara oltrepassando il padre con uno scatto.

<< Non ti permetto di andare via. Obbedisci! >>, gridò ancora il padre.

<< Sono maggiorenne! Non puoi impedirmi nulla! >>, replicò Chiara mentre entrava in macchina con l'aiuto di Clara.

Subito dopo andarono via lasciando il padre in giardino furibondo per non essere riuscito a dominare la figlia.

<< Non so come ringraziarvi. >> disse la ragazza, rivolgendosi alle due donne che ora considerava due amiche.

 Da quel momento, per Chiara, incominciava una nuova vita.

CAPITOLO 14

L'IDENTITA'

Intanto, nel locale "LIBROAMICO", Alice e Marco si intrattennero ancora di più.

Quella mattina, la ragazza durante il pranzo, era distratta mentre Marco le parlava; Guardando il suo compagno negli occhi non vedeva più trasparenza: le aveva mentito e per giunta si trattava del suo maestro. La sua mente era occupata da un solo pensiero: cosa possono nascondermi?

<< Perché sei silenziosa? >>, le chiese Marco accorgendosi del suo stato d'animo.

<< Sono solo un po' stanca. >>, rispose sforzandosi in un sorriso.

<< Hai l'aria assente, non ti sento partecipe nei discorsi. >> replicò.

<< Sì, forse hai ragione. Sono pensierosa perché domani ho lezione di pianoforte ed in questi giorni di festa ho studiato poco. >>

<< Puoi spostarla! >>

<< No, non voglio. >> gli disse con tono annoiato.

<< Sei soddisfatta come sta proseguendo lo studio del pianoforte con quell'insegnante? >>

<< Sì abbastanza. Ritengo il maestro Raffi, molto preparato ed inoltre molto valido dal punto di vista didattico. >>, dopo un momento di silenzio continuò: << La lezione, ogni volta, mi ricarica e mi infonde buon umore; ne sono veramente felice. >>

Marco rimase ad ascoltarla con interesse, meravigliato nel vedere Alice con quanto entusiasmo parlava di lui. Guardandola pensò: se sapesse che lo perseguito e lo minaccio cosa mi direbbe?

Mentre stavano gustando un gelato, Alice all'improvviso gli chiese:

<< Hai risentito quel cliente della mezzanotte di capodanno? >>

<< Sì, dobbiamo incontrarci domani. >>, rispose nascondendo la sorpresa che gli suscitò quella domanda. << Mi lusinga il tuo interesse per il

mio lavoro >>, continuò sorridendo prendendole le mani tra le sue.

Alice in quel momento avrebbe voluto svelare la sua scoperta e cioè che quella telefonata proveniva dal cellulare del suo maestro, ma si trattenne: voleva cercare di capire da sola la verità, perché sicuramente l'avrebbe raggirata con delle false spiegazioni.

La permanenza in quel locale si era protratta più del previsto; dallo sguardo e dal comportamento di Alice traspariva un atteggiamento pensieroso che preoccupava Marco il quale cercava di coinvolgerla nei discorsi e di farla sorridere. Ad un tratto accorgendosi dell'orario, prese la sua agenda per controllare gli impegni del pomeriggio e di scatto esclamò allarmato:

<< Maledizione! Ho dimenticato un appuntamento! Che avevo nel primo pomeriggio.>> Poi prendendo il cellulare compose un numero dicendo: <<Scusami devo chiamare con urgenza per rimediare. >>

Al telefono rispose, con voce molto gentile, una donna:

<< Ufficio Tecnico Comunale, cosa desidera? >>

<< Vorrei parlare con il Geometra Fabio Ricci >>, disse Marco

<< Con chi parlo? >>

<< Sono l'architetto Marco Crespi >>

Dopo un attimo di attesa fu collegato con la persona da lui richiesta.

<< Scusami, ho avuto un contrattempo che non mi ha permesso di venire da te >>

<< Non preoccuparti! Comunque sono riuscito a prepararti quei documenti che mi avevi chiesto. Te li faccio pervenire in ufficio? >>, rispose cordialmente il geometra.

<< Sì, Grazie! Il mio ufficio è: Studio associato AL.FA. Via Dante Alighieri, 14 >>

<< D'accordo! Arrivederci, buona giornata! >>

Chiudendo la chiamata, guardò Alice con un sorriso dicendole:

<< Oggi, per starti vicino, ho dimenticato un appuntamento importante, però sono riuscito a

sistemare. Lo sai che ci tengo tanto a te e soffro nel vederti così silenziosa. >>, le disse guardandola negli occhi.

In quello sguardo Alice vide la sua sincerità, ma quella menzogna continuava a rammaricarla.

<< Adesso mi merito un tuo sorriso? >>, le disse ancora Marco, dandole un pizzicotto sulla guancia.

Quel gesto fu tanto tenero per lei che si rallegrò assumendo uno sguardo ridente.

Accanto al loro tavolo era seduto Filippo che per tutto il tempo era rimasto lì per ascoltare le loro conversazioni. Lo aveva riconosciuto appena aveva messo piede in quel locale e per lui era un'occasione da non perdere per conoscere la sua identità.

Subito dopo i due giovani si alzarono ed andarono via.

Filippo li seguì con la sua bravura investigativa.

Non avevano la macchina, camminavano abbracciati fermandosi, di tanto in tanto, ad osservare le vetrine. Dopo due isolati si divisero:

la ragazza proseguì a dritto e lui girò a destra. Filippo seguì il ragazzo e dopo circa cento metri lo vide entrare in un portone; si avvicinò e leggendo la targa: "Studio associato AL.FA" ebbe la conferma che quello era il suo luogo di lavoro.

Soddisfatto per quella inaspettata scoperta, si avviò verso l'ufficio di Paolo; doveva affrettarsi perché mancava un quarto d'ora all'appuntamento. Per fortuna era in zona, quindi preferì procedere a piedi con passo svelto.

Arrivò quasi in orario e non appena la segretaria si accorse della sua presenza lo accolse dicendo:

<< Prego, si accomodi! l'avvocato la sta aspettando. >>

Non appena aprì la porta, Paolo gli andò incontro accogliendolo con molta cordialità

<< Benvenuto, Filippo! >>, disse stringendogli la mano.

<< Salve Paolo! Sono venuto a piedi ed ho dovuto accelerare il passo per arrivare in orario>>, rispose con respiro affannoso.

<< Prego, accomodati! >>, disse indicando la

poltroncina che si trovava davanti alla sua scrivania.

Mentre Paolo raggiungeva la sua poltrona, Filippo iniziò l'esposizione della sua indagine.

<< Ti dico in partenza che non sono riuscito a trovare il testamento, però ho raccolto delle notizie che possono indurci sulla buona strada. >>

<< Raccontami! Sono sicuro che alla fine lo troverai. >>

<< Grazie per la fiducia. >>, rispose sorridendo.

Furono interrotti dalla segretaria che portò, come al solito, due caffè.

<< Grazie! Valeria. >>, disse Paolo porgendo il caffè all'amico.

<< Ho indagato sul Direttore, come mi avevi chiesto, ed ho scoperto che ha il vizio del gioco, per questo motivo si era appropriato di quel pianoforte, per poter ricavare, dalla vendita, una somma utile per saldare i suoi debiti, ma avendo ottenuto una perizia negativa ha dovuto rinunciare e, per questo motivo, lo ha fatto

268

riportare a scuola. >>

<< Pensi che possa essere lui il possessore del testamento? >>

<< A dire la verità, ho ascoltato una conversazione tra lui ed un avvocato dove facevano riferimento ad un testamento che lui tiene nascosto e che, per giunta, delle persone sono andate da lui a chiedere delle informazioni e lui ha negato. >>

<< Ma questo mi fa pensare che si riferisse a noi! >>, esclamò Paolo meravigliato.

<< Infatti non posso escludere l'ipotesi che stia nelle sue mani, anche per altri due motivi importanti: il primo è che sono state trovate impronte nella polvere che dimostrano che il pianoforte è stato già aperto prima di farlo valutare; il secondo motivo è che possa tenerlo nascosto in quell'archivio che si trova nel suo ufficio e che, purtroppo, non sono riuscito a controllare.

<< Come mai? Che cosa ti ha impedito a procedere? >> Chiese Paolo con molto interesse.

<< Quella mattina, quando mi sono recato nel suo ufficio, sono riuscito a controllare nella sua scrivania e nella libreria; quando mi sono accorto della stanzetta-archivio, sono stato disturbato dalla presenza di due giovani che si sono intrufolati proprio in quella camera, approfittando dell'assenza del direttore. >>

<< E tu cosa hai fatto? Si sono accorti della tua presenza? >>, chiese Paolo incuriosito.

<< No, assolutamente! sono riuscito a nascondermi proprio in quella stanzetta; però devo dirti che sono stato fortunato, perché ho assistito ad un litigio in cui uno accusava l'altro di essersi appropriato di un valore, grazie ad un foglio che quest'ultimo teneva nascosto ed inoltre lo intimava a dover dividere tutto con lui. >>

<< Interessante! >>, esclamò Paolo. << E sai chi sono questi due ragazzi? >>

<< Si tratta del Maestro Raffi e dell'architetto Marco Crespi. >>

<< Maestro Raffi! >>, esclamò Paolo. << Ma è la persona che abbiamo contattato nelle nostre

prime ricerche >>

<< È molto probabile! perché è un maestro che lavora in quella scuola>>, rispose Filippo.

<< Ma chi dei due minaccia l'altro? >>, chiese Paolo

<< Marco Crespi accusa Raffi di possedere un foglio dal quale ne può trarre beneficio e quindi lo minaccia.>>

<< Tutto questo mi fa pensare che possa trattarsi di un testamento. >>, disse Paolo colpito da quel racconto, anche perché vedeva implicato il maestro.

<< Devo assolutamente indagare su questi due ragazzi. >>, disse Filippo condividendo l'ipotesi di Paolo.

<< Penso proprio di sì. Credo che, se il loro litigio è dovuto all'esistenza di un testamento, questo, sicuramente, sarà quello del padre di Laura. >> rispose Paolo con molta convinzione.

<< Quindi, in questa settimana mi dedicherò a controllare l'archivio del direttore, e a pedinare questi due ragazzi che a quanto pare litigano per

un testamento. >>

<< Stai facendo un ottimo lavoro. >>, disse Paolo riponendo fiducia nell'amico.

Subito dopo aprì il cassetto e prese il suo blocchetto di assegni.

<< Devi assolutamente accettare questo anticipo sul lavoro svolto. >>, gli disse staccando un assegno dal blocchetto.

<< Ti ringrazio, ma potevi rimandare a compimento dell'indagine. >> osservò Filippo apprezzando quel gesto.

Subito dopo andò via lasciando Paolo turbato da un grande dilemma: sarà il direttore o i due ragazzi a nascondere il testamento del padre di Laura? Questo pensiero lo accompagnò per tutta la serata, ormai si sentiva vicino alla soluzione, ma non rivelò nulla a Laura: non voleva illuderla.

Intanto, l'investigatore quella sera stessa pensò di recarsi nei pressi dell'ufficio di Marco, voleva controllare i suoi spostamenti. Dopo aver aspettato mezz'ora vicino al portone del suo ufficio, lo vide uscire e prendere la sua macchina rossa. Lo seguì e scopri anche la sua abitazione.

La mattina successiva, continuò a pedinare Marco, ormai conosceva i suoi spostamenti ed era sicuro che avrebbe cercato Renzo per minacciarlo ancora; Stava all'erta per non perdersi quel momento e scoprire il loro segreto.

Quella mattina alle 12:15 Alice aveva lezione di pianoforte, non era molto preparata, ma volle ugualmente presentarsi: la lezione era per lei un modo per ricaricarsi di entusiasmo necessario per impegnarsi maggiormente.

Arrivò in orario e trovò il maestro che suonava un pezzo di Chopin; fantasia-improvviso op. 66. Rimase ad ascoltare, affascinata da quel movimento fluido delle dita sulla tastiera che si muovevano rapidamente ed agilmente.

Durante la lezione, mentre guardava il maestro, era inevitabile, per Alice, collegarlo a Marco. Questo pensiero non le dava tranquillità; Renzo fu chiamato in segreteria ed in quei pochi minuti che lei rimase sola, rovistò nella sua cartella in cerca di qualche indizio, ma purtroppo senza risultato, doveva cercare di dominare quello stato d'animo agitato altrimenti non avrebbe nemmeno seguito bene la lezione. Al ritorno del maestro fece un lungo respiro per liberarsi di quella tensione che la dominava. Si sentì più rilassata ed in quel momento capì che mantenere la calma l'avrebbe aiutata a riflettere. Doveva avere pazienza ed aspettare il momento giusto, magari cogliendoli sul fragrante, in un loro incontro, ascoltando di nascosto i loro discorsi. Doveva sicuramente agire d'astuzia.

La lezione proseguì più tranquilla anche perché quando suonava, la concentrazione la portava ad estraniarsi da quella realtà. Non appena ebbe finito, ripose i libri in cartella e salutò il maestro con un sorriso che celava tutto quello che rimuginava dentro di sé.

All'uscita della scuola, quella mattina, con molta sorpresa trovò Marco appoggiato al cancello.

Era un avvenimento inconsueto, perché di solito a quell'ora, era sempre impegnato per il lavoro.

Mentre si avvicinava verso di lui le balenò un dubbio nella mente che forse era lì per incontrare il maestro Raffi.

<< Che sorpresa vederti! >>, disse buttandosi al collo. << Come mai sei qui? Sei venuto a prendermi?>>, gli disse sorridendo.

<< Ieri ti ho visto malinconica, ed ho voluto fare qualcosa per te. Lo sai che ti amo tanto e non sopporto vederti triste. >>, disse mentre la guardava negli occhi tenendole la testa tra le mani.

<< Grazie! >> gli disse fissandolo negli occhi. << Queste tue attenzioni mi fanno sentire sicuramente meglio. >> continuò assumendo un aspetto più allegro.

<< Come sei bella quando sorridi! >> le disse abbracciandola. << Dove vuoi andare per pranzo? >>, le disse cercando di renderla felice.

<< Mi dispiace, non posso venire con te; proprio oggi ho l'appuntamento dall'estetista. >> gli rispose dandogli un bacio. << Magari, stasera, possiamo andare a cena fuori, così ti racconto come è andata la lezione. Che ne dici? >> continuò riempiendolo di baci e abbracci.

<< D'accordo, come vuoi tu. Ti accompagno all'estetista? >>, disse Marco con atteggiamento premuroso.

<< No, non è necessario, perché è proprio qui vicino, posso arrivare a piedi. Magari puoi portarti la mia cartella, così mi liberi di questo peso. >>

Si lasciarono allegramente ed Alice girò a destra all'angolo della strada, ma rimase lì, di nascosto ad osservare i movimenti di Marco; non aveva nessun appuntamento voleva solo approfittare di quel momento per cercare di scoprire qualcosa.

Subito dopo vide Marco impegnato in una telefonata, appoggiato alla sua macchina, dopo aver riposto la sua cartella sul sedile anteriore.

In quel momento uscì il maestro dal cancello della scuola, fu subito attratto da quella macchina rossa parcheggiata di fronte, che la associava all'immagine di quel ragazzo minaccioso. Marco si trovava di spalle e non si accorse della presenza di Renzo; quest'ultimo approfittando di non essere stato notato, attraversò la strada e si nascose dietro un albero e vedendo la sua macchina parcheggiata, istintivamente prese una penna ed un biglietto dalla tasca e si annotò il numero di targa.

Subito dopo, Marco finì di parlare al cellulare ed entrò in macchina andando via immediatamente. Lo stesso fece anche Renzo.

<< Certo, non posso pensare che siano amici >>, osservò Alice

Dal comportamento fuggitivo del maestro, intuì che non c'era buon accordo tra loro, e questo determinò in Alice, una maggiore preoccupazione.

Il maestro Renzo Raffi, moriva dal desiderio di conoscere il nome e l'indirizzo dell'uomo che lo minacciava. Quella mattina, avendo annotato la targa della macchina di Marco, si recò subito all'ufficio ACI per richiedere i dati del proprietario.

Trovò una lunga fila, ma non rinunciò, era molto importante per lui conoscere quei dati.

Aspettò con pazienza il suo turno e quando

arrivò allo sportello, una ragazza molto giovane e gentile gli chiese sorridendo:

<< Cosa desidera? >>

<< Vorrei conoscere il nome del proprietario di questa macchina >>, rispose porgendole il foglietto dove aveva annotato il numero di targa.

La signorina elaborò la sua richiesta, dopo qualche minuto gli consegnò, in busta chiusa, il risultato. Renzo, non appena uscì da quell'ufficio aprì la busta e lesse:

"Marco Crespi, residente a Cremona in Via dei Mille, 14".

<<Finalmente adesso so dove trovarlo, non dovrà più permettersi di minacciarmi. >>, sussurrò soddisfatto di quella sua iniziativa.

Quel pomeriggio, Marco fu molto preso nel lavoro, doveva completare un progetto che doveva essere pronto per le 17:00. Fu una serata impegnativa, rimase in riunione per ben due ore con il cliente e i suoi titolari. Aveva presentato il suo progetto dove apportarono delle piccole rettifiche, ma in linea di massima, rimase soddisfatto per alcune sue idee che aveva proposto e che furono accettate. Alla fine di quella riunione si sentì liberato di quella tensione che lo aveva accompagnato tutto il pomeriggio, e guardando l'orologio, pensò ad Alice. Le inviò subito un messaggio:

"Passo a prenderti alle 19:30, tieniti pronta, andiamo a cena fuori. Ti amo. "

Non vedeva l'ora di andare via per trascorrere una serata spensierata con Alice, sperando di infonderle buon umore. Mentre stava riordinando la sua scrivania, la segretaria gli passò una telefonata.

<<Pronto? Buonasera avvocato, quale onore! >> Esclamò

<< Grazie! Mi fa piacere che lei mi conosca. >> rispose l'avvocato.

<< Come posso esserle utile? >> chiese Marco soffocando la fretta che aveva in quel momento.

<< Vorrei fissare un appuntamento in quanto io e mia moglie abbiamo deciso di ristrutturare casa e, conoscendo le sue capacità, desideriamo

affidare a lei questo lavoro. >>

<< La ringrazio! >>, disse prendendo la sua agenda. << Guardi, in questo periodo sono molto occupato, però posso incontrarla fissando un appuntamento fuori orario d'ufficio, magari incontrandoci in un locale, giusto per capire di che lavoro si tratta e per stabilire i tempi necessari. >>

<< D'accordo. Quando possiamo incontrarci? >>

Dopo un attimo di esitazione, mentre sfogliava l'agenda, rispose:

<< Guardi, se per lei va bene, possiamo incontrarci anche domani sera alle 19:00 al locale "Lanterna Verde ".

<< A dire la verità, proprio domani sera non mi è possibile. Possiamo spostare a dopodomani sera? >> rispose l'avvocato.

<<D'accordo, allora a dopodomani. >>, rispose Marco prendendo nota sulla sua agenda.

<< Grazie, Buonasera. >>

Subito dopo andò via correndo: quella telefonata

lo aveva trattenuto e rischiava di arrivare tardi all'appuntamento con Alice.

Quella sera, trascorsero una serata meravigliosa. La ragazza volle distaccarsi da quei pensieri su Marco ed il maestro, che disturbavano la sua serenità. Volle vivere quel momento abbandonandosi alle sue carezze e parole dolci escludendo ogni altro pensiero.

<< Quando sorridi, il tuo viso si illumina e diventi ancora più bella. >>, osservò Marco accarezzandole le mani.

<< Come vedi, mi accontento di poco per essere felice; mi bastano le tue attenzioni e mi basta vedere nei tuoi occhi la sincerità. >> rispose Alice in senso provocatorio.

<< Grazie, per vedermi così. Riconosco che a volte preso dal lavoro ho meno attenzioni per te. >>

<< Non importa, a me interessa maggiormente la tua sincerità; rendermi partecipe nei tuoi problemi. >>

Questa frase provocò in Marco una reazione;

infatti abbassò lo sguardo non riuscendo a guardarla negli occhi.

Furono interrotti dall'arrivo del cameriere che portava le tagliatelle alla bolognese.

Alice si accorse dell'imbarazzo che aveva suscitato in lui, e questo le fece piacere perché dimostrava che in fondo, era un ragazzo che non riusciva a mentire.

<< Buone queste tagliatelle! >> disse Alice.

Marco, gustando quella pietanza e notando Alice più allegra, sciolse quel sentimento che lo aveva pervaso pochi minuti prima e che aveva offuscato il suo buon umore.

<< Hai ragione, sono buonissime! >>

<< Come procede il tuo lavoro? >> chiese Alice cercando di sdrammatizzare quel momento di prima.

<< Sono molto preso in questo periodo. Devo riconoscere, però che mi piace l'ambiente, sono rispettato ed apprezzato. >>

<< Hai abbandonato l'idea di aprire un ufficio

tutto tuo? >> chiese Alice.

<< Assolutamente no! >> Esclamò << Quello è il mio grande sogno che sicuramente realizzerò; mi sento abbastanza capace di affrontarlo in maniera autonoma mi mancano solo le possibilità economiche. >>

<< Potremo chiede un mutuo in banca >>, disse Alice

<< Sì, certo! Sto valutando le varie possibilità per affrontare le spese. >> rispose Marco felice di parlare con Alice dei loro progetti futuri.

L'ambiente di quel ristorante era molto accogliente c'era un sottofondo musicale molto dolce che accompagnava i loro discorsi infondendo molta tranquillità.

Erano circa le 22:30 quando rientrarono a casa, sorridenti e felici, non accorgendosi che fuori, davanti al loro portone, c'era qualcuno nascosto in macchina che aspettava il loro rientro.

Infatti, quella sera Renzo, conoscendo il domicilio di Marco, si era appostato davanti a casa sua, ad aspettare il suo rientro per affrontarlo e dimostrargli che era riuscito a scoprire la sua identità e quindi doveva porre fine alle sue minacce perché altrimenti lo avrebbe potuto denunciare.

Era da 2 ore e mezza che stava lì ad aspettarlo, stava quasi andando via quando vide la sua macchina rossa arrivare. Gli passò davanti e mentre sostava nell'attesa che si aprisse il cancello, per accedere ai box sotterranei, riuscì a vedere il suo volto e si accorse che era in compagnia di una ragazza in quanto vide i suoi capelli lunghi e biondi, ma non si accorse che si trattava di Alice.In quel momento fu impedito ad affrontarlo, ma era intenzionato a riprovarci nei giorni successivi.

Intanto anche Filippo, quella sera aveva pensato di seguire Renzo e vedendolo appostato davanti al portone di Marco, rimase nascosto per capire le sue intenzioni. Purtroppo quando arrivò Marco vide che Renzo andò via.

<< Adesso sono ancora più convinto di seguire una pista giusta. Questi due ragazzi nascondono qualcosa di interessante. >>, sussurrò Filippo andando via.

CAPITOLO 15

UNA SECONDA SCOPERTA

Chiara aveva migliorato la sua vita. Adesso era più tranquilla, non temendo più aggressioni da parte del fratello, e viveva in perfetta sintonia con Ida che la colmava di attenzioni trattandola come una figlia. Per loro era una gioia reciproca, in quanto, Chiara aveva trovato la serenità ed Ida non avvertiva più quella solitudine che spesso, la rattristava ed inoltre sentiva di rivivere i tempi passati, quando erano le figlie ad occupare la stanzetta che ora apparteneva a Chiara. La ragazza era molto rispettosa mantenendo la sua stanza sempre ordinata e pulita e questo non faceva altro che rafforzare la buona considerazione che Ida aveva di lei.

Quella mattina Chiara, appena sveglia, prese il suo cellulare che aveva sul comodino e si accorse di aver ricevuto un messaggio dal fratello. Subito avvertì un'agitazione interiore, ma con coraggio lesse il suo messaggio:

"Ieri sera ho accompagnato papà in ospedale, per

285

difficoltà respiratorie. Lo hanno subito ricoverato
per tenerlo sotto osservazione."

La ragazza subì una strana sensazione, non sentiva dolore, ma allo stesso tempo non provava nemmeno indifferenza. Si alzò e dopo aver indossato la vestaglia si recò in cucina dove Ida la abbracciò dandole il buongiorno e le preparò subito il caffè.

<< Mio padre è ricoverato in ospedale per difficoltà respiratorie >>, disse mentre preparava il pane tostato con la marmellata.

<< Cosa pensi di fare? >>, le chiese Ida.

<< A dire la verità sono confusa. Non so cosa fare>>

<< È sempre tuo padre. >>, rispose Ida non sapendo che consiglio darle, in quanto comprendeva benissimo lo stato d'animo della ragazza.

<< Il guaio è che non voglio incontrare mio fratello. >>

In quel momento suonò alla porta Clara, che da quando si era trasferita Chiara, preferiva fare colazione con loro.

<< Buongiorno, ragazze! >>, disse entrando con un pacchetto in mano. << Vi ho portato una torta di mele fatta con le mie mani. >>, continuò entrando in cucina sorridendo.

<< Buongiorno Clara! >>, rispose Chiara aprendo il pacchetto che aveva poggiato sul tavolo.

<< Vi vedo un po' serie stamattina. >>, disse Clara accomodandosi a tavola. << Mi sbaglio o c'è qualcosa che vi turba? >>, continuò rivolgendosi a Chiara.

<< Mio padre è in ospedale. >>

Di colpo l'atteggiamento di Clara divenne molto serio e immedesimandosi in Chiara, la guardò e le disse:

<< Devi affrontare questa situazione con coraggio, devi andare a trovare tuo padre e se dovessi incontrare tuo fratello trattalo con indifferenza. >>

<< Sono d'accordo con Clara >>, disse Ida. << Tieni presente che ti staremo accanto >>, aggiunse.

<< Sì, forse avete ragione. Inoltre riflettendo sugli orari di lavoro di mio fratello, sono sicura che lui potrà recarsi in ospedale solo di sera, perché la mattina ed il pomeriggio è impegnato a scuola. Passiamo stamattina? Che ne dite? >>, disse Chiara rivolgendosi alle due amiche.

<< Sì, saggia decisione: le situazioni difficili vanno affrontate subito! >>, rispose Clara proiettando la sua mano, con un pollice all'insù, verso la ragazza.

Dopo un'ora uscirono di casa per recarsi in ospedale. Qui appresero, all'ingresso che l'orario di entrata era alle 11:30. Mancava ancora un quarto d'ora e così stettero ad aspettare sedute ad una panchina nel giardino dell'ospedale.

<< Ti senti tranquilla? >> disse Ida rivolgendosi a Chiara.

<< Non del tutto. Sto immaginando la faccia di mio padre quando mi vedrà... >>

Dopo un po' si accorsero che avevano aperto la porta d'ingresso e così si avvicinarono ed entrarono insieme a tanta gente che stava lì ad aspettare. Non sapevano in quale reparto dirigersi così guardandosi intorno si avvicinarono ad uno sportello per chiedere informazioni. Qui c'era una signora intorno ai 40 anni ben truccata. Accorgendosi delle tre donne, davanti al suo sportello, chiese con atteggiamento altezzoso: << Cosa desiderate? >>

<< Vorremmo sapere in quale reparto è ricoverato il Sig. Raffi Enrico. >>

Dopo aver azionato il computer disse:

<< Dovete recarvi in cardiologia al secondo piano stanza n° 37 >>

<< Grazie! >>, rispose Chiara.

Arrivate al secondo piano, la ragazza, aveva il cuore che le batteva forte per l'emozione di quel momento.

Nella stanza n° 37 c'erano due letti dove in uno di questi riconobbe subito suo padre. Entrò da sola; lentamente si avvicinò al suo letto. Il padre aveva gli occhi chiusi e respirava ossigeno con la cannula nasale che gli avevano inserito sotto alle narici.

<< Papà! >>, disse Chiara toccandogli la mano.

Il padre, aprì subito gli occhi e la guardò. Gli occhi divennero lucidi ed era abbandonato a sé stesso.

Chiara rimase colpita non aveva mai visto suo padre così indifeso e con gli occhi pieni di lacrime.

Non ci furono parole tra di loro. Chiara non riusciva ad esprimersi con parole affettuose, però provava tanta tenerezza per quell'uomo che aveva visto sempre forte ed austero.

Gli rimase accanto per mezz'ora seduta alla sedia, tenendogli la mano tra le sue. Solo alla fine, quando si alzò per andare via gli disse:

<< Non preoccuparti, presto starai bene; ce la farai. >>

Dopo un attimo di silenzio stringendogli la mano gli disse:

<< Non preoccuparti per me, perché adesso sto bene e vivo serenamente. >>

Il padre abbassando le palpebre le fece segno di aver capito.

Chiara uscì dalla stanza e raggiunse le amiche.

<< Vorrei tanto consultare un dottore per capire la gravità di mio padre. >>

In quel momento Ida, notando nel corridoio, due dottori in camice bianco che parlavano tra di loro, tirò Chiara con il braccio e la condusse vicino a loro.

<< Scusatemi! >>, disse Chiara con timidezza. << Sono la figlia del paziente Raffi, potreste spiegarmi le condizioni di mio padre? >>

<< In quale camera è ricoverato? >> chiese uno di quei due dottori.

<< Nella n° 37 è stato ricoverato ieri sera per difficoltà respiratorie. >>

<<Sì. Ora ricordo. Non si preoccupi, suo padre si riprenderà. Abbiamo riscontrato che ha avuto solo un'aritmia che gli ha provocato un calo di pressione, inoltre tenendolo sotto osservazione tutta la notte non abbiamo riscontrato patologie cardiovascolari. >>

<< Rimarrà ancora per molto in ospedale? >>

<< Credo ancora un paio di giorni. >> rispose il medico.

<< La ringrazio dottore! >> disse Chiara stringendogli la mano.

Lasciarono l'ospedale e durante il percorso in macchina, Clara le chiese:

<< Allora come ti senti adesso? >>

<< È stata una scelta giusta quella di passare in ospedale a trovarlo. Adesso sono più tranquilla.>> rispose Chiara.

<< Direi che hai dimostrato a tuo padre la tua bontà d'animo. >>

<< Sì, certo non serve a nulla serbare odio e rancore, però non mi sento ugualmente una figlia modello perché non sono riuscita ad esprimermi con parole affettuose. >>, rispose Chiara con molto dispiacere.

Erano un po' stanche per come avevano trascorso la mattinata e quindi decisero di fermarsi da Laura per il pranzo.

Quella stessa mattina Paolo, continuava a pensare al dilemma che Filippo gli aveva suscitato e cioè: il testamento era nelle mani del Direttore o di Renzo Raffi? Si sentiva ad un passo dalla soluzione della faccenda e quindi aspettava con ansia lo sviluppo delle ultime indagini. Nella sua mente, però, faceva sempre più pressione la presenza di Marco che minacciava Renzo.

Pensò che per arrivare a minacciare una persona, sicuramente ci dovevano essere delle prove.

Stanco di rimuginare telefonò a Filippo.

<< Ciao Paolo come mai questa telefonata? >>, rispose Filippo.

<< Scusami, ho bisogno di parlarti, perché sto riflettendo sulle notizie che mi hai raccontato e per me sta diventando un tormento. Possiamo incontrarci adesso? >>

<< Guarda, mi trovo proprio al bar che si trova sotto il tuo ufficio. >>

<< Benissimo! Arrivo subito, aspettami!>>, rispose Paolo avviandosi verso di lui.

Lo raggiunse immediatamente, e dopo aver

ordinato un aperitivo si sedettero ad un tavolino.

<< Allora, cosa mi racconti? >> chiese Filippo incuriosito da quell'atteggiamento pensieroso di Paolo.

<< Ho analizzato tutto quello che mi hai detto ieri e devo dirti che il comportamento di Marco è quello che mi martella il cervello. >>

Furono interrotti dal cameriere che poggiò sul tavolino i due aperitivi con salatini ed olive.

<< Certo, è normale! È inevitabile pensare che abbia delle prove. >>

<< Esatto! Questo è il motivo della mia inquietudine. >>, rispose Paolo.

<< E allora, cosa proponi? >> chiese Filippo prendendo un'oliva.

<< Penso che dovresti trovare uno stratagemma per avvicinare Renzo. >>

Filippo, rimase in silenzio, a riflettere, continuando a sorseggiare il suo aperitivo. L' osservazione di Paolo andava a scombinare i suoi programmi riguardo quell'indagine.

Avrebbe preferito controllare la stanza archivio che si trovava nell'ufficio del direttore per appurare la sua posizione; ma riflettendo, si rese conto che, indagare prima su Renzo, non avrebbe influito negativamente sul suo lavoro.

<< D'accordo. Hai qualche idea in merito? >>

<< Lui è un insegnante di pianoforte e sicuramente darà lezioni private anche a casa sua. >>

<< Quindi mi stai dicendo che devo fingermi un suo allievo per poter scoprire qualcosa nella sua camera. >>, disse Filippo sorridendo.

<< Beh! È un'idea! >>

<< Sì, certo! Però un'idea bizzarra che mi fa sentire ridicolo. >>, rispose Filippo scoppiando a ridere.

Dopo un po' ricomponendosi in un atteggiamento serio disse: << D'accordo, non preoccuparti prenderò in considerazione questa tua proposta. >>

Paolo, guardando l'orologio si alzò salutando l'amico con l'accordo di tenerlo aggiornato sugli sviluppi.Filippo si recò immediatamente all'Istituto Sacro Cuore, doveva cercare di incontrare il maestro. Erano le 12:30 quando entrò in quella scuola; nel grande corridoio non c'era nessuno, la porta della segreteria era aperta, e qui vide una ragazza che stava sistemando delle carte in un faldone.

<< Mi scusi, vorrei parlare con il maestro Renzo Raffi. >>

<< Mi dispiace, in questo momento è in pausa pranzo. >> rispose la ragazza gentilmente.

<< Potrebbe darmi il suo numero di telefono per contattarlo? >>

<< Mi scusi, ma lei chi è? >>

<< Sono un suo aspirante allievo. Devo mettermi in contatto con lui per lezioni private di pianoforte. >>

La ragazza, non esitò. Subito scrisse su un foglietto il numero del suo cellulare.

<< Ecco, tenga. >> gli disse porgendogli il bigliettino.

<< Grazie! È stata molto gentile! >>, rispose Filippo andando via.

Guardando l'orario pensò di fermarsi in una trattoria per pranzare. Entrò in un locale nei pressi della scuola; la saletta non era molto grande, ma la trovò accogliente in quanto sulla parete frontale all'entrata, c'era un grande camino dove ardeva un bel fuoco che rendeva l'ambiente molto caldo.

Occupò l'ultimo tavolino libero che si trovava in un angolo, vicino alla finestra. Un cameriere si avvicinò e lui guardando il menù effettuò l'ordinazione.

Erano le 15:00 quando finì di pranzare e non appena uscì dal locale, si sedette ad una panchina situata di fronte, per telefonare al maestro.

<< Pronto? >> rispose la voce di un uomo.

<< Parlo con il maestro Renzo Raffi? >> chiese Filippo.

<< Sì, con chi parlo? >>

<< Buonasera, maestro! Sono riuscito a reperire

il suo numero dalla segreteria della scuola in cui insegna. >>

<< In che cosa posso esserle utile? >>, chiese il maestro incuriosito.

<<Vi telefono perché sono una persona interessata a prendere lezioni private di pianoforte. Lei sarebbe disponibile? >>

<< Quanti anni ha lei? >>

<< Ho quarantadue anni; Potrebbe essere un problema la mia età? >> chiese Filippo

<< No, assolutamente! Ho chiesto solo per capire in quale corso dovrò inserirla. >>

<< Possiamo incontrarci stasera così ne parliamo con calma? >> chiese Filippo.

<< Guardi, stasera sono impegnato, possiamo incontrarci domani sera, va bene per le 19:30? >>

<< D'accordo. Dove? >>

<< Incontriamoci al Bar Violino in Piazza del Comune >>

<< D'accordo a domani! >>, rispose Filippo soddisfatto.

Il pensiero di dover studiare il pianoforte per proseguire nelle sue indagini, lo divertiva. Da bambino aveva studiato musica per volere del padre, ma lui non aveva mai provato grande interesse, e adesso per motivi di lavoro era costretto a seguire queste lezioni.

Decise di recarsi al locale LIBROAMICO per trascorrere un po' di tempo in tranquillità. Appena entrato, si avvicinò alla cassa per ordinare una cioccolata calda, che gustò seduto nel reparto salotto. Quella sera non c'era molta gente, però vide Laura impegnata nel dirigere dei lavori di sistemazione di alcune vetrine.

<< Sempre impegnata! >> le disse quando passò davanti a lui.

<< Stiamo predisponendo lo spazio per la prossima festività. >> disse Laura fermandosi un attimo a parlare.

<< Strano, vedere questo locale con poca gente. >>, osservò Filippo.

<< Per fortuna, succede ogni tanto. >> rispose Laura sorridendo.

Dopo ancora qualche scambio di parola, Filippo andò via.

Laura continuò ancora in quel lavoro di sistemazione: ci teneva a tenere il locale molto ordinato e pulito.

Quando ebbe finito, volle andare via, prima dell'orario di chiusura, affidando alle ragazze il compito di chiudere il locale.

Arrivò a casa prima del solito. Giulia era seduta sul divano con la nonna, intenta ad ascoltare una storiella che quest'ultima le stava raccontando. Non appena si accorse della presenza della mamma le saltò al collo sprizzando gioia.

<< Mamma, sono felice di vederti! >>, le disse dandole tanti baci.

<< Anch'io sono felice. Stasera sono venuta prima per stare più tempo insieme a te. >>

<< Dai, allora giochiamo? Possiamo vestire le Barbie in tanti modi diversi; dopo possiamo

giocare a fare una sfilata di moda. >>

<< D'accordo! >>, le disse Laura abbracciandola.

La bambina corse subito in camera sua a prendere le Barbie con i vestiti per poi portarli giù in salotto e giocare con la mamma.

<< Vai piano, non correre! Puoi cadere e farti male! >>, disse la mamma ad alta voce.

Nel frattempo era rimasta in salotto con la suocera.

<< È rientrato Paolo? >> le chiese.

<< Sì, sta nel suo studio. >>, le rispose guardandola con un sorriso. <<Mi hai portato quelle pastiglie per la gola che ti avevo chiesto? >> aggiunse.

<< Certo! Ce le ho in borsa >>, rispose Laura sorridendo.

Appena entrata l'aveva poggiata sul mobile, dove c'erano diversi portaritratti che rappresentavano ricordi di famiglia, si avvicinò e mentre la prese, uno di questi portaritratti fu trascinato dal manico della borsa e cadde per terra rompendosi.

Laura prese le pastiglie e le dette alla suocera. Dopo si chinò per terra per raccogliere i vetri di quel portaritratti rotto.

<< Oh! Mi dispiace tanto! >>, disse cercando di ricomporre i pezzi della cornice.

Si trattava di una cornice dove c'era una foto dei suoi genitori. Per lei era molto importante anche perché rappresentava un ricordo che il padre custodiva gelosamente sulla sua scrivania.

Ad un tratto lo sguardo di Laura rimase fisso ad osservare un qualcosa di inaspettato. In quella rottura fuoriuscì, da quel portaritratti, una ulteriore foto di suo padre con un'altra donna, e Laura scoprì che era nascosta dietro a quella dei suoi genitori. Rimase sconcertata, la nascose subito nella borsa, tenendosi per sé quel segreto.

Nel frattempo Giulia arrivò con i suoi giochi e Laura ritrovando il sorriso per la figlia, accantonò in quel momento lo sconcerto provocato da quell'avvenimento.

Dopo cena, quando Giulia si addormentò, e la

suocera si ritirò nella sua stanza, Laura rimase con Paolo in salotto.

<< Non ti stai interessando più al testamento! >> osservò Laura con voce triste.

<< In questo periodo sono impegnato per una causa importante; però non preoccuparti riuscirò a trovarlo. Non l'ho dimenticato. >> rispose Paolo accarezzandole i capelli.

Furono interrotti dallo squillo del cellulare di Paolo.

<< Ciao, dimmi >> rispose riconoscendo la chiamata.

<< Ho contattato il maestro, tutto sta procedendo come nei nostri piani. >> rispose Filippo

<< Sei riuscito a fissare un incontro? >>

<< Si, domani sera alle 19:30 In Piazza del Comune. >>

<< D'accordo, tienimi sempre aggiornato dei tuoi sviluppi. >>, rispose tranquillamente Paolo.

Non appena terminò la telefonata Laura lo guardò.

<< È inerente alla causa in corso? >>, chiese non accorgendosi che Paolo stava parlando con Filippo.

<< Sì. >> Rispose Paolo evitando di parlare con lei di quelle indagini, in quanto non voleva illuderla.La serata proseguì tranquillamente, ma non appena Laura si mise a letto non riusciva ad addormentarsi, perché il ricordo di quella foto la assillava. Non appena Paolo si addormentò, si alzò e prese dalla sua borsa quella foto. La guardava con molto stupore, quella donna era accanto a suo padre, ma quest'ultimo la avvolgeva con il braccio destro stringendola a sé.

<< Cosa ci fa questa donna con mio padre? >>, si chiedeva sussurrando.

Continuò a farsi domande, ma non riusciva a spiegarsi quell'ulteriore segreto del padre.Aveva deciso di non chiedere aiuto a Paolo, perché non voleva macchiare, agli occhi degli altri, l'integrità di quell'uomo che l'aveva cresciuta infondendole sani principi.

CAPITOLO 16

INCONTRO CONFIDENZIALE

Da quando Chiara aveva lasciato la sua abitazione, per Renzo era stato tutto più difficile; non era abituato a prendersi cura della casa e nemmeno a prepararsi da mangiare. Ora con l'assenza del padre tutto era peggiorato. Stanco di quella situazione per lui insostenibile, aveva chiesto alla bidella della scuola di nome Rosalba, di fargli conoscere qualcuno disponibile a provvedere alle faccende domestiche di casa sua.

Quella mattina alle 8:00, mentre Renzo si stava preparando per andare a lavoro, bussò al cancello una donna di circa trent'anni. La stava aspettando e quindi la fece subito entrare.

<< Buongiorno sig. Raffi. Sono Sandra, mia sorella Rosalba mi ha detto di venire da voi. Siete al corrente? >>, disse poggiando a terra il secchio, pieno di stracci e detersivi, che aveva portato con sé.

<< Sì, me ne ha parlato. >> rispose stringendole la mano per salutarla.

Subito dopo le mostrò la casa e prendendo la giacca e la sua cartella disse: << Adesso devo andare al lavoro, quando avrete finito di pulire tutta la casa, chiudete la porta e andate via. Ho bisogno che facciate anche un bucato, perché non so utilizzare la lavatrice. >>

<< Non si preoccupi, Maestro. Provvederò a fare tutto io. >>

<< Vi lascio in anticipo il compenso. >>, disse aprendo il portafoglio.

<< Grazie! >>, disse la donna che con molta discrezione conservò quei soldi, nella tasca del cappotto.

Renzo fu contento di quell'intervento ed andò via sereno.

Intanto, a casa di Ida le tre donne stavano facendo colazione.

Chiara, mentre beveva il cappuccino, aveva un atteggiamento pensieroso.

<< C'è qualcosa che ti preoccupa? >> disse Ida accorgendosi della sua assenza.

<< Scusate, purtroppo sono presa da alcuni problemi che non so come risolvere. >>

<< Lo sai che puoi confidarti con noi. >> disse Clara.

<< Sì, infatti, stavo appunto per farlo. >>

Dopo aver fatto l'ultimo sorso del cappuccino continuò: << Non so come fare per prendermi tutto quello che ho lasciato a casa. >>

<< Credo non sia un problema: possiamo caricare tutto in macchina. >>, disse Clara.

<<Tenete presente che si tratta di libri, vestiti, poi c'è anche una coperta che ci tengo tanto perché è stata fatta da mia madre all'uncinetto. >>

<< Comunque possiamo provarci! >>, disse Ida.

<< Che ne dite di passare stamattina, approfittando dell'assenza di mio padre e di mio fratello che è a lavoro? >>, disse Chiara rivolgendosi alle amiche.

<< Sono d'accordo >>, rispose Ida

Clara guardandole con un sorriso si espresse con un pollice all'insù in segno di consenso. Si alzò e disse:

<< Su, ragazze, a lavoro! >>

Dopo un'ora furono pronte; presero alcune valige e dei cartoni vuoti che Clara aveva in cantina ed andarono via.

Quando arrivarono davanti al cancello di casa, Chiara prese le sue chiavi ed aprì, ma non appena furono in giardino, si spaventarono, vedendo le finestre spalancate. Si avvicinarono a quella del ballatoio, vicino alla porta d'entrata e sbirciando videro le sedie rivoltate sul tavolo ed una ragazza che lavava il pavimento.

<< Andiamo via >>, disse Chiara << torniamo in un altro momento, non voglio farmi vedere da questa ragazza. >>

Tornarono in macchina e durante il percorso Ida chiese:

<< Chi è quella ragazza, la conosci? >>

<< No, non è mai venuta a casa prima d'ora, ma conoscendo mio fratello non mi meraviglia vederla: non è capace nemmeno di prepararsi un caffè. >>

<< E adesso quando sarà il momento giusto? >>, disse Clara.

<< Sicuramente non di mattina. >>, osservò Ida

<< Credo che possiamo riprovarci stasera. >> rispose subito Chiara.

<< Perché lo dici con sicurezza? >>, chiese Ida

<< Perché, considerando il fatto che mio fratello è impegnato tutta la giornata per il lavoro, l'unico momento, per andare in ospedale da mio padre, è proprio la sera. Che ne dite? >> disse Chiara con molta convinzione.

Le due amiche trovarono giusta l'osservazione della ragazza e quindi acconsentirono.

Trascorsero il resto della mattinata al Centro Commerciale, ma per l'ora di pranzo preferirono recarsi da Laura; ormai in quel locale si sentivano come a casa.

Per Laura, quella mattinata, fu pesante era sempre ossessionata dalla scoperta di quella foto che desiderava spesso guardarla per osservare ogni piccolo particolare.

Approfittando di un momento di calma, si sedette per consumare un pranzo veloce. Nel frattempo arrivò Filippo che fu accolto alla cassa da Martina.

Recandosi nella sala Ristoro vide Laura che pranzava da sola; non appena ebbe il suo vassoio con l'ordinazione, si avvicinò al suo tavolo:

<< Buongiorno! Signora Laura, posso accomodarmi al suo tavolo? >>

Laura, assorta nei suoi pensieri, e non accorgendosi dell'arrivo di Filippo, rimase in silenzio, ma un attimo dopo, avvertendo vicino a lei, la presenza di un uomo alzò la testa di scatto. Vedendo Filippo con il vassoio, fermo, vicino a lei intuì che volesse sedersi al suo tavolo.

<< Mi scusi, non mi sono accorta della sua presenza, prego si accomodi! >>

<< Comunque, sono un cliente abituale ed

alcune volte   ci fermiamo a chiacchierare, direi
che possiamo darci del tu! Non le pare? >>

<< Sì, certo! Per me non è un problema. >>
rispose, accennando ad un sorriso.

<< Oggi, sei molto pensierosa! >>, disse Filippo
appoggiando il vassoio sul tavolo.

<< Purtroppo, è così. >>

<< Dicendomi "purtroppo" devo pensare che si
tratta di qualcosa che ti angoscia. >> Osservò.

<< Certo, che non ti lasci scappare nulla >>,
rispose Laura, sorridendo.

<< Un investigatore deve avere uno spiccato
spirito di osservazione, non ti pare? >>

Laura sorrise e con il cenno del capo asserì quello
che aveva appena detto.

<< Comunque, Laura, se c'è qualcosa che ti
assilla, puoi confidare in me. >>, disse Filippo
con atteggiamento serio, guardandola negli
occhi.

In quel momento la presenza di quell'uomo, fu

per Laura come una manna dal cielo. Quella frase "che poteva confidare in lui", la colpì.

<<Ti ringrazio per la disponibilità, devo ammettere che ho bisogno di un aiuto. >> Si lasciò sfuggire Laura, spinta da una forza interiore.

<< Avevo intuito questo tuo bisogno e allo stesso tempo, anche la difficoltà ad esternare il problema; ma con me non devi preoccuparti perché conosco benissimo il valore della riservatezza. >>

Laura rimase un attimo perplessa, non sapeva come comportarsi, però quelle parole la incoraggiarono a confidarsi.

<< Ieri, ho scoperto una foto di mio padre che lo ritrae insieme ad un'altra donna e desidero tanto scoprire il legame che li univa. >>

<<Puoi mostrarmi quella foto? >>

<< Certo! >>, rispose estraendola dalla tasca della giacca di lana che aveva indosso.

La foto riprendeva in primo piano, suo padre con una donna, sulla loro sinistra si intravedeva un gazebo bianco e faceva da sfondo alle loro spalle un palazzo antico. Girando la foto Filippo si accorse di una scritta: *"Firenze, 15/03/1993"*.

<< Ho l'impressione che si tratti di un congresso; lo deduco dal palazzo che si vede alle loro spalle, il quale è proprio il Palazzo dei Congressi che si trova a Firenze. Comunque dalla data che riporta sul retro potrei indagare meglio, e magari riuscire a scoprire il nome di questa donna. >> le disse Filippo.

Laura guardandolo negli occhi sorrise in segno di gratitudine e si sentì più sollevata perché era sicura che l'avrebbe aiutata a risolvere quel mistero.

Mentre Filippo stava memorizzando quella foto nel suo cellulare, entrarono Ida Clara e Chiara, e si avvicinarono subito a Laura per salutarla.

L'investigatore, prontamente, nascose la foto sotto al tovagliolo. Questo gesto fu molto significativo per Laura, perché apprezzò la sua discrezione.

<< Accomodatevi pure al nostro tavolo >> disse Laura rivolgendosi alle amiche; Ida e Clara si

allontanarono per l'ordinazione e mentre Chiara si girò per aggiungere una sedia a quel tavolo, Filippo, velocemente, restituì la foto a Laura.

Quando si sedettero tutti al tavolo, Laura presentò le sue amiche a Filippo.

Si strinsero la mano per le presentazioni e quando arrivò il turno della ragazza questa disse:

<< Molto lieta, Chiara Raffi. >>

Quel nome lasciò Filippo sbalordito, in quanto lo associò al maestro Renzo Raffi.

<< Come è nata questa amicizia tra di voi? >>, chiese cercando di indagare.

<< Io e Clara siamo amiche di vecchia data. Pensa: ci siamo conosciute in ospedale >>, disse Ida ridendo.

<< Io le ho conosciute quando c'è stata l'inaugurazione di questo locale. Quella sera ho notato la loro simpatia e allegria, naturalmente poi, con la frequentazione assidua, siamo diventate amiche. >>, disse Laura guardandole con un sorriso.

<< Io invece, sono l'ultima arrivata. >> disse Chiara sorridendo. << La mia storia è un po' più complessa, e con il tempo ho capito che sono delle amiche vere e speciali. >>

Quella dichiarazione di Chiara fece molto piacere a Ida e Clara che la guardarono compiaciute.

<< Gli amici si riconoscono nei momenti di bisogno >>, disse Filippo con lo scopo di provocare delle reazioni per ottenere delle informazioni su quella ragazza.

Chiara, però, non voleva rendere nota la sua situazione familiare, per cui non specificò i particolari che riguardavano la loro amicizia.

In quel momento Laura, dando uno sguardo alla cassa si accorse che c'era bisogno di lei, quindi si alzò lasciando gli amici ancora in conversazione.

Dopo un po' anche Filippo lasciò la compagnia, salutando tutti con simpatia; passando davanti alla cassa salutò Laura amichevolmente dicendole che al più presto le avrebbe trasmesso delle informazioni riguardo quella faccenda.

Alle 19:30 aveva l'appuntamento con il maestro Renzo Raffi. Nell'attesa dell'orario si recò sotto l'ufficio di Marco Crespi, per controllare i suoi spostamenti. Quest'ultimo era impegnato, con un cliente, nel suo ufficio, gli stava mostrando un suo progetto per lavori di ristrutturazione. Alle 18:00 il cliente andò via e Marco con gioia telefonò ad Alice per sentirla.

<< Ciao, hai finito adesso di lavorare? >> chiese Alice

<< Sì, in questo momento è andato via il cliente. Cosa stai facendo? >>

<< Sto studiando al pianoforte. A che ora torni a casa? >>

<< Stasera farò più tardi del solito, ho un appuntamento alle 19:00 con un avvocato che mi ha contattato l'altra sera. >>

<< Come mai così tardi? >>

<< Sai, trattandosi di un cliente facoltoso, non ho voluto rinunciare. Considerando che questa settimana ho appuntamenti tutti i giorni, ho dovuto proporre un incontro oltre l'orario di

ufficio. >>

<< Dove vi incontrerete? >> chiese Alice incuriosita.

<< Alla "Lanterna verde" >>

<< D'accordo, ti aspetterò per la cena. >>

<< A più tardi, Ti amo! >>, rispose Marco con molta tenerezza.

CAPITOLO 17

INCONTRI IMPREVISTI

Erano le 17:30 quando Renzo fece rientro a casa; tutto era in perfetto ordine e nell'aria si sentiva odore di pulito, anche la roba era stata stesa. Appena entrato, ebbe un lungo respiro di sollievo nell'avvertire la serenità di quell'ambiente. Entrò in cucina poggiò la sua cartella ed il cappotto sulla sedia. Si versò nel calice, del vino rosso che si gustò nella massima tranquillità seduto sul divano del soggiorno. Notando il camino spento avvertì la mancanza di quella passione che ci metteva il padre nell'accendere la legna e curare il fuoco per tutta la giornata. Dopo poggiò il calice sul tavolo prese la sua borsa ed il cappotto e si recò nella sua camera. Doveva uscire alle 19:00 per recarsi all'appuntamento con il Signor Manzi e quindi avendo ancora un po' di tempo a disposizione si sedette al pianoforte per suonare.

Mentre stava suonando la Mazurka di Chopin squillò il telefono, vedendo la chiamata si accorse che era il Direttore della scuola, con molto stupore, per quella chiamata insolita, rispose:

<< Buonasera Signor Direttore! Cosa desiderate? >>

<< Buonasera Renzo, ho bisogno di parlarti, possiamo incontrarci? >>

<< Adesso non mi è possibile, ho un appuntamento alle 19:30 e successivamente devo recarmi in ospedale da mio padre che è ricoverato. >> Dopo un attimo di riflessione, colpito da quella richiesta, istintivamente continuò dicendo: << Mi scusi, ma non possiamo incontrarci domani mattina a scuola? >>

<< No, è una questione personale che non voglio discutere nelle ore di lavoro. >>

<< D'accordo! Allora incontriamoci durante la pausa pranzo oppure domani sera all'uscita. >> << D'accordo! Allora, a domani sera. >>

Quella telefonata lo lasciò perplesso:

<<Cosa vorrà dirmi il Direttore? >> sussurrò

Preferì non continuare a pensarci, tanto lo

319

avrebbe scoperto il giorno dopo, così riprese a suonare il pianoforte e mentre era assorto nella sua musica il rombo di una moto che passò davanti a casa sua spezzò bruscamente quel momento di concentrazione che gli aveva fatto, quasi, dimenticare l'appuntamento di quella sera.

Quella moto continuò il tragitto continuando ad infastidire e quel rumore assordante attirò l'attenzione di Renzo, il quale sbirciando dalla finestra vide che era guidata da un uomo ben vestito il quale girò subito a sinistra prendendo il sentiero del bosco che si trovava quasi di fronte a casa sua.

Renzo si sedette alla sua scrivania e rendendosi conto che aveva ancora un quarto d'ora a disposizione, prese la sua agenda per annotarsi gli orari da proporre al Signor Manzi; successivamente fece un bilancio delle lezioni private che attualmente dava a casa sua e certamente, la proposta di questo nuovo allievo lo allettava: un entrata in più al mese gli avrebbe fatto sicuramente comodo.

Guardò l'orologio e si rese conto che era giunto il

momento di prepararsi per uscire.

Erano le 18:45, il sentiero era illuminato solo dal faro della moto che procedeva più lentamente. L'uomo che la guidava stava cercando un posto adatto per nasconderla, dopo cento metri si fermò dove c'erano diversi cespugli di rovo alti un metro, era il posto perfetto per cambiarsi anche gli abiti. Aveva un aspetto elegante, ma subito dopo si trasformò con abiti più pratici e sportivi. Dal bauletto della moto prese una tuta, un giubbotto piumino ed un cappello con visiera. Si guardò intorno ed accertandosi che non c'era nessuno si svestì. Indossò anche un paio di scarpe da ginnastica. Chiuse il bauletto, dove aveva riposto gli abiti tolti e le scarpe. Con molta scrupolosità nascose la moto aggiungendo dei rami sopra, dove i cespugli non arrivavano a coprirla. Quando si rese conto che non era più visibile, andò via ripercorrendo il sentiero dal quale era arrivato, indossando anche uno scalda collo che portava alzato sino al naso, ed un paio di occhiali da sole neri; inoltre, con il collo del giubbotto alzato e la visiera inclinata verso gli occhi,riusciva ad occultare il suo volto.

Portava con una mano un piede di porco

nascosto sotto al giubbotto e con l'altra mano, una torcia che gli illuminava la strada mentre correva verso la casa di Renzo.

Era vestito tutto di nero e, arrivato in prossimità della strada che fiancheggiava il villino, spense la torcia e rimase nascosto dietro un albero; si trovava proprio di fronte al cancello dell'abitazione di Renzo: sapeva che a quell'ora sarebbe andato via.

Erano le 19:05 quando lo vide uscire dal cancello, lo seguì con lo sguardo per tutto il percorso della strada di campagna la quale dopo circa 200 metri si immetteva nella strada principale. Solo quando lo vide arrivare a quell'incrocio e svoltare a sinistra, uscì dal suo nascondiglio per introdursi in casa.

In quell'incrocio, sul lato sinistro, all'angolo che fiancheggiava Via torretta - la strada di campagna -era situato il locale " Lanterna Verde" e quella sera Marco in quel luogo, aveva appuntamento con il suo cliente avvocato.

Il locale aveva esternamente un piccolo giardino dove una scaletta portava su un porticato in legno che si estendeva per tutta la facciata. Qui c'erano dei tavolini esterni e al centro, in direzione della scaletta, c'era l'entrata principale fiancheggiata da finestre.

All'entrata del locale era situato il bancone Bar e c'erano due salette una a sinistra ed una a destra del bancone. L'ambiente era rustico con le volte di travi in legno massiccio, i tavolini avevano le tovagliette a quadretti bianchi e rossi, uguali alle tendine che abbellivano le finestre.

Alle 19:00 Marco arrivò al locale puntualissimo, l'incontro con quel cliente lo gratificava; si trattava di un avvocato illustre e famoso a Cremona e quindi lo considerava un bel bigliettino da visita ossia significava poter lavorare per persone abbienti.

Entrato nel locale disse al cameriere di aver prenotato un tavolo per Crespi, inoltre, appurando che il suo cliente non si era ancora presentato, disse che preferiva aspettarlo fuori.

Camminava su è giù dalla parte esterna del giardino, che dava direttamente sulla strada principale.

In quel momento vide sbucare dalla strada di campagna adiacente al locale,una Alfa Romeo grigia, subito gli venne in mente Renzo, riconoscendo la sua macchina, e guardando con attenzione riscontrò che era proprio lui.

Conoscendo la sua abitazione pensò subito che fosse appena uscito di casa e che si stesse dirigendo verso il centro città.

Alle 19:15 squillò il suo telefono e guardando la chiamata, si affrettò a rispondere.

<< Buonasera, Avvocato >> rispose con voce squillante.

<< Mi scusi architetto, ho avuto un contrattempo, ma sto arrivando, solo che mi trovo un po' distante ed ho bisogno di mezz'ora per arrivare; è un problema per lei aspettarmi? >>

Marco, guardò l'orologio e poi disse:

<< Guardi, avvocato, è già da tanto che la sto aspettando, però se mi assicura che si tratta proprio di mezz'ora resto ad aspettarla. >>

<< Grazie, mi scusi! Comunque, non tarderò

oltre. >>

Marco chiuse il telefono e con aria scocciata si arrese al pensiero di dover aspettare ancora molto.

Odiava l'attesa, era sempre puntuale agli appuntamenti; Avvisò Alice di questo contrattempo inviandole un messaggio; poi ricominciò a camminare su e giù nel giardino del locale.

Erano le 19:15 quando le tre donne Ida Clara e Chiara si stavano recando al villino per prendere tutte le cose che la ragazza aveva lasciato in quella casa. Avevano caricato in macchina, due valige vuote e due cartoni.

Durante il percorso Chiara era un po' agitata, sperava tanto di non incontrare suo fratello e di riuscire a prendere tutto ciò che le interessava, per poi non pensare più a quella casa.

Clara avvertì la sua agitazione e le disse:

<< Non preoccuparti, ci siamo noi ad aiutarti. Cercheremo di fare tutto, il più velocemente possibile. >>

<< Dai, non preoccuparti! >> disse Ida con tono rassicurante.

Fu proprio allora che incrociarono la macchina di Renzo Raffi. Lui non si accorse della sorella, ma Chiara riconobbe subito la sua macchina e si tranquillizzò vedendolo in quel punto della città, adesso non vedeva l'ora di arrivare in quella casa, perché era sicura di non trovare nessuno.

Purtroppo non era così: in quel momento un uomo stava scavalcando per entrare in giardino.

Il recinto di quella casa era costituito da un muretto, alto un metro, dove era stata fissata una inferriata di circa un metro di altezza. Fu molto facile per quell'uomo alto e magro, scavalcarlo.

Era tutto buio e questo lo aiutava a non essere notato anche perché era vestito di nero; accese la torcia e così riuscì ad orientarsi. Fece un giro intorno alla casa per valutare da che parte entrare; preferì dirigersi sul lato destro in quanto non essendo visibile dalla strada gli permetteva di lavorare con tranquillità. Qui vide che c'era una scaletta che fiancheggiava la facciata ed arrivava ad un piccolo ballatoio dove notò una portafinestra costituita da persiane in legno.

Pensò che quello fosse il punto giusto per accedere. Manovrando il piede di porco che aveva portato con se, riuscì a rompere le stecche di una persiana, in direzione della manopola di chiusura. Si creò una fessura che gli permise di infilare la mano e girando, la manopola interna, riuscì ad aprirla. Successivamente dette un colpo sui vetri e con molta facilità riuscì ad aprire anche la vetrina.

Entrò e vide che si trovava in cucina, continuava a camminare guardandosi intorno illuminando il passaggio con la torcia. Attraversò la cucina e si accorse che era collegata al soggiorno; qui sulla sinistra c'era la porta d'ingresso principale, al centro un tavolo quadrato; di fronte, una credenza in stile arte povera con delle vetrinette che mostravano piatti e bicchieri. Sulla destra, in una rientranza, c'era l'angolo camino con due divanetti fiorati posti frontalmente ad elle. L'ambiente era aperto e sulla destra spiccava una scalinata in legno che portava al primo piano nella zona notte.

Quell'uomo, oltrepassato il soggiorno, salì le scale che consistevano in due rampe.

Si muoveva ora, in fretta, cercando di non lasciare tracce del suo passaggio. Arrivato al ballatoio trovò quattro porte chiuse: due a sinistra e due frontali. Aprì la prima porta a sinistra e trovò una camera da letto matrimoniale, la porta accanto corrispondeva a quella del bagno. Si spostò sul lato frontale e, aprendo la prima, vide che era una cameretta con pareti rosa e copriletto uguali alle tende con fantasia a fiori su fondo rosa; ebbe l'impressione che appartenesse ad una ragazza. Aprì l'ultima porta e qui, notando subito sulla parete di destra un pianoforte, pensò subito che fosse quella di Renzo.

Entrò e vide che sulla sinistra c'era il letto con il comodino, seguito dal pianoforte.

Sulla parete frontale c'era una finestra decentrata verso destra, mentre a sinistra di quest'ultima c'era una piccola libreria; la scrivania invece, era situata sotto la finestra, appoggiata alla parete di destra, dove seguiva un armadio a quattro ante che occupava il resto della parete e non lasciava aprire completamente la porta di accesso, creando un intercapedine tra la porta e l'armadio.

Pensò di iniziare dalla scrivania, si sedette ed in quel momento sentì che aveva ricevuto un messaggio. Immediatamente prese il cellulare e disattivò la suoneria, accorgendosi di non averlo fatto prima. Distrattamente, appoggiò il suo telefono lì, sul ripiano di quella scrivania ed aprì i quattro cassetti che erano posizionati sulla destra, ma trovò solo penne, alcune agende e due cartelline che contenevano: una, le bollette e l'altra, gli estratti conto della banca con un blocchetto di assegni. Dopo si diresse verso la libreria a vista che controllò in maniera meticolosa, sfogliando libri e quaderni, ma non trovò quello che lui cercava.

Rimise tutto a posto e si spostò verso l'armadio.

Aprì le prime due ante e qui trovò solo abiti, giacche e pantaloni: erano tutti appesi alle grucce. Cercò nelle tasche delle giacche purtroppo non riuscendo a trovare ancora nulla.

Aprì le altre due ante e qui c'erano tre ripiani: su

quello più in alto erano sistemate delle coperte, sugli altri due erano sistemati dei pullover piegati ed infine sotto ai ripiani c'erano due custodie di strumenti musicali di forme diverse: una era lunga e stretta mentre l'altra aveva la sagoma di una chitarra però molto piccola. Aprì la prima custodia e trovò un clarinetto; non aveva taschini quindi era evidente che non c'era niente. Aprì la seconda e qui trovò un' ukulele. Rimise a posto le custodie e proseguì la sua ricerca passando ai ripiani superiori dove c'erano i pullover piegati. Ce n'erano una decina: li apriva e poi li ripiegava; ne mancavano ancora tre e stava quasi abbandonando l'idea di controllare tra i pullover credendo fosse un posto non probabile, ma ecco che mentre aprì il terzultimo pullover, cadde una busta da lettere per terra: era antica, in quanto presentava un ingiallimento dovuto al tempo decorso. Con molto stupore e curiosità, la raccolse subito, sentendo crescere in lui la certezza di essere riuscito a concretizzare ciò che voleva; con molto stupore e curiosità la aprì e all'interno, trovò un foglio dove lesse la seguente intestazione:

"Alla mia adorata figlia Laura Scuderi".

Un sorriso comparse sul suo volto: finalmente aveva trovato il testamento.

All'improvviso un bagliore di luci che proveniva dalla strada illuminò la finestra, ove si avvicinò lentamente e scostando leggermente la tenda, vide che tre donne avevano parcheggiato la macchina proprio davanti a quella casa e stavano uscendo, poi dal portabagagli presero due valige e due cartoni.

L'uomo si sentì incastrato non poteva avere il tempo di scappare infatti dopo pochi attimi sentì girare la chiave nella serratura della porta d'ingresso. Rimise nella busta il testamento che aveva trovato e lo conservò in tasca, insieme alla torcia; mentre sentiva i passi di quelle donne che salivano per le scale, istintivamente si nascose tra l'armadio e la porta in quell'intercapedine che si formava tenendo la porta spalancata. Aveva in mano il piede di porco.

Quando arrivarono sul ballatoio delle camere da letto, Chiara rimase perplessa nel vedere la porta della stanza di Renzo spalancata, ricordò le sfuriate di suo fratello quando dimenticava di chiuderla. Quindi si chiedeva: << come mai adesso è aperta? >> In quel momento fu distratta da Ida che le disse:

<< Chiara devi darci istruzioni come procedere, perché non conosciamo i posti. >>

<< Sì, hai ragione! >> rispose facendole entrare in quella che era la sua camera.

Poi decisero come dividersi i compiti e quindi mentre Ida svuotava l'armadio, stipando tutto nelle valige, Clara svuotava la libreria ponendo tutto nei cartoni. Chiara nel frattempo si dedicò a svuotare la scrivania, dove aveva i suoi diari, quaderni, foto, e ricordi vari di scuola. In poco tempo svuotarono tutto; chiusero le valige con forza perché erano ultrapiene. I cartoni non furono sufficienti per contenere tutto ciò che stava nella libreria: erano rimasti pochi libri ancora da sistemare.

<< Chiara, iniziamo a caricare la macchina con questi bagagli. >> disse Ida mentre la ragazza si stava recando nella camera da letto del padre per prendere un borsone dall'armadio.

<< D'accordo. >> rispose Chiara.

Entrando in quella camera da letto, la ragazza ebbe una strana sensazione, si sentiva estranea; era dal giorno in cui morì la madre, che non la vedeva: il padre le aveva proibito di entrare.

I mobili erano in noce, l'armadio aveva sei ante. Aprì le prime due e prese il borsone, successivamente aprì quelle centrali dove prese una coperta di cotone, azzurra, realizzata tutta all'uncinetto dalla madre, e desiderava tanto portarla con sé. Dopo si fermò davanti al cassettone dove era conservata ancora la roba di sua madre, aprendo un cassetto, prese un suo pigiama, come ricordo.

 Continuò ad aprire i cassetti piccoli che si trovavano sopra a quelli grandi e qui trovò i gioielli della mamma; avrebbe voluto prenderli tutti, non per il loro valore economico, ma per quello che per lei rappresentavano; però, si limitò a prendere solo un bracciale rigido ed un collier tutto di oro. Lasciò gli anelli ed altri gioielli per non sentirsi una ladra, sperando che un giorno il padre glieli regalasse. Successivamente, d'impulso, aprì un cassetto del comodino che apparteneva a sua madre. Trovò ancora il libro che stava leggendo nell'ultimo periodo della sua vita. Lo prese e fu attratta da una lettera conservata tra le pagine. Non era intestata, e quindi la aprì con grande curiosità.

Il suo sguardo si pose sulla dedica finale

"Al mio indimenticabile amore. Il tuo Carmine ".

Si trattava di un altro uomo.

Questa scoperta sconvolgente la lasciò di ghiaccio. In quel momento sentì la voce di Clara:

<< Chiara dove sei? Noi abbiamo terminato. >>

Chiara prese il libro e la lettera che non era riuscita a leggere e conservò tutto nel borsone.

<< Sto arrivando! >> rispose chiudendo la porta di quella camera da letto.

Sistemarono quegli altri libri e scesero per andare via. Quando arrivarono giù, vicino alla porta d'ingresso, Chiara disse a Clara:

<< Scusami, devo tornare su, a prendere un ricordo che ci tengo tanto ad averlo. Faccio in un

334

attimo. >>

Aveva in mente di prendere l'Ukulele che suonava il nonno il quale le aveva anche dato degli insegnamenti. Era conservato nella stanza del fratello, il quale, con la sua prepotenza, se ne era appropriato.

Appena entrò in quella camera sentì nell'aria un profumo da uomo che non aveva mai sentito. Rimase sorpresa, ma non dette peso, si avvicinò all'armadio, aprì le due ante dove c'erano le custodie di quegli strumenti musicali. Prese quella dell'ukulele e la poggiò sulla scrivania per controllare il contenuto; ma mentre la apriva il suo sguardo si posò su un cellulare particolare che si trovava sulla scrivania: aveva una custodia in coccodrillo marrone scuro dove al centro c'era un simbolo stampato in dorato che consisteva in due numeri "quattro" intercalati verticalmente e circoscritti da una cornicetta stampata anch'essa in dorato.

Chiara rimase pietrificata avvertiva la presenza di qualcuno, ma in quel momento non doveva commettere errori, doveva farsi coraggio ed uscire immediatamente da quella casa.

Chiuse l'armadio prese l'ukulele ed andò via. Arrivò alla macchina delle due amiche con il cuore in gola, lasciando inavvertitamente, il cancello aperto.

<< Andiamo via! In casa c'è qualcuno! >> Disse con affanno e paura.

<< Spiegati meglio! >> disse Clara << Cosa hai visto?>>

<< Ho sentito un profumo strano in camera di mio fratello e poi ho visto un cellulare che si trovava sulla scrivania; aveva una custodia che non avevo mai visto. Sicuramente non era di mio fratello; inoltre aveva uno strano simbolo impresso su >>

<< Dobbiamo rimanere per scoprire chi è >> Disse Ida con determinazione.

<< Sono d'accordo! >> disse Clara

Chiara era preoccupata che potesse succedere qualcosa alle sue amiche, ci teneva a proteggerle: era l'unica famiglia che avesse, ma dovette per forza acconsentire, vista la loro determinazione e così non le rimaneva che fidarsi di loro; quindi presero la decisione di far finta di andar via, voltarono a destra, circa dopo cinquanta metri, nella traversa che portava alla chiesa. Parcheggiarono la macchina e tornarono a piedi nel giardino. Chiara si ricordò di avere le chiavi di un altro cancello che era situato prima di quello principale, dove si trovava il contatore del gas e in quell'angolo potevano anche nascondersi dietro a dei cespugli che si trovavano vicino all'albero di ciliegio.

Si affrettarono e aiutate anche dal buio di quella strada riuscirono ad arrivare in quel nascondiglio senza essere notate. Mentre stavano in silenzio videro arrivare una macchina che si fermò un po' prima del cancello principale; subito dopo, un uomo scese dalla macchina e, trovando il cancello aperto, entrò facilmente nel giardino, ma dopo pochi passi, si trovò davanti, l'uomo vestito di nero che era appena uscito da quella abitazione.

Quest'ultimo, dovendosi proteggere dall'esistenza di un testimone, non ci pensò due volte: alzò il piede di porco e lo colpì con un leggero tocco sulla testa, con l'intento di stordirlo. Purtroppo, l'uomo colpito, cadendo, urtò la testa sul bordo di un grosso vaso rivestito da pietre e questo fu il colpo fatale che lo lasciò per terra esanime.

L'altro fuggì immediatamente non preoccupandosi dell'accaduto, il suo interesse maggiore era quello di fuggire per non essere scoperto.

Le tre donne, dalla posizione in cui erano nascoste, ebbero la possibilità di seguire con lo sguardo, in quale direzione quell'uomo stesse scappando, e videro che si inoltrò nel bosco situato di fronte a loro.

Avevano assistito ad una scena terribile, e questo le aveva fatte rimanere immobili, si guardavano tra di loro con gli occhi sbarrati, quasi incredule per quello che era successo. Dopo un po' uscirono da quel nascondiglio, si avvicinarono a quell'uomo che giaceva per terra per cercare di prestargli aiuto, ma controllando i battiti del polso capirono che molto probabilmente era morto.

Ida immediatamente, chiamò l'ambulanza per tentare di riuscire a salvare quell'uomo con un intervento di soccorso più appropriato. Subito dopo, avvertì i carabinieri dell'accaduto; quest'ultimi le ordinarono di rimanere lì ad aspettare il loro arrivo, che sarebbe avvenuto entro pochi minuti.

Successivamente Chiara, propose alle amiche di ritornare in casa per controllare se ci fosse quel cellulare ancora sulla scrivania, così insieme ritornarono in quella stanza ed il cellulare non c'era più.

<< Era proprio il suo >> osservò la ragazza rabbrividendo al pensiero che poco prima si trovava in quella stanza, sola con quell'assassino.

Mentre stavano in giardino,sentirono il rombo di una moto che proveniva dal sentiero del bosco. Pensarono subito che fosse quell'uomo malvagio che pochi minuti prima, senza scrupoli, aveva stroncato la vita di un uomo. Si nascosero dietro al muretto del recinto per cercare di strappare qualche indizio, ma la strada buia e la velocità con cui passò davanti a loro, non lo permisero.

Dopo 5 minuti arrivarono due pattuglie di carabinieri e l'ambulanza.

Chiara accese le luci nel giardino, dove i soccorritori dell'ambulanza intervennero immediatamente, ma senza successo, perché subito dichiararono lo stato di decesso di quell'uomo. Nel frattempo la squadra della scientifica intervenne per segnare i punti dove era situato il cadavere e per osservare ogni piccolo dettaglio circostante. Intanto i carabinieri si soffermarono ad interrogare le tre donne, singolarmente, annotando le loro dichiarazioni.

Arrivò Renzo allibito da quello scenario dovuto alla confusione di gente e a quelle macchine di polizia e ambulanza parcheggiate fuori. Appena entrò in giardino, un carabiniere lo fermò dicendogli:

<< Chi e lei? >>

<< Sono il proprietario, Renzo Raffi. >>

In quel momento alcuni operatori della scientifica stavano delimitando il luogo del delitto con delle fasce di divieto di accesso, ed altri stavano trasferendo il corpo della vittima nell'ambulanza, per portarlo all'obitorio e sottoporlo all'autopsia.

Fu proprio allora che Renzo si accorse della presenza di un cadavere il quale era stato coperto con un telo.

<< Cosa è successo? >> disse rivolgendosi al carabiniere con aria confusa.

<< Un delitto. >> gli rispose in maniera secca. Dopo un attimo continuò dicendo << deve seguirci in questura in quanto deve essere sottoposto ad interrogatorio. >>

Dopo 5 minuti andarono tutti via. Chiara vide il fratello salire in macchina con i carabinieri; spense le luci, chiuse il cancello ed andò via anche lei con le sue amiche.

Arrivate a casa, portarono i bagagli in camera di Chiara sistemandoli in un angolo. Erano molto stanche per quella serata che aveva avuto un risvolto impensabile.

Chiara, dopo aver bevuto un bicchiere di latte, si ritirò in camera dando la buonanotte ad Ida.

Chiuse la porta della sua stanza e si sdraiò sul letto stanchissima. I pensieri si susseguivano:

341

ricordò, rabbrividendo, il momento in cui era stata da sola con l'assassino, nella stanza di Renzo; inoltre si sentiva impaurita ricordando la scena del delitto; infine anche la scena del fratello preso dai carabinieri, la turbò. Voleva scacciare quei pensieri dalla mente, ma erano così sconvolgenti che le risultava difficile. Ad un certo punto, si sedette al letto, trasse un lungo respiro con l'intento di liberarsi da quello stress ed ansia, e questo fu liberatorio. Vedendo il borsone, che si trovava per terra di fronte al letto, si ricordò del libro con la lettera che aveva riposto in una tasca laterale.

Subito si alzò per prenderla. Con molta emozione aprì quella busta e tirò fuori la lettera. Quando la aprì lesse le seguenti parole:

"Cremona, 14 giugno 2005

Carissima Luisa,

sono due anni che la tua malattia ci ha diviso. Ho sentito la necessità di scriverti, per comunicarti quanto mi manchi. Non preoccuparti di Francesca, la nostra collega, puoi contare sulla sua discrezione. Non sapevo come fare per consegnarti questa lettera.

Sei sempre nei miei pensieri ed il fatto di non poterti avere vicina, non puoi immaginare quanto mi rattristi. Hai fatto una scelta che ho rispettato, ma non ho mai condiviso. Resto sempre del parere che avresti dovuto dire la verità a tuo marito. Il nostro non è stato un amore passeggero, ci siamo amati con tutto il cuore e con tutta l'anima, e sai benissimo la gioia che ho provato quando hai messo al mondo il frutto del nostro amore. La bimba adesso ha dieci anni e mi dispiace tanto non poterle dire quanto bene le voglio. Ero felice quando venivi di nascosto a trovarmi e potevo tenerla un po' tra le mie braccia. Ma adesso sono due anni che non la vedo. Vorrei che tu le parlassi di me e le dicessi che sono io suo padre; questo sarebbe un grandissimo regalo per me. Prego sempre che tu possa guarire al più presto, perché non smetto di sperare in un futuro insieme.

Con tanto amore ti abbraccio e ti bacio e tanti

baci alla mia piccola Chiara.

Il tuo per sempre

Carmine"

Chiara rimase interdetta, rileggeva quelle parole più volte. L'esistenza di un altro padre la lasciava disorientata, ma allo stesso tempo quelle parole affettuose le accarezzavano il cuore sentendosi finalmente amata. Ora capiva la freddezza di quel padre che aveva avuto accanto e dei maltrattamenti di suo fratello: loro, molto probabilmente, conoscevano la verità.

Si addormentò con quella lettera tra le mani sfinita per tutti gli avvenimenti successi in quella giornata.

La mattina Ida entrando nella sua camera per svegliarla trovò il libro per terra e quella lettera sul letto, fu inevitabilmente indotta a leggerla.

La svegliò e Chiara accorgendosi della sua lettera aperta e vedendo Ida seduta sul suo letto le disse:

<< L'hai letta? >>

<< Sì, non ho potuto ignorarla. Scusami se mi sono permessa. >>

<< No, non preoccuparti, ti avrei informata ugualmente. >>

<< Chiara sii felice: devi pensare che sei il frutto di un grande amore. >> Le disse abbracciandola.

Mentre la ragazza sistemava la lettera nella busta, Ida le raccolse il libro da terra, in quel frangente, dal libro cadde una foto che ritraeva il volto di un uomo. Chiara la guardò con attenzione e scoprì una grande verità.

<< Ma, come è possibile? >> disse inchiodando lo sguardo su quella foto.

<< Ma questa è la foto che Laura ha nel suo negozio ed è quella di suo padre. >> osservò Ida con tanta meraviglia.

<< Sai come si chiamava il padre di Laura? >> chiese Chiara con molta curiosità.

<< So con certezza che il suo nome era proprio Carmine. >>rispose Ida approvando, con un cenno della testa, che si trattava proprio dello stesso uomo.

<< Quindi... cosa significa? Ho una sorella! >> rilevò Chiara sbarrando gli occhi con stupore.

Quella mattina stessa nel momento in cui Chiara aveva fatto quella grande scoperta, Filippo a casa sua, mentre gustava il suo caffè mattutino fu colpito, leggendo il giornale, da una notizia di cronaca:

<< L'architetto Marco Crespi ucciso nel villino di campagna del Maestro Renzo Raffi. >>

In quello stesso momento l'assassino provava soddisfazione nell'essere riuscito ad impossessarsi del testamento che ora teneva tra le mani come un trofeo. Quel foglio ingiallito dal tempo, racchiudeva un segreto che il dott. Carmine Scuderi nascose sotto la tastiera del suo pianoforte; avrebbe voluto confessarlo a sua figlia, ma ci ripensò dicendole: *"E se poi non muoio?"*

Quel testamento iniziava così:

"Alla mia adorata figlia Laura Scudieri..."

Indice Capitoli

Liliana Maria Francesca Bissante è nata in Puglia in una famiglia dove è sempre regnato l'amore per la cultura e l'arte.

Dal padre musicista ha ereditato la predisposizione per la musica, studiando pianoforte dall'età di 7 anni.

I vari viaggi con la propria famiglia, hanno suscitato emozioni e riflessioni, che ha sentito poi di esprimere attraverso la scrittura

È autrice di diversi romanzi gialli, dove il filo conduttore è il mistero.

I suoi racconti partono da vicende realistiche che poi sviluppa con la propria fantasia, creando situazioni avvincenti che tengono vivo l'entusiasmo del lettore.

Le sue opere si contraddistinguono per il suo spiccato talento nel creare trame molto descrittive ed intricate con finali sorprendenti.

348

.

9 781914 136764

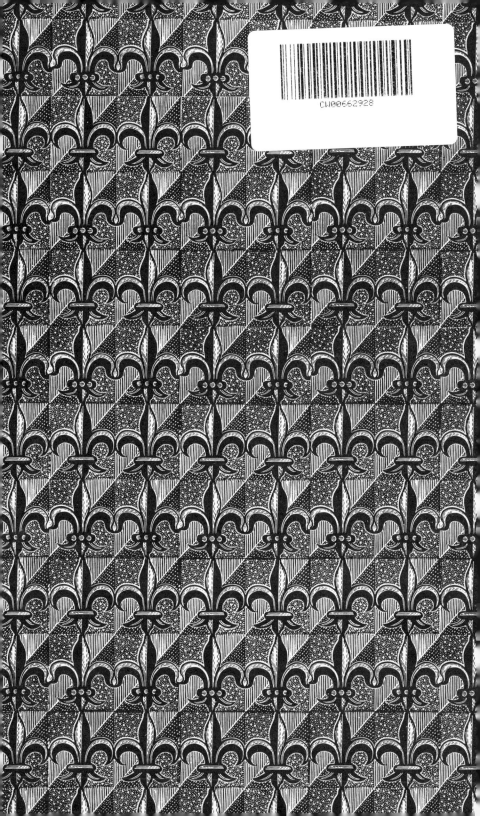

IN SEARCH OF
THE FIREDANCE

IN SEARCH OF
THE FIREDANCE

Spain through Flamenco

James Woodall

SINCLAIR-STEVENSON

First published in Great Britain by
Sinclair-Stevenson Limited
7/8 Kendrick Mews
London SW7 3HG England

British Library Cataloguing in Publication Data
A CIP catalogue record for this book is available from the British Library.

ISBN: 1 85619 116 8

Typeset by Rowland Phototypesetting Limited
Bury St Edmunds, Suffolk
Printed and bound in Great Britain by
Butler and Tanner Limited, Frome and London

For Jo

Contents

Acknowledgements

A book like this cannot be written without a great deal of help. I have had both here and in Spain advice, moral and practical support, and time freely given by many people and in many different ways. The list below can only represent a modest acknowledgement of my gratitude to them all.

In the UK: Rosa Barbany, Carlos Bonnell, Lorraine Estelle, Trader Faulkner, Gerald Howson, Hilary Jones, Malcolm Laws, Tirzah Lowen, Angus Mackay, Jock and Ginny Murray, Patrick O'Connor, Paco Peña, Martin Pope, Christina Prado, Paul Preston, Tony Shepherd, Hugh Thomas, Noel Treacy, Peter Williams, Nick Wilks, and Serena Woolf.

In Spain: Juana Amaya, Pedro Bacán, David Baird, Rafael Blázquez Godoy, Eduardo Castro, Manuel Cerrejón Redondo, Queti Clavijo, Juan Antonio Díaz López, Ciro Diezhandino, José Domínguez Muñoz 'El Cabrero', Nuria Espert, Maribel de Falla, Belén Fernández, Carlos Formby, Juan Pablo Fusi Aizpurua, Robert Fletcher, Esperanza Flores, Miguel Angel González, Nicholas Gordon Lennox, Lola Greco, María Guardia Gómez 'La Mariquilla', Gijs Van Hensbergen, José Heredia, John Hooper, Cristina Hoyos, Patrick Humphries and Maribel Blasco Carratalà, David Jones, Geraldine Kilpatrick, Vicente Linares, Paco Lira, Pepa López, Bill Lyon, Margot Molina, Manuel Morao, Donn Pohren, Manuel Ríos Ruiz, Ricardo Rodríguez Cosano, Sebastián Rubeales, Francisca Sadornil Ruiz 'La Tati', José Sánchez Bernal 'El Naranjito',

Acknowledgements

Manolo Sanlúcar, the Marquis of Tamarón, Concha Vargas, Benito Velázquez Caro, and Judith Wilcock.

I owe special debts to Sophie Ovenden, who was kind enough to vet the early chapters on Muslim Spain; to Ian Gibson, for his early enthusiasm and help, and continuing friendship; to Michael Jacobs, whose unique network of friends and contacts across Spain has been indispensable; to my parents, Deirdre and Antony Woodall, for their support and a night out in Madrid's La Zambra; and to Elke Stolzenberg, whose photography, flamenco friends and inside knowledge are integral to the book.

In the same breath I must also thank Jerónimo Hernández Casares who, in Spain, did more than anyone to facilitate eleventh-hour accommodation and introduce me to all manner of Spaniards, *madrileños* and *andaluces* alike. Georgina Allen and Ginny Sleep did much in the early days of my research over essential correspondence to Spain, though they may not have realised it; and last but by no means least, Jane Woodall, my sister-in-law and typist, was patient, persevering and above all precise in committing my text to a word-processing machine far more reliable than my own typewriter. In the final weeks of typing, I could not possibly have managed without her.

Finally, I must thank Ana Vega Pons-Fuster Olivera, who first showed me the South.

Preface

Literary antecedents are for any writer an awesome necessity: awesome because of their authoritative threat to make anyone straying into their literary territory look foolish; necessary because they provide the trespasser with enough equipment to avoid most of the pitfalls.

Spain, the country and the idea, is a subject that has attracted a formidable body of British writers and the tradition they have created goes back at least two centuries. Anyone attempting to insert himself into that tradition must, for better or for worse, be aware – perhaps wary – of it. Why Spain in particular and not, say, Greece or Norway, has been the cause of a certain kind of book in English is not in the scope of this preface to answer. Four names, however, from two centuries of Hispanic studies will always inform any contemporary book on Spain and they are well known: Richard Ford and George Borrow were two Victorian writers of brilliance, not to speak of their adventurousness, whose works (early forms of modern travel writing and anthropology respectively) read as vividly and entertainingly today as they must have when first published. A hundred and fifty years on, both are still instructive; in the case of Borrow no book on flamenco could be written without proper consultation of *The Zincali*. Gypsy studies – the gypsies themselves, too – have moved on since then, but he was a remarkable pioneer, as was Ford in his *Hand-book for Travellers in Spain*, out of print for the general reader for far too long.

In the twentieth century, two contrasting writers have made Spain their subject: V. S. Pritchett has had time in his prodigious career as a writer of fiction and literary criticism to fit in two important books on Spain, *Marching Spain* and, thirty years later, *The Spanish Temper*; both represent a refined understanding of the country. Gerald Brenan, finally, made the country not just his subject but his home for many years and wrote a number of indispensable books on it; in Spain it is only recently that they have come to be appreciated for what they are: as startling a testimony as exists in any language of how Spain struggled into the modern age.

Closer to our own time, John Hooper in *The Spaniards* and Ian Gibson in his books on Lorca have, amongst other writers, published works essential to widening the attraction of general readership to the country which is their concern. They would, I think, agree that without the above authors' guidance, Spain, intractable enough, would be a very hard nut to crack indeed.

A note on the Spanish used in this text: because Spanish is a heavily accented language, there is considerable scope for authorial error and incorrect setting. There seems no respectable way round this, but I have tried to follow my own arbitrary rule, which is as follows: for most main towns, I have avoided accents, because an English eye is used to Cordoba, Malaga, Cadiz and so on, unaccented (all in fact take an acute on the first vowel). It was also forcefully pointed out to me when I first began to research this book, by the precisest Anglophile in Spain, the Marquis of Tamarón, that the South is proud to bear some stamps of anglicisation, hence Seville for Sevilla and Andalusia for Andalucía (Jerez has mercifully not suffered ultimate bad taste by becoming Sherry). Small towns and people's names, however, I have dignified with appropriate accenting, and my apologies to those – towns and individuals – which may appear here incorrectly. Quotations from any Spanish text (literary or musical) have of course been italicised or extracted, with all accents in place.

Flamenco forms have also been italicised, though it should be pointed out that the basic forms in the singular – the *soleá*, *siguiriya*, *alegría* and so forth – are often written and referred to in the plural: *soleares*, *siguiriyas*, *alegrías*. It may irritate some purists that I have tended to use the singular form, but that is a rule I have tried to adhere to for the sake of consistency.

For Arabic, I have followed Philip Hitti's English transcriptions in *History of the Arabs* where possible – without accents.

List of Illustrations

(between pages 172–173)

All photographs bar Plate 1 (unattributable) are by kind permission of Elke Stolzenberg.

Because the history of Spain has been what it has been, its art has been what history has denied Spain ... Art gives life to what history killed. Art gives life to what history denied, silenced or persecuted. Art brings truth to the lies of history.

Carlos Fuentes (Introduction to
the 1986 edition of Smollett's translation
of *Don Quixote)*

Prologue

The Torres Bermejas is a Muslim tower in Granada. In Madrid, it is a flamenco club, just off the Gran Vía. Such clubs are called *tablaos*, and Madrid has many, most of them awful. Torres Bermejas opened in 1960 and has, in its time, seen some great performers. Some friends have told me to give it a try, as it has a wonderful interior.

I go along at 11.00 p.m., on a hot summer's night, for the second show. There's a small queue outside the entrance, kept there by a man dressed in festive costume – breeches, red tail-coat, frilly white shirt – who looks bored and rather silly. We are waiting for the first show to end. After ten minutes, the doors open and the club, which must have been packed as there are about fifty or sixty exiting punters, empties. Every single person is Japanese.

As I wait my turn to be seated behind a further set of doors down some steep stairs, I see a small and instantly recognisable man approach the entrance with what must be his wife and three young children: I have seen those gypsy features before, and rack my brains. He is a Habichuela, has to be, name of a famous flamenco family from Granada, though I can't be absolutely sure which one he is, as there are quite a few brothers and they all look alike. If it is Pepe, and he's going to play the guitar, we are in for a treat.

Inside, the first treat is the decor: the club, which probably seats about seventy maximum, is a kind of Moorish grotto, with elaborate blue and yellow stucco ornamentation, swirling gilt filigree and horseshoe arches. A large stage, taking up most of the floor space, is faced by tables and chairs, with an alcove on the far side. As I am seated, a woman comes to my table and puts a flat, black Cordoban hat on my head and a photographer materialises from behind her. Her fixed smile has just the tinge of a question mark. I wave them away.

With everyone seated, the waiters circulating for orders, the lights go down. A strange-looking man emerges on stage, with two guitarists seated behind him. They play a few chords, and it is difficult to tell what the apparition stage-centre is going to do; he is very gypsy in looks, wears a cascading red silk shirt and tight black trousers, and toys with a white scarf round his neck. He grins maniacally, clearly inviting all eyes to concentrate on him before he either opens his mouth or takes a few steps. What I cannot help staring at is the size of his belly, which pushes, like a pregnant curve, into the bottom of his shirt, tightening it and making it shine under the stage lights obscenely. Is he really going to dance?

Not exactly. He sings, in a croaky, lighthearted fashion, and makes a few attempts at foot-stamping, just a few seconds long, which causes his belly to wobble and momentarily drowns out the terrible sound the guitarists are making (they don't seem able to keep time). This lasts an excruciating twenty minutes. The next twenty are slightly better. A singer called El Yunque (which means 'anvil'), the star of the *tablao*, sings his speciality, a *martinete*, one of the oldest flamenco song-forms, based on the gypsy experience of working in a forge. There is no accompaniment other than the sound of an anvil being struck; it is quite affecting.

When he has finished, he launches into a spoken eulogy about how the flamenco of the house is the best in Madrid. It's a charming idea, completely undermined by the next apparition, a girl in white who slowly – and at one point trippingly – descends a set of stairs to the right of the stage, bathed in blue light. She dances (with the two guitarists heading incompetently back into the fray) a *soleá*, another old and dignified flamenco form. *She* can't keep time either, trips again, gets her dress caught on the stairs, doesn't know what to do with her feet and barely even lifts her arms above her chest. She continues in this vein for a full ten minutes and sort of limps off under the stairs, to the wailing of El Yunque, at the end of the dance – perhaps, one would like to think, never to be hired again.

There is further unedifying stuff to come but by now my concentration has dimmed to the extent that I look more closely at the couple eating dinner at the table in front of me, he in a white tuxedo, she in full evening dress, both absorbed in their food, especially the meat dish in flames that's presented to them about halfway through the show. They neither say a word to each other nor look once at the stage. At the end, he pays in dollars – a large wodge of them. The other main distraction is the four Habichuela children huddled under the stairs stage right, gazing at the action before them, which, because they are Habichuelas, they see free and which we, being mugs, pay 2,500 pesetas for (about £14, and this for just a glass of watery *sangría* – not an experience to be repeated).

I pose myself two questions: where, El Yunque aside, who is a respectable singer, does Torres Bermejas find such atrocious performers? And why doesn't Pepe Habichuela (who I later learn is closely associated with the *tablao*) play, alone, all night?

Cine Las Vegas, Los Palacios, Seville, 28 October 1989

I buy my ticket at around lunchtime on the day of this festival, driving back to Seville after a tour through the province of Malaga. It costs 1,200 pesetas, and I have no idea what I will get for it.

I needn't have worried. Due to start at 10.00 p.m., nothing happens until at least 11.00, which simply means that the audience makes an hour's more use of the bar to buy beer and sherry. And there is a very long night ahead (and the bar is open for most of it – until the booze runs out).

This is a *festival de cante flamenco*, flamenco song, which has requisitioned the town's only cinema and is being mounted in celebration of the *vendimia*, the harvest – of grapes. The line-up is formidable. Top of the billing *was* Juanito Valderrama, a vet-

xvii

eran singer of light flamenco who doesn't cut much ice with *aficionados*; fortunately, then, he's indisposed, and has been replaced by Fosforito, a garlanded singer from Cordoba who won an important prize there as long ago as 1956. There are Curro de Utrera and Itoly de los Palacios, neither of them young and both favourites with the locals (who constitute the entire audience – the nosiest and most interrupting I have ever experienced). The two really big contemporary names are Calixto Sánchez and José Domínguez 'El Cabrero'. *Cabrero* means 'goatherd', which is what, in his spare time, this singer is. He is famous for his wild looks – cowboy hat and boots, shaggy beard, a sort of peasant, unadorned and therefore very unflamenco attitude to personal appearance – as well as for his wild voice. Unexpected fame, or notoriety, came his way in 1982 when he was jailed for six months for a song of his which apparently 'blasphemed' against the Virgin Mary. El Cabrero is no lover of religion, and says so in his flamenco songs, along with other things – his love of the land, his contempt for politics – which are not the common stuff of *cante*.

Calixto Sánchez is physically in complete contrast to El Cabrero. Neatly dressed in slacks and blue shirt, clean-shaven, and with dark hair slicked back and parted, he could be a schoolteacher. Which he is, in a small town called Mairena del Alcor, outside Seville. He is also one of the finest singers on the flamenco circuit in Spain today, with a huge and versatile voice, and an exponent of the style of singing of his great master from the same town, Antonio Mairena. Throughout the show, the audience is really beside itself when Sánchez and El Cabrero come to the front of the stage and sing without amplification, in a macho display of the *fuerza* ('force', the most important thing in a flamenco singer) of their voices. The audience in fact reserves its most uproarious appreciation for Itoly de los Palacios, whose voice is not that interesting – but he is of course local, which counts for even more than *fuerza*.

Something else makes this festival different from run-of-the-mill flamenco: the sound of the guitars. Chief man here is Paco del Gastor, a gypsy from a town called Morón de la Frontera, not far from Los Palacios. He plays with a depth and sonority you don't often find in accompanists – and in an important sense, he keeps the night going. The singers sing what they need to sing, and Paco plays along with them; and because they know how good he is, they sing for as long as he is prepared to play. Moreover, he is the nephew of a flamenco-guitar master, Diego del Gastor, and with a pedigree like that, you have respect, however big your voice or your name. . . .

The festival goes on until 3.30 in the morning. There is some dancing, but mainly singing with *tours de force* from all five singers, furious but always precise playing from Paco del Gastor, and more shouting from the audience than at a bullfight. At the end, a speech is made from the stage, clearly about someone who is sitting just two seats away from me (I had noticed a small commotion when she arrived and was shown to her place – probably the best in the cinema). She is an old woman, dressed plainly in black, who is smiling a lot – in a dignified way – and who looks very proud. Who is she? everyone is asking as the speech ambles on into its sixth minute. The answer eventually comes: El Cabrero's mother.

Sadler's Wells, London, 6 May 1989

Flamenco comes no more popular on the London stage than the Cumbre Flamenca (*cumbre* means 'summit'). This is the company's second year here, in a theatre that has hosted more quality flamenco shows in the English capital than any other. The season is sold out; the reviews have been ecstatic. They have all noticed La Chana, a gypsy born Antonia Santiago Amador, whose footwork in the evening's *alegría* is considered the fiery revelation of the run; the truth is that her footwork is overcooked, what some would call mere 'flamencoism', dance stylised into foot-tricks, pap for an unwitting audience – were it more witting, it would still love her. She's a great performer, and no longer young, but the more dignified because of it.

Much younger, and on the up, are Antonio Canales and Juana Amaya. Canales, a *cuchichí*, a half-gypsy from Triana, is tall, brimming with confidence and pride, and captivating in the apotheosis of male flamenco dance, the *farruca*. This is the solo setpiece of the evening, in which Canales has the stage – and some expert lighting – to himself, and dances his sinewy, athletic, sometimes overleaping (flamenco should never leap) dance; his feet serve as musical glottal stops to a remarkably composed kinesis, while his arms are expressive musical instruments in themselves.

More flamenco, more gypsy still, more *mujer* – woman – is Juana Amaya. She was born with the unappealing surnames Gómez García, which is what everyone's called in Spain. To make a flamenco name for yourself, and it takes some cheek, you borrow a really famous one, like that which belonged to the immortal Carmen Amaya. *She* would make La Chana look like a performing monkey, but then we are not here to quibble. Juana dances a *soleá*, a form of quintessential tragic passion, of gypsy *duende*, with the conviction of someone twice her age (she is in her early twenties), and with the sinuous, seductive temperament that everyone else in the Cumbre lacks. She is memorably the Cumbre, and will go far – as long as she keeps dancing. And with gypsies, you can never tell.

La Corrala de la Danza, Madrid, 11 February 1992

The Cumbre are still dancing. Today, they are rehearsing for their fourth visit to Sadler's Wells. La Chana has left the company to get married – at the age of fifty-odd. She has been replaced by La Mariquilla, a dancer of roughly the same age from Granada. A gypsy from Sacromonte, she is captivating in the *alegría*, which is bound to have Sadler's Wells begging for more.

Juana Amaya, meanwhile, has married the company's artistic director, Cristóbal Reyes. He rehearses his dancers, including Juana, like dogs. And he doesn't let up on the singers and guitarists either. A diminutive nerveball (the amply built Juana almost dwarfs him), he's after flamenco perfection. Whether he gets it this time remains to be seen. But in these cramped studios in Lavapiés, the old working-class district of Madrid, the fire, fury, speed and grace of the world's most exhilarating dance-form are in chemical fusion. If energy and instinct are to be converted into passion and art, the Cumbre have the means. Their ancient catalyst is the purest flamenco.

Introduction

Modern Spain is a country of noise. Some of this noise is benevolent, most not. It intrudes in an infinite variety of forms, whether you are in bed, at the dinner table, in the street, in an office or library, even in church. Drills, diggers, bars, radios, televisions, children, dogs, above all the endless modulations and uncontainable volume of the human voice provide the country with an extraordinary and unparalleled texture of continual sound.

Noise is a part of her history and a part of her people, a cultural constant. When it dies, Spain dies, and that would be bad for the world. On occasions, one has a justifiable wish that it would abate, particularly if it keeps one awake at night, which it so often does. But noise distinguishes her rather as tabloid journalism does England; it is daily, inescapable and ephemeral – one might hope that sense would prevail and that both would go away for good, but maybe things would be just that much more boring without them.

It is likely that the noise of contemporary Spain is intenser than it has ever been before; its consistently high level is a reminder of how young, and how apart, the place is. Despite the apparent modernity of her politics and membership of the European Community, Spain is still alone, a relative stranger – culturally and socially – to her cousins over the Pyrenees and across the sea, and expresses herself as such. She takes unashamed pleasure in her noise, like a person without speech waking up suddenly one day and finding she can speak, shout, laugh, sing: someone who has been a stranger to the world, and

1

treated as a stranger, who then undergoes a miracle cure and desires very vocally to be part of it – but being part of it takes a while. There are things to be learnt, problems to be solved; disasters strike and old difficulties recur, but the road to integration with the communicating world must be travelled, suffered and completed. Spain is about three-quarters there. When one day you can cross the Pyrenees or the sea, or land at Barajas airport in Madrid without being assailed within half an hour of arrival by some disagreeable *noise*, then you might be forgiven for thinking that you are in a country which can at last contain itself.

In two areas of Spanish life the noise will continue undiminished and uncomplained at. One is the bullfight, where the combination of trumpeting, drums, roars of approval and disapproval, and the incomparable *¡Olé!* at moments which merit it, are essential to the ritual; the other is flamenco.

For many, leaving aside the simplistic pleasures of watching a pretty woman in a colourful dress gyrating across a stage, flamenco is nothing other than noise, and a formless one at that. Handclapping, footstamping, castanets, *and the singing*: 'What's all that shouting about?' the cry goes up from those – invariably non-Spaniard – delighted by the picturesque imagery but unaccustomed to the distinctive tone of flamenco song. '*Those Spaniards!*'

Spaniards maybe, but such is the first inaccuracy. Flamenco is Andalusian and no Catalan, Galician, Aragonese or even Castilian, all of whom call themselves Spaniards, would necessarily claim to know anything about, let alone how to perform, flamenco. Some learn and often know a great deal or perform very well. But to be born with it, you have to be from Andalusia, the South. That is the first premise of this book. The second – more of an assertion and it will take longer to prove – is that flamenco, real flamenco, is amongst one of the most benevolent sounds not just in Spain but in the context of the music of the world.

In *A Rose for Winter* Laurie Lee describes the experience of listening to a fisherman singing 'an ecstatic *fandango*' in Algeciras:

2

At the beginning of each verse his limbs convulsed, as though gathering their strength; and at the end he reached such shuddering paroxysms of intricate invention that the whole room roared with praise. He sang through the nose, with the high-pitched cry of Africa, and he sang with the most natural grief and happiness, varying the words with little phrases of his own full of sly wickedness and tragic beauty.

Lee was lucky; he was writing in an era, the fifties, when spontaneous outbursts of ancient southern song could still be found – in the dingiest of spots – and it was often good; the era of mass tourism and Franco's appropriation of the form for its consumption were some years away. The recording industry was in its infancy; and there was no onus on creators of flamenco to join the cultural mainstream, to make names for themselves – acts of self-promotion might be the last thing on a performer's agenda. Even if Lee's description is redolent of the bloated prose so often used to describe flamenco – 'shuddering paroxysms', 'natural grief and happiness' and so on – he catches something that constitutes, or should constitute, the heart of this music: its foreignness. 'High-pitched cry of Africa' will perhaps seem a little less strange today than when all signs within twenty miles of Algeciras indicate that unprepossessing city in Arabic, often with an added arrow pointing to Tangier. But Lee was listening to something at the southern tip of Europe that owes its provenance to non-European culture, African (Arabic, not black), perhaps from further afield, and with injections from two great wandering peoples of the earth: the Jews and the gypsies. Flamenco is of course Spain's own (no one would think of singing it in Hebrew or some obsolete gypsy dialect), but it balances, like so much in Spain, on an inherent paradox: the music that so many of us admire, or find fascinating and exotic, and which we call 'flamenco', bears witness to all the major historical and ethnic upheavals of the Iberian peninsula over a thousand years. Yet to this day, in spite of its colourful identity and ability to be associated with anything Hispanic, it remains a marginal activity, of interest to a minority, and treated as a sideshow to 'official' Spanish culture. What it represents is in fact at odds with the

3

nation's historical destiny, enfeebled though that became in the centuries of Spain's political decline – until, that is, her recent resurgence; now that there is less to fight against, what place *does* this plangent idiom have in the modern world? It is a question to which this book will attempt to posit some suggested, optional answers; unfortunately, there is neither a single nor definitive one.

Something that the book will not attempt to do is retell the complex tale of Spain's history. There are numerous scholars and historians better qualified than this author to fulfil the task; it has been done and will continue to be done with great frequency, and sometimes with great skill. Certain dates, however, certain facts, are unignorable. One which no Spaniard will be allowed to forget, even if he wanted to, is 1492; or, more accurately, 1992. Preparations for the 500th anniversary of the discovery of the New World have, for the last four or five years, been intense. Public life has been geared towards 'getting it right' for the big year, which sees the Olympic Games being held in Barcelona, the opening of European economic borders and Spain's membership of the EC ratified, Madrid as the cultural capital of Europe and, most grandiosely of all, the fourth universal Expo since the war, in Seville. Everything, from the elimination of ETA (the Basque terrorist organisation) to the opening of a Paris–Lyon-style highspeed rail-link between Madrid and Seville, along with a projected network of motorways across Andalusia, is being planned for 1992, so much so that Spaniards are already weary of the idea. It is a weariness tinged with an unsurprising dose of cynicism about the whole business: government promises of 'getting it right' make good advertising copy in policy handouts, but no one believes that whoever is in power – Socialists, the People's Party, the United Left – stands a chance of sorting out Spain's deeply ingrained economic and social archaisms in a few years; it will take decades and more than mere politics to redress the balance of more than a century of national stagnation. As for Expo and highspeed rail-links, nothing's changed in the South: life moves at its own chosen, minimal speed and neither motorways nor Columbus's voyages 500 years ago are likely to have any effect on that.

4

Introduction

And what exactly was Columbus after? In his own mind, perhaps, his expeditions were for the glory of God, and his patrons, the Catholic Monarchs Ferdinand and Isabella, were happy to endorse his acts of high faith. What they were after was rather more mundane: they needed gold to raise an army of sufficient might to chase the Saracens out of Jerusalem, which in its own way had a missionary, if mercenary, zeal about it.[1] Spain, however, was to prove enough of a bone of contention for them not to have time to look after the faith in the Middle East, their attentions being drawn to the hounding of religious minorities and the consolidation of the powers of the Inquisition at home. Spain was only to start being enriched by New World (Latin American, to be precise) booty half a century after their deaths, and its discovery wasn't Columbus's.

By this time, the Peninsula was politically and ethnically a very different place to what it had been for the previous seven centuries; enriched by the Conquistadors, yes, but morally and culturally in abeyance. The expulsion of the Jews in 1492 and of the Moors a century later left considerable social and spiritual lacunae that pitted the country's by now well-known landscape of ethnic variety, and was to do her no good in succeeding centuries. The arrival of the gypsies was an added headache for kings, inquisitors and social administrators throughout the sixteenth and seventeenth centuries, with draconian laws passed to prevent their proliferation and assimilation – all of which was propitious for flamenco. The discovery of the New World was the nail in the coffin for the cultural fringe – another four centuries would have to pass before a note of flamenco became acceptable to bourgeois audiences – but it ushered in the legendary Siglo de Oro, the Golden Age, with its base at Madrid and which gave to the world Cervantes, Lope de Vega, Quevedo, Velázquez, Murillo, El Greco, Goya. . . . This was a Castilian-Catholic culture, responding to unheard-of wealth brought back to Spain by the likes of Cortés and Pizarro a century earlier from the plundered territories across Columbus's ocean; their behaviour there was solid match for the excesses of the Inquisition in the Peninsula, and between them they represent an undistinguished period in the history of the country.

5

Still, in the hands of rhetoricians espousing a reactionary cause, the achievements of the Siglo de Oro can be made to sound essential to the greatness of Spain, linked to the necessity of purging her of alien elements. In *The Spanish Civil War* Hugh Thomas quotes an extraordinary speech delivered by the monarchist poet José María Pemán on Queipo de Llano's Nationalist takeover of Seville in 1936, which is a wonderful summary of a crazy form of cultural imperialism, uniquely Hispanic: he celebrated 'a new war of independence, a new Reconquista, a new expulsion of the Moors! . . . Twenty centuries of Christian civilisation are at our backs; we fight for love and honour, for the paintings of Velázquez, for the comedies of Lope de Vega, for Don Quixote and for El Escorial . . . we fight also for the Pantheon, for Rome, for Europe, and for the entire world. . . .'[2] This can't be far from the mentality that conquered a continent and became its nightmare. If Seville was, as is claimed, the centre of radically new channels of trade, commerce and cultural cross-exchange, the methods chosen by Castile to impose them will firmly not be celebrated at Expo: the finding of the Americas was a major event in the history of man; Spain's colonisation of them is still, as an ex-Director of the Biblioteca Nacional, Juan Pablo Fusi Aizpurua, testifies, something of a national embarrassment.[3]

Seville will have no trouble celebrating itself. It is a city galvanised by frequent celebrations, no more so than during Holy Week and the Feria each year, taking place within a week or two weeks of each other. Holy Week is an excuse for untrammelled paganism; the Fair – it is better as 'La Feria' – for riotous, if classy, assembly. It's no coincidence that Expo should start in time for them both, in a suitable conjunction of ancient and modern. More will be said about this extraordinary place, the regional capital of Andalusia, at a later stage in this book; for the moment, it will serve admirably as a paradigm of all that is striking about modern Spain. Noise has already been mentioned; there's also dirt, traffic, the highest unemployment rate in the country, crime, drugs, prostitution and wholesale backwardness – as one *madrileño* put it to me when describing his posting from Madrid to Seville as marketing representative for a publishing company, 'Bilbao, or Barcelona, fine; but Seville! It's practically Africa. . . .'[4] Many also deplore the building policies of the sixties and seventies which attacked the outskirts of the city, turning it from one of the most evocative skylines of southern Europe into a concrete blur with the architectural tact of modern Belgrade. These policies are not distantly related to the gypsy clearances from Triana, the traditional birthplace of important strands of flamenco, now a haven of yuppie development.

For all that, it still remains one of the most irresistible cities in Spain. Standing on the Bridge of Triana at night, looking down the Guadalquivir river towards the Maestranza bullring to the left and calle Betis to the right, both illuminated by lighting seemingly made for the slow waters beneath and ahead of you, the sensation of being transported through a time-warp is unmistakable. You might (ignoring the outskirts) be seduced into an idea of civic perfection, of a place surely designed for luring eyes and ears into a physiological secret centuries after it was bequeathed by people superior in sensual knowledge to all of us. The Torre del Oro, the Moorish tower some way beyond the white, sculptural arc of the Maestranza, speaks eloquently of this people, its architectural certainty a wilful complement to the ornamental arrogance of the Giralda, the glorious twelfth-century minaret further to the left, dominating the city centre. It dominates the cathedral too, one of the most monstrous Gothic constructions anywhere, grotesque reproof of its Muslim forebears and failing, in a squat, repressive sort of way, to supplant the spatial imaginativeness of those Semitic conquerors. And if the truth be told, Christian Spain is at its lowest ebb since Muslim times, particularly in Andalusia, where church attendance on Sundays is less than in any other region in Spain, though people all over the South still flock to the festivals, the processions – any excuse, spiritual or secular, to enjoy themselves. . . .

Spain as a whole is having fun. She has changed dramatically not just over 500 years but over the last fifty. If Franco's dictatorship had little to recommend it, it did at least lay to rest once and for all ancient quarrels which only took concrete ideological

7

and political form in the twentieth century; the forces of the Inquisition and anti-clericalism, transformed broadly into Nationalism and Republicanism by the time of the Civil War, had been brewing for centuries. The brutalities that exploded in that war were a purgation of civil and social hatred that had more to do with hunger, exploitation, the might of Church, army and the landowners than with Marxism or Hitler's more meticulously organised version of fascism in the north of Europe. Spain had always been too poor to become a threatening international military machine. The subsequent political isolation of the Peninsula, crippling though it was for anyone who dissented from Franco's simplistic ideas of nationhood, was also a time of creative silence, when the democratic energies unleashed in the mid-seventies after the *generalísimo*'s death were allowed to take root. Considering how far back the earlier energies of hatred went, Spain was lucky to get away with an aberration as slight as Colonel Tejero's abortive Army *coup* in 1981: but popular democracy, supported to the hilt by King Juan Carlos, had ripened; memories not only of ancient quarrels but of forty years of political stupidity had been buried, and the Spaniards' enthusiasm for their new-found freedom has continued unabated.

The country is presently enjoying a period of prosperity, stability and maturer standing in the international community. There is still, I believe, a way to go; but the changes that have occurred in as little as twenty years are nothing short of miraculous. This is neither the time nor place for statistics, but put neatly, once again by Mr Fusi, who was vigorously defending the merits of Spanish democracy and admitting his debt to the phrase's originator, 'You've never had it so good.'[5] Most Spaniards, whether peasants, writers or kings, would applaud that.

Whether prosperity is a good thing for flamenco is debatable. There is much leisure in flamenco, but there is a lot of pain and protest too, which have a deep historical dimension. If Spain plays too hard, there is a risk that the sharper edge of flamenco will be neither performed nor demanded, that it will become a cosy echo of what it should be, and this would be disastrous for the art. No one can resent the spectacle of Spaniards having a good time; that is what makes visiting Spain the thrill it is (non-musical noise aside). But anyone who loves and tries to understand the country might tactfully suggest that they do not forget their past – it is a rich one, but happens to contain long periods of chronic social and political unhappiness, and it is essential that they should continue to remember it; the darker sides of Spanish history are a vital constituent of the country's musical identity and no one present, when a flamenco singer summons it up from somewhere inside him, will fail to recognise this. It comprises one of the richest musical experiences available to anyone prepared to listen.

The subject of flamenco for any writer, however, Spanish or otherwise, is a minefield. Flamenco is an idiom fraught with aesthetic subjectivities and regional rivalries. Generally speaking, there are, as in any dialectic over form and content, two camps: the traditionalist and the progressive. The traditionalists say that flamenco has gone to the dogs, hijacked by impresarios whose interest in their artists is damagingly commercial; that it has become so adulterated to suit public taste that its musical and spiritual essence has vanished forever; that the old art has simply become a tool of the tourist industry, a cheap imitation and transgression of an ancient ritual; that modern performers are learning 'sophisticated' techniques which have no place in the flamenco repertoire. The progressives, on the other hand, say that it has a great future, that developments of any outside kind are to be welcomed as signs of flamenco's ability to adapt to contemporary musical influences, thereby confirming its status as an improvisatory or 'open' form; that if *juergas* (private flamenco 'parties') have gone, along with the whole *señorito* system, whereby rich young things from the landowning classes would pay for gypsies of known talent to perform for an agreed fee, then that can only be good for gypsies, who now command, often through agents, their own fees. . . . If flamenco has disappeared from the hearth and small towns, its spontaneity spoilt by modern musical graftings, says the same camp, this is only because if flamenco is to survive at all it must move with the times. Performers with talent and ambition naturally go to the big cities and take to the stage, where they can learn, earn, tour, perhaps make a stab at stardom. There are indeed strong arguments for suggesting that the best flamenco *is* now to be found in theatrical form, a notion which contains an inherent contradiction, as will be seen.

A distinctive trend is in the development of the guitar. In the evolution of flamenco, the instrument takes a tertiary rôle, after song and dance, which it once existed solely to accompany. Half a century ago, however, there appeared a number of players whose technical facility took the guitar out of the domain of pure accompaniment into that of solo performance. Flamenco-guitar soloists are now proliferating, accepted as musicians who are free to seek and carve out careers like any violinist, pianist or saxophonist. *El toque*, as the art of flamenco guitar is known, is in the ascendant and greatly in demand, as much outside Spain as inside; and indeed some would claim that, in the face of conservative taste, the chances of any more than a tiny handful of guitarists making a significant solo career in their country of origin, particularly if they are gypsy, are slight. This view might be borne out by the example of the man considered by players today to be the father of the modern solo instrument, Agustín Castellón Campos, 'Sabicas'.

Born a gypsy in 1912 in Pamplona, in the North (one of the few refutations in this book of its premise that flamenco is innately Andalusian), he left Spain for America in 1937, thus escaping the Civil War, but never returned. His Republican sympathies prevented him from doing so in safety. A long and much-advertised love affair with the great dancer, Carmen Amaya, assured him a secure place in flamenco mythology probably before his musical talents had been publicly noticed; when it finished, his maestrodom was a matter of course, and drew many acolytes and eager visitors from Spain, fascinated no doubt not only by his playing but by how he could stay away from the only country in the world which understood his art. His legacy permeates contemporary playing, transmitted as it was for decades through recordings and across an ocean; he died in

Introduction

New York on Easter Saturday 1990, in the same city of adoption as, and a day before, Greta Garbo. Spain's premier newspaper, *El Pais*, allotted the Swedish actress, who hadn't practised her art for half a century, a two-page centre spread in praise, obits and encomia; Sabicas, who continued playing and thinking flamenco to the end, was disposed of in three columns of undemonstrative copy a few pages later.[6] The traditional marginalisation of flamenco was nowhere better manifested than in this act of editorial tactlessness, rendered more ignominious by the fact that *El Pais* is a paper with sympathies usually well left of centre. That Sabicas was a guitarist, amongst the greatest of his kind this century, was of little help on his road to posthumous glory inside Spain, despite his long absence from the country, though the local government to its credit paid for his remains to be transported to and buried in Pamplona. His real remains, however – his playing – will lie in the musical memories of a small number of gifted guitarists, and is unlikely to have been documented by anyone. It is negligence of, oddly, a politicocultural kind rather than a musical one.

Still, the flamenco guitar is on its own heady road to maximum development, so much so that purists worry about it staying within the flamenco orbit at all. The Paganini factor, the demand and clamour for virtuosi, has beset an instrument which with its myriad dynamic and percussive range tempts players of great talent to deliver it from its origins, without shame. Commerce, in the form of concert tours and lucrative recording contracts, of course plays no small part in this, with the result that often the best flamenco guitarists, those who play in a particularly pure, unsullied style, are not, ironically, heard outside Spain at all, and when heard there are ignored. The clowns, meanwhile, hog the limelight and make a mockery of the instrument. The best example of this phenomenon is Manitas de Plata, who for twenty years has successfully hoodwinked a public ready for anything 'exotic' that he plays flamenco guitar – guitar it may be, but flamenco it decidedly is not and I rather doubt whether it has got much to do with the guitar either; and he's not even Spanish. Nor are the Gypsy Kings, fabulously successful in the 1990s and riding at the crest of the 'flamenco-fusion' wave

11

which emerged in the mid-eighties, but at least their rhythms are correct – even if they are based on only one, the *rumba*.

Back in the traditionalist camp, there is one overriding concern amongst older players, entrenched *aficionados* and commentators: the inability of these younger players, inheritors all of the Sabicas legacy, to *accompany*. However brilliant as soloists, the acid test of their flamenco credentials is how they perform with singers and dancers. In fact, the art of accompaniment is healthy, though it lies in the hands (or fingers) of those kinds of players already mentioned whose renown is delimited usually by their geographical domain; Andalusian gypsies like Paco del Gastor, Moraíto Chico and Pedro Bacán are in the vanguard of accompaniment and of undisputed artistry, but hardly figure on anyone's list of contemporary international flamenco stars – and they don't need to. They perform principally in the South, are happy to do so and have made themselves known as fine accompanists. They are as concerned as any of their elders to sustain the traditions of flamenco guitar, while rightly adding their own musical discoveries to the range of the instrument's possibilities. Who could ask for more?

Well, there is more; the trajectory of the flamenco guitar as a solo instrument is, as has been mentioned, a recent one. If there is one player who has learnt from Sabicas's example, fought in Spain for the integrity of flamenco as a musical culture and yet done more than anyone to take the instrument into unimaginably sophisticated musical realms, it is a man from Algeciras named Francisco Sánchez Gómez – known under his artistic name as Paco de Lucía.

This guitarist is by the standards of any solo instrument-playing as close to genius as one will find in the history of post-war music. His influence on the development of the guitar in general derives from notable precursors – Ramón Montoya, Niño Ricardo and of course Sabicas – but his style, his sheer technique, is of an elevation that makes these pioneers sound like agreeable primitives. It is due to him that the solo flamenco guitar is something people now enjoy and pay to listen to the world over in concert conditions, a situation unthinkable even as little as thirty years ago. It is also largely due to him that the music of flamenco, as embodied in the guitar, has evolved so dramatically away from its quintessential gypsy, or *jondo*, origins; and while no one would complain about Paco de Lucía *per se*, plenty raise their voices against the sin of all sins in the purists' catechism, adulteration. More will be said on both these subjects, Paco de Lucía and flamenco's development (or decline, whichever way you look at it), in later chapters.

In the field of song and dance – *el cante* and *el baile* – developments have been slower. Both rely on some form of accompaniment, percussive, stringed or otherwise, for performance and cannot really exist, unlike the guitar, in isolation. Their relationship with the accompanying instrument is a symbiotic one and both are governed – or should be – by perhaps stricter conventions than the agile, improvisatory fingers of the finest guitarists. It is also easier for guitarists to get recording contracts, and people who have any feel for rhythm and intimate melody like listening to them; the same cannot be said of singers, whose art is altogether more rugged, primitive, specialised and difficult. They also sing in Spanish, in a coarse and highly stretched idiolect, which cuts out not only non-Hispanophones but the Spaniards themselves, who frequently complain that they find this gypsy wailing impenetrable.

Song, however, is the dominant force in flamenco, both historically and amongst the purists, players and critics, whose understanding of the art is governed by the practice and sounds of *cante*. Even so internationally fêted a guitarist as Paco Peña claims that his music makes little sense without an awareness of the singing from which it derives.[7] Inside Spain, for those who listen with *afición*, flamenco *is* the singing; even for those who aren't interested, in Spain it is impossible to be unaware of El Camarón de la Isla, who in the last decade has attained popstar status, and brought *cante* in all its passionate roughness to the ears of millions who may never have listened to a note of it before. In general, however, its origins as a folk idiom from the South preclude it from being part of the everyday musical mainstream; and while some of it is marvellous, much of it is extremely bad, or extremely boring, or both, which goes for dancing too. There are few enough good singers and dancers

13

around anyway; and the fact that their art is both a strenuous discipline and a minority interest does not make either *el cante* or *el baile* obvious candidates for bending to the vicissitudes of popular taste. Their ability to evolve rapidly is inherently limited. However, to espouse the view of one gypsy progressive from Granada, José Heredia, 'If one part of the flamenco "trio" [song, dance, guitar] changes, as the guitar has, then the others must change with it.' That's fair comment and represents an honest, if rarely expressed, hope for flamenco's great future.[8]

Traditionalists versus progressives; purists versus experimentalists: the dichotomy exists in any debate over most art forms. If in flamenco it is especially acute, this is because the debate is not just musical; it is cultural, geographical, even political, involving questions of racial heritage, regional preeminence, and the identity of Spain itself. Like most things in Spain, flamenco is, above all, subject to the gravity of topography. In map terms, the culture stretches from Badajoz in the West to Murcia in the East; in between is Andalusia, with its eight provinces each laying claim to a specific form of flamenco and often fighting over them – and when it is discovered that the *fandango* of Huelva in the south-west corner of the area is different in each village in the province, research becomes positively surreal. But the South is one thing; there's also Madrid, which will be as important a character in this book as any Andalusian city. Pamplona as the birthplace of Sabicas has been mentioned; then there's Valladolid, in Castile, where Vicente Escudero, probably the greatest innovator of male flamenco dance, came from, and Barcelona, home of Carmen Amaya.

Contradictions are rife and three obvious ones have already raised themselves against the thesis so far – that to be born with flamenco, you have to be from Andalusia; Sabicas, Escudero and Amaya were not. The fact that they were not has probably got more to do with Spain than with flamenco, and this complex theme will of course also be explored.

Meanwhile, no one has yet resolved where flamenco began, and it would be foolhardy for anyone to try; but all agree firmly that it came from the South. No one has clarified precisely from where the gypsies of Andalusia arrived, yet no one doubts that they are of Eastern origin; ethnically, they remain a mystery. No one has stated that flamenco belongs categorically to the gypsies, yet none would deny that if they have contributed to Spanish culture it is above all in their song and dance. Flamenco contains a debate of undecided opposites; two things seem equally true at once and there are few rules – if there are, truths tend to exist as exceptions to them. Ultimately, it boils down to individuals, and individual performances; as in any art, the best arises from an artist's interpretation, his manner and intensity of expression, and contemporary expectations of the real art of flamenco are thankfully high.

1

The Gardens of New Arabia

> As for those that have faith and do good works, they shall
> be admitted to gardens watered by running streams, in
> which, by their Lord's leave, they shall abide for ever.
> Their greeting shall be 'Peace!'
>
> The Koran, 'Abraham'

The Muslim occupation of Spain between 711 and 1492 must
rank as one of the unlikeliest episodes in the 2,000 years of
European history after Christ. There is no doubt that it *was* an
occupation, nor that the occupiers were non-Europeans, from
Africa and further east: Arabs, that is, or more generally Sem-
ites; the Muslim mêlée technically breaks down into a large
quantity of national groupings – Berbers, Syrians, Egyptians and
the like. Doubts arise, however, over what exactly these people
were doing there, what they wanted from Spain, and above all
over what they contributed to the country's history; flamenco a
minefield perhaps – these are shark-infested waters.

The problems of 'Moorish Spain' exist between myth and
reality, wishful thinking and the tiresome facts of history. There
is a tendency to suppose that the deliverance of the Iberian
Peninsula from Visigothic anarchy by a territorially ambitious
and spiritually fired people from across the Straits of Gibraltar
led to the founding of a new order which, in the best circumstances, might have resulted in Spain sustaining a civilisation as
'eternal' as that of Athens and Rome; such is wishful thinking.
In some ways it did happen: Muslim Spain was a remarkable
phenomenon and has no historical counterpart elsewhere in

17

Europe (apart from Sicily, briefly); in temporal terms, which decree that all civilisations are finite – like Greece and Rome – it did not and could never have. Indeed, political circumstances for the Muslims in Spain were from the start adverse, even if their contribution to the sum of all civilised possibilities was magnificent. Their demise in the Peninsula is forever to be lamented, though not, as Henry Kamen has suggested, to be construed as lastingly damaging to Spain.[1] The country later went into decline, certainly, after two centuries of empire-building and prodigious natural cultural and economic enrichment, with its attendant religious fanaticism; this, however, had more to do with a debilitated monarchy, endemic corruption and a rigidly imposed caste-like society than loss of racial or cultural confidence. With her empire in the Americas fading, Spain imploded in the eighteenth century and it was her successive managers' fault, not that of a failure to live up to her former mediaeval glory – or learn from its political indigence.

'Muslim Spain' is not an easy concept to define, any more than the word 'Moor' is – a term (used in English to describe anyone of Muslim origins in the Peninsula) that will generally be avoided from here on: it derives probably from Mauritania in North West Africa, and the 'Moors' were so nominated in the Middle Ages as the Muslims who remained in Spain after the Christian Reconquista; today it is still used in the same way as the word 'barbarian' might be in other parts of Europe. The scholars prefer 'Spanish Muslims' and 'Spanish Christians', those who populated the Peninsula for the 800 years of Muslim rule, and they are right: the ethnic mix of the period is a wonderful concoction of race, creed and language which is a great deal more than the summation 'Moor' can possibly denote.[2] 'Moorish' is better for an architectural style than as an adjective derived from a shifting, quarrelsome mass of Muslim *arrivistes*, which is what the conquerors were; and of course the very word 'conqueror' is something of a misnomer too, as they only ended up with half of Spain. They never subjugated Asturias, in the North, and from their defeat at Tours in France in 732 suffered a shrinking kingdom until in 1180, they resided below a jagged line running from Lisbon to Valencia. By the end of the following century, only Granada was in their hands; indeed, it is one of the more astonishing facts of mediaeval Spain that that city and province, under the Nasrids, lasted for as long as it did.

It is essential to an understanding of this period to see at the outset that the Muslim conquest triggered the Reconquista; some say that the latter began with Pelayo's defeat of the Muslims at Cavadonga in Asturias in 718. Uncertain in its aims at the start, it gained an unrelenting momentum for as long as the Muslims were present and forged the Castilian-Catholic hegemony that was to create modern Spain, its own dynastic infighting notwithstanding. This took roughly the same time it did for the English to recover from the Norman Conquest and defeat Napoleon, which says much about the tenacity of the Muslims in that European corner they made indelibly theirs, as well as about the chaos of the Spanish crown north of Toledo at the turn of the millennium. What cannot be satisfactorily disproven is that the Muslims failed to hold on to Spain partly because of the subsequent dynastic success and might of a united Castile and Aragon, and partly because of an innate – one might also say genetic – inability to resolve their tribal and political differences.

In a sense, the invaders brought their quarrels with them. Made up of Arabs, Syrians, Egyptians and Berbers, the expeditionary force led by Tariq Ibn-Ziryab – after whom Gibraltar, where he landed, is named (*jabal* = mountain, hence 'Jabal Tariq', a short journey to 'Gibraltar') – was an almost chemically arranged formula for racial explosion. The conquest achieved, the name of the territory with the densest concentration of Muslims became al-Andalus; it was theirs for the developing. But as Michael Jacobs in a recent book on Andalusia adds, 'Racial tensions between the Spanish Muslims were inevitable, and far more damaging to begin with than any threat from the Christians.' He continues:

They were complicated by opposing factions within the individual races, the situation thus created in eighth-century Cordoba being not unlike that of present-day Beirut. The greatest friction was between the Arabs and the Berbers, who felt

19

quite rightly that the Arabs were discriminating against them. A Berber revolt broke out in North Africa in 740 and soon threatened Cordoba. An army was sent from Damascus headed by Balj Ibn-Bishr, who eventually defeated the Berbers at Cordoba but then took the opportunity to make himself emir. The partisans of the deposed emir were mainly Yemenites or Southern Arabs, and they entered a bloody conflict with the soldiers of Balj, who were mainly Qaysites or northern Arabs.[3]

Thus Yemenites and Qaysites were added to the list of invaders; and over the centuries refugees from the fragmented dynasties of the Middle East were to land in the South in alarming succession. The result was a series of brutal campaigns waged between dynastic houses, transported directly from the desert, which in a rather terrifying way belie the so-called 'civilised' tarnish of al-Andalus. One only has to immerse oneself in the first 400 pages of Reinhart Dozy's pioneering treatise on Arab Spain, *Spanish Islam*, to appreciate quite how bloody the establishment of this European Greater Arabia was; it makes some more modern civil wars seem like sibling rivalry.

Jacobs' reference to Beirut is acute: the spectacle of Muslim factions bent on mutual self-destruction, often for rarefied religious reasons, is uncomfortably familiar. The tragedy of Beirut is still with us; and only recently, Iraq under Saddam Hussein attempted to 'absorb' Kuwait in an act of world-conquering Arabic fervour that mirrored exactly the intentions of former Baghdad butchers.

Moreover, returning to those distant times, the Muslim invasion of Spain in 711 was equally in keeping with the tide of Islamic expansion after the death of Mohammed in 632; Islam itself was born in the throes of fierce, theological power struggles, as exemplified by the wars between the holy cities of Mecca and Medina at the time of the prophet. The militaristic character of Islam's proliferation throughout the southern Mediterranean and Middle East was underpinned, as is much pan-Arabism today, by the concept of the *jihad*, the Holy War. Spain, and to a lesser extent Sicily, were both objects of this super-

20

crusading mentality; if its enactment was severely compromised, it was partly because of an ancient rival, Judaism, partly because of a relatively new (though still pre-Islamic) one, Christianity, but very largely because of a plethora of internal dynastic disagreements. These themselves were exacerbated by the vast extent of the Arab empire.

At its height, this empire stretched from the Himalayas in the East to Tunisia and Morocco, and latterly Spain, in the West; it encompassed multitudinous races and sects, rather in the same way that the Soviet Union – the twentieth century's most visible excuse for an empire – did until very recently. The great cities of Mecca, Medina, Damascus, Baghdad, Basra, Cairo and Fez all jostled with one another at different times for political, religious and cultural pre-eminence; Damascus, seat of the Umayyad dynasty, and Baghdad, seat of the Abbasids, emerged as the centres of power, while Mecca became the focus of Islamic pilgrimage and worship. Given this enormous geopolitical patchwork, it is no wonder that its rulers and subjects found it hard to agree – the tenuous threads keeping it together were inevitably going to fall apart and the occupation of Spain was a valiant, if inevitably flawed attempt to keep it together. Much of what was good about it is still in evidence today, both in Spain and the Muslim world. In the ultimate disintegration of al-Andalus, however, can be seen, in historical microcosm, the very things that were to destroy the empire as a whole; the immediate effect of this process was the almost total eradication of Islam as a significant force in the West, of which all of us alive in Europe today are the legatees.

'Spain under the caliphate,' says Philip Hitti, 'was one of the wealthiest and most thickly populated lands of Europe.'[4] Not only was it rich and populous, but it was also one of the liveliest centres for Mediterranean trade, and a fecund repository of various cultures and religions; the fact that it was these things is due almost entirely to the presence of the Muslims.

The emphasis so far has been on the political brittleness and

21

tribalism of the Muslims; fostered in the Middle East, these tendencies were, as has been mentioned, simply translated to Spain. Andalusia, however, was and is very different terrain to North Africa and the mid-Asian desert. Arab writings on al-Andalus speak of the sweetness of the land, its natural beauty and lush contours, its waters, fruit and soothing climate – curious epithets, perhaps, in northern European eyes, whose traditional vision of southern Spain is of a dry, barren and impoverished place which for much of the year is extremely hot.* For the Muslims, used to impossible temperatures and oceans of sand, the water and trees, as well as the birds and bees, would have been symptoms of paradise.[5] There is a clear Arcadian strain to a lot of Moorish verse, for example, evidence of a sensual reaction to landscape not dissimilar to the idyll Tuscan painters of the *trecento* and *quattrocento* described in their canvases. Pointing to the new themes of poetry written in Muslim Spain, Titus Burckhardt highlights their 'descriptions of nature' and has this to say: 'It is as if an artistic talent, which in the Moorish world could not find an outlet either in painting or in representational sculpture, were being expressed in poetry.'[6] It is not, I believe, wholly fanciful to suggest that having established themselves in Spain, especially Andalusia, the occupiers found their long-entrenched enmities somehow assuaged by the unaccustomed fertility of the land around them – eventually; and that a vital chemistry between inherent racial intelligence and geophysical abundance, only ever dreamed of, played a distinct rôle in the success of the civilisation that followed.

The era of the caliphate was marked by its ideological tolerance, in religious matters, and an extraordinary exploration, in the intellectual sphere, of learning and cultural awareness. These we will come to. On a practical level, the favourable climate and soil of the South engendered an instinctive ability in the newcomers to cultivate the land, and above all distribute

---

* This takes no account of the modern, mass-touristic understanding of the South, formed by holidaying on the Costa del Sol, and the architectural and natural ruination that has come with it. Alicante, Almuñecar and Malaga were far more important as Muslim ports than as the garish resorts they are today.

it fairly. Canals were dug, grapes and olives grown, and such elementary items as rice, apricots, peaches, sugar-cane, cotton and oranges were all introduced by them. Their agricultural talents were second to none in the Mediterranean world and, with the mouthwatering gardens in the Generalife in Granada and of the Alcazars in Seville and Cordoba as flagships, this amounts to probably the most lasting achievement of Muslim Spain. The engineering perfection of the waterways of many parts of the South, particularly in Granada, is still not wholly understood. If the Muslims possessed an aquatic secret, it was not one they passed on to conquering Castile – it may be that the sacred attitude to water held by them in the desert, due to its scarcity, transmogrified in Andalusia into an abstract reverence on which plentiful supplies of it had an enabling effect; in a sense, the Muslims built with water, as the Alhambra amply testifies. The problem for the Christian victors, when they rid the Peninsula of Muslims in the fifteenth and sixteenth centuries, was that they let this secret return to the desert. Spanish water supplies, to say nothing of plumbing, have been substandard ever since.

The serfs, meanwhile, who had endured centuries of privation toiling on the Roman and Visigothic *latifundia* – vast private estates – were now allowed to hold on to more than half their crop yield; the Muslims were egalitarian about land and this attitude during their rule was about the only time it has been prevalent in Spain. After the Reconquista, large chunks of Andalusia were presented to aristocrats who had helped the monarchy de-Islamise the country, and thus it was up until and during the time of Franco, who did nothing to diminish the system of *caciquismo* – whereby rich landowners doubled as local political minders, doing favours for central government and above all keeping the labourers at bay. Franco did equally little about land reform, preferring to develop the tourist enclaves on the south and east coasts, and the industrial centres of the North. The poorer central and southern regions, Andalusia in particular, were kept in total political and agricultural subjugation, a state from which they are still emerging; for it was a glimpse, by the working population, of the possibility of self-determination in the early decades of the century that had, of course, caused all the trouble in the first place. *Latifundia*, though peasant conditions less and less, and *caciquismo* hardly ever, are still a feature of modern Andalusia.

Travelling through the region today, the impression one gets is neither of poverty nor of special prosperity; more of infinite variety, of landscape, colour, vegetation, even climate – and this must have appealed to those Muslims from the desert-lands too, with their inherited habitat of huge, monotonous horizons and implacable skies. Travel from Granada to Seville in the spring, and it is more than likely that you will leave swirling cloud, cold and rain behind you, and arrive in the regional capital in need of a T-shirt; the land between is by turns austerely mountainous and a lush, almost northern green, the banks either side of the road or railtrack thick with poppies and primroses.

You will also see a lot of farming, and smell it too – a strange observation to have to make for a predominantly rural area, perhaps. Modern agriculture, however, with its machinery, fertilisers and mass land-cultivation is new to Andalusia. The industries built on wine and olives, long the principal commodities of Spain as a whole but most of all in the South, with continual export outlets, were harnessed centuries ago. You cannot export fields; land is something that gives its best only with the permitted attention of a stable indigenous community, harvesting, husbanding and, within reason, bartering – in other words, farming. With the *latifundia*, there was no such thing as 'farming'; for centuries an unstable peasant class worked the land, often at the whim of absentee landowners – the *caciques* already mentioned – from season to season in atrocious conditions, remaining until recently one of the most impoverished labour forces in Europe. The situation was worsened by the gradual erosion of the terrain by sheep-grazing, encouraged in Andalusia after the Reconquista in the light of an emerging and lucrative international wool trade; by the eighteenth century, the land was bare, with a ragged working class to match it. As Gerald Brenan relates:

Even on the once fertile plains of Andalusia one went for hours without coming to a ploughed field; whole towns had disappeared, yet the misery and famine were so great that in 1750 the entire population of Andalusia decided to emigrate *en masse*. . . .[7]

It is hard to imagine today, wandering through the beautifully ordered olive groves of the plains of Jaen and Cordoba, the rich and well-watered fields of Seville, the Coto Doñana nature reserve in Huelva, the famous *vega* of Granada or the weird 'plastic-culture' sheets covering the fields of Almeria in the east, quite how poor Andalusia was. Subsequent to the departure of the Muslims and Jews, and as the gypsies arrived for the first time five centuries ago, it became poorer and poorer, until such poverty was the very insignia of the region, physically and symbolically. Flamenco was its musical manifestation; even if it is something very different now, at root it was, like jazz and blues, the art of the poor.

The rapid agricultural development of Andalusia today might be seen as a renewal of Spanish Muslim expertise with the land – with not a little help in subsidies from central government (made up of Socialist Andalusians). Revenues from tourism have helped, though the coastline has been wrecked as a result, for which Spain is now paying a heavy environmental price.[8] But Andalusia is a happier place in general than it has been for decades – some might say centuries; the inhabitants of the interior, of the small towns and villages, seem to have been able to hold on to their unhurried and unbeleaguered way of life while benefiting wholeheartedly from the technological advances with which most other Europeans are graced. Communications are not good, while urban traffic is terrifying; and it took the Andalusian gas company a shockingly long period to modernise the system in Seville, whose streets resembled bombed-out trenches for several years. Overall, though, there is an air of 'getting on'; politically, Andalusians are members of an autonomous region, with a parliament at Seville, though they are likely, if they are not *sevillanos*, to be closer to the policies of their local large town or provincial capital. Madrid is still considered 'the big one', for better or worse, and there is an argument for suggesting that Madrid has become an appendage of

Andalusia, distant as it is; it is a city full of Andalusians (as is Barcelona, for that matter), and its position on the flamenco map is a tendentious issue to which we will return. If the people of the South feel themselves to be 'Andalusian', it will be based on a much less strident sense of regional identity than someone from, say, Catalonia or Galicia. Andalusians are more likely to feel 'Spanish', quintessentially and profoundly, for so much that *is* Spanish, through history and culture, and as the world and the country itself see it, is Southern – and this can only help those Andalusians who emigrate to Madrid, heart of historically conquering Castile. In a very important sense, much of contemporary Spanish cultural self-consciousness derives its energy from the Andalusian heritage. Andalusians know this intuitively, and ride with it.

How much of this heritage is Arabic? The land we have already looked at, and there is of course the architecture – the Moorish buildings of Cordoba, Seville, Granada and elsewhere; these are the most impressive vestiges of the Muslims' genius with raw materials, incontestably amongst the greatest European monuments after those of imperial Rome. Over the vexed question of the Muslim 'spirit', historians are decidedly not in agreement. It is an immensely complicated area, which receives more attention than there is evidence to support the various arguments, themselves often hard to separate out from long-held prejudices, be they religious or ideological. If one were to probe the deeper layers of Spanish history, for which this book is not designed, exciting *minutiae* would be found to substantiate one line or another. In such endeavour, the debate attained its most sustained momentum in the works of Américo Castro and Claudio Sánchez Albornoz; these two historians took opposing sides in the discussion over the 'good' and 'bad' effects of Muslim Spain, the first being a theoretical optimist, the second a sceptic. In what are complex and erudite exegeses, the two writers broadly encapsulate the anti-Christian and anti-Muslim stances respectively, a crude opposition, but for our purposes that is about what it boils down to.[9]

The ins and outs of the debate must be skirted here. It is a long one, which is unlikely to end in conclusions; all the complications of Spain are contained in it, and these are no doubt best appreciated initially by going there, rather than reading about them cold. It should be stressed, however, that while the epoch of al-Andalus did not necessarily *form* the culture of post-Muslim Andalusia, it *informed* it to a palpable extent. The music, the literature, the folklore, even religion, but above all the people themselves speak of it. It is a matter of attitude, or mentality, and it will be encountered again and again in flamenco.

Having skirted the historians, one is drawn irresistibly back to Gerald Brenan to sound a decisive note in the argument, without actually resolving it. If we are to believe him, in a telling statement at the end of the Preface to *The Spanish Labyrinth*, all of Spain – her destiny itself – has been moulded by the Muslim experience. It is worth quoting it at length:

> The long and bitter experience which Spaniards have had of the workings of bureaucracy has led them to stress the superiority of society to government, of custom to law, of the judgement of neighbours to legal forms of justice and to insist on the need for an inner faith or ideology, since this alone will enable men to act as they should, in mutual harmony, without the need for compulsion. It is a religious ideal, and if it has struck so much deeper roots in Spain than in other European countries, that is no doubt due largely to the influence of Moslem ideas upon a Christian community. The deeper layers of Spanish political thought and feeling are Oriental.[10]

This inspired observation almost amounts to an expression of a common sentiment about Spain: that it is a country that takes a relaxed attitude to the 'serious' or formal things of life (and nowhere could this be said to be more true than in Andalusia). I say 'almost' advisedly; for Brenan's view, a full-blooded defence of individualism, was one promulgated in extreme circumstances. Spain was still living in the shadow of one of the century's most fratricidal wars and his words come at the beginning of a book on the origins of the conflict. Memories of the murderousness of the Civil War inevitably coloured his vision of Spanish history: what on earth can be good about this country? he seems to ask throughout the book. To fall upon Spain's 'orientalism' – as less astute commentators had before him – and the good that could be associated with it, was like a breath of pure oxygen in a battlefield of poison gases. It is not an untenable view, or at least it is one with which it is hard not to sympathise.

Brenan was a passionate individualist – liberal, educated, rebellious, optimistic, above all English. What he saw happening to Spain subsequent to Franco's victory offended not only his own sensibilities as both an outsider and someone who loved the country; fascist Spain was also an assault on his understanding of what he knew Spaniards were capable of and were then being denied: an uncanny ability for living out and expressing a very particular kind of human freedom. It is spiritual freedom of which he is really speaking, that 'inner faith' and 'religious ideal' which show in all kinds of Spanish art.

If so much of this art has to do with tragedy, then that is because of the Spaniards' unique and fearful experience of history, the 'vital structure' of history that Américo Castro frequently refers to, which is defined less by a succession of events than by the life of the people themselves. The history of the Peninsula is darkly shaded, with sudden bursts of sumptuous illumination – 'the chimes of freedom flashing', as a more modern troubadour put it.[11] It is a pattern that has fuelled the Spanish aesthetic and will continue to do so – and flamenco is inextricably bound to it, an art form where much darkness is suffused with regular flashes of exuberance.

It is tempting to add that the Muslim dimension of this history, where everything started, colours *all*, but this is too easy. Christian Spain gave the world one of the mightiest powers of the post-mediaeval era and, in doing away with much of this Arabism, ensured at the outset the certain success and endurance of Western culture. Where, in global – or western hemispherical – terms, flamenco or anything remotely oriental fits into this scheme of things is rather hard to determine; what is sure, ironically enough, is that at the end of the day Spain herself lost out almost completely.

This still leaves unanswered the question as to why the Muslims came to Spain in the first place. The legend has it that the Visigothic ruler Roderic defiled the daughter of a merchant called Julian; the latter is supposed to have called upon Tariq Ibn-Ziryab to avenge him by full-scale invasion. Whatever truth or lack of it this version of events contains, the inhabitants of the Peninsula would certainly have welcomed the invaders; the Visigothic kingdom was decrepit, its rulers corrupt and venal, their subjects impoverished. This included a large population of Jews. In 616 a decree to confiscate their property and enforce baptism was issued, which led, not for the first or last time in Spain, to wholesale persecution. The Muslims later repealed the anti-Jewish law, encouraging and respecting the Jews' integration into a new hybrid society. Moreover, the Jews would have had little difficulty in adapting to the Arab language – Hebrew and Arabic share the same Semitic origins – and the races' respective theologies were compatible in their ideas about the oneness and omnipotence of God. This augured well for the harmonious relations that existed between the two religions for almost 800 years, a notion almost incomprehensible in today's Middle Eastern climate.

Even if the Muslims were asked over, it is unlikely that they needed an invitation. Andalusia was fruit ripe for plucking, and a conquering race requires no excuse to go forth and enrich itself if the opportunity arises. There was also the allure of legendary wealth left behind in the South by the Tartessians, a mythical race who are supposed to have flourished some time between 2,000 and 500 BC. Their existence has never been proven, but this probably didn't worry the Muslims, any more than it did the Romans, Greeks or Phoenicians before them. It mattered only that Andalusia was a repository of putative treasure, and the Muslims were the only foreign people who truly turned this to their advantage.

After the Berber rebellion of 740, a wave of Syrians from the disintegrating caliphate of Damascus arrived, easing the passage of the first of the great Umayyad emirs of al-Andalus, Abd al-Rahman I. In a remarkable journey from Damascus, he crossed from the Middle East via North Africa to south-west Europe to found an extension – or create a resurrection – of Umayyad power and culture in the city that produced the finest flowering of pre-Renaissance civilisation – Cordoba. It lasted until 1236. It is to the cities that we must now turn.

2

The Gilded Triangle: Cordoba, Seville, Granada

Las mil torres del mundo, contra un ocaso de oro,
levantan en hermosura frente a mi pensamiento.
Un éstasis de piedra de mil arquitecturas,
en un deslumbramiento, me lleva, mudo y ciego.

(The world's thousand towers against a golden sunset raise
their beauty before my mind. An ecstasy of stone in a
thousand shapes is a dazzlement, and carries me away mute
and blind.)

Juan Ramón Jiménez, 'Retorno'

There is an area of south-west Andalusia which is said to contain
something called the 'flamenco triangle'. Its apex at Seville, it
encompasses a variety of towns and villages down to the coast
at Cadiz and surrounding ports. If you look on the map, there's
very little about it that resembles a triangle; the flamenco 'route'
in fact follows a line, through Utrera and Lebrija, to Jerez de la
Frontera – perhaps the most important flamenco town of all –
then on to the coast. The notion of a triangle is itself likely to
have arisen from an enchanted Tartessian swathe of land south
of Seville following the Guadalquivir towards the river's delta
at Sanlúcar de Barrameda, and which probably accounts for the
mystical hocus pocus that surrounds the annual pilgrimage to
El Rocío nearby.

The real triangle, geometrically speaking, is created by the
three great pre-Reconquista Muslim capitals of Cordoba,

Seville and Granada. There is an agreeable historical symmetry to the pattern: the apex, Cordoba, hangs on a straight line running obliquely south from the Visigothic capital Toledo; move, according to the order of these cities' mediaeval ascendancy, in an anti-clockwise direction down the left side of the triangle and you come to Seville; the base takes you to Granada, Christianised in 1492. Post-Reconquista chronology takes you through Cordoba back up to Toledo, where we started: the whole shape, finally, hangs on a short thread north from Toledo to the city made the capital of Spain by Emperor Charles V, Madrid. A curious irony makes Madrid a modern capital of flamenco too, and in a sense of Andalusia. As we will see, the three cities responsible for southern culture hang on a lifeline to the point at the geographical and political centre of the Peninsula whose own culture over the ages has been comparatively thin – but no longer; nothing, not even Barcelona, is likely to alter the pattern now.

There are eight provinces in Andalusia, each with its distinctive capital. To single out three will almost certainly be taken as wilfully offensive by – or as proof of ignorance of – the other five. If little attention is paid to Huelva, Cadiz, Malaga, Almeria and Jaen in the pages that follow, that is because they are less luminous in the dawning of the culture under examination. It began with the Muslims, and they made Cordoba, Seville and Granada spectacularly their own.

However, in the wider flamenco scheme of things, all play their part; leaving aside the big three, Huelva is the home of the *fandango*, Malaga of the Café de Chinitas – perhaps the most famous flamenco *café cantante* (see Chapter Five) – Almeria of one of the most popular young guitarists, Tomatito, and Jaen of the best flamenco publication, *Candil*. Cadiz must be put in a different league as, like Triana in Seville and Jerez, it ranks as one of the primary sources of the first sounds of flamenco, *cante jondo*; all of this we will come to. Regional sensitivities will for the time being have to take a back seat, perilously but necessarily; one of the first lessons to be learnt from looking at flamenco in its Andalusian context is that pride in place is fierce, and jealously guarded. Talk to someone in Almeria and he will

32

say that the best flamenco guitarists come from there; in Granada, another will rubbish this and talk about the kind of wood used for making Granadine guitars, ensuring that the city is *the* centre of all flamenco guitar-playing; mention Granada's Sacromonte district in Cordoba and a Cordoban will stress that his city has provided the best dancers, *even if they say they were born in Sacromonte.* A flamenco enthusiast in Seville will laugh at all this and say that the world knows that flamenco comes from Triana and there's an end of it; the patriot from Jaen will provide a postscript and maintain that *actually* the best flamenco is to be found in his city, it's just that the world doesn't know – and a very good thing too. . . . And so it goes on.

To an outsider this seems very silly; to earnest guardians of the flamenco faith, regional self-consciousness is wholly germane to the understanding and practice of their music. Indeed, it is one of the few ways in which flamenco as a musical culture can be concretely defined. Such intensified provincialism hails in social terms from the system of *taifas* – mini-Muslim kingdoms – which characterised the communities of al-Andalus after the break-up of the Cordoban caliphate, and who were often at war with one another. It was something the Catholic Kings were at pains to put an end to – with very little success – over the centuries. The concept of the *pueblo*, translated variously as 'people', 'country' or 'village', but in fact untranslatable, is unique to Spain (an approximate equivalent might be the German *Volk*); and nowhere is it more tenaciously adhered to than in Andalusia, where inter-provincial communications were long curtailed by the threat of bandits, and in more recent times by a simple lack of transport and navigable roads. David Baird, a journalist who has lived for twenty years in Malaga and who knows as well as any outsider to what lengths people from cities as close as Granada and Malaga will go to dissociate themselves from each other, cites the story of a fifteenth-century Granadine courtier reporting to his monarchs that a number of people had gathered to see them: there were, he said, 'squires from Jaen, knights from Cordoba, marines from Huelva, nobles from Seville, lords from Cadiz, gentlemen from Almeria, and also some . . . er . . . characters from Malaga'.[1] Little has changed,

certainly between Granada and Malaga; the hegemony of the
pueblo is entrenched.

At the apogee of Muslim rule, there was no question of this
kind of regional pettiness. Al-Andalus was united by an all-
embracing, centralising energy in the city of Cordoba.

Of all the cities of the South, Cordoba has retained most
generously the physical marks of its mediaeval character. Anyone who has wandered around the whitewashed, labyrinthine
streets of the Judería – the old Jewish quarter – to find the
mosque, La Mezquita (*masjid* in classical Arabic), will know this;
whether it is to imagine Scheherezade swooping up a cobbled
alley in finest silk or to be tempted into the nearest leather stall
or *tapas* bar may be less clear to the modern tourist. Both clichés
are essential to the strange charm of this anachronistic place
and, Toledo aside, it is Spain's most perfectly fossilised urban
Judaeo-Islamic museum piece.

The Judería is today famous for its small white houses fronted
by abundant overspills of flowers. Most famous of all is the
callejón de las Flores, a delightful cul-de-sac speckled with
pinks, purples, reds and blues in flowerpots hanging from the
windows, and from where you have a startlingly close view of
the Mezquita tower. Thread your way from here on the north
side of the Mezquita and you will come to the remains of the
tiny synagogue, the only mark left in Cordoba of its once thriving
community of Jews. The streets around it were streets of trade,
manufacture and learning, chock full of spice stalls, silverware
merchants, bookshops, where for centuries Muslims, Jews and
Christians strolled together and past each other in mutual
respect and harmony, and where Europe's most enlightened
post-Dark Age, pre-Renaissance society was hatched. To make
sense of old Cordoba, this is what you have to imagine.

If there were such a thing as an Andalusian sandwich, walking
through Cordoba would be like eating one. The overriding
impression is of a spicy anachronism, of a little pocket of the
Orient preserved in European aspic; look closer, and you begin
to see the Spanish overlays, the Renaissance portals, the delicate
church spires, Baroque statuettes, and modern ceramic designs
and street signs. I once spent an entire evening sitting at the

edge of the charming plaza del Potro, in a small parade lined with bitter-orange trees, and when not reading watched the family gatherings at tables arranged outside the bar, children weaving in and out of the trees (as late as midnight or one in the morning), even a fight at one point. Beneath the parade, on the other side of a wall, was a main road and, beyond that, the Guadalquivir. A light and welcome breeze blew off the river, bringing with it faint whiffs of sewage and exhaust. Away from the other side of the *plaza* stretched the antique edifices of the old Semitic kingdom; at the top end of the square stood the house used by the flamenco guitarist, Paco Peña, for his summer guitar courses, while adjacent to it, on the left in the middle, was the entrance to a narrow courtyard, overlooked by wooden balconies and black-and-white gabled eaves – more English Elizabethan than Spanish Renaissance. This was in fact the Venta del Potro, an inn mentioned in Cervantes. In this square – and during the few leisurely hours I spent there – all of Spain seemed to be contained and, I couldn't help thinking, all of time. (My book? *Don Quixote*, of course, in Smollett's translation.)

The wealth of Cordoba's history runs alongside a curious present. Its decline after the departure of the Jews and the Muslims was total; no one had a good word to say for it after the seventeenth century. Now, it is often called one of Andalusia's most go-ahead cities, with a prosperous citizenry and, uniquely, a communist local council; cynics say this exists only because of the political indifference of the bulk of the bourgeois populace, who don't bother to vote. There's something redolent of a bygone era (and I don't mean the Muslim one) in the carefully whispered reply of a young cooperative-motivated teacher to a question in La Taberna de San Miguel (the city's most famous bar) about the atmosphere of Cordoba: *'Es una ciudad facha . . .'*, 'It's a fascist city. . . .'[2] When you think of other landlocked monuments to Spanish history – Avila, Segovia, Soria, Burgos, Toledo, all of them profoundly conservative – this is not so surprising. If you are in search of pockets of Francoism, of that squeezed and heartless mentality that has done so much to characterise Castilian Spaniards as dour and unimaginative, then these are still the places to visit.

In Cordoba, 'jewel of the world' as a Saxon nun called it in the tenth century and now sometimes referred to by other Andalusians as a 'Castilian' city, an astonishing past is somehow accentuated by a less than distinguished present.

The guidebooks all tell the story: how Cordoba – once the capital of Roman Spain – became the seat of Hispanic Islam under Abd al-Rahman I and acquired fabulous riches over 200 years; how as a centre of learning it attracted philosophers, writers, musicians and scientists from all over the Middle East to create the nearest thing to a mediaeval intellectual utopia Europe ever saw; how a spirit of impressive religious tolerance was fostered whereby Christians, Muslims and Jews lived in relative harmony, and to mutual economic benefit; how all these things combined to establish a culture which, though short-lived and static by nature, wrested the initiative from the eastern caliphates and made Cordoba the heart of a new Muslim world dominion.

The introduction of Islam, however, was not easy in the opening stages. Though the Christian society on which the Muslims grafted themselves, as well as its forms of worship, was kept intact, churches were not; by the ninth century, all those in Cordoba had been demolished, save the cathedral of St Vincent, which was to become the site of the great mosque we see today. Indeed, Islamisation entailed much suffering for those who, by refusing to convert, abjured the Prophet Mohammed and found themselves under execution orders, often dying horribly. In the same century the Islamic crusade ignited a bloody period of fanatical Christian martyrdoms, like the episode described by Reinhart Dozy. He tells of an old monk and a youth entering the Mezquita in 852 and wantonly blaspheming out loud in front of a congregation of Muslims: 'The kingdom of heaven is at hand for the faithful, but for you infidels hell yawns, and it will shortly open and swallow you up!' The outraged worshippers fell upon the two renegades and were about to lynch them when the 'Kady' (a kind of early Muslim version of a Civil Guard) stepped in. He promptly imprisoned the blasphemers, and 'After their hands and feet had been cut off, they were decapitated'.[3] Many a Christian fundamentalist of the time chose to keep his mouth shut rather than face this treatment, though some did not and followed a remarkably easy path to glorious self-extinction.

As the gap between the two religions narrowed, socially at least, extremism on both sides diminished almost to invisibility, and thus it remained for centuries. Tolerance was the key word, though not all historians were charmed by it. If Dozy is to be believed, the caliphate was a society as full of antagonisms and class divisions as any other, which lasted the duration of Muslim occupation:

> In the eyes of the Arab – who loved good cheer, personal adornment, and general refinement – the Andalusian was an uncouth, niggardly chur. On the other hand, the Andalusian – either because he was really content with the monotonous rusticity to which he had been accustomed, or because he concealed under an affected disdain the envy with which his neighbours' wealth inspired him – looked upon the Arab as a fop who wasted his substance on frivolity.[4]

What is interesting about this statement is that Dozy is in fact describing the common view of the post-Muslim Andalusian, someone of charm, style and easy-going sophistication, which tempts one to think that, whatever the antagonisms at the time, the Hispano-Muslim temperament did have a lasting effect on Andalusian society, engendering a particular regional character identifiable as 'Andalusian'. That part of Spain *needed* to be civilised, one is further tempted to surmise, to save it from cultural, social and political atrophy; and the Muslims seemed to possess an innate ability to gild the rough frame around the society they desired to paint with their own mores. Whatever the explanation, there is no doubt that had it not been for the Muslims, Cordoba – indeed, Andalusia as a whole – would have remained very dismal indeed, a monotonous Christian back-water; without the vital Muslim adversary it would have attained no dynamism at all in the succeeding centuries.

By the middle of the ninth century, a Christian Cordoban, Alvaro, was able to report that Islam had made decisive inroads into the Christian consciousness. His co-religionists read Arab writings, and studied the works of Muslim theologians and philosophers: 'All the young Christians noted for their gifts know only the language and literature of the Arabs, read and study with zeal Arab books, building up great libraries of them at enormous cost. . . .'[5] This bibliophilia on the part of Christians would have found its greatest ally and promoter in the form of the first caliph of Cordoba, al-Hakam II (961–76).[6] He was responsible for what was then one of the most magnificent libraries in the world; said to contain 400,000 volumes – some ransacked from Alexandria, Damascus and Baghdad – it would have served the scholarly appetites of al-Hakam himself, as well as providing substance for the professors, teachers, poets and grammarians who thronged the learned corridors of the city.

It was to become a veritable den of learnedness. The university was renowned throughout Europe and the Arab world alike – and, Philip Hitti notes with ill-concealed satisfaction, while Oxford 'still looked upon bathing as a heathen custom, generations of Cordoban scientists had been enjoying baths in luxurious establishments'.[7] Educational standards were so high that it was claimed that nearly everyone in Andalusia could read and write (in Arabic); by contrast in Christian Europe, literacy and learning were the almost exclusive preserve of the clergy.

Numerous thinkers and writers were to emerge from this matrix of opposing religions and intellectual traditions; and like the history of Cordoba's monuments, they too are well-represented in the guidebooks – as they are in the modern city. They include the poet Ibn-Hazm, whose treatise *The Ring of the Dove* was to have great influence on succeeding generations of Spanish-Muslim love poets – love being the presiding theme of the era's poetic output. Ibn-Zaydin, a Cordoban of the eleventh century, fell in love with a princess and ended up in jail for lambasting another suitor for her affections in a vicious literary outburst. Later freed, his lament for lost love is thought to be one of the great works of Arab poetry.

Poetry is one thing, philosophy another; here, the two highest profiles require a small leap to the twelfth century and belong to the Muslim Averroës (Ibn-Rushd, 1126–98) and the Jewish Maimonides (Ibn-Maymun, 1135–1204). These two men flourished well after the caliphate had disbanded, though the very fact that they did so in Cordoba says much about the heritage on which they were able to draw. Their careers run more or less simultaneously, the individual achievements of which amount to the most significant Cordoban contribution to Western thought.

Both polymaths, their popular writings at the time included works on medicine. Each bridged the Judaeo-Islamic/Christian gulf by concentrating his philosophical energies on Aristotle, though neither knew Greek; they relied on Arabic and Hebrew translations – Averroës to pursue a pure and distinct rationalism which was to exercise European Aristotleans henceforth, Maimonides in his *Guide for the Perplexed* reconciling Jewish theology with Muslim readings of Aristotle. They remained commanding intellectual presences until the Enlightenment and beyond, and represent the peak of an extraordinarily fertile period of philosophical endeavour.

The extent of Averroës' infiltration into Western mediaeval culture, in particular, will set off bells in memories which recall their O-level Chaucer: the Physician in the General Prologue to *The Canterbury Tales* is described as being acquainted with his works; and a century before, Dante had placed him with Avicenna in the Philosophers' Limbo in the *Inferno*. Of all the figures of Muslim Spain, Averroës is still the most charismatic and is revered as such in Cordoba; an image of him can still be seen, in all its statuesque glory, almost cubistically sculpted, outside the west walls of the old city.

So this was mediaeval Cordoba: a hyper-evolved metropolis containing, so it was said, a million inhabitants, 80,000 shops, 300 mosques, seventy libraries, many synagogues and multitudinous schools and palaces; an *urbs miraculis* designed aggressively to challenge Damascus and Baghdad. For 200 years it succeeded in luring from the Middle East many of great and proven talent, inspired by tales of Cordoban enlightenment and material splendour. From Christian Spain itself, Cordoba was an obvious point for cultural defection; a whole new class of Spaniard emerged in the form of the Mozarabs, those who adopted the Arabic language and customs without converting to

Islam, thus adding to the large portion of the population who had already done the latter, known as Muwallads (*muladiés* in Spanish).

The first emir to make a conscious attempt to emulate the great cities of the East was Abd al-Rahman II, whose thirty-year reign (822–52) established the cultural blueprint in Cordoba for the wonders that lay ahead. A poet and musician himself, his finest achievement was, in effect, someone else's – that of Ziryab the musician; the emir was solely responsible for getting him there from Baghdad. This 'epicurean exquisite's' bequest to his adopted city was of unrivalled brilliance.[8] He was like a cross between Bob Dylan, Robert Carrier and Vidal Sassoon – with heavyweight poetic musculature, similar to Ted Hughes's or Robert Lowell's, say – thrown in to complete the picture. He did more than any other individual to create the style and set the tone of artistic life for the ensuing centuries of Muslim rule in Spain. Principally a musician, he invented dishes, popularising asparagus, for example, for the first time in Europe, and determined a particular cut of hair – traditionally long, it was now shortened and trimmed low on the brow.

Said to know 10,000 songs, which he claimed appeared to him via the *jinn* – mythical Muslim spirits – at night, one of Ziryab's most consequential innovations in music was his introduction of the fifth string to the Arab lute, an instrument which later developed (via important relations with the *vihuela* and *bandurria*) into the six-string guitar. This may seem a minor affair; but an additional string to an instrument that was already proving to have formidable success as accompaniment to song and dance only increased its powers of modulation and individuated sonority. The guitar was still a long way off, but it started here. The Greek *kithara* (or zither) was a descendant of an Assyrian model and was absorbed etymologically into Arabic as *qitarah*; the instrument that emerged in the sixteenth century was an evolutionary specimen of the highest sophistication – only engineering has developed since then, rather than any inherent musical properties. It is worth reiterating that it was the Muslims who introduced it, or its ancestor; it did not evolve, contrary to what some have believed, from the Italian lute, which has its own musicology and is an instrument quite distinct from the guitar.

Exactly what the music of the caliphate sounded like is hard to say. It is likely to have had some base in Muslim spirituality, though in Cordoba this must have become superseded by the emphasis on the life of leisure. Titus Burckhardt opines that Muslim physicians of the Middle Ages used music in the treatment of certain mental disorders, which is not implausible.[9] A surer, if impressionistic, guess is that the music was lyrical, sensual and suited to dancing. A slave girl in one poem dances to a lute, eventually disrobing 'like a bud unfolding from a cluster of blossoms'.[10] The simile, alas, does not suggest any ascertainable dance-form; but rhythm, movement and a strong instinct to celebrate permeate the poetry and writings of the time, as well as the fertile imaginings of nineteenth-century reinventors of Moorish Spain – chief amongst them Washington Irving.

Wine, curiously for a culture which forbids alcohol, played an important part in these musical propensities, though of course Andalusia was ideal grape-growing terrain; and again, in poetry, it becomes a frequent if somewhat disguised leitmotif, as in this eleventh-century *zajal*, or short poem (literally 'jewel'), by a certain Idris Ibn-al-Yamani:

> Heavy were the glasses, while still empty,
> Yet filled with wine they lightened,
> So that they and their contents all but took wing
> Just as bodies become light when suffused with the spirit.[11]

Four factors – lute-playing, dancing, short lyrics and wine – should be borne in mind when we look, further on, at the components of flamenco: *el toque* (guitar), *el baile* (dance), *el cante* (song, made up of *coplas* or short rhyming outbursts, sometimes improvised) and the vital lubricator – *fino* or *manzanilla*, the wines of Jerez and Sanlúcar, without which no night of flamenco is complete.

Such sensuality was uninhibitedly transmitted to Moorish architects. The decorative richness of the buildings of al-Andalus reflects a way of life subsidised by an outstanding material prosperity. That the holiness of this corner of Islam

41

was less than evangelical has been seen in the extent to which the society was a tolerant one – not 'libertarian' in the modern sense but, strictures of class and faith notwithstanding, it seems that people could do more or less what they wanted. (It may be that one of the constants of history is that where there is wealth, wisely used, there is tolerance.)

Tenth-century Cordoban *laissez-faire* found its most ebullient manifestation in the palace of Medina Azahara, eight kilometres to the east of Cordoba. Situated majestically on the slopes of the Sierra Morena overlooking the Guadalquivir valley, there is little of it left, though rediscovery of the remains of the royal apartments as late as 1944 began a new era for the site; recent restoration has, without falsifying its architectural profile, transformed it from an obscure jumble of stone to an imaginable palatial retreat, with all possible amenities for a high-living emir.

Medina Azahara was the brainchild of Abd al-Rahman II, who began building in 936, twenty-four years into his redoubtable reign. He became emir in 912 at the age of twenty-three, and was responsible for regaining lands lost under feckless predecessors in the ninth century to rebel Christian and separatist Muslim rulers. He was a warmonger of swashbuckling dimensions, whose thirst for dominion went unchecked even by the likes of the fierce king of Leon, Ordoño II, who nailed the head of one of al-Rahman's generals next to a boar's on the wall of a frontier fortress; his army also suffered near-annihilation south of Salamanca in 939 at the hands of the regents of Leon and Navarre. The caliph (as he had become in 929) barely noticed: Queen Tota of Navarre later appeared in Cordoba, in what must have been a feast of Christian supplication at Muslim feet, seeking medical advice for her obese son. Abd al-Rahman obliged and in 960 even helped Sancho the Fat, as he was known (now thinner), to regain his throne in Leon. A caliph whose power at the time extended more or less across the entirety of the Peninsula needed to concern himself little, and only patronisingly at that, with minor kings.

Along with his successors, al-Hakam II and al-Mansur, Abd al-Rahman III was behind the summit of Cordoban achievement. Medina Azahara – named after one of the caliph's concubines, 'city of the bright-faced one' – took years to erect, exhausted an enormous workforce and consisted of a variety of palaces, a mosque, zoo and aviary, and was connected to Cordoba by the equivalent of a Moorish motorway, uncovered recently. Astonishingly, it lasted less than a hundred years; in 1009, it was razed to the ground by a rebel Berber faction from Cordoba, and with it went evidence of perhaps the most opulent court southern Europe has known.

Like the Alhambra in Granada, Medina Azahara was a secular construction, designed to house the entertainments and whims of caliphs, receive emissaries and show off architectural skills. By contrast the Mezquita in the heart of old Cordoba was the preserve of Islamic devotions and considered, at the height of Cordoban supremacy, Islam's holiest shrine outside Mecca.

The interior of the mosque took shape over a period of 200 years in a series of expanding areas of horse-shoe arch-vaulting; by 990, under al-Mansur, the structure, supported by 1,293 columns, was complete, bearing pretty well the form we see today. There are some important differences: a feature of all mosques, the minaret, became a Renaissance belfry in 1664; the trees in the patio through which one walks to the building were a geometrical continuum of the rows of columns within, giving the impression of harmonised inner and outer space – an illusion long ago destroyed by walls built to contain the columns; finally, there is the extraordinary cathedral placed right over the heart of the mosque by Charles V, a fearsomely confident Renaissance structure which if it weren't so magnificent to behold would be obscene. The emperor himself is supposed to have pronounced to the chapter when he saw it three years into its construction, 'You have built here what you or anyone might have built anywhere else, but you have destroyed what was unique in the world.'[12]

The force the Mezquita must have exerted over Muslims at the time is incalculable. The effect on seeing it today is still powerful, combining as it does the exotic whiff of an alien faith with the architectural serenity of the first cathedrals of Christendom. If you're used to Notre Dame, Chartres and Lincoln, or the later St Peter's and St Paul's, and associate those buildings with the obvious holy shrines of Europe, it is disarming to come across the Mezquita, which utterly challenges Eurocentric expectations as to what constitutes a holy place.

The holiness it exudes is of a tranquil and unassertive kind. Luckily big enough – 580 by 456 feet – for one to escape the snapshot hordes, it invites solitary contemplation; that is what it was made for. Unlike the cruciform design of a church, which draws eyes to the altar and upwards, into a spire or dome – heavenwards, that is – the lines of columns in the Mezquita lead the eyes in an infinity of directions, as many as exist on a chessboard. Indeed, the texture of Islamic worship consists more of spiritual permutations than of pointed concentration on the godhead: aim yourself at Mecca and you can drop to your knees anywhere in the building; look above you, and you can follow an abstract of verticals, horizontals, redoubled curves and obliques. At the spiritual heart of the mosque, the *mihrab* – one of shimmering beauty in the Mezquita – sits the *imam*, uttering forth his chants to encourage the faithful to prayer. Prayers are your own, addressed to the immanent source of all life, Allah. The concept of inner space, the heaven understood by Muslims and which makes it so different to the Biblical version, is here made manifest and elaborated by an architecture that takes you into multifarious patterns of light and shadow – repetitive, centreless, infinite.

The real oddity of the Mezquita, its stubborn anomaly, lies in the juxtaposition of two religions, or rather the imposition of one on the other. The literal squashing of the Mezquita under the weight of the cathedral tower is both an architectural paradox and a visual metaphor for the success of the Reconquista; European Roman Catholicism could not have made its message to a once-pluralistic Muslim world plainer if it tried. Ironically, because of the nature of the Mezquita's interior, it is as easy to escape the Christian heart of it as it is to avoid the daytrippers. Position yourself so as to imagine it is not there at all, and you can feel (if you're not one already) quite comfortably Muslim.

All of which having been said, there is one factor about the cathedral that is inescapable: the light. Vast amounts of it are let in by the windows high up in the transept, illuminating the ornamented roof above and the lavishly carved stalls of the choir below. If you need illumination from a guidebook at this point, this is the place to be; the entire area is designed for light, in what seems a deliberate attempt to disgorge the Mezquita of its benighted nooks and crannies. The emphasis is towards symmetrical unity, spatial openness, in brazen contrast to the dark multiplicity of the red-and-white patterned arches and columns flowing outwards and away on every side.

Christianity – Catholicism in particular – has always appeared to me to be very much about seeing. Christian iconography is a subject in itself and needs mentioning only in so far as the imagery of the religion permeated all European art from Byzantium to the nineteenth century – a reminder here rather than a wish to state the obvious. In an Andalusian context, which preserves to this day its highly idiosyncratic version of Christianity, imagery is of the essence; those painterly statues of the Virgin and others hauled around cities in various parts of the South at Easter are ample testimony of this, and in some people's minds fall little short of idolatry. Place this kind of tactile religious art – one created out of a desire to see and project emotionally on to the object of worship – against the complete absence of such objects in Muslim worship, and a vital difference between the two cultures is identifiable. Islam, which forbids any form of human representation in art, is a religion which inspires imaginative embellishment, stimulating the mind towards individual engagement with God. Christian prayer is an act of collective veneration in response to a centralised source of religious energy, Christ on the Cross being the obvious symbol. The Moorish aesthetic, defying symbols, led its exponents – the craftsmen who worked in the Mezquita, for instance – to express themselves in a frenzy of intricate decoration; the inscriptions carved on to the walls and architraves of the Mezquita are mesmerising examples of this, unparalleled in their sumptuousness by anything else in the Muslim world.[13]

This tendency towards ornamentation is an aspect of Spanish-Muslim culture as a whole. Moving back to poetry, it is worth citing A. J. Arberry who, in his introduction to one of the only translations into English of Moorish verse, refers to the 'infinitely subtle variations of geometrical design' in Arab art and architecture, and says: 'in Arabic poetry the business of the creative craftsman was to invent patterns of thought and sound within the framework of his revered tradition. Poetry became an arabesque of words and meanings.'[14] The word 'arabesque' reaches out from its metaphorical use here to describe very precisely what this architectural phenomenon was; it also suggests movement, perhaps even music, and dance. The craftsman who 'invent[s] patterns' within a 'revered tradition' are additionally apt words for the subject of this book; the notion of 'invention' within accepted forms will become very important when we look at the musical workings of flamenco.

The visual, aural and literary arts seem to be drawing closer. For the moment, without forcing connections, I want to place Moorish arabesques and poetics alongside the song and dance – particularly the song (often repetitive, directionless and, within its tradition, 'infinitely subtle') – that were to evolve from the same Andalusian culture. If it is far-fetched to compare the Mezquita's arches' multiple rollings and foldings into infinite space with flamenco song, then remember the *zajal*, the short poem mentioned earlier and which bears so striking a resemblance to the flamenco *copla*. 'The interwoven rhymes,' says Burckhardt, 'represent the exact auditory-rhythmic counterpart of the interlacing arches in the Great Mosque of Cordoba.'[15] Destined to provoke limitless cross-disciplinary analogies, the building's physical dimensions and colours have the power to suggest the collective workings of another world, another mind. It is a touchstone for that most versatile *tranche* of Andalusian history, whose flexibility and invention in cultural and spiritual matters are thrown into still greater relief by the inflexibility and oppressions of the ages to come.

It is a curious feature of our education that the heights attained in artistry and learning at this hub of Muslim civilisation are rarely assimilated into modern curricula. The achievements of

Athens and Rome, Byzantium and Venice, Vienna and Paris have all become part of the European cultural baggage and have contributed to the creation of a common European heritage. Poets, playwrights, painters, philosophers and musicians are compounded into the Continent's multitudinous cultural strata and remind us continually of who we are; Aeschylus and Ovid, Dante and Titian, Mozart and Descartes confirm that Europeans belong to one sophisticated, aesthetically and intellectually enriched family by a proclaimed status in the Eurocentric humanist genealogy. These, not the kings, dictators, politicians or generals, are the icons Europe chooses to cling on to, and they have the power to override, with the balm of hindsight, even the forces of religion and ideology which have so often wrecked peaceful co-existence for two and a half millennia. At the very least, these figures have long provided the yardsticks for the higher artistry and learning.

The Cordoban caliphate has been all but eclipsed in this brilliant parade. Why? First, any culture governed at root by a Semitic tongue is unlikely to thrive in the western reaches of Indo-European civilisation. The fact that most European tongues had, with their Graeco-Latin base, become established by the eighth century saw to this. The hegemony of Greek and Latin, bolstered by their philological alliance to a dominant post-pagan religion, was inevitably to lead to an educational preference for them over the tongue of the 'Moor'. The ancient world was much easier to absorb in the language on which its pagan glory was built, idealised as it was through the aureole of Christianity (one has to remember how long Latin remained the linguistic currency of the Church). With the final reconciliation of Christian faith and pagan aesthetics in the Renaissance, an era which celebrated the absolute triumph of God and man in representational imagery, the stranger, abstracter – geographically remoter – tendencies of an Arab, language-based culture in Spain were doomed to oblivion. Their best hope was re-absorption into the culture whence they came, and this happened.

Secondly, the growth of militant Christianity and its eventual hold on all of Europe guaranteed the extinction of Islam (of

Judaism almost, too) from its lands forever. The concept of the 'frontier', so potent a symbol across Spain of the East–West divide, amounted to 800 years of anti-Muslim propaganda, a weapon wielded effectively by many a Castilian monarch when his armies failed. The propaganda survived the Reconquista; the Inquisition in Spain and the Counter-Reformation in general consigned anything aberrant to Roman Catholic doctrine – Islam above all – to an ideological and cultural sidewater. The Muslim achievement was thus ejected from the European arena henceforth.

In 1027, the Cordoban caliphate was abolished. The military campaigns of al-Mansur, the last great caliph, exhausted its resources and the kingdom fell into disarray. Pressure from within – feuding dynasties and races – and from without – the Christian North – fragmented the political unity of 200 years; no parallel period of civilisation was again to mark the Muslim occupation of Spain. Christian victory at Toledo in 1095 heralded the definitive warcry of the Reconquista.

Muslim initiative passed to Seville, but the rulers had changed. Umayyad power had dissolved and a new Berber sect, the Almoravids, founders of Marrakesh and victors over Alfonso VI in 1086, became masters of al-Andalus in 1090. Austere, unrelenting people, they made life difficult for Jews and Christians alike, even for liberal Muslims accustomed to Cordoban latitude: a *fatwa*, or decree, issued in 1099 led to the destruction of a Visigothic church used by Mozarabs in Granada; another in 1126 resulted in the same Mozarabs' execution or expulsion to Morocco for having consorted with a Christian king.

The Almoravid period was also when Rodrigo Díaz de Bivar – known as El Cid – hurtled into view. He was the subject of the first great epic poem in Castilian and hence became a national hero: an Arab-basher. In fact, he was a shrewd soldier of fortune, winning his title, 'El Cid Campeador', from Muslim troops at Saragossa. His finest hour was his defence (back with Alfonso VI) of Valencia against Almoravid attack, and which doughty behaviour the poem celebrates in terms that have laid down a powerful mythology. Historically, what he represents is the eleventh-century militarisation of Spain in the cause of what seem just two coincidentally opposing faiths; the dialectic of the Reconquista is structurally as straightforward as Nationalist versus Republican, Unionist versus Federalist, Royalist versus Parliamentarian, struggles which have all shaped the destiny of nations but barely of those who fought them. What makes El Cid interesting is less his literary rôle as the saviour of Spain for Christianity – a silly if understandable myth hilariously perpetuated by Charlton Heston – than as a compromised warrior who fought for both sides. If only more throughout the history of wars had done so.

El Cid's fickleness was symptomatic of the age. By 1147 the Almoravids were a spent force, being routed at Marrakesh by yet another Berber sect, the Almohads. Even more austere than their predecessors, they weren't to last much longer in Spain, being decisively – and, for the furtherance of Muslim hold, catastrophically – defeated by Alfonso VIII at Navas de la Tolosa in 1212. However, they had made Seville their capital, and there left for posterity one of the most exquisite monuments of the entire period, the Giralda. If Seville is to be identified physically by anything, it is this minaret, built between 1184 and 1198; there is not a finer example in Islam. For a start it looks almost new, being finished in brick, and possessing a neatness and symmetry which might belong to a later classical construction. Its architectural harmony is matched by the beauty of its colours, which shift from dun yellow to brilliant white to delicate shades of pink in the changing light of the Seville day: in contrast to the superimposed cathedral and belfry of Cordoba's mosque, the Giralda seems to have grown out of the Muslim texture of Seville, proud, ornate and somehow perfectly right. Although topped in the sixteenth century by a Christian belltower, its Muslim character is inextinguishable.

The principal monuments of Almoravid and Almohad rule are in fact to be found in North Africa, and it is only by luck that the Giralda has remained intact in Seville; the mosque it was once part of was expunged by the cathedral and there is a bare minimum elsewhere to recall a Muslim past. The Torre del Oro on the eastern bank of the Guadalquivir is a Moorish tower dating from 1220 – impressive, evocative, finely proportioned, but hardly a match for the 300-foot minaret. The Alcazares Reales (Royal Palaces) next to the cathedral contain unique Moorish craftsmanship, though technically it is Mudéjar work – Mudéjar being the style that was developed by Muslims once the Reconquista had Christianised them. Started in 1366, over a hundred years after the city had fallen, the Alcazares emerged under Pedro the Cruel, who turned them into the Andalusian court for successive generations of Castile-based monarchs.

Apart from these three main constructions, and two early twelfth-century segments of wall, Seville lacks a pervasive Muslim imprint; they are a small part of its complicated fabric. If, standing on the Bridge of Triana at night, the imagination is allowed topographically to wander through the Seville of al-Andalus, it will be held in check by evidence of real architectural abundance from a late, richer age. Called aptly enough the Age of Gold, the sixteenth and seventeenth centuries witnessed a burgeoning of Seville and marked it with façades that identify it as a post-Reconquista city at every corner.

It may seem infelicitous to go into fast forward at this stage without saying more about Seville as a Muslim capital. What has been said about Cordoba, however, is the best that can be said of anywhere in Spain under the Muslims. Seville never attained the same cultural status as Cordoba, though it enjoyed the same advantages. Averroës compared the two in an observation which did much to characterise their cultural identities in succeeding centuries: 'When a scholar dies in Seville and his estate wants his books sold, the books are carried to Cordoba, where a market is found. But when a musician dies in Cordoba his instruments are carried to Seville for sale.'[16] If, with some kind of Koranic foresight, Averroës was thinking of flamenco, he wasn't wide of the mark: Seville has traditionally been the musical heart of Andalusia, the real flamenco capital, a city whose very air until thirty years ago was heavy with the sound of guitars and the rough song of the gypsies of Triana; the *soleares*, quintessential flamenco – *cante grande* – is often said to have its roots in Triana. Now, with the gypsies gone from Triana and a bourgeois climate prevailing, Seville is host to some good 'official' flamenco, particularly in the form of the Bienal, the most important flamenco festival anywhere, every two years. For the more rugged, spontaneous stuff, Jerez and Cadiz, as well as smaller *pueblos* in the provinces of Seville and Huelva, offer better possibilities for the *aficionado*; but it is hard to find. Granada, where flamenco has traditionally been somewhat hidden, has a more interesting variety of authentic 'events', perhaps in acknowledgement of the great 1922 Concurso (competition) organised in the Alhambra by Manuel de Falla and Federico García Lorca. Cordoba, meanwhile, is not really a place for any kind of flamenco, although in the past some important *concursos* and festivals have taken place there; the city of books rests complacently on its historical laurels and does well out of its tourism. It may even find flamenco rather tiresome.

By the time Seville became a place of metropolitan significance in the twelfth century, the tide had turned against the Muslims. The city never had the confidence of the caliphate within its grasp and by 1248 – the year of the fall of Seville, twelve years after that of Cordoba – it was all over; central and western Andalusia had been reclaimed for Christ and the Spanish crown.

Today, the most remarkable thing about Seville is the layer upon layer of architectural styles; Mudéjar jostles with Gothic – as in the delightful little church of Santa Catalina – likewise with Renaissance – as in the Alcazares – Renaissance with Baroque, nineteenth century with twentieth. It has none of the homogeneity of Cordoba. Just one of its quarters, Santa Cruz, resembles the entirety of old Cordoba; once populated by Jews, it is now home to a hybrid of tourists, developers and yuppies. There may have been scholars in Seville in Averroës' time, but intellectual life today is undoubtedly richer in the buoyant university atmosphere of Granada. Seville, a city of vibrant colours and textures, seems for centuries to have taken its cultural cue from the immense wealth accrued in the sixteenth century which enabled it above all to *build*; Seville was a creation of the New World, advantaged almost to the exclusion of every other Spanish city, launched into an era of ascendancy from a position at the centre of transatlantic trade, and set to stay there until the mid-seventeenth century. A plethora of Renaissance and Baroque buildings – the florid Ayuntamiento (Town Hall), the airy Museo de Bellas Artes, the enchanting Casa de Pilatos, and churches and convents too numerous to mention – is the proof; no other Spanish urban environment I can think of provides such spectacular visual stimulation. If Cordoba is a city open to the historical imagination, Seville belongs to the senses; with little to imagine – everything is *there* – eyes and ears are forced into overdrive.

This sensual appeal is enhanced by an implausible populace. First acquaintance with Seville can lead you to believe that *sevillanos* never sleep, never stop talking, rarely stop being the folk they are cracked up to be – amongst the most sociable in southern Europe (and when do they work?). The drinking – of beer, wine, sherry – and eating of *tapas* of all types, at all hours (the best way to eat in Seville), are prodigious and during the Feria reach epic proportions. The Spanish addiction to the *paseo* (stroll) at most times of day bar the hottest (between one and four) is both exaggerated and blessed by the *environs*. In a city of such physical luxuriance, such heat and fragrance (orange blossom in early spring, jasmine in autumn), and such languor, what could be more natural than to want to melt bodily into it? A metabolism that submits to the comatose will not be disappointed here; it is the obvious, indeed the only, physiological way to respond.

The Feria itself is the city's annual apotheosis of all these things, and more. It promotes social mixing, invites hedonism and promises oblivion. Originally a fair for the advertising and trading of agricultural products and livestock, it is now a weeklong intensification, a feverish speeding-up, a clamorous microcosm of Sevillian life throughout the rest of the year. This is Seville as only it knows how to be – and how not to stop. To enjoy it, you have to have three things: contacts and friends who will show you round the private *casetas*; an ability to lose sleep for five days without any noticeable effect; and a superhuman sense of direction. It is bad enough getting lost in the *barrio* Santa Cruz, but at least there's a chance of finding your way by the shape, colour or size of buildings; in the Feria area – a sort of giant car-park full of identically sized marquees in the shape of doll's houses – if you get lost you will stay lost until found again. If you have had one *manzanilla* too many, you probably won't get found at all, as your friends will assume you have had one *manzanilla* too many (and there is always one too many to have). As for friends and the proper doses of insomnia, these are normal bits of equipment for the Seville routine; at the Feria you need them in triple supply.

It is helpful but not necessary to have a taste for dancing, too. There won't be much real flamenco on display and what there is will be in the most private *casetas* of all. But for *sevillanas* (the dance, not a female citizen) the Feria is the place to be, indefatigably. A *sevillana* is what its name might suggest: a Castilian *seguidilla* Sevillianised. It is not strictly a flamenco form, though in recent years flamenco guitarists have taken it up as a solo setpiece, which has had a refining effect on what is in essence a pretty, undemanding folk dance. It is a dance for pairs, at the Feria usually in lines facing each other, with the woman wearing her best *bata de cola*, a Sevillian nineteenth-century-style dress – train, ribbons, frills and polka-dots – while the man seems to wear anything he likes. Danced in four parts, with each one coming to an end with a jolt, and frequently accompanied by drums and a chorus, *sevillanas* are an uninhibited, sometimes erotic expression of a sense of belonging to the milieu – Seville's middle class – in which they thrive, like exotically coloured orchids under hot sun and warm rain, very much a spring affair. The words of the singing reflect the traditional preoccupations of the Feria and often relate to the Rocío, the pilgrimage that takes place a few weeks later. So it is, then, that in Madrid, say, where there has been a craze for the Seville dance in recent years, the words '*Sala rociera*' (literally 'Rocío room') imply an ersatz attempt to recreate the conditions of the Feria – though nightclub artificiality won't stop people dancing *sevillanas*. They are too much fun.

Walter Starkie reports, in an account of his eccentric wanderings in Andalusia in the mid-1930s, the words of a certain 'civic poet', Francisco Borrachera ('the drunken'): 'I am a Sevillano so I must be witty and full of charm in everything I do, for Seville is the charm centre of the world.'[17] This cocky statement belies a concept of charm – *gracia*, as it is usually called – that is the source of much pride on the part of the *sevillanos*, and of much nonsense on that of sentimental commentators, including non-southern Spaniards. There is no doubt that the Sevillian character, in all things, from flamenco and bullfighting to the behaviour of shopkeepers and people who give you directions, is full of charm and warmth and friendliness; it is also often inaccurate, superficial or plain daft. In bouts of a very particular kind of frustration that come from wearisomely frequent confrontations with Sevillian inefficiency, you might be led to believe that the heat does something to these people – which it does, but it does it to you too. . . . Xenophobia is pointless enough an emotion anywhere; in Seville, it seems especially pointless, as its citizens – whose unshakeable belief that Seville is the centre of the universe is surpassed in Spain only by the *madrileños* in the capital – are delightfully lacking in a sense of foreignness. As a visitor, you are either to be ignored, or welcomed by being plied immediately with wine; but if you're not from Seville, forget the inside knowledge. The closed-circuit conservatism of the place is bound to knock any xenophobic stirrings unceremoniously back where they came from. Still, it is hard not to be seduced into Seville's easy talkativeness; it is perhaps something else to believe that much of what you hear in the city's tens of thousands of watering holes is anything other than the stuff of parochial self-aggrandisement and intellectual caprice.

To glimpse the underside of this, you only have to think of that prototypical human butterfly, Don Juan, Tirso de Molina's *burlador* – 'scoffer', 'hoaxer', 'libertine' – of Seville, who made an art of deception; or the mad Nationalist conqueror, Queipo de Llano, haranguing his radio audience, after his takeover of the city in 1936, with elaborate lies 'in a voice seasoned by many years' consumption of sherry'.[18] Rather more mundane, but still very Sevillian, was the tissue of fabrication woven by the ex-deputy prime minister's brother, Juan Guerra, over various acts of embezzlement in the city since 1982 which, in terms of newspaper mileage, made Watergate look like a football result.

On the upper side, to get away from this vinous image of Andalusia's capital, the great and the good ought to be remembered. Seville is the city of the two Golden Age artists, Velázquez and Murillo, whose names, along with those of El Greco and Goya, are synonymous with the Prado. Four poets of stature from the last 200 years, one of them a Nobel prize-winner, were *sevillanos* – Gustavo Adolfo Bécquer, Antonio Machado, Luis Cernuda and Vicente Aleixandre, whose choice as laureate by the 1977 Nobel committee followed earlier distinguished Spanish winners, the playwright Jacinto Benavente in 1922, and the poet from Moguer in Huelva – and author of the classic Andalusian fable, *Platero and I* – Juan Ramón Jiménez in 1956. All of them were succeeded in 1989 by the dyed-in-the-wool Castilian novelist, Camilo José Cela. Politics may have fared badly in twentieth-century Spain, but few European countries can claim to have hit the headlines so frequently with literature – and three out of the five authors mentioned were Andalusian. Politicians, to give them the last word in the line-up of stars, have rarely been popular in Spain, and those in power aren't particularly popular now; but four of them, known as the 'Seville Group' – Felipe González, Alfonso Guerra, Manuel Chaves and Guillermo Galeote, all Socialists – were more prominent in consolidating Spain's democratic credentials after being elected to government in 1982 than any other political grouping. If their credentials have looked a little suspect over the last few years, that is no doubt because they have been in power too long; and it is their origins that are being referred to when Spain is described as being 'run by Andalusians' – which is more or less accurate, as a matter of fact.

Seville is a city on show and touchy about what goes on behind the scenes. The most Sevillian spectacle of all, Semana Santa, conceals a network of *cofradías* ('brotherhoods') connected to a church or parish, which process through the streets in Holy Week, and for the rest of the year exert tacit social and moral pressures on their members. This amounts not so much to a form of religious but of familial bonding. In a society governed by intenser domestic emotions than in Britain, a steadfast and tradition-based system for twinning the sexes is highly desirable; the fact that marriage is the exclusive object of this system can be witnessed – up to a point – by the vast numbers of couples to be seen in passionate embrace on well-lit doorsteps all over the city in the early hours of the morning, parted invariably by the female slipping through the door (or grille) with a wave of the hand, and perhaps a stylish shake of the hair. . . . Couples rarely 'live together'; they live separately with their parents, or alone – then they marry. The morality is simple.

It is not a morality special to the brotherhoods but they are its cement. It makes Sevillian society a problematic one for an outsider, as already suggested; the smile, the legendary Southern welcome, the charm are unignorable and vastly agreeable. Look beneath them and you meet a huge family, an impenetrable religious or lay order, or – most likely – a brick wall, a barred entrance. Semana Santa, which gathers this dichotomy into its most concentrated, is less a commemoration of the Passion than a celebration of a city's successfully and multifariously closed society.

It is the highpoint of the Sevillian calendar; the *cofradías* prepare for it all year. Michael Jacobs' account of how it works in *A Guide to Andalusia* cannot be bettered for factual common sense. What needs to be stressed here is the spectacle. The imagery of Semana Santa, in the form of *pasos* (floats), is breathtaking, both for its beauty and vulgarity. Many of the adorned and weeping Virgins are stunning; the groups of statues of the Holy Family or disciples make you long for Hollywood. Everything, however – the Virgins' mantles, the *pasos*' decoration, the candles, wax, flowers and incense – has direct allure for the senses; the responses invoked belong more probably to a stock of feelings for ritual than those of spontaneous pleasure. Ritual, indeed, is the firm base for the processions: as a leader in the

The Gilded Triangle

ABC newspaper succinctly put it in April 1989, 'Spaniards live through the days of Semana Santa with ritual ardour and feeling'.[19] Recurring annually, the imagery never changes; expectations are always the same. Even when you see, as I have, a young woman approach a stationary float, cling to the velvet robes of a prostrate Christ and cry up to it, 'You are the most beautiful of all.... I would do anything for you, give you my soul!' (only then to be bundled off by the Guardia Civil) you know you are watching pure theatre. It is theatre of a kind which goes far beyond the average drama of any formal Catholic act of worship; it is the best kind of street theatre, part-rehearsed, part-improvised. An observer of a Protestant cast of mind watching the reaction of a crowd to the appearance of a particularly luscious Virgin would do well to suppress censorious thoughts of excessive Mariolatry and enjoy it as a happening, live art. . . . There is nothing like it elsewhere in Europe.

Minutes after my impassioned lady was escorted away by the police, someone struck up a *saeta*: another of the rituals of Semana Santa. These so-called 'flamenco' outbursts of public adoration for a passing statue, usually a Virgin, are more often than not prearranged and paid for. They weren't always so; any yearning musical soul might break into song and entrance the crowd around.

The word '*saeta*' may come from the Latin *sagitta* (arrow, hence Sagittarius), though it is not clear; what it means is an arrow, a dart, aimed devotionally at the object of worship – a Virgin or Christ – and it is recorded in the eighteenth century as being a song sung by a zealous brotherhood in the streets of Seville, encouraging the faithful to penitence and piety. By 1840, there was a more popular, though primitive, form of *saeta* in circulation, created locally in various parts of Andalusia. At the turn of the century a specifically flamenco form emerged, in four or five verses of octosyllables, thought to have been the brainchild of a famous Cadiz singer of the day, Enrique El Mellizo. Antonio Chacón, one of the most famous flamenco singers of all time, is also credited as being an important influence on the *saeta*, though perhaps the most influential of them all was a Jerez singer called El Gloria. It was he who was respon-

57

sible for the real musical shape and ornamentation of the form as it is sung now; and at around the same time, the late 1920s, the Sevillian composer Joaquín Turina noted how magical the sound of a *saeta* was.

Today, *saetas* are the preserve of professionals. One such is bar-owner Perrejil, who during Semana Santa closes his establishment, as he is on hire to rich families to perform from some idyllically situated balcony in one of the tiny streets of the *barrio* Santa Cruz down which an important *paso* may process. When not on duty, you can hear him sing along to his own records in his wonderfully kitsch bar Quitapesares on the plaza Encarnación; if you're really lucky, you'll see a coach-tour leader handing over piles of pesetas to get the man yelling away for the eager contents of the coach.

In general, *saetas* are disappointing during Semana Santa, though you can always be on the lookout for a singer who sings because he or she wants to. Sometimes one still does, and the effect is mesmerising; if the singer's a gypsy, the chances of it being both moving and memorable are high, as his or her adoration will be tinged with the traditional sense of isolation of the race. What better place than a large crowd of willing ears to sing most acutely of isolation? On the occasion I witnessed, however, the woman's voice from a balcony ahead was drowned by Tina Turner screeching from the small bar behind me: noise again – modern noise. The bar was open at three in the morning because it had certain custom; its prices had doubled. Semana Santa is very commercialised – its former dignity invaded by the banal symptoms of a society new to mass consumerism. It was like hearing the rattle of coffee cups being cleared away for ten to fifteen minutes into the second act of an opera at Covent Garden, only much, much worse.

'Tired of abstract universalism ... which, at the end, has shown its gratuitous, empty visage, the towns and the people return, with renewed energy, to their traditions.' Thus the same *ABC* leader (Seville edition) described that year's Semana Santa, which was effectively a rallying cry to its readers – quite a large percentage of them Spaniards, especially the older generation – to head the non-secular (not to say nationalistic) meaning of Andalusia's traditional interpretation of the Passion. With 'abstract universalism' sounding a bit like what the American TV evangelists call 'secular humanism' – the ultimate sin – and the fact that *ABC* is a profoundly conservative outlet for Catholic apologetics, the leader can be taken with a pinch of salt; but it points to an important aspect of Semana Santa – its conjunction of ancient and modern.

'Blimey! I didn't expect the Spanish Inquisition!': that same observer of a Protestant cast of mind who may have watched a subversive BBC comedy show in the early seventies will recall this refrain from one of the Monty Python team's most enduringly silly sketches. If Michael Palin has ever been in Seville during Holy Week, it is hard to believe he wouldn't say exactly that; like the Mezquita in Cordoba, a procession of penitents (*nazarenos* as they are called in Seville) dressed in costumes that summon up both the Inquisition and the Ku Klux Klan is a very surprising image indeed to behold in a modern city. The fact that most of them are wearing watches and black leather moccasins, and then are seen to be drinking in bars with their pointed hats off after their ordeal, simply adds to one's mystification as to the point of it all. But the business of processing – sometimes for ten hours, often in bare feet, with more stops than a London bus and for which you have to pay in order to participate – is taken very seriously. It is but a short step away from those willing village victims deep in the Andalusian countryside who offer to be strapped to crosses in imitation of the Crucifixion.

Semana Santa is actually not that old; it just seems so. Its imagery, the spectacle, disguises something much older, what *ABC* in gravid terms described as 'uniting liturgical with anthropological ritual, confessional celebrations with those accompanying the resurrection of the life'. The obsessive devotion to ritual, to dressing up, to images and to bodily imitation of the prophet of Christendom have less to do with religion *per se* than with mentality. It is one that divides the South from the North, and differentiates a culture that believes in the celebration of tragedy and one that has tamed it. After Erasmus and Luther the people of the North came to incorporate into their spiritual lives a rationalised acceptance of death; in the un-Reformed South death has remained a physical and inescapable reality, always there for a bout in the ring. Spaniards – especially Andalusians – seem to have had an undisclosable bond with death as an event, to confront and lament it as if it were itself a human presence; what more powerful image of it than the Passion? What greater fable of human tragedy has there been than Christ's last days on earth? How better to experience it than through imagistic re-enactment during the same period? The theology of Semana Santa is questionable, but then if you've ever witnessed the processions in Seville you will know that theology – abstract, rational, an imposed discipline – is about as foreign as you are. The day of Resurrection, at the end of it all, is a tame affair, celebrated quietly in churches as an ordinary Sunday service throughout the city, appended like a sobering full-stop after an episode of wild revels. To return to where we started: Semana Santa is what you see and experience, it is about the engagement of the senses, not what you interpret. If the whole show offers anything, it must be the possibility of catharsis – which, after all, is a concept hatched in a pagan culture.

This is not the place for the bulls, but catharsis is not far off in the finest moments of the most 'pagan' Spanish ritual of all, the *corrida*. It can't be insignificant that the one thing to happen with considerable gusto on Easter Sunday is the first in the spring festival's series of bullfights; symbolically apposite, somehow. Tragedy, as Hemingway reiterates in *Death in the Afternoon*, lies at the heart of the bullfight – a spectacle of an individual confronting death in the most physical form possible, the bull; ultimately, if the ritual goes according to plan, it is the bull's tragedy too.

Flamenco, at its very best, enacts an a-religious, non-rational expression of tragic awareness, which 'understands' death; as an art form this can make it hard to swallow north of the Pyrenees – north of Madrid, for that matter. But what is especially peculiar is the unfettered joy and exhilaration that come with it; the proximity of death to celebration in much of the singing and dancing is a feature unique to this musical culture, and is why it is inimitable. People from cultures with a scientific attitude to human oblivion can admire but never perform the rites of a culture which so unashamedly and atavistically confronts it:

again, the difference between South and North, ancient and modern. Miguel de Unamuno was speaking philosophically when he said, 'everything vital is anti-rational, not merely irrational, and . . . everything rational is anti-vital. And this is the basis of the tragic sense of life.'[20] A better motto for the mores of the South of Spain has not been uttered.

The rituals of traditional Andalusia co-exist in Seville alongside a recently acquired modernity. The grafting of this modernity has not been achieved without some awkwardness; it derives from the massive building programmes of thirty years, the city's elevation to autonomous regional capital, the large sums invested in it as a potential centre for southern European trade and its being chosen as the location for Expo 92. The latter enterprise along could take Seville properly into the ranks of sophisticated internationalism and represents the likeliest chance for the first real revival of its fortunes since eclipse in the seventeenth century.

The wheel has come full circle. In 1492, Christopher Columbus set off for the New World and enabled Spain to attain an embarrassment of riches over two centuries, from which Seville benefited more glamorously than any other city in the Peninsula. Five hundred years later, with almost three centuries of neglect and misfortune to put behind it, the city stands at the centre of a world event, in commemoration of the achieved goal of a single-minded Genoese visionary. Expo's symbolic power is undeniable, though for the time being it remains a symbol. *Sevillanos*, a conservative lot, and inconvenienced each and every one by the various changes to the city's infrastructure and communications for at least five years, are either bored by it, or sceptical of its ability to make any real alteration to their city's traditional political and economic indolence – understandably so. Marginalisation from the arenas of progress was confirmed and consolidated by what must have been the depressing success of Cadiz and Malaga as centres of eighteenth- and nineteenth-century trade respectively; they monopolised southern commerce, particularly with the Americas and Britain. Seville was simply a mess. While Expo offers an opportunity to tidy up, Sevillians may not jump at it; petty crime is endemic, drug addiction is reaching epic proportions, unemployment is the worst in Europe and corruption in high places is the norm – what special powers does Expo have to change all that? Moreover, with their rituals, their lifestyle, and their memories of a past replete with incompetence, Sevillians could be forgiven for viewing initiatives for effective modernisation with as much optimism as they did of Franco offering them the vote.

We have leapt centuries; so has Seville. Her present buoyancy belies a long period of subservience to touristic propaganda, commercial insignificance and a series of disasters going as far back as 1647, when an outbreak of plague, killing 60,000 of the city's population, signalled the start of its decline. Seville was great in two eras – the mid-Muslim period and the late sixteenth and early seventeenth centuries – and may be great again. Granada's standing throughout the ages is rather more ambiguous.

For a start, its physiognomy is quite distinct from the cities explored so far. The province of which it is the capital is mountainous. The Sierra Nevada lying to the south, the highest ground in Spain, provides by way of backdrop a natural magnificence lacking in Cordoba and Seville. The three hills – Alhambra, Albaicín and Sacromonte – that make up the old city create an impression of contours, where Cordoba is all angles and Seville all surfaces. Neither Cordoba nor Seville, given their heat for most of the year, invite you to seek out their secrets with rewardable vigour; as you walk along their tiny city-centre streets, the commonest feature is a locked iron grille. What is more, they are murderous to get lost in (policemen never know where streets are if you ask them).

Granada greets you without ceremony, with a blast of air. . . . Its climate is much more bracing than that of its two rivals. Impossibly hot in the summer, the mountains nearby are still the cause of a greater variety of air pressure, temperature and precipitation throughout the year than the Cordoban and Sevillian flatlands allow. Granadine temperament is calibrated accordingly – brisk, assertive, practical. Malagans call them mean, but at least they are honest about their defects – self-critical even – where Sevillians might be duplicitous, or haughty (and Malagans noisily self-centred). Altogether Granada is a breezier, robuster place than most in Andalusia – it is certainly the highest at 2,200 feet – and a healthy pragmatism prevails, a sobering antidote to endless Sevillian *gracia*.

The mountains in Granada's greatest period – the mid-thirteenth century to 1492 – were both its protection and its downfall. Sealed off from a now Christianised Spain in 1246 by Ibn-al-Ahmar, the founder of the Nasrid dynasty, no more stalwart defence – or at least the symbol of one – could be created than the surrounding *sierras*. Such a natural guarantee of the city's safety from marauding Christians was sustained in fact by political expediency; al-Ahmar, regally entitled Mohammed I, agreed to pay tribute to Castile and promptly helped Ferdinand III sack Seville. He was buying peace, and time, for his new kingdom. Both were eventually to run out in the latter half of the fifteenth century, when the crusading armies of Ferdinand (V, of Aragon) and Isabella – made up of a new type of Castilian warrior used to extremes of hot and cold, and to the siege warfare activated by mountainous terrain – bounced the chaotic Nasrid armies into submission. For Castile, the conquest of rocky Granada was a military exercise in anticipation of the battles to be fought in much weirder terrain across the Atlantic in the two centuries to come.

Granada wants to be known – is made for conquest. Unless you get stuck in the lower modern city, it is hard to get lost; in the Albaicín, the old Muslim quarter, it is fun to lose your way, as you'll always arrive 'up', looking over towards the Alhambra, or 'down', looking under it. The Albaicín's unchartable street plan is a labyrinthine delight that wears off much more slowly than that of Cordoba's Judería or Seville's Santa Cruz. It is, so far, relatively unspoilt. The worst of the tourism takes place opposite, on the Alhambra. To the right of the latter, however, is a small residential area of old houses, packed next to one another as if in a kind of last-minute squeeze for existence before the forbidding architectural imperialism of the Alhambra buildings takes over; the streets undulate and lace towards the prettiest (largely post-Muslim) part of the city. Take a walk down the Cuesta Rodrigo del Campo on a clear spring morning: with the silence, the sight of the white ridge of the Sierra Nevada stretched out on what, between the fronts of the barely separated houses on each side of the street, looks like the roof of the world is far more likely to transport you than the Alhambra's Court of the Myrtles, full as it will be of chattering tour parties and sunburn. Indeed, the pleasantest chattering in Granada comes not from human mouths at all but from channels of running water. The sound of the stream that flows constantly down the side of the path from the Alhambra towards the Cuesta de Gómerez is the best encouragement to walk up the hill every time; or, in a stationary mode, the chuckle of the narrow river Darro running past the Centro de Documentación Musical de Andalucía in the Carrera del Darro, with the Alhambra looming above – always visible – was the best inducement to work I encountered in the South.

Water is the theme of the Alhambra. It is easily its most memorable aspect; who can possibly recall in any useful detail the luscious, dripping filigree of each of the various courts? In the Court of the Lions, it is the lions spouting water that one remembers; in the Court of the Myrtles the placid, oblong pond tropically reflecting primary colours. If it weren't so green further up the hill in the Generalife, you might mistake the abundance of fountains and general 'spray' for a municipal bath. It is possible, tourist industry notwithstanding, to feel very simply refreshed in the Alhambra.

The real beauty of the Alhambra lies in the genius of its location. Few places on earth seem to grow so gracefully out of their environment, and thus to have the ability to suggest a human paradise.[21] Old Granada, the Granada as the Muslims created it, appears to be part of the surrounding geology, unartificial. Let Cordoba be the city of imagination, Seville of the senses; Granada is the Andalusian city of nature, and the Alhambra its emblem. The ornamental art of its interiors, spontaneous and intricate, is organically mimetic of the wild verdure outside and which looks ready, from below, to engulf the place. It was, of course, this wildness that appealed so strongly to the

64

Romantic travellers – Chateaubriand, Hugo, Gautier, Washington Irving, Richard Ford. Such wildness for them was intensified by the chronic state of dilapidation in which they found the Alhambra in the early to mid-nineteenth century: the hill had become a free-for-all, teeming with beggars, gypsies, farouche musicians, maverick guides who'd cottoned on to the business to be had from eager tourists, and poets, willing to believe anything they were told about the palace's enchantments, and pay for it.

Modern Granada is a bustling, traffic-choked, smog-bound sprawl of some of the most unprepossessing building Andalusia can offer. This puts dampers on quasi-Romantic effusions of wonder at its treasures, to put it mildly; *granadinos* might claim that modern values – consumerism, free enterprise, democracy, *desarollo* (development), that ubiquitous Spanish word to excuse all forms of commercial barbarity – have released the city from the bonds of a miserably oppressive past. Modern Granada, however, is a monstrosity, symbolised at the outset of its maturation by the city authorities sealing the river Darro under a rash of building between 1854 and 1884. Lorca complained about it in his time, and frequently harked back to a happier age for the city roughly 600 years before, calling the end of Muslim Granada 'a disastrous event' in a 1936 interview. 'An admirable civilisation, and a poetry, astronomy, architecture and sensitivity unique in the world – all were lost, to give way to an impoverished, cowed city, a "miser's paradise".'[22] As for the building and roads of the nineteenth century, the main offender for Lorca, as for many, was the thoroughfare that cut straight through the old city, the Gran Vía de Colón, which the poet saw as largely responsible for 'deforming the character of today's *granadinos*'.[23] There are some conservative pockets of post-Franco Granada which resent these kinds of utterances of Lorca's; it doesn't alter the fact that many old buildings of great historical interest are still being bulldozed.

Lorca could be fanciful about Granada's Moorish heritage, but in this case he wasn't that inaccurate. The city went into instant decline after the Reconquista and fared through the centuries more melancholically than Seville, Cordoba, Cadiz,

Malaga. . . . The main reason for this lay in its potency as a symbol of the success of the Reconquista. Granada was the last to go, and it fell ignominiously, its traditions and character of 250 years undermined and reviled. A new ideology was implanted, that Castilian-Catholic inflexibility which turned it from an outpost of self-sufficient Muslim affluence to a dour extrapolation of the single-minded monarchism that had been pressing southward for centuries. To reinforce this seismic change of identity, mass migration from Castile was encouraged, which altered the character of the populace forever and lies behind much of the unfavourable comparisons made between *granadinos* and other Andalusians.

The beginning of the end was in 1482. The sultan Alboacen had refused to pay the required tribute and attacked Castilian territory; Ferdinand routed him at Alhama, south-west of Granada. One of his sons, Mohammed al-Abdullah – Hispanised to Boabdil – seized the Alhambra and made himself ruler of Granada. A year later, he foolishly attacked Lucena to the north-west, was beaten and taken captive. His father reclaimed Granada, abdicating in 1485 to his brother Mohammed al-Zaghall ('the Valiant').

The Catholic monarchs saw Granada within their grasp. They supplied Boabdil with arms, men and money, and encouraged him to topple his uncle; the city was plunged into civil war, and Malaga consequently fell into Castilian hands. Al-Zaghall was forced to retire to Tilimsan in despair after several futile attacks on Ferdinand's army, and Boabdil regained Granada. This time, having been an ally of Castile in the deposition of his uncle, he was determined to stay – though the city was surrounded and isolated. Ferdinand's reaction was to form an army of 10,000 and lay decisive siege to the stubborn mini-kingdom.

There was no war. Negotiations between Boabdil and his assailants were opened late in 1491; on 2 January 1492, Granada surrendered: after eight centuries the cross had supplanted the crescent.

Boabdil fled and is supposed to have looked back at Granada with tears in his eyes, a maternal imprecation ringing in his ears: 'You weep like a woman for what you could not defend like a man.' The place is known as El Suspiro del Moro, the Sigh of the Moor. The site is distinguished today by a petrol station.

European Islam was over.

Numerous forces were now set to change the face of Spain. Anti-Semitic riots in Toledo in 1449 had produced the first *limpieza de sangre* (purity of blood) decrees, banning Jews from public office. The *conversos*, those Jews who had converted to Christianity throughout the fourteenth and fifteenth centuries, began to return to the religion of their forefathers; in 1483, a Castile-based Holy Office, endorsed by the Vatican, was established to root them out. By 1487, Ferdinand had paved the way for an Arago-Catalan equivalent and hundreds, if not thousands, of terrified *conversos*, or New Christians as they were sometimes called, fled abroad from Barcelona, along with their possessions, skills, livelihoods and capital. The Inquisition had begun.

Granada was the anvil on which the conquerors were to forge their inquisitional policy. 'The conquest of Granada,' says J. H. Elliott, 'while glorious and triumphant, had also depleted the resources of the treasury. What more natural than to celebrate the triumph and remedy the deficiency by expelling the Jews?'[24] Thus on 30 March 1492, with the Nasrids defeated and Columbus about to sign his contract of discovery with Ferdinand and Isabella near Granada, an edict to expel all Jews from Spain was proclaimed. The 20,000 in Granada had three options: exile, conversion or the Inquisition.

So it was too, over a slightly longer period of time, for the 300,000 Muslim population. In response to an uprising in Granada in 1501, the Catholic monarchs had their first crackdown on the freedom of the *moriscos*, Muslims who had stayed on in Spain after the Reconquista, less than ten years after their promises about tenure of property and customs (a significant part of the 1492 capitulation negotiations). In 1556, Philip II ordered the prohibition of the language, worship, institutions and lifestyle of all remaining Muslims. A mountain rebellion in the Alpujarras south of Granada in 1568 was one of the most brutally suppressed of the entire post-Reconquista campaign against the Muslims; in 1609, Philip III expelled them for good.

The period of tolerance was at an end. Three centuries of paranoia were to pass, during which time Spain won and lost an empire, and purged herself of her most diligent communities. By the end of the eighteenth century, following her lethal penchant for social, political and fiscal self-destruction, the country had fallen far behind most of the rest of Europe in the race for industrialisation; it was to cause her to remain there until well into the twentieth century.

Cordoba, Seville and Granada subsided into decay and obscurity. A new race of people, however, for reasons best known to themselves, now targeted Andalusia as their habitat. The three great cities – after another royal decree in 1499 against the 'Egyptians' of Spain, forbidding itinerancy – became the favoured points of settlement for the gypsies. By contrast with the Muslims and Jews, they stayed on, and are unlikely to leave.[25]

3

Who are These People?

Gipsies communicate over colossal distances by singing secret verses down the telephone. Before being initiated . . . a young Gipsy boy had to memorise the songs of his clan, the names of his kin, as well as hundreds of international phone numbers.

'Gipsies,' I said, 'are probably the best phone-tappers in the world.'

'I cannot see,' said Flynn, 'what Gipsies have to do with our people.'

'Because Gipsies . . . also see themselves as hunters. The world is their hunting-ground. Settlers are "sitting game". . . .'

Bruce Chatwin, *The Songlines*

One of the first things I was told about on arrival in the South – at the top of the belfry in Cordoba, to be precise – was a custom that amazed me. Apparently in some parts of Andalusia, a common way of proving a bride's virginity was for the wedding-night sheets, bespattered with blood, to be hung out of the nuptial bedroom for public view the morning after the celebrations. I don't know why this should have come as such a shock; it certainly caused me to adapt to a new idea of Spain, which until that moment had struck me as being excitingly civilised, vigorous, young, visibly shaking off the debilitating moral and social oppressions of decades. This at least was the impression I had got from spending time on the Valencian coast, with a friend from Valencia. It may be that this observation of hers in the Mezquita belfry was, however unconsciously, a means by which to assert a kind of regional superiority over what has always been considered the most 'backward' part of Spain. Valencia itself has been able to lord it over the rest of Spain for decades, if not centuries, due to an uncommon prosperity and a more sophisticated view of Europe than exists elsewhere in the Peninsula (Barcelona excepted). This strange custom was Spain's older face, and there was a wry and amused pride in my companion's pointing it out to me.

That was in 1981. Ten years later, to discover that an equally common test of a bride's virginity, among the gypsies, consists of the insertion of a handkerchief into her vagina, with subsequent rupturing of the hymen and bloodying of the white cloth, should perhaps come as no surprise.[1] It did, and may also to those who see the gypsies as a romantic lot living luxuriantly in southern Spain, playing, singing and dancing flamenco, without a care in the world. The Spanish gypsies are often care-less, but not in the usual sense – in fact they are none of the things most of us might think they are. They possess, first of all, a constant capacity to surprise.

Their traditions are entrenched. Their sexual mores, over matters of marriage and fidelity, are of a rigidity that makes the matchmaking behaviour of conservative Catholic families or the Church's view of adultery look agreeably flexible. Neither man nor woman in gypsy wedlock philanders; the elaborate rituals that accompany a gypsy wedding, begun with the 'stealing' of the bride and culminating in the singing and dancing of *alboreás* (one of the oldest flamenco forms), amount to an a-religious contract between two people taken for life with the utmost seriousness. (It has been known for several weddings to take place at the same time, '"with the resultant celebration being something barbarous"', says a gypsy in Donn Pohren's first book on flamenco.) Even if these picturesque matrimonial habits are less widely practised than they were, one taboo governing the choice of partner is still ensconced in gypsy lore: neither sex should even contemplate marrying a *payo*, a non-gypsy. To do so for the gypsy is to risk ostracism from your peers, which means ultimate social oblivion, the marginalisation of a marginal being. As for the *payo*, he or she will probably have no friends.

The reason for this intense inflexibility is simple: the gypsies are a race, and a race apart, which is the second thing to say about them. On both points they are stubborn and insistent. They will be quick in conversation to tell you that they are originally from India – 'without doubt', says Concha Vargas, a dancer from Lebrija[2] – or that they have all, each and every one, experienced the 'unconscious racism of other Andalusians';[3] they will stress their apartness, their exclusivity as a non-Spanish race within Spain, which is a source of formidable pride. Flamenco is the cultural manifestation of this pride, almost an identification mark of gypsy legitimacy. In this spirit, the singer El Camarón de la Isla can entitle a record he made with the Royal Philharmonic Orchestra 'Soy Gitano' – 'I'm a Gypsy'. Everybody knows he is, it doesn't really need underlining; but it is available as a useful international marketing ploy, rather as if Bono were to sing in a rousing U2 chorus, 'I'm an Irishman' or as Sting did in his song 'I'm an Englishman in New York'. When you are a popstar – and Camarón, unusually for a flamenco singer, is just that – you can get away with bland statements of the obvious with cultural impunity, as long as it has the right riff. For a gypsy, advertising your origins in a world of ignorant *payos* is a point of honour.

The racial apartness of gypsies is fact, mitigated by an important qualification: the degree to which they are or are not integrated. This depends, like so much else in Spain, on where you are. In general the gypsies of the North, many of them from Portugal, live more on the margins of society than those in the South. There, gypsies are an accepted social and racial type; they might be considered a pest elsewhere, at best a colourful anomaly. A gypsy migrating north – as many have done – is likely to be discriminated against in the same way, superficially at least, as a Provençal peasant in Lille. In the French case, discrimination would be modified by good-humoured raillery – mockery of the Midi accent, for example – and rendered less virulent by that inbred sense of cross-citizenship the Republic seems to have encouraged in its subjects. In Spain, mockery of

71

the Andalusian accent, particularly of the often incomprehensible enunciation adopted by gypsies, is commonplace, and not malicious; as a race determined to preserve their separateness, however, the gypsies do little to moderate the prejudices of *payos*. Even less happy for them was Franco's 'Spain for the Spaniards', which in the new democracy has perhaps taken longer to dilute than most of his other preoccupations and which dictum gypsies often cite as proof of the bad times suffered under the Caudillo (as Franco was known – it means 'leader').[4]

It was not a policy unique to Franco; Republicanism has had a markedly unsuccessful ride in Spain over the decades, while racial tolerance over the centuries since the Reconquista has not even been an issue. The country's deeper history is characterised by a monarchist absolutism rivalled only, ironically enough, by France. The difference is that in France a revolution eventually created an enlightened bourgeoisie which led in turn to rights for labourers – the monarchy having been abolished into the bargain – while in Spain the bourgeoisie had to be created from above, at the pinnacle of which was the centralising power of the king or, in the case of Franco, the dictator. A modicum of effective liberty for the lower orders was thus a long time coming, which ensured marginalisation of the gypsies on a national scale for as long if not longer.

In the South, however, gypsy integration, though a relatively recent phenomenon and restricted to certain places, is part of the social fabric and more welcomed by the establishment than reviled. Between them, Jerez and Cadiz have the monopoly on well-integrated gypsy communities, where there is virtually no social friction: *gitano* perhaps, but *jerezano* or *gaditano* first. The bourgeoisification of gypsy families has been easiest in this region, always in the South the most open to fluid social mobility, due to proximity to the sea and therefore to multiple foreign influences – Mediterranean, African, transatlantic.[5] This, through trade, has brought wealth, great wealth compared with other provinces of Andalusia, where appalling poverty (encompassing gypsies) has ached under isolated pockets of prosperity (in the hands of landed gentry and Castilian aristocrats). In the province of Cadiz, which contains Jerez – with its all-important sherry industry – economic parity across all classes seems now to be the norm, where in others economic disparity between two – aristocrats and labourers – was until recently the base social structure. Things have changed dramatically, of course, in the last three decades, though it has been more a case of most other parts of Spain as a whole catching up with, say, Jerez; perhaps the most bourgeois town of this part of Andalusia: gypsies here are and have long been accepted socially, and are barely distinguished from other classes of Spaniard. This cannot be said of Cordoba, Jaen or Almeria, or indeed anywhere else in Spain.

Outwardly, Jerez resembles any other overbuilt town in the Guadalquivir basin. As you approach it from either south or north over gently rolling white hills abundant in the sherry grape, you see stretched on the horizon what looks like an army of tenements, marching rectangularly in the haze across land that was never made for them. Having battled past these, you arrive in a bustling, unspoilt centre which, if it weren't for the heat and palm trees in the main square (plaza del Arenal), might recall Horsham or Godalming on a summer's day. Move from here across a couple of peaceful *plazuelas* bordered by dove-covered Baroque churches, and you start to wind your way through the *barrios* San Miguel and Santiago. This web of silent, narrow, whitewashed streets on either side of the Gothic church of Santiago is the source of the gypsy flamenco – harsh, rhythmic, idiosyncratic, inscrutable – which has given rise to an entire Andalusian musical mythology.

There are hundreds of flamenco names which echo through this quarter, though today you will be hard-pressed to find remnants of them. They exist in the minds and music of performers, not in visible manifestations – statues, plaques, monuments – of their largely unrecorded lives. This invisibility is served by the unusual nature of gypsy integration here; what seems superficially like a closed, undemonstrative town harbours an enclave of one of the most demonstrative peoples of Europe. The gypsies of Jerez are immutably part of the urban landscape; their flamenco is as much a mineral of the soil on which the town is built as the sherry-grape vine is its principal vegetation.

73

Mention Terremoto, for example (his name means 'earth-
quake'), and you will be tapping just one potent shoot of this
mythology. A gypsy born in 1936, as a singer and dancer he
embodied the quintessential flamenco spirit, the *jondura*
('depth'), of Jerez. Dark-skinned, round-featured, he lived to
excess and was wildly unpredictable in performance – which can
make for the most exciting flamenco, though you have to be a
Terremoto to pull it off. When he died of a heart attack in 1981,
no one was surprised, but he was as universally mourned in
death as he had been loved in life. La Paquera, born two years
before him, is another Jerez legend, a gypsy singer who has been
at the heart of the town's flamenco community for decades. Now
the size of Montserrat Caballé, in the fifties and sixties her
international reputation was almost as big, though she excelled
in a somewhat different repertoire. Unmarried and childless,
she is considered nonetheless as a kind of matriarch of Jerez
flamenco, having performed there over the years with most of
its important artists, including Terremoto, as well as in the more
cosmopolitan environs of Madrid and elsewhere. Their names
today ring with a white-hot authority that seems right for Jerez,
and Jerez alone, though they are acknowledged anywhere where
flamenco means something.

Where at the most official and visible level it 'means' something in Jerez is at the Fundación Andaluza de Flamenco in the
Palacio Pemartín, plaza San Juan, right in the heart of the *barrio*
Santiago. This is a converted eighteenth-century palace of considerable elegance and charm, established in 1987 for the purposes of fostering interest in and research into the history and
art of flamenco. Equipped with a library, a small screen-theatre
and video facilities, the foundation is a delightful place to visit;
unfortunately, though located in an important flamenco *barrio*
which is actually not a rowdy one, it is no place to work. The
noise, for a start, is something unholy, with doors and windows
banging constantly, conversations echoing like lorries through
the library and, when you're trying to use the video machines,
teenagers (to whom the foundation is highly sympathetic) running around looking for their favourite flamenco clips as if they
were out on a Saturday spree in a high-street video mart. On

the top floor there is a studio space – an *aula* – for rehearsals, classes and so on. Though entirely appropriate that such a thing should exist in Andalusia's only official 'flamenco centre', it adds special – and irritating – meaning to your work when, in the library below, all you hear for three hours or more is thunderous foot-stamping.

The foundation's problem is that although it advertises research facilities, it is patently not designed for researchers. Its library is inadequate, its archive non-existent, its opening hours (9.30–2.00) inconvenient; its stock of videos is respectable, though you'll be lucky to be able to watch them in peace. It doesn't lack funds, though it lacks uses – other than for locals, which I suspect is at the core of the problem; I was told that one of the foundation's worries when it opened was that it wouldn't be used by actual 'makers' of flamenco, gypsies in particular. In clearly having no shortage of them, from Jerez above all, it is almost impossible for anyone else to take advantage of it.

As you continue away from Jerez up the Guadalquivir, further long-established gypsy communities are to be found in Lebrija and Utrera; they blend equally into small-town society, producing some of the region's finest flamenco. From Lebrija, for example – the most important place after Cadiz, Jerez and Triana – come the Vargas, Paula, Carrasco and Peña families, all of them fertile producers of the rough, ancient sounds and dances of the region. Artists such as Pedro Peña and Pedro Bacán (guitarists), Juan Peña 'El Lebrijano', Curro Malena and Manuel de Paula (singers), and Miguel El Funi and Concha Vargas (dancers), are fixed names in the contemporary flamenco firmament, and feature in the many festivals that take place across the South (see Chapter Eight). Lebrija itself is a place of no special elegance; with everything radiating from a central square, the plaza España, the narrow dusty streets, lined with low, white-washed houses, seem to fray into open countryside, the whole united by the intense blue of the sky, and the whiteness of the light and the land around. Within many of the houses are delightful Arab-style patios, and in the town's main church, Santa María de la Oliva, are the remnants of what was once obviously a mosque. Lebrija is in fact older than the Muslims, going back to Phoenician times, with traces too of Graeco-Roman civilisation; its real allure as a place is its smell of age – and if the gypsies, as a people, are as old as they say they are, it seems quite appropriate that they should have remained so at home here.

Lebrija has its own flamenco festival, 'La Caracolá', some twenty-five years old – named after snails (*caracoles*), the food consumed during it; likewise Morón de la Frontera, further to the east, has its 'Gazpacho', named after the summer soup of the South. In Utrera, the festival is 'El Potaje' – stew – which takes place in a small park next to the remains of a Moorish castle. With a dense gypsy community like Lebrija, Utrera is even dustier and drier, though not whiter or older, than its cousin further south. Its influences are Sevillian – being only fifteen miles from the big city – in that it has many more churches than Lebrija, most of which are golden-brown Baroque delights, if a little overgrown with weeds and storks' nests, and underused. Today, Utrera is on the flamenco map above all because of one gypsy singer whose standing is equal to La Paquera's.

Born Fernanda Jiménez Peña in 1923, Fernanda de Utrera has had an extraordinary career, in that she has travelled the world over with her flamenco song, like a star, though, like a gypsy, she would not think of settling anywhere else other than amongst her family and fellow flamencos in Utrera. She has lived here all her life with her sister Bernarda, who is also a singer of repute, specialising in a type of song known as the *bulería*, which – in its Jerez version – is what La Paquera sings. Fernanda, also unmarried, specialises in the *soleá*, one of the oldest and most dignified flamenco forms, and she sings it with a force and emotional impact that many believe only a gypsy can produce. Her voice is rough, uncompromising, starkly feminine but brilliantly versatile; she's no stranger to either the recording studio or the festival circuit, and she is always in demand. As a symbol of all that is most powerfully and intimately suggestive about the flamenco sound, one need almost look no further than Utrera; indeed, for Fernanda, as for many gypsies, flamenco is the epitome of a community's sense of closeness to itself and difference from others, and in time we must explore what the difference is. For now, as a gypsy, Fernanda represents all that is most talented in her race and, in a real sense, most conservative in its determination to belong.

The satellite towns of Seville – Dos Hermanas, Alcalá de Guadaira, Mairena del Alcor – are similarly rich (and untroubled) pickings for gypsy flamenco. Once in Seville, however, an overpowering commercial urban environment has dislodged the gypsies from the social mainstream; nowadays their traditional stamping-ground, Triana, is no longer theirs. Originally the *morisco* quarter of Seville, after the Muslims were ejected in 1609 it slowly became a kind of urban encampment for the gypsies. They formed a new artisan class, one which fell into the ways of smithying, horsetrading, weaving and peddling. Concomitant with their trades were the more familiar activities of gypsy life: theft, extortion, bribery, fortune-telling. By the 1830s, George Borrow was forced to remark that there was 'no part even of Naples where crime so abound[ed], and the law . . . so little respected'. It contained, he claimed, 'the principal part of the robber population of Seville' and was a suburb of 'the vilest lanes . . . amidst dilapidated walls and ruined convents', and so it was for at least a century after Borrow's time, associated at every corner with the filth and depredations of gypsies.

It was only the housing policies of the sixties and seventies which led to the removal of the old population to dormitory estates on the city outskirts, like Las Camas, and which transformed Triana from a cauldron of gypsy culture to an anodyne Sevillian theme park. In the memories of those who knew it in the forties and fifties, flamenco was on the streets, in the bars, in the air, the quarter animated by a popular musical heritage that gave it a unique identity. When you go there today, all that is rather hard to believe. Flamenco singers in particular, whose inheritance from Triana is a vital one, look back at the old days with the same artistic nostalgia as modern painters living in Paris might at the Montparnasse of the twenties and thirties; in both cases, the reality is more literary than actual, though some flamenco singers will claim that the *cante* of Triana lives on in their art and in their blood, which is poetic, but a little fanciful. The gypsy mythology of Triana is abiding, especially for those who don't come from there: like the gypsies themselves, flamenco has moved on.[6]

What makes gypsy culture so difficult to penetrate, at statistical and historical levels, is its lack of documentation. Nothing about the gypsies of Spain suggests an instinct for cultural permanence. They have never written their history down, nor do they want to. What they know about themselves is established through the basic rules of survival, through what others – non-gypsies – say about them, and above all through the imparting of information and sustaining of customs by oral means. Just as flamenco itself is learnt by inheritance and imitation, so is the gypsy sense of racial identity. Gypsies are wary of education, superstitious even of literacy. This goes a long way back into their history and it is the cause of a disastrous lack of proper testimony – written, that is, from the inside.

They probably did come from India, though there is no proof. From a region on the border of Iran and Pakistan emerged an aboriginal people of Hindu tendencies some time in the third millennium BC, 'the antecedents of the antecedents of the gypsies', as Félix Grande in the best work on flamenco and the gypsies calls them.[7] With the invasion of the Aryans in the second millennium and their imposition of the caste system, these more primitive tribes were forced into a nomadic existence, and became the great Asiatic wanderers of the pre- and post-Christian eras. India was their chosen terrain for a thousand years, though we know virtually nothing of what they did there. In around the ninth century AD, there was a mass exodus westwards for sure, with arrivals of tribes of migrants in Constantinople via Armenia and in North Africa via Syria.

Of the two strands in this migration, the northern one moved up through Central Europe, dispersing across the south- and north-western corners of the Continent. Population clusters known variously as 'Romanies' (Romania) and 'Tziganes' (Hungary) were deposited by this wave and are distant relatives of the gypsies of Spain, as are similar wandering minority sects east of the Urals. The gypsies of the Carmargue in southern

France are the last grouping of this itinerant family before Spain, and are directly related to the Andalusian strain.

The southern strand wound its way through the Levant down into Egypt – at least so far as can be plausiby ascertained. A warrior race called the Jutsi had been at large in this part of North Africa during the fifteenth and sixteenth dynasties, but it is hard to determine whether they originated in India before the Aryan invasions or from beyond the Urals. There is some evidence (according to Grande) that in the 'collective memory' of Russian gypsies in the last century there existed references to the Jutsi, and their name has also been associated ethnologically with the 'Roms' or 'Curi' (both words have been used to describe the gypsies). Expelled from Egypt in 1567 BC the Jutsi became the wanderers of the Arab lands and North Africa for centuries, until – in the likeliest scenario – they merged at the end of the first millennium AD with the wanderers from India. Slowly these combined peoples crossed North Africa, until they reached Morocco; and it is from here that they made their first landing in Andalusia, though it is impossible to say when – the late Middle Ages is the likeliest time.*

The bulk of Spain's gypsies arrived from the North via Barcelona in 1447, though there is evidence of free passage being given to someone called 'Juan de Egipto' in 1425 by Alfonso V. Certainly, the so-called Egyptian connection goes some way towards explaining the word 'gypsy', or *gitano* as it is in Spanish (*gitan* in French), and *tzigane* is an obvious derivation from the same root. This nomenclature probably had less to do with any real knowledge of where these people came from than with their appearance; even today, in the physiognomy and skin colour of certain gypsies can be seen a striking resemblance to the non-Indo-Europeans of Asia, whether Subcontinental or Arab. In the first decades of their arrival in Spain, they were taken to be people of the East, a suspicion confirmed by their language, Romany, the tongue of the Roms, traceable to Sanskrit; in Spain,

* Another theory, propounded by José Carlos de la Luna, suggests that gypsies arrived in Spain in the fifth century BC with the Phoenicians and Greeks; if so, they would have been small in number.

the gypsies referred to themselves as 'Zincali' (the term used by Borrow out of respect for his subject), while their dialect was 'Calí' – from which comes, for example, the word *payo*, meaning peasant or serf. In the first law passed against them, Isabella was content with 'Egyptian', which despite its inaccuracy stuck, to become shortened more derisively throughout the sixteenth century to 'gypsy'. So it has been ever since.

By the late fifteenth century, the trans-Pyrenean migrants had moved south and proliferated. Granada became a favoured location because, it is thought, of an affinity with the Muslims. This is plausible, due to certain ethnic similarities, and the fact that both races were fast becoming religious and social pariahs – the Muslims after eight centuries, the gypsies after half of one. In truth, gypsy loyalties blew with the wind. When it was obvious that might and eventual victory lay with the Christian armies, the gypsies were happy to shoe their horses and forge their missiles.

Opportunism is a feature of the race, and is why the gypsies over the centuries have more or less successfully avoided political and religious struggles within Spain. They are their own masters and lay down their own laws – and as far as this is true do not integrate, at least not in the public life of their urban communities. This in turn explains why they were not targets for the Inquisition. George Borrow reports a remarkable statement when talking to an elderly ecclesiastic who had once been an inquisitor himself: '"The Inquisition always looked upon them with too much contempt to give itself the slightest trouble concerning them; for as no danger either to state, or the Church of Rome, it was a matter of perfect indifference to the holy office whether they lived without religion or not."'[9] There is no doubt that gypsies were on occasion subjected to inquisitorial rulings, the commonest form of punishment for gypsy carryings-on (not necessarily illegal) being imprisonment. Inquisitors, however, were less of a persecuting force for the gypsies than legislators, whose headache was twofold: how to Hispanise them, and how to settle them.

Over a period of three centuries a variety of royal laws were passed to try and contain the wandering of gypsies. The precise terms of the first, in 1499, were to implement immediate banishment of gypsies without a certifiable occupation; if found without one, they had to leave Spain at the end of sixty days. This was reinforced in 1528, with an added threat of forced labour in the galleys for those gypsies who remained vagabond. Ten years later, Emperor Charles V (Charles I of Spain) endorsed all anti-gypsy laws. In 1558, Philip II was determined to make them abandon the 'wild life' for good, which led to a pullulation of gypsy colonies often in or near former Jewish or Muslim quarters; their permanence was guaranteed when Philip's measures were bolstered at the end of the sixteenth century, with laws passed in 1570 and 1581 to prevent gypsies travelling to the West Indies. In 1586, he made further attempts to curtail their activities by decreeing that they must have proper authorisation to sell anything in fairs or markets, only given to them if residency were formally registered; if not, their goods were considered as stolen, and punishment followed accordingly.

The seventeenth century was their worst. Starting with the Cortes (Parliament) highlighting the 'great and pitiable complaints in regard to *gitanos*' in 1610, Philip III banished them from Portugal for good in 1619 under pain of death. Should they seek legal abode in places of no less than one thousand families – choosing therefore to settle in the Peninsula rather than leave it – they were forbidden to use the 'dress, name and language of Gypsies, in order that, *for as much as they are not such by nation, their name and manner of life may be forever more confounded and forgotten*' (Borrow's italics). The same year also saw the publication of an influential essay entitled 'Expulsión de los gitanos' in Sancho de Moncada's *Restauración política de España*, a document that provided Philip with the textual and religious legitimisation he required to see his policies through. In 1631, another 'authority', a mayor called Juan de Quiñones (Moncada was a priest), provided the next king, Philip IV, with the arsenal *he* needed to continue the work – a pamphlet descriptively entitled *Discurso contra los gitanos*. On the basis of this, eleven years later, Philip secured the penalty of three years' banishment for any gypsy transgressing the separation laws (i.e.

apartheid) or practising the race's customs. The laws' texts are worth quoting in full:

1st. . . . the aforementioned people shall, within two months, leave the quarters where they now live with the denomination of Gitános [*sic*], and . . . they shall live separate from each other, and mingle with the other inhabitants, and . . . they shall hold no more secret meetings, neither in public nor in secret; . . . the ministers of justice are to observe, with particular diligence, how they fulfil these commands, and whether they hold communication with each other, or marry amongst themselves; and how they fulfil the obligations of Christians by assisting at sacred worship in the churches; upon which latter point they are to procure information with all possible secrecy from the curates and clergy where the Gitános reside.

2ndly. And in order to extirpate, in every way, the name of Gitános, we ordain that they be not called so, and that no one venture to call them so, and that such shall be esteemed a very heavy injury, and shall be punished as such, if proved, and that nought pertaining to the Gypsies, their name, dress, or actions, be represented, either in dances or in any other performance under the penalty of two years' banishment, and a mulct of fifty thousand maravedis to whomsoever shall offend for the first time, and double punishment for the second.

Harsh terms indeed, but there was little chance that they would have been taken any notice of. Still, laws against gypsy wandering also allowed local justices to overstep for the first time the limits of their jurisdiction to obtain convictions for vagrancy; and proof of theft was not required. Thus, as Jean-Claude Clébert has said, gypsies 'passed officially into the ranks of false Christians, thieves, diviners, visionaries, poisoners of cattle, spies and traitors'.[10] In effect, measures were being taken to abolish the gypsies' racial identity and name for good.

In 1692, Charles II reiterated the thousand-hearth law, adding in the forbidding of arms possession or the seeking of employment in anything other than agriculture; they were to desist from 'going in the dress of Gypsies, or speaking with the language or gibberish they use'. Three years later, these edicts were widened into twenty-nine articles, disabling them from becoming either blacksmiths or owning horses – traditional gypsy occupations. Anyone found helping them to contravene this law was to be fined 6,000 ducats; if a 'plebeian', the punishment was ten years in the galleys. In a particularly sinister clause, it was declared that either the word of two witnesses – 'without stain or suspicion' – *or* 'three depositions of the Gitános themselves, *made upon the rack*' (Borrow's italics again), were enough to render a collaborator guilty, even if the nature of the collaboration were unspecific. Although it has been said that the Inquisition *per se* interested itself little in the gypsies, legislation passed for two centuries constituted the persecution of a racial minority that amounted to an inquisition of methodical perniciousness.

The eighteenth century started with no evidence of easing up. A law permitting the use of firearms against gypsies on the road passed through the Council of Madrid in 1705, and twenty-five years later Philip V forbade any gypsy to complain against local justices, banishing all gypsy women from Madrid who may have been there to appeal on their detained menfolk's behalf through what was called 'divination' – fortune-telling and the like. The monarch passed his most notorious law in 1745; 'in the event of their [the gypsies'] taking refuge [from the law] in sacred places, they [the justices] are empowered to drag them forth, and conduct them to the neighbouring prisons and fortresses. . . .' The neutrality supposedly accorded to all men in the temple of the Lord, whatever their status, and a right long-respected by the Catholic Church in Spain, took an ignominious turn here, one which the a-religious gypsies would never forget. The incident is movingly recalled by the singer El Lebrijano in his recording 'Persecución', which is the best flamenco cataloguing to date of the injustices perpetrated against the gypsies throughout the centuries (see note 12). Throughout the rest of this century they were to be seen as 'incorrigible rebels, and enemies of the public peace' – with no real evidence that they were either – and with a succession of laws, similar to all the previous ones, introduced to keep them apart from Spanish society.

In the 1780s, things suddenly showed signs of changing. The three decades from 1760 to 1790 were amongst the most peaceful and prosperous in Spain for a century and a half either side of them. This was effected by a number of unusually able ministers and a king, Charles III, who despite his profligacy and lack of political attunement has gone down in history rather better than most of his predecessors and successors. The fact that the country wasn't at war with anyone, apart from England intermittently, must have played a large part in this. He also expelled the Jesuits; and people got richer. The attitude of the gypsies towards him will forever be ambivalent, as he did more than anyone before him both to confirm their marginalisation *and* make their lives easier. He did this first by refusing to acknowledge that there was any such people as the gypsies; even the term 'New Castilians', which had applied to them from about the mid-sixteenth century, was to be abandoned. From now on, they were Spaniards – in the eyes of the law. The king's law-makers figured that the hounding of a tribe which was constitutionally unable to settle had done nothing to solve the problems of *gitanismo*; if anything, it had compounded them by identifying them as a separate race so forcibly and therefore setting them in their ways even more. Best to treat them like the rest of the population, then tackle the problems. So Charles's second radical move was to remove all legal obstacles preventing gypsies following the same professions as everyone else – at the lower end of the social scale; but – and it was a big but – they must abjure their customs. The latter proviso was of course disingenuous, as it was – if one were going to give the gypsies some legal professional leeway – impossible to enforce. Still, it was an essential part of the decree, issued in 1783.

What Charles III did for the gypsies was tacitly to recognise their foreignness without either allowing for or condemning them for it. They simply had to prove that by joining a trade they had chosen to settle, were part of the state and not aliens. He did nothing either to elevate their social status or penalise them for what they were. As a 'reinstated' artisan class, they had the opportunity to make good, and make good is what they did do, within their own understanding of the term. They could work the land, trade in horses, run inns, become blacksmiths again, carry on with impunity as they had done for three centuries, as long as – so far as the law could be interpreted – they were not seen to make a nuisance of themselves.

None of Charles III's gypsy legislation was liberal in tone or content. It did, however, have one lasting effect: by recognising the gypsies as a social phenomenon rather than as a social problem, and confronting it as such, it removed the necessity of hindering legally their absorption into society. As Spaniards, they were part of it, whether they liked it or not. The real prescience behind this was to see that these people did not in fact *want* to belong to Spanish society; by not persecuting them for this but at the same time ensuring that the law applied to them as for everyone else if they fell out of line, the law could not be accused of being racially discriminatory – or, if that term sounds anachronistic, of doing what it had done for three centuries to deny their very existence.

Day-to-day, familiar understanding was – and still is – another thing. Our sure window on to the history of the gypsies so far has been through a long line of repressive royal edicts. It brings us no closer to what they really are, in isolation from the law, to what Felix Grande calls 'their being . . . their past, their customs, their relationship with nature, their concept of divinity . . . their links with magic, their disposition for music, for dancing, for the forge; their language, their clothes, their beads, their cult of the dead, their respect for elders, their exemplary love of children, their radical respect for fidelity, their necessity for freedom. . . .'[11] This catechism of virtues – and they are, at the very least, characteristics to be admired – is set by Grande against what he sees as the patently repressive dicta of Charles III; at this point in his book, *Memoria del flamenco*, he has a somewhat one-sided imaginary dialogue with 'His Majesty, the King' as a riposte to the latter's lawmaking. It is a legitimate exercise, as no one, least of all any gypsy, has attempted discursively to put the record straight with regard to their culture before. Grande, born in Extremadura and brought up in Ciudad

Real – a quintessential Castilian city – is a writer of sophistication and learning; he has a profound knowledge of flamenco, linking its evolution closely to the gypsies, for whom he has long been an eloquent apologist.[12] For my money his knowledge is almost too profound, as it prevents his book from standing back from all aspects of the music and culture, and looking on in two important – perhaps unprofound – ways: the fact that flamenco can be immensely enjoyable and that in the absence of any written testimony about the gypsies *by* gypsies, flamenco is the best they and we have, historical hypotheses and data notwithstanding. Grande is an expert in what are called *gitanoandaluz* studies,* but in all deference to the scope of his analysis of flamenco, it is unlikely that he will ever be 'on the inside'; culturally, it is impossible. The gypsies keep their 'being' from outsiders, however close the bonds of friendship may be (rare as these are between gypsy and *payo*). This only adds to the difficulties of finding access to their roots and history. Yet, for a race that is acceptable in Spain but still treated as peripheral (about which they don't complain in any public or political capacity I know of), it is not surprising that their 'separateness' – *otredad*, 'otherness', as Grande calls it – is sacrosanct.

That they have been able to keep themselves to themselves with considerable ease and success to this day is testimony to two overriding factors. First, given the chance, gypsies were ready when the moment was ripe to assimilate themselves – on their own terms. Permitted to be themselves, under certain constraints, and not legislated against because of what they were but treated like all other men, they could thrive, within the law and within their own set of taboos. If gypsy communities tended to develop in the poorer, slummier parts of the towns and cities of Spain, that is because of an economic pattern that has applied to all class-bound, non-communist societies since the Industrial Revolution; without the requisite economic means, social mobility for the lower classes is denied. For the gypsies of Spain, it was doubly denied, due first to their self-determined

* *Gitanoandaluz* = literally 'Gypsy-Andalusian', somehow less meaningful in English.

separateness, second to the evolutionary peculiarities that held the country back until recently: her lack of industrialisation, the political power of a reactionary Catholic Church, and her immaturity throughout the latter part of the nineteenth century and much of the twentieth over the elementary rules of universal suffrage.

Spain's poverty has always been pronounced, her rural-based economy being the instrument by which most of the nation's labouring class was kept at subsistence level for so long. Gypsies, since antiquity a rural – or non-urban – race, ghettoised themselves in urban environments, especially after Charles III, and while making themselves available for labour sidestepped the thrust of history as it unfurled in Spain after the defeat of Napoleon. Their ghettos, whether in the big cities like Seville, Cadiz, Granada, or the small towns, Jerez, Tarifa, Guadix, never became hotbeds of insurrection but isolated pockets of self-preservation; liberalism, industrialisation, worker emancipation, mass education, all the familiar traits of nineteenth-century progress which came to Spain late and in small doses – Andalusia saw little of these things until well into the twentieth century – passed the gypsies by. And in an important sense they let them pass by; politicisation was not in their interest. They had obtained the same rights to the justice of the courts as the rest of the population; landowners had no qualms about employing them, as they were cheap and uninterested in tenancy; the Church – exercising watchful influence over the morality of the bourgeoisie – ignored them; and successive governments, disinclined to give anybody the vote anyway (the politics of nineteenth-century Spain are made up of a series of *pronunciamientos* from Madrid and pointless conflicts of succession – the Carlist Wars) also turned a blind eye to their existence. Arguably the gypsies had never been freer.

Given that freedom, qualified though it may have been, the gypsies possessed a secret weapon which is the second, positive cause for their survival well into the twentieth century: flamenco. They didn't invent it; rather in the same way as the Muslims made of the rich potential of Andalusia a flourishing western kingdom, so the gypsies took up a musical heritage and made it

87

their own. In so doing, they developed a culture that has since been universally recognisable, and become commercially an industry in its own right. Gypsy commerce is different to most other people's, and nowhere have the gypsies been more shameless in the maintenance of the flamenco 'market' through sharp practice. Extortionate prices quoted for a song or a whirl by singers and dancers to the uninitiated – those who like the idea of flamenco but know nothing of its arbitrary economics – are traditional to the art. Because they *are* thought to be holding a secret, gypsies have for almost two centuries been making people pay for proof of their abiding mystification in musical terms, regardless of whether the flamenco is any good or not. They will continue to do so for as long as demand and ignorance allow.

In walks of life away from flamenco, gypsy behaviour has been and often still is a cause of social resentment. Tales of gypsy mothers carrying a child screaming in shops for change from five- or ten-thousand peseta notes when they have paid with a one-thousand note, or of windscreens being smashed in at traffic lights when a driver refuses to pay for an unsolicited wash-and-wipe, are not uncommon. The sight of a young man with a cap and stick, whistle in his mouth, cajoling drivers into gaps in popular parking spots all over Seville in return for a fee, or of an upturned guitar being used for collection in a café after a minute of incomprehensible wailing, make one realise how dim gypsies' improvisatory talents can be. At the surreal end of the scale, the vision of a goat standing at the top of a ladder, legs pinched to a bunch of hooves on a tiny platform, with a grizzled man alongside alternately barking at a little boy playing (say) a mini-electric piano and accosting passers-by for money is straight out of Goya – in light-grotesque mood.[13] Gypsy mendicants in Spain are a breed to themselves, and to be avoided; if rewarded, their persistence in fleecing the donor will be as grotesque as the method used to attract attention in the first place. And I think Spain is the only country in Europe where you might, refusing to hand over a few pesetas on a request seemingly from nowhere, be called in public in screeching tones 'you queer' (*maricón*) by a five-year-old girl, as I was once in the

Plaza Mayor in Salamanca; adult imprecations are even wilder, and if the gypsy accent didn't disguise the audibility of certain phrases so well, offence taken by non-gypsies at charms such as 'I shit in your mother's milk' would be commonplace, and lead to terrible scenes. One of the best I have come across is in Gerald Howson's marvellous account of his time amongst the gypsy musicians of Cadiz, in which an insane character called Efrén is reduced to paroxysms of laughter after Howson has been asked by a singer called Aurelio 'if he's seen Enrique'. The invariable reply being 'Who?' leads to '*El que te dío en el dique*' – 'He who gave it you [buggered you] in the ditch.'[14] This burlesque obscenity would be denied the dignity of a flamenco *copla*, but has the rhyming neatness of one.

When it comes to flamenco proper, the gypsies can be awarded the colours for a variety of advantages over others who may want to practise it: their Andalusian heritage; their innate grace; and their formidable powers of imitation.

Their southern cultural base has been the preoccupation of this book so far. Andalusia is where they are most settled and most accepted. There is nothing in present social and ethnic trends to suggest that this will change. As for grace and imitation, these are characteristics harder to define; they have to be seen to be understood – both of them apply specifically to flamenco. Natural grace is, I suspect, a rare phenomenon in most people's experience; when confronted with it in certain sorts of gypsy mannerisms – their posture, their gesticulation, their dress-sense – it is arresting, sometimes heady, sometimes even ridiculous; in flamenco, it is unmistakable, and must be differentiated from the grace that might pertain to other kinds of music and dance, that of the classical ballet stage, for instance, or of the court. If a *payo* performer possesses it, it will have been sweated for. A gypsy performer's talent is defined by it and circumscribed by various terms: *arte, ángel, duende*. It is a birthright that makes many non-gypsy artists wish they were a gypsy, or even pretend to be.

89

The imitative skill is more complex. As one 'flamencologist' puts it:

> Gypsies have never distinguished themselves in taking any cultural lead, that much is for sure; the best that can be said is that they have an obvious facility to pin down and assimilate certain phenomena with which they have come into contact, and which they have then developed and moulded into their own shape for their purposes, until they possess special features. . . .[15]

At a domestic level, gypsies learn to sing, dance or play guitar quicker than others because flamenco is often in the family; indeed, it may be all that the family has. They simply copy their parents, or brothers and sisters, who have had it handed down to them through generations. Flamenco is also a ritual; many manifestations of the ritual are tied to gypsy customs – wedding ceremonies, harvesting grapes, the forging of iron – and it is easy to ascribe to the gypsies a greater understanding of the music and movement that go with it, and of what they mean, than to those who have not been party to its peculiar intimacy by accident of birth. Before deciding whether or not this makes for better flamenco, we must take a closer look at what it is.

4

Songs of the Dispossessed: The Beginnings of Cante

Se podría decir que el cante es, ante todo, memoria.

(You could say that *cante* is, above all, memory.)

Félix Grande

Many have been the guesses as to the origins of the word 'fla-menco'. To say something is *muy flamenco* today can mean any-thing from 'really wild' to 'really authentic', its obvious musical associations aside. In the eighteenth century its antecedent might have meant 'boaster'; throughout the nineteenth century, when the word first came into proper currency, it referred – more in an oral than a written context – to the music and dance of the gypsies and non-gypsies who performed this colourful art in public, and in the *cafés cantantes* established later in Seville and Madrid. The first recorded textual use of it was in 1870, when it defined, simply, 'a species of musical compositions of *particular* characteristics'.

Its etymology is as obscure as the origin of the gypsies. It might be of Arab derivation; *felagmengu* means 'fugitive peasant', *fela men eikum* an Andalusian worker of the Muslim occupation. If there is an association here, then from the beginning 'fla-menco' had clear roots in the notion of flight, opposition, of being subordinate in some undesirable way, of being on the outside. The words '*fanfarrón*' and '*farruco*' also have overtones of the strange, the wild, the excessive, the over-passionate, all of which might have been first reactions to the spectacle of gypsy

91

dance and behaviour that could be considered 'Moorish' or outlandish.

In a later period, Charles V brought his court retinue from Flanders to Madrid, and it may be that their foreignness was transferred by association to the gypsies, other foreigners who sang strange songs; or that the colours of the Flemish (*flamenco* in Spanish) costumes reminded the indigenous population of the brightly dressed itinerants of the South. His Chapel singers were also always Flemish, these *flamenco-cantores* becoming famous in their time, so there is at least a tenable musical connection.

The word probably springs from a combination of these things. Its present meaning is arguably more specific than its past one, due to its acquired status as an art that needs to be preserved. For decades it referred to the perception of an amorphous musical idiom, from somewhere South, which if it involved guitars, a minor key, raucous voices, stamping, castanets and polka-dot dresses could be embraced by an evocative word of delightful inaccuracy – *flamenco*. More recently it has been applied with even more inaccuracy to music of a Latin variety, with rhythm, brio, hectic singing and fast guitar-work. Listening today to a performer or *aficionado* in Spain speaking of the music that moves them, '*el flamenco, como arte . . .*' – flamenco as an *art* is laden with contemporary poetic and socio-political connotations that can define a person's idea of himself and his place in the world.

Flamenco is the sum of its interpretations. Just as its etymology is unstable, so is its existence through the words of those who live it. For Paco de Lucía, flamenco 'has thousands of paths and we are in its infancy'.[1] For a writer like José Manuel Caballero Bonald, it is 'a way of singing [which] define[s] anthropologically a way of being'.[2] For a weathered Antipodean who's lived the flamenco life in Madrid for twenty-five years, the right mentality for it is 'the raunch'.[3] For the vast majority who know nothing about it, nor care to, it is a vague, colourful blur in the corner of the eye. For those who know something about it or profess to, it is unique music with social ramifications. For those who perform it, it is something to die for.

92

One thing is certain: when a foreigner (and that can mean someone from as near as Albacete or Salamanca or from as afar as Alabama or Sweden) hears flamenco song, they'll find it excruciating. For most, flamenco is guitars and dancing, rhythm and passion. That indeed for years was a successfully garnered picture of Spain – along with sherry and bullfighting – and testifies to the pervasive representative influence of Andalusian imagery in the world at large; but Franco and his cronies at the ministry of tourism knew they had found an easy tourist trap, and flamenco was part of it – promoted and sold to the northern hordes like Italian ice-cream.[4] The flamenco of the Costas del Sol and Brava was a way of making huge amounts of money every summer out of a sunburnt, bovine desire for spectacle; it still goes on, and lots of people still get very rich – performers, entrepreneurs, hoteliers and other fat cats of the horrendous Spanish holiday circus. It was and still is lethal for the art of flamenco; but there is some satisfaction to be had from the bafflement and cringes on the faces of those trans-Pyreneans seeking out a fancy dress and a bit of leg, and ending up with someone *really* singing flamenco, though today one sees it all too rarely.

Flamenco is a tiny part of Spain and, perhaps more surprisingly, in its unspoilt form, a small part of Andalusia. Undiluted, flamenco, even for Andalusians, is demanding to listen to, the musical equivalent of granite – hard, unyielding, implacable. It is this hardness, however, that constitutes its primary virtue: in the throats and mouths of gifted gypsies, it can be cacophanous, grating stuff. It is how many a seasoned *aficionado* likes it – rough, untutored, uncompromising. At its most painful, when sung 'with truth', says Tía Anica de la Piriñaca, an old singer from Jerez, 'I feel my mouth to be full of blood'.[5] Singing of this kind has a preciser name than 'flamenco': it is called *cante jondo* – deep song.

Flamenco begins with *cante jondo*, and for some ends there. There are of course many byways, the most significant of which this book hopes to explore; the more commonly used word '*cante*' takes us down the majority of them, though some, happy to report, are not even worth looking at. '*Cante*' itself is a special

93

word, applying only to the subject in hand; '*canción* or '*canto*' are
the usual words for 'song' or 'singing' in Spanish. So when
anyone speaks of '*cante*' in Spain, though they may not be using
a gypsy dialect exactly, you know what they are talking about:
the song of *baja* ('low' or 'deep') Andalusia.

Equally, a flamenco singer is never a *cantante* but a *cantaor* or
cantaora. This is not linguistic nitpicking; it is essential means
by which to differentiate flamenco from any other kind of singing
in the world. *Cante jondo* has come to refer to the singing
developed by the gypsies, though it would not be right to
describe it today as their exclusive preserve. The first sounds of
flamenco, however, were theirs, expressed in song-forms like
the *siguiriya* and *soleá* – still the principal components of today's
flamenco repertoire – and the more primitive, unaccompanied
martinete, carcelera and *debla*.

At this point, if this book were to follow a regular pattern of
many others on the same subject, a family tree or map might be
whipped out to demonstrate the historical lineage and geographical provenance of the various *cantes flamencos*. This seems
like a sudden, wilful interruption of a perfectly comprehensible
lecture with unfathomable flow-charts thrown on to a screen by
an overhead projector, which does nothing more than give an
otherwise attentive member of the audience a cricked neck. I
shall resist such genealogical or cartographical deviations in an
attempt to keep the story as clear and as simple as possible –
byways *and* paucity of signposts notwithstanding.

Cante jondo, deep song, is the genesis of flamenco. (When
especially mature, and penetrating, it can be its revelation too,
but that is for later.) Everything that has come to characterise
flamenco in the modern age – dance, the guitar as a solo instrument, flamenco festivals and flamenco ballets, its limited
discography – is a mutation of this first choric phenomenon.
'Choric' is perhaps too exalted an adjective; if *cante* can be
considered a kind of chant (the words after all are quite close)
with all that 'chant' implies – repetition, limited modulation,
absence of harmony – then a clear if provisional idea of what it
is will have been established.

One of the main problems in providing an easy musicological

outline of flamenco is that none of it exists in musical notation; it is music that has never appeared between covers, nor is it likely to. It is, literally, picked up, handed down, adapted, revised, reworked and reproduced in a textual vacuum. Those who sing or play it are quite happy with this state of affairs, as it maintains its status as musical open form with many conventions, but no rules; it also allows continual evolution, which provides the right base for spontaneous invention, if limited access for sound musical inquiry.

Nonetheless, a fundamental principle can be laid down: in its first incarnation, *cante* was just that, song. It was not danced, or played on any instrument. The only accompaniment would have been percussive – sticks (*bastones*) struck on hard floors, knuckles rapped on tables, fingers clicked.[6] The first sound to emerge from a cleared, possibly parched throat would have been less a note than a cry, the gypsy *quejío*, a lamentation for lost land, lost dreams or lost liberty. The *martinete, carcelera* and *debla* mentioned above are amongst the first songs and are all offshoots of the *toná*, the matrix from which all flamenco, as song, sprang.

A *tonada* was a 'song-story', a musical romance, which existed for centuries in many parts of Spain. It is said that when the gypsies first took it as their own and shortened it to *toná*, there existed thirty-three types. At the end of the nineteenth century, Antonio Machado y Álvarez 'Demófilo', father of the great poet Antonio Machado, was able to collect twenty-six. (He was also the first to use the word 'flamenco' in a written context.) In the earlier part of this century, nineteen had been preserved and were sung by Antonio Chacón, one of Jerez's most remarkable non-gypsy innovators. After the 1950s, the number of sung *tonás* had been reduced to three, and today they are hardly ever heard.

The significant thing about *tonás* is that they were always sung *a palo seco* – literally 'bare', without accompaniment. There is no evidence of any dance having gone with them, but their importance as the song-base for later forms remains. The *martinete*, for example, still performed today, demonstrates what *cante* was: slow, measured, plaintive song, accompanied in this case only by the a-rhythmic sound of a hammer striking an anvil. This is the *cante* of the gypsy forge (*martillar* means 'to hammer'), the verses of which express sorrow and frustration at being confined to the blacksmith's cauldron:

> *Así como esta la fragua*
> *jecha candela de oro,*
> *se me ponen las entranas*
> *cuando te recuerdo, y lloro.*
>
> (Like the forge,
> my insides glow like gold
> when I remember you,
> and I weep.)

A sister song is the *carcelera*, the song of the gypsy prison cell – *cárcel* means 'jail' – and its words are often testimony of incarceration (to use a word that echoes the Spanish) of gypsies for as long as they could remember.

> *Veinticinco calabozos*
> *tiene la cárcel de Utrera.*
> *Veinticuatro he recorrido*
> *y el más oscuro me queda.*[7]
>
> (The jail in Utrera
> has twenty-five cells.
> I've done time in twenty-four
> and the darkest still awaits.)

The *debla*, often sung by the gypsy Sevillian Tomas Pavón in the thirties and forties, is the most mysterious character in the *tonás* family. Pohren points out that traditionally its verses ended with the phrase '*deblica bare*', which in Calí meant 'great goddess', suggesting the *debla*'s connection with some kind of primitive gypsy ritual;[8] it is not known what this is, and as there are few alive today who can or would want to sing a real *debla*, its significance will remain obscure.

What is clear is that these song-forms were crystallised in the gypsy experience of conditions in late eighteenth- and early nineteenth-century Andalusia; manual labour, desiccated fields, homelessness, penury, social and legal harassment, the collective memory of exile, the relentless actuality of marginalisation. Gypsies had never been granted emancipated means by which they could publicly, or freely, speak their minds, let alone engage in any sort of written debate; had they had a political platform, or the skills of literacy, to do either, the chances are that they would not have chosen to, as that would have been like swallowing your oppressors' medicine, rather than concocting your own. Instead they chose to sing, and in singing took on board, subliminally, imitatively, the burden of Andalusia's folk-musical heritage – and thereby indeed concocted their own medicine, their own antidote to the race's collective sense of dispossession: *cante jondo*.

The social structure at the moment of Spain's imperial eclipse, along with the passing of three centuries of legalised racism, created the right ambience for the emergence of *cante*. It might have happened without the gypsies; poverty was widespread, oppression the political norm. Linking the gypsy population with the overall labour force, Félix Grande provides the best gloss on this: 'this mosaic of the persecuted, of social pariahs, of hopeless and enraged marginals, reveals a bitter camaraderie in the suffering experienced under the laws, frequently brutal, of the dominant culture'.[9] Moreover, there is good reason to believe that not only *tonás* but other folk-musical idioms echoed through the fields, olive-groves and taverns of the South, sounds that had been indigenous to the region since Muslim times, or even before. One such form was the *caña*, once considered to be the most primitive *cante* of all. In the middle of this century, however, Ricardo Molina and Antonio Mairena – the latter the most celebrated *cantaor* of the modern age – suggested that the *caña*, old as it was (deriving, it has been maintained, from the Arabic *guania*, 'song') stemmed musically from Byzantine liturgical chant and filtered its way into the post-Muslim repository of Andalusian songs – all of them melodically too formal for flamenco, and certainly sung long before anyone had thought of applying that word to what gypsies sang. This pointed to the possibility of the existence of something similar to the *caña* in pre-Muslim times, and therefore to

97

a music special to Andalusia, in the evolution of which *cante jondo* was but a late flowering.

To extend the metaphor, a stubbornness on the part of the gypsies, who somehow had a capacity to absorb everything, ensured the survival of the fittest – the word 'muscularity', as applied to *cante jondo*, is not mere descriptive rhetoric. Despite its much-lamented 'adulteration' today, *cante jondo* possessed and can still possess enormous musical force, given the right voices, those with *fuerza* – strength – and the right circumstances. That it has pushed its way to the surface of the miasma of Andalusian musical culture is a tribute to its tenacity, its boldness, and to something in it that makes people listen.

'The finest degrees of sorrow and pain, in the service of the purest, most exact expression, pulse through the tercets and quatrains of the *siguiriya* and its derivatives.' Lorca's definition of *cante jondo*'s most salient song-form is as applicable today as it was when first pronounced seventy years ago.[10] Hailing almost certainly from Jerez, the *siguiriya* is considered to be the astutest test of a singer's mettle, imbued as it is with all the arresting gravitas of gypsy despair. Along with the *soleá* it is the most serious song in the flamenco canon, with roots that probe deep into Andalusia's past. The word probably comes from the Arab word '*segur*', 'to lament', while a musical antecedent can be found in the mysterious, pre-flamenco *playera* (from *plañir*, 'to mourn'); attached to this must also be the *seguidilla*, a classical Castilian dance which, according to Richard Ford, 'form[s] the joy of careless poverty, the repose of sunburnt labour', and which by a process of philological osmosis became the gypsy *siguiriya* (the *ll* and *r/j* sounds in Spanish are often indistinguishable). Its words traditionally deal with death and abandonment in four verses of three or four lines each, and offer the singer the challenge of inventing his own, a challenge that was lived up to by great *jerezanos* like Antonio Chacón and Manuel Torre. Its difficulty is commensurate with an emotional intensity rare in today's *cante*, though when it is heard it is unmistakable; as

98

Angel Alvarez Caballero puts it, 'all the pain and protestation of a people are uttered forth in an act of purification'.[11]

The *soleá* is of the same family and shares the gravitas of the *siguiriya* without perhaps its inner desolation; it is still considered to be at the core of the flamenco singer's repertoire – as well as the dancer's and guitarist's – and tends to be performed more frequently today than the *siguiriya*, thereby serving more commonly as a standard of flamenco excellence. Its word structure may be older than the *siguiriya*'s, harking back to Moorish *copla*-forms (the *zajal* mentioned in Chapter Two) of the twelfth century, and it possesses a more formal rhythmic and narrative outline than the *siguiriya*; it is also danced more often. Traditionally thought to be from Triana, the *soleá* has enjoyed wide dissemination throughout the classic flamenco region, from Seville through Utrera and Lebrija, down to Jerez and Cadiz; each place has claimed it as its own, which simply means that it has been interpreted by singers from one town to another in subtly different ways.

Etymologically, the *soleá* can be ascribed to a gypsy abbreviation of the word '*soledad*', 'solitude' (or *soledades* – *soleá* and *soleares* are used interchangeably); and the connection with the centuries-old gypsy experience of social and cultural isolation is strong. Manuel Ríos Ruiz, a notable authority in these matters, is inclined less sentimentally to put it down to the harvesting of wheat and olives, when squads of gypsy workers would sing 'picaresque, amorous and dramatic' words which corresponded to the traditional lyrics of *soleares*; moreover, the gathering of olives is called *soleo*, with *asolear* meaning the drying in the sun (*sol*) of the harvest.[12]

These two *cantes* are amongst flamenco's profoundest. The *siguiriya* is a stern and soulful lament for lost love and liberty, and a dark cry against approaching death; the *soleá* a proud and stoical expression of fortitude in the face of personal or social disaster. This does not mean they are mawkish or lugubrious: far from it, both can be, especially when danced, electrifying. At their best, however, the exuberance and *joie de vivre* often associated with flamenco are rightly absent. Most importantly of all, if an artist cannot master them, then either he or she will remain on flamenco's periphery.

Flamenco was first sung, and only after a long development through many varieties of song became what it is now. Dance was a natural response to the singing and took decades to become incorporated, as formal physical movement, into the *cantes* – perhaps one should say subsumed by them, to the extent that the two are now usually seen as inseparable. Dance, in fact, is likely to be seen as the real heart of flamenco, an assumption perhaps more excusable today than ever before, but no less incorrect for that. When purists, particularly singers, speak of *cante*, they mean all that pertains to flamenco, but proceed in their conversation on the understanding that the only aspect worth discussion – appreciation, comparison, assessment – is the singing. You speak of a singer's vocal range, and ability to interpret the *cantes* that are his or her legacy; dancing – in most of the *fiestas* I have attended in the South – is treated as an entertaining diversion from the serious business of listening to a particular *soleá* or *fandango*, as sung by (say) Calixto Sánchez or El Cabrero.

For the non-flamenco world (and that includes most of Spain), the guitar, even more than the dance, is perceived as the quintessence of flamenco. A vexed issue, it highlights an attitude that is both the truest and the most false taken towards the art. Today, the flamenco guitar holds all the upper ground in terms of musical development; if Paco de Lucía is right, there are plateaux yet to be discovered. However, before Paco de Lucía and his mid-century innovative influences – Ramón Montoya, Sabicas – the guitar had no solo place in flamenco whatsoever. It was merely an instrument of accompaniment, which called the tune and, with promptings from the *cantaor* or *cantaora*, provided the rhythmic structure in which the song could take shape; and this was a rôle it took upon itself some time after the invention of the basic dances. What the guitar has turned into instrumentally, above all technically, we will come to in due course. For the moment, it can only be examined as the glamourless motor that charged first the song, then drove the dance.

What then, in essence, is this music? Like so much else in the culture it stems from, lack of documentation makes it difficult to evaluate. Because the music has never been written down, categorisation and cataloguing are virtually impossible; some attempts to commit flamenco's aural values to paper, notably by Paco Peña,[13] are for specialists and players, and are always admittedly simplified or approximate. The intrinsic problem in transcribing the music lies in flamenco's resistance to fixity. The song-forms touched on so far are just a few of a number of family-blocks; all vary within their own loose structures *and* interrelate; but such variation and interrelation are dependent not on a known formal structure – like a sonata in classical music, or a sonnet in poetry – but on what is sung at any given time by a given singer. The only musical criterion that might be said to exist (and this goes now as much for the guitar as for song) is that set by a practitioner of a previous generation; so that you might speak of the '*soleares* of El Chocolate' or the '*alegrías* of Aurelio Sellé; but as the secret of any song's interpretation is likely to be known only to the original singer and to the one attempting emulation, this is no real help in determining its musical essence. Its musical essence is what it is when it happens. Its reproduction is obtained through aural instinct, and learning. When sung, its success will be judged less through measurement against an accepted formal pattern (though that will stand for something) than through its ability to speak directly and intimately to a listener within the emotional limits by which any given form is expected to be contained.

Let us be, in so far as it is necessary, technically precise. *Cante* differs from most Western music since 1600 in its basic use of the 'Phrygian mode'. This mode is unlike Western major or minor scales in that it starts on E, but proceeds without sharps (or flats); it has no key signature and no accidentals. It can be found on the piano by playing all the white keys from E. Another difference is that it uses intervals smaller than a semitone, for example between E and F. The various methods by which *cante* achieves this include the use of *portamento*, applying a kind of pressure on the vocal chords that can find a greater variety of pitch than those of the Western tempered scale. This is reflected in Manuel de Falla's observation that peculiar to *cante jondo* is the 'usage of a melodic field that seldom passes the limits of a sixth';[14] though this minimises vocal compass, it opens out tonal possibilities, as there are effectively more than nine semitones available to the singer. Other characteristics, such as the repetitive or even obsessive pressure a voice exerts on one note – similar to chant, as mentioned earlier – and frequent resort to *appoggiatura*, upper or lower – a kind of ornamental hiccup – to give a note extra expressive force, demonstrate *cante*'s probable Oriental provenance, regardless of the Andalusian musical tendencies it must have absorbed at its inception.

Lack of harmony, avoidance of a determined melodic line, absence of development and recapitulation: these negative values are a simple way to define *cante*. It is anomalous, indeed simplistic, to do so, as the presupposition is that it can exist within the framework of Western musical praxis, which it cannot. Nonetheless, it underlines flamenco's innate foreignness, whether Indian, Byzantine or Moorish in origin, something which has to be clear at the start and at the end of our journey. What is encountered in between should be taken as selective technical observation rather than definitive musicology, as the musical life at the heart of flamenco is resistant to systemisation.

The guitar charges the song. What this means is that the guitar underpins the rhythm of the song, a rhythm which once again follows no formal time signature, as one would normally understand the term. However, each song does follow a rhythmic pattern, and this is called the *compás*. *Compás* means rhythm, beat, bar even, and in Spanish can be applied to conventional musical forms and dances (like the waltz). Used in the context of flamenco, it refers to the pivotal rhythmical structure without which the music makes no sense.

The *compás* is a unit of beats, in the case of the *siguiriya* and the *soleá* twelve beats, with slightly different accentuation in each. The *soleá*'s *compás*, metronomically more straightforward than the *siguiriya*'s, consists of five points of accentuation, on the third, sixth, eighth, tenth and twelfth beats respectively. In diagram, it looks like this:

1   2 $\overline{3}$ 4   5 $\overline{6}$ 7 $\overline{8}$ 9 $\overline{10}$ 11 $\overline{12}$

From this, the rhythm of all flamenco grows. The *soleá* sticks more or less to the above pattern, though as the song progresses rhythmic variables will be worked in; both singer and guitarist may go out of *compás* deliberately, but they will, as long as they are performing a *soleá* pure, return to it. The *siguiriya*'s *compás*, meanwhile, has the same basic structure, but the singing tends to start further into it, and the accentuation is less symmetrical. When the two foreign guitarists who have written in English about flamenco, Donn Pohren and Gerald Howson, came to learn about the *compás* of the *siguiriya*, they both discovered (separately) that unless as an accompanist you know where to come in and accentuate in this form, you will probably end up out of *compás* before you have started or playing something quite different. In diagram, it might look like this:

$$\overline{8} \quad 9 \quad \overline{10} \quad 11 \quad \overline{12} \quad 1 \quad 2 \quad \overline{3} \quad 4 \quad 5 \quad \overline{6} \quad 7$$

A more conventional way of illustrating this would be to put the music (if you wanted to write it down) into alternating 3/4–6/8 time, though the same possibilities for rhythmic deviation as for the *soleá* would have to be allowed for.

For these two forms, as for others like the *alegría* and *bulería*, the twelve-unit *compás* is the rhythmic base. For the *tango*, on the other hand, the *compás* is in conventional 3/4 time, though it will never be described as such. The *compás* for the *tango* as for anything else will be – the *compás*. If you do not sing, dance or play in *compás*, you negate the rhythmic 'given' of flamenco. Some, rather like those who have perfect pitch, can hear or feel the *compás* within; others must labour to master all the variants. Those who understand it, whether by instinct or through application, know also that it is the mechanism which allows an artist with the requisite skill and imagination to move towards a display of what gives flamenco its excitement, perhaps its taste of danger, in performance: improvisation.

This is a difficult area. Discerning the difference between accidental felicity and spontaneous effect 'by design' in any art is an uncertain business. In jazz, with which flamenco is often compared, it is my suspicion that improvisation can and does occur in less than rigorous rhythmic circumstances; the melodic and harmonic fields, however, tend to have been determined by an ensemble from the start. In flamenco, it is the other way round; with the totality of the song, dance or guitar-piece determined by the *compás*, there is more room for tonal (or, in the case of the dance, kinetic) transformations which constitute the radical pleasure experienced when listening to or watching it. The strict ensemble of traditional flamenco – singer, dancer, guitarist – nonetheless limits its improvisatory potential from a musical point of view, which is really suggesting that it is less of an open form than jazz. The improvisations of traditional flamenco are more those of wit and of the spirit than those of an inherently material, auditory nature practised by jazz musicians. What I am certain of is that muddled musicianship passing as improvisation is much easier to get away with in jazz than it is in flamenco. If a guitarist funks it – or a singer, even a dancer for that matter – it is painfully noticeable; in jazz, a bum note or rhythmic nonsense can somehow be glossed over or absorbed, probably because there is musically more happening.

The myth that flamenco is made up 'as it goes along' must be put to rights. Understood correctly, none of it can be made up, as rhythmic and tonal blueprints for all the forms impose a musical boundary even before a note is struck. Leaving dance aside for the time being, there are two specific areas where improvisation does occur, and in a sense must, as that is what gives flamenco its performing edge: one is in the kind of words sung, the *copla*; the other is when a guitarist goes out on his own, and plays a *falseta*, a melodic variation. In the case of the singer, particularly a good one, words will come spontaneously – usually in the form of a mini-narrative, often no more than a couple of lines, which may tell of disaster or tragedy, of an amorous or domestic incident, or comprise a little joke, depending on the type of song; whatever the song, it is likely to be made up of an interconnecting series of verbal confections, while certain themes – serious ones – will be addressed in larger structures, especially in the *siguiriya* and *soleá*.

As for the *falseta*, this is the guitarist's ornamental tool, his outlet for virtuosity. Indeed, guitarists trade in *falsetas* – there was a time when a guitarist could literally buy them, paying a player to teach him one, out of context. A guitarist will want to nurture his own collection of *falsetas*, as it is these which give his music its imprimatur. Masters of the instrument do this naturally; but most simply borrow.

These characteristics of flamenco are identifiable through performance, rather than from anything set down in a rule-book. The way it is performed today is, of course, very different to how it was once. The developments, along with the loss of a whole range of styles and songs, are immeasurable. The continually changing face of the art causes as much opprobium as approbation; it is generally agreed, for example, that *cante* as opposed to either dance or guitar has suffered a diminution in invention and native skill – that there will never be another Chacón, or Pavón, or La Niña de los Peines, and this is perfectly true. Yet the sound of voices as different and as versatile as Camarón's and Enrique Morente's (citing two contemporary examples) should strike an attentive listener as evidence of great vocal possibilities for flamenco song, for as long as people want to hear or – perhaps more important – buy it.

These two singers, the first a gypsy, the second not, evince an important polarity of voice-type in *cante*. The best voice for *cante jondo* has always been the raucous, uncompromising *voz afillá*, which has a primitive, stampeding quality to it – and if the dynamic range is wide, so much the better. Camarón in his heyday – the late 1970s, early 1980s – sang in exactly this manner, and a shattering sound it was (and occasionally can still be). Morente, on the other hand, now at the top of his powers and profession, has the light, clear tone, equivalent in pitch to a classical tenor, in timbre to the pop voices of Sting (or David Bowie at his apogee), which is now much commoner than the old *jondo* style, and best suited to the non-*jondo* styles like the *malagueña*. Between, there are many shades of *afillá* and lightness, and many ways of singing all types of *cante*, *jondo* or otherwise. The voice that resembles a sung shout, however, the *grito* or *rajo gitano*, is becoming rarer and rarer; heretical though it will be to purists, it can be stated with some accuracy and no lack of supporting evidence that the more accessible voice of

Morente and others like him will continue to enjoy a public for years to come, possibly at the expense of the more rugged alternative.

Common to all species of *cante* is their manner of presentation in performance. Anyone who has seen flamenco will be familiar with the distribution of the ensemble across a stage: the singer or singers stand at the back, with the guitarist or guitarists to one side. Seating for both singers and guitarists is provided by tall-backed Andalusian chairs – themselves a symbol of flamenco. The space in front of the gathering and the lighting expertise are reserved for the dancers. However, when it is just a singer and guitarist performing, they both occupy a position further forward on stage; normally, the singer sits, though in moments of energetic inspiration, he may stand up. Throughout, he will use arms and hands to highlight absorption in the song. The hands are like an instrument in themselves, which extend, join, retract, then suddenly punch, as if they were appendages or springs responding to every emphasis and inflection of the voice; but these gestures are more than just nervous mannerisms. They are integral to the expressive intensity of what is being sung, and, though angular, even ungainly, are representative of a true singer's physical awareness of the power of his music. A singer who is unsure of his ground will exaggerate these gestures, so that they look merely grotesque and out of all proportion with what he is actually conveying. As with the guitarist who has borrowed someone else's *falsetas*, it is easy to tell the difference between a singer who understands what he is doing and one who doesn't. The hands and gestures give away a lot.

At the end of his song, the singer will invariably stand, quite abruptly, a few seconds before the guitarist comes to the end of a piece, and perhaps clutch the chair he has been sitting on from behind with a hand outstretched. This is once again a ritualistic highlighting of the effort expended in singing, a kind of physical acknowledgement of the song's completion, as if to say, 'This was *my soleá*. . . .'

The *cantaor*'s gestures are the most curious aspect of his recitation. But it comprises the ritualistic dimension of *cante*, its earthiness, its physicality, its visceral expressiveness. It is also symptomatic of a need to reach out directly to an audience, however large or small; and the audience's frequent interjections, noises of encouragement and shouts of '¡*Olé!*' at the end of an impressive run, are an answer to the singer's determination to communicate.

'Give me a *fandango* from Huelva!' says one punter. 'A *soleá* from Alcalá!' says another. 'A *granaína*! A *malagueña*!' In most flamenco recitations you will hear the *aficionado*'s voice lift above the hum and chatter of an Andalusian audience, hoping to encourage a singer to perform a favourite type of song. The desire to hear it will very probably arise from wherever that person is from – regional pride brings much to bear on the *cante* performed in certain locales.

The trough of *cante* lies along the Guadalquivir south of Seville. This is the *cantaor*'s stamping ground, the fertile life-source of the rude elements of *cante*. As a Granada-based journalist once put it to me, 'Singers in this region drop like fruit from a tree.'[15] The branches of the flamenco trunk spread across a 150-mile stretch of land on which gypsies have sweated for centuries, foliating in the essential gestures and utterances; from the sweltering environs of the Andalusian capital, through flamenco's molten core of the *barrio* Santiago in Jerez, to the breezier, sea-tempered streets of old Cadiz.

Cadiz itself has been of fundamental importance in the development of many song-forms, the highest profile going to the *alegría*. *Alegre* in Spanish means 'happy', and musically *alegría* is of course close to the Italian *allegro*, which is the first characteristic of the flamenco *alegría*: its liveliness, optimism of tone and rhythmic briskness, all of which distinguish it straightaway from the darker *soleá* and *siguiriya*. Most noticeably, it always modulates in a major key, which makes it almost unique in the flamenco canon, perhaps more immediate and attractive than most song-forms. Its *compás* is in fact the same as the *soleá*'s, only speeded up; but you can identify an *alegría* from the start by the pleasant lilt of its sung, wordless introduction, or *salida* to give it its Spanish technical term:

The *alegría* has all the taste of the sea, the kind of salty well-being felt on a small boat in hot weather with a light wind tripping you along across the open waters. An exuberant gypsy form, it is the head of a family of songs that come under the umbrella term, *cantiñas*.

The first *cantiña* almost certainly came from Galicia in the North, making its entry to the South via the sea and ports of Cadiz – Puerto Real and Puerto Santa María, amongst others. Originally a mediaeval song, it was no doubt transported by sailors on leave, and quickly proliferated – taken up and moulded by the gypsies into the *alegría*, and its related forms, the *romera, mirabrá* and *caracoles*.[16] Further inland, the *cantiña* was probably also behind the emergence of the fastest and most festive of all flamenco song-forms, the *bulería*. Structurally, this is similar to the *alegría*, though even faster, and it can share the same brightness of mood. Alternatively, it can shift into the graver sounds of the *soleá*, whose *copla* it might use, and when this is performed it is often called, literally, *bulería por soleares*. Its bases are Jerez, Triana and the satellite towns of Seville. (There will be more to say about this when we come to look more closely at the flamenco 'line' in Chapter Eight.)

Another string to Cadiz's flamenco bow lies in its historic position as the point of departure for the Americas. With the colonising process well under way by the seventeenth century, there was much for the musically inclined sailor or visitor to gather from the Caribbean. The *tango*, for one, has already been mentioned. It must be stated straightaway that this has nothing to do generically with the Argentinian dance, though there may be an etymological connection.

Theories abound as to its origins: some say it is traceable through Latin to a dance given that name by the Romans – and which might therefore account for Latin records of the lascivious dancing-women discovered by them in 'Gades' (the Latin name for Cadiz);[17] others say that like the *cantiña* it came from the North; one writer has even suggested that the *-ngo* suffix points

108

to an association with black Africa.[18] Uncertain as are its origins, its connection to an almost identical form, the *tiento*, is sure. The *tiento* is the base for one of the most impressive dances in the repertoire – particularly when performed by a woman – containing a majesty and sensuality absent in the airier, twirlier *tango*. No one can say which came first: some claim that the *tango* is a gypsification of the older, more 'serious' *tiento*, while others maintain that the *tiento* is a more *jondo* version of the indigenous *tango*. Whichever way round, the *tango* and all its variants do bear the marks of transatlantic rhythms and melodies; it may have been named after music heard and dances seen in the Argentine, though it is much more likely that the naming process was the other way round, with the flamenco *tango*, having impressed itself upon forms across the ocean, extrapolating and bringing back elements of the latter to Andalusia.

Clearer-cut cases of transatlantic borrowing are instanced in the *guajira*, *rumba* and *colombiana*, all of which are offshoots of the *tango*. The *guajira* and *rumba* are similar, with the latter being more frequently performed as a dance than the former; both originate in Cuba, and might have been introduced into Andalusia as early as the sixteenth century by those returning from the first colonising incursions into the Caribbean. They are light, rhythmically straightforward and always easy on the ear when sung; the growl of *cante jondo* is markedly absent. The *colombiana* is, in the hands of the right guitarist in particular, one of the most delightful of the Latin-American-based forms, and pretty when danced and sung. Far from being *jondo*, it originates in Colombian folk music, and was much favoured by one of the century's most brilliant flamenco duos, Carmen Amaya and Sabicas.

The Andalusian coast seems to have spawned a flamenco different in mood, intention and even musical essentials from the austere brand of the interior. Proximity to the sea perhaps gave the first practitioners of these *cantes* a sense of openness, and a symbolic spiritual horizon that engendered in them a more optimistic singing-response than in the intractably landlocked labourers of Seville and elsewhere.

109

One of the most important of these is the *fandango*, which occupies as prominent a position as the brackish *alegría* in the lineage of the songs of the sea. They differ in *compás* in that the *alegría* has one and the *fandango* does not (simply put); however, like the *alegría*, the *fandango* has a motif that identifies it easily: descending arpeggios, played on the guitar. With metronomic application, a 3/4 signature can also be discerned, which links it to the *tango*.

It is not, of course, quite as simple as that. Like the *tango*, the *fandango* is probably indigenous – that is, pre-gypsy – and may descend from a Moorish form, something attested to by most flamencologists, though none can prove it. The *caña*, mentioned earlier, is certainly older, and none of the *fandango*'s *coplas* show signs of the literary antiquity of the *soleá*'s. It is, however, a general Andalusian form, with possible linguistic derivation from the Portuguese word *'fadu'*, meaning a typical dance or song; and formally, it is reminiscent of the *jota* (the Arab word for 'dance'), still a popular Aragonese dance-form.

What makes the *fandango* especially different is that it has spread across the South, adapting to each regional flamenco impulse it has encountered. Its geographical base is Huelva, in the west, where there is a multitude of the form in villages and towns clustered around the provincial capital, impossible for an outsider to distinguish. More often than not, they are called *fandanguillos*. Moving east, the *fandango* changes its name according to town or city: in Malaga, it is the *malagueña*, in Ronda the *rondeña*, in Granada the *granaína*, in Cartagena the *cartagenera*.

The *malagueña* is without doubt the most widely performed of the *fandango* family (with the exception of the classic *fandango* itself), and is even treated with the same respect as the *soleá*. Its melancholy is equal to that of the main *jondo* forms without strictly being *jondo* itself, though that could be justifiably considered a mere flamencological nicety; when you hear a *malagueña*, you would be forgiven (up to a point) for mistaking it for a *soleá*. It is certainly Malaga's answer to the traditional song-forms of the Guadalquivir trough, spiced, like the *alegría* (though in a minor key), with its own taste of the sea. To sing it well is a test; and like those singers with a stock-in-trade of *soleares* or *fandangos*, there have been and are plenty around who specialise in *malagueñas*. It was a form originally popularised by a Malagan singer called Juan Breva, who thrived at the turn of the century and brought it to the forefront of the canon. It was also a favourite of Chacón's, and today is performed regularly with great conviction by Enrique Morente. As a Granadine singer, he also favours the *granaína*. In truth, this form is probably more often played than sung, and is as affecting when played well as the *colombiana*, though more downbeat. It is particularly suited to the Granadine guitar-style, which is of an elegance and ornamentality that hails back directly to the city's Moorish traditions, always more carefully husbanded here by musicians and poets than elsewhere in Andalusia.

Moving even further east, we come to what are called the *cantes de Levante*, the songs of the Levant. This covers an area stretching roughly from Almeria up round to Valencia, though the latter city is strictly outside the flamenco boundary; the forms include – along with obsolete species like the *minera* – the *taranta*, *murciana* and *cartagenera*. The latter two are *fandango*-based songs from the cities that give them their names, Murcia and Cartagena; neither is especially popular and their origins are mysterious. Both share the same parent-form, however, the *taranta* – from Almeria – and its preoccupation with mining themes; gypsies in particular have gone to work traditionally in the mines of this area, and their experiences of them are reflected in these songs:

> *Clamaba un minero así*
> *en el fondo de una mina;*
> *¡Ayy en que soleá me encuentro!*
>
> (A miner cried out
> in the bottom of a mine;
> Ayy how lonely I am!)

The use of the word '*soleá*' points to the *taranta*'s possible relationship with the *jondo* song-form, which would have travelled via the *compás*-free *fandango*; and its concern with an

111

actual manual – in this case heavy-industrial – task would link it with the *martinete*. Musically, however, the *taranta* is closest to the *fandango*, and owes more to discordant Moorish influences than gypsy flamenco; and though serious in mood, it perhaps lacks the intensities and difficulties invested by singers in the *soleá* or *malagueña*.

What this list of songs so far proves, if anything, is that the further you stray from the flamenco heartland, the readier the songs are to be identified topographically – hence *malagueña*, *cartagenera*, *granaína* and so on. The songs' formal base becomes more diffuse (as in the lack of *compás*) and the flamenco content thinner; the music common to the South takes on a parochial hue when individual forms, distanced from the Seville–Jerez–Cadiz axis, need to stand out against each other. Such diffuseness thus fits the general rule that flamenco is subject to geographical pronenesses, and gives the lie to the fact that however magnificently sung a *soleá* may be in Malaga, the singer of the *malagueña* will be the star of the night.

So far, this chapter has attempted a broad survey of *cante*. However, its early history is so badly documented that no real starting-point can be satisfactorily established. A variety of names are synonymous with its first appearance and have the power in the flamenco imagination – if not in the history books – of myth. They also serve as a kind of topographical who's who, or where's where, to early *cante*. Without them, there's no doubt that the basic song-forms would not exist.

Tío Luis El de la Juliana is the first name to emerge from *cante*'s shrouded beginnings. Little is known about him, except that he was a gypsy watercarrier from Jerez and lived some time between 1760 and 1830. His abilities in the primitive *cantes*, the *tonás*, have been held in veneration by successive generations of gypsy dynasties, though there is no hard evidence of what he actually sang, or how. His existence is certain, and his historical reputation is probably based on his lived one as a local 'character' of great colour and musicality. More significant are his Jerez origins; the fact that *cante*'s first name is associated with that town adds weight to the belief that flamenco started there.

Equally little is known about El Planeta, the next name on

the song-chart. He was born in Cadiz, but from the 1820s spent most of his time in Triana, the area which claims him and his *cante* as its own. He is described as flamenco's first 'patriarch', presiding over *juergas* in grand voice and fine clothes, even accompanying himself on the guitar, and above all passing on his vocal inventions to younger gypsy singers. He is supposed to have had a special line in *siguiriyas*, with a famous verse attributed to him (still sung by Mairena in the sixties), giving rise to his name:

> *A la luna le pío*
> *la del alto cielo,*
> *como le pío que me saque a mi pare*
> *de onde esta metío.*

> (I ask the moon
> of the high heavens
> to help my father escape
> from his place of imprisonment.)

Given the subject of these words, it is likely that it was part of a *carcelera* on its way to becoming a *siguiriya*, a process in which El Planeta was known to have been instrumental. It is also likely that he was one of the first singers of *martinetes*, spending as he did much of his time in the forges of Triana – either because he was a blacksmith, or because gypsy fraternities tended to gather in them for bouts of song and drink, the enabling liquor being the rough spirit *aguardiente*. Again, like Tío Luis in Jerez, it is the singer's reputation which has resonated through the gypsy memory in Triana for over a century and a half, even if it is hard to identify, other than in snippets, precisely what kind of *siguiriyas* and *martinetes* were his.

In the early days of *cante*, singers were assumed to be able to manage a broad range of song-forms as they then existed; they sang them instinctively and without demand for payment. Their music was truly part of the landscape, song that floated on the air from the forges and the fields, and which served the purposes of emotional release from toil rather than those of actual per-formance. However, by the mid-nineteenth century, signs that

113

a crude professionalism had crept in were becoming evident. Singers were starting to specialise in certain songs; the *tonás* and its popular variants – the *liviana* and the *alboreá*, for example[19] – were receding into a picturesque late-eighteenth-century background, while the *siguiriya* and *soleá* took on the shape they more or less possess today; listeners asked to hear these forms, naming and paying for them, in cash or in kind. The name associated with this new development in *cante* is the most resonant of all in the trio of great singers who embody this first stage of flamenco: Francisco Ortega Vargas – better known as El Fillo.

He was born in Puerto Real, near Cadiz, in around 1820. He was a blacksmith by profession, though spent much of his life wandering through the provincial towns of Cadiz and Seville. He made Triana his base, and from the middle of the century on it was really Triana that became the most active catalyst for the maturing of all the serious gypsy *cantes* – a state of affairs begun by El Planeta and rendered irreversible by El Fillo. Not exactly a professional in the way we might understand the term, he would nonetheless pick up gifts and sometimes gold at the inns and taverns he frequented, as well as at the weddings and baptisms he attended; and other singers and dancers began at this moment to follow his example. He was thus an innovator on two fronts: as the first gypsy known to have made a living from his *cante*; and as the *cantaor* who once and for all established the *siguiriya* and *soleá* at the forefront of the flamenco canon, setting the standard of excellence against which all future generations of singers would be measured.

El Fillo cut a wild figure, as Serafín Estébanez Calderón testified in the late 1840s:

> . . . an old military hat (as worn by the blueshirts) was perched on his head; his trousers were hitched up to his chest with a belt and arrived at the bottom of his person barely to cover his ankles; his scrawny and sockless feet were crammed into ragged shoes, and his arms and shoulders were encased in a shrunken cape under which could be seen the yellow selvages holding his trousers together. . . .[20]

This kind of madcap, half-savage imagery was what the Romantic travellers like Borrow and Ford, but particularly Gautier and other poets, so revelled in and incorporated into their writings, thereby encapsulating the picture of Andalusian gypsy culture as farouche, a-social, otherworldly. Add to that the sound that came from someone like El Fillo's throat, and the effect on a cosmopolitan trans-Pyrenean must have been startling indeed.

Little else is known about El Fillo. His *siguiriya* in particular – 'a severe and archaic song, full of majesty, stylistically slurred, deeply allied to the *tonás* and saturated with a taste of Triana', says one account[21] – is what remains of him, treated as the precursor of all ensuing elaborations of that essential *jondo* form. And it is to El Fillo that the term *voz afillá*, referred to earlier, is owed, the voice, 'foggily rough and raucous', as Pohren puts it,[22] ripened by *aguardiente, fino* and tobacco, as well as the dust of the Andalusian plains, that gives a singer, gypsy or non-gypsy, his *jondo* credentials.

Here, then, are the raw materials of *cante*. In the beginning flamenco was just a voice, singing of the ancient dispossession of a race. At its lightest, *cante* was a form of expressive leisure, celebrating the familiar enjoyments of daily life as experienced by the peasant order of Spanish society; but at its deepest, *cante* was a cry for salvation from the conditions of poverty and abandonment, from the pain of prejudice and social oblivion.

There are many names that have not been mentioned so far, and quite a number of song-forms, but they will emerge as we travel closer to our own time. But what has been highlighted are the two poles around which the song-forms gather: the upbeat, exhilarating rhythms and tunes of the *bulería* and the *alegría*; and the downbeat, sombre sounds of the *siguiriya* and the *soleá*. Between, there are few shades of grey: there is colour on the one hand – liveliness, gaiety, celebration, songs for *fiestas*, as they are often described; and on the other hand, there is black – the colour of mourning, despair, inconsolability, which creates the galvanising mood of true *cante jondo*. This is the song of *los sonidos negros*, 'the black sounds' referred to often by gypsies aware of the secret of their music, but which they cannot explain. It is in their blood and in their memory, and they have only flamenco by which to express it.

By the end of the nineteenth century, the first sounds of *cante* had evolved into something very different to what we have looked at here. It was on its way to becoming an art form of the utmost discipline and rigour, though not before a period of the utmost commercialisation; but it was ironically just that, money, that put flamenco properly on the map.

5

Andalusia Invented: Flamenco and the Nineteenth Century

> . . . on all occasions in Spain, most things may be obtained by good humour, a smile, a joke, a proverb, a cigar, or a bribe.
>
> Richard Ford, *Gatherings from Spain*

It is often pointed out that Spain has more mountains than any country in Europe, apart from Switzerland. Less talked about is that Andalusia has a monopoly of them. The Sierra Nevada in Granada contains the highest and the Sierra Moreno in Cordoba some of the wildest; both are amongst the most dramatic mountain ranges of southern Europe. Cadiz, Malaga and Jaen are also rocky provinces, replete with startling and unaccommodating terrain, things rarely associated with a region described in brochures with wearying regularity as 'typical Spain' or 'picturesque'. If one were to believe what the bulk of holiday-makers to the area believe, Andalusia would be good for nothing more adventurous than a deckchair and a pedallo, or possess land no more rugged than a golfcourse.

Inevitably it was the British who created the infrastructure of the beach-culture that has become the international hallmark of the region. Malaga is where it started, albeit in a more genteel manner than is suggested by today's conurbative coastal riot, with retired middle-class Victorian folk visiting and sometimes remaining in the city to escape the rheumatic damp of the North. In 1830 the first Protestant cemetery was opened by the British

Consul, William Mark, who later developed the city's promenade by planting trees (a horticultural gesture of quintessential Englishness) and encouraged his compatriots to treat the city as a resort; this in turn added to its rôle as an important port and centre for the wine trade. Malagan wine made from muscatel grapes, as well as fruit and olives, were popular commodities for foreign traders, particularly the British, who began to arrive in increasing numbers in a non-business capacity from the 1830s onward. A top hotel owned by a certain Mr Hodgson in the 1840s is said to have offered Stilton and pale ale to its patrons – an ominous forerunner of the ubiquitous Watneys and egg-and-chips of today. By the 1850s Malaga had a sizeable expatriate British community, which grew steadily over the decades. The city's burgeoning prosperity was also underpinned by a new Spanish middle-class confidence in investment and industry, with families like the Larios and Heredias, from La Rioja, founding textile factories, sugar mills, shipyards and steel-mills. Towards the end of the century, the old centre of Malaga was cut through by a boulevard which bears the Larios' name, and gave the city an openness and ease of access which the labyrinthine centres of old Cordoba, Seville and Cadiz still lack.

Industry had declined by the early years of this century, with the wine-trade in particular savaged by an outbreak of phylloxera in the closing years of the nineteenth century which spread to Jerez and was to affect both wine-producing centres for years to come. Land prices, however, particularly around Malaga, soared and property became highly desirable for developers who could see that it would have many uses besides the industries which had thrived on it for most of the nineteenth century. The flow of visitors remained unstemmed, and it was only a matter of time before Malaga and environs were moulded into a lucrative international tourist trade, simply replacing the more traditional ones of the century before. In the 1950s and 60s, the coast from Gibraltar to Almeria underwent a massive facelift, and behold – the Costa del Sol as we all now know it (even if we haven't been there) was born.

Today the British share their patch, amicably on the whole, with Germans, Scandinavians, Dutch, all of whom are as numerous now as the first lily-skinned colonisers in retreat from Victorian society. If the foreign emphasis of the Malagan coast in the nineteenth century was on sophisticated viticultural trade and bodily cure, in the twentieth its ethos is based on unalloyed commerce and, whether you are burning your skin in the sun or drinking cheap wine, bodily abuse. From being a fussy, quasi-colonial British outpost – with Gibraltar always at hand to give it legitimacy – the Malagan seaboard has become a brassy, sun-worshipping, multicultural shopping mall; and because the locals – landowners and labourers – have from the start of the beach-holiday era stood only to gain economically, they have taken an active part to dispossess themselves of some of the most valuable real estate in Europe.

The dichotomy of the new Andalusia – the Malagan spread – and the old – the mountains and empty plains of the interior, and the history that goes with them – is in fact a paradigm for the entirety of Spain. It is quite easy to think of the country as just a vast, architecturally degenerate Mediterranean resort, where one goes outward-bound from Gatwick and Luton to what look like tin-shack air terminals at Valencia, Alicante and Malaga in order to catch the sun, float in some (invariably filthy) sea, eat paella and shrimps, get excessively drunk and, on the islands (the Balearics especially), if you are one of a new breed of moronic British male, beat up the locals in discos. Coastal holidaymakers may have some idea of where Madrid is, but the city is immaterial to them; the geography of Spain allows it – anything a few miles inland from the hotel constituting a complicated cultural threat where the people don't speak English, slaughter cattle in public spectacles and spend the summer indoors, with peculiar work hours. Spain is unique in Europe as a country with a gargantuan tourist infrastructure which employs a tiny percentage of its land mass to support it; most holidaymakers simply don't know what goes on in the interior, and have no need to – nor, one is tempted to add, do the Spaniards need them to. . . . The larger portion of their country is undiscovered, much of it uninhabitable (by European standards, though one should never take the saying, attributed to Pascal, that 'Africa begins at the Pyrenees', too literally), and scattered with fabulous monuments to the Peninsula's bizarre history, as well as pockets of social immutability that *do* tempt one to place Spain, somehow, beyond Europe.

Away from the coast in Andalusia, the real signs of modernisation of the region are to be seen in the building of roads and the radical technical improvements in agriculture; proper communications and successful farming are the keys to the resurgence of the South, and both central government and EC subsidies are instrumental in both areas. It is still possible, however, to disappear deep into the Andalusian interior and feel – often justifiably – that the modern world is something left behind and best endured down on the coast, or in the traffic-choked centres of Seville and Granada. Andalusia remains a land of infinite space, of, by turns, great aridity and bareness, and hospitable town squares with a church containing a completely unnecessary Baroque altarpiece on one side and a bar playing pop *sevillanas* all day on the other. Inland from Malaga lie the rocky heights of Ronda (though sadly Ronda itself has become a special target for Malagan coachloads) and the still-wild Alpujarras south from Granada. This is the Andalusia of dirt-tracks and impassable roads, of ignorance and piety in equal measure, of places where people hid from Franco for years after the Civil War – as did a certain Pablo Pérez Hidalgo, an ex-Republican guerrilla, in a village called Genalguacil from 1949 to 1976 – and where Brenan discovered, in the twenties, that some of his fellow villagers thought Protestants had tails. Things have moved on since then, though it is not impossible to strike up conversation with an old boy, giving you almost certainly incomprehensible instructions about the road to Motril, who thinks London is in America.

It is easy to fathom the reason for artists and writers being drawn, for generations, into this prelapsarian cradle of myth and Ogygian stimulation. In the twentieth century, many have been lured to Andalusia as it has represented the last refuge from the technological oppressions of modern life; in the nineteenth, for writers in particular, the region came to represent the embodiment of all the historical and cultural forces with which they felt their work needed to be infused, and which defined their imaginative universe. For the French Romantics especially, Andalusia was what the Lake District was for the first-generation English Romantics, with all the subsequent stereo-typifying effects the latter has had on Cumbria applying to Andalusia, and how it – Spain as a whole – has forever been perceived.

Today, one of the most prevalent motifs of the Malagan interior is the *cabra hispánica*, a protected species of goat. This nimble and attractive beast is in bucolic contrast to the long-cherished symbol of the *sierras* in the nineteenth century, the *bandolero* – the bandit. *Bandolerismo* indeed became a kind of cult, one which all visitors to the area were steeped in, as it formed as much a part of its mythology as the cowboy did in the Wild West. The *bandolero* proper thrived in the late eighteenth and early nineteenth centuries: he was a straightforward fugitive highwayman, who made travel extremely hazardous for early explorers and was unscrupulous in his choice of victims; death after some act of violation or robbery was not uncommon. The mountains of central Andalusia were perfect terrain for him as they were largely uninhabited, communications were limited and the arm of an inefficient judiciary could not reach into their enclaves. In time, the *bandolero* came to be seen more as a Robin Hood figure, a swashbuckling defender of the underdog, fighting against the terrible oppressions visited on the impoverished peasant-class of Andalusia – 'a safety-valve for popular discontent', as Brenan put it.[1]

Two such men were a bullfighter from Ronda, José Ulloa Tragabuches, who is thought to have killed his wife in a fit of jealousy, and El Tempranillo, who in 1828 pronounced 'The King rules in Spain but I rule in the *sierra*'. He is said to have conducted his robberies in considerable style, kissing one woman's arm as he divested her of her bangles and murmuring that such a pretty hand 'needs no adornment'. In another (doubtless apocryphal) incident, he is supposed to have arrived at an inn on the old Malaga–Granada road and, on being told that there were no spoons left with which to eat *gazpacho*, torn off the crust of a loaf and moulded one for himself. Demolishing the soup, he then produced his guns and revealed his identity to the assembled guests at the inn; their surprise was doubled when they were ordered by the sharp-witted brigand to eat their (wooden) spoons – history does not recall what happened to their teeth or digestive tracts. His place in posterity was assured when he was pardoned of his crimes (most of them more serious than the two mentioned) in 1832, though he was murdered three years later by a former henchman.[2]

The reputations of the likes of El Tempranillo are part of Andalusian folklore. His in particular has been greatly amplified in books and films, with a thick layer of whitewash first applied by the Romantic travellers, who saw the *bandolero* as a picaresque emblem of the free spirit. As Michael Jacobs points out, the presence of danger on the road was an alluring bonus to those intrepid foreigners' reports of what they found in the undiscovered South, lending an air of romance to what might otherwise have been tedious journeys through desolate terrain under implacable skies. Jacobs quotes Hans Christian Andersen: 'I felt myself so thoroughly safe that I was suddenly seized with a desire to witness a slight encounter with banditti. The whole country seems as if formed for it. . . .'[3] Washington Irving, meanwhile, describes his muleteer singing about *contrabandistas* and *bandoleros* – 'poetical heroes among the common people of Spain' – in what was clearly a flamenco idiom, if an undeveloped one: 'The airs are rude and simple, consisting of but few inflections. These he chants forth with a loud voice, and long drawling cadence. . . .' To complete the picture, he brings in the East: 'The couplets thus chanted are often old traditional romances about the Moors. . . . This talent of singing and improvising is frequent in Spain, and is said to have been inherited from the Moors.'[4] The tone of wild, Oriental, musical Andalusia was being set.

Wide open spaces, craggy horizons, plunging contours, an exotic and untamed nature all round, along with a scent of mortal danger, provided a perfect recipe for the Romantic appetite for adventure. For these searchers after other-worldliness the Moorish sites must have added a special allure to the prospect of making a pilgrimage to the region. The gypsies were, of course, part of the mix too; after the reforms of Charles III, travellers like Ford and Borrow – not themselves in the vanguard of the sensation-seekers – would have found them in a state of benevolent abandonment. The 'lawlessness' often attributed to the gypsies was at that time a symptom of emancipation by default – officialdom had passed them by, rather in the same way as it had the *bandoleros* (and the imaginative connection to be made between the outlaw and the gypsy is easy enough).

Spain found herself in a parlous state in the nineteenth century. Her ill fortune began with naval defeat alongside the French at Trafalgar in 1805, and ended with the humiliating loss to the Americans of her last colonies – Cuba, Puerto Rico and the Philippines – in 1898. The political history of the years between follows a pattern of governmental instability and repression, constitutional chaos and civil strife – or war, in the case of the two Carlist conflicts in the 1830s and 70s. As early as the 1830s, George Borrow saw Spain as a country which had mistaken 'savage tyranny for rational government . . . sordid cheating she has considered as the path to riches; vexatious persecution as the path to power; and the consequence has been, that she is now poor and powerless, a pagan amongst the pagans, with a dozen kings, and with none'.[5]

In 1812, a group of patriots under siege by the French in Cadiz proclaimed the first European Liberal Constitution, which had a resonant effect in many countries but none, to any practical extent, in Spain. The restoration of the Bourbon dynasty at the end of the Peninsular War in 1814, in the form of the abominable Ferdinand VII, brought twenty years of national regression – including the reintroduction of the Jesuits *and* the Inquisition, as well as the repudiation of the Cadiz proclamation – and his death merely precipitated the first Carlist War of succession. By the 1880s, exhausted by the vagaries of a nymphomaniac queen, Isabella II, a feeble attempt at a Republic in 1875 – undermined by Andalusian and Catalan anarchism – a second Carlist War and continual colonial catastrophes, any semblance of workable political life in Spain had collapsed. The pervasive power of a reactionary Church and oversubscribed army (one general for every 100 men by the turn of the century) had eaten into the possibility of a central, independent political initiative being taken to restore the country's fortunes; the poor got exponentially poorer, while the rich held tenaciously on to their land without getting much richer – there was nothing to get rich on. Any standing Spain might have had in the international community had ceased to exist; she was not a country to take seriously.

The effects on Andalusia were first economic, then political. Wealth from the colonies, which had once so benefited Seville and Cadiz, had dried up. The successful trades of the seaboard – olive oil, wine from Malaga, sherry from Jerez – slowly came to be monopolised by interests from abroad, Britain in particular, whose dynamic commercial empire left those indigenous industries she traded with extremely unsafe if they lacked the appropriate economic infrastructure. Andalusia's agricultural potential had been shamelessly squandered by the end of the eighteenth century (see pp. 24–5), which would partly account for the nineteenth-century travellers finding the region so bare and empty; apart from grape-harvesting, and sheep- and goat-rearing there was very little going on in the countryside, though to be fair much of it was untameable (so much better for the Romantics). Politically this had two effects: first, to entrench the Andalusian landed classes in their monarchist tendencies, as the absolute power maintained by the delinquent rulers in Madrid was precisely what they hoped to exert over their workforces – the system of *caciquismo* was to reach its zenith in the late nineteenth century; second, to cause such widespread discontent amongst the peasant population about working conditions that the rise of anarchism as a political creed, based on the writings and teachings of the Russian Mikhail Bakunin, was inevitable – and integral to the widespread Andalusian revolts that played no small part in the crippling of the region's industry, and a very large one in setting the scene for the disasters of the twentieth century. In perhaps one of the most sinister developments after the 1850s, the romance of the deeds, whether good or bad, of the *bandoleros* was replaced by the reality of law enforcement by the Guardia Civil which, though an attempt at an answerable police force, came eventually to be synonymous with fascism. Along with the Church and the army, it was one of the few organised public bodies bequeathed to twentieth-century Spain.

If the Romantics had been inspired by the example of the Cadiz patriots of 1812 – and many in France and England were – they weren't to be put off by what they found in the southern land of their imaginings when they got there: economic corrosion, political corruption, hideous penury, violence and brute ignorance. If they were put off, they never admitted it, and it is not inconceivable that actual conditions in Andalusia somehow spurred them on to adventure, to travel deep into a land and culture so different from their own – the wildness and savagery of the place having a displacing, even alienating influence on their preconditioned, perhaps still-too-civilised minds. It needed only the sight of buildings like the Giralda and Alhambra to set the imagination free from material reality on its trajectory towards the Orient and the non-Western aesthetic these first avid poet-voyagers sought.

It was very much a French affair. Of the great English Romantics, only Byron had something of note to say about southern Spain, having passed through Seville and Cadiz in 1809 on his mandatory Grand Tour (as a newly appointed lord) with his friend Cam Hobhouse. Seville obviously impressed him enough to cause him to set his mock-epic *Don Juan* there at the end of his writing life, while Cadiz was 'the prettiest and sweetest town in Europe' – and appears in an aristocratically anglicised rhyming couplet in stanza 190 of his masterpiece: 'And then, by advice of some old ladies,/ She sent her son [Juan] to be shipp'd off from Cadiz'.[6] In general, however, English sensibilities were not attracted to Andalusia, or any part of Spain for that matter. The first Brits were tourists, and, though they liked Granada and Seville, much preferred Malaga and Cadiz, where successful trading stood them in good stead with the locals, and the weather was nice; moreover, that rising sense of post-Regency Protestant righteousness found obvious failings with the omnipresent Catholicism of Spain as a whole, later giving way to wholesale Victorian puritanism, which found evidence only of an inferior society and culture everywhere in the Peninsula. Aspects of this attitude emerged in Richard Ford's *Handbook*.

The French attitude was altogether more supple. Intellectually, French writers' behaviour in Spain was the inverse of their own country's political stance towards her, which during the Peninsular War had been to attempt tyrannical military annexation. General Murat's atrocities in Madrid in 1808 (which inspired Goya's famous painting *Dos de Mayo*) were the grotesque climax of France's Spanish foreign policy under Napoleon, and in some important collective way have been remembered by the Spaniards with the same rancour as the French recall Hitler's occupation of their capital in 1940. Indeed, it is surprising that the French chose to go to Spain at all in the nineteenth century, given what their armies did to the natives in its opening decade; and if the racist truth be told, the Spaniards have always found their northern neighbours hard to handle, arriving as they still do today with a view of Spain as a bizarre and rather inefficient province of the Republic.[7] Artistic impulses rarely run in tandem with public opinion, however, and if the bulk of France's nineteenth-century bourgeoisie (like its English counterpart) considered Spain beyond the pale, rebels of the Romantic school thought differently. Spain represented escape from the strictures of French manners, capitalism and bureaucracy – and though the Pyrenees lent an illusion of Spain's psychological distance, she was of course just across the border; Andalusia, in turn, was as far away from France as you could get without risking the complete unknown of Africa. The region's untutored nature, isolation, mediaeval architectural splendour – with its essential Oriental suggestiveness – and sheer backwardness were the perfect ingredients to send a variety of Frenchmen to sleep from their high education, and to enable them to dream themselves out of their shackling present.

First in was the Viscount Chateaubriand, whose charming novella, *Les Aventures du Dernier Abencerage*, was published in 1826. It is the evocative tale of a Muslim prince in the sixteenth century, returning from Africa to Granada, the seat of his ances-

tors, only to be disappointed, both in love and in his attempts
to reintegrate himself into the now-Castilianised city. The story
is saturated with Romantic melancholy, exquisitely told, dwelling
on themes of evanescence and the irrecoverability of time (something Lamartine did perhaps more memorably in his poem 'Le
Lac' of the same period), and it is almost totally devoid of
historical accuracy. It was, however, the first overtly Romantic
text to choose Granada, with all its Moorish myths, as a setting;
moreover, Chateaubriand went there – to imbibe the Alhambra
– which Victor Hugo did not. Hugo's epic, *Les Orientales*, published in 1829, had a more wide-ranging influence on his literary
contemporaries and celebrated the Alhambra for the first time
in formal verse:

> *L'Alhambra! l'Alhambra! palais que les Génies*
> *Ont doré comme une rêve. . . .*

> (Oh Alhambra, Alhambra! palace gilded by Genies,
> as if it were a dream. . . .)

Chateaubriand had made Granada a fictional dreamworld;
Hugo poeticised it, establishing in his paean to the Nasrid palace
its potency as a vessel for Romantic unreality. Hugo's text was
the true beginning of the cult of 'Orientalism' which was to
dominate French culture for two decades. In the preface to *Les
Orientales*, he made a statement which amounted to an effective
aesthetic manifesto on behalf of the French Romantics' attitude
to Andalusia: 'In the era of Louis XIV we were Hellenists; now
we are Orientalists.' Looking through the lens of Voltairean
scepticism and rationality, the young revolutionary poet detected
a prevailing cultural Classicism which stretched back to the
Renaissance, a line of inheritance that was much clearer, and
more burdensome, to his generation of French artists than
existed for those across the Channel. With the political horrors
and cultural lethargy of the late eighteenth century behind them,
the French Romantics found in the Orient – or in ideas and
dreams of the Orient – an opportunity for imaginative escape
from the imperialist and Classical banalities of their background. Spain – Andalusia especially – came to be considered

127

a repository of all that was desirable about life beyond Europe: a relaxed social morality, an exotic artistry, architecture that must have corresponded in some measure with early-Romantic notions of the Sublime – though, of course, this was an idealised Spain, an Andalusia of another age. But as a Mecca for Romantic intellectual energy, and as an alternative to the glib superiority of what Hugo saw as French 'Hellenism', the lure of the South was irresistible. (The English Romantic imagination had quite different roots and ideals to feed on: its own lyric and pastoral tradition, *non*-Classical Shakespeare and, ironically, the French Revolution. France, or Switzerland – birthplace of the Revolution's prime ideologue, Rousseau – were stimulants enough for the two most politically motivated poets of English Romanticism, Wordsworth and Shelley.)

In the footsteps of Chateaubriand and Hugo came the irrepressible Théophile Gautier, whose *Voyage en Espagne* (1841) is one of the key documents in the Romanticisation of Andalusia. If Chateaubriand was liberal with history and Hugo dreamily inventive, Gautier concocted a bestselling combination of sprightly observation and painterly fantasy. The focus of his rhapsodic attentions was Granada, above all the Alhambra (see Chapter Four, note 21), whose genius had first been imparted to him in Hugo's bold imaginings in *Les Orientales*, the poem that decided Gautier upon his poetic career. His embrace of the Orientalism Hugo had heralded a decade before Gautier's Spanish trip was to lock the gaze of French Romanticism firmly on to matters of the imagined East, so much so that what had been a minority cult became a fully-fledged fashion. Andalusia was from now on treated as if it *were* part of Arabia – full of dancing dervishes at any rate – possessing a culture that was a revelation of sensual musicality and heady mystery.

Chateaubriand had said: 'Blanca chose a Zambra, an expressive dance that the Spaniards borrowed from the Moors. . . . The harmony of her steps, her singing and the sounds of her guitar was perfect. [Her] voice, lightly veiled, had the very tone to move the passions to the depth of the soul. Spanish music, made up of sighs, quick movements, sad refrains, suddenly halted songs, offers a peculiar mixture of gaiety and melancholy.'[8] This set the right sibilant tone on which Gautier was then able to elaborate. Choosing dance as one of the most accessible and visible means by which to express his wonder, he pointed out that female Spanish dancers

> keep the contours and roundness of their sex; they have the air of women who dance rather than being just dancers. . . . It's their body which dances, the back which arches, the sides which twist, the entire figure which doubles up with the suppleness of a grass snake . . . the shoulders reach almost to the ground; the arms . . . have the flexibility and softness of an unwound scarf. . . . The Moorish almahs follow nowadays the same pattern: their dance consists of the same harmoniously lascivious undulations of the torso, hips and small of the back, with arms held upwards above the head.

Gautier's expansive description is an amplification of the excitement registered by Chateaubriand in encountering this vivid foreignness, an expressive human physicality so arousingly free from the precious formalities of their own culture. From now on, the dancing gypsy girl was to be, alongside the bullfighter, the infinitely repeated, and infinitely debased, symbol of the Spanish South.

With less than half an eye on the truth – the squalor, the filth, the poverty – the French Romantics had decided to reclaim Andalusia, Granada especially, as their music-making, fun-loving, poetic Babylon. Seeing the ease with which these southern people communicated with one another, Gautier also itemised why he needed to escape the hollowness of trans-Pyrenean bourgeois life: 'This honest freedom of speech, so removed from the stiff and feigned mannerisms of northern countries, is worth more than our hypocritical parlance, which conceals an essential grossness of action.'[9] Gautier was here almost laying down the law as far as all future visitors to Andalusia were concerned; the gauche North versus the elegant South, galumphing prurience and self-constriction versus grace, libidinal freedom and self-expression – this duality has persisted in the century and a half since Gautier, and, however Romantic

129

the sentiment, it is one which has convinced many a North European to migrate to what W. H. Auden called closer to our own time 'an ancient South,/A warm nude age of instinctive poise,/A taste of joy in an innocent mouth'.[10]

The French Romantics threw themselves at Granada with relish; English tourists enjoyed the climate but looked askance at the mythologising tendencies of French Hispanophiles and headed for Malaga; the Americans – or one of them, Washington Irving – swooped down on the Alhambra and actually made a home of the crumbling edifice. He arrived in Spain in the same year as the publication of Chateaubriand's *Les Aventures* and left Granada for London in 1829, the year of Hugo's *Les Orientales*. Singlehandedly, he set the tone in English of what his French fellow writers were busily fashioning in their own language. 'I am nestled,' he wrote to a friend, 'in one of the most remarkable, romantic and delicious spots in the world. I breakfast in the Saloon of the Ambassadors, among the flowers and fountains in the Court of the Lions, and when I am not occupied with my pen I lounge with my book about these oriental apartments, or stroll about the courts and gardens and arcades, by day or night, or as if I am spell-bound in some fairy palace.'[11] These hours of languorous rumination became transmuted into his *The Alhambra*, a book which gave Granada its Anglophone literary name and to which Gautier professed himself indebted.

The Alhambra is a series of tales which hark back to Nasrid Granada, interwoven with accounts of the state of the contemporary city, his journey to it and the assorted – largely eccentric – people he found there. Like Chateaubriand's story, the book has much charm, though not the narrative neatness of the French work, and has influenced generations of travellers to Granada. It is much more than a guidebook but rather less than a work of historical acumen and lacks Gautier's descriptive lushness. Like the writings of those mentioned so far, it should be taken as the tenor of wishful, sometimes gullible response that struck them all when faced with vestiges of a civilisation so delightfully alien to their own. Irving's imprimatur on Granada can be measured by the number of copies of his book alone – in most languages – on sale across the city today, as well as by

130

at least one hotel named after him, on the Alhambra hill itself.

Granada, the focal point for these writers, became quintessential Andalusia in the first half of the nineteenth century. The combination of elements – mountainous surrounds, Moorish buildings, benign climate, gypsies everywhere – added up to everything a seeker-after-the-exotic wanted. In the gypsies especially each found an image of a spontaneous, pre-industrial people living according to their instincts in a corner of Europe that seemed to have remained decidedly unmodern. Richard Ford later summed it up concisely: travelling to Spain – and he meant the South – was a flight from 'the polished uniformity of Europe, to the racy freshness of that original, unchanged and unchangeable country'.[12] The most fashionable way to think of Spain, of course, was not as part of Europe at all; this somehow legitimised writerly excess, as if the subject were some miraculous transoceanic kingdom which had escaped time. Like all lasting clichés, there was some truth in this. In a way time had stopped in nineteenth-century Andalusia – indeed in Spain as a whole – as we have seen, and suffered a kind of geographical relegation which Spaniards could well have done without; even now you sometimes hear them speak of their country as being, until recently, part of the *tercer mundo* – the Third World.

Granada was milked for romance and fantasy, Malaga for tourism and wine, Cadiz for trade-links. Seville, meanwhile, was probably the liveliest of all Andalusian cities, if a little forgotten. While the other cities became prey to foreigners, Seville remained stalwartly uninvaded, though the two most influential English travel-writers on Spain of the second half of the nineteenth century, Richard Ford and George Borrow, made their homes here at various times. It was left to the Spaniards themselves to focus a special kind of interest on Andalusia's most colourful urban centre, and this was known as *costumbrismo*.

Costumbrismo was an indigenous movement of writers and artists dedicated to the portrayal of the traditional habits, dress and what we would now call the 'lifestyle' of ordinary folk from different regions of Spain. Running concurrently with European Romanticism, it was just as effective as the latter in reinforcing stereotypical images of Spain, without – mercifully – the excitable

131

Orientalism of Hugo and Irving. Writers such as Fernán Caballero in *La Gaviota* and Serafín Estébanez Calderón in *Escenas Andaluzas*, both published in the late 1840s, and the painter José Dominguez Bécquer (father of Gustavo Adolfo Bécquer, Spain's Tennyson) depicted the standard scenes – bullfighting, gypsy dancing, grape harvests, *majos* (cocks-of-the-walk), *bandoleros*. Locating their stories and set-pieces in Seville meant that Holy Week, the Feria and buildings like the Giralda got a good look-in too – indeed Seville became the *genius loci* for the *costumbristas*, just as Granada was for the French Romantics. If truth be told, *costumbrista* art is a lot less interesting than the inventive, though deeply subjective stuff of the non-Spanish depiction of Andalusia and need not detain us overly. As a school, its claim to concentrate objectively on local customs and manners is generally undermined by a lollipop sentimentality and, if some of the works on display in Madrid's Museo Romántico are anything to go by, woeful execution (many of them are fakes).

The *costumbristas* nonetheless brought nineteenth-century Seville some cultural kudos that it might otherwise have lacked. Their preoccupations with gypsies and *majos* certainly attracted the attention of yet another Frenchman, Prosper Mérimée. A restless, inquisitive individual, engaged in various archaeological missions from the 1830s onward, Mérimée first heard from an Andalusian family the supposedly true story of gypsy passion and revenge that was to become his immensely popular *Carmen*, published in 1845. This story, more perhaps than all the other French works along with Irving's, has imprinted on everyone's minds an image of a sultry, sensual, violent Andalusia, with Seville as a kind of sub-tropical setting. The famous tobacco factory, where Carmen worked, now the city's university, is as potent an architectural symbol of Andalusia as the Alhambra or Giralda; the fact that it is an eighteenth-century construction lends it an unquestionably Spanish feel and lures even modern travellers into a more willing suspension of disbelief over Mérimée's gypsy myth than those Oriental fantasies curried up in Romantic brains by encounters with the Alhambra. Though based on truth, *Carmen* is as fanciful as Irving's tales; if it seems

132

'truer', it is because Mérimée manipulated his material with the techniques, prototypical in the late 1840s, of Naturalism, the fictional mode that was to dominate the French novel in the second half of the nineteenth century.

There was no such 'Naturalism' in music; Georges Bizet's extrapolation of Mérimée's story for his opera, first performed in 1875, is the nineteenth-century apotheosis of Andalusian gypsy folklore. *Carmen* the opera has had even greater influence in the world at large in confirming the cultural gypsification of the South than *Carmen* the novella. The music is wonderful, of course, even if it isn't very Spanish-sounding – there isn't a guitar note in it. The real violence of Mérimée's story and the criminality of his anti-heroine were watered down by Bizet's librettists, and the opera – produced as *opéra comique* in the first instance – became a showcase for the Hispanic prettiness and sentimentality adumbrated by the *costumbristas*; Bizet became their most boisterous propagandist and gave an opera director the ultimate opportunity for spectacle. Because so many have made their sets and costumes stage amplifications of *costumbrista* tendencies, an image of Carmen-ised Andalusia has been hard to escape ever since.

The worst example of this was Harvey Goldsmith's 1990 production at Earls Court stadium in London, mounted after the success of the previous year's monstrous *Aida*. A vast troupe of flamenco dancers was *de rigueur*, swirling irrelevantly for twenty minutes at one point, while it was even rumoured that for the bullfight scene a herd of bulls, transported specially from Spain, was going to appear and career round the stadium, a lunatic idea thankfully discarded. This kind of gratuitous *mise-en-scène* was symptomatic of a late-eighties sybaritism that had nothing to do with art, let alone Bizet (or Mérimée); there was more tittle-tattle in the press about sweating, besuited yuppies stretching across each other at stalls outside the stadium for £30 bottles of champagne than about the singing, though perhaps this wasn't surprising as no one could hear Carmen.

More edifying versions of the story were mounted in the early eighties. Peter Brook's 1981 Bouffes du Nord production was a study in perfect minimalism. Bizet's grandiloquence went, with some of the finer details of Mérimée's rendering reintroduced. The result was a radically reduced score *and* narrative, lasting an hour and a half, which carried all the wit, emotional intensity and violence of the original story but which also capitalised on Bizet's undoubted musical ingenuity. What Brook and his librettist Jean-Claude Carrière were attempting to find was a darker, deeper background for the drama, one in which Carmen could emerge as a character trapped in tragic circumstances rather than representing the *maja* cheekiness that both scandalised and tickled the 1870s audiences; indeed, they called their production 'La Tragédie de Carmen', and anyone who saw it will testify to the fierce punch it packed, in illuminating contrast to the musical pomposity and dramatic woolliness of more conventional stagings.

The Spain Brook and Carrière portrayed was one that the latter referred to in his programme note, that of 'Goya's dark and monstrous visions, the fruit of "the sleep of reason", a truly dynamic Spanish current, fusing blood, faith, madness and sex. . . .' This could equally have served the purposes of Carlos Saura, whose flamenco film version of *Carmen* arrived less than two years after the Bouffes du Nord production. It might be said that a flamenco *Carmen* is the biggest cliché of all; when handled with subtlety, however, the mixture works well, as it does in Saura's film, whose real virtue is a total absence of exaggeration, with dance and narrative blending seamlessly. Moreover, the 'dynamic Spanish current' evoked is neither prettified nor archaic; the original story unfolds alongside a modern parallel in which the principal dancers, played by Antonio Gades and Laura del Sol, have a distinctly unsentimental love-affair which ends in disaster – and the stabbing scene at the end, in which the dancer playing Carmen throughout the rehearsals is 'murdered' by Gades, resembles more closely a Madrid street drugs-killing than the dénouement of a tragedy. This is a contemporary fusing of 'blood, faith [or lack of it], madness and sex', which could probably apply anywhere in the modern world; Saura's urbane cinematic distillation of problems common to all of us, in an unmistakable Spanish idiom, simply underlines the expressive power of both his vehicles – the Carmen story and flamenco itself.

An antidote, if needed, to all this Carmen-ising can be found in the scepticism of Mario Praz, whose book *Unromantic Spain*, published in 1929, offered a phlegmatic reply to the cultist tendencies of the nineteenth century. Much of it is very silly, but he has a point when he lists 'old Spanish towns languorous beneath the warm sun and the scent of orange blossom, castellated mansions and Moorish arabesques, a proud people hugging fierce passions beneath their cloaks, guitars and castanets, donkeys and courteous peasants, long white roads and snowy ribbed sierras, quaint old market squares, narrow streets with balconies atop and animated *paseos*, gardens everywhere, swimming in the sun . . .' – and this he calls the Thomas Cook version of the South.[13] Both *Carmen* and the tourist brochure grew out of this and, Praz notwithstanding, the sentimentalising preponderance has stuck.

The man responsible for spreading a more realistic version of Andalusia in English was Richard Ford. He settled in Seville in 1830 and stayed there for three summers with his wife Harriet. He was greatly taken with the Sevillian way of life and did more than anyone in any language to penetrate the southern mentality, which he found both attractive and exasperating. He resisted at every turn the effusiveness of the Romantics and the quaintness of the *costumbristas*, and trained a sharp eye on detail (he was a skilled draughtsman and drew many sketches of Andalusia). He was a writer, rather than a mere guidebook compiler, and his *Hand-book for Travellers in Spain*, hatched over dinner with the publisher John Murray in London in 1839, is a milestone in travel literature – an epic compendium five years in the making, combining scholarship, humour and deep understanding of the country that is its subject. Ford could also be very rude, and Murray had the hugely expensive task (eventually charged to Ford) of suppressing the first edition and reprinting a second, in two volumes, with Ford's most inflammatory observations censored. It was a runaway success when published in 1845 and reprinted many times. It remains by far the liveliest, wittiest and most thorough exploration of Spain ever written, outburst of prejudices and all. Its virtues are comprehensiveness, an unpretentious tone and an uninhibited zest for the good things of Spain – her landscape, architecture, the general friendliness of the people. The book's extensive concentration on Andalusia has meant that the region has consistently been given the highest profile by – and held the strongest allure for – travel writers in the Peninsula, but unlike most, Ford's account keeps within the limits of the real; and it is through this, under the pen, that Spain has been best served.

The other unusual Englishman who brought nineteenth-century Spain to the public eye was George Borrow. He lived a curious life of wandering – all over the world, by his own account – though his two most famous Spanish books, *The Zincali* and *The Bible in Spain*, published in 1841 and 1842 respectively, concern the subject that Ford was then painstakingly committing to his own work. Born in 1803, Borrow is said to have been able to read the Talmud in the original by the age of seventeen and in 1825 to have seduced a gypsy woman by conjugating the verb 'to love' for her in Armenian. He seems to have been fired by an urge to convert the unChristian and turned his attention to the Spanish gypsies after a tour through Russia in the 1830s. He called Seville 'a terrestrial paradise', though his predilection was for the rundown quarters of towns and cities – like Triana – in scientific contrast to the Romantic desire for the remote. Like Ford's *Hand-book*, Borrow's publications were immensely popular, though in his case it may have been popularity engendered by readers' fascination with the Borrow mystique – living for two years in Spain out of wedlock with an English widow and then landing himself in jail in Madrid in 1838 were contributing factors. Borrow's enduring legacy was to look at gypsies and their culture with the dispassionate eye of an anthropologist combined with an unorthodox sympathy for their lot; a pioneer like Ford, whose work was an elaborate and wry adaptation of the tenets of *costumbrismo*, Borrow's *The Zincali* was at the heart of the nineteenth-century cult of *gitanismo*, though as a man who took himself seriously he would never have seen it like that.

*

Where, then, in this mosaic of impressions, observations, fantasy and fact does flamenco fit? The answer, in terms of documentary record, is practically nowhere. Ford has *cante* as, amongst other phrases, the 'howlings of Tarshhish', which to an untrained ear is an understandable interpretation of gypsy song in the 1830s. A flamenco highlight in Borrow is a gypsy dancer who seems more like an exotic creature in a zoo than a person: 'Her glances become more fierce and fiery, and her coarse hair stands erect on her head, stiff as the prickles of the hedgehog; and now she commences clapping her hands, and uttering words of an unknown tongue, to a strange and uncouth tune. The tawny banter seems inspired with the same fiend, and, foaming at the mouth, utters wild sounds. . . .'[14] This is amusing grotesquerie but hardly balanced appreciation – but then what Borrow saw was probably a wild and formless precursor of flamenco. We have dipped into the moodiness of Chateaubriand and the sensual indulgence of Gautier; Estébanez Calderón wrote enchanting propaganda and *Carmen* is a show. Where, if anywhere, was the real thing?

It started in fields, taverns, prisons and forges, as we have seen. It was practised mainly by gypsies, who have jealously guarded it as their own since the first sounds. It had no musicological foundation, there were no rules – it was the music of the poor and the illiterate. Its perpetuation was a matter of instinct and oral ingenuity, subject to dynastic – one might say domestic – forces rather than the nurture of schools or movements. And in the beginning, neither dance nor the guitar merited the slightest attention; flamenco was song, by turns grave and ebullient, limited to a repertoire of lament and celebration which had grown, like the sparse trees of Andalusia, out of unyielding land.

Towards the middle, and most particularly the latter half of the nineteenth century, this all changed. Flamenco went indoors – not exactly behind closed doors, that was a later development; but space was made for it, it was put on a platform (you could hardly call it a stage), so people could listen and watch while getting on with the more essential activities of drinking and eating. Flamenco became entertainment and, most radically of all, it started to attract audiences ready to *pay* to enjoy it. That *cante* proper, an expression of the things money could never buy or of the sufferings that too much of it in the wrong hands could inflict, was by its nature inimical to commerce was an irony that mattered little. What mattered in the era of the *cafés cantantes* was that flamenco meant trade; and the impurer the flamenco, so, on the whole, it turned out, the better the trade.

The first *café cantante* opened in Seville in 1842, in calle Lombardo. Others soon followed and spread across Andalusia, reaching Madrid within the decade. For the next seventy years, they were to be the professional base for even the most raucous flamenco and the starting point for many important careers. The cafés were simple in design, with a stage at one end, space for tables and chairs in the middle, a bar at the other end and perhaps balconies or even boxes at a higher level on three sides. Their decoration was as might be expected: mirrors, drapes and bullfighting pictures. Some were so large, like the Café El Burerro, that tables and chairs were sometimes moved to one side, and calves brought in for a juvenile bullfight.

Originally, their appeal would have been to the labouring classes, who found in these spacious halls given over to their type of music a spirit of tolerance and appreciation lacking in most corners of society; as outlets for self-expression, they were wholly amenable, if bibulous. If all-comers could make a bob or two, so much the better; in the early days, there would have been little difference between audience and performers. As time went by, however, the appeal of the *café cantante* extended to the leisured classes, eager to spend nights listening to and watching performances by people they normally associated with the slums. Word had travelled: intellectuals, Romantics, *costumbristas* and no doubt early versions of the tourist brochure had opened the outside world to the gypsies; the gypsies' first natural reaction was to go for the money it promised, unconscious perhaps that they possessed what more discerning travellers, writers and listeners would have recognised as a strange and primitive art. Where there was an audience, there was cash; and this must have come as a shock to the gypsies, whose traditional trades had been the lowest of the low. Being able to sing and dance in front of toffs for a fee represented their first real commercial break in history – and it was worth exploiting to the very last peseta.

Wages were, of course, low and the hours long. It is difficult, as ever, to determine the quality of these *café-cantante* performances because of limited written records. A writer called Benito Mas y Prat gives us some idea of what went on:

> . . . a young girl danced, tightly dressed in a clean, rustling, pear-shaped smock, which revealed the roundness of her hips, and when she turned about she flashed the most exquisite feet, her head bedecked with seasonal flowers and an ornamental comb. Near her, sitting on a chair, jacket open and curls gathered round his temples, strummed the guitarist of the evening; completing the picture was a female singer with a clear and penetrating voice. . . .[15]

This kind of theatrical presentation had a transforming influence on flamenco. On the down side, it brought into a public and moneyed arena a form of musical life that owed its provenance to feudal social conditions, and to a race's sense of marginalisation. The leap from the poetry of the land to cabaret was bound to have adverse effects on its purity; as a *Times Literary Supplement* reviewer of a book on flamenco published in the 1950s pointed out, 'As soon as folk-art leaves the safe base of untrained performance or conventional occasions, purists scent degeneration. As early as 1881 critics feared that such cafés would kill gypsy song.' The 'purity' – *pureza* – argument still rolls on, with, at least for an outsider, unwholesome echoes of the *pureza de sangre* edicts of the monarchs of the Inquisition; that is putting it a bit strongly, perhaps, but the argument is invariably infused with greater dollops of temperament and prejudice than sense – flamenco *must* develop, not fossilise. As the same review went on to add, '. . . this loss [of flamenco's primitive austerity] was probably more than offset by the professional artists' gain in technique and emotional power. . . .'[16]

This is true. What happened to flamenco on stage was that it formalised itself. Some indeed maintain that it actually 'fla-

mencoised' itself – in other words what had once been primor-
dially *jondo* became ornamentally *flamenco*. One theory is that
'flamenco' was just a word invented by a group of intellectuals
in the 1880s, a philological reaction to a previously amorphous
and unnamed rural idiom.[17] What is certain is that dance – *el
baile* – now emerged as flamenco's most dynamic and most
promotable constituent.

Andalusia has always been full of dance. Herodotus recorded
women doing 'strange, frenetic dances' in southern Spain when
it was first visited by the Greeks; and in Roman times it was
Martial who made first mention of the 'lascivious dancing
women' of Gades. In the Middle Ages the Muslims brought
their own dances to Spain which were of great sensuality and
got more than one (male) poet highly excited. The Reconquista
saw a waning of this kind of dance and less intoxicating forms
began to attain popularity – the *bolero, sevillana* and *fandango*,
the latter of which was a descendant of a Moorish form, but
un-flamenco in style, as they all were. It took the gypsies to
inject a new dose of vigour and sensuality into the dances of the
South, and Gautier's reaction to and description of them were
standard by the end of the nineteenth century.

It is probably a valueless exercise to try and trace the pagan
elements of flamenco dance. Prat provides a fascinating account
of the Asian influence on Graeco-Roman dance-forms, linking
Hindu rituals with those associated with Dionysus and Pan,
Aphrodite and Demeter, and in a magnificent gesture points out
that the use of *palillos* – castanets – in Spanish dancing, common
in pre-Christian forms, must connect one with the other; and
the Koran decree, that all women dancers must keep their feet
close to the ground 'in order to avoid their legs being seen', he
says is also clear proof that Muslim and gypsy dance share the
same heritage. Untenable as this is, an important observation
can be added to it: the best flamenco dance *does* keep the feet
close to the ground, which is a technical prerequisite (which we
will come to) and not the result of a religious law.

Theories abound; evidence is slight. The similarities between
flamenco and Kathak dance from India, for instance, which
makes sinuous use of the arms and hands, both across the body

and when held aloft, are obvious but prove nothing; it might add weight to the idea of the gypsies' Indian origins, in which case there is no proof against it – but it must remain an idea. Equally, Egyptian relief sculpture depicts dancers in profile with arms held rigidly on high, their posture redolent of flamenco angularity; and this might for some suggest direct links between gypsy dance and Egyptian culture, which is plausible but impossible to substantiate. The Catalan *sardana*, danced by couples in a large circle and enormously attractive to watch, consists of precisely this posture and is as similar to flamenco as Morris dancing.[18] Flamenco, like Kathak, Greek, Arab, Morris, belongs to a world family of folk dance, the relations between all of which exist but whose genealogical lines are undrawable. About the only useful thing one can say to identify flamenco as unique – given all the things said about it so far – is that it differs dramatically from European classical dance, ballet, which has a definite, traceable evolution, though its history doesn't belong to this book.

The *cafés cantantes* were almost certainly the first places where castanets were used in flamenco. However, contrary to popular belief, these are not special flamenco items. Castanets are used all over Spain, in Castile, Aragon, Catalonia, each region possessing its own folk dance-form. Indeed, flamenco probably borrowed them from the North, where they served a specific percussive purpose for dances which did not have perhaps the same intensity of footwork as the gypsy forms. The boots and hard-soled, high-heeled shoes worn by flamenco dancers are essential accessories, used with skill and subtlety by those who know their bodies are instruments of *baile*, not mere purveyors of it; they should not need castanets, and clicking the fingers often provides more natural percussive accompaniment. The real percussion should come from the feet – and indeed footwork was the fastest developer in the *café-cantante* period, as the platforms dancers worked on were made of wooden planks, offering great percussive potential. It was now that the *farruca*, originally from Asturias or Galicia, made its entrance into the flamenco repertoire and developed into the famous male solo dance seen today; and in its journey south it was transformed

141

from a fairly sedate affair into a display of intricate and brilliantly rhythmic steps, turns and gestures.

Flamenco became adorned during this period, ornamentalised, perhaps prettified; castanets, fans, shawls and flowing, vividly patterned dresses for women – the *bata de cola*, as it is called – Cordoban hats, cummerbunds and black, bullfight-tight trousers for men. The *cafés cantantes* were the vital catalyst for turning an untutored rural idiom into urban spectacle. It was the first stage in the relatively short process that would lead flamenco into the theatre and the bullring (no less). Naturally there was a slide towards commercialisation, a tendency towards debasement, particularly of the *cantes* – although as Félix Grande observes, the *cafés* also helped establish some old and shapeless song-forms into a new, recognisable flamenco outline, like the *petenera*, as well as all kinds of *fandango*.[19]

In the final analysis, the reason why *cante* survived the nineteenth century was because of the efforts of two men: Silverio Franconetti and Antonio Chacón. The paradox of their success as flamenco singers – and which is enough to invite instant gypsy dismissal of *anything* they did – is that they were both *payos*.

Silverio (as he was always known) was born in Seville in 1829 or 1831, had an Italian father and Spanish mother, and was brought up in Morón de la Frontera, a small town south-east of Seville – best known today for being near an American airbase. This singer is the seminal flamenco figure of the nineteenth century, dying eleven years before the dawn of the twentieth; he was therefore prevented from touching or shaping the modern age, unlike Chacón. He had a strange life. In Morón he heard his first *cante* from El Fillo in his forge and was transfixed. By trade a tailor, he soon became well-versed in the basic song-forms, excelling at *siguiriyas*, which he did more to develop from the primitive *caña* and *polo* than anyone of the epoch. By the age of twenty-five, he had established a widespread reputation as a singer of gypsy songs – which for a *payo* was strange enough; even stranger was that on the threshold of a career as the first 'star' *cantaor* he suddenly decided, for still mysterious reasons, to cross the Atlantic and live in Uruguay. One theory suggests that he was on the run from the law after murdering someone,

142

or being indirectly involved in some violent crime, though this has never been proven. He was resident in Montevideo for eight years, first as a tailor, then as a *picador*, finally as an officer in the Uruguayan army – there is no record of any flamenco activities. In 1864, he was back in Spain and picked up his old career. Nothing, it seemed, had happened to his voice; indeed, as his fame spread *aficionados* marvelled at his being able to sing in the *jondo voz afillá*, as well as in the lighter tones suitable for the increasingly popular *malagueñas*. He toured the *café-cantante* circuit in Andalusia and Madrid for many years, establishing an ample repertoire throughout the 1870s that was to form the *jondo* base for many singers in the decades to come. Then, in 1881, he opened a café himself in Seville in calle Rosario, called the Café de Silverio. The name of this establishment was to echo long after it had ceased to exist – well into the twentieth century, when the later *café-cantante* era was looked back on as a rather vulgar stage in flamenco's evolution.

Everything known about Silverio inclines one to think of him as a genial, unassuming man, a large, probably quite gauche figure, unaware of the magnitude of his talent. In the one photograph of him that has survived, he looks like a cross between the local butcher and a rugby forward, his burly bearlike physiognomy somehow making one think of all kinds of working-class male stereotypes *but* a flamenco singer; physically, he would fit the bill as a *bandolero* perfectly. The fact is that for most of his working life he was comfortably off, middle class in habits, and married twice – he was a widower for some years before finding a nineteen-year-old cripple called María de la Salud Sánchez Morán as his second wife in 1884. His café would have opened as the result of accumulated riches, and for a decade it was the most famous in Spain. It was here that all the best singers, players and dancers of the day came to perform and where, in the white heat of its evolution, so many of the songs, musical patterns and dance steps that we automatically call flamenco today were created. Silverio himself was worshipped by gypsies and non-gypsies alike, though his long-term influence was curiously curtailed. By the late 1880s, the plethora of *cafés cantantes* had popularised flamenco so successfully that the harsher forms

143

favoured by Silverio were beginning to lose their currency. What the public wanted were *malagueñas*.

It is an odd thing to have to recall that while flamenco *was* *cante jondo* for most of the nineteenth century, what actually became popular was not *jondo* at all; it was too demanding on ears quite unused to sounds which seemed to be lacking in melody, so determinedly unmusical. The paradox is that *cante jondo* needed a much wider berth to attain real cultural respectability, something that did not happen until the second decade of the twentieth century, when *aficionados* began listening to and examining it in an intelligent and enquiring way, though as a phenomenon it belonged entirely to the nineteenth. The *malagueña* represented all that was easy and light about flamenco – or easier and lighter. When sung by an expert, it could be just as thrilling as a *siguiriya* sung by Silverio.

The *malagueñero* (as singers of the *malagueñas* were known) *par excellence* of the late nineteenth century was Juan Breva. His real name was Antonio Ortega Escalona; 'Breva' was affixed because he sold figs (*brevas*) as a child in the streets of his home town, Vélez-Málaga. Partially blind, though able to accompany himself on the guitar, he became very rich very quickly and was the first *cantaor* to sing before a king – Alfonso XII – in the Palacio Real in Madrid. Unlike Silverio, who had to carve flamenco song into the musical landscape, to take or leave, as you pleased, Breva was able to ride the populist crest of a wave; so much so that the light, attractive, aurally undemanding cadences of the *malagueña* and its derivatives had, as we have seen, all but eclipsed the more violent and uncompromising songs of Silverio's reign by the turn of the century. This is not to put down Breva; he was by all accounts a great singer. In an important way, he was an innovator too; like Silverio, he was a *payo*, who understood the distracting, seductive power of gypsy song and who took it (unlike Silverio, who kept it in his café) out of the ghetto and into the public domain, where there was demand. That the *cafés cantantes* were the sole cause of that demand there was no doubt; their abundance at this time gave *malagueñeros* like Breva the chance to feed the demand, and become rich and famous in the process. *Cante* was at an unmistakable apogee – or, at least, what is sometimes termed *cante intermedio* was, defining loosely those song-forms not traditionally thought of as *jondo*.

Breva was impressive, but no king; in fact, he ended a pauper, supposedly singing till his last hours in order to pay for his own funeral. Silverio had been the singer-king and no one has superseded him in that rôle. He hadn't, however, anticipated the reign of an emperor: the emperor was Antonio Chacón, whose name in flamenco mythology rings today, still, with the same sepulchral finality as Caruso's or Chaliapin's do in opera.

He was born in 1869 in Jerez. In this first event of his life, he was different straightaway from Silverio, a *sevillano*, and Breva, a *malagueño*; a great *cantaor* was born into flamenco's spiritual centre, Jerez, and he was to inaugurate a line of Jerez singers, through Manuel Torre to Terremoto, marking out the sherry city as the indisputable provider of the greatest flamenco voices, be they possessed by gypsies or *payos*. Chacón's musical education was in the forges of Jerez, the bars and cafés of the Santiago quarter, and at any private *juergas* he could get himself sneaked into; his song base was therefore entirely gypsy. His voice, however, was better suited to the lighter song-forms, though throughout his life he astonished everyone who heard him with his encyclopaedic knowledge of the basic *siguiriyas*, *soleares* and other *jondo* forms.

He strengthened his repertoire in a journey he undertook, with the guitarist Javier Molina and Molina's dancer brother Antonio, through the towns and villages of western Andalusia in 1885. They paid their way by performing, which proved no hardship to Chacón, as it was in his veins. The idea was to gather as many strands of the *cante* family as he could in order to employ them in all their diversity wherever he was asked to sing as the fundamental material of his livelihood. The first major influence on Chacón was in fact a Cadiz singer, Enrique El Mellizo, a fertile inventor of songs in his own right. In 1886 he convinced the seventeen-year-old Antonio's father (a shoe-maker) that the prodigy should come and sing at the famous Velada de los Angeles, the *café cantante* in Cadiz at which El Mellizo was then working. It was the future Don's first job; his pay was eight pesetas a night.

145

It was clear from his teens that Chacón had a huge career ahead of him and in the autumn of 1886 he was contracted by Silverio to sing in calle Rosario for twenty pesetas a night, a sum until then inconceivable for someone so young. It was from here that his fame, at a national and even international level, began to spread and his wealth increase; it has been said that at the height of his powers Chacón was the best-paid *cantaor* ever. His reputation in Madrid had been established even before he started at the Café de Silverio, and the capital was to be the place where his supremacy as the flamenco artist of the two decades before and after the century's end was sanctified.

Much more than Juan Breva, Chacón in the long run was the true professional; he sung to contract and was paid sums that opera singers of the day would have wondered at – 2,500 pesetas for a *fiesta* on one occasion, presented to him by a certain Count of Grisal, which Chacón, in a gesture of characteristic modesty, returned to him the next day, thinking it was an error; not at all – the count had never heard singing like it and meant every peseta (Chacón ended up by accepting a far lower sum). On another occasion, after his Madrid début in 1889, he was approached by the tenor Julian Gayarre who, having heard Chacón sing a particularly magnificent *martinete*, offered to pay for lessons in Milan so that the singer could become an operatic tenor. Chacón, luckily for posterity, did not take him up. Later in life, one notably lucrative fixture was to sing before the king, Alfonso XIII, for 2,500 pesetas, which for a single session (the same sum had been previously paid for an *all-night* appearance) in 1925 was unheard of. Chacón was no miser, moreover; he was mad about *juergas*, listening to and admiring other singers as often as he sung at them, and he would frequently end up paying for everyone.

After successful tours through Andalusia and across Spain in the early 1910s, he finally settled in Madrid in 1912, where his name was long associated with a famous tavern called Los Gabrieles. Then, just before the First World War, Chacón was contracted to sing flamenco in the Teatro San Martín in Buenos Aires. This was an important step for flamenco as a whole as, in the decades to come, the Argentinian capital was to become

146

an essential point of contact for the art – and no small source of revenue for artists, singers, dancers and guitarists alike. Chacón was the lynchpin in this, though he was criticised at the time for what we would now call a 'sell-out'; it was no such thing, of course – it was simply a considered professional decision that did him, and his art, long-term good. Chacón was spreading the word, and in his zeal for *cante* effectively opened up a continent to its riches.

By this time his mastery of *cantiñas* (the *caracoles* and *mirabrás* in particular), as well as of *malagueñas* and all songs of the Levant, was complete – and he had also invented several types of *fandango*. His reputation as the greatest *cantaor* of all time rested on a basically non-*jondo* repertoire, which had a great deal to do with that 'high, honied, falsetto voice and melodious, flowing style . . .' as Pohren describes it.[20] What this means is that he brought a new musicality to flamenco singing, a certain measured style, even discipline – his grammar in the *coplas*, for example, was correct where before it hadn't mattered. In a sense, flamenco became a delight to listen to, rather than a gypsy imposition. To some, this meant the end of *cante jondo*. Chacón's detractors for making theatre appearances were many; what they failed to see then was that a move towards formal performance was essential to flamenco's survival. The *jondo* style of Silverio and his followers was, and still is, difficult, harsh and demanding on ears that were open to art but needed the stimulants of entertainment; the rise of dance as flamenco's principal attraction was one answer to that need. As far as song was concerned, the softening of the traditionally rugged tones of *cante* was an inevitable result of its struggle, successful on the whole, to compete with dance. That Chacón played a pioneering rôle in this was only an added benefit for flamenco; he kept people listening, many, many more than would have listened had *cante* remained the preserve of the gypsies, who were no good at promoting it in commercial conditions – that had to be done for them. If flamenco became a target for theatrical entrepreneurs, that was a measure of its appeal to a wider audience than it had enjoyed hitherto. Chacón sang at a time when *cante did* suffer a dimin-

147

ution in artistic integrity and it is to his eternal credit that in such a climate he kept his standards incomparably high.

This was borne out in his attitude to recording. In the early years of this century, he was continually approached by, amongst others, representatives of the Pathé Agency to record his songs, to whom he mischievously replied, 'Sardines are fine for preserving, but not my songs'. For those recordings he did make, his health was failing – he had respiratory troubles at the end of his life – and the great Caracol was not the only one who, having heard him in person, protested that the 'Don' was singing on record only at ten per cent of his powers.

Antonio Chacón died in Madrid in 1929. In a long professional life, he had transformed forever the face of flamenco song, and witnessed the evolution of the art as a whole from a relatively closed folk ritual to a theatrical event offered to a public hungry for its excitements. By the 1920s, a new era of flamenco had begun, with an interest being taken in it not just by recording studios but by intellectuals, composers and poets. Paradoxically, it was also entering a period of hyper-commercialisation, which the serious upholders of the *afición* did everything in their powers to resist. If the nineteenth century had created, then debased it, over a period of fifty-odd years, the twentieth had the job of restoring and preserving it – and a hard job, as we shall see, it would be. Restoration and preservation were in themselves all very well; but how could flamenco continue to *mean* something in the modern age? The short – if oblique – answer is that its real development had only just begun; the dynamic that was to charge it from the early 1900s on was diversification. In a climate of new social, political and cultural conditions, branching out was flamenco's best option.

6

Musical Borrowings, Poetic Licence: Falla and Lorca

I am the voice of your destiny!
I am the fire in which you consume yourself!
I am the wind in which you sigh!
I am the sea in which you are wrecked!

'The Dance of the Play of Love',
Manuel de Falla, *El amor brujo*

... deep song is a stammer, a wavering emission of the voice, a marvellous buccal undulation that smashes the resonant cells of our tempered scale, eludes the cold, rigid staves of modern music, and makes the tightly closed flowers of the semitones blossom into a thousand petals.

Federico García Lorca, 'Deep Song'

If early- to mid-nineteenth-century Andalusia was a literary invention, the latter half (along with the opening two decades of the twentieth) was a musical reinvention. The South – and that meant Spain as a whole – became the leitmotif in numerous composers' imaginations for no better reason, it seems, than that it was *thought* that the Peninsula possessed an exciting musical heritage. She did not. Compared to Germany, France, Italy, Russia, even Britain, Spain's musical endeavour had been slight. Two famous Italians, Domenico Scarlatti and Luigi Boccherini, served at the court of Madrid slightly less than a century apart, though this did not make them Spaniards in quite the same way that Handel is assumed to be English. Antonio de Cabezón

(1510–66) and Fernando Sor (1778–1839), the first a composer of vocal and early keyboard pieces, the second of guitar works (sometimes called 'the Beethoven of the guitar'), hardly rank alongside Josquin des Prés (c. 1450–1521) or Joseph Haydn (1732–1809) in reputation. There are Spanish names scattered through the history of lute and guitar music, but none, if you care to think about it, attached to a symphony.

From 1845 to 1846, the composer Mikhail Glinka spent some time in Spain, with a rapturous stay in Granada. Here he befriended an illiterate guitarist called Francisco Rodríguez Murciano, whom the Russian would listen to for hours on end, soaking up his startling, untutored, gypsy sound which he would then try and transcribe. But as Felipe Pedrell observed, the 'torrent of rhythms, of modes, of flourishes . . . resisted every attempt at transcription'.[1] Another gypsy he befriended was a singer called Dolores García, whom he accompanied to Madrid in order to take note of her songs, while perhaps his most interesting association was with El Planeta, one of *cante*'s founding fathers (see Chapter Four). Little is known about what passed between them and El Planeta was by now in his seventies; but there was clearly something alluring for Glinka in the strange sound a singer like this emitted, to which the Slavic blood in the Russian would have been responsive. Was there anything atavistic in his response, one that recognised in El Planeta's gypsy strains musical echoes of the sounds of the itinerant race in his own land? It is impossible to know.

Glinka ended up with *Souvenir d'une nuit d'été à Madrid* and *Caprice brillant sur la jota aragonèse* when he returned to Moscow, which are distinctly 'Spanish' in flavour; more important than his compositions, however, was his influence on the next generation of Russian composers, the Nationalist school (often called 'The Five'), consisting of Balakirev, Borodin, Cui, Musorgsky and Rimsky-Korsakov. To them Glinka imparted his discoveries of Spain's folk-idiom with a kind of Berlioz-like excitement, and all five were to compose with a fervour that infused the Russian tradition with an audibly unclassical style for the first time, hoping to create a 'Russian' sound – hence their entitlement to the term 'Nationalist'. Rimsky-Korsakov's *Capriccio espagnol*

(1887) was, after Bizet's *Carmen* and Lalo's *Symphonie espagnol* (both composed in 1875), the most influential piece of non-Spanish musical Hispanism, a work of great orchestral flair and still a favourite at concerts of the classical 'pops'. Its achievement at the time was to appropriate successfully the supposed Spanish idiom and place it in the European orchestral mainstream.

The nineteenth century was the era of the symphony. Musical initiative in Europe at the end of the eighteenth century had shifted from France and Italy to Austro-Hungary and Germany, and the focus of execution shifted with it – from chamber and solo performance to full-scale orchestral and operatic expression. The Germanic tradition found its mightiest exponent in Wagner, whose influence on the *fin-de-siècle* composers of all nationalities was total. The Russian school, of which Tchaikovsky was the last, most full-bloodedly Romantic pupil, allied itself to the German, and it was left to Igor Stravinsky to break the hold that the symphonic tradition had had on his fellow Russians, as well, of course, as it had had on most Europeans.[2]

It can be argued that the Germanic tradition is coherent and, in European terms, dominant – and the lineage is well-known: it starts with Bach, runs through Haydn and Mozart, achieving a watershed in the work of Beethoven and Schubert; Schumann, Brahms and Bruckner follow, with Wagner towering magisterially over them all; Mahler then leads the way out of the tenets of nineteenth-century Romanticism towards the convulsive Modernism of Schoenberg and his followers. Composers like Berlioz and Franck in France, Tchaikovsky in Russia, Dvořák in Bohemia, Sibelius in Scandinavia and Elgar in Britain were all drawn into the Germanic making-of-musical-form that privileged the symphony above all other enterprises.

If there was one nation that might have been expected to take a dimmer view of this prevailing Germanism than others, it was France. She had a vivid musical culture that went back to the court of Louis XIV, and had good reason to feel as proud as

ever of her artistic individualism. A significant apostasy came
from no less a figure than Friedrich Nietzsche, who declared
towards the end of his life that Wagner was to be abjured in
favour of Bizet – the Bizet of *Carmen*. This must have delighted
the French, but Mario Praz was sure that the philosopher had
at last gone senile.[3]

In truth, little of great consequence was happening in France
before Wagner's pan-European reign, with the exception of the
indefatigable Hector Berlioz. César Franck (born a Belgian) was
only to reach his compositional prime towards the end of his life
and remains – like Berlioz – something of an outsider in the
nineteenth-century pantheon. The real character at the heart of
the nation's musical life was the Opéra, which was responsible
for some pretty dismal music (Gounod apart) and relied on
foreigners, like Donizetti, Rossini and Verdi – eager for a prestigious billing in Paris – to keep it in the running with the houses
of Vienna, Munich and Covent Garden. Wagner's *Tannhäuser*
was a failure when first performed in Paris in 1861 and it was
oddly only *after* the Franco-Prussian war of 1870–1 that Wagner
came to be the object of intense musical study, indeed of veneration, on the part of some French composers, in spite of the
humiliating defeat of their country at the hands of Bismarck's
armies. (Meyerbeer – without whom there could probably have
been no Wagner – and later Offenbach were also seminal figures
in nineteenth-century French opera; both Germans, their
influence underlines how small the French input was.) That
the French needed an injection of Teutonic seriousness to re-
establish their own tradition may seem ironic, but Wagner's
revolutionary forays into orchestral texture and harmony from
Tristan und Isolde on were to prove irresistible to anyone who
encountered them.

One such, Wagner's first champion in France, was Emmanuel
Chabrier. As a boy he studied the piano with two Spanish
musicians in his home town of Puy-de-Dôme, and when he
moved to Paris with his parents he was set to become a civil
servant. A visit to Munich in 1879, however, where he first
heard *Tristan*, had the effect of instant conversion; he became
a composer, his music profoundly influenced by Wagner, and

impressed upon fellow composers the absolute necessity of following the German master's example. His still widely performed homage to the South, *España* (1882), bears the hallmarks of Wagnerian orchestration – probably the first time it was heard in French music – though it is alive with a bright Mediterranean dynamic of its own, being based on the *jota* which had earlier inspired Glinka. Edouard Lalo, meanwhile, had turned his attentions southwards before Chabrier, with his *Symphonie espagnole*, composed in honour of the great Spanish violinist Pablo de Sarasate; indeed, the piece is less a symphony than an amplified, somewhat meandering violin concerto, spiced with the right amount of Spanish zest to meet virtuoso Sarasate's approval.

Here then were three French composers, Bizet, Lalo and Chabrier, the last a convinced Wagnerian, suddenly putting Spain on the musical map, with Rimsky-Korsakov not far behind; what is curious about the surge of these composers' interest in the Peninsula is that there is not a Spaniard amongst them. As far as the French were concerned, a Spanish sound afforded them a means by which to identify themselves as a separate school from those that already thrived in Germany and Austria, Russia and Italy – and given the paucity of their earlier nineteenth-century national inheritance and the lack of competition from Spain itself, at an orchestral level, this was a reasonable stance. Like the poets in their writings, these late-Romantic composers were intent on evoking an idea of Spain, of Andalusia above all, which had literary and painterly correspondences, but few to reality. What they had enjoyed – Spanish folk music – was not the stuff of orchestral ambition; it was an energising, if picturesque influence rather than something that should be taken as part of a serious musical experience.

With a French musical revival well under way by the 1880s, composers like Jules Massenet and, in our own time, the more universally admired Gabriel Fauré came into their own. The 1890s confirmed Paris as the new centre of European culture, and there existed up until the First World War a remarkable burgeoning of the arts which all fed off one another; it was certainly a golden age for French music. Camille Saint-Saëns and César Franck became the grand old men of the first revival, with more daring composers like Vincent d'Indy (who, with Charles Lamoureux, introduced Wagner properly into convention-bound Paris in 1887 with *Lohengrin*) and Paul Dukas emerging into the limelight. Above and beyond all these came, at the cusp between the nineteenth and twentieth centuries, two men who had drunk deeply of Wagner, capitalised on the success and discoveries of the revivalists, and did more than any of them to push French music into a revolutionary mood similar to that then brewing in Vienna and *chez* Stravinsky: Claude Debussy and Maurice Ravel.

Of the two, Debussy had a more radical impact on the evolution of French music from nineteenth-century strictures of form to twentieth-century harmonic exploration; Ravel, younger and composing in Debussy's shadow, understood in turn something about the musical pleasure principle which few before him (with the possible exception of Chopin) had mastered and none since has equalled. Both, most significantly of all, were drawn to Spain, Debussy in a kind of meditative rapture, Ravel in a more tactile appreciation of what was – given that he was half-Basque – close to his heart.

Ravel was a frequent visitor to Spain and drew great inspiration from the country for much of his music. His was a native response to the Peninsula, and friends always testified to how much happier he was, both physiologically and when composing, the further south he went. A French writer and Wagnerian, André Suarès, noticed that there was 'never anything Italian in Ravel's music; he despised facility and the making of effects. All the Mediterranean in him came from Spain, governed by a French wit and a Parisian intellect.'[4] This observation underscores an oft-repeated point about Ravel's music, that while it seems to glow with Mediterranean heat it is also 'very French'; what in words this amounts to, approximately, lies in the severe and complex formality of his writing, coupled with an always bubbling but never boiling sensuality. Of all modern French composers, he had great admiration for the works of the eighteenth-century masters Couperin and Rameau; he found in them a discipline and elegance lacking in much nineteenth-century music, and their wit and precision were an ideal match for his own lean, non-gestural musical personality. He also loved Chabrier's work.

His Spanish side was always close to the surface. Manuel de Falla, astonished at how 'Spanish' *Rhapsodie espagnole* sounded, came to realise that Ravel's feeling for his (Falla's) country had been passed on to him by his mother, who was fully Basque: 'Ravel's was a Spain he had felt in an idealised way through his mother. . . . This explains not only the attraction exerted on Ravel, since his childhood, by a country he so frequently dreamt of, but also that later, when he wanted to characterise Spain musically, he shared a predilection for the *habanera*, the song most in vogue when his mother lived in Madrid.'[5] Indeed, one of Ravel's first published works was *Habanera for piano* (in fact for two pianos), which the composer thought contained 'in the bud several elements that would govern my later compositions'.[6] The most famous *habanera* of all is Carmen's first aria in Bizet's opera, and French composers had taken to this originally Cuban dance with gusto (thinking it was a traditional folk-dance, however, Bizet in fact borrowed his tune from Sebastián Iradier); Ravel was the first to extend its musical horizons by experimenting with dissonance – this in 1895 – with the result that on its first performance by Ricardo Viñés[7] and Marthe Dron in 1898, it was greeted with shock and incomprehension.

One member of the audience who understood it straightaway was Claude Debussy. Indeed, he asked to see the score; thus it was that some of Ravel's rhythmic and harmonic inventions emerged five years later in the second of Debussy's *Estampes*, 'Soirée dans Grenade'. A lawsuit followed between the two composers over a claim of priority which, though it was settled out of court, caught the gossiping imagination of the Parisian music circle in no uncertain terms: here were the two most innovative young musicians of the time quarrelling over who got there first. . . . Ravel's originality is now beyond dispute, and by the early 1900s Debussy had moved into different areas of musical thought anyway, on which he had drawn for *Estampes*, as well as for his better known orchestral works. Ravel, meanwhile, incorporated the *habanera* into the third movement of *Rhapsodie espagnole*; it was never played as a piano piece thereafter.

Ravel's 'Spanish' output is considerable. The eternally played *Boléro* is of course the best known, if not musically the most inventive, not at least when compared to the richer orchestral tapestries of *Rhapsodie espagnole*, and the non-Spanish pieces like *Daphnis and Chloë* and *La Valse*. In fact *Boléro* turns its back on accepted Western classical form and pursues a single thematic line which doesn't develop as much as explode, after fifteen minutes of riveting crescendo-building. It departs from a traditional Spanish *bolero* – a rapid 3/4 time signature, danced with castanets – in its use of a two-measure rhythm, which both slows it down and adds to its insistent thematicism. Its appeal lies in an undisguised primitivism, rather than any attempt on Ravel's part to link it to Spanish dance – musically, it is probably much less complex than most Andalusian song- and dance- forms. As the composer told his old friend M. D. Calvocoressi in 1931, 'There are no contrasts, and there is practically no invention except the plan and the manner of the execution. The themes are altogether impersonal – folk-tunes of the usual Spanish-Arab kind. And . . . the orchestral writing is simple and straight-forward throughout, without the slightest attempt at virtuosity.'[8] When Ida Rubinstein had asked Ravel to write a Spanish ballet for her in 1928, his first thought had been to orchestrate Albéniz's *Iberia* (see pp. 160–1), but this had in fact already been done by Enrique Arbós for a dancer called La Argentina (see Chapter Seven). Still, for its première at the Paris Opéra on 22 November 1928 Rubinstein performed as a gypsy dancing to a frenzy in a smoky Spanish tavern, and after Ravel's death his friend Léon Leyritz danced it as a bullfighter. Whatever destiny Ravel intended it for, he never believed it to be a terribly serious work, telling Arthur Honneger that his *Boléro* had 'no music'. It has music enough, just not the expected sort.

More musical, in the Wagnerian sense of 'infinite melody', is *Rhapsodie espagnole*, which erupts from a shimmering opening into Hispanic exuberance through a score of winning complexity. It doesn't draw greatly from the Andalusian idiom, yet somehow smells more pungently of Spain than any of the works mentioned so far, and more even than Debussy's 'Ibéria', the second of his orchestral *Images* (1906–12). Debussy was always a pictorial composer, painting sound patterns in a vividly expressive manner (which has meant that the word 'Impressionism' has often been applied to his music; in fact, he was just as influenced by the Symbolist poets, as in his adaptation of Mallarmé's poem, 'L'après-midi d'un faune'). 'Ibéria' is a brilliantly suggestive score, which evokes rather than describes Spain – and 'describing' is what Ravel seemed to do whenever he wrote music in his Spanish style. He knew the country well and felt urged to *tell* you something about it in his music, as particularly in *Alborada del Gracioso* (first a piano piece, then orchestrated by the composer – it means 'The Joker's Dawn Serenade') and his comic opera of 1907, *L'Heure espagnole*. Debussy's inclination was rather to imagine the country and, given he visited it only once, for a bullfight in San Sebastian in the early 1900s, he clearly had no option.

The relationship between the two composers was a far from symbiotic one. Ravel attained mastery over every form in which he chose to write and produced an oeuvre that is self-contained, self-governing, allusive, refined, always faultlessly scripted for the subtlest possible musical nuance; his was the precision of a diamond-cutter. Debussy was more a restless scientist in the field, experimenting with form, interested in sound worlds, in orchestral timbre, breaking harmonic rules and creating new tonal starting-points. His output is more uneven than Ravel's, though many would argue a more significant one, in that he crossed first into unknown musical terrain and opened it for composers who, like Ravel, were compelled to explore it too, but for their own purposes.

Debussy was also the vital bridge from Wagner to the twentieth century. His first and only completed opera, *Pelléas et Mélisande*, performed in 1901, was not only a watershed in his career but also a brash (and then incomprehensible) statement: music-theatre had abandoned Wagnerian leitmotif for a more subtle orchestral exploration of interior states, a kind of musical

157

stream-of-consciousness. It was a revolutionary move on
Debussy's part, one he would never repeat operatically, but
would go on to pattern and repattern in his post-*Pelléas* music,
especially the piano works.

His only full-scale 'Spanish' work, 'Ibéria', was the singular
result of that visit to San Sebastian. He stated at its première
that he had never intended to write 'Spanish music', but rather
to 'translate into music the impressions Spain aroused' in him.
The word 'impressions' here should be taken to mean more
'memories' and 'ideas' than an attempt at the effects of Impres-
sionist painting, and points to the Debussyean ideal of music-
as-consciousness. His own words to his publisher, moreover, on
Images – that he was attempting 'something different – in a
sense, *realities*' – seem to reinforce the composer's response to
Spain, which he knew best from his reading, as a psychological
one, something perhaps that he was aware of intuitively, even in
his affections, but which was no less real for that. In 1910, he
was to claim that at the intersection of movements three and
four of 'Ibéria', he could actually hear 'the water-melon merchant and the whistling urchins' that begin 'Le matin d'un jour
de fête'.[9]

'Ibéria' remains a hypnotic exploration of an idea of a country,
while Ravel seemed able to enter it. Falla, however, had no
reservations about the older composer's fundamental musical
understanding of his native land, marvelling on several occasions
at how a Frenchman who had visited Spain only once – and for
an afternoon at that – could capture the spirit of the music that
was to him second nature.

The echoes of the villages, in a sort of *sevillana* – ['Ibéria's']
generating theme – seem to float over a clear atmosphere of
glinting light; the intoxicating spell of Andalusian nights, the
joy of villagers who move forward, dancing to the sound of
guitar and *bandurria* band, all this sparkles in the air,
approaches, moves away, and our incessantly active imagination is captivated by a music intensely expressive and rich in
nuances.[10]

158

Debussy's interest in ethnic music went back to 1889, when he heard a Javanese gamelan orchestra at the Paris Universal Exhibition. Their Oriental sound alerted him to sonorities and modalities outside the Western canon, the canon which until then had found its most liberating genius in Wagner. From that point, it could be argued, Debussy (who had already won the prestigious Prix de Rome) began to compose against Wagner. Eleven years later, he would hear Andalusian gypsies sing at the next Universal Exhibition and again be deeply impressed; the kind of musical strangenesses that underlie *cante jondo* must have struck him as further proof of the radical possibilities offered by an idiom outside the tempered scale. By now, he had *L'après-midi d'un faune* under his belt, which itself had caused a sensation in the mid-1890s, and was forging a decisive path out of the nineteenth century towards his new harmonic and formal world of the early 1900s. The fact that much of it was under-pinned by an awareness, if not actual use, of Spanish and other idioms is of the greatest importance when we come to consider Falla's contribution to Spanish music *per se*.

This chapter opened by stating that Spain's musical heritage was paltry, and compared to the traditions touched on here this remains true. Fernando Sor's gifts were admired by Cherubini in Paris; his one masterpiece, the ballet *Hércules y Onfalia*, was composed in Russia for the coronation of Tsar Nicholas I in 1826. Sarasate was a violinist of prodigious brilliance, whose *Jota aragonesa* and many other Spanish dances, based on folkloric forms from all over the Peninsula, are still played and remain popular. There is also an abundance of liturgical music, going back to pre-Muslim times, which gave rise to an ecclesiastical tradition steeped in plainsong and polyphony – a tradition which in turn rubbed off on popular song and in which Debussy also took a studious interest.

The absence of a line of more than a handful of composers, however, makes Spain's official musical history rather a non-subject. Towards the end of the nineteenth century, things began to take a livelier turn with the emergence of a Nationalist school, similar in motives and practices to that in Russia at the same time. Its prime mover was Felipe Pedrell, a Catalan critic-composer whose influence on Isaac Albéniz and Enrique Granados, the two most prominent Spanish composers before Falla, was crucial. Falla also made generous acknowledgement to Pedrell throughout his career for helping him to find his musical voice. Apart from amassing vast knowledge about the diverse aspects of Spain's music and being a universally recognised teacher of brilliance, Pedrell's principal compositional contribution was his *Cancionero*, a huge compendium of folk songs from all corners of the Peninsula, the structure of which is certain to have had direct impact on Albéniz's *Iberia* (1909) and Granados's *Goyescas* (1911).

Both works, *Iberia* in particular, bear the marks of a vivid interest in the regional folkloric preoccupations of Pedrell. That Andalusia emerges as the centre of musical focus is no surprise, as its song- and dance-forms were (and are) richer and more various than those of anywhere else in Spain. Both Albéniz and Granados were Catalans who like their fellow composers from across the Pyrenees turned South for their musical sustenance, notwithstanding the ebullience of their own tradition. The Andalusian idiom had become, for better or worse, the Spanish idiom, and was from now on to be treated as such beyond the country's frontiers. In a sense, Spain, musical Spain, showed at last positive signs of entering the wider European repertoire with these two composers.

Albéniz was a child prodigy. He was also a ragamuffin, travelling to South America as a stowaway and making a hit as a pianist in the States before he was a teenager; in Spain he received the kind of public attention which only Mozart before him had enjoyed. He then studied in Leipzig, Brussels and with Liszt in Budapest, and in 1889 spent a fruitful time in Paris with d'Indy and Dukas. He finally moved there in 1893 and began to compose his most important piano works.

Iberia, his great *tour de force*, is a score which makes tremendous technical demands on the pianist, as well as being probably the most exuberant testament to Spain's folkloric musical identity. It is almost entirely Andalusian in character, with the exception of a section entitled 'Lavapiés', the name of an old quarter of Madrid; the other eleven sections are based on traditional Andalusian, mainly flamenco forms, and evoke the town or quarter which has given rise to them. Thus 'El Puerto' (piece two) recalls the vigorous rhythms and major keys of an *alegría*, the dance indigenous to the Cadiz bay area – the *puerto* in this case being Santa María; piece five, 'Almería', runs through a *taranta*-like rhythm, while 'El Albaicín', the seventh piece – which was greatly admired by Debussy – is redolent of the piercing melancholy of the *granaína*. The last two pieces, 'Jerez' and 'Eritaña', are brilliant adaptations of a basic *soleá* and *sevillana* structure, respectively, echoing the sombreness of flamenco's oldest form in the context of its probable hometown – Jerez – and the most upbeat tempo of Seville's own dance, popular in a famous tavern of the time called La Eritaña. *Iberia* is not, of course, a 'pure' flamenco suite, but nor is it 'pan-Spanish pastiche';[11] it is technically more sophisticated than either description suggests, packed with wonderful pianistic textures and contrasts, and suffused above all with Albéniz's ingenious and zestful personality. It would not have attained its status as a technical masterpiece without the composer's vital encounter with the Paris school,[12] but it still stands as one of the most confident monuments to the genius of the Spanish idiom. Sadly, Albéniz was not able to build on it, as by the early 1900s he had contracted an incurable disease, and not even a move to the softer climes of southern France could prevent his premature death at the age of forty-nine in 1909.

Enrique Granados was likewise drawn to Paris, where he studied with the pianist Charles de Bériot from 1887 to 1889. He showed none of the precocious flair of Albéniz, nor was he as restless by temperament. From 1901 he taught peacefully at his own Academia Granados in Barcelona and only achieved fame with his *Goyescas*. After performing them to great acclaim in Paris in 1914, he was asked to create an opera based on the work, but its performance was interrupted by the First World War. Instead, it was staged at the New York Metropolitan in

1916, with Granados attending. In a tragedy for Spanish music second only to Albéniz's early demise, Granados drowned on his return to Europe when his ship, the *Sussex*, was torpedoed by the Germans in the English Channel. He too was forty-nine.

Like *Iberia*, *Goyescas* is rich in Spanish folk music and based on Goya's famous paintings of rural life. Though as much a virtuoso work as Albéniz's, it is less excitable and less self-consciously 'Spanish-sounding'. If anything it is the Debussyean answer to Albéniz's more Ravelian showpiece, more akin to poetry than a *fiesta*. Other works, *Fandango del candil* and *Tonadillas*, both for piano, display a more Andalusian zest, the latter in particular echoing the athletic *falseta* style of the flamenco guitar. A relatively unknown, posthumously performed opera, *Tango de los ojos verdes* (*Tango of the Green Eyes*), is the most Andalusian of all in its rhythms, though it lacks Granados's characteristic subtlety. The centrality of his quieter piano pieces to the Spanish repertoire, all said, points to a more contemplative, and most welcome, spirit than exists in most Spain-based music; had he lived, his influence (Falla notwithstanding) would have been crucial.

Neither composer, curiously, wrote a note for the guitar. It had long been the national instrument of Spain and was the one invariably used to accompany the dances which underlie so much of their music. The reason owes much to the virtuoso piano tradition of the nineteenth century (*viz* Albéniz's studies with Liszt, the greatest virtuoso of them all), and to the supreme sophistication of the piano's development as an instrument at this moment of its history, to say nothing of the vastness of its repertoire. More curious is it then that the music of these two composers has entered the modern repertoire through success-ful transcriptions for the guitar rather than through widespread performance on the piano. Neglected as it was in its original form from the time of their deaths, it has been left to guitarists like Julian Bream to revive their music on the instrument on which, as Bream comments, it 'falls so happily'.[13] We have already seen how, in *Iberia*, Albéniz deployed rhythms and structures he would have heard first on the Andalusian guitar, and so it was with his *Suite española* (begun in 1886), a more obviously

162

'Nationalist' work and readily adaptable to the stringed instrument. Similarly, Granados must have composed much of his oeuvre with the guitar in mind, as his intimate lyricism and quiet rhythms are the perfect qualities for it.

There has always been something of a debate about the seriousness of the Spanish guitar. Sor, the late-nineteenth-century composer Francisco Tárrega and others, Spaniards and non-Spaniards, wrote plenty of music for the instrument; it was just that no one who was not a guitarist did, which limited its appeal and rarely lent it the stamp of compositional authority. In our century, that changed, with non-guitarists drawn to the instrument for its virtuoso potential – but even then, music was composed more for the player than the instrument, Andrés Segovia being a case in point. It was quite popular in the earlier stages of its evolution in the seventeenth and eighteenth centuries, though it may well have been considered a poor substitute for the more percussive, courtly lute (for which Bach composed), the ancestor of the guitar and distinguished by its pre-Renaissance heritage. With the advent of the symphony, and the symphony orchestra, its use was eclipsed altogether; in Spain it remained an accompanying instrument, more at a popular than 'high-culture' level, while through the Continent it came to be regarded, as the excellent J. B. Trend put it in his book on Falla, 'as a piece of romantic stage furniture'.[14]

Its origins are probably Middle Eastern. The Jews, in exile after the destruction of the First Temple in Jerusalem, sat down by the rivers of Babylon and sang of their city, their harps, or guitars (*kinorim*) hanging from 'the willow trees, for there those who carried us off demanded music and singing . . .'[15] From the banks of the Tigris and Euphrates, it would have been taken up by the Greeks – Philip of Macedonia is recorded as having chided his son Alexander for his unmanly ability to 'play the *kithara* so well' – thereafter by the Arabs, who are certain to have developed it from a primitive percussive instrument to the sophisticated construct more stroked, or strummed, than plucked. The first representation of an Arab lute in Spain is on an eleventh-century Moorish coffer in Navarre.

The lute, as was mentioned earlier, has a history separate

163

from the guitar and carried on developing well after the guitar as we know it attained its first maturity – though not, significantly, in Spain. Here the *vihuela* became more widely used, particularly in the Renaissance period, a courtly instrument that looked like a guitar but was plucked; its sound was more stringlike – close to the viola's – and maintained a high-class existence while the guitar became the 'popular' instrument. Its adoption as the accompanying instrument in flamenco was for various reasons: the most important was its innate capacity to generate and sustain percussive rhythms, which in our day accounts for the difference in weight and wood between the flamenco and classical instruments. It was also cheap.

From its introduction into the Peninsula, players and makers alike favoured the guitar-shape to the lute-shape, the lighter woods needed for it – like cypress – probably determining its survival. The heavier wood needed for the construction of the lute suited it better, in the long run, to northern climes, which is where it flourished (in Holland and Germany especially); the guitar-shape was less likely to warp in the hottest part of Mediterranean Europe, being made up of flat surfaces rather than the vulnerable round contours of the lute. The acoustic mellowness and depth of the guitar may also have been preferred, particularly in a climate which much music-making could be conducted outdoors – notes could carry lightly on the baked air; the lute was always an indoor instrument.[16]

Still, the guitar soon found favour outside Spain. Developing from a four-course to a five-course instrument in the sixteenth century, it came into widespread use in the seventeenth, notably in the Low Countries – then under Spanish rule – alongside the lute, as well as in France and England. In 1697, a certain William Turner remarked: 'The Fine easie Ghittar, whose performance is soon gained, at least after the *brushing* way, has . . . over-topt the nobler lute. Nor is it to be denied, but that after the *pinching* way, the Ghittar makes some good work' (my italics).[17] 'Pinching' here equals plucking, 'brushing' strumming; what Turner noticed was a guitarist's tendency to the latter, soon to become the distinct feature of the instrument's playing action, lending it a new, rich harmonic and percussive range, something that Falla was later to call (referring to the flamenco guitar) 'a marvellous revelation of unsuspected possibilities of sounds'.[18]

At the end of the eighteenth century, the guitar became, in shape and proportion, more or less what we see today. A sixth double course was added in the 1780s, and a decade later the six courses became six strings. A famous Cadiz guitar maker, Pagés, seems to have been behind this and other changes, and a little less than a century later, in the 1870s, Antonio de Torres made the final adjustments of size; the top and bottom bulges increased their radius, with the bridge being placed central to the wider lower section, which accounts largely for the seductive sonority of the modern guitar.

Francisco Tárrega, known variously as the 'Chopin' and 'Sarasate' of the guitar, was also closely associated with these developments. Born in 1852, he was the most significant innovator of the instrument after Sor, and composed a series of challenging, often delightful pieces for it, the most famous being 'Recuerdos de la Alhambra' ('Memories of the Alhambra'). He also transcribed Bach, whose lute music, once popular for the violin, harpsichord and cello in transcription, was fast finding an audience eager for its novel-sounding versions on the guitar. Tárrega was a dedicated promoter of the instrument on the concert platform, though as a soloist he was up against stiff competition from the piano and violin. He was warmly received in Paris and London in 1880, and today has found a formidable champion in the guitarist Narciso Yepes, a Spaniard who ranks alongside Bream for his single-minded approach to the repertoire.

In the overall scheme of Spain's musical heritage, it was left to Falla to take or leave a curiously thin tradition as he found it. An astute musical thinker, he recognised that the guitar, whatever its lack of attraction for the great composers of the nineteenth century, possessed properties that should be examined carefully and as carefully preserved. He was quick to dismiss its rôle in the nineteenth century – 'It was made to play the sort of music that other instruments played . . .' – but he claimed on the other hand that it was 'peculiarly suited to modern music'. He cited the intervals – four fourths, one third – that range over the six strings (as opposed to the sixths on other stringed instruments), which invite the more exotic harmonies of the Debussyean sound world than those of the nineteenth-century symphony's. Given too that the symphony as a form was beginning to wane at the start of the twentieth century, composers like Falla were keen to explore the texture of a cleaner, sharper orchestral sound, in which the 'smoothness and fullness of massed strings supported by a rich round tone in the brass' is left behind – a formula that would seem to favour the guitar.[19] In general, this disposition to concise, uncluttered scoring was allied to the thrust of European anti-Romanticism initiated by Debussy and pursued on a point of principle by Stravinsky. Falla occupies a position somewhere between the two, standing his ground in the vanguard of the Spanish Nationalists as without doubt the finest composer ever to have emerged from the Peninsula.

He was born Manuel de Falla y Matheu in Cadiz in 1876. His childhood and adolescence were spent in Andalusia, and from an early age, alongside formal musical studies, he would have been acutely aware of the vibrant songs and dances of his native land and seaport. In 1897 he went to Madrid and a year later finished his piano studies under José Tragó at the Conservatory. He won prizes, imbibed of the capital's musical life and had his first encounters with Felipe Pedrell. The result was his first opera, *La vida breve*, which, though it wasn't per-formed until 1913 in Nice, contained many hints of the Andalu-sian brilliance to come, including a theme – based on the gypsy *zorongo*, a dance from Sacromonte – which was to recur in *El amor brujo* and *Noches en los jardines de España*.

Inevitably, Falla was drawn to Paris, then Europe's music capital, and he began to compose *zarzuelas* – light popular operas – to pay his way. He didn't actually get there until 1907, when he was thirty-one, and it was to change the course of his career, perhaps with the same radical effects as Munich had had on Chabrier in 1879. Falla was immediately catapulted into the clamorous whirl of Modernist Paris. He befriended Debussy,

Ravel and Dukas, for whom he became '*le petit espagnol tout noir*',[20] and of course linked up with his compatriots, Albéniz – then with only two years to live – and Joaquín Turina, a fellow Andalusian from Seville, whose orchestral works, *Sinfonía sevillana* (1920) and *Rapsodia sinfónica* (1931), are probably the only serious rivals in quality – by a Spanish composer – to Falla's. After he and Falla met Albéniz at a concert in October in 1907, Turina wrote:

> Music should be an art and not a diversion for the frivolity of women and the dissipation of men. We were then Spaniards gathered together in that corner of Paris, and it was our duty to fight bravely for the national music of our country.[21]

This was a rousing call to musical arms; if ever spirit was needed to light the fire of Nationalism amongst Spanish composers, Turina possessed it.

What Falla possessed when he arrived in Paris, with *La vida breve* behind him, was, as Trend put it, 'the letter rather than the spirit of southern Spanish music'.[22] He had had a profound musical education, and now carried a wealth of ideas and an urgent desire to turn them into art – an art that was his and of his own country; he didn't need Turina to tell him that. Instead, he looked to the composer who really did seem to have the 'spirit': Debussy.

Falla must have appeared to the French composer like a beneficent incarnation of his imagination; here was a musician who could merge the folk-based rhythms of the country in which Debussy was so fascinated into orchestration as subtle as his own – or at least Falla had the potential to do so. Debussy's understanding of Spanish music was more than a technical one; it was underpinned by an intuitive sympathy that achieved its fulfilled amplification in orchestration no native Spanish composer had approximated. (Nor must one forget the Frenchman's late, miniaturist Spanish pieces for piano, 'La puerta del vino' and 'Soirée dans Grenade', which were inspired directly by Granada, approved by Falla and as subtle in their own way as anything Debussy wrote in a Spanish vein for orchestra.)

With a technique as formidable as Falla's, it was by a process of osmosis, through Debussy as it were, that the Spaniard was able to start composing in turn in a style that both reflected the Frenchman's timbres and yet sounded even more Spanish. Debussy had done the groundwork; Falla had only to capitalise on it.

The wife of a well-known Spanish theatre producer, María Martínez Sierra, remembered in her book, *Gregorio y Yo* (1953) what straitened circumstances Falla lived in during his Paris years. She related how his frugal habits meant that when he was invited by some rich friend to dine, he didn't eat, as he knew he would be ill the next day. It seems that Falla's nourishment was more abstract, provided by memories of home, the South in particular; by associating with his many Spanish as well as French friends; by indeed, as Ian Gibson points out, a book called *Granada: guía emocional* (*Granada: An Emotional Guide*), which he first read in 1911. Also written by María Martínez Sierra, it was full of glorious illustrations of the city that Falla had never visited and may have prompted him to think of going there to further his musical inspiration. He had met earlier the Granadine composer and guitarist, Angel Barrios, who also had considerable influence on Falla's wish to try the city out; he began to realise that it had come alive with a distinct cultural life which, though no rival to Paris or Madrid, had all the attractions of a place echoing with special historical and musical associations.

The Great War disbanded that first Parisian community of Modernist endeavour. A more uncompromising spirit was to prevail after 1918, by which time Debussy for one was dead. In 1914, Falla had no further business in the French capital, under threat from forces prosecuting a war in which his country had no part. With the 1913 Nice première of *La vide breve* ringing in his ears, he returned to Spain a year later. Back with his parents in Madrid, he set to work on the pieces that were to seal his reputation as one of Europe's most innovative composers.

It was a period of extraordinary productivity. Through three works, the ones for which he is best known – *El amor brujo*

(*Love the Magician*), *Noches en los jardines de España* (*Nights in the Gardens of Spain*) and *El sombrero de tres picos* (*The Three-Cornered Hat*) – he forged a musical personality of unmistakable elegance, subtlety and sophistication; they gave Spain for the first time – more than the works of Albéniz and Granados – a full-blooded musical credibility she had lacked for decades, if not centuries. Like Elgar in England, Falla quickly became a treasured figure in his country's heritage.

El amor brujo is a ballet score and tells the story, based on a popular legend, of a gypsy woman, Candelas, who loves Carmelo, her attentive suitor. Their love is threatened by the unnamed ghost of her former lover, apparently something of a brute. The more Carmelo presses his attentions, the harder she finds it to forget her previous attachment. His spirit-presence begins to haunt her so unflaggingly that she abandons Carmelo (to his consternation), retreats into her house and pines away. Carmelo, distraught, asks Candelas' friend Lucía to let the ghost court her, to which she agrees. The ruse is successful. The ghost, transferring his attentions to Lucía, dissolves into air, never to be heard from again; Candelas and Carmelo are united.

Today, *El amor brujo* is performed as an orchestral suite, with a mezzo-soprano part written in 'behind' the orchestra, representing the voice of Candelas. There are many recordings of it, some old, some new, and the showiest – and still perhaps the best – one is Leonard Bernstein's 1976 version, with Marilyn Horne in the solo part.[23] What most recordings lack, however, is the galvanising vocal inspiration of the 1986 soundtrack made for the Saura-Gades film of the ballet. In this, the singer Rocío Jurado, though indifferently accompanied by the National Orchestra of Spain, conjures up an atmosphere of giddying intensity, truly spiritual in its power – an example of Lorca's 'buccal undulation' if ever there was one.

Jurado's voice, breathy, hoarse, laden with a passion that could have come only from Andalusia, would be called exaggerated, ostentatious, even ugly by classical purists. Set alongside Horne's, this might be fair comment; but the point is that Falla,

169

in this very 'flamenco' work, seems to have written more for a *jondo* voice than a classical one. Indeed, the piece was originally performed as a *gitanería*, featuring the legendary dancer Pastora Imperio, in the Teatro Lara in Madrid – an occasion for rousing flamenco song and dance, based on the themes of Falla's score, rather than for working through it as a formal orchestral structure. Its inspiration was almost certainly the result of Falla's first brief visit to Granada in the autumn of 1914, when he went to inspect the gypsy caves of Sacromonte.

The rhythms, phrasal shapes and pace of *El amor brujo* in its final form were all conceived as dance configurations; and, as Trend testified in the 1920s, no one was more sensitive or more dramatic in her interpretation of the work than Antonia Mercé 'La Argentina'. Born in Buenos Aires in 1890, she has often been called the first great flamenco dancer. She was a great dancer for sure, though whether she added significantly to the flamenco repertoire *per se* is debatable. She is best remembered as a performer of 'Spanish dance' – that is, of dance-forms from all over the Peninsula, imbuing them with a then unheard-of balletic grace. Her influence on the totality of dance in Spain was more a classicising than flamenco one; and her early identification with *El amor brujo* meant that she and the work have taken on an accordingly classical reputation, though both Falla and she drew without hesitation from the flamenco spirit – as embodied in the gypsy Imperio (see p. 193) – in its composition and staging.

In the same breath, Trend also testified to there being 'not a single folk tune' in *El amor brujo*, something he was told by Falla. 'The rhythms of Andalucian dance were running in his head, but there are no quotations.'[24] What there is, of course, is the famous 'Ritual Firedance', the point in the ballet when Candelas prepares to confront the ghost at midnight. She dances round a fire in an act of exorcism, ridding herself, with the partnering help of Carmelo, of evil spirits.

Fire and flamenco were originally associated through the music of the gypsy forges, where the silhouettes of blacksmiths in Triana and San Miguel in Jerez could be seen against the flames of their trade, hammering hot irons, singing their *marti-*

netes and others. In Falla's treatment, the fire image is elevated to a symbol of gypsy passion and art, to an Andalusian icon of catharsis of all that hurts in the soul, a state that belies the furious grace of the best flamenco. In a connection between the real (the forge) and the fantastic (the purging of spirits – the 'magic' of the word '*brujo*' in the title), a connection which, when you see and hear it, makes perfect emotional sense, Falla created one of the most mesmerising moments in staged Spanish dance. The ballet of which it was the climax was to prove the first choice for classical Spanish and flamenco dancers alike for the next fifty years.

The tune of the firedance is as much a trademark of Falla the composer as 'Nimrod' is of Elgar. It has become a popular piano encore, scored as it was for the instrument by Falla in 1921, and greatly favoured by Arthur Rubinstein (to whom the composer also dedicated his 1919 piano work, *Fantasía bética*). Equally Falla-esque is a recurring theme tune (one of three) in *El sombrero de tres picos*, a simple but nonetheless wonderfully expansive *allegretto* which is a phrase from the Navarrese *jota*. The story is based on a novella of the same title by Pedro Antonio de Alarcón, concerning the designs of a local magistrate (*corregidor*) on a miller's wife (*molinera*). When Sergei Diaghilev attended the 1916 première of *Noches en los jardines de España* in Madrid, Falla had already gathered the material for *El sombrero*, which was produced by Gregorio Martínez Sierra (husband of María) as a pantomime a year later in the capital's Teatro Eslava under the title *El corregidor y la molinera*, with Turina conducting. Diaghilev, who had commissioned it for the Ballets Russes, wanted changes. Between 1917 and 1919, they were made and the result was one of Diaghilev's greatest triumphs. *The Three-Cornered Hat* opened in the Alhambra Theatre, London, on 22 July 1919, with choreography by Léonide Massine, designs by Pablo Picasso, and the three main rôles – miller, miller's wife, magistrate – taken by Massine, Tamara Karsavina and Leon Woizikovsky respectively. Ernest Ansermet conducted.

It was, to say the least, a formidable array of avant-garde talent. Diaghilev had pulled off probably his most spectacular

171

impresarial coup, putting Picasso together with Massine, and throwing in two of his most brilliant dancers, all under the musical leadership of one of the most adventurous conductors of the time. Peter Williams, for thirty years editor of the influential, London-based magazine *Dance and Dancers*, remembers seeing the production in the twenties and being bowled over by it. He singles it out as the first time an English audience had experienced Spanish dance, and in this he is right;[25] but it was stylised Spanish dance, spontaneous idiom submitted to rigorous choreography. As we will later discover, there was and is a crucial tension and controversy about this in flamenco, involving some of the old issues – gypsies versus the 'others', for example – and some new, rather more technical ones. In fact, La Argentina had visited London – the Alhambra Theatre, to be precise (where else?) – in 1914 with a show called 'Embrujo de Sevilla', a prototype of Falla's *El amor brujo* mixed with a fantasy on the *Carmen* theme, which was, in spite of La Argentina's rising reputation as a ballet star, entirely flamenco in content – and probably downmarket at that. The difference between this show and *The Three-Cornered Hat* was the difference, crudely put, between folklore and art, or at least between *professed* folklore and *professed* art (the real difference being more complex than a flat statement of their 'opposition' suggests). Given the aesthetic forces assembled by Diaghilev for that first full-scale production of Falla's masterpiece, it is safe to assume that, revelatory as it was with regard to Spanish dance – and *The Three-Cornered Hat* is full of flamenco-based forms (*farruca, bulería, fandango*) – the experience of watching it was closer to that felt in an opera house than a *café cantante* of the period (by now, few of them were 'authentic' in any real sense).

Massine, wrote a dance critic in 1921, 'sealed his reputation as a dancer of the first order. He broke entirely new ground and proved himself complete master of it.' The choreographer had spent some time in Seville before the production and 'had set himself to acquire with infinite patience and observation all the nuances of technique and temperament that make Andalucian dancing the despair of those who are not born Spaniards' – sound advice indeed for the many non-Spanish flamenco aco-

Carmen Amaya, in her early days, a bewitching dancer of fire, with whom many claimed to fall in love.

Antonio Mairena, in characteristic pose, was one who made such a claim.

A historic trio, in their early days: Camarón, Paco de Lucía, El Lebrijano.

Mairena was a professional dancer for a time – and is caught here in upbeat mood and circumstances, surrounded by some of the most important flamenco artists of the last three decades: from left to right, El Camarón de la Isla, El Lebrijano, El Funi, Paco Valdepeñas, Fernanda de Utrera, José Menese, Manolo Sanlúcar, Curro Mairena, Sami Martín, Manolo Mairena.

Everyone's favourite maestro: Sabicas.

Cristina Hoyos in a modern flamenco pose – probably the best-known dancer outside Spain since Carmen Amaya.

(*Left*) Ciro, for two decades a quintessential exponent of the Escudero style.
He now teaches in Madrid.
(*Above*) One of his pupils was Blanca del Rey, here dancing her famous *soleá
del mantón*.

La Tati is another dancer from Madrid, known for her dignity, dedication and *compás*.

Two unique Andalusian performers: Fernanda de Utrera
(Seville) and Juan Maya Marote (Granada), in a classic
flamenco shot.

Dancing in the Retiro Park in Madrid, Merche Esmeralda, one of the great flamenco beauties, displays a moment of rapture – the lightness of her frame and hands earthed by the Baroque decorativeness of her train.

In the spirit of Carmen Amaya: the Barcelona star, Carmen Cortés.

Pedro Bacán accompanying singer Calixto Sánchez: two
burgeoning maestros from the Seville basin.

The most significant force in the male *cante* for the last
twenty years: Enrique Morente.

Paco de Lucía.

lytes of the 1990s.[26] Picasso, meanwhile, enjoying his first visit to London as a newly lionised Modernist, took his curtain call at the première in a bullfighter's cummerbund – 'correct and exotic at the same time', says a recent biographer. 'Picasso the magician had been born.'[27] Karsavina declared herself intoxicated by him.

The presiding genius of the evening, Falla, was not present. A few hours before the curtain rose, he had received a telegram saying that his mother was critically ill, and he returned to Madrid. She was dead on his arrival. Falla was now parentless – his father had died earlier in 1919 – and he had no special ties in Madrid. Since the Paris years, Granada had persistently run through his mind as a possible alternative to the Spanish capital and in September 1919 he made a preliminary, investigative visit.

The fact that he was to move there with his only companion for the next twenty years, his sister María del Carmen, says much about Falla's character. Like Ravel (like Wordsworth of the Dorothy years), he showed all the symptoms of a dedicated artist unmoved, wilfully, by the distractions of erotic liaisons. He was a devout Catholic throughout his life, celibate, firm in his loyalty to his family and a delightful friend to many. He was correct in manner, punctilious in his religious observances and musically a perfectionist. What is perhaps surprising, for a man who was prepared to believe (according to one largely sympathetic account) that Spain could still be saved by the Inquisition, is that his best music is secular, full of passages of vibrant sensuality, with not a liturgical note in it.

It is not quite right to use the word 'passionate' about Falla's work, as his scoring displays all the meticulous polish of eighteenth-century composition (in which particular he is close, in letter, to Ravel). Unlike Bruckner, without doubt the most ambitious religious symphonist of the nineteenth century, Falla separated his faith from his art, and was content to let his music *suggest* passion – speak even of 'blood and death, of fire in the belly, of exclusive and jealous emotions, of unfulfilled desire'– rather than uplift the listener Romantically, or let it run away with itself.[28] It is nonetheless rhythmically charged, harmonically experimental, melodically abrupt and always felicitously Spanish. If anything, it shows the gregarious and leisurely side of Falla – his niece, who runs the Falla Archive in Madrid, has vivid memories of him thus – one over which he seems to have had full, self-conscious control.[29] He was also able to merge it, without the slightest trace of schizophrenia, into the more monastic and austere side of his spiritual life.

Noches en los jardines de España was premièred in Madrid in April 1916. It was to this piece that Diaghilev had originally been drawn for the Ballets Russes, and the impresario went so far as to accompany Falla to Granada in June of that year for its performance in the Palace of Charles V on the Alhambra. As a ballet, it never materialised, but it ranks as one of Falla's finest achievements. Technically, it takes after Debussy's 'Ibéria' – Falla subtitled *Noches* 'symphonic impressions' – with one major difference: a solo piano part (which the composer played at that Granada performance). It is one of Falla's most restrained works; it never begins to sound like a piano concerto, for instance, and the scoring is denser, more introverted than either of the two ballets. Falla also avoided making it 'programmatic' in any sense – 'The music has no pretensions to being descriptive; it is merely expressive,' he said of it[30] – but he did intend to evoke the Andalusian past, Moorish in particular, as well as the sounds and scents of a hot southern night. He was, in my view, fully successful; *Noches* remains for me one of the few examples of perfect musical impressionism.

For anyone who attended that Granada première, it must have seemed as exquisite a musical marriage of cultures – Muslim, Iberian, Modernist – as could be desired. One person (if he was there – it is probable he was but impossible to prove) would have been especially struck by what he heard. In his writings, he would explore similar strata to those Falla had found in his Andalusian heritage and put to such hypnotic effect in his music. The person in question was the eighteen-year-old Federico García Lorca.

Born in 1898 in Fuente Vaqueros, about ten miles outside Granada, Federico had spent an idyllic childhood there, mixing with the village folk, in touch with nature, inventing wild games and staging mock masses. It was a period to which he frequently alluded in later life. He showed early on a gift for music, and became more than competent on both the piano and guitar; he also drew well. His academic studies were undistinguished, but this was offset by artistic abilities granted to few.

His literary coming-of-age occurred in his late teens, when he came into contact with an enlightened group of Granada writers and intellectuals, called the Rinconcillo (a name applied because of their tendency to gather in a 'corner' (*rincón*) of the Café Alameda). They had taken their cue from the late-nineteenth-century writer and thinker Angel Ganivet, and pursued a policy of studied disrespect for the established social and cultural order; their cheek must have had much appeal for the young Lorca.

It was an entirely Granadine affair, and signalled something like twenty years of lively artistic and intellectual debate in a city notorious for its cultural conservatism. One should not mistake the Rinconcillo for a movement, however; it was an amorphous body, a moveable feast, which received a dose of renewed vigour when Lorca began to mix with its members. Older but still acceptably 'modern' members of the city's cultural élite, like Falla, were given honorary status. What the group represented above all was an attempt, in an increasingly illiberal Spain (intolerance always having been especially pronounced in Andalusia), to come to terms with a modern world that seemed to be passing by the nation at large. Lorca, who mythologised Granada more successfully and was younger than any of the *rinconillistas*, was, ironically, the one leading light of the group to be prematurely destroyed by the city's ingrained forces of violent reaction to which the group stood in rebellious opposition (some lesser known members, like Constantino Ruiz Carnero, editor of the paper *El Defensor de Granada*, were also murdered by the fascists). The extinction of Granada's unique blend of historical self-consciousness and progressive cultural activism in 1936 was one of the sorriest events in the life of a city seemingly more intent through the ages on destruction than preservation.

At the beginning of the 1920s, Lorca had sixteen years of extravagant creativity in front of him. By the end of 1921, he had completed a play, *El maleficio de la mariposa* (*The Butterfly's Evil Spell*) – which had had a calamitous opening at the Teatro Eslava in March 1920 – and published his first book, *Libro de poemas* (*Book of Poems*), containing seventy poems written between 1918 and 1920. The later poems of the volume resembled what Lorca called 'suites', a form which he was to work at continually for a further three or four years, but which in their totality were not published until 1983 in a scholarly edition. What all his verse, including the 'suites', gave clear evidence of at this stage was a startling use of imagery, juxtaposition and metaphor, infused with rhythms and metrical devices strongly redolent of music.

Published ten years after it was completed was a much more important cycle of poems in which Lorca first identified himself with the folk culture of his native Andalusia, *Poema del cante jondo* (*Poem of Cante Jondo*). In the summer of 1921, Lorca – whose musical training was already quite sophisticated – took flamenco guitar lessons with two gypsies from Fuente Vaqueros, and pronounced to his friend Adolfo Salazar that flamenco was 'one of the greatest inventions of the Spanish people'.[31] Thus it was that he began to explore the poetic possibilities of capturing something that had never been written down, in any form. The poet had no intention of imitating the actual sounds or words of *cante* in his cycle; his wish was rather to explore thematically the preoccupations it suggested, in a language that was Imagistic, haiku-like, in its density and expressivity.

He divided it into four parts, 'Siguiriya gitana', 'Soleá', 'Saeta' and 'Petenera', made up of seven, eight, ten and eight short poems each. They are characterised by flashes of colour, animated by sudden dance movements, set against the sharp natural outlines of the South, punctured by laments and dark cadences, relieved by moments of delicate tenderness. There is neither narrative nor drama, but there is acute focus, both on the images and on the *copla* forms that contain them: '*Tierra vieja del candil y de la pena. Tierra de las hondas cisternas. Tierra de la muerte sin ojos y las flechas.*' ('Ancient land of oil lamp and grief. Land of deep cisterns. Land of a death without eyes and of arrows.')[32]

The *Poema* was a successful, idiosyncratic poetic experiment and marks an important starting-point for the preoccupations of the later dramatic works. With it, Lorca signalled his abiding fascination in the relationship between the Andalusian people, the people of the land – gypsies in particular – and their unique culture, strange history and repressive morality. It was perhaps above all a declaration of poetic and thematic intent; Lorca in the *Poema* was propagating not just his own, highly original voice but also taking on that of the underdog, of the dispossessed, attempting to expose the harried soul of those who for centuries had sung to each other, but not been heard. His work from now on was to be legitimisation of a community of long-ignored and forgotten voices.

At this juncture, it would be tempting to dwell at length on Lorca's life and works, as the subject is a vastly attractive one. Lorca's literary name is without doubt Andalusia's most renowned outside his country; his work has been translated into more languages than all modern Spanish writers put together, and his plays have been performed the world over (it is thought that the Edinburgh Festival now regularly bills more productions of Lorca than of Shakespeare). He has become the pre-eminent symbol of modern Spanish letters, embodying the immortal spirit of his land, of song, dance, bullfights, and the universal themes of love and death over which he – and Spain as a whole – have fashioned such violent interpretation. Because he was so subtle a mythologiser of a vividly recognisable culture (if not precisely of himself), he has come to be taken as the voice of all literary Spain.

In fact literary Spain – particularly modern Spain – is more complex than the existence of this one reputation. Antonio Machado, an Andalusian from Seville, associated with a group of writers known as the 'Generation of 98', was a father figure for the generation to which Lorca belonged and was over sixty when he wrote his elegy 'The Crime was in Granada', on the death of Lorca. The two Nobel-prizewinning poets, Juan Ramón Jiménez and Vicente Aleixandre (the second born the same year as Lorca), also both Andalusians, wrote brilliant, highly wrought verse a generation apart, putting them on a par with Eliot and Auden respectively; their reputations, at least, are comparable to the two latter writers, even if the Spaniards' themes – personal salvation, nature and childhood, universal love – are embedded in the imagery of a South far removed from the urban landscapes of the two transatlantic Anglo-Saxons.

Other poets, like Luis Cernuda, Jorge Guillén, Manuel Altoaguirre, Miguel Hernández and Rafael Alberti (who is still alive), contribute to a rich and intricate pattern of achievement in modern Spanish poetry into which Lorca does not easily fit. His prosody is musical rather than metrical, his diction sometimes more fanciful than focused; the span of his thematic focus is narrow and he had arguably slight impact on the long-term evolution of poetic language itself. What he did have was immense poetic energy, an anthropological fervour for his subject, and an inimitable charm and insight in bringing one's attention to it. His most valuable talents were, in my opinion, deployed in his drama, on which his international reputation lies. His musical flair lends him an air of the troubadour, while his work as both actor-director and draughtsman allows one to think of him as a multi-media artist – almost a dilettante – whose poetry was an early flowering of an extraordinary, but not overridingly literary versatility.

Ian Gibson, in his superb 1989 book, *Federico García Lorca: A Life*, has done as much work as any critic-biographer can to interpret the Lorca phenomenon. Here, it would be to pursue 'Lorquismo' to dogged lengths to go over the ground Gibson so amply and ably covers in his book. In his time, Lorca was a rebellious force for the good, an artist obsessed with local colour and culture, admired in Madrid, vilified in many quarters of Granada, a city with which his relationship was always ambivalent. He was a homosexual in a society which had no understanding of what that meant and no acceptance of its existence; an ambassador for his culture in places, like Argentina and Cuba, which received him with far greater generosity than Spain ever did; a non-English-speaking 'poet in New York' who interpreted the world's most modern city through a combination of shocktactic Surrealism and Andalusian mysticism; an enthusiastic and genuine populist in his running of the Republic-backed Barraca touring theatre in the early 1930s; an innocent victim of one of the most gratuitous crimes of political vengeance in the opening days of the Civil War.

What concerns us is Lorca's impact on the arts, specifically the art of flamenco, as an *andaluz*; time has shown it to be an enduring one. Gibson suggests that the poet would probably never have understood his Andalusian identity without the help of Falla. It may be that Lorca would never have fathomed his artistic nature at all if it hadn't been for his meeting, in 1919, with the composer. This happened in the autumn of that year, when Falla was on his recce to Granada for permanent lodgings; their friendship didn't blossom until a year later. By this time, Lorca had attended his first session at the Residencia de Estudi-antes in Madrid, the famous university hostel founded by Alberto Jiménez Fraud in 1876 and run rather like an Oxbridge college. This was the poet's first major step on from the Rincon-cillo, a stage in his life when he was to make important friend-ships, most particularly with Luis Buñuel and Salvador Dalí, work through his homosexuality in a more liberal environment for the first time, and establish once and for all that he was going to write for a career.

In contrast to the diverting stimuli offered by the capital, the presence of the monkish Falla now installed in a *carmen* in calle Antequeruela Alta on the Alhambra must have acted as a calmative for the animated young poet in the early 1920s. From the start, there was a paternal bond between them, which both welcomed, Falla because of the Granadine's vitality, musical skills and burgeoning literary talents, Lorca because of the older man's undisputed position as the country's first musician and proud bearer of the idiomatic torch of Andalusia he was so keen to carry himself.

The most significant fruit of their association was the Granada 'Concurso de Cante Jondo' of June 1922. It has never been ascertained who dreamed up the idea, but opinion favours Miguel Cerón Rubio, a friend of Falla's and a frequent visitor to the *carmen*. A topic of conversation to which Falla's guests, including Lorca, would often turn was the decline of 'pure' *cante jondo* – that is, as undiluted song; the 'flamenco' – and for these Granadine purists, the term was a pejorative one – that abounded in the first two decades of the century was a showy, noisy, inartistic affair, with more attention paid to the spectacle of the dance than the accuracy of the music. The *cafés cantantes* had hijacked the form for bourgeois entertainments, so that what had once aspired to musical truth was now musical circus – a state easy enough to sustain given that flamenco had become good business. Falla himself provided the best technical gloss on this:

> The dignified, hieratic song of yesterday has degenerated into the ridiculous flamencoism of today. . . . The sober vocal modulation – the natural inflections of the song which cause the intervals between the notes of the scale to be divided and subdivided – has become an artificial ornamenting more characteristic of the worst moments of the Italian decadent period. . . .[33]

This note is taken from the end of Falla's anonymously published pamphlet, '*Cante Jondo* (Primitive Andalusian Song): Its Origins, its Musical Values, its Influence on the Musical Art of Europe', which appeared shortly before the June event and represents one of the earliest attempts by anyone to analyse the roots, musicological patterns and implications of flamenco.

'Flamenco', as above, was a term Falla did not approve of; it smacked of the vulgarity his essay was attempting to transcend. He isolated three principal sources for the existence of *cante*, which is what he preferred to call it: the music of the Muslims of Andalusia, then of the gypsies from the East who settled there after the Muslims' defeat in 1492; and, going far back beyond either of these groups, he points out the adoption by the Spanish Church in Visigothic times of the Byzantine liturgy, which he believed was the prime source for the Orientalism of the music under scrutiny. The *siguiriya*, he asserted (with a little help from Pedrell), was the one song-form that 'best preserved the old spirit', citing the use in it of enharmonic intervals, the tonal modes of primitive musical systems and the absence of a material rhythm to link it directly to the music of the Eastern Church. He also noted that in the oldest forms, like the *siguiriya, polo, martinete* and *soleá*, there was an element that owed nothing to the liturgy or to the Muslims, and this was the gypsy spirit. These forms should strictly be called *cante jondo*, while their derivatives, *malagueñas, granaínas* and *sevillanas* could carry the term 'flamenco' – if they had to.

Throughout the essay, Falla refers to *portamento, appoggiatura* and ornamental features, constituents of *cante* we encountered earlier; he also speaks of it expressing 'states of relaxation or of rapture', which was an indication of the attention the maestro was prepared to give to the psychological drama inherent in many of the songs – a concession, even, that they possessed emotional values their status as mere folkloric outbursts had until then denied them.

The pamphlet, which served as a textual introduction to the Concurso, was an important testament to the musical validity of *cante*, as well as proof (if proof were needed) that Falla had undertaken a thorough study of it. Lorca in turn was to pay tribute to the composer's discoveries and follow them up with his own flamenco text, to be delivered in a lecture to the Granada Arts Club in February 1922 as one of a number of events leading up to the Concurso. It was effectively a prose explanation of what he had attempted to achieve in the verses of *Poema del cante jondo*, as well as a presentation of the motives behind the Concurso, and a justification for mounting it.

With the somewhat long-winded title of 'The Historical and Artistic Importance of Primitive Andalusian Song, called *Cante Jondo*', and taking his cue from Falla, Lorca waxes large and lyrical, admitting he is 'an incurable lyricist': the *siguiriya* had always, he said, 'evoked . . . an endless road, a road without crossroads, ending at the pulsing fountain of the child Poetry, the road where the first bird died and the first arrow grew rusty'. It is a deeply subjective text, or at least the first part of it is, replete with deep song's 'first sob' and 'first kiss', but no less an important contribution to flamenco studies for that.

181

The idea, therefore, of a festival of *cante jondo* was to try and redignify it by mounting performances that would represent a return to its origins; the organisers, with Cerón as the principal administrator, would recruit singers who could really sing from all over Spain, and generate as much publicity as they could. With the backing of the Arts Club, the dates for the festival were set for 13 and 14 June 1922. In the months leading up to it, Falla and Lorca involved themselves tirelessly in its promotion, which included planned invitations to Ravel and Stravinsky; they had both heard about it and wanted to be there. To Falla's outrage, the town council, conservative to the last and nervous about municipal funds being diverted too generously to the festival, and thus away from the annual Corpus Christi celebrations occurring at the same time, declined to sponsor the two composers' visit.

Still, the event was to have no shortage of kudos. Andrés Segovia, then twenty-eight and fast becoming the most influential classical guitarist of his time, not only attended but also played – flamenco, music that was far from being to his taste. Ramón Montoya, forty-two years old and acknowledged as the day's leading flamenco guitarist, was a distinguished guest, as was Antonio Chacón, an honorary judge of the competition. Another judge was Manuel Torre, then at the height of his powers, clearly Chacón's successor in the male *cante*. The sister of a later significant *cantaor*, Tomás Pavón, was also there as Torre's opposite; she was Pastora Pavón, known as La Niña de los Peines – the Girl of the Combs – probably still the best-known female singer in flamenco's history.

The organisers may not have known it then, but they had assembled a parade of artists who were to impress themselves on a golden age of flamenco yet to come with all the force of legend. The one star from an earlier age was a dancer called Juana Vargas 'La Macarrona', then rising sixty. Her years didn't prevent the best commentator on the Concurso from noticing what an effect she had: 'she presented herself as goddess of an ancient rite, full of precision and mystery, who suddenly found both ardour and accelerated rhythm'.[34]

The location of the festival was the plaza de los Aljibes on the Alhambra, which must have given Falla the greatest satisfaction in the light of the Alhambra performance of his *Noches* six years before. The first night, for which the weather was fine, offered a revelation in the form of Diego Bermúdez Cala 'El Tenazas' ('The Pincers'), an old *cantaor* who had had something of a reputation thirty years before. Now with a punctured lung, he is supposed to have walked eighty miles from his village in the province of Cordoba, Puente Genil, to Granada in order to take part in the competition, along with other non-professionals for whom it was designed. Neither the bad lung nor the long march, and certainly not his years, seem to have had the slightest effect on his voice, which by all accounts astonished everyone who heard him. He contained, said Falla, 'an arsenal of true *cante*'.[35] The second night, when it poured with rain, though this deterred no one, found El Tenazas in less overpowering form, but he was still awarded the first prize of 1,000 pesetas.

The other discovery of the festival was the voice of a twelve-year-old boy from Seville, Manuel Ortega; he was to dominate the flamenco world by dint of both an enormous personality and a voice to go with it, filling the gaps left by the deaths first of Torre in 1933 and then twenty years later of Pavón. In the last great pre-war flowering of *cante jondo*, Manolo Caracol, as he was later known, attained a position of stardom that resembled a typical Hollywood giant's of the same era; his career started in 1922 during a festival – held by two of Andalusia's now most treasured cultural icons – to restore *cante* to its former glory. The combination was a potent one and even at the age of twelve Caracol had genius enough to meet the challenge set by the occasion.

Other prizes in the competition included 500 pesetas for a singer called Frasquito Yerbagüena, who has always enjoyed a livelier reputation in Granada than elsewhere, and 300 for María Amaya 'La Gazpacha'. Guitarists who shone alongside Montoya were José Cuéllar and El Niño (later Manolo) de Huelva. The real fiscal winner was the Arts Club, which recouped more than 30,000 pesetas in audience takings. The Concurso was deemed a success. There was widespread press coverage of it, both locally and in Madrid, most of it favourable, some mildly interested, some actively hostile and satirical.* Decades later, Antonio Mairena judged it as a *'fiesta* for intellectuals', which is true only up to a point; it proved a popular draw from all corners of Granadine society, and the participants themselves were hardly in the vanguard of the Andalusian intelligentsia. El Tenazas went on to take part in a number of unmemorable flamenco shows and died in obscurity in Puente Genil in 1933. Chacón died seven, Torre eleven years later. La Niña de los Peines lived to a magnificent eighty, dying only in 1969; Montoya would go on to become even more famous, his influence over the flamenco guitar lasting well beyond his death in 1949. Caracol had only just started, with much to learn, and vast amounts of living, ahead. They belong, at this stage, to another story.

The wider effects of the Concurso were more limited than might have been hoped for. Apart from the efforts of a few gifted individuals, most of whom have been mentioned thus far, *cante jondo* did not return to its origins; flamenco did not get any 'purer'. The commercial floodgates, having been opened by a plethora of *cafés cantantes*, opened wider in the thirties and forties, encouraging *cante* to become prettified and sentimental beyond what was even remotely recognisable as '*jondo*'. The art became hopelessly adulterated, artists – many of them gypsies – tempted to go down avenues that lined their pockets but destroyed their talents.

What of the two men who were the prime movers of the Concurso? For Falla, it was an inspiriting affirmation of what he believed *cante jondo* was capable of: making music that had grown out of the matrix of the Andalusian inheritance, music he felt was central to the idiom in which he had chosen to compose and which expressed so much of Spain. It was unfortunate, therefore, that after the celebrations were over, a brawl started up in the Arts Club over what should be done with the profits from the Concurso's takings. Falla was less than impressed and stayed away from the Arts Club thereafter. The

* J. B. Trend and Maurice Legendre covered it internationally, the first for the British press, the second for the French. Their reviews are available from the Manuel de Falla Archive in Madrid.

effect it had on his music was to make him compose less and less in the Andalusian vein as time went on.

For Lorca, the Concurso was a springboard to higher things. There was no professional advancement to be had from involving himself, but there is no doubting the ripening effects it had on his literary aspirations. Andalusia was to be his poetic and dramatic universe; a concrete affiliation to and experience of the people and music that animated it finally convinced him that he had found both his subject and his métier.

The work that was to launch him properly into public view was the *Romancero gitano* (*Gypsy Ballads*). A series of eighteen poems written between 1924 and 1927, this cycle was the poetic apotheosis of Lorca's Andalusian style. The poems are ballads, essential forms of Andalusian minstrelsy, called the 'river of the Spanish language' by Juan Ramón Jiménez. Having taken deep draughts of the gypsy sound during the Concurso and bodied them forth, as far as was necessary, in the song-forms of the *Poema del cante jondo*, it was time to examine the soul of his native earth. He produced his own explanation:

> . . . the book as a whole is the poem of Andalusia, and I call it Gypsy because the gypsy is the most distinguished, profound and aristocratic element of my country, and one most representative of its way of being and which best preserves the fire, blood and alphabet of Andalusian and universal truth.
>
> The book, therefore, is a retable expressing Andalusia, with Gypsies, horses, archangels, planets, its Jewish breeze, its Roman breeze, rivers, crimes, the everyday touch of the smuggler and the celestial touch of the naked children of Cordova [*sic*] who tease Saint Raphael. A book in which the *visible* Andalusia is hardly mentioned but in which palpitates the invisible one.

This is as far as Lorca could go without saying that he was not concerned with individuals, but with an abstract, almost religious character, the gypsy psyche – the psyche of the land. With the layer upon layer of history that surrounded the gypsy presence in the South, a cycle such as this offered an opportunity to weave a pattern of archetypes, which is the best possible way of reading the *Romancero*. Lorca then went on to make an arresting statement:

> It is an anti-picturesque, anti-folkloric, anti-flamenco book, with not a single short jacket, bullfighter's suit of lights, wide-brimmed sombrero or tambourine; where the figures move against primeval backdrops and there is one protagonist, Anguish, great and dark as a summer's sky, which filters into the marrow of the bones and the sap of the trees and has nothing in common with melancholy, or with nostalgia, or any other affliction or distress of the soul.[36]

A leap of imagination was taking place in the *Romancero*. The poet was at pains to avoid the obvious routes through the wider Andalusian folkloric landscape; he preferred to pace along the sideroads, on unmarked tracks, where darker, broodier forces than a *bandolero* or wailing gypsy *per se* lurked. This was not the Andalusia of the nineteenth century; it was both a mythic and a contemporary one, in which Lorca found much to be frightened at – with good reason.

Lorca was never a party-political man; but, as we have seen, his instinct was to side with the underdog and his symbolic identification of the gypsy with centuries of oppression became one of his most persistent leitmotifs. There is no doubt, more-over, that he was anti-fascist, saying as much in print in various places throughout the thirties, or that he espoused democratic causes. In the ballad 'Romance de la Guardia Civil', he evokes terror on the part of some Jerez gypsies at the arrival of a group of officers from Spain's now most ruthless, and politicised, police force:

> *Tienen, por eso no lloran,*
> *de plomo las calaveras.*
> *Con el alma de charol*
> *vienen por la carretera.*
> *Jorbados y nocturnos,*
> *por donde animan ordenan*

186

silencios de goma oscura
y miedos de fina arena.
Pasan, si quieren pasar,
y ocultan en la cabeza
una vaga astronomía
de pistolas inconcretas.

(They have skulls of lead,
this is why they do not weep.
With their patent-leather souls
they come along the road.
Hunchbacked and nocturnal, wherever
they stir they command silences
of dark rubber and fears of fine sand.
They pass, if they wish to pass,
and they hide in their heads
a vague astronomy of undefined pistols.)[37]

That Lorca was giving voice to his own deepest mortal fears can only be a matter of speculation. He was not actually murdered by the Guardia Civil, but he was certainly hated by them; the deed was perpetrated by a gang of right-wing thugs under orders from the Civil Governor of Granada, José Valdés, the most important man in the city after the Military Governor. When, some time on the night of 18 August 1936, Granada executed the finest writer the city had produced since the Muslims, there can be no doubt that his murderers represented the forces the poet had so powerfully suggested in his work as the purest evil.[38]

187

7

The Closing of Spain and the Age of Legends

Vivid, la vida sigue,
Los muertos mueren y las sombras pasan;
Lleva quien deja y vive el que ha vivido.
¡Yunques, sonad! ¡enmudeced, campanas!

(Live for life goes on,
The dead die and the ghosts pass;
He who leaves endures; he who has lived lives on.
Anvils, ring out! Church bells, be dumb!)

Antonio Machado

In the order of things, nostalgia can claim greater control over the present than sense. So it is with flamenco. Today we seem to have missed out on a time when the art was really great; nothing is as good or as pure as it was half a century ago, opinion runs. The era of singers like La Niña de los Peines, Manolo Caracol, Antonio Mairena, of dancers like Carmen Amaya, Pilar López, Antonio, of guitarists like Ramón Montoya, Niño Ricardo, Sabicas, was unsurpassed, and those who can remember it purr with gratitude that they were alive to enjoy it: never their like again.

This is an orthodox way of looking at the art of the past; the same principle might apply to the rock of the sixties when comparing it to today's output, to the post-war abstract painting of the New York school, or to the English poetry of the thirties, and so on. Artists of an individual era express, perform, create,

188

get put into a school and within a decade their collective efforts have crystallised into a movement; and often it is to that concrete outline, sculpted into the past, that emotive reference is made in order to define the efforts of the present. Those efforts are invariably perceived, of course, as inferior, though in the fullness of time the work of the present may come to be taken as the yardstick of the future.

In the case of flamenco, it is not schools or movements that are remembered, but individuals who are revered. The truth is that there has never been any kind of flamenco school, only a style of dancing and singing from one such place or another in the South, almost certainly defined by the person who invented it – and this is particularly the case with *cante*. Looking back, however, one can detect a crop of flamenco artists in the forties and fifties who were richly gifted and whose special genius marked the art with a dramatic influence and changed it forever. It was a kind of golden age, though there was little cohesion to it; and it still does not possess the official tag of 'golden' used to describe the age of Silverio and Chacón. Seeing that nothing of Silverio's exists on record, and only some indifferent, strangulated notes of Chacón's on scratched 78s, it is difficult to know how this can be credited. Unsullied *cante* may then have been; unilluminated it remains – except in the recorded work of later singers who copied them – though there were of course legends enough, legends who bridged the nineteenth and twentieth centuries, and who prepared the way for a second generation of legends who survived into the long, dark years after the Civil War.

Two grandfathers stand alongside Silverio, dying like him before 1900, and leaving behind them reputations equal to his. The difference is that they had no truck with the commercialisation of *cante*: they were Manuel Molina, from Jerez, and Tomás 'El Nitri', from Arcos (or Santa María, or Jerez – one of the most important things about El Nitri is the uncertainty of his biography). The first, a serious and uncompromising figure, was a great *siguiriyero*, who went totally deaf, and died forgotten and impoverished; his songs were nonetheless frequently interpreted by Manuel Torre and Manuel Vallejo, winner of the Golden

189

Key in 1926 (see below). The second, a wild and itinerant gypsy, was Silverio's great competitor as a *siguiriyero*, though the many stories surrounding his life – that he was a homosexual, that he died choking on his own tubercular blood during a wrenching *siguiriya*, to name but two – have given him a mythical status that eclipses the discernible shape of a real man. It is fairly certain that he was related to El Fillo, probably his nephew, and that he roved round Andalusia for thirty-odd years without home or family. There exists one picture of him, a photograph taken in 1865, in which he holds a key, a prize awarded to him by a group of enthused *aficionados* in a Malaga café – the Sin Techo ('Without a Roof') – which is supposed to be the trophy for a competition called the Golden Key. (The only other two winners of it were the above-mentioned Vallejo and Antonio Mairena in 1962.) If flamenco ever needed a bohemian image, El Nitri remains the most entertaining nineteenth-century embodiment of it – even if it is false. Other equally mythical figures abound at this time, with wonderful names like 'El Loco' Mateo ('Mad' Matthew), Paco 'La Luz' (Frank 'the Light') and Paco 'El Gandul' (Frank 'the Vagabond'), 'El Cuervo' ('the Raven') and Antonia 'La Loro' (Antonia 'the Parrot') – all singers.

A word about this business of names: those just mentioned arose from nicknames applied because of some defect or general characteristic, and stuck throughout the artist's career. It has remained a flamenco custom for most performers to carry a sobriquet throughout their lives, the commonest being a place-name attached to a first name to indicate his or her origins; hence 'El Chato' de Jerez, Manolo de Huelva, 'El Pericón' de Cádiz, Manolo Sanlúcar, Fernanda de Utrera, 'El Naranjito' ('Little Orange') de Triana, Melchor de Marchena and so on. Manuel Torre, born Soto Loreto, got his name due to his unusual height (*torre* means 'tower'), Manuel Ortega his – Caracol (snail) – because, as a youngster, he burnt himself while his aunt was cooking snails; Pepe Núñez got his – 'El de la Matrona' ('He of the Midwife') – because his mother was a midwife; Antonio Núñez got his – 'El Chocolate' – because of his dark gypsy complexion (*chocolate* is also a Spanish euphemism for hashish). Some changed their names altogether, like Francisco

Gómez Sánchez who became Paco de Lucía (Paco is short for
Francisco, as is Pepe for José), while others maintained their
own: Antonio Chacón, Tomás Pavón, José Menese and so on.
It is still more common for singers to have odd names, though
the custom is fast dying out. In times gone by, such a name was
undoubtedly a sign of flamenco distinction and singled an artist
out as a *cantaor* – or *tocaor* or *bailaor* – as opposed to any other
kind.

We must mention here Dolores La Parrala, as she was a
disciple of Silverio, and something of a mentor to those who
followed him, male and female – Chacón, Torre, La Niña de
los Peines. She was the second great *cantaora* in flamenco history, the first having been La Andonda, a wild girl who was
cherished for her *soleares*. Whether she was cherished by her
husband, El Fillo (see Chapter Four), is less certain. A heavy
drinker – even, some reports have it, unbalanced – she is said
to have had a penchant for knife-fighting. It is also claimed
that she took up with El Nitri after El Fillo's alcoholic demise
(flamencos have traditionally kept things in the family). As for
her singing, limitless amounts of *aguardiente* guaranteed fabulous
renditions of what must have been dramatic and unsullied *soleares* indeed. La Parrala was hardly less wild herself, marrying a
man who lost his fortune three times in support of his beautiful
wife's artistic and adulterous extravagances. She was a great
female exponent of the serious songs of Silverio – his *siguiriyas*
in particular – carrying them well into the twentieth century,
and was immortalised in Lorca's *Poema del cante jondo*. She also
prepared the way for flamenco's turn-of-the-century invasion of
Paris, singing there in 1880 with her husband-guitarist Paco de
Lucena, and made her first hit at Granada's *café cantante* on
plaza de la Marina in 1884.

The great female dancer of the period was Juana Vargas 'La
Macarrona', who both attended the Granada Concurso in 1922
and forty years before it danced to La Parrala's singing in the
same *café cantante*. She was born a gypsy, probably in 1865 in
Jerez, and therefore witnessed flamenco's first great surge,
imprinting on it an authentic base on which future dancers might
stamp their own mark. Her upbringing, as a girl dancing in the

streets of Jerez, was typically gypsy – her mother sang, while her father accompanied them both on the guitar. She was then discovered at the age of eight, when she was swept off to dance in Seville's Café de la Escalerilla, only to be pulled back on to the streets by her parents; her wage of two and a half pesetas a night was not considered enough to support the family. Months later, however, she was taken to Malaga's Café de las Siete Revueltas, where for a period of two years she was able to learn and earn much more, and make a name for herself.

At sixteen, she was given every aspiring flamenco artist's dream: a contract at the Café de Silverio. Her fame spread and before long she was dancing all over Spain and sometimes away from it. Paris in particular, a city whose *café-chanson* culture was not dissimilar to that of the *café cantante*, was receptive to La Macarrona from the start (1889, to be precise) and she spent large portions of her life there; since then, the French capital has often been the first port of call for flamenco troupes, and to this day flamenco *afición* exists there at a level unlike anywhere else in Europe. Parisians were the first to be offered, and educated in, *gitanoandaluz* culture and have continued to support it more assiduously than anyone outside Spain. La Macarrona was their first flamenco heroine.[1]

Money was always a problem, however. She wasn't helped by an engagement to a Madrid banker being called off by his family, as they disapproved; nor by an incident later in her life, when thieves broke into her house and divested her of her entire fortune – 10,000 pesetas-worth, then a great deal of money. Much of it was jewellery which she never recovered. This forced her to continue dancing for much longer than she would have otherwise chosen to, making her an anachronistic but nonetheless widely revered figure by the 1920s and 30s.

Her successor was Pastora Imperio. A gypsy like Juana Vargas, she was born in Seville in the year of La Macarrona's Paris début and was dancing professionally in Madrid at the Teatro Romea in her early twenties. Madrid became her home, though she was soon on the tour circuit, visiting the provincial capitals – Seville and Barcelona above all – in the early 1910s, and made her first visit to Paris in 1914. A year later, she went to Latin America, and did for the people of that continent, from Acapulco to Buenos Aires, what La Macarrona had done for Parisians. She was also a fine actress and singer (of non-flamenco forms, songs called *cuplés*). In 1915, she had been noticed by Falla, who for the first version of *El amor brujo* wrote the lead, Candelas, with her in mind.

For many years, Imperio was part of a *cuadro* (literally 'picture', in flamenco parlance 'group') with singers like Pepe Torre (brother of Manuel) and Aurelio Sellé, invariably accompanied by Ramón Montoya. Donn Pohren, one of the few Anglo-Saxons who can claim to have interviewed her, records how she remembers Montoya 'spinning a silver *soleá*', inviting her to 'weave an emotional web', 'creating, improvising, until the entire house was on its feet roaring its approval'.[2] She was a good manager into the bargain – in contrast to the indigent Macarrona – running an important flamenco tavern in Madrid called La Capitana from 1942 to 1954, followed by a *tablao* called El Duende, then, in 1964, landing in Marbella to run Los Monteros.

La Macarrona and Pastora Imperio were practitioners of the old school. Their dance style was unpercussive, the emphasis of movement lying in the torso and arms; the grace of their flamenco was more linear than spatial; in other words, the excitement generated by their dance personalities was to be found in how they shaped their backs, their necks, their hands – to say nothing of the effects of their opulent costumes and jewellery – rather than in their use of the stage. Indeed, the concept of 'the stage' would have been somewhat alien to them, as their real point of theatrical reference was the *café cantante*.

It was left to the next generation to ease flamenco dance fully from its cabaret surrounds into the theatre, and confer on it an artistic dignity that the nineteenth century and the first decades of the twentieth had failed to. Two ladies of Argentinian origin were responsible for this, Antonia Mercé and Encarnación López, known respectively – not related and never to be confused – as La Argentina and La Argentinita.

Over the first some doubts were expressed as to her flamenco credentials in the last chapter – in the light of history these are justifiable, as her influence was a general one on Spanish *ballet*; indeed, she was a ballet dancer, rather than a *bailaora*, and her reputation was an international one, accorded even now only to a very few dancers from Spain who have absorbed flamenco into or made it their repertoire. (Cristina Hoyos, a fully fledged flamenco dancer known internationally for her parts in the Saura-Gades films, must be one of those few today.) A contrary opinion about La Argentina was expressed as early as 1935 in Fernando de Triana's book, *Arte y artistas flamencos*, in which he said, 'not only is [Mercé] the first ballerina in the theatres, she is also the best *bailaora* of the *tablaos*'; it was fulsome praise, perhaps belying a desire to set down, in writing, a balletic legitimacy to flamenco which critics and writers until Triana's book had simply sidestepped.

Like La Macarrona, La Argentina was in her time more in demand in Paris than in Madrid, though this matters little. Her influence (like her much-loved smile) was benign, in that she succeeded in observing the best in flamenco where none had before – developing in particular the female *zapateado* – and taking it out of the streets and clubs into arenas where debate could be generated without constant parochialising references to Andalusian folklore. With La Argentina, flamenco became more than *baile*; it became *la danza*, and as such demanded serious attention.

Her life was a whirlwind. At the age of fourteen she was dancing in Madrid, being adopted by a group of dance-minded intellectuals to appear in a show in their august club, the Ateneo; La Argentina started high. In 1911 she went to Paris, which became her base for most of her professional life. The next seven years were years of world conquest, Russia included (though not the Far East) where she found herself at the outbreak of the First World War. America beckoned during the war years, via her London début in 1914 with 'Embrujo de Sevilla', and after the Armistice she returned to Paris; there, in 1925, after four years' work with the maestro and many visits to Sacromonte, her production of Falla's *El amor brujo* opened. It was this that caused Trend to get so excited over the dancer (see p. 170), though he was not the only one; Angel Zuñiga said, 'nobody can touch what she has stamped on the work so indelibly, like a profile on a medal', while Falla told her 'You and *El amor brujo* are the same thing'.

The late twenties saw her taking Spanish dance to hitherto unknown shores – Egypt, India, China, Japan – which established her as the major figure of female dance of her time. In 1929, she presented something new to Parisian audiences in the Opéra Comique: a Spanish dance company. In this she inaugurated a new era, one in which all the major figures of Spanish dance until present times were to follow her example in creating troupes, some official, some not, a few subsidised, most privately funded. It was perhaps the most important step of her career, signalling for her and for Spanish dance – which included flamenco – a transition from solo virtuosity to ensemble work, or at least provision of a platform for the latter to prove itself.

In so doing, she highlighted a crucial tension at work in Spanish dance, one indeed that exists at the heart of all dance: how to tell, if telling is needed, between the dancer and the dance. Which comes first, the patterns, the steps, or the individual tracing them? What are we looking at and responding to, the performance or the interpreter? Where do they meet? Does it matter? It matters in so far as the one cannot occur without the other, yet they remain separate. In the case of flamenco, the answer inevitably veers towards the individual dancer: the whole of flamenco culture somehow precludes the requirements of form and encourages indefinable tendencies – improvisation, a style of personality rather than stylisation, spirit rather than letter. The best should come from experience rather than expectations.

This may sound glib. It is almost impossible not to. La Argentina was, with Vicente Escudero, a flamenco pioneer; she was able to prove that the dance idiom of a culture in which she had no roots could function in a controlled theatrical context. She had the genius, in her own work and in the discipline she imposed on her dancers, to give it dramatic shape. Lesser dancers made and still make a hash of it. Not every flamenco dancer working today would necessarily acknowledge the heritage of

La Argentina as wholly benign; for some her influence was straitjacketing, an imposition of de-energising *form* – and she should never, above all, be called purely 'flamenco'. The fact is she knew what she was doing at every step, was according to all reports glorious to watch and give *baile* a chance to become what it has become when we see it on stage: dance where certain things have to happen, both for dancer and audience, before it gives off so much as a whiff of magic. Let us leave that undefined for the moment; suffice it to say that La Argentina in her time demonstrated beyond question that if you possessed magic such as hers, you could make flamenco work like conventional ballet, but that what people returned for was less the dance than the weaver of the spell.

All this emerged in the last years of her life. In 1933, she broke the bastions of French tradition by dancing at the Paris Opéra itself in a show that was a mixture of Spanish classical – music by Albéniz and others – and some riveting flamenco: *zapateado, tango, alegría*. Her swansong was the remounted *El amor brujo*, with Pastora Imperio and Vicente Escudero at the Teatro Español in Madrid two years later, where she succeeded in demonstrating once again her instinctive feel for the gypsy – her casting of Pastora – and the classical – Escudero and herself (as Lucía). It was her last theatrical triumph.

La Argentina was incomparable, inimitable and yet there remain doubts. How 'flamenco' was she? It probably doesn't matter, as like Antonio in the years to come she was recognised as the complete dancer. As a plaque in Paris's Salle Pleyel has it, 'In memory of the dancer who brought here in her call to life the harmony and purity of Spain'. With La Argentinita there are no doubts. Born in Buenos Aires in 1895 but brought up in the Basque Country, her first taste of Spanish dance were the forms of the North, like the *jota* so enjoyed by composers from Glinka to Falla. At seven she was dancing at high-society *fiestas* and was then taken up by the impresario Pardiñas, who propelled her on tours round Spain, offering another Argentinian prodigy who could dance both traditional and flamenco dances with seemingly effortless ease. At an early point in her career, she also introduced some previously undanced musical forms into the repertoire, like the *tanguillo* and the *caña*.

In 1920, she danced for the first time in the city of her birth, where she was rapturously received, and then triumphed in Madrid between 1923 and 1924. In 1927 she came into contact with the writers often referred to as the 'Generation of 27', which included Lorca;[3] the bullfighter Ignacio Sánchez Mejías became her lover, and like La Argentina before her she grew to be intensely preoccupied by the theatrical possibilities of flamenco ballet, the *baile* as drama. Inspired by Sánchez Mejías's own theatrical and poetic preoccupations, she started to put together a show that was to carry her through the thirties in the vanguard of innovative Spanish dance. Called 'Las Calles de Cadiz' and premièred in 1933, it was an early version of what we have become used to today, flamenco shows consisting of a series of dance tableaux demonstrating a particular style – or *palo*, to use the correct flamenco terminology – with lashings of ensemble and fiery solo virtuoso work. The show had a narrative dimension to it, in that her artists not only danced but also played recognisable types – policeman, prostitute, maid, *señorito*, shoemaker, waiter, drunk, tourist[4] – in an attempt to evoke the teeming streetlife of Santa María in Cadiz. By all accounts, it worked a treat, the troupe touring all over Spain – an important breakthrough in itself; La Argentina's shows in general had not – as well as in Europe, with adulatory audiences everywhere. What had tended to be the stuff of bourgeois entertainment – a factor of flamenco in performance that hadn't changed during its transition from *café cantante* to theatre stage – was beginning to democratise itself; it was the right time for it in Spain – this was the era of the Second Republic, the country's last blast of freedom before the catastrophe of 1936–9 and the subsequent dictatorship.

'Las Calles' was also proof that flamenco as spectacle had started to move on from the kitsch and vulgar *operismo* that the Granada Concurso had been mounted to fend off in 1922. An extra flavour of authenticity, moreover, must have been added by the participation of two of the stars of the Concurso, La Macarrona, then a mere sixty-eight, and the guitarist Manolo de Huelva. An eccentrically shy individual, he demanded a cage in 'Las Calles' so that he could play on stage without being seen. He got the cage and then, protesting in true *jondo* style that a flamenco spectacle was contrary to his musical principles, walked out before the first run of the show was over.

No dancer of the era was complete, of course, without mounting his or her production of *El amor brujo*, and La Argentinita duly did her duty in 1932 with a cast that included La Macarrona, La Malena, Rafael Ortega and Antonio de Triana. It was in fact enormously successful and toured with 'Las Calles' all over Europe, including Paris's exclusive Théâtre des Champs-Elysées, a well-known flamenco venue by the 1930s. In 1935, La Argentinita went to New York for an overnight conquest, with audiences there taking to her rather as had Parisians to La Macarrona, and to La Argentina a generation later. She became the first true 'American flamenco', and there would be many others in the troublesome years ahead; La Argentinita paved the way and set in train an *afición* in the States that would make life much easier for those artists who, over three or four decades, would find the pluralistic attitude of Americans to foreign culture – dance in particular – more congenial than anything they could find in the chauvinistic confines of Europe, including Spain.

La Argentinita's breadth of exploration as a dance stylist provided an injection of genuine aesthetic intelligence into flamenco – and however much she was loved in America, it was in Spain that her legacy was most pervasive. Her *El amor brujo* was very much a Spanish affair, while she was also able to capture the attention of Massine for a dance version *Capriccio espagnol*; and she introduced singing, flamenco and otherwise, into dance spectaculars. If La Argentina's influence on Spanish dance as a whole had been benign, technically, La Argentinita's influence on the strongest element in it – flamenco – was crucially magnanimous to all those who were then safeguarding its authenticity – dancers, singers and guitarists alike.

In 1943, she put on 'El Café de Chinitas' – based on the famous Malaga *café cantante*, with poems by Lorca and sets by Dalí – in the Met in New York. Two years later she was dead,

198

cancer putting an abrupt end to a magnificent career well before she was fifty. She is remembered today, in the city which adopted her as its Spanish heroine, by a statue outside the Met, next to two other enduring myths of the generation before: Enrico Caruso and Anna Pavlova. With her passing vanished the second great era of flamenco dance. Between them, Antonia Mercé and Encarnación López transformed the highly idiosyncratic, *jondo* styles of La Macarrona and Pastora Imperio into stage art of a high order. Both Argentinians were miracle-workers with castanets, and with those, and their feet, sounded a pronounced percussive note in the dance-forms that had always been present, but which only now began to materialise as an essential element of style. Stylisation, indeed, was at the heart of their respective innovations; without calling them choreographers – though La Argentinita came near to being one – their talents led them to open flamenco to the possibilities choreography offers. At the same time, they hardened the outlines of the most danceable flamenco *palos* – *bulerías, alegrías, tientos*, amongst others – which, however well-defined in the *cantes*, had until their time been more a matter of instinct than technique. From now on, flamenco would have to be danced not just with passion and grace, but well.

La Argentina died on 18 July 1936. By midday of the same day, General Francisco Franco had mobilised his forces in Morocco, and those of other generals across the Peninsula, into an armed uprising against the legal government of Spain's Second Republic. The Civil War had begun. Lorca was murdered a month later. By 1939, Spain was poised on the edge of forty years of repressive dictatorship and facing the prospect of modernising herself with virtually none of the economic, industrial or political means other countries would have expected – or had – in place.

By 1945, the year of La Argentinita's death, Spain had become very different to what she had been in the twenties and thirties; and of course the world had lived through one of its worst traumas, which, some people say, had been suffered in miniature, in a kind of test-run, by the Spaniards between 1936 and 1939.

From the outbreak of the Civil War until 1975, Spain closed down, declining to join the new world order after 1945, when the West, at least, strove to implement the tenets of democracy, on the whole successfully. Curious about this strange country but rarely interfering, the world left Spain to her own devices. To contextualise flamenco's twentieth-century story so far, we need to look briefly at how this closure and isolation came about.

The disaster of 1898 – Spain's loss of Cuba, Puerto Rico and the Philippines – was one from which the country never recovered. It signalled the end of her empire and, more significantly, any leverage she might have exerted at an international level. From the dawning of the new century, Spain was on her own – with little industrialisation, no land, labour or social reform tested or on the agenda, and a hopelessly inadequate political system.

The years leading up to the First World War – in which Spain took no part – were crossed by complex attempts at reform, conservative reaction and violence, little different indeed to the pattern of events since the inauguration of the First Republic in 1873. At the heart of the turmoil was the inability of any government, elected or not, to form a constitution that would be acceptable to all the warring factions – politicians, churchmen, generals, regional separatists, trade unionists – and thus provide a workable legislative base for the delegation of power. Spain was a mosaic of fragments that refused to unite into even a semblance of an image.

The biggest problem was Catalonia. Barcelona, capital of a kingdom that over the centuries had been self-governing, would never submit to Madrid; Madrid would never allow Catalonia to secede. The secessionist problem was thus threefold: how to deal with Madrid's continual pressing of Castilian supremacy over that north-eastern corner which considered itself a separate nation; how to reconcile the radical nationalists with an appeasing stratum of the Catalan bourgeoisie which saw sudden attempts at secession a threat to long-term autonomy and stability, and more importantly to its prosperity; and how to quell the militant, often violent political activity of the workforce – organised into numerous amorphous trade-unionist bodies – fighting their own (the Catalan bourgeoisie), as well as the politicians in Madrid. The tensions culminated in Barcelona in a series of strikes in July 1909 – called the Tragic Week – which, turning into an outburst of traditional anti-clericalism, saw the burning of twenty churches and forty convents by left-wing Catalan nationalists, and the subsequent pillorying of an anarcho-syndicalist leader, Francesc Ferrer. His show trial and execution in October of that year shocked all of pre-war liberal Europe.

A series of intellectually able but politically flawed Prime Ministers – Antonio Maura, José Canalejas (assassinated while window-shopping in Madrid in 1912), Eduardo Dato (also shot), Luis García Prieto – for the decade and a half after the Tragic Week merely increased the governmental muddle Spain was digging for herself. The tenets of anarcho-syndicalism spread, with Catalonia and Andalusia becoming the principal areas of unrest, the latter's cause in particular being espoused by the radical separatist and visionary, Blas Infante. Poverty, deep-rooted in the South, led to an epidemic of strikes and the working-class articulation of a special brand of autonomy-seeking anarchism – quite different to Catalonia's – which hurtled the region into violent confrontation with Madrid right up until the Civil War.

None of this was offset in the long term by the First World War, which brought prosperity to Spain as a neutral producer. At the end of hostilities, her industry was once again plunged into disarray as orders fell, and Basque and Catalan proprietors, who more or less owned industrial Spain, tightened their hold for maximum national 'domestic' profit (it was of course their own). The political rot had set in by 1917, with an army revolt against parliamentary rule leading to the suspension (not for the first time) of the Cortes, the Parliament in Madrid, and widespread industrial unrest. From November 1918 to September 1923, Spain had a total of ten governments, not one of which lasted more than a year. With the economy lurching from crisis to crisis, and the labour revolts in Barcelona and Andalusia reaching fever pitch, Alfonso XIII began to lose faith in his politicians achieving any kind of equilibrium in the country of which he was head of state, and which seemed to be priming itself for self-destruction.

In 1921, assassinations in Barcelona – twenty-one in thirty-six hours at one point – and an unprecedented military disaster at Annual in Spanish Morocco – 5,000 square kilometres lost in a few days to Moorish tribesmen – signalled the beginning of the end. For two years, with the Catalan problem unresolved and inconclusive attempts made to lay the blame of Annual at *some* politician's feet, the king alleged that Spain's stability had been hijacked by Marxist separatists and subversive parliamentarians; he demanded protection from left-wing conspirators and advocated royal reform – a widening of his powers, that is. When neither was forthcoming, dictatorship seemed the only answer.

In September 1923, an ex-Captain General of Catalonia, Miguel Primo de Rivera, issued a manifesto to the army which suggested that the country should be rid of cynical politicians. Without support from the king against the army, the politicians under García Prieto, wishing to avoid the responsibility of bloodshed at all possible cost, resigned; whereupon Alfonso officially appointed Primo de Rivera president of a directory of unknown generals. Spain's First Republic and sixty years of parliamentary rule came to an end. As Raymond Carr put it, 'The era of mass politics was to be ushered in by a royal decree'.[5]

From 1923 to 1931, Spain experienced her first dictatorship of the century. Parliamentarism came to be seen as 'decadent', while the monarchy was endured by the new regime only because the people didn't seem to object to it. But nothing changed for the people, neither for the regional tendency – the nationalists of Catalonia, the anarchists of Andalusia, the separatists of the Basque lands – nor for the workers: Primo's motivating ideal was *la patria*, which he felt it was his personal duty to regenerate; the people – and that meant anyone who was not a landowner, a priest or in the army – wanted rights, which the anarcho-syndicalism of the century's first two decades had seemed, in a vague Utopian way, to promise. Their official unionist grouping, the CNT, however, was crushed out of existence under Primo; Francisco Largo Caballero, Socialist hero and leader of the Socialist union, the UGT, was constantly compromised and ineffectual as a people's representative against the dictator – though his time was yet to come.

Primo abolished the jury system, introduced press censorship, suppressed the Catalan flag and the use of Catalan in church, won back some military prestige in Morocco in 1927, and built *paradores*, a luxury chain of hotels intended to encourage tourism. Less vile than his then-aspiring fellow dictators in Germany and Italy, Primo's little gesture – like Hitler's Volkswagens and Mussolini's success with the train timetable – is about the only positive thing he is remembered for. At the time, the encouragement of tourism was but a gesture, and a futile one at that, an idea thrown up in the teeth of a rapidly mounting global economic depression; and the Spanish economy was only able to stave off complete collapse by Primo withdrawing from his wildly ambitious plans for public spending.

By 1929, none of the regeneration Primo had promised had come about; the state had overspent, a system of indirect taxation meant wholesale political repression and brought in little revenue, the army was restless, and the king, seeing all this, needed exoneration for his betrayal of the nation in 1923. It came when Primo issued an ultimatum to the Captains General, Spain's military chiefs, in January 1929: were they for or against him? Their vacillation, and the king's fury at the dictator's going to the army without his knowledge, forced Primo's resignation; within months he was dead, exiled and broken in Paris. (He was not the only Spanish leader to meet his nemesis in the French capital; the President of the Second Republic, Azaña, resigned there in 1939, while Largo Caballero met a sad death, broken like Primo, after internment by the Nazis in 1946.)

Attempting to placate the politicians, who quickly returned to the fray, Alfonso bungled the issue of monarchy completely – believing that with Primo gone unity could be obtained under a rallying cry to his conservative supporters, including the army. But Republicanism was on the up, and the various strands that constituted a revolutionary desire for a total *volte face* fare outweighed the nostalgic appeal, on the part of a populace ready to vote, for Spain as a kingdom. In April 1931, Alfonso XIII left for indefinite exile in Portugal, and Spain declared herself a republic – mark two.

The spectacle that unfolded was not an edifying one. There were great ideas, great hopes and visions, and occasional acts of inspiration. Ultimately, the Second Republic foundered just as Primo's regime had, on the wreckage of unfulfilled promises – though its attempts at reform were not helped by deliberate acts of sabotage from the Right. A measure of agrarian reform was brought in; a reorganisation of the military was attempted; the Catalans got a relatively good deal on autonomy – not outright secession but a 'Generalidad', whereby they were given a free hand to draft proposals for a separate state within the remit of the constituent Cortes. An obvious problem, however – namely the existence of *twenty-six* parties after the arrival of democracy in 1931 – limited the ability of the government, under the leadership of a gifted but remote Left-Republican, Manuel Azaña, to sustain any consistent policy or mandate over the three years of his rule.

The six years of the Republic are Byzantine in their political complexity, consisting for a start of eighteen ministries. The period taken as a whole can be divided into two: from 1931 to 1933, when, after the conservative Prime Minister Niceto Alcalá Zamora resigned in October 1931, Azaña ruled over a Republican-Socialist coalition; and from 1933 to 1936, when until February of the latter year the Republic became a right-wing one, which eventually fell to the Popular Front, triggering the army into revolt and national uprising in the summer of 1936. The years – or year – of hope were 1931–2, when a constitution was submitted to the Cortes and passed in June 1931, Catalonia was given its Generalidad, and Azaña was able to preside, in a spirit of grim satisfaction, over the quashing of a farcical attempted coup in General Sanjurjo's 1932 Seville *pronunciamiento*.

Azaña tripped, however, on agrarian reform. His government's 1932 law on the matter failed in every way to address the needs of any of the parties: the rich landowners – maintainers of the system of *caciquismo* – who basically constituted Spain's economy and were threatened with mass appropriation from below; the middle-range landowners, 70,000 of whom were threatened with the same; and the peasants, who had no voice or representation, and whose dispossession – an issue which had never been addressed – was at the root of the agrarian problem.

Hounded by Left and Right over this above all other issues, the coalition limped from compromise to compromise throughout 1933 until Azaña resigned in September. By this time, a new figure from the Right had emerged into the political limelight, namely José María Gil Robles, a brilliant Catholic apologist and rhetorician whose CEDA, a rigidly conservative party made up of fellow-Catholic stalwarts, came to the support of a much older conservative-Republican, Alejandro Lerroux, founder of Catalan Republicanism at the turn of the century. In the December elections, CEDA in fact came out as the strongest single party within the Cortes. The Azaña Republicans lost half their seats, while the Socialists were routed.

From now on, violence was in the air. Its bloodiest explosion was in October 1934, when a revolt by the miners in Asturias was brutally suppressed by the Tercio – the Spanish Foreign Legion – under orders from Lerroux. It was the first sign of a real insurrectionist lurch towards civil war which no one, not even men of tactical experience like Largo Caballero, or of vision like Azaña, had the will, capacity or parliamentary support to resist. Moreover, with the foundation in 1933 of a fanatical right-wing splinter group under the command of Primo de Rivera's son José Antonio – the Falange, whose political brief was to maintain a level of violence sufficient to 'save *la patria*' – the omens for national peace were not propitious.

The effect of the suppression of the 1934 rebellion was to foment new alliances between the groupings disaffected by the 1933 elections – the Left-Republicans, the Socialists, the Communists. Largo Caballero, imprisoned after the Asturias riots, reattained heroic status, although he was no friend of the Popular Front, who were victorious – just – over the National Front in the February 1936 elections. Azaña resigned as Prime Minister shortly after to become President of the Republic; Santiago

Casares Quiroga, a former minister of the interior under Azaña, became Prime Minister.

This was destined to be the most miserable ministry of all. By the summer, public order had all but broken down. Political assassinations were almost a daily event; one, that of the Monarchist deputy Calvo Sotelo in Madrid on 13 July, called the shots for the military uprising. By the following weekend, Spaniards had declared either for the Republic, or for the rebels, the Nationalists. By the end of July, Spain was a divided land, with Madrid, Barcelona, Valencia, the Basque Country, most of the South-East and a central swathe westwards to Badajoz in Republican hands; the western half of Andalusia, plus Granada, all of old Castile, Galicia, Navarre and western Aragon were held by the Nationalists.

The ensuing three-year struggle marks the lowest point in Spanish history. If anyone had believed that European wars involving the slaughter of one compatriot by another in the name of whatever ideas had run their course, the deaths of half a million Spaniards in the Civil War was a gruesome reminder that revolutions could, if all else failed, resort to modern warfare, and destroy a country. The parliamentary revolution in England in 1642 opened the door to the possibilities of representative politics; the French Revolution led to the most terrifying military empire of the nineteenth century, the Russian Revolution to the same thing in the twentieth. The Spanish revolution led to nothing. Those nostalgic for the fascist regime would be loath to describe forty years of Francoism as 'nothing', of course, and they would have a point; some good things did happen subsequent to his victory – a long time subsequent to it, and they weren't because of the Caudillo.

As for the war itself, tactical and/or military accounts can be read elsewhere. If – to state briefly – Franco had taken Madrid soon after his successful sweep north in 1936, the war might have been over within months. He was diverted, however, by a call for help from besieged Nationalists inside the *alcázar* at Toledo, and Madrid stayed Republican until March 1939 (though by then the capital had moved to Valencia). By July 1938, the division of Spain was not greatly different to what it had been two years before, although the Basque Country and Santander had fallen, as had Teruel in one of the great battles of the war.

Throughout the conflict, as is well known, terrible atrocities were committed by both sides: anyone merely suspected of left-wing tendencies and caught in round-ups after Nationalist victories across the Peninsula was invariably executed (those who weren't caught had to go into hiding, often for years, sometimes for decades); priests, nuns and landowners, amongst others, suffered awful fates at the hands of Republicans, particularly in Barcelona, which remained in the grip of anti-fascist fever until the city fell in January 1939.

Franco's driving force was that he had nothing to lose and everything, namely a nation united under him, to gain. He was an obstinate general, who never desired the deaths of hundreds of thousands of fellow Spaniards and who therefore went about the war more slowly than he might otherwise have done to minimise the killing. He was nonetheless a military man to the core and though not a fanatic – unlike many of his generals, who were – was goaded into prosecuting the war against the Republic by a fearless determination to deliver Spain back to her destiny: as an upholder of 'God, Country' and – well, the 'King' part of the old Carlist motto was himself. As a political simpleton, his self-elevation to head of state in November 1939 was the single most disastrous event of the first year of the war for the long-term future of Spain. From that moment, it might be said, the *fiesta* was over. Spain's adventure with democracy was to be derided for forty years as a national catastrophe, Franco's post-war propagandists little heeding that their own era was shaping up to be one almost as bad.

The Republicans were from the start in a state of hideous disarray. Ministries toppled, Prime Ministers came and went, their army lost crucial ground – though never prestige, hence the presence of the International Brigades – through a mixture of political bungling and military unpreparedness. Their real problem derived from an early and chronic inability to unite under one banner, one cause – the obverse of the Nationalists, whose single political objective was their greatest strength (to say nothing of their being much better armed). The lethal rivalry between the Communists and the Anarchists throughout the Republican campaign is famous, and did it untold harm; but it was the sheer plethora of denominations – Left-Republican, Conservative-Republican, Socialist, CNT, UGT, POUM (the Catalan anti-Stalinist Marxist Party) – that rendered a united effort not just to rule but to fight a war for the good of democratic Spain almost impossible. The Republican war, bravely fought on many fronts, was a defensive one, not sustained by common policy but collapsing over internecine squabbles and a long-term failure of nerve.[6]

The Civil War was Spain's first reckoning with the twentieth century, begun and concluded under clouds that belonged to the nineteenth, or before. It was the tragic dénouement to a long period in which no government and no system had come close to accommodating the violent forces at the heart of Spanish society – class, church and region – that craved resolution. Yet again, those questions would have to await their answer until the country, witness to the demise of fascism in Europe six years after the creed had become her own, acknowledged that she had no choice but to modernise if she were to survive. To that extent, Spain did pick her way back through the debris of civil war and drew – if only in attitude, from the sixties onward – from the aspirations of the first years of the Second Republic. Franco or no Franco, there was ultimately no stopping an energetic and inventive desire for prosperity and liberty, things which seemed to come relatively easily to western Europe after 1945 but continued to elude this long-abused nation.

Victory for the Nationalists on 1 April 1939 was total and unforgiving. Reprisals against their former enemies were widespread and barbaric. This aspect of Franco's peacetime regime did much to discredit it in the free world in the years to come. Without magnanimity in victory, there could be no expectation of trust or unification amongst the people. Indeed there was little in public life until the late 1970s. In the immediate aftermath of the Civil War, of course, world liberal opinion was paralysed by the events of September 1939. For many years, therefore, as many still remember, Franco got away with murder – literally.

The war did Spain no cultural favours. Lorca lay in an unmarked grave along with possibly thousands of others who had shared the same fate as the poet in those fearful Granada days of August and September 1936. Falla endured the war in his Alhambra *carmen* but left Spain for good in 1939, to live out seven melancholy years in Argentina, where he died in 1946. Musical life was henceforth eviscerated in Spain, with no new generation of composers of real note to follow in the maestro's steps.

The flower of the generation of writers which had taken root in the twenties and thirties – the Generation of 27 – either died or dispersed. Antonio Machado, having defended the Republic, found himself in 1939 in a pension in Collioure, just inside the French border with north-eastern Spain, near the refugee camps where fellow anti-Franco compatriots were holed up in atrocious conditions; his death from an asthmatic complication followed shortly after the final defeat of the Republican armies. Juan Ramón Jiménez went across the Atlantic, and after itinerant years in the Caribbean and South America settled in Washington DC, where he died in 1958. Vicente Aleixandre, a Republican from the start, managed to keep his head down and survive the grim post-war years; as time went by, he won qualified respect from the regime, to be vindicated – as a writer, at least – by the award of the Nobel Prize in 1977, twenty-one years after Jiménez and one year before Spain's first general elections in forty-three years. Rafael Alberti went to Argentina, then the USA, returning only after the restoration of democracy, while Miguel Hernández, son of a goatherd, and a protégé of Machado's and Jiménez's, died in an Alicante jail in 1942.

Miguel de Unamuno, the leading philosophical influence on the Generation of 27, and the most persistently incisive and articulate critic of Spain's rulers and politicians up until the war, died of grief in Salamanca on the last day of 1936, six months after the eruption of the conflict. In a decisive and destructive irony which is still felt today, Franco made Spain's oldest university city his military headquarters – in a bishop's palace, to be precise – and never again allowed it to reattain even a shadow of its centuries-old intellectual traditions, a markedly successful fulfilment of one of Primo de Rivera's crasser observations, 'Spain does not need universities'.[7] It would be almost as if Oswald Mosley, having orchestrated a violent polarisation of two ideological extremes in 1930s Britain, had set up in Oxford and conducted a fascist campaign from Christ Church Cathedral. But then Franco had half his country on his side, not just a few Blackshirt hooligans whose only success was outsize publicity for a nutty creed. Franco was very far from mad; that was the pity of it – with as many screws loose as most other mid-century dictators, he would certainly have gone sooner.

Culture simply shut down: writers were silenced; the press – one of the most liberal in Europe in the thirties – was subjected to rigid censorship; theatres were kept dark, painters scattered. And what happened to flamenco?

Throughout the experimental twenties and the clamorous thirties, flamenco had held its own, more or less, and emerged, if that is the right word, relatively unscathed after the war. That is not to say that as an art it had been enriched, its horizons broadened, by the experience; nor was it by any means universally popular – it hadn't been before and wouldn't suddenly become so now. As we have seen, its real currency held greater value outside Spain during this period than in. Dancers like La Argentina, La Argentinita and eventually Carmen Amaya took troupes of dancers, singers and players to adoring audiences across Europe and the States, with Paris and New York taking on the status of veritable flamenco dance capitals, Madrid and Barcelona losing out, at least up until the 1950s, almost completely.

The thirty-year period between the Granada Concurso in 1922 and the revival of festivals in the mid-1950s saw a major exportation of the art – dance especially, in circumstances which allowed it alone to develop and thrive, as it was both a viable theatrical proposition and a form that was seen to have real artistic merit. Flamenco dance became Spain's cultural imprimatur; for impresarios, it was a gift for the punters. For flamenco as a whole, however, the growth of the dance industry was an unhappy emphasis.

The Granada Concurso had been unable, in spite of noble intentions, to halt the decline of the authentic spirit of *cante* in the public arena. Throughout Spain, from the South to Madrid and points north, a new and ignoble excitement for something called *opera flamenca* set in from the mid-twenties, which was neither much to do with flamenco nor with opera, but constituted a frivolous hybrid of the two, drawing more from the light operetta form, *zarzuela*, than serious music theatre. Also called *operismo*, it is held in almost universal contempt for the trivialising effects it had on 'pure' flamenco, with particular focus being trained on the fact that it created nothing new. If there was anything flamenco about it, it lay in its borrowing from *fandango* and *liviana* forms, which it then debased with pretty words and pretty melodies. Instead of *coplas*, *operismo* offered a broad range of *cuplés* and generally made a mockery of the serious business of *cante jondo*. Singers began to dwell not on love and death, but on magic gardens and girls with ribbons in their hair. For purists, guardians of the old school and those of the next generation who needed to learn from an authentic flamenco base, it was all very bad news indeed.

The chief culprit had been identified in the form of a singer called Pepe Marchena, who like Melchor, the great guitarist, was from the little white-washed town south-west of Seville that gave them their assumed second name, but there the similarities ended. So strong was Marchena's influence in the propagation of *operismo* that his own style of singing – light, breezy, undemanding, Chevalier-like in its charm – obtained special status during the period of vulgarisation. Though flamencologists still rail against him and all his works, there was in essence nothing wrong with what he did; he was simply a singer with an attractive line in Andalusian song and made a very successful career out of it – enviably successful. He made a lot of money and timed his appearance on the scene right for television, where, it is said, he sang really atrociously and became ever more popular in his regular broadcasts. The problem, of course, stems from considering him a flamenco artist at all, or that he even 'popular-ised' *cante*. He popularised himself, invented a new brand of Andalusian song – *Marchenismo* – and sinned against flamenco purity only in so far as he thrived at a time when the public did not want to hear it.

Operismo, about which there is musically little to say, occurred at a time when the Spanish public, if it wanted anything, wanted diversion. Social and political ills were so extensive that no one needed to be reminded of the country's calamities in their enter-tainment. For minds disinclined to concentrate on music, preferring simply to *be* entertained – and without being to high-falutin about it, that probably goes for most of the human race – *cante jondo* is too intense; multiply that by roughly twenty million (the approximate population density at the time of the Civil War), and the extent to which flamenco was and always has been a minority interest can be gauged. There was no demand for it; its concerns were too remote, too *gitano gitano*. *Aficionados* of course there were, in the South and Madrid mainly, but as already noted, because there was no such thing as a flamenco school, or an organised movement whereby the art could stand up and be counted, it is impossible to make any statistical estimate of its accessibility and popularity – then as now. Moreover, in its preoccupations with the cruelties of exile and injustice, death and erotic despair, *cante jondo* is hardly music to relax to.

There is an anomaly about this. Flamenco grew from a popu-list social strain – working-class indeed, as is much of the culture (bullfighting above all) that surrounds it – which might imply that it would naturally be popul*ar* too. Not so: real flamenco is determined by its difficulty, and as far as *cante* is concerned can induce élitist attention, the *afición*. The results are the usual ones whenever cultural élitism is involved: ignorance, prejudice, arrogance, stupidity, immense numbers of bores, mile upon mile of wasted paper and occasional critical enlightenment (see Appendix One). The *baile* is different, as these years proved; there was no dampening of the general public's eagerness for dance spectaculars, from Vicente Escudero and La Argentinita through to Carmen Amaya and Antonio, the pivotal figures in

212

the dramatic mid-century evolution of flamenco dance. It would be fair to add that they were privileged by an uncommon international appeal; but such is the nature of dance – visual, physically stirring, in the case of flamenco palpably erotic. The possibilities for immediate sensual response are paraded before one – and flamenco, bad though it often is, is always hard to resist. (The guitar is another, largely reassuring, story – see Chapters Eight and Nine.) For song and singers, it was a grim era, however, with their art being more marginalised than ever. In the 'Years of Hunger', as the 1940s and 50s in Spain are often called, public awareness of flamenco might reasonably have added up to no more than a variety of mediocre dance troupes, with only glimpses of Amaya and Antonio, who spent much of their time abroad, the singing of Marchena and others like him – Pepe Pinto, husband of La Niña de los Peines, Juanito Valderrama, a singer who brought *Marchenismo* to new depths, even Manolo Caracol in his less scrupulous mode (frequent enough) – and possibly La Niña herself, famous for her *saetas*.

The curious thing is that while all this was going on, some of the great names of flamenco legend, if not exactly being lionised and sought after by the world at large, were at least making a more or less decent living, mainly through private engagements, or *juergas*. There was an aristocratic demand (and therefore a specialised one), in Seville, Jerez and Cadiz in particular, for performances of the music, song and dance that the *señoritos* of the best families were happy to support as an inescapable ingredient of the culture of their *tierra* – like the sun, horses, sherry, the Guadalquivir. Clinging to its roots, flamenco could be found in the voices of a number of singers who for the most part resisted commercial pressures – indeed often refused to become professional – and for whom the political upheavals of the first four decades and their aftermath were so much politics. Flamenco is the most unpoliticised of idioms: below politics in that its verbal infrastructure lacks the means by which to address topical public issues; above politics because its concerns claw at the human fundamentals – love, death, joy, misery.

The first legendary figure to embody all this *par excellence* in the twentieth century – though he was as much a part of the great age of *cante* at the end of the nineteenth as Chacón and Breva – was the man from whom all subsequent singers of the *jondo* breed took their cue, the 'Niño de Jerez' as he was known in his early days: Manuel Torre.

He was born in 1878 in the San Miguel quarter of Jerez of gypsy parents, labourers both on the cattle ranches and vineyards in the surrounding countryside. There, and in Jerez's flamenco quarter of Santiago, Manuel began to pick up the songs of his race, paying special attention to his singer uncle, Joaquín La Cherna, and to the form in which Torre was to excel, the *siguiriya* – indeed, there is a case to press that he was the last *jondo* original in the form. By the late 1890s, he was on his way to Seville where he made his mark in the *café cantante*, Las Novedades, and was fully contracted at El Salón Filarmónico y Oriente in 1902.

At the time, Silverio had only been dead a few years. Chacón, undisputed master even while the likes of El Mellizo, El Chato and Juan Breva were alive, was at his peak. Torre thus arrived in the flamenco capital just as the *cafés cantantes* were turning into playgrounds for the bourgeoisie and patterns for the song-forms at the heart of the *jondo* repertoire had, meanwhile, been firmly established by the aforementioned singers. From an early age, Torre was primed to take on the mantle of master *cantaor*, perpetuating during his career a highly authentic gypsy flamenco in a climate increasingly inimical to it.[8] He was noticed by all his seniors, obtaining from Chacón somewhat qualified praise – bearing in mind that he too was from Jerez, like Torre, but not a gypsy: 'At his best, Manuel Torre is the greatest *cantaor* or gypsy *cante* I have ever heard. . . .'[9]

That 'at his best' is significant, in that anybody who had been around Torre knew that his powers were extremely erratic, his extraordinary voice marred only by moodiness and frequent temperamental refusals to perform even when he had been paid handsome sums to do so. Throughout his life he remained illiterate, and indulged in a variety of eccentric habits, including surrounding himself with racing hounds and fighting cocks, and checking the time constantly – some said maniacally – on any one of his large collection of fob-watches. He was by all accounts a peculiarly difficult man, but is revered nonetheless in the flamenco community to this day, more perhaps than Chacón, for the depths plumbed and heights reached by a voice shot through with the quintessence of *jondura*.

When 'at his best', he caused strange things to happen to people. One story has him being bitten on the cheek by a listener at a private *juerga* while half-way through a *siguiriya*; another has the audience upsetting chairs and ripping their shirts during a 1930 public performance. Yet another tells of a *juerga* organised in 1920 by a Don Felipe Munube for some Galician friends of his; throughout the night, it is said, the Galicians were bored rigid by a line-up of artists that *aficionados* of the time would have sold their houses to see – La Niña de los Peines, La Macarrona, Chacón, a famous singer of that era from Cadiz called Fosforito. When at ten o'clock the next morning Don Felipe was about to give up the *juerga* in desperation, Torre came forward. He immediately electrified everyone there and, when into the third *siguiriya*, one of the Galicians was so moved that he turned the table he was at upside down. The table was put back and Torre continued. Ignacio Sánchez Mejías, the bullfighter, who was also there, then did the same thing, and ripped his shirt open; everyone else was quietly sobbing in corners of the room. None, when Torre finished, could bring him- or herself to sing after what had just been heard.[10] These were commonly known as the 'black nights' of Manuel Torre and though no doubt exaggerated in recollection, there is no getting away from the numerous testimonies of Torre's mysterious power to evoke primitive and chaotic emotions in those who had the stamina to listen to him. Such stories are, of course, the stuff of which legends are made.

If violently galvanised himself while he sang, the effect must have been all the more dramatic. The guitarist Diego del Gastor was witness to such behaviour:

I have seen Manuel transformed three times, when the veins stood out on his face and he tore at his clothing, as if that helped him release his torrent of passion. His face and eyes would become wild and crazy, and his *cante* absolutely unbearable, until you found yourself also ripping off your shirt and shouting or weeping uncontrollably.[11]

There was a religious strain to Torre's character too, which achieved spectacular expression in the *saetas* for which he was almost as famous as La Niña de los Peines. One glorious description has a crowd gathered in Seville's plaza de la Encarnación on Good Friday with everyone waving their handkerchiefs – 'in an immense palpitation of white doves' – at Torre up on a balcony after the 'best *saeta* ever sung in Seville'.[12] Pohren relates another tale of a *two-hour*-long *saeta* sung by Torre in the late 1920s to the Virgin of the Macarena, the most treasured of the Holy Week images, bringing the traffic in the city to a standstill. Today, of course, he wouldn't be allowed more than two minutes.

Two minutes for a *saeta* now amply rewards a singer hired for whichever procession is deemed worthy of one, though he or she will rarely be of any special distinction. Two minutes or two hours made no difference to Torre, nor did pesetas; throughout his life he was completely impractical over money. When he died in July 1933, he was as impoverished as most singers before him, and, so the story goes, abandoned by all his friends. He made no compromise with society, lacking not only literacy but any trace of the social graces – and as his poverty and eccentricities deepened towards the end he seems to have alienated anyone who had ever cared for him. Nonetheless, it was a black day for flamenco when Torre died; his legacy of *siguiriyas* 'seems to me', said a later singer, José Menese, 'like the poetry of Machado'.[13] If by that he meant the following words from one of them, sung by Torre in Triana in 1930, then such canonisation is apt indeed:

> *. . . lo rogué yo a Dios*
> *que aliviara las ducas*
> *a la mare mia de mi corazón.*

> (I begged God
> to alleviate the suffering
> of the mother of my heart.)

One person who cared for him was La Niña de los Peines. Though Torre did marry – a dancer as eccentric as he was, called La Gamba – and had two children, his great love before he became really famous was this gifted gypsy *sevillana*, twelve years his junior and born, in the Alameda district, Pastora Pavón. At eight, she was singing at Madrid's Café de la Marina, to which Pastora Imperio – the same age and then living opposite the café – would escape across the road to listen through the half-open door to this girl-wonder of the *cante* (just as she, the dancing Pastora, was shortly to be hailed in the *baile*).

The singing Pastora got her name – the Girl of the Combs – from a *tango* she made her own:

> *Péinate tú con mis peines;*
> *mis peines son de canela;*
> *la gachí que se peina con mis peines,*
> *canela lleva de veras.*

> (Comb your hair with my combs;
> my combs are the sweetest things;
> the dame who combs herself with my combs
> becomes the sweetest of all.)

By the 1920s, she was being paid 800 pesetas a day to appear at the Teatro Romea with the likes of Imperio and La Argentina, and, described as the new Dolores La Parrala, rose to heights of fame not enjoyed by a *cantaora* before. Her repertoire was also probably wider than anybody else's, male or female, up until that time. She had been described as the real bridge from the nineteenth to the twentieth century, more of a force in the evolution of *cante* from its *fin-de-siècle* roughness to the polished professionalism of the thirties and forties than either Chacón or Torre. For a start she lasted much longer than either of them; she also had an almost operatic range of singing styles, from the *jondo siguiriyas*, *tangos* and *peteneras* (a form she single-handedly reintroduced as a serious *cante*) through *saetas*, *tarantas* and *malagueñas* to the ornamental whimsies of *operismo* (no doubt encouraged by her lightweight *cantaor* husband, Pepe Pinto). Her youthful success was due to a pleasing, mellow *voz redonda* –

217

emitted directly from the lungs without too much 'throat' – which could be turned to winning use for a general public becoming less and less interested in *cante jondo* and more and more attuned to the feathery flamenco that prevailed from the twenties on. For the sort of private gatherings, *juergas* and *fiestas*, where Torre had forged his legendary reputation, meanwhile, La Niña proved at an early stage that she was well able to pack daring *jondo* punches. As time went by, and a combination of age and *aguardiente* – of which she was an enthusiastic imbiber – roughened her vocal chords, her appeal became limited to the *aficionados* who valued a *voz natural* (the kind of voice Torre had developed from the primitive *voz afillá*), which is how her singing was characterised in later years: unshowy and unexploited.

From humble beginnings in Seville, where she started in the Café de Ceferino, she ended up in Madrid via Bilbao – an unlikely setting for flamenco, but there she learnt much of her art. After her *jondo* apprenticeship in Madrid, and especially on tour with the Cadiz guitarist Juan Habichuela, she took to the road in earnest in the late 1920s and was a vigorous force on the *opera-flamenca* circuit. In a sense, La Niña and *operismo* were at the time inseparable; she was an enchanting entertainer and could turn on a delicious voice when she wanted. She was also helped on her way by an impresario called Carlos Vedrines, who had caught on to the extent to which versatility like La Niña's could be exploited for the quickest possible return. Where she differed, however, from Marchena was in her obvious artistry when appearing with people like Chacón, with whom she shared singing performances in Madrid before his death in 1929, and with Ramón Montoya, who accompanied her at Madrid's Circo Price in the same year.

It was ironic, then, that she worked a lot with Marchena up until the Civil War. She became the most famous *cantaora* ever as a result, and while many flamenco performers – singers above all – were forgotten after the war, she almost alone was still esteemed in the public eye years later for her brilliance on stage, and by *aficionados* for her inimitable interpretation of proper *cante*. Indeed, La Niña de los Peines was considered to be the equal of Chacón and Torre, inheritor like them of the great *male cante* of singers like El Nitri and El Mellizo. Because she was the sole publicly performing survivor of that generation after the war, the length of her career was surpassed only by the glory that came to be attached to it.

After periods of retirement in the forties and fifties, though she was never inactive, a tribute was mounted to her in 1961 in Cordoba, with Antonio Mairena, Juan Talegas and a new star singer, Terremoto, participating. A long illness at the end of the sixties, an arteriosclerotic infection which caused her to lose her mental faculties, put her completely out of action in a way she never had been before. She died in 1969, a gypsy antique from a lost age – six months after the first men walked on the moon, five after the Woodstock open-air rock festival in the States and one after the Beatles' *Abbey Road* album was on its way to record sales of five million copies. Music, the world and even Spain had changed.

There is no doubt that La Niña's illustrious career over-shadowed her brother Tomás Pavón's, at least in his lifetime. He did himself no favours by leading a quiet life in Seville, in contrast to the usual errant riot gypsies were expected to make of their passage through the flamenco world; nor by being intro-verted by nature, nor by dying – quite unfairly, considering his sister's excesses – almost twenty years before her. Yet the years 1930–50 are normally assigned to Pavón as the pre-eminent maestro of the time, for which, the quietness of his personality notwithstanding, there are two reasons.

First, these were the years of *operismo* triumphant; *cante* proper had been sidelined as a significant factor in Spanish popular-musical life since the Granada Concurso. With the deaths of Chacón, and Torre prematurely, so close to one another, there gaped a sudden hole for the next maestro to fill, at least as far as those in the know were concerned. There was a group of singers in the ascendant in the forties, all four years younger than Pavón, but their renown was at this point limited to their friends; and Caracol was still learning, though he was fast becoming a student of fame, which was soon to set him apart from those more uncompromising *cantaores* who had little inter-est in it. Pavón had all the gravitas and the wideness of repertoire

219

– above all the right gypsy *jondura* in the *siguiriya, soleá, bulería* and *tiento* forms – to enable him to inherit the mantle of maestro-dom with ease – and yet; he had even less interest than Torre or his successors in renown, avoided singing in cafés and rarely recorded. He sang only in front of friends and family, and his reputation was built almost entirely on what other singers and players had heard and said of him. With *operas flamencas* clanging their way through the theatres of Spain and the Civil War brewing – both of which had a suffocating effect on *cante* – it says everything about the dry, elusive genius of Pavón that by the 1950s his mark was not noisily but indelibly stamped on a period which had been so unfavourable to flamenco.

Second, he is remembered not only for the classical forms of *cante* but also for his unorthodox predilection for forms that everyone thought had been long extinct: the *debla, toná* and old forms of the *martinete*. The fact that virtually no one wanted to hear them did not deter him; and the fact that he is specifically remembered for them suggests an impact that he alone was able to generate with unusual profundity.

He was a man of distinguished musical taste, aristocratically contemptuous of the silliness of much of the flamenco around him during the two decades of his supremacy. He was an artistic equal to Torre – and it is important to stress that both were genuine creators of songs rather than just borrowers – while being his temperamental opposite. A certain Camilo Murillo described him well: 'Tomás wasn't a man of this epoch. For him, to sing meant friendship, conversation, a rolled cigarette to smoke . . . and that unpayable "well being" of Andalusians. Tomás was a being from another planet much more beautiful than this one. . . . His sentiment and delicacy were pure.'[14] He died in July 1952, only a few years before the art of flamenco in its renewed complexity picked up from where it had seemed to go astray in the opening years of the century.

The quartet of singers all over fifty in 1950 can hardly be said to have been either in the prime of manhood or new voices on the flamenco scene; but they were all a vital link from the dying of the golden to the post-war age, the age when things changed faster in all areas of life in Spain than they had for centuries.

Flamenco, up to a point, reflected those changes; it also began, very slowly, to be taken more seriously. This was due in no small measure to these four singers, though of course there were others too – if only we had time for them all. Pepe Torre, Juan Talegas, Aurelio Sellé and Pepe de la Matrona survived *operismo*; they survived the Civil War; they were seen in the 1950s as upholders of a tradition that should not be allowed to die, and their *cante* was held in an esteem that might not have been accorded them in Pavón's years. Luckily for posterity, they were still in fine voice just as the techniques of recording were beginning to mature – though inevitably there are those who say that the gramophone revolution had been the curse of authentic *cante*.

Pepe Torre is the least talked-about today, as he was Manuel's younger brother – by almost ten years – and was content to live in his shadow while the volcanic *jerezano* was still active. Indeed, Pepe was spared the agricultural labour the family had traditionally plied by Manuel's successes in Seville at the turn of the century, accompanying him around the various *cafés cantantes*, where he became known as Manuel's singing kid brother. His twenty-year association with Pastora Imperio's dance company gave him some respite from incessant linkage with his brother, though it was never linkage he chose to avoid. By all accounts a fine singer in his own right, he was valued above all by *aficionados* and younger singers in his later years for an encyclopaedic knowledge of all the song-forms, and of those sung by particular individuals – El Mellizo, Paco La Luz, a cave-dwelling singer called Joaquín El de la Paula from Alcalá de Guadaira, the Pavóns and so on. Pepe Torre was always an exuberant figure around Seville's Alameda de Hércules, which up until the Civil War was the hub of flamenco social and artistic life, in a sense Seville's twentieth-century Triana. After the war things quietened down and Pepe was gradually forgotten by all but a few specialists. He died, having lived for years in near-poverty just off the Alameda, in 1967.

Four-year intervals then separated the deaths in 1971 and 1974, respectively, of a pair of crucial *cantaores* whose causes were taken up in an unusual manner: by writers. Juan Talegas, a gypsy from Alcalá and the nephew of Joaquín El de la Paula, was an exponent of genuine *jondura*, and resisted professionalism and commerce to the last. Living most of his life in one of Seville's most unprepossessing satellite towns, Dos Hermanas ('Two Sisters'), he was a cattle- and horse-dealer by trade and made a national name for himself by winning prizes for his *siguiriyas, martinetes* and *soleares* in the Cordoba Concurso Nacional of 1959, when he was already seventy-two. He was of special interest to flamencologists, because he was said (by Antonio Mairena, amongst others) to be in possession of a singing style that went, via his father Agustín, and El Nitri, directly back to El Fillo. Of that earlier generation – El Nitri, Joaquín, El Loco Mateo and Torre – Talegas speaks extensively, in direct quotation, in Angel Alvarez Caballero's *Historia del cante flamenco* (1981), which uses the *cantaor* as a living memory for a hundred years of flamenco tradition, some of it known about, much not; it makes for fascinating reading. Talegas was persuaded to make some recordings in the end, though a heart-attack curtailed his flamenco activities in the early sixties – by which time, he had achieved unchallenged status as one of the last dyed-in-the-wool gypsy *cantaores* of the Seville region.

Aurelio Sellé, known as Aurelio de Cadiz (also as 'El Tuerto' – 'the One-Eyed' – because of blindness in his right eye), a non-gypsy, was for years the *cantaor* supreme of the city of Cadiz and surrounding ports. Like Talegas, he remained resolutely non-professional for most of his life, though he did make some recordings, the best of which is something called the 'London Anthology of Cante Flamenco', produced in the mid-sixties. His voice was prized for its authoritative, calm and suggestive treatment of the classic song-forms – a *voz redonda* that never forced anything, was always in complete control and yet was capable of engendering the profoundest of emotions. Gerald Howson, in his book, *The Flamencos of Cadiz Bay* (1965), the story of two years spent in Cadiz as a young English teacher learning the flamenco guitar and which has Sellé as its dignified singing protagonist, described listening to the *cantaor* on one occasion towards the end of his stay:

The sensation was indescribable and uncanny; similar perhaps to hearing a medium speak out of a trance. But tragic and aesthetically dazzling also. It really was as though an incorporal 'creature' had filled the room and possessed Aurelio's voice so that he no longer sounded like himself; for one stupefying and exalted moment, whose length of time we had no means of judging, we were deafened by a thunderous oracle proclaiming the bleak truth about our lives, and despair.

A great character, generous, widely respected for his artistic seriousness but rarely performing in public, Aurelio had started out hoping to be a bullfighter. After the First World War, he had even tried his luck in South America, where many aspiring *toreros* went at this time to cut their teeth and earn more than they could have as struggling *novilleros* in Spain. It didn't work out; coming back to Spain when he was twenty-six, he found his vocation as a singer; and, much as he liked it, necessity was clearly involved, as he had to support his mother (his father died when he was eleven), sister and brother, who lived together with Aurelio in the family home which had hatched a total of twenty-two Sellés! In the mid-twenties, he toured with Pastora Imperio's company and was noticed as a singer of rising importance.

Curious feathers in his cap include being the one invited flamenco guest of honour on the maiden transatlantic voyage of the Spanish liner *Cavadonga*, while in 1952 he was asked to represent authentic Andalusian song at the Spanish Embassy in London as part of the celebrations for Queen Elizabeth II's coronation. He was more or less retired when Howson wrote about him and throughout the book he stands for a flamenco era which had survived on an ethos – principally that of the *juerga* – which new commercial forces in the fifties and sixties seemed to be dismantling altogether. The era of the official festival, the concert and the stage show loomed large, and with it customs were changing. Invited to sing at a *juerga* early on in the book, a party of musicians, including Howson, are obliged

223

to find a taxi to take them to a palatial house in the plaza San Antonio. Aurelio expostulates:

> 'What a fall from the courtesy of the past! It used to be that on occasions like this a car would be sent to await us without a word being spoken. Now we have to do everything ourselves. I don't know – the times we live in – I'm bored. Bored with the times, I am!'[15]

The last component of this group of four all born in 1887 is José Núñez, Pepe de la Matrona. A *payo* like Sellé, he claimed to have started singing in 1899, gaining his first public experience at a *café cantante* in Villamartín outside Seville in 1901 and continuing his education in the bars of the Alameda. In 1907, he went to Madrid, which became his home until he died in 1980; Andalusians considered this move an unforgivable betrayal of his roots and often accused his *cante* of becoming 'madrilenised', but it didn't alter Matrona's unique dominance of flamenco song for most of the twentieth century. His career spanned the end of the golden age, the decline of serious *cante*, *operismo*, the Civil War and the Years of Hunger, the flamenco renaissance of the 1950s and the new age of innovation ushered in in the seventies.

Once installed in the capital, Matrona did the rounds of the *cafés cantantes* and drank deep of the well of *cante jondo*, as would have any young singer of the time in Spain's first city, then just beginning what was to become, over the decades, a massive absorption of immigrant southern culture. He made two visits, in 1914 and 1917, to Cuba, which gave his lighter flamenco singing a distinctly Caribbean flavour, while his inflections in the major *cantes* were idiosyncratic indeed. As Pohren put it, 'His manner of delivery is unique . . . he flamenco-izes his pronunciation to the point of exaggeration . . . his vocal inflections are slow, deliberate, pronounced, his *redonda* voice powerful and penetrating.'[16] There is no mistaking Matrona's style, with its guttural swallowings, growlings and meticulous *appoggiatura*.

Matrona secured his status as living legend in 1956, the year

of the first Cordoba Concurso Nacional – the single most significant symbol of a turnabout in flamenco's fortunes – and
one year after the first major recordings of flamenco song, the
three-disc Hispavox *Antología del cante flamenco*. Matrona was to
make his own recordings in the years to come, featuring extensively on the monumentally expanded twenty-volume Hispavox
edition of flamenco song, called *Magna antología del cante flamenco*, published in 1982 under the direction of a leading flamencologist, José Blas Vega. The first Hispavox enterprise,
thought up and produced by guitarist Perico del Lunar, was a
milestone, however, catching as it did a brace of singers at their
as yet uncommercialised best, Matrona perhaps above all.

And then there was Caracol. It is difficult to know quite what
impact this name should or will have on readers of this book.
Some may know it – know even his songs; others perhaps may
have heard of him. Apart from his being introduced in Chapter
Six, it is likely that the words 'Manolo Caracol' will mean nothing to most – just another silly flamenco name. We learnt earlier
how he got the name and it is one whose resonance through
flamenco terrain can (like Terremoto's – see p. 74) still be
measured on a musical Richter scale. He was a phenomenon,
one of the greats.[17]

Unlike many of the other greats of the pre- and post-war eras
– La Niña, Sellé, Matrona, Escudero, Mairena, Sabicas – he
was a bomb that seemed to go off all at once, rather than a gun
with an endless supply of bullets. Their longevity (all but the
last two were born in the nineteenth century) serves to heighten
the relative shortness of his life and times (1909–73); he lived
with probably twice the intensity of other comparable artists in
his field and let himself be led in a diffusion of directions that
they would have abhorred, and did. The man who has been
described, sometimes in the same breath, as both the best and
the worst *cantaor* in flamenco history, was cut off prematurely
in his early sixties by an unnecessary car accident, probably
alcohol-related; somehow that reinforces a legendary status
which the above-mentioned may have had to work harder, even
suffer more, for.

There's no denying that Caracol *did* work hard and suffered in his own way. But he also had a thumping head start, being born into one of the great gypsy clans of Seville, the Ortegas. Forebears included El Planeta (see p. 113), and two famous bullfighter brothers, Joselito and Rafael El Gallo. We have already seen how he shot to eminence at the Granada Concurso, but he had started his flamenco life well before that. In the bars and inns around Seville – away from the centre, that is – he would attend all-night *juergas* with his singing father, which invariably ended, he later remembered, with the *señoritos* taking *churros* and *aguardiente* in the Alameda de Hércules a couple of hours before he was due at school.

After Granada, he sang with both El Tenazas – the Concurso winner – and Chacón, the latter engagement a remarkable honour for a mere teenager. He was soon on his way to Madrid, and by the mid-twenties was touring and singing in the capital's theatres with Chacón, Torre and La Niña, an apprenticeship that marked him for life; it certainly ensured that whatever waverings over the *jondo* repertoire he may have had in favour of easy pesetas and dollars later in his career, his natural fla- menco talent was harnessed at an early stage by imitation of the masters. By 1930, he was way ahead, the precocious darling of the *juerga* circuit; he settled in Madrid in 1935 aged twenty-six, his destiny as the leading *cantaor* of the second third of the twentieth century assured. It was at these private gatherings, indeed, that his *jondo* credentials were laid down, as it was in front of friends or a small number of paying individuals that he, like Tomás Pavón, performed best. The difference with Pavón is that Caracol wanted a public, a big public, and he was soon to get one. What he paid for it, in terms of his then searingly powerful and uncontaminated voice, has been debated ever since. The important thing is that at this time he was having a ball:

> The *señoritos* called me up to get me to sing for them, and so off we went. With the bullfighters we drank a lot of wine before and the parties lasted two days. With a particularly well-known *matador* I spent seven consecutive days partying in Jerez. We slept a little, resting the head on the back of the

226

chair, and then started to drink and sing all over again. The flamencos used to call these seven days of *cante* 'the tragic week'.[18]

The Civil War was a minor interruption; in the early forties, Caracol teamed up with Juanito Valderrama and Pepe Pinto in a show called 'Cuatro faraones' ('Four Pharaohs'), marking an unashamed capitulation to *operismo* but which did everything for his popularity. His profile in Spain from now on was a bit like Frank Sinatra's in the States – he became a national asset. Establishing a singing and acting partnership with Lola Flores in 1943 sealed the Caracol myth; they made films together, of which the best was *La Niña de la Venta* (*The Girl from the Inn*), and travelled for nigh on a decade with shows featuring orchestral *zambras* – flamencoised music hall, basically – which convinced everybody who knew how he could sing that he had really gone to the dogs. But these were years when art, especially difficult art like flamenco, was low on the agenda; if you were a star performer and in demand, like both La Niña de los Peines and Caracol, the best that could be tolerated was showy pap, lights, feathers, sequins, the lot, and these two in particular acquiesced (moreover it caused the regime no worry). Caracol found time to let off real steam in bouts of high living and big spending behind the scenes, and made an inartistic name for himself as being notoriously fickle in his friendships in the process. He collected enemies amongst impresarios and *aficionados* alike throughout the fifties, and had a disreputable effect on the survival of the *cantes* at large which only he, paradoxically, could interpret with authority. He proved this by making a magnificent recording in 1958 called 'Una historia del cante', which stopped his detractors dead in their tracks.

The next three years were spent in Latin America (he had parted way with Lola Flores at the end of the fifties), where, in Mexico City, he had his first stab at running a flamenco club. On his return to Madrid in 1961, he was given a tumultuous reception at Barrajas airport – star treatment indeed, and all his sins forgiven – and was soon collaborating with Pilar López, as he had done ten years before in 'La copla nueva' ('The New

Copla'), at the Teatro Calderón; this new show was called, suitably, 'La copla ha vuelto', 'The Copla Has Returned'. His Madrid club, Los Canasteros, opened in 1963 in the calle Barbieri near Chueca and was one of the essential flamenco haunts of the sixties. Until the end of his life a decade later this was Caracol's stamping-ground, where members of his family performed, as well as many artists still to make their names: the dancers El Farruco, El Güito, Mario Maya and La Tati, and guitarists Manuel Morao and Pepe Habichuela. The sixties were also years of homages, Jerez and Malaga in particular honouring him with prizes, plaques and medals; this culminated in the late sixties with the presentation of the Order of Isabel the Catholic and a festival mounted on his behalf in Seville in 1970, where in spite of fading powers he is said to have been on better form than he had been for a decade or more. When he died three years later, mourning was universal throughout Spain, and tributes in the form of yet more festivals took place all over Andalusia.

Caracol's embrace of commercialism must be seen in the context of so many singers of his time who remained unprofessional; if he chose to be a career flamenco singer, he was one of the very few who never forgot his roots. He rose above the commonalty of flamenco voices through sheer exuberant genius. Accompanied by a guitarist like Melchor de Marchena, who was his favourite player to the last, he could dig from the pit of his stomach sounds – 'worn, roaring and loud' ('*rozala, ronco y recia*') – late into his life that left listeners shaking. 'That metallic sombreness, those great rendings, that broken and dramatic voice register of Manolo Caracol, that Caruso of the caverns, seem to reflect . . . the dislocated world of the gypsy-Andalusian race, and of the calvary of the Andalusian people through the drawn-out ages,' wrote one writer who heard him on a variety of occasions.[19] Called the Brahms of flamenco by another, Anselmo González Climent (the first flamencologist), Caracol lies on the pivot – if you will on the calvary – of twentieth-century *cante* and can never be repeated.

There is an abundance of other names from this era, a pullulation of fruit from the Seville–Jerez–Cadiz tree that would fill hundreds of baskets and thousands more pages than this volume can accommodate. Those mentioned so far – Torre, La Niña de los Peines, Pavón, Pepe Torre, Talegas, Sellé, Matrona, above all Caracol – are (without even having introduced Antonio Mairena) in the forefront of those artists who laid down the tracks of twentieth-century *cante*. It is, in spite of so many adverse conditions, factors and circumstances which discriminate against flamenco, an extraordinarily rich crop. Modern singers can and do deviate from the tracks as and when they please, but the inheritance is fixed in history by what these senior figures achieved and created. The emphasis on *creation* has to be made, as it is what distinguishes in the minds of many that generation of singers from the present one. Contemporary singers would object strongly to the idea that they don't – or can't – invent, but that is the complaint I have heard more often than *aficionados* and older singers than any other, especially in Andalusia. There is a sense that little *cante* today is created out of necessity; asked why this was so, a singer from Jaen called El Gallina replied, 'For the old singers, it grew out of hunger and similar problems. How could I do what they did with 200 pesetas always in my wallet, this tobacco, this newspaper and these clothes . . . ?'[20] Contemporary *cante* amounts to an achievement of a different kind, as we shall see; what was right or relevant thirty years ago in this tradition-drenched idiom has been pressurised, perhaps more than in anyother flamenco constituent, into adapting to modern taste, not always with admirable results.

We need to take stock. This concentration on *cante* may seem unnecessarily prolonged; but as I have been at pains to point out, flamenco as it is understood by those who practise, listen to and live it do so against a history of song. The dance, in the fifties and sixties the international byword for flamenco, was a belated phenomenon in relation to *cante* and, on the global stage at least, one that surged in fits and starts. Its province, unlike *cante*, was the world and the names associated with it are consequently much better known. As an art it didn't really mature until after the war, since when flamenco has invariably meant dance to anyone – outside Spain – unaware of its deeper origins.

Because it was such an *ad hoc*, spontaneous and largely unorganised affair (competitions and festivals notwithstanding), for decades *cante* had few powers to break through the borders of its Andalusian domain. This changed somewhat in the post-war era when the touring troupes of Antonio and Pilar López took along with them singers of renown like Antonio Mairena. Still, audiences flocked to theatres to watch and applaud the giddy movements before them, rather than listen to the strange incidental wails from somewhere backstage; so it is today. The *afición* for *cante* remains *afición*, while the exoticism and drama of the *baile* were and are ideally suited for general public consumption the world over.

It is hard to know whether the emergence of a number of widely acknowledged dance geniuses in the fifties was coincidental or integral to flamenco's general renaissance at the time. If a new seriousness had returned to *cante* due to the concerted efforts of a few individuals in the Years of Hunger – appropriate, as these were serious times – then it is all the more remarkable that the *baile* was able to lift off at all; there was no infrastructure for it, few academies or schools, and a noticeable tendency on the part of the Franco regime to encourage the cod flamenco dancing of the *costas*, a contaminating offshoot of its drive to bring in desperately needed foreign currency. Moreover, the great dancers, as we shall see, had worked and, after the Civil War, continued to work more out of Spain than in – a well-trodden path for Spanish dancers of all kinds – while tourism made destructive inroads into the heartland of *baile*: Andalusia and its natives.

The legacy of Antonia Mercé and Encarnación López had not gone unheeded, however. They had truly animated their art, taken it down unexplored byways, developed and got it on the road. They were world names. Another who has now joined them in that pre-war dance Elysium was a curious and inventive individual from Valladolid, only he stayed in his exalted position long after the war and lived to twice their age. His name was Vicente Escudero. His influence on the *baile* was as profound as that of the two Argentinians, and he went about his career with a missionary zeal that sustained him and the dignity of his art long after he was past his prime.

His start was not auspicious. Born in 1885 into a middle-class family in Valladolid[21] – a historic city at the heart of Castile – his father refused to countenance the idea of his son becoming a dancer and packed him off to work in print shops. Vicente was an adept absconder, however, and spent much of his time in the city's gypsy neighbourhoods and at fairs. An obsession with flamenco took him to Sacromonte in Granada in 1898, where he learnt the elements of gypsy dance. Yet he seems to have had difficulties with the flamenco *compás*. In 1907 he lasted precisely three days in the Café de la Marina in Madrid because he couldn't clap the rhythm properly.

Cafés cantantes proved not to be to the taste of this technique-driven young man and their heyday was almost over anyway. Vicente took himself off to Bilbao where he had his first official period of training with a dancer called Antonio de Bilbao who, though Seville-born, had made his home in the north and sealed his reputation years before with an astounding *zapateado*. (He later appeared in La Argentina's 'Embrujo de Sevilla'.) Antonio de Bilbao was the first real male 'dancer of the feet' and Vicente was his most avid student. Two expressively percussive dances in particular, the *farruca* and the burlesque *tanguillo*, now entered the repertoire; perfecting them, Vicente took them and other forms, mainly of his own making and evolution, round the cinemas of Spain and created something of a stir – but only something. A year later he was in Portugal evading military service and a year after that found him in Paris. Once again, it was to be the French capital that served as the catalyst for a flamenco dancer, inviting a leap from home-grown style to aesthetic self-consciousness. His studies there were solitary, alleviated in the 1910s by joining the European tour circuit with a variety of troupes and programmes. In 1920, he won an important international dance competition at Paris's Théâtre de la Comédie.

The next decade and a half was the period of Escudero's coming of age. As he rocketed to fame, he moved further and further away from flamenco, though it always lay at the base of his highly idiosyncratic style. He became fascinated by the visual arts, first Cubism, then Surrealism, and his dancing began to wear the signs of something that had little to do with folklore, entertainment or Spain, but much to do with avant-garde choreography. Indeed, he was the first ever to take flamenco into experimental waters, and his shows in that most experimental of cities were far from populist in spirit. But he had classical leanings too, and found in his national music dance possibilities that he was in a unique position to export into Paris theatres and mould in his own fashion. Thus he was the first male dancer to choreograph works by Turina and Albéniz in 1924, and was then given the go-ahead by Falla to mount a new production of *El amor brujo* in 1926 at the Trianon Lyrique. (La Argentina, never far from the background of Escudero's professional life, had made Parisian forays into Albéniz and Granados before the First World War.)

Three years later, he was back in Spain and established a forty-four-year-long partnership, artistic and amorous, with Carmita García. His reputation had in fact preceded him over the Pyrenees, built up through the decades of his absence from Spain, though his art was unknown. With his 'Bailes de vanguardia' at the end of the twenties, Spanish audiences finally discovered that they had a real original on their hands; by 1934 he was dancing with both La Argentina and Pastora Imperio in a new production of *El amor brujo*, and American audiences took to him enthusiastically in the Depression years.

In 1940, when he was fifty-five and at an age when many dancers would think of retiring, Escudero performed the *siguiriya* as a dance for the first time in Madrid's Teatro España, which cleared up doubts in anybody's mind about his *jondo* credentials. It was a radical marriage of technique to gypsy emotion, and as such represented one of the most important breakthroughs for twentieth-century flamenco dance. That the gravest *cante* could be danced with conviction and artistry implied that there was an underlying seriousness, a depth and texture, to the *baile* that perhaps had not been appreciated before. The age of the *café cantante* was truly over, interred by a middle-aged male dancer who had spent his halcyon days out of Spain and been evicted from one of the most famous cafés aged twenty-two because he couldn't clap *compás*. With La Argentina dead, La Argentinita left only five years to live, and Antonio and Carmen Amaya in exile, Escudero had single-handedly begun in his country's dour, war-broken capital the modern era of Spanish dance.

Throughout the forties he travelled everywhere and had, in 1946, the first of many homages to him organised by the director of the Madrid British Institute, Walter Starkie. Escudero also went into print, his book *Mi baile* being published in 1947, and he even had an exhibition of 'automatic drawings' mounted at around the same time. His energies diversified into conferences and recitals, usually with Carmita García, designed with a didactic purpose in mind, as he felt compelled (like Antonio Mairena with *cante* years later) to instruct the public in the mysteries of an art he had once had to work out for himself, the hard way. The fifties saw many more Escudero homages, culminating in a significant festival at the Teatro de la Comedia in Madrid in 1960, called 'Magna Festival de Cante Grande y Puro'. A gypsy singer called Roque Montoya Jarrito sang *tonás*, *deblas* and *martinetes*, Pavón-style, to an audience who had almost certainly never heard them in public before; other well-known artists, such as Pepe Matrona, Pericón de Cadiz, Juan Varea and the guitarist Pepe de Badajoz, also appeared as proponents of flamenco *puro*.

Escudero was now an old man. A new wave of dancers had moved into the limelight and, ingenious though he could be, Vicente stood as a myth from another age. The death of Carmita in 1963 dented his morale, and his agility and range, as might be expected in a man of seventy-eight, were on the wane. In a last gasp of manly pride and energy, he teamed up with María Márquez in 1964 and toured with her throughout Spain for five years. In 1969, he gave his last public performance in Madrid. He retired to a hotel in Barcelona, a city he found artistically stimulating, and died there in 1980.

Vicente Escudero has to be credited with the title of first male flamenco dancer to make art out of untutored idiom, gold out of base metal – he was a kind of alchemist. Just as La Argentinita

had given form and structure to a whole variety of *palos*, Escudero was central, at the same time, to the hardening of a great
number of dances for the male repertoire – *farruca, tanguillo,
zapateado, siguiriya* – which existed only inchoately until the
1920s. With Escudero came an essential seriousness for the
male *baile*, dignified by his remarkable, erect physique, his
'genuinely Castilian, virile and dry figure', as one critic put it.[22]
He was instrumental in providing a vigorous line and discipline
to male flamenco, as well as developing to a high level of sophistication both footwork and finger-clicking. If he frequently flew
into non-flamenco skies, that was because his taste, training and
experience taught him that Spain was a fecund repository for
dance in general, as he proved in his early ballets and shows.
Moreover, he was a non-gypsy from Castile, who thus felt free of
the Andalusian heritage into which many less versatile flamenco
dancers had been born. It was a tradition he had to learn; so
much the better for being in a position to revolutionise it.

At the time that Escudero was about to wow Parisian audiences in 1921, a dancer in Seville was born who, though a
non-gypsy like Vicente, had dance in his veins. Antonio Ruiz
Soler, to give him his full name, followed his studies alright, but
there is no question of his being distanced from the Andalusian
heritage. He understood it before he could talk. By the age of
six he was a pupil at the academy of the maestro Realito and
at seven paired with the girl whose name would for years be
synonymous with his: she was Florencia Pérez Padilla, and
together for over twenty years they were 'Antonio and Rosario.'

Antonio's early training was classical, for which reason he was
called up to display his prodigious talents in a festival in 1928
given in honour of the prince Don Carlos, brother of Alfonso
XIII, and then in front of the King himself at the 1929 Seville
Universal Exhibition (flamenco 'pure' probably being considered too racy for royal approval). What is extraordinary is that
Antonio had an established professional name at least ten years
before anyone else mentioned so far – at the advanced age of
ten. In the early thirties, he was dancing in theatres, in what
remained of the *cafés cantantes* (now called *cafés conciertos*), at
private parties and at traditional Andalusian festivals such as the

Cruces de Mayo (Crosses of May – a quasi-religious celebration going back to the Middle Ages). He also took instruction with a well-known flamenco dancer from Utrera called Frasquillo, married to La Quica (who later ran an influential school in Madrid – Frasquillo died in 1940 of wounds received in the Civil War). With Rosario, they became the Chavilillos ('kids') of Seville and were performing all over Spain until the outbreak of war in 1936.

Antonio was making his mark before he was eighteen. He was noticed by the impresario Marquesi when performing in Barcelona and France, and was offered a contract to go and work in America. 'America' for Spanish performers in those days meant South America, and in 1937 he and Rosario were dancing in the Teatro Maravillas in Buenos Aires, from where they quickly conquered the whole of Latin America. Two years later they were in New York and settled in the States for the next seven, shuttling between the East Coast and Hollywood, where they made several films, rather in the Caracol–Lola Flores vein.

Much more significant on Antonio's part was his developing taste for choreography. At the height of the Second World War, he managed to get together a dance group and mount an adaptation of Albéniz's 'Corpus Christi en Sevilla' at New York's Carnegie Hall; it was a suitably sober work for 1943 but also – perhaps unnoticed at the time – represented a subtle fusion of the classical and Andalusian idioms in which Antonio had been saturated at so early an age. This fusion was to be his imprimatur.

Until 1946, the pair toured the States, then returned to Latin America, where in the Teatro Bellas Artes in Mexico Antonio presented his first *pièce de résistance*, the 'Zapateado' of Sarasate. Composed originally as a dynamic, wonderfully syncopated violin solo, the dance became an integral and oft-repeated item of Antonio's repertoire for thirty years; indeed, that is how today, if people can't remember much about his ballets, they recall Antonio. This was footwork that not even Escudero had demonstrated, and Antonio, crucially, made greater, more elegant use of the upper half of his body, the arms in particular. Here was

235

a male dancer with strength, passion, grace – and beauty, of line, nuance and balance.

A two-year tour through South America for the couple ended in Buenos Aires; their work confirmed in the minds of those who had seen them dance there ten years before that Antonio's grasp of technique had matured quite remarkably and that his choreographic tendencies even suggested a new era in Spanish dance. Thus, on his return to Spain in 1948, he had a dance armoury from which to draw for the reconquest of his native land.

His timing wasn't perfect. Carmen Amaya had also returned from her American exile the year before and, roaring round Spain and Europe, she and her troupe were – to put it mildly – doing well; worse than competition for Antonio and Rosario was the collapsed state of Spain's theatre and entertainment industries. In spite of their transatlantic reputation, their act was unfamiliar to the Spanish public, and they had some difficulty in knowing how to fit in. When they finally managed to get a booking in Madrid in January 1949, they felt it necessary to jog the punters' memories by subtitling their pairing with the words 'Los Chavilillos Sevillanos'. They needn't have worried; their success was instant, they were simply too good to ignore, and with some help from a new impresario, Lusaretta, they were soon on their way: Seville first, then Paris. Italy, Switzerland, Denmark, Sweden, Belgium, Holland and the 1949 Edinburgh Festival all followed. Heads of state – Franco in Spain, King Farouk in Egypt – required their talents in specially arranged spectaculars, and visits to Israel and Tangiers signalled flamenco's first penetration into non-Western territory since La Argentina's days. They didn't stop touring for three years.

Then in 1952 things changed. Most traumatically, at least for their public, the golden pair parted, the result of quarrels which had been brewing for some years. Twenty-two years of direct association was over; it was quite a shock. They both soon founded their own companies, but Antonio's, begun in Seville and given definite shape in a Madrid dance studio, had a much higher profile than Rosario's or anyone else's for two decades.

The fifties belonged to Antonio; his name, now as well known throughout the world as in Spain, equalled Spanish dance. The seriousness and profundity of his work, his stylistic and emotional versatility, and the sheer range in his repertoire gave him a kudos, and rarity, keenly sought after by *aficionados*, film stars and royalty alike. He became a fixture on the international social scene and, when not performing, conducted his life more like a Nureyev than a *bailaor*, consorting with people like Ava Gardner. His charm, sexual ambiguity, ability in English and his classical background all provided him with a passport unavailable to flamenco artists of a rougher Andalusian strain. Indeed, he was as cosmopolitan as Escudero but infinitely more supple in his dealings with people, unhampered as he was by the Castilian dancer's remoteness and eccentricities of manner.

Suppleness in his dance also distinguished him from Escudero, whose tautness of line and rigid bodily discipline were perfect for formalising flamenco but left less room for sparkling and spontaneous invention. This was Antonio's secret; he invented on his feet, altering subtly, from one performance to the next, tiny steps and the slightest of movements that would modulate emotional pitch in dance patterns of tightly controlled passion. Moreover, Escudero was unmistakably virile; Antonio exuded androgynous gymnasticism, was uniquely able to combine not only the discipline of ballet with the flamenco rush but also the athleticism of the male with the sinuousness of the female dance. It was an achievement all his own, partly because he was built like that (he was neither tall nor muscular but extremely compact), partly because he had an intuitive understanding of the many sides of his national dance, and partly because he worked phenomenally hard.

It would take a labour of Hercules to give a mechanical breakdown of Antonio's triumphs in these years; he went everywhere and did everything a Spanish dancer could do, using the vast extent of Spain's dance forms – classical, academic, folkloric, flamenco – to create a new ballet each year. He kicked off with his *martinete*, the song-form that until his time existed only for voice and anvil-struck accompaniment; he unleashed it, with Antonio Mairena singing and striking the anvil, in a film called

Duende y misterio de flamenco. The *martinete*'s power and influence were akin to Escudero's *siguiriya* in 1940 over ten years
before. Again, here was a man – this time in his prime and
already known as an innovator in a multiplicity of forms, a choreographer who was also a great showman – submitting a primitive flamenco song to the rigours of balletic discipline. For
purists, believers in the sanctity of spontaneity, it was an outrage;
for the public it was a revelation, while for flamenco it was
further proof that the idiom possessed untold stage (or in this
case screen) possibilities. The fact that it was filmed at the foot
of the spectacular gorge at Ronda, a setting with more Roman
than flamenco overtones, only added to its potency. As its director Edgar Neville said, 'If we did not know before that Antonio
is a supremely gifted artist, a god of dance, his *martinete* is
enough to tell us now, without argument. . . .'[23]

In July 1953, his company, with the laconic but descriptive
title Antonio Ballet Español, performed in the Generalife in
Granada. It was a historic event, in that the show's programme,
a rich and eclectic mix of classical and flamenco – from
Granados and Falla to *alegrías*, *fandangos* and Basque dances –
heralded a dynamic comprehensiveness that few other dance
companies in the world at the time could or would equal for
years to come. Antonio, *maestro supremo*, was seen as a god
almost wherever he took the show, conquering cities as far-flung
as Cairo and Johannesburg; in Paris, the audience carried him
out on their shoulders. In the mid-fifties, it was London's turn.
The traditionally reserved and critical audiences of the English
capital had been warmed up by Carmen Amaya in the late
forties, and by a number of other troupes in the early fifties. But
flamenco *per se* was still seen as rather ridiculous, and attempts
at flamenco *choreography* . . . heaven forfend. Antonio changed
that. In the Stoll, Palace and Savile theatres, he presented a
series of spectaculars – the Granada programme, 'Rondeña' and
'Albaicín' by Albéniz, and above all *his El amor brujo* – that
galvanised the public, if not the critics, into rapturous applause
and calls for more. He was now part of the ballet stratosphere,
and his visits to London have never been forgotten.

The triumphs continued. With *El amor brujo*, Milanese audiences heard *cante* for the first time in the Scala Piccolo; in 1957, the Vienna Opera House also achieved a first, opening its doors to Antonio's company, about as radical a move a major opera house could make since the Paris Opéra had welcomed La Argentina in 1933. In 1958, he created what has been considered the finest ballet of his career, Falla's *El sombrero de tres picos*. The *Diccionario del flamenco* pronounces that previous productions, including Massine's, were 'kid daughters' compared to Antonio's.[24] Pinpointed for posterity is the miller's *farruca*, danced by Antonio, which has gone down in flamenco history as the climax of male *baile* after Escudero's *siguiriya*, and Antonio's own 1946 'Zapateado' and 1952 *martinete*.

In the early sixties, he moved into more adventurous choreographic waters, set alongside traditional dances with his old partner, Rosario. They were reunited in Madrid in 1962, and from 1964 toured, to the delight of world audiences – including those of London and Leningrad (amongst other Soviet cities) – in relative harmony and with few signs of the weariness that might have been expected of such old troupers (he was forty-three, she fifty). Indeed, they had to encore their *zorongo* three times in Madrid and were lauded at that bastion of English ballet, Covent Garden, as if they were quite new to London – which as a pair they were. In 1965 they split for good.

The next stage of Antonio's career belongs to a different story: the story of modern flamenco ensembles, the decline of the solo dancer's pre-eminence, the rise of the guitar as the leading flamenco constituent and the predominance of the *tablao* – all part of the story of Spain's modernisation and the disease of tourism. We will look at all of them in the following chapters.

But against what background had Antonio worked so far? To some extent he was a lone star, a brilliant light in a somewhat chaotic, hit-and-miss medium. It was like that because flamenco in general, but the *baile* in particular, lacked continuity, subsidy, manoeuvrability and official support within Spain, and there was intense competition across the globe. Unless you were Antonio, it was very hard for a Spanish dancer (let alone a flamenco one) to compete with the international classical ballet stars for the

239

prize venues. He was not, of course, the only good dancer from Spain, though he was the only *bailarín/bailaor* (to use both the Castilian and flamenco words for 'male dancer') of undisputed genius; however, there were others. We must return to the ladies, and end this survey of an unrepeatable period with two unrepeatable *bailaoras*: Pilar López and Carmen Amaya.

Pilar López was (is – she is still alive at eighty in Madrid) the sister of La Argentinita. For much of the latter's reign as first lady of Spanish dance throughout the thirties and forties, Pilar performed in her shadow, beginning with the Cadiz production of *El amor brujo* in 1933. When La Argentinita died in 1945, she and Pilar had toured for six relentless years across the American continent. Their great *coup de théâtre* was to present 'El Café de Chinitas' at Watergate in Washington on a floating stage, with 10,000 spectators looking on from boats, an extraordinary fusion of showbiz gimmickry and flamenco power-performance.

Pilar López came into her own in the late forties and remained a leading light for all of the fifties. In an obvious progression, it was right that she should inherit her sister's mantle, and she inherited her dance partners too: José Greco, Manolo Vargas, Rafael Ortega (though she had worked with him as early as 1928). There can be no doubt that in spite of earlier years spent independently of her sister, Pilar was propelled on to flamenco stages across the world by dint of association with La Argentinita – indeed, she respectfully continued to produce and perform La Argentinita's shows for some years. What was different about her was her attitude to two things: company work and male partnering.

In the first matter, she predated Antonio by creating her own Ballet Español de Pilar López in 1946, an important gesture in that it capitalised on the pre-war company-forming instincts of La Argentina/tinita, and provided the basis for companies like Antonio's to operate in future years exclusively from Madrid, rather than from Paris, or New York, or Buenos Aires. . . . It can have been no easy task, given how hopelessly ill-equipped the capital was (Barcelona rather less so) to furnish venues and financial support for such enterprises. But Pilar López, not herself a great dancer, already had an international status, and a genius for organisation and continuity. Her company was to thrive, as many still remember, for twenty-five years, appearing in all the major world capitals, noticed and applauded even as Antonio was weaving his spell but a few cities away. The Spanish capital, however, was always their starting-point, and it was at Pilar's initiation.

There was no direct competition between the two company-based stars: Antonio was a magician who outshone anyone he danced with, the creator of a new dance-base for both males and females; Pilar López was a team dancer, perpetuator of an eclectic tradition begun by her sister and La Argentina before that. She was also a superb vehicle – because she was technically so faultless – for more brittle, less experienced male partners, two of whom, Alejandro Vega and the Mexican Roberto Ximénez, rose to considerable fame in the fifties as a result of pairing with her. This second aspect of skills distinguishing her from La Argentinita has been as fondly remembered as Antonio's fireworks.

At her best, Pilar López danced a restrained, undemonstrative flamenco that was a visual treat but lacking in the rough lustiness that an *andaluza* born and bred would have been more certain to embody. Three of her best shows, 'Flamencos de la Trinidad', 'El Zapateado del perchel' and 'Madrid flamenco', were all considered very flamenco in spirit, incorporating the *jondo caña* and *caracoles*, as well as the classical flamenco forms; but these have to be put alongside her choreography for Joaquín Rodrigo's *Concierto de Aranjuez* and then, in 1958, Debussy's *Préludes* and *Images*, both exploratory but classical in form and intention. By this time, her energies had flagged somewhat; though she continued to dance well into the sixties, it was really as a *metteuse en scène* that she prospered, as well as a guide to and mentor for future male dancers, like Mario Maya and Antonio Gades. As a *maestra* who had grown to eminence in the great age of the yoking of two main strands of Spanish dance, she was able to induct these two dashing dancers into her special understanding of the rituals of flamenco and classical Spanish partnering.

When she retired in 1974, everything on the flamenco and dance scenes had altered irrevocably, as Spain was also about to do. She, like most of the figures covered in this chapter, survived the coming of modernity, on all fronts, to the country. Some – La Macarrona, Pepe Matrona, Caracol, La Niña de los Peines – had continued performing for as long as they could, while others, like Pilar López and Antonio, went into dignified retirement. When, on 22 November 1963, President John F. Kennedy was assassinated in Dallas, the world's thoughts were aeons away from Spain, flamenco, art of any kind, even from their own jobs, or families, or stomachs; Cuba perhaps, the nuclear threat, the Cold War, Vietnam, and possibly the Beatles, were likely to be the salient preoccupations of at least most of the Western World. Just three days before the Dallas tragedy, however, a Barcelona-born gypsy died of kidney failure in the Catalan town of Bagur at the age of fifty. As the legend of all flamenco legends, only Manuel Torre, La Argentina, La Argentinita, La Macarrona, Ramón Montoya and Tomás Pavón had gone before her. A fabulous company of flamencos, Escudero, Pastora Imperio, Sabicas, Antonio Mairena, all, to their regret, outlived her – regret, that is, because she wasn't able to accompany them into their dotage and remind them of how mythical she had once been, and how on God's wild earth there could exist a single creature able to encapsulate all that was tragic and joyful and furious and dynamic and spontaneous and sacred about their art.

Carmen Amaya was often billed as hailing from the gypsy caves of Sacromonte, the holy ground of flamenco dance. In fact she was from Somorrostro on the Barcelona outskirts. It was a *barrio* famous for its gypsy dwellers and Carmen was gypsy in everything she did in life, from her *baile* downwards. Her family, though lacking the pedigree of celebrity that belonged to Caracol's, was nonetheless gypsy to the core. Carmen liked to claim that her grandfather, Juan Amaya Jiménez, introduced the *jabera* as a dance-form – a kind of *soleá*, she called it, though it was actually an offshoot of the *fandango* – and that he danced a *baile 'por agua'*, a primitive form, she averred, of the *alegría*. Her father was El Chino, a guitarist, while her mother was a *bailaora* who, according to Donn Pohren's account, was never allowed to perform outside the family circle: El Chino was simply too wracked with jealousy. It was possible that Carmen's parents came from Sacromonte, as they insisted they did, though this was likelier to be wishful flamenco thinking than accurate geography. Carmen also said that her mother married at the age of fourteen, which is plausible, and had ten children, of whom only six survived, which is true: Paco, Leonor, María, Antonio, Antonia and Carmen. All of them were dancers, while Leonor and Carmen were also accomplished *cantaoras*.

Unlike Antonio, who was paraded before royal eyes at the age of seven, Carmen, who was at it (by her own recollection) at four, though she was probably more like six, landed at the wrong end of the law for dancing as a minor at the restaurant Las Seis Puertas in Barcelona. An anecdote she was fond of relating was how, when the police raided the restaurant one night and her father scrambled to the stage door to find a taxi for his daughter, she hid under the overcoat of the Jerez *cantaor* José Cepero, and got away with it. At seven, she was called 'La Capitana' – 'The Leader' – and was noticed by an influential critic called Sebastian Gasch: 'La Capitana was a brute force of Nature. Like all gypsies, she must have been born dancing.'[25]

La Capitana made her Paris début before she was ten, in a show by Raquel Meller, though the story has it that she had to be removed by her aunt, La Faraona (a well-known *bailaora* from Granada), because all the other dancers seized up in the kind of jealousy only performing artists are capable of and refused to continue. No matter for little Carmen: she was already a fixture in the *cuadros* that starred singers such as Manuel Torre, La Niña and Manuel Vallejo. Madrid also beckoned, where she first danced in 1923, and she began to be noticed by *aficionados* who were no doubt hungry for evidence of the survival of an explosive, natural gypsy style that the classicising influence of La Argentina and the López sisters may have appeared to be rendering obsolete.

Back in Barcelona, she attended the 1929 International Exhibition, planned and endlessly postponed since 1901 (and much more of a success than Seville's Ibero-American Exhibition of the same year) from which emerged another wonderful piece of Amaya apocrypha. Called upon, like other dancers, to perform in the Spanish Pavilion, she decided for the sheer *maja* hell of it to entertain a forlorn-looking fellow who entered the enclave one day and looked as though he had fewer pesetas on him than most begging gypsies. Carmen's dancing companions warned her to keep away from him, as she couldn't be seen dancing for free. Carmen ignored them. She danced, spectacularly, and the tramp merely thanked her verbally and disappeared. After an hour or so's taunting from the others, an enormous basket for Carmen materialised in the pavilion, carried by what looked like the servants of some rich family, full of wine, hams, preserved meats and sugared fruit, accompanied by an envelope containing 5,000 pesetas and a note reiterating the stranger's thanks. The letterhead said it all: it was that of the prince Don Carlos, clearly too ashamed to reveal his flamenco *afición* in front of the royal party. So Carmen too, at sixteen, a year after Antonio's session with the prince in Seville, had had her first royal appointment.

For the next seven years, the years of Republic (bar two), she was on the tour circuit through Spain, and became the target of *cinéastes*, with the films *La hija de San Juan* and *María de la O* resulting. The Amaya legend was being born, helped by continual announcements of her 'Sacromonte' provenance, but proven, Sacromonte or not, by the extraordinary vision before Spanish audiences: this was a girl who danced like a man. Moreover she danced *in trousers*! This was truly breathtaking. One of the prime conventions of the female *baile* was that a woman should be seen to be a woman, relishing in her curves and delicacy, giving the illusion that her *traje* – dress – was really an extension of her body, an ornamental emphasis of its shape but also an essential instrument of modesty. Carmen seemed to be flouting this and all other conventions at every stamp: she was thrusting, loud, wholly unfeminine – particularly in those trousered, bandy legs, which seemed to operate like flexible bamboo shoots; she scowled and conveyed emotions that flagrantly transgressed the orthodox level of flamenco dignity, or at least of those popularly expected by punters used to the nonsense of the cabarets, *cafés conciertos* and *operismo* on the one hand, and by the classical restraint of the exponents of staged Spanish dance on the other. Carmen, whose footwork outstamped all women dancers to date and most men, was – so the cliché runs – turning into a fireball.

By the mid-thirties, she had teamed up with her lover of many years to come, Sabicas, and was caught in Valladolid at the outbreak of civil war. They took refuge in Lisbon before moving across the ocean to Buenos Aires. From there it was the old story of South and Central American conquest; by 1940, Carmen was performing simultaneously at the Teatro Fábregas and at the famous *tablao* El Patio in Mexico City. They had missed the war and this was not the moment to return to Spain; Sabicas had pronounced himself publicly in favour of the Republic, and Carmen was making more films – in Buenos Aires – and a great deal of money. Moreover, both the conductors Arturo Toscanini and Leopold Stokowski had eulogised about her, which only fanned the Amaya publicity machine. The States lay before her.

She began in New York in 1941, first at the Beach Comba, then at Carnegie Hall, with Sabicas and a dancer called Antonio de Triana (no relation of or connection with *the* Antonio). Franklin D. Roosevelt had her perform at the White House, which must have constituted as exotic a diversion from the weighty matters of war on two fronts as could be found. *Life* magazine did a front-cover feature on her and film stars began to express public wonder at this gypsy apparition. 1942 took her to Hollywood, where she performed her *El amor brujo* – to an audience of 20,000, it is said, at the Hollywood Bowl – accompanied by the Los Angeles Philharmonic Orchestra. A series of films ensued, and with the ending of war in Europe, she returned with renewed energy to the Continent, performing first in Paris, then London for her English début; then to Mexico, New York, London again, South Africa, Argentina – and finally Spain in 1947, with a show called 'Embrujo español' in Madrid. She was back, vastly richer, and some would say with her *baile* undermined and weakened by years of showbiz success and soft living. This was to become a familiar cry in Spain, particularly in the forties and fifties, about most flamenco artists who had made good abroad during Spain's years of military conflict; it was a cry coloured by envy – there really was no money to be made in Spain – and nationalistic chauvinism. Spanish culture had shot itself in the foot and it was no wonder that the great names with a product like dance to offer sought riches elsewhere, however much they loved their homeland.

'Embrujo español' was Carmen's big London success; it was performed to packed houses at the Princes Theatre in 1948. She became the bewitching gypsy dervish of the London dance scene, and returned several times in the early and late fifties, even being photographed next to the new Queen of England, with the newspaper caption reading 'Two queens side by side'. The touring extravaganzas continued throughout the fifties and the Carmen Amaya troupe had taken shape – if that is the right word; it consisted, at the top end, of Sabicas (until he settled in the States) and herself, with her father El Chino as manager. Then there was the extended family – brothers, sisters, cousins, nephews and nieces, aunts and uncles, along with various guitarists and singers. It was a ramshackle crew, quite content to wander across continents to wherever there was a venue and pay. It was in fact more like a travelling flamenco circus, spending, largely on Carmen's account, far more than it earnt, partying into the early hours each night after a show, *juerga*-style, family quarrels flaring into fisticuffs and abating just as fast into riotous scenes of reconciliation; there were even tales of bonfires being lit in New York and Paris hotel rooms to cook up traditional gypsy feasts. One story has Carmen becoming so exasperated by family feuds than she addressed the audience in the interval of one show in the States and called the entire tour off, and then promptly flew back to Mexico City. She lost Sol Hurok as the company's agent, but not an ounce of prestige; such impetuosity merely added to the Amaya mystique.

So the shows and the touring went on, if only in an attempt to recoup the troupe's gaily spent funds; Carmen was almost entirely, and disastrously, self-financing. An element of stability came into her life when she married a guitarist, Juan Antonio Agüero, who sacked most of the troupe's hangers-on, formalised its dealings with theatres and impresarios, and put the finances in order. She made her finest film in 1959–60, *La historia de los tarantos*, which displayed her at her maturest, fieriest and yet most elegant, and she was well down the road towards prosperity and a semblance of home life when she was struck down by the kidney infection that killed her in 1963. The Amaya era, one of the most explosive in the history of the *baile*, was over.

The problem with Carmen is that she was too explosive, too original for a time when flamenco dance threatened to become fossilised in a mannerism that rarely went beyond the bounds of good taste. In the forties, she began to refine her primitive, youthful rage for pure gypsy *baile* into something more feminine, more sinuous, making more regular use of castanets and conventionally abundant flamenco dresses; but she never lost her elemental violence, nor her speed, her zigzagging dynamism, her nervous and precise purity. She spawned crowds of imitators, all wild velocity, flailing limbs and faces screwed up in pseudo-fury; because they lacked her genius, her complete concentration on the dance pattern in hand (or foot), and her genuine embodiment of something much older and profounder than the techniques of dance, they couldn't touch her.

She was of such singular brilliance that no generalisation will accommodate her; indeed, she sums up all that is singular and uncategorisable about flamenco art: the best of it is invented by individuals who, happy to break rules, create new ones. Like that other first lady of the performing arts of the same era, Maria Callas, Carmen Amaya drew on supra-aesthetic forces and was able to give the illusion that she – the individual woman in all her complexity – was the drama she was enacting. As a dancer, she was her own rule, beyond art, beyond flamenco – and sadly only a few out-of-condition films of her remain to demonstrate it. Anyone who saw her in the flesh will be satisfied remembering her as the undisputed flamenco *diva* of the twentieth century.

8

Madrid and Points South: Flamenco in the Modern World

La gran calle de Alcalá
como reluce
cuando suben y bajan
los andaluces . . .

(How bright and excellent is the great calle Alcalá when
up and down it stroll the Andalusians . . .)

When I finished, an ovation rose up which lasted a quarter
of an hour. I stayed still, like a stone, and the whole company stood around in amazement. Who would have thought
that in London people would respond so enthusiastically
to this *caracoles*?

Antonio Mairena, *Las Confesiones*

In 1955, Pedro del Valle – artistically, Perico del Lunar, a guitarist – published his three-disc Hispavox anthology of flamenco
song. Containing over thirty styles, it was the first attempt made
by anyone to record for posterity the traditional elements of
cante, including songs which had almost vanished from the repertoire. A year later, a watershed year, Cordoba held its first Concurso. From it emerged a winner from Puente Genil, a village
which had been by curious coincidence the home of Granada's
Concurso winner, El Tenazas, thirty-four years before, the last
time a serious flamenco competition had been organised; the winner's name was Antonio Fernández Díaz, commonly known today

248

as Fosforito. He is still singing. Then, in 1959, the Cordoba event honoured Juan Talegas; more significantly for our own time, it also produced a startling gypsy talent, a woman who has remained at the top of the *cante* ladder for thirty years: Fernanda de Utrera. Serious things were beginning to happen in flamenco.

Serious things were also happening in the world of 1956. The Hungarians rose against their Soviet masters and were brutally crushed. Their calls for help from the West had been drowned by the Franco-British aerial troop-drop into Suez and the subsequent United Nations condemnation of Eden's invasion. In one of Spain's last (and lost) colonies, Cuba, a thirty-year-old revolutionary took to the mountains to wage a three-year guerrilla war until he toppled dictator Batista's regime: the Castro era had begun. In the Soviet Union, Nikita Khrushchev, later Castro's only ally, had denounced the reign of another dictator, Stalin, before sending the tanks into Hungary. In America, with the Cold War brewing fast, the McCarthy witchhunts discredited by the government and Eisenhower re-elected President, the real hero of the day was Elvis Presley.

Spaniards must have observed all of this (Presley included) with a combination of placid complacency and bemusement. In their own country, ruled by a paternalistic Catholic general who had conducted his own version of McCarthyism a decade before the paranoid American, they felt safe: *la patria* was united. Rock 'n' roll, moreover, was clearly the last outburst of decadent liberalism before the West – Spain excluded – went mad. The events in Eastern Europe, meanwhile, precipitated by the catastrophe of the Second World War and the carve-up of the Continent at Yalta, only confirmed the rightness, as Spaniards saw it, of their neutrality in 1940. As for the Middle East, the last time Spain had had any influence or connections there was during the Cordoban caliphate, abolished 930 years before. That slice of the Muslim pie Spain still kept a finger in, Morocco, claimed its independence from the Peninsula in 1956, and Franco was left with two Gibraltar-like enclaves in north Africa, Ceuta and Melilla. They are still part of Spain.

The real picture inside Spain gave no cause for complacency whatsoever. Gerald Brenan, who didn't return to live there (near

Malaga) until 1952 but who toured the South in 1949, gave a harrowing account, in *The Face of Spain*, of the poverty and deprivation which a decade of Francoism had done nothing to alleviate. Much of what Brenan said in that book was doubly applicable by 1956, when the regime was on the verge of bankruptcy. Because of the supremacy of Falangist ideals after the Civil War, Spain had been boycotted by the UN in 1946, which barred her from any of the benefits of Marshall Aid in post-war Western Europe. Lifted in 1950, the boycott had done its work – no doubt inadvertently – to entrench the nineteenth-century ruralist policies of the Falange, when what the country needed was industrialisation. With the West experiencing a boomtime throughout the fifties, Spain must have looked at her dry land, licked her cracked lips, and wondered why she was getting thirstier, hungrier and poorer by the day.

Her solution, a natural one considering the might of the United States on all fronts, was to accept American loans: the price – American bases on Spanish soil. Franco was being forced to pull himself together. In 1957, a new government was formed to tackle the economy, and to respond to the first waves of student and worker unrest since 1936. The two technocrats installed to deal with the country's problems were Alberto Ullastres Calvo (trade) and Mariano Navarro Rubio (finance); economically capable and forward-thinking, they were also closely allied to the strange, secretive strong-arm division of the Church, Opus Dei; Franco believed that economic regeneration had to be underpinned by the consolidation of Catholic values. With the hindsight of decades, we can see that whatever the malevolent tendencies of Opus Dei, its part in Spain's economic revival was a side issue. What mattered was that, by the early sixties, the country had been saved from financial collapse, famine and possibly further civil conflict by a new economic adventure. Inflation was brought down from dizzying double figures, restrictive tariffs and quotas on imports were lifted, foreign investment was encouraged, the peseta devalued and the balance of payments transformed into a surplus. The Years of Hunger (1940–60) turned rapidly into the Years of Development (1961–73).[1]

Desarollo – 'development': that magic word in modern Spain. It resulted in many things, a rise in the standard of living being the most desired and the most important. The sixties were also, of course, the Years of Tourism – Spanish tourism, an especially brash, aimless kind; at the time, it was pursued by the Spanish government with all the gusto of the speculators of the American Gold Rush. The *costas*, along with their white sands, quiet harbour towns, clean seas and cheap wine, became the Peninsula's El Dorado. The invention of the package beach holiday was the fastest, most cost-effective and most people-numerous method to scoop up millions of pesetas' worth of foreign currency. The principle was tourists-by-numbers; the effects were ruinous.[2] Under Franco, blocks with cells for humans to admire and despoil the Spanish sea were built and, with the virulence of a cancer, went on being built; today, the country understandably would like to perform traumatic surgery on her Mediterranean coastline, but short of blowing up hundreds of miles of pillbox hotels – and destroying an important industry into the bargain – there's little to be done. The only hope is that they were so badly constructed in the first place that it will be only years before they fall down.

When Antonio Mairena won the Golden Key in 1962, flamenco entered a new era. Through the singer's campaigning attitude, radical at the time, to the publicising of *cante*, the art started to be taken seriously again – at a national if not international level. Great dancers were compelled to acknowledge that the singing dimension of flamenco could not be ignored; Antonio Ruiz, for one, contracted Mairena to sing in his ballets, having the intelligence to see that song was where it all started and that it was an integral part of flamenco's future (others would not always be so intelligent). By the mid- to late-sixties, a rougher, more difficult sound was gradually reinstated over the despotic hold *operismo* had had since the Civil War, its more indiscriminate vulgarities being stripped down to the bare essentials. *Cante* was becoming, one might say, more *jondo* again.

251

We will come to that in due course. For the moment, we must stick with tourism, because the irony is that whatever Mairena was achieving at this time, an inexorable slide towards a flamenco perhaps even more debased than *operismo* was in progress too. The first *tablao* opened (according to Félix Grande) in 1954, inaugurating the era of the flamenco nightclub. *Tablao*, meaning club – of an exclusively 'flamenco' variety – is an abbreviation of the word '*tablado*', meaning board or platform, which was what dancers performed on in the *cafés cantantes*. The rapid proliferation of *tablaos* throughout the fifties and sixties was a direct response to a demand by the sudden influx of well-heeled holidaymakers on the look-out for 'Spanish folklore'. They believed – and were encouraged to believe by the state – that flamenco (along with bullfighting) was the most 'genuine' manifestation of it. Thus a whole crop of clubs sprang up along the *costas* and in the major urban centres – Malaga, Seville, Madrid and Barcelona – which manufactured a specific form of entertainment and relied on two factors: pesetas which had been bought with coveted foreign currency and a desire, on the part of the foreign spectator, to be furnished with the illusion that he was seeing the 'real Spain', or as Spaniards have it, usually misspelt, 'tipical Spanish'.

The results were more interesting than might be expected. Of course, the most immediate one was that *tablaos* hired cheap labour and thus the flamenco was correspondingly bad. The emphasis on pretty clothes, castanets, attractive decor, fast but simple guitar-chord playing and the least amount of ear-stretching *cante* possible was but an intensification of the more degraded aspects of *operismo*. Because art was the last thing the beach- or street-weary tourist wanted after his *paella* and *sangría*, the showier forms of the flamenco repertoire – *bulerías, alegrías, caracoles, rumbas* – thrived. Up-front sexiness on the part of the *bailaora*, in particular, with lots of leg, thrust-out breasts, exaggerated hip movements, rather than the remoter magisterial seductiveness of true *baile*, became *de rigueur*; indeed, in some *tablaos* it wasn't long before the girls of the *cuadro* were offered to the clients as part of the evening's price. If the art was to be prostituted, why not prostitute the artists too? The name of the game was money and today, down on the beach, it hasn't gone away.

While Mairena was out in the field, promoting flamenco as an accessible folk idiom that should be seen and heard, and not allowed to die, the flamenco of the *tablao* exhibited an urge to retreat indoors and survive on exclusivity. The important thing was to provide an impression of flamenco and by making it expensive – which in the *tablaos* it still is – convince the customer that he was party to a luxury experience. The emphasis on the part of the purveyors of *tablao* schlock was maximum profit and no doubt had Andalusia specialised in mud-wrestling over the centuries, club-owners could have obtained the same ends by mounting mud-wrestling spectaculars for after-hours tourist diversion across the Peninsula with total impunity.

While flamenco standards hit an all-time low in the *tablaos*, it also took on an aura of something secret, sexy, almost forbidden; this is perhaps the most grotesque legacy of the reign of the *tablaos*. What had once been a populist, rural folk idiom was being transmuted into a Folies Bergère-style cabaret knees-up – flamenco feathers, tits and bums. Everyone was to blame, including, perhaps above all, the performers themselves, who connived at this boulevardier nonsense because there was money to be made on a scale they had never before encountered. As long as it remained a 'club' activity, with as much eating, drinking and flirting as watching and admiring, flamenco would be an exclusive financial proposition, making everyone happy.

What in broad terms happened with the birth of the *tablaos* was that Franco and his ministers of tourism lighted on a fail-safe tool for bringing in cash; as far as they were concerned, flamenco must stay firmly at the heart of an essential, revenue-creating tourist infrastructure. In a strange distortion that turned its anti-establishment history on its head, flamenco – and especially the imagery pertaining to it – became an instrument of government propaganda. State censors inspected the girls in the *tablaos* for acceptable standards of prettiness, regardless of their ability to dance. For years it was impossible to travel virtually anywhere south without bumping into posters in towns and villages advertising some lady disporting a fan, castanets, *mantillas* and polka-dot dress, claimed as the *gran artista* of somewhere or other. Once up and running, a few clubs were able to carve out admirably authentic identities for themselves, particularly those managed by the genuine artists of an earlier age, like Pastora Imperio. Some promoted good performers, most instantly forgettable ones. That in effect was not the point: bums on seats was and little has changed since the fifties.

What has changed is that *tablaos* today are, if possible, worse than they were thirty years ago. They have outlived their purpose. Flamenco as propaganda went off the political agenda in the late sixties, since when, due largely to Mairena's efforts, a new seriousness, a new dignity, even an experimental spirit, has entered the idiom. It is not a popular one, but then it never was. Attempts to popularise it – the *tablaos* – succeeded only in spurring on those who are now considered the contemporary 'greats' – Paco de Lucía, Enrique Morente, Mario Maya – to hit back with individual expressions of their indigenous art. They, and not the tourist industry, set the flamenco agenda from the seventies on, ensuring that the gap between the *tablao* and art is wider than ever before.

The other major event of the fifties, as far as our subject is concerned, was migration, from South to North. Franco's attitude to Andalusia was – let it rot; and rot it did. The Nationalist victory in the Civil War was disastrous for the South, alive as it had been with insurrectionist movements before the war. The dictator did everything he could to crush underfoot this great swathe of the Peninsula, pivotal to centuries of Iberian endeavour and achievement, but so often hungry for all that; Franco's policies there – shoring up the ideals of Falangism and *caciquismo* – guaranteed that Andalusia remained a backwater, politically, culturally, fiscally. The result was inevitable: a massive haemorrhaging of the populace. Millions of Andalusians, many of them gypsies, jumped on the first train they could find going north, to seek work in the industrialising cities: Oviedo, Bilbao, Saragossa, above all Madrid and Barcelona. Shacks and shanty towns sprouted on these cities' outskirts; prejudice about short, dark southerners reared; social tensions ensued. Hunger was the theme that informed these migrants' lives; if you were Andalusian, one clear way of killing the stomach cramps was to work in a *tablao*. It didn't make you any more socially acceptable: long-entrenched suspicions about Andalusian fickleness and mendacity, to say nothing of outright contempt for the gypsies, established primitive and marginal status for flamenco wherever it went. But if you were in a place – meaning anywhere from Madrid and Benidorm to the Costa Brava – where it was wanted by *sombrero*-clad armies from Luton, Antwerp and Hanover, more often than not you could work. Talent didn't come into it: flamenco is imitable; plenty of non-flamenco Andalusians, gypsies and *payos*, have expertly pulled the wool over the eyes of nightclub-owners and their customers alike for decades.

'The gross mistake of a position which has no single advantage except the fancied geographical merit of being in the centre of Spain': thus did Richard Ford describe Madrid in 1845.[3] The litany of nastiness, or 'insalubrity', as he put it, displayed in his *Hand-book* suggests more a crumbling African township than a major European capital, an urban delineation, if ever there was one, of Pascal's 'Africa begins at the Pyrenees'.

The highest capital in Europe, at over 2,000 feet above sea-level, Madrid's status as first city of Spain has fluctuated through the ages. We have already dealt with Cordoba; centre of operations before that was Toledo; and the fortunes of Castile during the Reconquista were more closely tied to Burgos, Leon and Valladolid than the present capital. Without doubt, it is only very recently that Madrid has come into its own as a vibrant metropolis; until the seventies, Barcelona, Valencia and San Sebastian – even Malaga – were far more attractive to visitors.

When Charles V, crowned Holy Roman Emperor in 1520, succeeded to the Spanish throne as joint ruler with his mad mother Joanna (daughter of Isabella the Catholic) in 1517, Madrid became a Habsburg city. It was only in 1561, however, when Philip II conferred on it its role as Spain's centre of affairs of state, that Madrid began to make a real impact on Europe. It was, of course, where Philip planned his attack on England with the Armada in 1588. Thirty years later, Prince Charles Stuart – later Charles I of England – spent six months there in an abortive attempt to win the hand of the Infanta María. His future Chancellor of the Exchequer, Edward Hyde, Earl of Clarendon, also spent two unhappy years there as English Ambassador.

It was culture, not politics, that put Madrid on the map in the seventeenth century. This was the Age of Gold, heralded in 1605 by the publication of Part One of Cervantes's *Don Quixote*. Lope de Vega, Diego Velázquez and Calderón de la Barca all made their home in what was now indisputably the Spanish capital. Building proceeded apace, from the imperious Plaza Mayor to the charming Ayuntamiento. Many of the heavier constructions, including the Prado and the Palacio Real, were erected a century later.

There are many Madrids. The Renaissance city is not extensive, though what is commonly known as 'Madrid of the Austrias', built during Charles V's reign, is still the prettiest part of today's charmless desert sprawl. Seventeenth-century Madrid is by turns bold and elegant, confidently and inventively Castilian at every corner, a combination of imperial extravagance (it was the age of Spain's enrichment from the Americas), and home-grown decorative restraint. The eighteenth-century city rang in a more monumental, less domestic style; this was the period of the House of Bourbon, and everything in the capital reflected a predilection for French classical taste. In the nineteenth century, originality ran dry, though Madrid expanded vastly as a residential city. In the twentieth century, it bears the marks of any modern metropolis succumbing to the pressures of industrial and materialistic life, with tower-block mania obliterating earlier, more human protuberances and spires. Unless you look carefully, it is possible to miss the Madrid of the Austrias altogether. One's first impression of Madrid as a whole is of a curious hybrid of Renaissance tact, Castilian austerity, French *grandeur* and twentieth-century grotesque; ironically enough, the only place where you can get a feel of the city's true texture – in the strong sunlight, an almost hallucinatory patchwork of greys, ochres, and sharp black lines framing equally sharp white squares and oblongs – is from a stretch of modern motorway called Avenida de la Paz (Avenue of Peace) which roars to the east of the city centre towards Burgos.

Franco made Madrid his. Triumphant in 1939 over the Republican forces, whose crucial bastion for three years of civil war had been the capital, the Caudillo stamped on it with the systematic zeal of a mediaeval Arab-cruncher. He celebrated his victory there for forty years, turning it from the animated, self-aware place it had been before the war into a dour, provincial shadow of a capital. Still, he had not reckoned on the modern world: it took him twenty years to realise that the rural populace, whom he believed he had kept in abeyance in its Andalusian (and Galician, and central Castilian, and Extremaduran) pastures, had, by hook or by crook, relocated to the cities – Madrid above all. By 1960, it was too late to control the migrations; rural Spain had become, with a little help from the railway network and increasing car-ownership, urban Spain. Many people, from hungry Andalusians to relatively prosperous small-time traders in the provincial cities and towns, were drawn to Madrid in the hope of improving their lives materially.

They were right to relocate; by 1963, in the wake of the technocrats' 1959 'Stabilisation Plan', Spain's economy was growing faster than that of any other non-communist country, except Japan. *Per capita* annual income exceeded the UN mark which divided the developing from non-developing nations; by 1973, the year of the oil crisis – and the end of Spain's Years of Development – the country was the world's ninth industrial power. The pulse of all this growth was naturally to be found in the cities; they began to overflow with an ambitious, traditionally agrarian populace. A sizeable proportion of it being Andalusian, it is not surprising that in Madrid as well as in smaller cities flamenco was suddenly in the air. Manolo Caracol had of course moved to the capital in the 1930s. With the opening in 1963 of his *tablao*, Los Canasteros, there is patent symbolism in confirming this island of greater Andalusia of the flamenco capital once and for always – or nearly always.

Prototype *tablaos* had been in existence in Madrid since the forties. These were really updated *cafés cantantes* – meeting-places for the flamencos in town – of which the two most famous were Los Gabrieles, where Chacón had made such a name for himself early in the century, and La Villa Rosa. The latter had an impressively long life, starting out in 1914 as a bar specialising in Andalusian fried fish, and attaining full-blown flamenco status in the twenties and thirties. It continued in the same vein throughout the forties and fifties, though less openly than before; the times were less tolerant to flamenco noise. In 1963, it closed down and reopened a year later as a *tablao*, surviving just over a decade in that form, but a wan imitation of its former self. A more authentic *tablao* was one of Madrid's first, La Zambra. It opened in 1954 and for twenty years was respected for its rigorous approach to flamenco song and dance, and was visited by the finest artists. Pastora Imperio's *tablao* El Duende opened in 1960, just three years before Los Canasteros, perhaps the most authentic club of them all.

These clubs were often the starting-point for luminous careers, particularly dancers, for whom the *tablaos* were effectively designed: La Chunga, La Tati, Antonio Gades and Mario Maya all started out in one or other of them. Because, indeed, *tablaos* were the only places where artists could find permanent work, they were essential – in the gloomy crossover period from the Hunger Years to economic regeneration – for the survival of flamenco, dislocated as it was from its Andalusian roots. As a newly invigorated, urban, professional idiom, dislocated it had to be. Madrid was where the money was.

The *tablaos* began to run into trouble once the authenticity drive had gathered momentum and was making its own mark. With festivals, competitions, conferences and even concerts being mounted from the mid-sixties on, half the purpose of the *tablao* – to provide serious performers in Madrid with an outlet in which to develop *and* earn from their art – vanished. What remained in the long term – an onus to entertain, to keep the troops amused – amounted to a kind of flamenco flotsam, which all too often left, and still leaves, a sour taste in the mouth.

Today, the Madrid *tablaos* are in a bad way. Very few of the famous old ones have survived: La Villa Rosa has become a disco bar, while La Zambra, for years synonymous with the best Madrid flamenco, closed in 1975, to relocate and reopen in

1987 in a basement under the Hotel Wellington in calle Velázquez. It resembles its illustrious predecessor only in name. With
all the superficial trappings of an 'Andalusian ambience' – white-
washed stage walls, pots of geraniums, ceramics, high-backed
Andalusian chairs – its twice-a-night show is loud, fun and yet
amongst the feeblest in town; to use an oft-repeated formula for
measuring the power or otherwise of a flamenco performance,
'*No dice nada*' – it says nothing. Feebler still is what goes on in
Torres Bermejas, which is almost a flamenco caricature (see
Prologue). The most famous of them all, El Café de Chinitas,
which opened in 1969, has maintained its impressive atmosphere and decor – silk drapes, fans and so on – and for as long
as La Chunga (once an electrifying barefooted dancer, from the
Amaya clan) continues to star there, it will pack in the Americans
and Japanese tourists by the hundred: the flamenco, however,
is truly dreadful.

One place that has managed to hold on to a modicum of integrity is El Corral de la Morería. Opened in 1956, it makes no pretence at an 'Andalusian ambience'; indeed, its interior is Castilian
in character, with heavy wooden beams and chunky pillars, bare
walls and a strange Courbetesque painting, entitled *Plucking the
Turkey*, as a backdrop to a tiny, almost makeshift stage in one
corner; tables and chairs surround it on the two remaining sides,
the idea naturally being to get into a position where your view is
not obscured by one of the pillars, not easy in a space so small.

Like all *tablaos*, El Corral is a restaurant with a show, though
you don't have to eat – and at the price most charge for food
(£40 a head on average), it is best not to. You ring up, reserve
a place and buy a drink when you get there, which at around
£10 covers the evening. There will invariably be the standard
Japanese pantomime as a warm-up; the best I saw in El Corral
was a table of twenty Japanese men, all in suits, watching the
cuadro (six girls doing alternating solos for an hour) in respectful
silence right under the stage; then, when that part of the show
was over at midnight, they rose in unison and piled out within
seconds, the only evidence they had been there consisting of
twenty red carnations lying in front of where each had been
sitting. Once they had gone, the show really began.

On comes Blanca del Rey, with whom El Corral has long been identified. She is wearing a simple black dress and has a shawl draped round her shoulders. She opens by introducing herself and providing the audience with a little background information about her childhood dancing days in Cordoba. This is curious and quite unnecessary, but symptomatic of flamenco and much else 'on stage' throughout Spain. Performers do for some reason feel an extraordinary desire to *talk* rather than get straight on with it. The talking over, Felipe Maya, a gypsy guitarist with a face like a russet moon, strikes up a solemn chord sequence, a series of fiddly *falsetas* and Blanca is off: this is her *soleá del mantón*, a slow, melancholic, brilliantly choreographed solo dance with the huge, tassled shawl, for which she is justly renowned. It lasts twenty minutes and is captivating. She dances with feline grace and profound, expressive concentration; her line is perfect, her body supple but tense, her footwork unostentatious but precisely rhythmic, the whole demonstrative of a dignified sadness she seems indeed to have extracted from the very soil of her *tierra*. This is why El Corral has kept its reputation.

Part Two of the evening begins at 1.00 a.m. The audience has thinned out and the jugs of *sangría* are looking, to judge by the yellow mush at the bottom, drained of their juices: another 1,000 pesetas to refill them. Blanca reappears, transformed into a picture of vivid red and white by a *bata de cola*; a flowing frilly train bounces behind her kicks, while a polka-dot ribbon winds round her body, emphasising the curves of her shoulders, breasts and buttocks, all in sensual contrast to the austere complexities of her *soleá*. She dances a *caracoles* with unfettered, athletic exuberance; and suddenly her arms and hands, concealed by the shawl in her *soleá*, come into their own, and one sees just how the torso and upper limbs in a *bailaora* are meant to function: as an extension of the dress, a kinetic reflection of all the body's contours, a sinuous display of individual beauty. Blanca del Rey portrays all of these with the apparent effortlessness that goes into the best art, and which in flamenco is bolstered by a fury and a dynamic that belong to no other dance.

One begins to feel that none of it belongs to a *tablao* either; but then El Corral is Blanca's, in spirit if not in name.

The rest of the evening is a come-down. The most excruciating part of it is the act that follows the *caracoles*; a chirpy little singer in a yellow dress ambles on, wiggles her hips, wags her finger and sings some sub-Piaf stuff – Spanish style – for half an hour or so, which has as much to do with flamenco as Barry Manilow has with opera. Her flirty manner becomes more upbeat when the actor, Fernando Rey, walks in and takes a pew with a couple of drunken companions. The singer, now in her element, introduces them, the two drunken people first, one a loud, bewigged female director, the other an actor who can't work out which end of an enormous cigar to light and who slobbers over Rey's shoulder. Yellow chirpy comes to Rey, who stands up to enthusiastic applause and bows very slightly, dignified and unflustered, sitting down with a gnomic smile. If this wasn't a scene invented by Luis Buñuel, in whose films Rey starred, then it wasn't Madrid.

With yellow chirpy gone, a tall male dancer materialises, guitars at full throttle. He is José Greco junior. He swirls, twirls, stamps and leaps. In fact, he leaps a lot, which is exciting but not a known ingredient of any male *baile*. That is the point; leaping can be spectacular to look at, like an elephant blowing water out of his trunk at the zoo, and it brings in the punters. It is what a *tablao* wants and can get away with. It so happens that a cardinal rule of flamenco dance is that legs and feet have a pivotally intimate relationship with the earth, and should rarely leave it. The drama is in the shape of the legs as they work through the paces, with the percussiveness of the boots on a hard surface providing a rhythmic frame. *Baile* is all about contact, not flight.

Still, this dancer is refreshing after the calamity before him, and even, one might add sacrilegiously, arresting after the sensuality of Blanca and the jingle-jangle flourishes of the girls before her. His vigour, purity of line and control underline how different the demands of dance are on the male to the female; it is just that, in his case, one gets the sense that he is overdoing it. The evening ends attractively enough, with the *cuadro* returning to perform a bit of ensemble work and winding up with three of them doing solos. Because there are only five or six people left in El Corral, one suspects that the others don't do solos because they are bored and want to go to bed. The show is over; it is 2.45 a.m.

Of the six girls in the *cuadro*, only one stuck in my mind. The first was very *andaluza* in looks and more than competent, but uninteresting; the second arched her back and stuck her bottom out a lot, and had rather a stupid face. Number four was graceful but didn't know what to do with her feet; number five looked too old to be taken seriously, while number six, tall and willowy, did some great things with her feet but couldn't dance.

The third girl was of a different order. She was slight, much shorter than the others, but controlled, inventive on her feet, with expressive arms and the ability – crucial in all *bailaoras* – to appear much taller than her childish stature suggested. She also did not rely on her dress to do things her body could not; natural grace oozed from her every step and turn. Though she was clearly young and inexperienced, she bore the mark of something which would take her way beyond what her companions even gave a hint of: dedication.

Her name is Belén Fernández. She is about five foot three, with long auburn hair and pretty features which contort into fierce concentration when she dances. She had been offered work at El Corral a year before, when one of the *cuadro* dropped out unexpectedly; Belén came in as her substitute. She proved good enough to be given a contract. Renewable every three months, it requires her to dance six nights a week, from 10.45 p.m. until three in the morning, for the princely sum of 3,000 pesetas a session (about £17). She lives with her parents in Getafe, a suburb of Madrid not dissimilar to Enfield, and in the afternoons works out in the capital's most famous flamenco dance studio, Amor de Dios.

Belén came to Amor de Dios at the age of fourteen. Initially, the expense of the classes was covered by her father, for one hour a day; he could afford no more. The studio's teachers noticed her, however, and took her on for more classes, waiving the fee. At sixteen, she stopped her school studies altogether and danced, day and night. Amor de Dios became her second home.[4]

Situated in the calle Amor de Dios (the studio has no official name) between calles Atocha and Huertas, this is Madrid's flamenco heartland. A maze of tacky streets huddling south of the grander *barrios* that stretch from the Plaza Mayor to the Cortes, one of the nearest landmarks is Atocha station, the first rail terminal you arrive at in Madrid from the South. One is thus tempted to think of it as undiluted Andalusian Madrid, full as it is of gypsies and flamencos, who perhaps decades ago landed here after their migration north; its ambience is generally bohemian, the quarter lived in since 1900 by musicians of all kinds, as well as actors and puppeteers. Next door is Lavapiés, the working-class district of central Madrid. Walk through it, from the Atocha end, first thing on a Sunday, heading for the Rastro flea market, and the washing hanging from balcony to balcony across the narrow streets, the children and the cats squatting and playing on doorsteps, the crumbling churches and old men's bars trick you into thinking that you are in an undistinguished provincial town hundreds of kilometres to the south.[5]

Calle Huertas, meanwhile, at the other end of calle Amor de Dios, must be one of the most bar-infested streets in Spain. Lounge bars, boutique bars, German-beer bars, disco bars and jazz bars jostle for eminence, while there is not a conventional café in sight, and certainly not a whisper of flamenco. At midnight the bars, lit up like a string of Chinese lanterns, seem to expand, physically, with rock music which is just that much louder than it has been for the preceding four hours. Chic revellers from all quarters of town arrive to celebrate, middle-class *madrileños* with disposable incomes in this labyrinthine corner architecturally more reminiscent of Cervantes than eighties' yuppiedom. (Indeed, calles Cervantes *and* Lope de Vega run parallel to Huertas.)

Amor de Dios seems out of place in all this, an anarchronism even. Inside the studio, the atmosphere is one of vibrant if chilled intensity. Students come here to dance and pay through the nose for it (if they go private, that is – anything from between

8,000 and 40,000 pesetas (£45 to £160) an hour; a course of ordinary weekly classes costs £25 for an hour a day). There is no fooling around, no boozing, no flirting, none of the slapdash, sun-happy, wild behaviour you might imagine attaches itself to the word 'flamenco'. This is business, discipline, tight control, abundant sweat, and there is even a timetable *which is strictly adhered to*. The building dates from the sixteenth century, with corridors of creaking wooden floorboards, beamed ceilings and thick stone walls dividing the classrooms. Once a palace housing a bishop, it became a Church training college in the early nineteenth century, which it remained until about 1920. Legend has it that the bishop used the place for practising an especially obnoxious version of the Inquisition, and that when it became a seminary a network of tunnels connected it to a convent in the calle Huertas, used by monks from the nearby church of San Nicolás to make nightly visits to the nuns – which, in the unlikely event of being true, lies in stark contrast to the present Amor de Dios' sober commitment to the modern work ethic.

After a period as a chair factory, it was rented in 1957 by an ex-militaryman called Juan María Martínez de Bourio Balanzategui, who still rents it. In 1950, he had been asked by Antonio Ruiz to find a studio where he could rehearse with his new company. He started in a building in calle Montera and moved when it was torn down to Amor de Dios seven years later. Since then, Amor de Dios has been Madrid's first dance studio, offering flamenco to all comers, foreigners included, as well as classes in *sevillanas* and *jotas*, classical and tap dance. The prestigious teachers are and have been many; today the studio can boast people like Carmen Cortés, Manolete, El Güito, La Tati and Ciro Diezhandino on its list of *baile* luminaries.

Ciro is one of the most popular and most senior teachers. In the sixties, he ran a *tablao* in San Francisco, having made his mark in Spain in the fifties as a flamenco dancer of immense poise and passion, influenced by the work of the Castilian Vicente Escudero. Ciro himself, a small, neatly built and affably articulate man, was born in the Castilian province of Palencia into an upper-class, landowning family who expected him to become, like many of his (twelve) siblings, a lawyer. When he announced his intention to become a flamenco dancer, parental support was not forthcoming; his father, something of an *aficionado*, insisted that there was no money in flamenco. After a number of odd–jobs in Madrid, Ciro found work on the flamenco stage and gathered a reputation as a *bailaor* of classical dignity and choreographic inventiveness. Now, outside his hours at Amor de Dios, he is still in demand as a choreographer, though not as a professional dancer: a knee problem which has been troubling him for some years has effectively put an end to that side of his career.

He is a stickler for technique. The best thing that can happen in one of his classes, he says, is to find someone endowed with *arte* – a cross between art, personality and instinct – with which he can do something. Naturally, no dancer's individuality will emerge without the imposition of technique and he admits that unless he can successfully encourage a young dancer to impose it, he gets bored. Dancers who have passed through his capable and disciplined hands include Blanca del Rey, Carmen Cortés, Javier Barón and now Belén Fernández; he anticipates a busy future for her, and when attending his classes, she is automatically chosen as the student to demonstrate to the others precisely what Ciro is trying to convey to them. It is an invigorating sight.[6]

An equally invigorating but more extraordinary sight is to be found in La Tati's class, along the corridor from Ciro's. La Tati (born Francisca Sadornil Ruiz) is one of the maturest *bailaoras* from Madrid and, though she isn't one, looks dramatically like a gypsy. Her interpretation of the serious dance-forms – *soleá, tientos* and others – has been an influential one and, like Ciro (as well as an internationally renowned gypsy, El Güito), she is much in demand at Amor de Dios. Half her students in a class I observed were Japanese and a superficial head-count would suggest that half the students throughout the entire outfit are Orientals of one kind or another. Further investigation of this unexpected phenomenon revealed that there are half a dozen or so Madrid-style *tablaos* in Tokyo, with a full quota of singers, dancers and guitarists, *all of them Japanese.* The Japanese are quite simply besotted by flamenco and I am the first to admit to having no explanation as to why. I am unacquainted with the country and the society it contains. On what little knowledge I do have, an impolite guess as to the reason might be that so rigidly ordered a lifestyle, as theirs seems to be, demands emotional and physical release: flamenco, which so many of them have seen in Spanish *tablaos* (without Japanese customers many of them would cease to exist), must represent just that, while its innate dignity and restraint no doubt appeals to their sense of order – order without *too much* art. Whatever the reason, one thing is for sure: the Japanese dancers in La Tati's class were streets ahead of the Spaniards in concentration and technique. They also tend to have more money than anyone else, which is perhaps why, with the classes being as expensive as they are for youngsters, they outnumber Europeans.

Near Amos de Dios is La Candela, the flamenco watering-hole which comes into its own when the bars in Huertas start to close at around 4.00 a.m. It is unlikely that the trendy overflow from those bars will slip in here for a last one (in fact in Spain it is never the last, always the *penúltimo* – the penultimate one); the Huertas late-nighters are probably unaware of its existence. The people who come here are the hardcore musician-drinkers, or equally the hardcore hanger-on-drinkers, on the lookout for a bit of crazy, after-hours flamenco, a spontaneous, modern-style *juerga* even, though they rarely strike lucky. There is a belief that 'the best flamenco' happens in the early hours, usually in a bar behind closed doors, and therefore the way to catch it is to stay up all night and chance your arm in somewhere like La Candela. More often than not, the object, conscious or not, of a visit to La Candela is to add insult to what will already be an injurious hangover, chat to a few likely-looking flamenco sorts and take in a bit of low-life Madrid atmosphere: tourism, in other words – and even *madrileños* with pretences to *la afición* fall prey to this bibulous trickery.

La Candela can be a lot of fun, but you have to be fit to last the course; and this goes for *ad hoc* flamenco habits in general. The myth of alcoholic excess accompanying all good flamenco is best left as a myth, and it is sometimes sad to see how considerable talent can be blown on the cheap drinking available in the sweaty streets in the *barrio* surrounding La Candela.

Wonderful things can happen when a dancer or even a singer has had too much, and you won't see it on stage, and only rarely in Madrid; it may sometimes occur in La Candela at some unspeakable hour, but there have to be a few sober guitarists around to make it hang together, and in this part of Madrid there are very few sober guitarists left at all (to play the guitar drunk is a contradiction in terms).

A better option is Casa Patas in calle Cañizares, a street exactly half-way between the metros Antón Martín and Tirso de Molina, and which runs parallel to Amor de Dios. You tend to take a chance here too, as the flamenco can be as feeble as in any of the *tablaos*; Casa Patas is not, however, a *tablao*, but a place which is known for being one of the most authentic night-spots for Madrid flamenco, attracting performers from all over Spain. You simply have to strike lucky, and on Thursdays, Fridays and Saturdays throughout the summer, something is always going on. In front is a spacious restaurant, where the food is reputedly good, though the reception you get – whether to eat, drink or to go through to the back at midnight to take a table for the show – is about as friendly as in a post office. But it is an unusual place, unpredictable (the opposite, therefore, of a *tablao*), serious in intent, often grotesquely wide of the mark but equally capable of offering nourishment for the *aficionado* and entertaining the punter alike. The contemporary description of it in English would be 'right-on'.[7]

A surer bet still is to be found far from this *barrio*, over on the other side of the Gran Vía, in calle Monteleón. La Carcelera is strictly Saturday nights only and offers a lean (and unadvertised) diet of contemporary *cante*. It caters to no one who doesn't know where it is and what to expect, relying on *aficionados* who go there to listen and test, perhaps a little like at a winetasting. It is run by José Luis López del Río, from Jerez, a loquacious man whose running commentary between songs throughout the night would be tiresome if it weren't charming. Located in a cool, whitewashed basement, where you buy a bottle of white wine to accompany the *cante*, this is the kind of flamenco you might expect to listen to in a *bodega* in the South, where there is no programme, only players and singers who know exactly what they are doing (and there's little dancing here). The originality and refinement of La Carcelera are inspiriting, but in the hit-and-miss flamenco hubbub of modern Madrid, it remains a bit of a fish out of water.

The only other – and probably the best – way of seeing flamenco in Madrid is to check the listings in newspapers and entertainment guides, which although they may give away nothing about quality are always worth a try. If you recognise the names of performers, so much the better. There is nothing more satisfying than lighting upon a show (best in a theatre) about which you know nothing and which 'says something'; equally there is nothing worse than being at a flamenco spectacle which, however good it sounds, turns out to be a tourist trap, or even worse, flamenco purporting to be the real thing but which proves – and this can be in a theatre too – to be shoddier than anything you experience in the average *tablao*.

It is the *tablaos*, all said, that a visitor fits in on an itinerary, along with the Prado and the Palacio Real. *Tablaos* can be agreeably diverting, are always expensive and throw up a flamenco that has been strained through a variety of non-flamenco forces, largely malign, for decades. As observed, they are in a depressed state. In the fifties it was different. There was always something going on; who, if he had his wits about him, wanted to stay in the South? Madrid was the flamenco Big Apple, at the time hardly a city to make vast riches in global terms, but there were theatres, troupes, the ballets of Pilar López and Antonio (amongst others), *tablaos* and places, hired by the likes of Caracol, to set up a right old *juerga*. Madrid as a whole may have been as dull as ditchwater, but the flamenco outlets were legion. The Civil War and continuing poverty of Andalusia ensured that full-time flamenco professional life went north, *en masse*. The best that Andalusian stay-at-homes could hope for was to make a quick peseta or two down on the coast where, as became increasingly obvious, they didn't even have to try.

Now all that is in reverse. Madrid has rediscovered itself; with Franco long gone, it has begun to breathe its history again. Under the Caudillo, the capital had to exemplify Francoism, more than any other city in Spain, as Madrid was his seat of power. As life eased up a little in the sixties, the regions started to stir, culturally, politically even, and in the main cities economically above all: Barcelona, Bilbao, Valencia and Malaga (to name but four major regional urban centres) smartened up. In Madrid, the screws were kept tightened. In the coastal areas, by contrast, absorption of the commercial and cultural shockwaves from modern Continental life to the north was natural and possible; each, moreover, had drawn on a vivid identity capable of asserting at least some of its regional pre-eminence over the austerities of Castile. Castile remained, rather aridly, Castile; in the middle, most aridly of all, was Madrid.

A significant devolution of power to the regions once democracy had properly installed itself was the best thing that could have happened to Madrid. Instead of having to represent 'all Spain', it could start to represent itself. With one of the country's most profoundly desired aims – to function as a federal system of autonomous regions – partially achieved by the early eighties, the only geographical unit that Madrid has come to be the centre of is its 'Communidad', the area, about the size of greater London, immediately surrounding it. Politically the seat of government is, of course, the Madrid Cortes and we need have no exaggerated federalist illusions about whence ultimate power is wielded in modern Spain. The difference, however, between Madrid then and Madrid now is that it does not dictate to the regional capitals. Barcelona, Seville, La Coruña and, most controversially, Bilbao all participate in political debates and decisions as to how their regions (respectively Catalonia, Andalusia, Galicia and the Basque Country, which leaves twelve, Madrid aside, we haven't mentioned) should be governed. This is also sound economics; the capital has been able to start spending money on itself, put in hand some badly needed repair work, and catch up with those cities, Barcelona especially, which wrested the social and cultural initiative almost completely in the Franco years.

In our time, the benefits of a renewed, sane attitude towards itself are palpable in the capital. It is once more an open city, alive to outside – above all European – influences, but fashioning for itself a colourful and idiosyncratic self-consciousness that locates it in one place and one place only: at the heart of the *meseta*, the Spanish tableland that stretches for miles and miles in all directions over Castile until it is either rumpled by a mountain range or hits the sea. There could not be a more solid recipe for cooking up a strident individuality in the middle of this strange, unEuropean geography: Madrid, now allowed to express itself without boundaries, has put itself back on the map with a vengeance. This – and not Barcelona, as some would have believed but ten years ago – is the cultural cauldron of Spain's future. Madrid won't have it any other way.

Inevitably there are complaints about the dirt, the noise, the traffic, the pollution, the crime, the drugs, the pornography, the cost of everything, the dying of the old Madrid. The old Madrid is, of course, still there, in small dark bars and *plazuelas* and delicate Renaissance house-fronts and creaky old museums and guitar-makers' shops across the city; because progress has altered the capital at double-quick time over twenty years and because it is easy to be repelled by the negative effects of that progress, you can lose its character within hours of arrival in the plethora of modernity, and it may take years to find it again. I recommend hard work; Madrid promises little, but responds to effort with rich rewards.

This must not turn into a guide; nor can I help any further by listing the 'flamenco spots'; the most significant have been mentioned already. In the end, Madrid flamenco is a minute strand, vividly hued, in the intricate fabric of the city's past, present and future; tracing it is part of the subtle task of familiar-isation. An obvious point to make about flamenco's present status there is that the Spanish capital has a hundred preoccu-pations, musical and otherwise, whereas twenty years ago fla-menco can be said to have been one amongst only a very few. As the flamenco capital Madrid has had its day, but it has – let it not go unsaid – contributed vastly to the art's survival and evolution. Today, it is of marginal interest, 'marginal' or 'mar-ginalised' being the words most often used by the Madrid fla-mencos I have talked to when complaining about the problem. For them, of course, it is not a happy state of affairs as it means less opportunities for work. For *aficionados*, it is also a bad thing, viewing as they do in despair the prospect of being left with only the *tablaos* for their flamenco sustenance. For the amateur, it is a pity, but not disastrous, as he can listen to all kinds of flamenco on disc, go South or do something else with his time in Madrid – no shortage of choice there. For Madrid as a whole, however, a decline in flamenco activities will make no difference what-soever.

This is exemplified by the disappearance of the 'Cumbre' ('Summit'), an annual flamenco festival that took place in April between 1984 and 1987, and was subsidised by the Ministry of Culture. It was an opportunity for the best performers from Madrid and elsewhere to unite in an organised celebration of their art, and what is more it had the stamp of governmental approval – financially speaking; it was also a tacit recognition at the highest level that flamenco was important enough to support for altruistic and aesthetic reasons (the Ministry of Culture is non-profit-making).

Then in 1988, the subsidy was withdrawn. Jorge Semprún, a Catalan and a film buff, became Minister of Culture and redirected funds towards cinema. (He has since been replaced by another Catalan, Jordi Solé Tura, and there is talk of the Cumbre's return.) Cultural pressures from all sides were begin-ning to tell. The money-boxes at the Ministry of Culture were suddenly besieged by the arts – galleries, theatres, concert halls, even jazz – that drew and still draw more people. And in a capital that had for so long ignored the classical arts, government had to be seen to be supporting high culture, culture at least that would give Madrid a chance to level with Paris, London, Berlin, Milan. . . . Flamenco wasn't worth the candle; it must fall back on its own resources. (The Cumbre referred to in the Prologue, a small dance troupe that tours internationally, is an offshoot of the original festival.)

It has done so only with limited success. One event which has run since 1987 under Juan Verdú is 'Flamenco en El Retiro', originally for flamenco guitarists alone and now a fully-fledged flamenco festival during high summer which takes place at night in Madrid's equivalent of Kensington Gardens. The good artists are there alright, though on the whole Madrid-based. To bring them from the South involves first of all having to persuade them that there is enough interest, enough *afición*, in that faraway Castilian monolith to make it worth their while performing – not an enviable job. Still, Seville names – Carrasco, Javier Barón, Angelita Vargas, amongst others – have all made widely lauded appearances. Secondly, they have to be paid; with entrance tickets costing only 1,000–1,200 pesetas, there are limited funds to fall back on. It is much easier, therefore, to rely on home-grown talent. The result is admirable and authentic enough, but it is just another summer flamenco festival competing with festivals at the same time all over the South, where there is little else going on (apart from the bulls). The Retiro festival's other problem is that it is just a tiny fish of an event in the swirling Madrid cultural ocean.

If the answer to the great debate 'Where Does Flamenco Belong?' was straightforward twenty years ago, it is not so today. By 1970, the curve on the demographic chart had levelled at Madrid and the capital's then abundant Andalusian life kept a firm hold over professional flamenco for some years. Madrid diehards will still maintain that there is no point in going any-where else. This is to ignore a ten-year-old trend on the chart, which illustrates that the curve has turned south; if the question was once 'Why stay in Andalusia?', it is now 'Why stay in Madrid?' – as Madrid, like any modern city, has its monstrous side, and, as we have seen, its present climate of multi-cultural exploration is not necessarily healthy for flamenco. The auton-omous regions now offer their own attractions. Some view Anda-lusia as Europe's future California.

Artists such as the dancers Cristina Hoyos and Mario Maya, and the singer El Lebrijano, amongst others, have 'returned' in recent years to the South – their professional lives are now based there, that is. They have done so for a number of reasons; underlying them all is the achievement of Antonio Mairena. His legacy resonates well beyond the confines of the South; it will last for years to come. We will encounter any number of figures of abiding importance in the following pages (including the three just mentioned); it is not far-fetched, however, to suggest that none would be where they are today without the life and songs of Antonio Mairena.

In the context of a survey of flamenco in the modern world, it is curious to think that as early as 1933 Mairena had become a star in the place where it then mattered, Seville (he was twenty-four). A burst of *saetas* from the balcony of the Tertulia Sevillana in calle Sierpes during Semana Santa won him the treatment usually meted out to *toreros* after a particularly magnificent fight: a ride on the shoulders of a besotted crowd. Just months later, he received something he would consider as a kind of benediction throughout his life. On his deathbed, Manuel Torre summoned an *aficionado* friend of his and instructed him to go to Mairena del Alcor, a village ten miles to the east of Seville. There, he said, he would find a gypsy who ran a bar, whom they called Niño de Rafael. 'Remember me to him, and tell him that you've noticed him and like his singing.'[8] Rafael was the blacksmith Rafael Cruz Vargas. His son, 'Niño de Rafael', was Antonio Cruz García, the barkeeper, who from 1928 had also been called 'Niño de Mairena'. 'Antonio Mairena' was simply a matter of course. In his mature years, it would come to be prefixed with 'Don', Mairena thus surpassing even the esteem in which Torre had been held and ranking alongside the other great singing Antonio – Chacón. It was nonetheless the mantle of the dark and broody gypsy from Jerez, Torre, that Mairena felt he had inherited.

His schooling was almost non-existent, his education taking place mainly in his father's forge, which left him with a lifelong taste for *tonás – martinete, carcelera* and *debla*. Lack of formal schooling proved to be no handicap; Mairena was born with special gifts of intelligence and literacy granted to few flamencos. Though a gypsy, this was not a racial distinction Mairena ever made anything of. He was a natural singer and a highly creative member of Spanish society. The one thing that might have been an issue was his homosexuality, evident and acceptable to his friends, but not a matter of public discussion at any point in his life.

After military service in Morocco from 1931 to 1932, Mairena ran his bar and sang in Seville whenever he could; he had made his début there in 1930 in a famous tavern called the Kursaal Internacional, accompanied by Javier Molina, the Jerez guitarist who was an important influence on Ramón Montoya and others. This was at the apogee of the Alameda de Hércules's period as Seville's flamenco stamping-ground, when Mairena would have gleaned much from the Pavóns, the Torres, and El Gloria, held in great reverence by both Mairena and Caracol for his *saetas* and *bulerías*. In the same year as his Semana Santa success, Mairena met Carmen Amaya, who had him record for the soundtrack of her film, *María de la O*, three years later. They remained close friends until Carmen's death.

The day before the outbreak of civil war, Mairena performed in his home village with Melchor de Marchena. He spent the war in and around Seville in the company of '*señoritos*, villains, soldiers, prostitutes and any toffs who'd hung around – not exactly those busy with the war . . .' as he put it in his auto-biography forty years later.[9] In 1939, he made his home in Carmona, an old town outside Seville on the road to Cordoba, where he lived until 1956. From here he effectively launched his professional career, which took him to Madrid, Barcelona and before long the rest of Europe.

The forties did not begin that auspiciously for Mairena; he made his first recording in 1941, with which he was dissatisfied, and then sang with Juanita Reina in a show of remorseless triviality two years later. In 1944, however, he was contracted by Pilar López; there followed, until well into the fifties, a series of equally attractive contracts, first with Teresa and Luisillo, a popular duo who toured widely after the war, then with Antonio, and Carmen Amaya. Spending much of his time in Madrid during these years, he also sang for Pastora Imperio in both her clubs, La Capitana and El Duende, as well as going down well in La Villa Rosa. In 1951, in a significant breakthrough for famenco abroad, he enraptured London audiences at the Stoll Theatre with a *caracoles*.

To speak of *cante puro* in the fifties and sixties is to speak of Antonio Mairena. Like Chacón, whose journey through western

Andalusia in 1885 was so essential to the preservation of the old *cantes*, Mairena made it his singular duty over many years to gather into his repertoire as many of the forgotten songs of his forebears as could be found; he was equally concerned to develop those he had known since childhood into a style quite uncontaminated by the vagaries of commerce. It meant a long and painstaking period of research, during which he would spurn many a lucrative contract; instead he pursued with dogged determination and conviction the fruit of his mission: the restoration of the *jondo* canon.

There is no doubting his complete success in this. From *tonás* to *bulerías, soleares* to *tangos, siguiriyas* to *saetas* and *sevillanas*, Mairena mastered the lot. His genius lay in his comprehensiveness, his ability both to learn from the maestros of the past, who may have specialised only in a small number of forms, and to imbue their songs with a personality, an intelligence and a lyricism all his own. By the 1960s (by which time he was a permanent resident of Seville) it was patently clear that this man was a dictionary of *cante*, both interpreter and inventor; he was unique in flamenco history and his work thus required careful preservation. This happened in two ways. First was his participation with the writer Ricardo Molina in a book called *Mundo y formas del cante flamenco*, published in 1963, a year after Mairena's award of the Golden Key in Cordoba. This was the first time a singer – any flamenco, for that matter – had taken an active part in an objective study of flamenco culture which concentrated so authoritatively on song. It was highly influential, an authentic piece of documentary investigation into a barely analysed subject, and a sure way for Mairena to demonstrate how serious and thorough he had been during his years away from the performance circuit. Not since Falla and Lorca's pronouncements in 1922 had *cante* attained such intellectual respectability.

Intellectual respectability on its own was, of course, not enough. Mairena was a singer, not a writer; so a year after his and Molina's book was published, he embarked on the second and most important phase of his career: committing his researches and discoveries to record. This resulted in his three-disc 'Gran historia del cante gitano-andaluz' (1966), which is exactly what the title suggests: a broad and inclusive survey of flamenco song, from the *jondo* to the lighter forms, all performed by Mairena. It was a remarkable achievement, and remains to this day a touchstone for singers who need to check the structure, inflection or smallest lyric of any *palo*. Much more than his book, it was the summit of his work as *investigador*, and no other singer since Mairena has even attempted to emulate its monumentality – possibly because they haven't had to: Mairena produced the definitive textbook of *cante*, and there it stands, a repository of at least a century of song and a blueprint for future interpretation.

Throughout the sixties and seventies, he made many recordings, most of them with a more personal or localised touch, with titles such as 'Mis recuerdos de Manuel Torre' (1970), 'Antonio Mairena y el cante de Jerez' (1972) and 'Noches de la Alameda' (1973). Eloquent though they were, none had the impact of the 'Gran historia'; no singer of Mairena's generation was completely comfortable in the recording studio and, like Caracol, Mairena was always at his best in private gatherings. So it was until the end of his life. At the same time, his considerable use of the recording studio marked an important shift of emphasis from what *cantaores* of the past had to do – sing for their supper – to what they do now: sign commercial contracts, agree to appear in theatres and at festivals, talk about themselves and their culture on television, promote their records.

Mairena was a consummate flamenco professional – until his time almost a contradiction in terms – who never strayed from his chosen terrain: the songs of the gypsy-Andalusian heritage. His was not a wild career, unlike Caracol's, who was led astray by Mammon with terrible things happening to his *cante* as a result. Mairena saw no need to be tempted; his mastery of the *palos* and readiness to work in the studio, along with his writing (he published his autobiography, *Las Confesiones de Antonio Mairena*, in 1976) made him a more than respectable living. He proved that *cante* was viable in the market place, without violent detriment to its vitality and complexities. His voice was huge, though not a traditionally raucous gypsy one; it was more in the

line of a *voz natural* or *de pecho* – from the chest – a voice, that
is, that had behind it the full amplification of the lungs and
could reach high notes without slipping into falsetto. This has
led some to conclude that Mairena didn't have what it takes to
be the complete gypsy singer, lacking the gypsy *rajo* – literally,
'tearing' – about which, in truth, *aficionados* can become very
boring. The deep resonances and golden timbres of Mairena's
voice still outdo a dozen contemporary shouters; and unlike
them, Mairena always 'said something'.

He died of a heart-attack in Seville in September 1983. His
funeral in Mairena del Alcor was quite an event, attended by
thousands, including dignitaries from the Andalusian parliament
and hundreds of *aficionados* who had never known him. Soon
afterward, the local government made him 'Favourite Son of
Andalusia' in recognition of his work, 'signifying a fundamental
milestone in the history of Andalusian culture'. This is less
bland that it may seem; at official level, flamenco, the flamenco
that Mairena represented, had never been accepted as a legitimate cultural activity. Too much wild living, certainly too many
improvident gypsies, had been associated with it for candidature
as serious art. As we have seen, Mairena managed to change all
that. By conferring such status on him, the Andalusian authorities – speaking for the people they represented electorally, the
Andalusians – were not only honouring his genius but also
acknowledging that flamenco *was* an art embedded in their culture. As such, it merited official airing, governmental sanction,
thus helping it on its way to long-term survival as Mairena had
passionately wanted and would still want it to. His influence on
that survival is almost incalculable; in the late twentieth century,
one can at least be sure that Miarena's frontiersman travails
have kept flamenco buoyant and vibrantly conscious of its prominence in the Andalusian heritage.

So how does all this manifest itself in the South today? The
answer is: if you have got a few years to spare to cover the
festivals that swarm over Andalusia and an eagle eye for the

obscurest events advertised in the local newspapers, you will find out, later rather than sooner. They are characterised by last-minute organisation, performers from whichever town or village is hosting the festival, immense length and more 'pure' flamenco than most people can stand. More often than not, a festival will be backed by the Ayuntamiento, a local bank or business; sometimes, if the festival is sufficiently big, the Junta de Andalucía – the region's cultural governing body – will be drawn in too. They occur throughout the summer, usually in the open air, start late (10.30 p.m. is normal) and go on for hours, and hours. . . .

The principle behind such festivals is reassuring; in essence, it is a putting-into-action of the Mairena legacy, an exuberant will to flamenco's survival in the only place where it need survive, the *pueblos* of the South. Mairena himself was a significant force in the founding of local festivals in the sixties and seventies, encouraging towns and villages all over Andalusia to look into their *cante* cupboards to see what they could find; most of them possessed their own store of styles and it required someone like Mairena to stir the possessors – the locals – into a musical articulation of them.

This is what you find today; most small places are 'into' flamenco in a big way and there are, Mairena aside, three main reasons for it. First, there is more money around, not vast amounts more, but more than in the old days. Poverty is not critical and hunger not an issue; so, in an interesting reversal of traditional flamenco preoccupations, small festivals are a celebration of a community's new-found prosperity, where the flamenco is less a mournful expression of social pain than a vivid display of satisfaction at having survived intact into the post-hunger age. However steeped in their local traditions and pride, however provincial, these festivals offer consumer flamenco – and it is often very good, though you need stamina; and that brings us to points two and three. Local festivals are about local *cante*, and in that area of Andalusia where *cante* is pre-eminent, the Seville–Cadiz axis, there are literally hundreds of *cantaores* and *cantaoras* itching to perform. Festivals are where they come into their own, and in any one show, lasting perhaps six hours, there can be ten or more singers who must *all* have their say (or shout); they can be on for forty minutes at a time, delivering their speciality: *fandangos de Huelva, soleares de Alcalá, cantiñas de Cádiz*, whatever.

At the risk of offending *aficionados* everywhere, you have to be a real *cante* diehard, a glutton for punishment, to endure these kinds of flamenco nights. They appear to overrun wildly and offer mind-numbingly dull fare. Song after song, each lasting what feels like an eternal twenty minutes, all sounding the same, *and no dancing.* (In fact, if you stay long enough, there usually is.) Give up; go and find a quiet corner with half a bottle of *fino*; take a walk through empty, cobbled streets; admire the ramparts of the illuminated Moorish castle; strike up conversation with a local in a bar at the other end of town – anything to escape that infernal wailing for a while.

As an outsider, a visitor, a *payo*, a *guiri* (gypsy for foreigner), this is a likely and understandable reaction. You won't be any the less welcome for it, but these festivals have no truck with accessibility and are certainly not catering for the casual tourist. As an *aficionado*, on the other hand, you will be measuring one voice against another, listening out for this inflection in a *siguiriya* or that wonderful lyric from an old *malagueña*; you will be aware of the different styles of guitar accompaniment; you will ask whether that nubile fifteen-year-old *bailaora* should be given the time of night when the stout, fifty-year-old, polka-dotted Mama in the corner, who has been doing it for years, has all the flamenco character in her voice and gestures you have come to see. Even then, the festival is not catering for you, the specialist. It is aimed almost exclusively at the locals, to whom this particular *pueblo*'s flamenco belongs.

Points two and three, then: these *fiestas de pueblo* are demonstrations of the natural Andalusian temperament, which has, for one, a remarkably unstructured sense of time. The pace of life – here the old cliché holds firm – is unhurried, unpressured, in the South, and nowhere is this truer than in the super-leisurely attitude towards flamenco. If to many of us these festivals seem interminable, that is because to a scheduled, timetabled, non-Andalusian mind, they are; to an Andalusian, the question is how, during long nights when the heat is up, and staying indoors is out of the question, do you pass the time? Express yourself: do so in the manner that comes most natural – song and dance – and flamenco (if you like it enough) is the obvious result. Moreover, expressing yourself has not always been easy in Spain, in the South especially; flamenco nights of long duration are a perfect distillation of pent-up cultural energies, kept in check in the years of dictatorship, when *ad hoc* public get-togethers, as these festivals tend to be, were forbidden. In the Andalusian interior today, flamenco is a public utterance of a community's sense of enjoyment in its individuality. It is also, of course, a native riposte to the garbage churned out down on the *costas*.

In Seville, where much professional flamenco energy is now concentrated, the picture is different. Flamenco *per se* is not a spontaneous affair here. The Andalusian capital is a burgeoning social and political centre, where excitement over its new maturity has been allowed to run away with itself. The planned Expo alone has had the effect of a mini-industrial revolution, while theatres are opening, opera houses are being built, old house-fronts restored, banks and businesses sprouting everywhere in anticipation of a great Andalusian revival. Strange though it may seem, flamenco's place in all this is not dissimilar to what it is in Madrid – on the margins: historically, it is, of course, integral to the city's fabric, though one must never forget that Triana and the Alameda are not what they used to be. Enthusiasm for material wealth and a plural culture, however, means that flamenco is far from being high on the agenda. It is somewhat hidden; *tablaos* exist and they are not good; gypsies have been assigned to fearful suburbs, where unemployment and drugs are an issue, and flamenco is an irrelevance.[10]

Seville does have something that exists nowhere else in the world, however: a month-long festival every two years which draws together all the elements of the art – as well as many (musical, on the whole) contingent to it – and which represents contemporary flamenco in all its guises: the Bienal.

Backed by the Junta de Andalucía and run by a respected writer and *aficionado*, José Luis Ortiz Nuevo (often referred to as 'El Poeta'), it began in 1980. It follows an agreeable thematic pattern, in that each time it is centred on one of the three flamenco ingredients: with six Bienals having occurred so far, the *cante, baile* and *toque* triangle has been repeated once. In 1992, it is the turn of *cante* again. The theme of each Bienal climaxes in a now-prestigious award, the Giraldillo (named after the Seville minaret), going to the best performer in the year's category in a competition which takes place in the last week (the festival is held from early September to early October). In 1980, the prize went to a rising star-*cantaor* from Mairena, Calixto Sánchez; in 1982, to the dancer Mario Maya, already famous internationally for his pioneering work in the male *baile*; in 1984, to a young Sevillian guitarist, Manolo Franco; in 1986, to the veteran gypsy singer from Triana (he lives in the Macarena district), El Chocolate; in 1988, to a young dancer, Javier Barón; and in 1990, to a relatively unknown guitarist, Niño de Pura. The prize money is a million pesetas (£5,555).

Before the competition, much else goes on. For at least three weeks, flamenco events, conferences, seminars, lectures and concerts are staged in various locations across the city and are intended to attract artists from all over the South and elsewhere. They amount to a profiling of the best flamenco available in Spain, and in holding them, Seville exonerates itself from accusations of apathy towards its indigenous art. Much more than Madrid, the city can absorb flamenco like a sponge from the abundant founts around it – the small towns nearby, as well as those further afield, in the neighbouring (and no less flamenco-proud) provinces of Cadiz, Huelva, Cordoba and Malaga. It also has the venues, ranging from the Alcazares Reales to the well-appointed Teatro Lope de Vega and the open forecourt of the Hotel Triana.

The Hotel Triana was put to especially good use in the 1990 Bienal. Tucked away next to a comfortable hotel in the old gypsy quarter, the shows were mounted on an ample stage surrounded on three sides by several storeys of what looked like flats. Throughout the performances, inhabitants came and went on their balconies to inspect proceedings; some installed themselves for an entire evening, while from some corners the sound of family rows echoed over the heads of the audience below;

nor was there a shortage of barking dogs. For these spectators on high, the flamenco was free. Paying mortals were hit for £8 a go, though with shows lasting anything up to four hours, it was hard to complain about not getting one's money's worth. One did want to know what deal the Bienal organisers had struck with the occupants of the flats over sleep; but as sleep tends not to be an important subject anywhere in Spain in the summer (it was late September), it probably didn't arise.

These performances of the Bienal's 'Third Movement', as it called itself, were an effective recreation of the festival atmosphere of towns and villages. Most of the performers were well-known faces on the festival circuit, some veritable stars. One of them was Carmen Cortés, the first dancer I saw at this stage of the Bienal. She is a *bailaora* of the first order and comes from Barcelona which, if you are a gypsy (she is half one), is no handicap: the ghost of Carmen Amaya will pursue you for lifelong inspiration. Cortés is tall, with pinched, hooked features that remind you of a bald eagle. She dances like a firebird and did so on the two occasions I saw her in Seville: she is erect in posture, magnificently proud in bearing, supple and sensual in expression, and above all defiant – as well as fast on her feet. There is not a moment of showiness, and even when she twists in a glorious flourish at the end of a *paso*, with her dress fanning out like a silken lampshade, you get a sense of inner control, of dance 'knowledge' (*conocimiento*) that is able both to transfix and remain earthbound: her concentration throughout is almost physical.

Carmen Cortés, now thirty-four, has been on the advance for over a decade. She studied with Ciro, amongst others, and was taken up by Mario Maya in the early eighties, and she is likely to be one of the leading lights of flamenco dance for years to come, as well as spawning, no doubt – as did Carmen Amaya – regiments of imitators. At least a generation ahead is Fernanda Romero, who indeed, as Pohren politely suggests, 'is perhaps the outstanding example of the disastrous results that can be achieved by those who imitate Carmen Amaya'.[11] The remark falls on deaf ears in Triana; Romero is a *trianera* dancer and daughter to the core, and couldn't have come as more of a contrast to Carmen Cortés the next night at the Hotel Triana.

Hers was a performance of character, of mature euphoria and flamenco *ángel*, where Cortés's had been all dynamism, drama and discipline. Romero can't make any pretence to dance athleticism now; the suppleness of youth becomes in broad, middle-aged flamenco dames like her a kind of swaying hip movement, sudden, inconclusive *zapateados*, and manual gestures that take on an expressiveness all their own. She sings too, and did so on this occasion – away from the microphone – with great gusto, winning the audience over completely by addressing it as if it were Triana in its entirety. This *fiesta* turned into a celebration of the *barrio*: never mind the flamenco, let's remember who we are! was Romero's motto for the evening. In her jewellery and sequins, she pulled it off with an energy younger by decades than her years.

Triana isn't in truth a flamenco centre any more. The Hotel Triana events are held more for convenience of location than as a salutation of the *barrio*'s flamenco past. There are a few figures around, however, whose Triana connections inform contemporary flamenco and two of them, both male singers, should be mentioned here: El Chocolate and El Naranjito.

El Chocolate is in fact from Jerez but was taken to Triana when small. He learnt his *cante* young, picking up his trade from the Alameda de Hércules in its twilight years. He has had a starry career, winning dozens of prizes and accompanied by the finest guitarists of his era, yet has remained unspoilt by it. Now sixty, and as sartorially aware as any gypsy forty years his junior, he has also made many recordings and is one of the very few *cantaores* left who sings with a real, unforced, gravelly *voz afillá*: decades of *aguardiente*, dust and sun seem stored in it, though he himself is in general well-preserved. The one bit of him that isn't – his teeth – will be recalled by anyone who saw the Jana Bokova two-part BBC film, 'An Andalusian Journey', in 1988. Here, Chocolate croaked into song through a mouth that works like a separate limb, his lizard tongue flicking in and out across a set of bottom teeth which resembles not so much ivory as a jagged outcrop of desert rocks, by which the wind of his voice is dried and coarsened.

'I think flamenco could have come from a cry . . .' he says in the film by way of explanation to some doubtless wild question about the origins of the noise he makes. A singer highly respected in the world of *cante* by old and young performers alike, Chocolate's flamenco authority makes no claim to flamencology; he expresses marvellously the combined spiritual gravity and lightness of his race in all the classic *palos*, and in that rôle happens to be a complete professional. In the second part of Bokova's film, one senses the maestro's impatience at a further flamencological suggestion that what he sings is comparable to jazz. '*Hombre*, flamenco is little understood. It's obscure. You have to listen to understand.' This is bristlingly unhelpful and is meant to be. Chocolate has spent his life getting on with and not pronouncing on what he does for a living. No, jazz isn't a million miles away from flamenco, in the circumstances of its birth, but yes, its musical values are quite different – and these have to be listened to for what they are, and not for comparisons. The throats of artists like Chocolate contain the answers.[12]

Another character in Bokova's film was a bar called El Morapio. For years, it was *the* flamenco watering-hole in Triana. The owner was interviewed, protesting that the gypsies had been 'thrown out' of Triana, and he had a point: the clean-up of the *barrio* has been ruthless, and is now visible and obvious. The rehousing policies of the sixties lay heavily on the gypsies, who were effectively forced, under threat of demolition of their unprepossessing dwellings, to take up residence away from the centre in the kind of modern housing developments which are now the scourge of all major towns in Andalusia. They didn't so much take their flamenco with them as let it die; from the seventies on, it was over to the established professionals like Chocolate. When I tried to visit El Morapio, moreover, with some Sevillian friends in September 1989, a year and a half after Bokova's film was shown, we couldn't find it. Asked what had happened to it, a young man living near where it used to be told us: 'It's being turned into flats.' So what, one asks in desperation, is new?

Bokova concentrated exclusively on the Triana–Cadiz flamenco line, and on a number of important gypsies, like Fernanda de Utrera, the guitarists Pedro Bacán and Moraíto Chico, and the dancer El Farruco. None was overwhelmingly articulate (though one felt Bacán had a lot more to say, given the chance: see below) and somehow Chocolate's unilluminating performance was typical. El Naranjito ('de Triana', as he is sometimes called) is by contrast a natural conversationalist and has a broader outlook on the state of his art than most flamencos of this region.

A *payo*, he inherited his name, 'Little Orange', from his uncle, who was a well-known Seville singer in the days of Chacón and Torre. (His father was also a part-time collector and sorter of oranges exported to the UK.) He first sang professionally at the age of five, in 1940, with Manuel Vallejo and José Cepero in Seville, and remembers the time when singers eked out their living by relying either on *señoritos* to invite them to an inn for a *juerga* or the touring companies which were then proliferating. About this era he makes an arresting point: then, he says, singers were undoubtedly better, because of a lack of self-consciousness about what they were doing – their 'purity of style' was rarely a matter of debate, and as they were singing for bread, they did what they knew best and were not concerned with niceties. Now, they've all become intellectuals or popstars, *but* – and it is a big but – public awareness of the quality of *cante* is far greater than it ever was then; the variety of *palos* in young singers' repertoires has also significantly increased. Both are symptoms of the wide dissemination of flamenco through recordings, and he welcomes that.

Naranjito, a small, bald, neat-featured man of great charm, has a high-pitched singing voice which he uses to moving effect in his interpretation of *soleares*, *alegrías* and *malagueñas*, amongst others. He is of the pluralist school, and recognises that flamenco differs all over Andalusia, that Malaga has its own way of doing *malagueñas*, while in Jerez there is always a 'feel of the *fiesta*' to its *cantes*, and those of Cadiz are highly rhythmical. Seville, he says, has absorbed more styles than anywhere else and, coupled with Triana's unique position as the source of a style of *soleares* (for example), can afford to be more spontaneous, more adventurous and more comprehensive in its approach to the canon. He is all in favour of cross-disciplinary experiment

– he himself has sung with orchestras – but doesn't believe that the advent of recording has necessarily been benevolent for flamenco; the technology available tempts good singers to add too much, to meddle too tricksily with the basics. He uses the analogy of *gazpacho* and rice pudding: to the soup you can always add more tomato, pepper or onion, but never sugar; to the dessert you can add more sugar or cinnamon but not pepper. In *cante*, an excessive mix of ingredients makes for an unpalatable brew. As a master of most styles, Naranjito points out that there is a lifetime's work for a singer who choses the path of pure flamenco; there is no need to put pepper with sugar or vice versa. The basics are rich enough. Having been a *cantaor* for fifty years, he should know.[13]

A very '*gazpacho*' singer with a smaller repertoire but wilder voice than Naranjito's is El Cabrero (see Prologue). He is a man of the Sevillian earth, born in the small mining town of Aznalcollár to the north-west of Seville, resident of Dos Hermanas and goatherd not by trade – he is a professional singer – but by inclination; he says he does two days on, ten days off (singing, that is), being a favourite of the festival circuit, and he is also an enthusiastic recording artist.

What is unusual about El Cabrero is that he uses his *cante* to articulate a non-flamenco philosophy to which he adheres in life with tenacity and sincerity: no popstar he. It is a kind of ruralist philosophy, critical of materialism, and espousing the values of self-sufficiency and political dissent, and coloured by the raw hues of his *tierra*. He is a seasoned practitioner of *fandangos*, through which he expresses his concerns – the ravaging of the environment, the oppressions of religion, amongst other things – which are out of kilter with the more traditionally domestic and amorous preoccupations of the form. Nor is he a sentimentalist: the *fandango* he finds suitable for his concerns he describes as a song which people originally sang to one another from balcony to balcony across streets, a social rather than a spiritual or cathartic activity. The 'tragic' forms – the *siguiriya*, the *soleá* – are best sung by those who have learnt the styles from their grandparents, and who have looked around them and absorbed the southern landscape. Their singing should reflect that landscape: unflowery, undecorative, flat, hard. The essence of the spirit of *cante* is the essence of inarticulacy, he believes, and whatever form it takes – the result of a process of naming by those who don't sing them and which doesn't actually mean much – it must express only 'the Andalusian personality' to be true flamenco. An idiosyncratic view, it is unwaveringly held to; were there more Cabreros around, there would be no cause for alarm at the possible disappearance of authentic song.[14]

The line-up at Los Palacios, where this book began, included El Cabrero, along with Fosforito, Curro de Utrera and Itoly de Los Palacios. The other big name of the evening was Calixto Sánchez, the first Bienal winner. He, more than any other singer of the Seville region, is the direct inheritor of Mairena's style: full, open, versatile, light when he needs to be, passionate when occasion (i.e. a *jondo* form) calls for it. His is a voice laden with intelligence and subtleties of expression, and, like Mairena – indeed like Naranjito and El Cabrero – he has an articulate view of what he does. Something of an *investigador*, Sánchez is a rigorous respecter of all the forms, works at them hard and is even more of a regular on the festival circuit than El Cabrero. 'Flamenco,' he said, 'was born amongst marginalised people in the *pueblos*, closed off because of the difficulty of communications. For this reason, each *pueblo* developed its own manner of singing. . . . The fundamental elements of flamenco exist in the *cantaor* from whichever *pueblo*. But it is also there in innate musical qualities that have always existed in the *pueblo* itself. You can measure the quality of a *cantaor* in the way he recuperates and transforms those qualities at the same time, places the *cante* in its true context and makes something new of it.'[15]

In this he echoes Mairena, and he is unashamed in professing his discipleship of the master. He was born in the same village, Mairena del Alcor, where he still lives with his family and works as a schoolteacher. He is without doubt the most widely sought-after male flamenco singer of the time, and will certainly rise in reputation, even to an international level, in a manner that few singers of his kind – the flamencos of the Seville basin – will wink at.

The internationalisation of flamenco song is almost a non-

287

subject. *Cante* really doesn't happen and is not listened to any-where other than in Andalusia, and only in Madrid and Barcelona up to a point. Flamenco *per se*, more the idea than the real thing, has a certain currency abroad, and a number of good performers – Spanish and non-Spanish – live outside the country.[16] Strangest of all is the Japanese dimension, of which we have already seen something (see pp. 265–6). At the 1988 Bienal, a Japanese dance company performed a Noh play which mutated itself into flamenco, with a rotund local gypsy woman orating from the side of the stage on how important it was that 'hunger', 'poverty' and 'black sounds' should inform what they – the Japanese – were doing. While hunger and poverty have been universal themes since time immemorial, there was some-thing preposterous about performers from one of the richest nations on earth trying to draw on these concepts as the food for the dance they were so splendidly imitating. As for 'black sounds', the average Japanese, like the average American or European, would more likely think of Miles Davis or Motown than gypsy angst. Let us not get too excited about that idea, however; gypsies are past masters at paying lip-service to a his-tory they don't actually know about, but they are the most accom-plished imitators of all. When it comes to their homegrown flamenco, gypsies are wildly impressed at Japanese and other foreign interpretations of what to them is second nature, but also find it terribly funny.

In Seville, the international meeting-place integral to the flamenco world is La Carbonería, a converted coalyard in the east of the old city. Dating back to the fifties, when it was called La Cuadra ('stable') and was in a different location, the present bar is run by Paco Lira, ubiquitous in the *aficionado* network. Neither writer nor organiser (unlike the other flamenco mover and shaker, Bienal chief Ortiz Nuevo), Lira is held in great esteem by local artists, whose cause he has supported for years and who patronise his establishment. He also attracts many foreigners who, eager to partake of his flamenco wisdom, also happily accept free accommodation in the upper storeys of La Carbonería. He is an undemonstrative man, shuffling round the various sections of his bar, mixing with young and old alike, only modestly aware that he runs one of the most famous nightspots in Seville; he smokes constantly, peering at you through heavy black-rimmed spectacles that remind you of an early 1960s Left Bank intellectual, and has the sharpest memory of anyone for the great days of Seville flamenco before those he now welcomes – foreigners – spoilt it.[17]

The bar itself is made up of three areas: a beamed, high-ceilinged, cobbled lobby, its oldest part; a main bar concourse, with tables and chairs, and a raised stage; and attached at the back a patio, overgrown with trees and plants, La Carbonería's social heart. Some flamenco goes on, usually in the lobby area; Thursday nights are supposedly given over to it, Lira hiring young gypsies from the Seville suburbs to come and sing, clap and shout for the international young (mainly Americans) who crowd round the wooden tables determined to get their flamenco dose for a few hours. It is always terrible, and Lira, who can't afford to pay for anyone decent, admits it. His motives are philanthropic: these guys need a lift-up, a chance to show off – and their jazzy clothes are always monstrously out of proportion to their talent – and he wants to do his bit for the gypsies, about whom he has no qualms. They simply produce the best flamenco, and for *that*, well, follow Paco. In fact, at La Carbonería you might be lucky to chance upon a gypsy guitarist called Carlos Heredia, who really is good; he plays excellent *compás* and doesn't show off. But to hear him you have to be patient. Corner him, perhaps, away from the fawning Carbonerians, proffer a lot of dollars and suggest a discreet venue. . . . It is unrespectable, unegalitarian, but sometimes still the only way to hear the best playing.

As a tribute to Lira's enterprise, particularly in the old days, the 1990 Bienal mounted at the Hotel Triana a show called 'Carbonería', in which Fernanda Romero danced (above) and which billed for the finale a Japanese dancer called Tsuneko Iremajiri. Disarmingly, she performed a *bulería* in a *bata de cola* with all the winning expressiveness and bravura of a Carmen Cortés or Blanca del Rey. Any doubts one might have had about the sincerity and skill of Japanese flamenco were laid to rest – and she got a standing ovation, *in Triana*. Lira, who wasn't there, is unlikely to have been impressed; he is no fan of the Bienal, believing it to be a muddled, middle-class affair which preaches purity but pays symphony orchestras more than gypsies. This is probably what lay behind a hiccough in the last Hotel Triana event, a *fiesta* in memory of a much-loved, old-time gypsy guitarist, Diego del Gastor. It promised a sumptuous cast: the dancers Miguel El Funi and Paco Valdepeñas, singers Chano Lobato and Manuel de Paula, and Diego's nephew, guitarist Paco del Gastor, one of the most renowned accompanists on the Andalusian circuit (see Prologue). The show was lively, highly professional, a showcase for the heartiest and least contrived flamenco produce in Spain. It also proved that once these sort of artists (all of them friends, some even related) get going, there is no stopping them. As long as Gastor kept playing, the others would sing and dance until they, and the audience, dropped: that meant 3.30 in the morning. There was a hidden agenda, of course; the main draw of the evening had not shown up, and in an uncompromising, *juergista* spirit, the performers were making up for her absence – whether the audience liked it or not.

She was Fernanda de Utrera. She is as close to being a quintessential Sevillian *cantaora* supreme without actually coming from Seville (see pp. 76–7). The chances are that the Bienal organisers had bungled her contract or her billing, or both; it is even conceivable that, given it was a homage to one of her old accompanists, she was asked to appear for free. For an artist who has been at the top of her profession for thirty years and done more than most contemporary singers to bring the rough-hewn sound of her native soil to international audiences, this was not clever behaviour. Still, it was a boycott in the right gypsy spirit, whose pride easily flares in the face of bureaucratic tactlessness: the Jerez guitarist Manuel Marao and a former Bienal champion, Mario Maya, failed to appear at the 1990 festival for similar reasons.

A gypsy guitarist who did appear was Pedro Bacán, with a show at the Teatro Lope de Vega called 'Nuestra historia del Sur', based on the music and customs of Lebrija, and performed by artists from the same. This was a family affair, representing the instinctive, unselfconscious flamenco of the gypsy hearth, although Bacán had done a great deal of research before mounting it. It was subsequently praised in a variety of newspapers as one of the three or four most important events at the Bienal. Part of the Peña clan of Lebrija, at forty-one Bacán is undoubtedly the leading gypsy guitarist of his generation, a musician of high dedication and imagination, and seemingly unmoved by the vagaries of commerce. Matrimonially unorthodox for a gypsy, he has made his home with an American wife in San Juan de Aznalfaroche just outside Seville and like Paco del Gastor is a regular on the festival rounds. Unlike Gastor, he has carved out a high-profile solo career, mainly through concerts given and recordings made abroad. He has a lucid and profoundly felt attitude towards the fortunes of his instrument, and cites an oddity about its status in Spain: there is, he says, little *afición* for the solo guitar in the country today, though he is reassured by how much seems to exist outside. In the festival- and *cante*-bound enclaves of the South, it is difficult for guitarists to attain eminence as soloists, as it goes against the grain of flamenco as a socially participatory activity: being a soloist smacks too much of lofty *payo* musicianship. On the other hand, go to Madrid, and you often find that as a gypsy Andalusian, you are considered too 'hick' to be taken seriously, and – more to the point – not even in the capital does there exist the musical infrastructure for performers like Bacán to sustain full-time careers. As we will see, this is even true for Paco de Lucía, a non-gypsy whose global reputation stands almost as a rebuke to Spain for being unable to hold her finest flamenco musicians in the appropriate respect.

As far as Bacán is concerned, the guitar is the flamenco issue of the moment. Listen to the complex, grainy textures of his playing on his disc 'Alurican' and you can hear why. He draws a whole world out of the instrument, strumming the intimate conversations of the gypsy families of Lebrija and evoking the small-town animation of its streets. *Cante*, he says, is in trouble, though; if it is to develop, it is unlikely to remain flamenco, as it will take on 'Western' mannerisms that don't begin to match its origins. The flamenco *quejío* – the wobble – simply cannot absorb the purer, more unbroken line of Western melody; and

291

melody, of an Oriental kind, is what constitutes *cante*. The guitar, on the other hand, is a natural friend to that traditionally limited dimension of flamenco, harmony – the Western dimension. It is the harmonic possibilities of the guitar which excite Bacán, and he suspects that in his own playing (though he would have to acknowledge others like Pepe Habichuela, from Granada, and of course Paco de Lucía) the melodic constraints of *cante* have already been superseded.

Bacán's respect for *cante* is total, compromised only by his belief that the songs, progenitors of *compás*, provide limitless information from which the guitar can make genuine musical developments, even if they, the songs, can't. This is borne out, Bacán observes, by the frequency with which a singer now turns to a guitarist and says 'Invent something for me to sing', whereas it used to be the guitarist who said 'Sing me something'. A not unknown extreme of this is when a guitarist plays something so sophisticated that the singer doesn't know where to start, where to come in, what *palo*, even, the guitarist's 'accompaniment' has embarked on.[18]

This rarefied vision of the guitar is put into earthbound relief when you see Bacán perform off-limits – at the Lebrija festival, the Caracolá, for instance. Scheduled most years for June, in 1990 it coincided with the last week of the Bienal, for reasons best known to itself. For Paco Lira, this was just fine, as he was bored with the Bienal, and the chance to see his favourite flamencos perform in Lebrija was just the tonic needed after the pompous extravagances then going on in the Lope de Vega theatre. Because it was October, however, the chances of rain were high; and thus it was that the Caracolá took place not only in the protective confines of the paper-bauble-festooned *casa consistorial* (civic centre) but without a PA: the excessive amount of water had made inroads into the electrics. This made not a jot of difference to the atmosphere, which was that of a slightly intoxicated village fête. Gypsy children (it was midnight) stood in excitable huddles at the foot of the stage, while serried ranks of expectant *lebrijanos* sat on folding chairs ranged across the puddle-splashed floor. Behind the audience came the sounds of a bar, where people were consuming snails and other *tapas*, and buying ice-cold half-bottles of Tío Pepe to bring out with plastic beakers to drink during the spectacle (it had been going on for two hours); on stage, the performers were up against unexpected competition from the smack of coins on zinc, coffee machines and raucous late-night *andaluz* chitchat which amplification would otherwise have drowned out. And there, towards the front of the chattering audience, sat a characteristically silent Paco Lira, flanked by a young Dutchman, an Italian girl, and a tall, gangly, red-haired-and-bearded American who in a slot earlier in the week at the Hotel Triana sung the worst flamenco I have ever heard. I greeted Paco. 'Wet [*mojado*], isn't it?' Paco replied with the only word suitable for so bland and Anglo-Saxon an utterance: '*Mojadísimo*' (very wet).

Bacán, a bucolic-looking gypsy with fair features, almost no hair and quite fat, could not be a less likely candidate for fla-menco maestrodom; but there he was, playing as accompanist to his family around him – who were singing and clapping and stamping with abandon – hunched over his guitar like a vulture supping at a carcass, effortlessly in charge of proceedings and pulling every last ounce of rhythmic flesh from the instrument. Manuel de Paula, a local singer, came on next, and was in fine voice, smiling and far more relaxed than he had been at the Bienal Diego del Gastor event. Soon, a dancer called Carmenilla Montoya swept the stage in two dances of wicked brilliance and had the audience, particularly the men (and most especially my male companion that evening, an English teacher without any real interest in flamenco), roaring. And then a high point: a homecoming.

Bacán's cousin, El Lebrijano, emerged on stage to rapturous applause – no problems of non-appearance here, nor of the lack of PA for that matter. El Lebrijano's voice is huge and the audience was putty in his hands – and did his hands move. His gestures were almost bigger than his voice and when at one point he turned round to conduct his army of *palmeros* (a line of five young men assembled for the sole purpose of clapping the *compás* – replacement PA perhaps) the showman in him took over. Through a riotous *bulería*, we saw an effusive flamenco professional, brightly coloured waistcoat, long, swept-back fair hair, rings and all, buoyant on a wave of native *afición* that he could not have met with anywhere else. At the end of his turn, he told Lebrija he loved them and kissed the stage floor: the audience was on its feet in adoration. In the midst of this, Bacán's sober presence (he tends to have a puzzled look on his face) was almost judgemental. The guitarist was the musical organisation behind this *fiesta*, the dancer the sensual, blood-quickening, kinetic animus, the singer the life and soul of the party. All was as it should be.

When I spoke to Paco Lira the next afternoon, he told me that he and his friends had stayed on until five or six in the morning (I had feebly bowed out at three). What was it like? He said it had simply got better and better. *'Fue un gran compás, un gran compás.'**

To the south of Lebrija lies Jerez, first town of flamenco, source of the *cantes festeros* as everyone calls them in Andalusia, stamping-ground of the most exciting *palo* of them all, the *bulería*.

> *La calle Cantarería*
> *es la calle de la pena*
> *que canta por bulería.*

> (Cantarería Street [in the *barrio* Santiago]
> is the street of pain
> which sings the *bulería*.)

There will always be discussion over the origins of the *bulería* – *bolero* (a dance), *bulla* (a noise) or *bul* (gypsy for 'behind' or – the mind boggles – 'faeces') – and over whether it is a speeded-up *soleá* or a Jerez-ised version of the *alegría*. It is probably the most popular of all the flamenco forms, not, unlike most of the others, because of its sung content and expressivity but because it makes such a superb dance. It is usually performed at the end of a flamenco spectacle, whether in a *tablao*, festival or theatre,

---

* This is untranslatable. An approximation would be, 'It was a great show', but this fails to convey the wonderfully inventive use of the word *compás* in this context.

as it involves all the company. It is fast, furious, anarchic and authentically gypsy, and as a fully signed-up member of the flamenco family probably dates from the end of the last century. *Aficionados* tend to say it is best in Jerez (as a sherry-lover would profess that Tío Pepe tastes best there too, straight from the barrels of the *bodega* González Byass). If anything, it is slightly slower than elsewhere, tending towards a *bulería por soleá*.

The *bulería* is central to the guitar repertoire. Containing as it does myriad sprung, syncopated rhythms, a wilful dynamic and obvious percussive outlets, it is a gift for the virtuoso guitarist. It is also the best vehicle for showing off and, because the conventional requirements of *cante* do not necessarily apply, a good player can infuse his personality into it with dollops of glamour and flamenco muscularity; a bad one will make an unholy mess of it.

The first person to acknowledge the importance of the *bulería* to Jerez is the town's senior living guitarist, Manuel Morao. A striking gypsy of sixty-three, trim, elegantly attired, and with the dark, rounded features and colouring of a Mayan Indian, perhaps exaggerated by the thick swathe of shiny silver-grey hair perfectly combed back from his forehead, he is one of the most influential flamencos of the region. The *bulería*, he says, has something in it intrinsic to Jerez, privileged as the town is in its status as originator of both the *siguiriya and* and *bulería*, and two forms central to the *jondo* canon. (Some say that the *bulería* is thoroughly *chico* – that is, 'light' or 'minor' – but with Morao this would be tiresome *payo* quibbling.) The *bulería* 'sounds different' in Jerez, just as it does in Triana and Alcalá, and Morao admits that only those who are aware of the subtle variations of rhythm and texture of the form on the Seville–Cadiz axis know the difference (he is one of them) and how special it is in Jerez.[19] As a guitarist with over five decades' experience of accompanying some of the century's most prestigious artists, one is inclined to accept this; Morao's position, indeed (to say nothing of his looks), is a kind of oracular one, with his endorsement of a flamenco event pretty well anywhere being tantamount to its certain success.

His credentials are formidable. From 1945, he played for

Caracol, Pastora Imperio, La Niña de los Peines and Carmen Amaya. From 1953, he travelled the world for ten years as first guitarist in Antonio's ballet. Then, in 1966, he began a series of flamenco events in Jerez called 'Jueves flamencos' ('Flamenco Thursdays'), which were designed to launch singers and dancers onto solo careers that would last, and amongst whom is numbered today the Jerez singer José Mercé (one of the biggest names after Camarón). Morao played for Antonio a second time between 1970 and 1975, and was thereafter active in the organisation and promotion of festivals in the South, in the spirit of Mairena, until 1985, when he formed his own company.

This resulted in a show, 'Esa forma de vivir' ('This Way of Life'), a series of connected tableaux depicting Jerez gypsy life, and was a notable attempt at flamenco narrative without becoming pat or choreographically heavyweight. If it lacked a certain direction, then this was more than compensated for by the performers Morao found, all gypsies, most *jerezanos* – many, it seemed, part of his greater flamenco family, whether related by blood or by art being immaterial. He has made dozens of records, his reputation as one of the finest accompanists of recent decades being confirmed by those he has worked with, La Paquera and Terremoto in particular.

Morao is closely involved with the Fundación Andaluza de Flamenco in the Palacio Pemartín in Jerez, where he rehearses his company. He is motivated by a desire to preserve the dignity, purity and *jondura* of his native flamenco, and is not altogether sure that contemporary developments, in the guitar above all, augur well for the future. In this reservation, he might include another guitarist who makes use of the Fundación, holding as he does an important course there at the end of each summer: a non-gypsy from the pretty harbour town of Sanlúcar de Barrameda, just west of Cadiz, born Manuel Muñoz, and now known as Manolo Sanlúcar.

Sanlúcar's credentials couldn't be more different from Morao's, though they share the same musical ancestry: both Sanlúcar's father Isidro and Morao were disciples of Javier Molina. Where Morao has remained a defender of the core activities of the guitarist as accompanist, however, Sanlúcar has become a top-flight soloist. In so doing, he has passed well beyond the bounds of the traditional *toques* into fields which belong to a much more heterodox musical terrain, circumscribing rock, jazz and classical. After studying with his father, his career was launched in the fifties when he toured with Pepe Marchena, who took him under his wing. By his late teens/early twenties, Manolo was accompanying many important singers of the day, though he was already distinguishing himself as a player of distinctive touch and adventurous style. It wasn't long before he was carving out a niche as a soloist and advancing into non-flamenco waters.

At the age of twenty-three, while doing his military service, he composed a piece for guitar and orchestra called 'Fantasía'. It was accepted, recorded and to his surprise moderately successful. It spurred him on to experiment in a range of musical media, in the first instance jazz and rock, latterly orchestra-based. After his first taste of symphonic scoring, he was convinced that the flamenco guitar needn't be just the preserve of old *cante*-based forms; there was clearly no reason why he couldn't engage as an instrumentalist in as many musical experiences as possible. Like Bacán, Sanlúcar believes that the time is ripe for the harmonic exploration of the flamenco guitar, though more than the Lebrija-born gypsy, Sanlúcar had the advantage of apprenticeship when figures like Manolo de Huelva, Niño Ricardo and Diego del Gastor (*'los mayores'*, he calls them) were still powerful forces in the instrument. At the same time, he has let himself be exposed to a wider variety of musical influences that most gypsy flamencos would acknowledge as being of any use or significance. His understanding of the workings of the classical guitar, for a start, is probably broader than any other flamenco guitarist alive.

Sanlúcar occupies solid ground in the forefront of sophisticated flamenco. He does so because of faultless technique, and a real taste for mixing styles; his music is not precisely 'flamenco fusion', as he is very much his own master, with a base flamenco sound – often light, sensuous, harmonically attractive – and he seems untroubled by accusations of his lack of *jondura*, or of wrecking traditional *compás* and flamenco textures.[20] His motto

297

might be words he quoted at me from Luis Rosales's book, *Esa angustia llamada Andalucía* (*This Anxiety Called Andalusia*): 'The light-hearted aspects of flamenco arise on the day when circumstances permit a smile to dawn on the face of flamenco's drama' – 'drama' here referring to the *soleá, siguiriya, taranta, martinete* and so on. Sanlúcar covered the 'serious' forms – technically, at least – when he was a boy; his inclination as a professional has been towards a more relaxed, more flexible and more subtly textured style of playing than strict adherence to the tenets of pure accompaniment will allow. He still talks of flamenco as his 'religion', while stating firmly that his desire to unite 'universal music with the Andalusian soul is a challenge'. He goes on: 'I don't confront flamenco in order to change it at all. It is in itself an art of great richness which, if it hadn't been humbly born, in a marginalised class, would today be assimilated into the culture of humanity.' His respects to flamenco paid, he defends his excursions into jazz- and rock-related forms by claiming that the 'concept of purity is a decidedly relative one. It's like a person who has a change of clothes but retains for always the same body underneath.'[21]

Sanlúcar's virtue lies in his versatility. This can be gauged from the work he has put out in the eighties alone: a polished orchestral score for solo guitar for the National Ballet of Spain's production of *Medea*; a brilliantly inventive guitar suite called 'Tauromagia', released on disc and consisting of a series of pieces linked by an evocation of the rituals gone through by a *torero* before and during a fight; and a score for orchestra alone, flamenco in spirit and perhaps a breakthrough for the idiom as a whole (flamenco instrumentalists have never been called 'composers'). It has yet to be performed.

It may be that Manolo Sanlúcar's openmindedness regarding his traditions comes from his being close to the sea. Cadiz, the surrounding ports, and points west towards Huelva and east towards Algeciras are the sources of the upbeat *alegrías, cantiñas* and *fandangos*, and of a mentality too: a greater readiness to be influenced by and absorb all types of musical impulse than exists further inland. From La Isla de San Fernando (only called 'Isla' because it lies on the strand that leads to Cadiz, hemmed in on two sides by the Atlantic) comes, of course, El Camarón de Isla.

Camarón literally means 'little white shrimp', a name the singer-prodigy was given because of the whiteness of his skin, gypsy though he is. He is the *cante* phenomenon *de nos jours*. He is also hugely controversial. There are two reasons for this. First, his unreliability over concert appearances has made him the bogeyman of promoters, *aficionados* and critics alike.[22] People pay very good money to hear Camarón, but more often than not they are disappointed by his failure to show up. His drugs' dependency has been acute for some years and has had devastating effects on his voice. It is possible that he has had his time, though anyone sensible of the need for unique flamenco voices like his to be preserved, in whatever manner possible, will dearly hope not.

His second problem is that like Sanlúcar (and others) in the guitar, he has breached the boundaries of pure *cante* with an abandon that has shocked his early admirers; he has gone into a pop mode, with rhythm sections, drums, synthesisers and what not, and now – in exact fulfilment of Naranjito's reading – behaves (and sings) more like a popstar than a *cantaor*. In the eyes of purists, this is much worse than anything a guitarist might do, as it goes so crudely against the grain of the trends in *cante* released by Mairena in the early sixties. Camarón certainly started out as the genius of his generation; then, his detractors say (and most of his admirers now agree) something snapped.

It is difficult to determine how or why this happened. José Monje Cruz (as Camarón was born) has – or had – one of the greatest voices in the history of the male *cante*. Characterised by a classic, high-pitched gypsy *rajo*, its powers of emotional penetration are unlike any flamenco voice I have heard – and I am far from being alone in thinking this. The consensus is that Camarón displayed at his best everything, across a broad range of *jondo* and the lighter styles, that one could hope for from gypsy singing: immense force, pitch as perfect as can be expected from an idiom that sets little store by it, an *appoggiatura* that is almost painful in its intensity, and at the centre of all this a fearsome humanity instinct with expressive awareness of the burdens of his race. He is, in some important, and yet in some terribly trivial, way a flamenco archetype: important because he can make you feel, whether you like it or not, very deeply indeed; trivial because he has demonstrably blown it all through indiscipline on the back of prodigious success – success, indeed, that is usually the lot of a popstar, some of whom (as history shows) hold it better than others. Camarón, a gypsy whose culture is not accustomed to idolisation, has held it badly.

I have seen him twice; the first time was on television, being interviewed on a programme called 'La Puerta del Cante' on Canal Sur, the Andalusian TV channel. His hair was long and curly, and looked as if it were bewigging a face that didn't belong to it: drawn, sheet-white, cadaverous. In keeping with the idiocies that are now expected of him, he was asked what he thought of Mick Jagger: '*Creo que es . . . es . . . es . . . un fenómeno*'. The only joined-up thing he said about anybody in a ten-minute slot, one was irresistibly reminded not of the Rolling Stones' front man but of the group's once-horrendously wasted guitarist Keith Richards, who I am sure could advise Camarón on a thing or two.

The second time was in the flesh, briefly, backstage after the last, climactic event of the 1990 Bienal. He seemed to be tottering, and in embracing some old friend was clearly seeking physical support rather than expressing affection, or even recognition. Reminding me this time of an incapacitated busker, Camarón was on his way to see – post-performance – the man who first accompanied him, and set him on the road to glory in the late sixties and early seventies: Paco de Lucía.

Paco had just played one of the best concerts of his career in the Teatro Lope de Vega and, as his visits to Seville are rare, was in serious demand. Whether he had anything to say to Camarón I am unable to tell; what is certain is that Paco de Lucía gave up on Camarón when it became quite clear that he could not control his drugs habit, some time in the early eighties. It is tragic that they had to part, as each represents in his field the finest flamenco talent Spain has produced this century; they were a potent combination, and unrepeatable. The difference is that where Camarón let it all go to his head, Paco de Lucía has sought, with fascinating results, to expand the boundaries of his art – the guitar – and has remained, through it all, the one enduring, supremely controlled flamenco magus of our time.

9

The Man from Almoraima

Flamenco has always been described in four words, but I
prefer to use forty – and still hold on to its essence. It's an
infinite, tense, even hysterical world, into which the guitar
can break at any given moment. And I have always placed
my technique at the service of expression and emotion.

Paco de Lucía

The names Ramón Montoya, Niño Ricardo and Sabicas have
cropped up from time to time in the story told so far. Each of
them could do with his own book; each has had a monumental
effect on what most of us understand as flamenco music – the
guitar – and each was a pioneering musician whose reputation
could match that of a Rubinstein, a Casals, a Horovitz. If their
names don't begin to ring with the same international kudos,
that is due to the closed musical culture they hailed from rather
than to the music they played. Of them all, probably Madrid-
born gypsy Montoya has been the most influential on the instrument, while there is a case for arguing that Ricardo and Sabicas
have had a greater effect on players.

Montoya is associated with the generation to which Chacón
put his name, as he was the great *cantaor*'s accompanist
for fifteen years, from 1912 to 1926. He accompanied many
others too, having cut his teeth at the turn of the century first
in the *cafés cantantes*, then with Juan Breva and La Macarrona.
Thereafter, he is linked to most of the pre- and post-Chacón
flamenco greats, including La Argentinita, with whom he
performed in a private recital in front of Princess Elizabeth in

London in 1938. He was the first flamenco-guitar concert artist, and was in demand throughout the thirties and forties across Europe and America. (He should not be confused with his nephew, Carlos Montoya, in his time better known outside Spain, lionised as he was by New York society, where he lived; as a musician he was an accomplished entertainer, but lacked Ramón's seriousness and did nothing for the guitar's evolution.)

If Montoya was the first flamenco guitarist on the concert platform, he was also the first virtuoso. When he played solo, he did something no *tocaor* had done before him: on the instrument designed to accompany them he made the *cantes* sing. In this, he was revolutionary: until his time, even with the musical progress made by the likes of Javier Molina and an important Barcelona-based guitarist called Miguel Borrull (from whom Montoya took instruction), the flamenco guitar was the tool of accompaniment, and that alone. Montoya was a superb accompanist himself – he would have had to be – who played perfect *compás*; in his solo playing, which he apparently didn't take seriously, his *compás* was almost undetectable, not, at the end of the day, such a crime. In releasing the *cantes* from their sung *compás*, Montoya paved the way for the flamenco guitar to develop its own style, its own rhythm and textures, its own voice. From Montoya onwards, the instrument was a matter of personality, of musical individuation and individual technique rather than just a shadowy if agreeable sound on the side. Unquestionably, its fortunes were also buoyed up by the rising eminence of the modern classical guitar, of a burgeoning repertoire created almost single-handedly at the time by Andrés Segovia; this meant that in turn the flamenco guitar had more of a chance of being noticed, as well as something to feed off, however distant their roots and techniques. But if the solo classical guitar could now succeed in concert halls, why not flamenco too, in many ways a livelier sound?

Montoya was a small, round, wholly undashing but nonetheless warm man, whose unprepossessing exterior belied the first real lyrical talent his instrument had experienced. He made enough recordings for us to be able to hear the poetry of his

303

playing, and the extraordinary manner in which his fingers transformed the basic chords, runs and syncopations of the *cantes* into delightful and organic guitar textures and melodies. It was an organicism notwithstanding the lack of *compás*, which probably he alone was able to effect due to an association with Miguel Llobet, a classical guitarist, who himself had been associated with Tárrega. Montoya could read music, and had a sophisticated understanding of harmony and time-signature. Musical literacy thus helped him develop a traditionally illiterate instrument into styles of playing that it would not otherwise have encountered. Ricardo and Sabicas could not have done without him.

Ricardo and Sabicas both belong to a later generation, being born in 1904 and 1912 respectively. Ricardo, a Sevillian whose real name was Manuel Serrapí Sánchez – the only Andalusian in this guitar trio and a *payo* to boot – was for most of his life an accompanist in high demand by anyone who could get hold of him; he was one of the busiest guitarists of the century. He served his apprenticeship under Javier Molina at the Café Novedades in Seville, and by the 1920s was working with the Pavóns and touring all over Spain. The thirties were his great years, playing with most of the rising flamenco names of the day and cutting many records with them. He never knocked Montoya off his concert throne, though he did emerge as more indubitably flamenco in sound and approach than the maestro from Madrid.

He was ill for some years after the Civil War, and in the late forties through to the fifties started to work in a more commercial capacity with the likes of Pepe Pinto, Conchita Piquer and Juanito Valderrama. Still, when he first performed publicly as a soloist in Seville in 1955, it was clear, however belatedly, that he was the next star after Montoya (who had died in 1949). For twenty years, until his death in 1974, Niño Ricardo dominated the flamenco guitar in Spain almost without challenge, inspiring a whole new generation, and even being taken up by young singers like Enrique Morente and El Lebrijano. Some say that he wasted his talents on frivolous commercial asides, an accusation always levelled at musicians who take a step or two outside their known repertoire, in flamenco's case a narrow one (at the outset). In fact, more than Montoya he created a style – rhythmic, technically ferocious, *jondo* at best, merely musically pleasant when uninspired – which found many imitators. His name is still one to be reckoned with.

It might have been less of a reckoning had it not been for the strange case of Sabicas. It was strange for a number of reasons, his name not least of all. The story goes that, as a small boy, he loved broad beans, *habas* in Spanish, and had difficulty pronouncing the word: *habicas* would have been a diminutive, a short step from 'Sabicas'. Strange too was the dating of his birth, normally put at 1912; on his death in 1990, however, the newspapers announced solemnly that the great guitarist had died 'aged eighty-three', which puts his birthdate at 1907 – very gypsy. Gypsy he was, of course, something he never let anyone forget, partly because he was from Pamplona, which was another strange thing: a flamenco dancer from Valladolid (Vicente Escudero) or from Barcelona (Carmen Amaya) is just about understandable; but a gypsy flamenco guitarist from *Navarre*, one whose name came to be synonymous with the most significant innovations in the instrument until our own time – this is peculiar indeed. Sabicas was aware of the anomaly throughout his life and ascribed his early attraction to flamenco to his race, nothing more, nothing less. No one could take issue with him on this, and when he added that he could never play the same thing twice, that he always improvised, there was little point in looking further for a rationale behind his musicianship. He simply played like no one else.

Strangest of all was his absence from Spain for most of his professional life. Had Sabicas not left the country shortly after the outbreak of civil war, never to return to live there, Niño Ricardo would have been up against it; here was a guitarist who combined the melodiousness of Montoya, the technical brilliance of Ricardo himself, but with an added musicality, a sonority, a subtlety and soulfulness that came from depths beyond the reach of even those who, like Ricardo, were endowed with the most impeccable flamenco credentials. As an ex-patriot for over fifty years, Sabicas continued playing like this. His disadvantage was that he was not on show in Spain (the dynamo Ricardo was), so the public didn't know exactly who he was. His advantage was that he was able not only to forge an idiosyncratic musical personality but also instigate an entirely new approach to the art of the flamenco guitar through a consistent body of work, exploratory and in isolation, and through many recordings, all of which was taken as a yardstick for the future of the instrument.

Everything about Sabicas was idiosyncratic: his origins have been mentioned; but there was also the nature of his apprenticeship. In the first instance, he taught himself; at seven he played solo in Pamplona in a concert organised by the army; at ten he performed in a concert in Madrid, and then found himself at La Villa Rosa, where he was praised by Ramón Montoya. In the twenties, he began to tour and in 1934 received the classic Seville treatment, the same Mairena had a year before: a ride on the shoulders of his audience after a recital in the Maestranza bullring, where he had played without amplification. No Montoya or Ricardo, or any other flamenco guitarist in history, had had that happen to him. In an important sense, then, Sabicas was leaping at an early age over the usual obstacles put in the way of a *tocaor* going out on his own, merely on the strength of what he had to offer: no years of toil in *cafés cantantes* and with endless touring troupes for him.

He left Spain for good in 1937, high on the romance of his affair with Carmen Amaya (to last into the forties) and the excitement of being her company's star guitarist. Suddenly, his was an international name, which must have made his expatriate status after the war easier to establish. He settled first in Mexico, then New York, and never stopped playing. Curiously, he never learnt English either, though I have been told a nice story about an interview he once gave to some journalists in San Francisco in the sixties. He had a Spanish dancer friend, who spoke good English, interpret for him; most of the questions were about flamenco. When one question popped out about Franco and Sabicas's attitude to the regime, his reply – in Spanish – was spontaneous, with no interpretation needed: 'I know nothing about politics'.[1] He both understood more English

306

and had more opinions about fascist Spain than he ever let on; but he was content with a quiet life in America, valuing a small circle of friends (he was married, then separated), his concerts and recordings (he insisted on being paid in cash), and an enormous collection of ties – 2,500 of them.

Sabicas made his first return to Spain in 1967, thirty years after leaving. This was in order to receive Gold Medal at the climax of a homage to him in Malaga in a 'Week of Flamenco Studies'. He was now recognised as the most significant innovator of his instrument to date, though he maintained with gruff good humour that no modern guitarist knew that the techniques they used were actually his. He identified the playing of pizzicato in sixths, arpeggios on all the strings, and *alzapuas* (hitting strings for a particular percussive effect) with the thumb alone as facets of his style which were now common practice. This was more than musical nitpicking; the three devices mentioned are now essential to making a contemporary guitar style, at a sophisticated level, 'flamenco' in sound. If they haven't been taken on board, then the playing will just sound old-fashioned, pre-Sabicas, which goes back a very long way.

He was liable to state too that none of these young players had hands strong enough to deal with the techniques he had introduced. Like many of his generation, he anticipated a serious decline in standards, for this and other reasons. The acutest problem was lack of invention: without the great 'creators' – Ramón Montoya, Manolo de Huelva (whom he always preferred to Niño Ricardo), himself – the flamenco guitar had no future. He was more inclined to say these kinds of things in the safety of his New York home, where he could pronounce on the state of his art with impunity, than in Spain, which as the regime began to totter he visited regularly from the seventies on.

Fortunately, he was wrong in his pronouncements. He was no less welcome in his native country throughout the seventies and eighties, making rapturously received appearances at the Madrid Cumbre Flamenca in 1984 and at the Seville Bienal in 1986; but there was no doubting that he had lost much of his old force and cleanness of touch. Something more important had happened, however, and he knew it. From 1970, the flamenco guitar underwent another revolution, which his own pioneering work years before had permitted but in which he himself was too old to take part. Had it been a bloody revolution, a doing-away of all the old values which he had been so instrumental in nurturing, he would have condemned it roundly, his words heeded by few. As it was, the revolution had his blessing, in that he was compelled to acknowledge that the individual who had instigated it was to his liking, as a player – high praise indeed from a man who remained indifferent to most flamenco produced after the mid-sixties.

The individual concerned had been amongst the participants of the 1967 Malaga homage to Sabicas. Then nineteen, he had made three records in duet with a guitarist called Rodrigo Modrego: one a straightforward set of classic flamenco pieces, one a compilation of attractive arrangements of poems by Lorca, and one a compendium of popular Andalusian tunes. This young man had in fact come under Sabicas's tutelage seven years before, when he was playing as second guitarist in the ballet of José Greco, then touring the States (during a world tour from 1960 to 1962). Sabicas, along with an American-based follower of his, guitarist Mario Escudero, weaned the boy off Niño Ricardo-type flamenco (Ricardo was a friend of the boy's father and a frequent visitor to the family house in Algeciras) and encouraged him to find his own style, pursue his lights – not without a little injection of the Sabicas touch. In 1962, he was garlanded at the Concurso de Arte Flamenco in Jerez, where, at the age of fourteen, it became clear to those who had encouraged and taught him that there was nothing left for them to do. The style he had found was one of almost terrifying maturity. Then, he was called Paco de Algeciras; by 1967, he was known as Paco de Lucía. Since then, through his achievements – and his alone – the art not just of the guitar but of flamenco in its entirety has been submitted to one of the most radical transformations any Western musical culture has experienced.

It is hard to evaluate the importance of this man. Still only forty-four, it is conceivable that he will repeat over the next twenty years, in altered form, what he has done in the last twenty: follow paths into musical pastures quite undreamt of. If, in 1967, it was easy to divine that Paco de Lucía had a huge career ahead of him as a soloist, by 1977 no one could possibly have anticipated what he had done for flamenco, nor for himself as one of the leading post-war instrumentalists in any medium. Invocations of names like Miles Davis and Oscar Peterson in jazz, Bob Dylan and David Bowie in rock, Jacqueline Du Pré and Yuri Bashmiet – Julian Bream certainly – in classical music, go some way towards a comparative assessment of his stature. In fact the best comparison is not in music at all, but in painting: Paco de Lucía's capacity to reinvent himself every time he touches a guitar is similar to that of a fellow Andalusian born further down the coast, sixty-five years before him, in Malaga: Pablo Picasso.

Better writers than I have faltered in the face of genius, and there is no guarantee that anything I write about this guitarist from now on will be anything other than a feeble approximation of what he really represents, the vocabulary for encapsulating genius being notoriously elusive. He fits no pattern, although we started this chapter with Montoya, Ricardo and Sabicas with good reason; it was they, and not Paco de Lucía, who put the flamenco guitar on the map as an instrument with as much expressive potential as the piano or violin, flute or saxophone. It was they who made it possible for the traditionally tertiary rôle a guitarist took in the flamenco ensemble to become a primary one. Each had a distinctive voice and Paco de Lucía is better aware than anyone of the debt he owes them. The difference is that he was born a virtuoso, indeed had the luck to be born (in 1947) at a point when the flamenco guitar looked as though it might finally be going somewhere; in a sense, all he had to do was to pick one up. The fact that he had a magic touch, an unimpeded facility to draw from it a musical universe that no one knew existed, is our luck. He has to be cherished – and above all listened to; these kinds of musicians appear only a few times in any one century.

His position today as the finest flamenco musician alive, and the most innovative one ever, is unassailable. It was not one reached without a great deal of hard graft. Given the talent he displayed at an early age, and the good fortune he had to have a father who was an *aficionado*, he was made to work like the young Mozart. Hours of daily practice supervised by his parents ensured that the young Paco had meted out to him the treatment traditionally reserved for prodigies – and prodigy he clearly was. The intensity of work was underscored by necessity, too: his parents were of humble means, his father a cloth-trader around the bars and markets of Algeciras, and playing the *bandurria* in the evenings, his mother a Portuguese woman, called Lucía, who had her hands full with four boys to clothe, feed and educate. By any standards, they were a poor family. Paco's promise offered the possibility of financial betterment; it was an urgent motive for practising and playing that has never left his mature style.

His elder brother, Ramón was taken up by Juanito Valder-rama's company in the fifties and whenever he returned to Algeciras after a tour he would teach Paco the *falsetas* he had learnt; Paco would play them with embellishments and at a speed that mesmerised his family. It was evident that he had more than just strength in his hands and fingers: he had invention and insight as well, and was patently destined for a career rather different to Ramón's. When José Greco contracted Paco at thirteen, the boy was exhibiting all the signs of the virtuoso daring that was to catapult him into the guitar limelight within a few years.

Still, he had his apprenticeship to serve, and the two years with Greco's company, much of them spent abroad, were critical in expanding Paco's musical tastes, as well as deepening his expertise as a flamenco guitarist *per se*. He shot to prominence in the 1962 Jerez competition (along with his singer brother, Pepe) and in 1964 formed a group financed by a German firm, Lippmann and Raü, run by a certain Paco Rebés. For the next six years – amongst the happiest of his career, he was later to claim – the group toured throughout Europe, introducing non-Spanish audiences to singers such as Camarón and El Lebrijano, and dancers Matilde Coral and El Farruco. It was an important period for spreading the flamenco word beyond its traditional shores, with the accent of Paco's group work being very much on the music rather than the spectacle; so it was too

310

that Paco started to perform as a soloist, being noticed far and wide as a scintillatingly melodious flamenco talent, the like of which had not been heard since Montoya.

He could, of course, have left it at that: become another highly accomplished flamenco guitarist who worked with talented fellow flamencos, toured with shows, performed his solo setpieces, and relied on theatre bookings in the big cities and the festival circuit in the South. There were also his recordings, which gained momentum towards the end of the sixties; more awards came his way too, with first prize in the Cordoba Concurso of 1968 and a prize designed especially for the guitar in Jerez in 1970. Something far more important than either of these, however, took place in 1970: in Barcelona, an international music festival was organised to commemorate the 200th anniversary of Beethoven's birth and the twenty-fifth of Bartok's death – essentially, therefore, a classical affair. Paco de Lucía was invited to appear as a player representing one aspect of Spain's musical heritage; he emerged as the sensation of the festival, seasoned concert-goers, music critics and other instrumentalists alike left aghast at the ferocity of his technique and the beauty of his timbre. This twenty-two-year-old man from Algeciras displayed a hunger for exploring harmonic fields and techniques – a multi-faceted *rasgueado* (hitting chords with great velocity), and intervals in the *picado* (finger-picking) and *tremolo* (insistent repetition of one note on one string) – that, within the boundaries of the traditional flamenco guitar, were of uncommon originality. From this date, the evolution of the instrument passed into his hands; no player of his generation would ever catch up with him.

The tours, and fame, began. Concert followed concert, and in 1975, playing in the Teatro Real, he conquered Madrid. Félix Grande wrote:

In the velvet surrounds of the Teatro Real ... from the hands of Paco de Lucía a cataract of notes overflowed and the doormen were both disconcerted and a little afraid: they'd never seen so many beards together nor heard shouts in the middle of a musical work [he refers to the '*¡olés!*' at the end

311

of a particularly stunning *falseta*]. From now on, it would be thousands who would frequent the great house of flamenco, after their surprise at and enthusiasm for the guitar of Paco de Lucía.[2]

This observation points to another discovery the concert-going Spanish public were then making: the taste of freedom. Franco was out and society suddenly felt young again (this is what Grande means by 'beards' – the unshaven blades of the new anti-fascist intelligentsia). In the midst of this was the liberating music of Paco de Lucía. His guitar set free fast, informal and dynamic emotions that the nation had been disallowed from expressing publicly for decades. At the time, one of his most famous seventies compositions, 'Entre dos aguas' ('Between Two Waters'), a *rumba*, became almost an anthem for the spirit of emancipation.

The seventies were also Paco de Lucía's first major creative era as a recording artist of 'pure' flamenco – pure in the sense that his work consisted of him, and him alone, doing extraordinary things on the guitar, with little superimposed accompaniment. Three crucial albums, 'Fuente y Caudal' ('Fount and Abundance'), 'Almoraima' and 'Paco de Lucía interpreta a Manuel de Falla', set him apart as a flamenco phenomenon and took him, literally and metaphorically, out of Spain and into the community of world music. With his international tours, and the availability of his records abroad, he was stirring an awareness of the deep musicality of his culture in a way no one – not Montoya, Mairena, Amaya nor even Sabicas – had before him. The States and Japan became very receptive, as well as European countries like Holland and Germany.

What lay behind this ascent? At a certain level, there was a cult appeal, a growing international *afición* for the guitar and Latin music in general: Paco de Lucía's rare technical facility and delicious harmonies answered a need in the world at large for an exotic solo brilliance – the Paganini factor – in a decade noticeably lacking in it. More importantly, he was inventing a new language for the instrument of which he had already proved himself master. Whether you liked flamenco or not, whether

312

you cared for the guitar or not, whether you knew anything about the music of Spain or not, the fact was indisputable: a revolution in the country's most popular instrument was in progress. Like Picasso with Cubism, or Schoenberg with Atonalism, Paco de Lucía discovered new scales, new intervals, new harmonic structures, a new expressivity *within* the remit of the flamenco idiom and in so doing broke its boundaries. And as in any artistic revolution, there was a rupture of tradition: people now speak of flamenco before and after Paco de Lucía. Most of this book has been concerned with the before; here, we're looking at the during and, to wind up, the after – though the after hasn't really happened yet, as Paco is still very much with us, embarking on a second 'pure' flamenco phase.

Characteristics of his playing include a musclebound rhythmic sense, veering between the straightforwardly athletic and the intricate complexities of counter-rhythm and syncopation, some of which is innately flamenco, some of which is idiosyncratically his; and fretboard runs so fast that it is almost impossible to understand how just four fingers can be responsible for them (people frequently note that Paco de Lucía's playing can sound like two or three guitarists at once). Where he distinguishes himself from anyone else who tries to play as fast is that his notes are all articulated, and the runs are never items of mere showmanship but always resolve seamlessly into the overall design of a piece. His supremely identifiable, seductive musical personality moulds and shapes every note struck and chord strummed into a guitar dynamic of sculptural certainty; he seems indeed to have given his instrument a third dimension which you want to touch. His is tactile flamenco: you feel fingered by it.

In 'Fuente y Caudal', Paco de Lucía was playing his last debt to the *jondo* guitar – this as early as 1973. The pieces on it – *bulerías, soleares, tarantas, alegrías* – are structured conventionally, but played with the virtuoso vigour then expected of anything Paco did; the album opened, however, with 'Entre dos aguas', the *rumba* which with its electric bass marked a shift towards a more contemporary sound. This didn't emerge fully formed until much later. First came 'Almoraima' in 1976, the record in which Paco paid tribute to his roots. Almoraima is the Arab name for a forested area north of Algeciras, and a small town in the hills with the remains of a Moorish castle, which he remembers from his early childhood. The opening track of the same name, a *bulería* of fabulous complexity and driving rhythm, has become one of the most widely played – and badly imitated – pieces Paco has composed, complete with subtle electric-bass notes and interjections from an Arab lute. The record also has a sumptuous *sevillana*, 'Cobre' (copper or, in music, brass), and a haunting *minera*, 'Llanos del Real' ('Plains of the [Puerto] Real'), high points of an album in which the personality of the player comes through with a by turns febrile and bouncing intensity. There is a great deal of joy here – as in the *alegría* in honour of a famous singer, La Perla de Cádiz – as well as anguish, a kind of guitar-song against the conditions of isolation and poverty which informs all of Paco's most sensitive playing. In pieces like the *granaína*, 'Cueva del gato' ('Cat's Cave'), and the *soleá*, 'Plaza alta' ('High Square'), one glimpses the inner world of an artist who, unaccustomed to flamboyant gestures or extrovert behaviour in life, is ready to reveal himself most exquisitely in art. This has very little to do with flamenco as it is orthodoxly defined. It is more akin to what Romantic composers – Schubert, Schumann, Chopin – strived for in their most intimate piano pieces. Intimacy is the catchword for the most refined flamenco guitar-playing; Paco de Lucía can evoke something of the yearning, regret and sorrow, as well as the exuberance and sanguinity, that we also hear in Schubert's 'Impromptus', Schumann's 'Kinderszenen' and Chopin's 'Ballades'. One obvious difference (instrument aside) is that in place of a pre-industrial Central European idyll, this music – flamenco at root – is shot through with the very smells, heat, and stark, contrasting colours of Andalusia.

'Almoraima' remains an achievement all its own, a breakthrough recording in the annals of the flamenco guitar and a watershed in Paco de Lucía's career; he has never played in quite the same way since. After it came his interpretations of Falla, adaptations of pieces from *El sombrero de tres picos*, *El amor brujo* and, famously, a version of the 'Danza' from *La vida breve*, the latter played with a combination of flamenco brio and tight, classical control, and still a concert favourite. What is particularly interesting about the record as a whole is its mixture of discipline and respect for Falla in the acoustic pieces, and a much more laid-back approach in other places, where a band – electric bass, rhythm guitars, flute, percussion – was used. This sounded an entirely new note and signalled once and for all the decisive change of direction Paco de Lucía was to take throughout the eighties.

There was also his work with Camarón, in the seventies, when Camarón was at his daunting peak, peerless exemplar of the art and majesty of flamenco song, a passionate interpreter and creator of styles in a passionless decade; it was crowned midway through it by their 1975 collaboration with an album called none other than 'Arte y majestad'. As many singers would now try to imitate Camarón as guitarists would Paco de Lucía: both men were leaders in their field, both seemed to be paving the way for the future of flamenco and both were becoming incredibly famous – in Spain at least. Camarón's way (a gypsy way?) of confronting it was to chase oblivion. Paco worked with him a few times at the end of the decade and in the early eighties, then let him pass over (perhaps in both senses) to Tomatito, Camarón's accompanist ever since, though a player with not even a quarter of Paco's genius. Camarón's voice went into instant decline.

Paco sought a heterodox path, leading to terrain where he could grow dramatically in stature as a musician, though there was a curious, oblivion-chasing side to it too, not in intoxicants but simply away from fame. He had come to feel trapped where he was: 'I feel manipulated by the system, by fame, by the expectations that are made of me. I'm fed up. All I want is to be left in peace.' So he told Félix Grande in 1978; and he added, in a revealing comment directed at his early days when he played for a crust to stopper the holes in the roof of the family house in Algeciras: 'Every time I pick up the guitar, it's as if I know that thousand-peseta notes are tumbling out of the strings. It's a dismal sensation.'[3] Moreover, there was nowhere in Spain he could now go; the infrastructure of the country's musical life –

then gravely underdeveloped – could not accommodate him. Nor was Spain used to flamenco guitarists like *this*, one who seemed to have both a popular and musically educated following; in a way, he was too musical, and too adventurous for the conservative tastes of old-style *aficionados* and organisers of Andalusian festivals. He was itching to try his hand at a new tune, one that wouldn't immediately identify him with the culture in which he came to maturity and which he had done so much to expand.

He kicked off with 'Castro Marín' in 1980, a record made over three days of Christmas in Tokyo. (Castro Marín is the name of the place in southern Portugal where his mother was born and is also the title of the album's only *fandango*.) The first side displays Paco at his best, technically on magnificent and meticulous form, and creating some of his most melodious work. The opening track, 'Monasterio de sal', is one of the most perfect pieces of music ever composed for the flamenco guitar, a *colombiana* that begins with a delightful, lilting tune and develops into an almost mathematical exploration of counter-rhythm, replete with breathtaking runs and dissonant textures that gives luscious body to what is otherwise a simple theme. A *bulería, fandango* and *soleá* then follow, all quintessentially flamenco but more relaxed in tone and structure than the playing on 'Almoraima'. On side two appear Larry Coryell and John McLaughlin, both jazz-based acoustic guitarists. They collaborate on the first two tracks (Coryell on the first, Coryell and McLaughlin on the second) in what are clearly jazz-influenced pieces, un-flamenco in character and no less exciting for that; both were composed by Paco de Lucía. This was the first fruit of his quest for musical refreshment, a pointer to new motives for creativity and for what throughout the eighties was to become his signature: mixed-media guitar.

Some of his experiments were successful, such as 'Castro Marín', in which the very different playing styles of Coryell and McLaughlin were woven expertly and resonantly into the de Lucía dynamic. McLaughlin also played on the aptly named 'Passion, Grace and Fire' of 1983. Here he and Paco joined the American guitarist Al di Meloa in six pieces, two composed by each, to produce a polished, even slick sound that triumphs in terms of texture and mood, and perhaps only lacks in character – partly because the expertise of each musician threatens to cancel the other out. The flavour is wholly 'international' and clearly served Paco de Lucía's purpose at the time.

He needed to breathe the air of the wider world. In the mid-eighties, he rarely stopped touring. For the concerts he gave, the formula was roughly the same: in the first half, he would play solo for forty minutes, inevitably a mesmerising experience. In the second half, it would be the turn of his 'Sextet', consisting of Paco as band leader, his brother Ramón on second guitar, Carles Benavent on bass, Jorge Pardo on flute and saxophone, Rubén Dantas on percussion and Pepe de Lucía singing. A concert regular was 'Yo quiero solo caminar' ('I Only Want to Wander'), which Pepe belted out with undimmed flamenco conviction, though it often took audiences by surprise: the old question 'What *is* this singing?' rippled from the noisier audiences in places like London's Dominion Theatre, where the Sextet played at least twice. The music they offered was a curious hybrid, not musically very satisfying, too often deteriorating into a uniform rhythmic 'Latin' brio that did no justice to the main attraction of the concert, Paco himself. These concert tours evinced in him an admirable instinct to share the musical platform he had built for himself, to shy away from the limelight and lend it to others, young musicians, not necessarily flamenco ones, who naturally leapt at the chance to play with the guitarist then acknowledged as one of the greatest in the world. It was nonetheless a matter of frustration, even of irritation, that Paco had chosen to dilute his solo mastery in a mediocre mêlée of electric and hyper-cool percussive sound fields when all one wanted was to hear him.[4]

It was with some relief to his followers, then, that he brought out 'Siroco' in 1987. With not a note extraneous to the guitar on it, it represents a return to the more intimate, improvisatory and expressive work of the late 1970s. Two tracks are dedicated to his family, one a wistful *rondeña* to his *niño*, Curro, the other an expansive, major-key *tanguillo* to his wife, Casilda. The last track is self-advertisingly flamenco, a *soleá* called 'Gloria al Niño Ricardo', a homage to his first hero. Paco's old trademarks, the precision, the mellifluousness, the fiery technique, are all there, but with them comes something new: an airy moodiness, a thick-textured blunting of flamenco angularities even, that was absent before. Almost a decade with non-flamenco musicians seemed to have added musical depth to his playing, evening out some of the rush, perhaps the anger, of his earlier style, without loss of the elemental drive that always made his guitar so exciting; if there is nothing but well-being, a felicitous musicality, on 'Siroco', then that is what Paco felt like expressing at the time. He did so in a way only he knew how.

For old-style flamenco-guitar lovers, Paco de Lucía had long passed beyond the accepted limits of the flamenco compass and could barely be considered a member of the club. For others, his virtuosity permitted him to formulate new terms, phrases and vocabulary within his special musical language, which was always to be welcomed. In 'Ziryab', his 1990 recording, he looks both backwards and forwards: back to the Muslim traditions of Andalusian music (hence the title, after the ninth-century polymath from Baghdad), with lutes and an arrestingly Oriental sound at various points; ahead with instrumental and percussive overlays, and synthesisers lighter in texture and more sparing in their accompaniment than anything non-flamenco he has used before. It is an album reflecting a musician settled with supreme confidence into an acceptance of a multiplicity of styles, flamenco pluralism at its most benevolent. He betrays none of his rhythmic or technical wizardry, and you still feel, within each piece and at the end of them all, that he could go anywhere.

We must, as ever, wait. Paco de Lucía chooses the pace of his musical life, records only when he feels he is ready, tours when he wants to and plays only occasionally in Spain. At the 1990 Bienal, whose theme was the guitar, he played the final concert of the festival, and it was a fitting revelation. He was his old self, reintroducing work from as far back as 'Castro Marín' and the Falla record. The concert was entirely acoustic, with accompaniment only from two other guitarists, his nephew José María Bandera, and Juan Manuel Cañizares, whom Paco has been promoting in his tours for the last few years. If nothing especially out of the ordinary happened in the first half, the second half exemplified flamenco-guitar power-playing at its most devastating. Paco managed to integrate into his own challenging style the different rhythmic and harmonic propensities of his fellow guitar-travellers with all the colour, definition and unity of a mediaeval triptych: their intensity of sound and crispness of timbre were almost hallucinatory. Together they played a forty-five-minute set without stop, creating an echo-chamber of astonishing runs, shifting between delicate *falseta*-based dialogue and what sounded like full-scale orchestral texture, which I had never heard produced from the guitar before. One five-minute standing ovation at the end brought the first encore, another of seven minutes brought the second. It was the Bienal's finest hour; Paco de Lucía had returned to flamenco's old capital in triumph.

I say 'returned' advisedly. The previous year, Paco had had a brush with Seville. It had ended up the subject of a long article, by Félix Grande, in *El Pais*. It concerned a billing of the guitarist (along with soprano Julia Migenes Johnson) at a concert called 'Soñadores de Sevilla', starring, in an unlikely pairing, the tenor Plácido Domingo and popular crooner Julio Iglesias; Paco de Lucía was advertised as participating, though his name on the poster was in very much smaller letters – as was Migenes Johnson's – than the two singers'. Without making a great issue of it and judging (correctly, as it turned out) that that particular Seville audience would not have noticed whether he was there or not, Paco didn't show. There was, all the same, public uproar over his breaking of a contract so flagrantly, snubbingly, arrogantly. Paco's answer, with a little help from Grande, was simple: his ego was not at stake; his art was. If Seville was, at a popular level, to take flamenco seriously, the concert organisers were under an obligation to treat it with respect. He intended no disrespect towards his fellow performers, but could reasonably expect the same marketing attention for his contribution as they did, and got. To reduce the size of his name was to reduce the importance they attached to his art – and in *Seville* of all places – and that being so, they wouldn't get the artist.

Childish defiance? Artistic uppishness? Sour grapes? If it had been a lesser musician than Paco de Lucía, then these would apply; in his case, however, it was a straightforward reply to straightforward shortsightedness. Paco de Lucía is far too busy to get embroiled in a public row over a bureaucratic nonsense and he let it pass him by: he made his views plain – simply by not showing – then went on a world tour. Seville ended up with Domingo and Iglesias murmuring pretty tunes: lucky Seville. The guitarist's Bienal appearance the following year was a rightful re-enthronement of the country's most gifted flamenco musician, past tactlessness all forgotten. It was a ceremony that took place in all the right circumstances and in the right ambience, displaying a flamenco musical regent at his most magnanimous, and most powerful. Those who were there will never forget it. Since then, he has made his first real foray into the classical repertoire with a live recording of the 'Concierto de Aranjuez' by Joaquín Rodrigo, which has received unanimous praise, above all from the composer himself. It is as satisfying a marriage of flamenco warmth and classical precision as could be wished for.

What is the broader picture surrounding Paco de Lucía's rise to eminence? He is a unique figure, but not a lone one. He was closely associated, for example, with Carlos Saura's 1983 *Carmen*, the best-known flamenco film of the last decade. The star of the film was Antonio Gades, the most impressive male Spanish dancer to tread the international stage since Antonio. At the beginning, the guitarist and the dancer are seen consulting over the music to be used for the flamenco adaptation of Bizet's opera (Paco was responsible for the guitar content of the soundtrack), and over the girls auditioning for the part of the protagonist (Laura del Sol, more actress than dancer, is chosen). Saura had cleverly alighted on a formula for making his film, risky though its treatment was of a much-loved story, a sure-fire success: two of the most brilliant men then working in flamenco, a dance troupe schooled under Gades's rigorously disciplined eye and a raw, uncluttered direction that lent an often romantically embellished tale contemporary bite and passion.

It signalled a decade of adventure in flamenco art, a climate which had been engendered by the driving inventiveness and musical emancipation of Paco de Lucía; we have already seen where those took him. (His other film commission a year after *Carmen* was to write the soundtrack for Stephen Frears' *The Hit*, starring John Hurt, Terence Stamp and Laura del Sol, again.) Gades went on to take the lead male rôle in Saura's flamenco adaptation of *El amor brujo* (1986), which completed a trilogy of films begun in the late seventies with perhaps the purest, most 'studio'-bound of them all, Lorca's *Bodas de sangre* (*Blood Wedding*). All the films featured in essence Gades' own company, made up of dancers he had taken with him after a brief spell as artistic director of Spain's National Ballet, and gave special prominence to his dance partner, Cristina Hoyos – an electrifying Candelas in *El amor brujo*. Since that film, Hoyos has split with Gades, ending a twenty-year partnership, and set up on her own, creating her own company (based in Seville) and inaugurating it with a show called 'Sueños flamencos' ('Flamenco Dreams') in the 1990 Grec summer festival in Barcelona.[5] It was a daring decision on Hoyos's part, as her reputation had been made solely in tandem with Gades' and indeed in a more classical than flamenco environment; at forty-four, she was determined to cast aside the Gades spell and return to her roots – which meant her native Seville and 'pure' flamenco. So far she has been winningly successful.

Gades did a lot for her, as he has done for Spanish dance and dancers in general. Now fifty-six, he runs a new company in Madrid which has yet to produce work as exciting as that of the early to mid-eighties; it may not contain that much flamenco, as Gades is reportedly bored of it. More importantly, like Paco de Lucía, he has more than paid his debts to the style that got him where it has, though in fact his early training was a classical one (and when young he had an interest in bullfighting, which he practised as a *novillero*). In the fifties and sixties he was a favourite of the two most ubiquitous post-war female Spanish dancers, Pilar López and Carmen Amaya (with whom he appeared, along with Cristina Hoyos – who played a minor rôle – in Amaya's film, *Los tarantos*). He did his time in a *tablao*, at El Corral de la Morería, in 1964, began to tour the world in the mid-sixties and by the end of the decade had taken on the mantle as Spain's *primer bailarín*, eclipsing even Antonio himself.

In 1965, Antonio had changed the name of his company to 'Antonio y sus ballets de Madrid'. His work became more carefully choreographic and theatrical than before, less showy, more intellectual – and (to pick up on a theme introduced in Chapter Seven) he confirmed Madrid as the centre of Spanish dance for the next quarter-century. Antonio's ensemble style was to have tremendous influence on the next generation of dancers and companies, Gades not least of all; he capitalised, as did Pilar López, on strides towards repertory work originally taken by La Argentina and La Argentinita, and made it an inherent part of the Spanish dance scene. After Antonio, Spain could boast a cohesive dance-company tradition, circumscribing a plurality of styles but enabling flamenco above all – rarely an organised business – to maintain some official standing in the public eye, which at the time it needed. Antonio was not, as an individual dancer, so forceful a figure thence forward (he was fifty at the beginning of the seventies); Gades, whose muscular, almost macho manner of dancing is more reminiscent of Escudero than Antonio, was the man of the hour. It was actually *his* ballets that began to count now, in and out of Spain, not Antonio's – partly because he proved himself to be a stricter, more modern and more imaginative choreographer. Oddly, this did not stand him in good stead during his directorship of the National Ballet of Spain from 1979 to 1980, where he injected a more radical accent than was perhaps appreciated by the Ministry of Culture, who sacked him in a loud and controversial public row over company policy. The irony is that Gades went on to become more renowned and sought-after as an independent choreographer, while the work of the National Ballet of Spain – under the directorship of Antonio between 1980 and 1983 – got worse.[6]

Still, the National Ballet has been a useful stamping-ground for some young dancers, male in particular, whose stars are shining bright at present; they include Joaquín Cortés, a gypsy, and Antonio Canales, a *cuchichí* or half-gypsy (see Prologue). Lola Greco, daughter of José, spent important formative years with the National Ballet, and, still under thirty, is likely to have a lively career which will take her to many lands, and on many paths away from flamenco.[7] Javier Barón, meanwhile, the 1988 Bienal champion, one cannot but resist comparing to Mario Maya; and there are many others in their twenties and thirties who have benefited from the legacy passed down to them by the likes of López, Gades, Maya, La Tati and so on, as well as from opportunities to dance in the more studious surrounds of a national ensemble.

There are similarly, as if Chapter Eight did not make it clear, singers galore, all over Andalusia and many in Madrid, who continue to make vital contributions to the *cante*. El Lebrijano is one of them, whose magnificent voice and flamboyant gestures make him a salient figure wherever and whenever *cante* is spoken of; he has made a record with North African musicians to create an *andalusí* sound in an attempt to connect flamenco with its Moorish past – an experiment that has been deemed interesting if not entirely legitimate. At his gypsy best, he is unbeatable. A more disciplined, and some would say more serious, singer is Enrique Morente, a non-gypsy from Granada, who has been a dominant force in flamenco for twenty-five years. His voice is more of the *malagueñero* timbre than El Lebrijano's or Camarón's, articulated to superb and appropriate effect in his 1978 record, 'Homenaje a Don Antonio Chacón'. Earlier in the seventies he released a record which made critics in both musical and literary disciplines sit up and listen, a flamenco working of the poems of Miguel Hernández; Morente's literary interests, uncommon in flamenco, have led him to other writers too – Lorca, Machado, Saint John of the Cross and even a Moorish poet, Al Mutamid – which conservative *afición* finds a bit hard to take, but which is valid and stimulating flamenco experiment for all that. He has also worked frequently with guitarists like Manolo Sanlúcar and Pepe Habichuela and, shortly before he died, with the great maestro himself, Sabicas: their 1989 recording together makes a high point in both artists' careers.

Two other singers worth mentioning are José Mercé, from the

famous Sordero gypsy family of Jerez, and the likely successor to the *jondo* throne after Camarón's abdication from it; and Carmen Linares, who from the age of fifteen has lived and worked in Madrid. She has been referred to as the new Niña de los Peines, which is premature; nonetheless, she has a stampeding, versatile voice, and will dominate the female *cante* for years to come. She also has unmistakable star quality. Even more popular than either of these two, amongst the young at any rate, are the groups Ketama and Pata Negra, composed of gypsies from the South, whose fusion of easy rock, folk and flamenco is appealing and upbeat. Purists frown at them, but if truth be told purists – whoever they are – don't hold much sway today over musicians of any flamenco hue: both Mercé and Linares use added accompaniment, rock and jazz rhythms, and orchestral instrumentation, which seems not to do an ounce of damage to the 'purity' of their singing.

What, finally, of the guitar? I suspect that all that can be said about the contemporary flamenco instrument has been said, either here, in relation to Paco de Lucía, or earlier, when profiling players like Pedro Bacán. Two Granadines, Juan Maya Marote and Pepe Habichuela, both gypsies and both based in Madrid, have built considerable reputations, the first as a virtuoso accompanist, the second as a rising soloist of an expressive, melancholy sonority that characterises much Granada playing. If I am allowed a prediction, I will make one: the husband of the dancer Carmen Cortés is Gerardo Núñez, a guitarist from Jerez – they are a regular duo on the flamenco circuit across Spain. I have not met him, but I am told he is of an especially retiring disposition. That is as may be: his playing is pulverising. At first, he sounds like Paco de Lucía, which is no surprise, as every guitarist who wants to be taken seriously as a soloist has, at some point or another, to sound like Paco de Lucía: it is the inevitable legacy of his technical revolution. Listen more closely to Núñez, however, and beneath the ferociously precise technique emerges a distinct musical personality, a melodiousness and sensibility which are all his own. His recordings, 'Flamencos en Nueva York' and 'El Gallo Azul' ('The Blue Cock', the name of a bar in Jerez), announce him as the young Turk of the flamenco guitar. My prediction is that he will become the next most important name in this already sumptuously evolved instrument before the end of the century. Paco de Lucía has in fact made predictions on behalf of someone else, the fifteen-year-old Jerónimo Maya, son of Felipe, chief guitarist at El Corral de la Morería; not even he, Paco, played at fifteen like Jerónimo does now, he has said.

Whatever the truth of this, and whoever the next big name will belong to, one thing is certain: it will be an almost impossible act to follow.

10

Firedance

– beginnt im Kreis
näher Beschauer hastig, hell und heiß
ihr runder Tanz sich zuckend auszubreiten.

Und plötzlich ist er Flamme, ganz und gar.

Mit einem Blick entzündet sie ihr Haar
und dreht auf einmal mit gewagter Kunst
ihr ganzes Kleid in diese Feuersbrunst. . . .

(– with the audience around her, quickened, hot,
her dance begins to flicker in the dark room.

And all at once it is completely fire.

One upward glance and she ignites her hair
and, whirling faster and faster, fans her dress
into passionate flames, till it becomes a furnace. . . .)

Rainer Maria Rilke, 'Spanische Tänzerin'

Flamenco dance, the *baile*, is a dramatic statement about the passion that goes into living. It is a hard statement, uncompromising, combative, sensual but isolated, free in gesture but proud and dignified in intent.

It is often called erotic, which it can be, but the adjective is not wholly adequate as a definition. The eroticism of flamenco is the eroticism of concealed passion, of the sexual challenge but never of revelation or consummation; it is the eroticism of the possible, but of possibilities cloaked in gestural code, in the twist of an arm, the turning of a shoulder, the intricate patterns of the *zapateado*, the thrust of the jaw or the arching of the back. The seductiveness of many of the movements in the female *baile,* the prominence of the breasts and the working of the hips, perhaps above all the stroking intimacy of the hands, is more Mediterranean play than concupiscence, an expression of effulgent physicality and bodily confidence, and so it is with the male *baile* too. If in the case of men, the stamping and muscularity, the rhythmic pulse, the fury and the sweat, the almost phallic straightness of line and gesture seem to amount to an all-too-obvious metaphor for sex, an important point has been missed: sexuality is there, but it is more display than action, more a danced confirmation of individuality, of identity, of – most especially if you are gypsy – your place in the world than an imposition of prowess. Thus too with women: their repertoire of gestures is a signalling to the world at large that they are alive as individual females, who speak, if they are good dancers, through their bodies, to attract certainly, but not to conquer or be conquered: they are being, in a demanding art, naturally themselves. In a simple summary, in both the male and female *bailes* the dancers are enacting a narrative about the pleasures and pains of human separateness, and of being alive.

More than sex, sometimes more even than life, there is death in flamenco, a physical awareness of its proximity and thus in the fury of much of the dancing a bellicose attempt to keep it at bay. This is not uncommon in Spanish art, particularly the art of the South, which seems to have a sense of the presence of death in the same way that most of us are conscious of another person. We noticed this earlier, when looking at the rituals at Semana Santa; there is little abstraction in the Andalusian mentality towards death. Its proximity is human, and confronted as if it were human, having physical properties, exhibiting vicissitudes of behaviour, possessing a voice, and experiencing desires and disappointments. This is not so much a regressive mediaevality as an active, hedonistic anthropomorphism, a cultural tendency that reveals a delight in the tactility, sensuality and realness of things. The realness of death has the shape of inescapable actuality, and must be and is faced with all the resources one's humanity can muster.

It is, of course, this that lies behind the bullfight. The radical excitement experienced in the best *corrida* is gut emotion at a spectacle of human defiance. The symbol of death, undoubtedly pagan in origin, is the bull, though it is also a life force, unleashed, unsuppressed animality; at a purely symbolic level, the ritual of bullfighting, and the hulking black image at the centre of it, strikes profound chords in the Andalusian consciousness, one that retains an atavistic recollection of the savagery of life, and the struggles of all men and women to beat that savagery. This is the symbolism that informs Picasso's bullfighting work, his 'Taurom-achia', and indeed, one might argue, all his work.[1] Andalusian through every pore to the last, Picasso's fascination with and rep-resentation of the violence of bullfighting in this series of etchings is the purest symbolic bodying-forth of his own primal fears, which may be sexual in origin, but which also stand for the anxi-eties and viscerally imaginative character of his race. Although one does not always thing of Picasso as essentially Andalusian, in the context of this book it is important to note that the most potent force in the visual art of the twentieth century hailed from the culture that has also given us bullfighting and flamenco.

What so many non-Andalusians or non-Spaniards who object to bullfighting fail to understand is that this symbolic response – and it is much more symbolic than actual – is built into the mentality that accepts, enjoys and practises it; it cannot be lobotomised, but equally if not possessed it cannot be shared. A non-symbolic response, one which cries 'Cruelty!', also, not unnaturally, fails to understand that sympathy, a tragic sympathy, is invested in the bull, which with its inevitable death quickens emotional involvement in the ritual that leads to it, and heightens the genuine catharsis experienced at the outcome – if the fight is good, that is, which is rare enough.

None of this will satisfy the anti-cruelty lobby. I have not raised the subject to discuss the pros and cons of bullfighting; nor do I have any interest in aligning myself with one side or the other. I include it here as it is a quintessential dimension of Andalusian culture, of the region's very life, and because aspects of it find clear reflection in flamenco. Similarities between male dance movements and those of the *torero* alone in the *plaza* in the last bout with the bull are self-evident. Many of the narra-tives and themes that inspire flamenco theatre are drawn from bullfighting rituals. Above and beyond these is a parallel mentality, the one which faces death head on, and creates an art to celebrate its temporary defeat. Just as there will always be another bull, and therefore the possibility of death, for the fighter who fights and survives, there will be another dance for the dancer who knows that his or her life depends on it.

Flamenco is an individualistic, at times heroic art, and this goes particularly for the dance. The expression of defiance in the *baile* comes from the same defiance one sees in the bull-fighter facing the bull; and in flamenco it is the solo dancer who carries this unique balletic defiance, this severe but unclassical individualism, which is why the soloist is so often more exciting to watch than a pair or an ensemble. Pair work and company work require choreography, which although not necessarily a 'bad thing' is basically inimical to the tenets of *baile*. The soloist can improvise, invent on his or her feet, engage an audience or spectators more directly, but above all *tell you who he or she is.* And in this strident urge to parade the colour, temperature and shape of a single identity is found both the human tenderness and human ferocity of the flamenco impulse.

There is something else: a hunger behind the dance as there is behind deep song, a hunger for livelihood and sustenance, for recognition and acceptance within the constraints of a society which has never been fast to acknowledge the racial and emotional truths flamenco encompasses. In the best flamenco dancing, material hunger belies a hunger of the soul, a search for the most galvanising and most euphoric expression of happiness and despair. If this sounds an unlikely or antiquated formula to expect of art, that is because in the modern world flamenco, antique in its deeper origins but rarely as picturesque as the word might denote, is an unlikely phenomenon. This book has been about a search for it. Whether it has found it or not is probably immaterial: it exists – but you have to work to find it.

All dancers have their own vision of their art. For those of Sacromonte, in Granada, flamenco is about the preservation of an old tradition called La Zambra (after which various *tablaos* have been named). This is traceable to Muslim times, when dance in Granada, as elsewhere in al-Andalus, was an activity as abundant as water: the Muslims provided plentiful channels for both. The inheritors of La Zambra, the gypsies of Sacromonte, today dance the *mosca*, the *cachucha* and the *alboreá*, all forms associated with the ceremonies surrounding gypsy weddings. A staunch defender of this tradition is María Guardia Gómez 'La Mariquilla', a gypsy in her late forties who runs a school at the foot of the Albaicín. When young, she wanted to do nothing other than dance; for her it was the very sustenance we have talked about – and, she told me, 'Had I not danced, I would have died of hunger', in spite of the fact that her parents told her she was getting too thin because she danced too much.[2]

Another gypsy dancer associated with Sacromonte is Mario Maya. In fact he was born in Cordoba, and came to Granada when very young and danced, in the grim post-war years, for tourists in the caves of Sacromonte. He managed to escape the treadmill when he was noticed by an English painter called Josette Jones, who wanted to do his portrait. Back in London, she won a prize (worth about £1,000) for the painting and sent the proceeds to Mario, for the purposes of study in Madrid. His career was launched in magnificent style and he has come to be one of the most imaginative, sometimes controversial, forces in the *baile* over the last thirty years, along with the later Antonio, and Antonio Gades. He has espoused the causes of young dancers, including Carmen Cortés, and Cumbre star Juana Amaya (see Prologue), and once performed with a Kathak dancer from India in a startling demonstration of flamenco's (possible) pre-Andalusian origins in which, as it was succinctly put to me, 'the Kathak danced with her bells, and Mario with his boots'.[3]

'¡Ay! Jondo' was a dance drama of Mario Maya's in the mid-seventies. It paid a visit to Sadler's Wells, amongst other international destinations. In it Mario portrayed the dawning in gypsy consciousness of the nature of the repression and marginalisation that made his race what it is. It was a powerful, mordent flamenco ballet portraying brilliantly the defiance we have referred to, and served to underline how much of flamenco energy is based on an awareness of struggle.

José Heredia, who wrote the text for another of Maya's shows in 1976, 'Camelamos naquerar', backs this up. A Granadine gypsy intellectual who holds court in a sumptuous house at the top of the Albaicín, Heredia has an acute understanding of the plight of his race and of its chosen manner of expression. He told me:

> From the beginning, our oppression was racially based. There was, all the same, a culture in Andalusia to which the gypsies could attach themselves; and they maintained their own culture with the utmost tenacity, as it was based on strong, pre-existing, outside factors. So there you had the first mix, Arab, Jew and gypsy, a culture which in time came to be defined by the oppression levied from on high. This had two effects: the first was destructive, eroding the authentic gypsy social and racial base; the second was flamenco, which was a cultural reaction to and deepening of the political conflict. How did this manifest itself? In *alegría* [difficult to translate – 'happiness' doesn't quite do it]. And with *alegría* comes catharsis, the apparatus which exists to give vent to the intensity of life. . . .

This is a cogent summary of what has been said about the sources and manifestations of flamenco so far. What is particularly striking about it is its juxtaposition of *alegría* – in essence exuberance, well-being – and catharsis, the Aristotelian state of emotional purgation said to exist after witnessing tragedy in drama. At their intensest, it is not impossible for the two states to exist in tandem. In Heredia's version, it is the 'intensity of life' that counts in flamenco (which is where this chapter started) – and, given how frequently it has been observed that the essential, intense emotions of the idiom are coloured by extremes of darkness and light, by tragedy and its opposite, it is hard to think of a more pellucid definition of the subject of this book.

W. B. Yeats, a poet who was exercised by the metaphysics of the patterns of dance and the dancer who weaves them, was once struck by two wise-looking Chinamen carved into a piece of lapis lazuli (behind whom was a third man, a musician); they seemed to be contemplating the collapse of civilisation around them. It was the late 1930s and the Irishman wrote one of his greatest poems as a result. Early in the poem, he talks about the 'gaiety' of Shakespeare's Lear and Hamlet, the dramas – examples of tragic art 'wrought to its uttermost' – of which they are protagonists being enlivened by dint of their, the plays', very existence as art: 'Gaiety transforming all that dread', as he puts it. Bearing Heredia's words in mind, the last lines of Yeats's poem are a remarkable articulation, almost a prophetic affirmation, of the very tension at the heart of flamenco which we have been exploring:

> There, on the mountain and the sky,
> On all the tragic scene they stare.
> One asks for mournful melodies;
> Accomplished fingers begin to play.
> Their eyes mid many wrinkles, their eyes,
> Their ancient, glittering eyes, are gay.[5]

The spirit in flamenco that invokes this very duality, this primitive coupling of light and dark, of euphoria and disconsolation, is the *duende*. Brenan defined it at a practical level as 'a domestic elf or sprite who concerns himself with the things of the house, either helping or obstructing, mislaying or finding. At the worst he is a poltergeist. . . .'[6] At a metaphorical level, *duende* is the molten core of deep song. For Lorca, it is the 'black sounds' of Manuel Torre, the fierce, nocturnal animus that lies dormant in the depths of the flamenco soul, in the singer and the dancer, and which craves release:

The *duende* works on the body of the dancer as the wind works on sand. With magical power he changes a girl into a lunar paralytic, or fills with adolescent blushes the broken old man begging in the wineshop, or makes a woman's hair smell like a nocturnal port. . . .[7]

Note Lorca's personalisation, 'he', of *duende*; his poetic reading of it is but one of many linguistic glosses on a pre-linguistic energy. I have heard it variously defined as something integral to the Andalusian character, as something gypsies say – '*tengo duende*...' – when they want to sing, as opposed to anyone else, who says '*tengo ganas*...', 'I need...'; as something you see in a bullfight just before the kill, as something you experience in a state of semi-consciousness, as a principle of art, as a load of old nonsense, as a clichéd approximation of what really lies at the heart of flamenco, *ángel* (and this is a word that many seasoned flamencos prefer); and as a form of magic, or *embrujo*....

We are at a complete disadvantage in even thinking of giving words to this phenomenon. It is patently non-verbal, as is so much in music (and therefore in this book). It may not have escaped a reader who has got this far that I have chosen to use the words of others to provide some verbal basis by which to suggest a shape for certain indefinabilities, certain intangibilities, that arise in response to the book's elusive subject. Poets, like Rilke, like Yeats, like their contemporary, Paul Valéry, do, however, have a compelling way of giving voice to their own understanding of humanity's oldest and most impulsive form of self-expression: noise and movement, or music and dance; and thus they seem to speak for us all. 'In a sonorous, resonant and reviving world,' says the French poet, 'this intense festival of the body before our souls offers us light and joy....'[8]

He might be describing flamenco. This utterance by his fictionalised Socrates might be axiomatic, if not a verbal formula, for *duende*: it certainly comes from the right ancient mouth. It is good enough, though not enough to replace direct experience. If this account has gone some way towards a prosaic approximation of it, then we won't be so many light years away from the poets, nor I hope from the actuality of the art itself. *Duende* does exist. In flamenco, to be believed, it must be seen and heard.

Appendix One

Flamencology

The word 'flamencology' is an ungainly neologism but in any study of flamenco cannot be avoided. Rather like the word 'flamenco' itself, it seems to have been invented to describe an activity that conventional Spanish vocabulary had not allowed for.

'Flamencologist' is the word that appears most frequently in this book in reference to those Spaniards who have written about the native Andalusian art. Though he would never have called himself one, Antonio Machado y Alvarez 'Demófilo' was the first influential writer on the subject. His interests in folk culture in general were wide, so much so that another writer, Alejandro Guichot y Sierra, called him the 'founder of Spanish folklore' in 1884. He died at the age of forty-seven in 1893, and it was left to his poet son, Antonio, to put the Machado name properly on the Spanish literary map. What Machado *padre* did was to identify flamenco as a culture in its own right, the cumulative result of his many writings, as well as compile the famous collection of flamenco *coplas* and words (see p. 96) that all later flamencologists have referred back to.

On p. 228, Anselmo González Climent was cited as being the 'first' flamencologist. This is true in so far as he popularised the term 'flamencology', entitling an essay on the subject of flamenco 'Flamencología' in 1955. A year later came the Cordoba Concurso (see p. 248) and in 1958 an institution called the Cátedra de Flamencología y Estudios Folkloricos Andaluza opened in Jerez. This organisation was to have significant influence in mounting festivals and competitions from the early sixties on. It no longer exists and its activities have been taken over, on a much reduced scale, by the Fundación Andaluza de Flamenco (see pp. 74–5).

Since González Climent, there have been numerous writers on

flamenco, some more authentically 'flamencological' than others – most, I should add, in Spanish. The one exception to this is the American Donn Pohren, who was with the US Army in Spain in the fifties and settled there in 1959. His first two books, *The Art of Flamenco* and *Lives and Legends of Flamenco* (see Bibliography), were pioneering attempts to address the subject of flamenco in English and remain invaluable as source material for anyone who does not read Spanish. His later book, *A Way of Life*, is a picturesque account of his time in Morón in the company of the guitarist Diego del Gastor and others in his circle.

Two of the most important flamencologists in the last three decades, José Blas Vega and Manuel Ríos Ruiz, are responsible for the monumental two-volume *Diccionario del flamenco*, published in 1988 with the help of the Jerez Savings Bank. Magnificently illustrated, it is a serious attempt to gather together as much biographical and musical information about flamenco as possible. After González Climent's work and the Molina-Mairena collaboration over *Mundo y formas del cante flamenco* in the mid-sixties, the *Diccionario* is without doubt the most important investigative document on the subject, its compilers leading figures in contemporary flamencology. Others are Félix Grande (*Memoria del flamenco*), Angel Alvarez Caballero (*Historia del cante flamenco* and also a flamenco critic for *El Pais*), Fernando Quiñones and José Manuel Caballero Bonald.

Penetration of the flamencological circle is as delicate a task as meeting flamenco artists themselves; both kinds guard their secrets and information closely, and are unlikely to welcome prying foreigners, or amateurs, warmly. While this attitude is a justifiable one, the risk it runs is to keep flamenco in a state of mystification, which in the long term does the art little good. On the plus side, however, there is no doubt that flamencologists have contributed greatly in the last thirty years to flamenco becoming a subject of serious critical and aesthetic concern. This book, for one, could not have been written without consultation of their collective volumes.

The *aficionados'* version of flamencology takes the form of the *peña* In essence, these are flamenco clubs, requiring membership and a proper interest in *cante*, not of course everyone's cup of tea. What performances in *peñas* may lack in a festive atmosphere they make up for in musical dedication, and they are invariably crucial starting points in the career of any serious *cantaor*. *Peñas* exist all over Spain, but most especially in Andalusia where, given the abundance of flamenco artists, their need is greatest. The best way to visit one is to be invited by a member.

Appendix Two

Select Discography

The list of flamenco recordings below is not meant to be in any way definitive. *Aficionados* will possess and know of many more than those mentioned here. For those who are interested in listening to more flamenco, it is hoped that this selection might be useful for orientation rather than instruction. Particular attention has been given to Paco de Lucía and Camarón, as their recordings seem to be more widely available outside Spain than others'. Less attention has been given to old recordings, for the simple reason that there are too many, mostly available in Spain, some outside, which would require a chapter of their own.

'Antología del cante flamenco' (6 records):
  Various artists: Serlibro 1978

Pedro Bacán:
  'Alurican': Harmonia Mundi 1989.

El Cabrero:
  'De la Cuadra a la Carbonería': Coliseum
  'Encina y Cobre': Ediciones Senador 1988

'Cante Gitano':
  José de la Tomasa, María La Burra, María Soleá, Paco and Juan del Gastor: Nimbus 1988

El Camarón de la Isla:
  'Viviré' (with Paco de Lucía and Tomatito): Philips 1973
  'Soy Caminante' (with Paco de Lucía): Philips 1974
  'Arte y Majestad' (with Paco de Lucía): Philips 1975
  'La Leyenda del Tiempo': Philips 1979

'Como el Agua' (with Paco de Lucía and Tomatito): Philips, 1981

'Te lo dice Camarón' (with Tomatito): Philips 1986

'Flamenco Vivo' (with Tomatito): Philips 1987

'Soy Gitano' (with Tomatito and the Royal Philharmonic Orchestra): Philips 1989

'Autorretrato': Philips 1991

'Grandes Figures du Flamenco':
Le Chant du Monde (Harmonia Mundi)
Vol 1 Pepe Matrona
Vol 2 El Niño de Almadén
Vol 3 La Niña de los Peines
Vol 4 Terremoto
Vol 5 Ramón Montoya
Vol 6 Carmen Amaya
Vol 7 Manolo Caracol
Vol 8 Manuel Agujeta
Vol 9 Antonio Mairena
Vol 10 Pepe Marchena
Vol 11 Niño Ricardo
Vol 12 Tío Gregorio El Borrico

Pepe Habichuela:
'A Mandeli': Nuevos Medios 1983

El Lebrijano:
'La Palabra de Dios a un Gitano': Philips 1972/81
'Persecución': Philips 1976

Carmen Linares:
'La Luna en el Río': Audivis 1991

Paco de Lucía:
'Recital de Guitarra': Philips 1971
'El Duende Flamenco': Philips 1972
'Fuente y Caudal': Philips, 1973
'En Vivo desde el Teatro Real': Philips 1975
'Almoraima': Philips 1976
'Interpreta a Manuel de Falla': Philips 1978
'Solo Quiero Caminar': Philips 1981
'Castro Marín' (with John McLaughlin and Larry Coryell): Philips 1981
'Passion, Grace and Fire' (with John McLaughlin and Al di Meola): Philips 1983

Appendix Two

'Paco de Lucía Sextet Live . . . One Summer Night': Phonogram 1984

'Siroco': Philips 1987

'Zyryab': Philips 1990

'Concierto de Aranjuez': Philips 1991

'Magna Antología del cante flamenco' (20 records): Various artists: Hispavox 1982

Antonio Mairena:
'Gran Historia del cante gitano-andaluz' (3 records): Columbia 1966
'Cantes de Antonio Mairena': Columbia 1972
'Noches de la Alameda': Hispavox 1973

Jose Mercé:
'Hondas Raices': Polydor 1991

Enrique Morente:
'Homenaje a Miguel Hernández': 1972
'Homenaje a Don Antonio Chacón: 1978
'Morente-Sabicas': Ariola 1990

Gerardo Núñez:
'Flamencos en Nueva York': Accidentales 1989
'El Gallo Azul': Privately recorded

Paco Peña:
'Plays Flamenco Guitar Music of Ramón Montoya and Niño Ricardo': Nimbus 1987
'Azahara': Nimbus 1988
'Misa Flamenca': Nimbus 1991

Calixto Sánchez:
'Calle Ancha': Coliseum
'Castillo de Luna': Pureza 1991

Manolo Sanlúcar:
'Tauromagia': Polydor 1988

Bibliography

Arberry, A. J. (trans). *Moorish Poetry: A Translation of the Pennants* (Cambridge 1953)

Alvarez Caballero, Angel. *Historia del cante flamenco* (Alianza, Madrid 1986)

Arnold, Denis (general editor). *The New Oxford Companion to Music* (2 vols) (OUP 1983)

Baird, David. *Inside Andalusia* (Lookout Publications 1988)

Blas Vega, José and Ríos Ruiz, Manuel. *Diccionario del flamenco* (2 vols) (Cinterco, Madrid 1988)

Borrow, George. *The Zincali, or the Gypsies of Spain* (John Murray 1901)

Brenan, Gerald. *The Spanish Labyrinth* (Cambridge 1988)

Brenan, Gerald. *South from Granada* (Cambridge 1988)

Brenan, Gerald. *The Face of Spain* (Penguin 1988)

Burckhardt, Titus. *Moorish Culture in Spain* (Allen and Unwin, 1972)

Castro, Américo. *The Structure of Spanish History* (Princeton 1954)

Clébert, Jean-Paul. *The Gypsies* (Penguin 1967)

Dozy, Reinhart. *Spanish Islam: A History of the Muslims in Spain* (Chatto and Windus 1913)

Elliott, J. H. *Imperial Spain 1469–1716* (Pelican 1970)

Estébanez Calderón, Serafín. *Escenas Andaluzas* (Cátedra, Madrid 1985)

Falla, Manuel de. *On Music and Musicians* (Marion Boyars 1979)

Ford, Richard. *Hand-book for Travellers in Spain ('1st Edition Suppressed')* (John Murray 1845)

García Lorca, Federico. *Three Tragedies* (Penguin 1961)

García Lorca, Federico. *Selected Poems* (Penguin 1960)

García Lorca, Federico. *Five Plays: Comedies and Tragicomedies* (Penguin 1970)

García Lorca, Federico. *Poem of the Deep Song* (trans Carlos Bauer) (City Lights 1987)

García Lorca, Federico. *Deep Song and Other Prose* (Marion Boyars 1980)

Bibliography

Gibson, Ian. *Federico García Lorca: A Life* (Faber and Faber 1989)

Gibson, Ian. *The Assassination of Federico García Lorca* (Penguin 1983)

Grande, Félix. *Memoria del flamenco* (2 vols) (Espasa-Calpe, Madrid 1979)

Hitti, Philip K. *History of the Arabs* (Macmillan 1970)

Hooper, John. *The Spaniards* (Penguin 1987)

Howson, Gerald. *The Flamencos of Cadiz Bay* (Hutchinson 1965)

Irving, Washington. *The Alhambra* (Macmillan 1921)

Jacobs, Michael. *A Guide to Andalusia* (Penguin 1991)

Kamen, Henry. *Inquisition and Society in Spain* (Weidenfeld and Nicolson 1985)

Lewis, Bernard. *The Arabs in History* (Hutchinson 1950)

Machado y Alvarez, Antonio. *Cantes Flamencos* (Espasa-Calpe, Madrid 1964)

Mackay, Angus. *Spain in the Middle Ages: From Frontier to Empire 1000–1500* (Macmillan 1977)

Mairena, Antonio. *Las Confesiones de Antonio Mairena* (Seville University 1976)

Molina, Ricardo and Mairena, Antonio. *Mundo y formas del cante flamenco* (Librería Al-Andalus, Seville 1979)

Molina Fajardo, Eduardo. *Manuel de Falla y 'Cante Jondo'* (Granada University 1976)

Nichols, Roger. *Ravel Remembered* (Faber and Faber 1987)

Peña, Teresa Martínez de la. *Teoria y practica del baile flamenco* (Aguilar, Madrid 1969)

Pohren, Donn E. *The Art of Flamenco* (Madrid 1962)

Pohren, Donn E. *Lives and Legends of Flamenco* (Madrid 1964, updated 1988)

Pritchett, V. S. *Marching Spain* (Hogarth Press 1984)

Pritchett, V. S. *The Spanish Temper* (Hogarth Press 1984)

Quiñones, Fernando. *Antonio Mairena: su obra, su significado* (Cinterco, Madrid 1989)

Ríos Ruiz, Manuel. *Introducción al cante flamenco* (Istmo, Madrid 1972)

Ríos Ruiz, Manuel. *De cantes y cantaores de Jerez* (Cinterco, Madrid 1989)

Starkie, Walter. *Don Gypsy* (John Murray 1936)

Thomas, Hugh. *The Spanish Civil War* (Pelican 1986)

Trend, J. B. *Manuel de Falla and Spanish Music* (Knopf 1934)

Unamuno, Miguel de. *The Tragic Sense of Life* (trans J. E. Crawford Flitch) (Dover Publications 1954)

Valéry, Paul. 'L'Ame et la danse', essay in *Collection Poésie* (Gallimard, Paris 1945)

Notes

Introduction

1. This is now a generally accepted fact about Columbus's enterprise, though none the less contentious for that. The idea of Christian monarchs commissioning a (possibly) Jewish explorer in order to prosecute war against Muslims is probably more uncomfortable in our own century than ever before.
2. Interview, Biblioteca Nacional, Madrid, 22.9.89.
3. Jerónimo Hernández, Alhambra Longman, Madrid, 21.9.89.
4. *El Pais*, 27.10.89.
5. *El Pais*, 17.4.90.
6. Interview, London, 25.6.90.
7. Interview, Granada, 21.4.90.

1: The Gardens of New Arabia

1. *Inquisition and Society in Spain*, Henry Kamen, ch. 14, p. 260
2. I am grateful to John Hooper, Madrid's *Guardian* correspondent, for first pointing this out to me (21.9.89).
3. *A Guide to Andalusia*, Michael Jacobs, ch. 2, pp. 65–6.
4. *History of the Arabs*, Philip K. Hitti, ch. XXXVIII, p. 527.
5. On the subject of trees and Arab appreciation of them, views are variable: Michael Jacobs states that 'it has been said that the Arabs were never truly happy in places where olive trees did not grow' (p. 64); the Marquis of Tamarón, a man of decidedly conservative opinions, believes – speaking of the relative barrenness of the Peninsula – that Spaniards 'have enough Arab blood in them to detest trees' (Madrid 24.9.89).

Notes

6. *Moorish Culture in Spain*, Titus Burckhardt, ch. VI, p. 85.
7. *The Spanish Labyrinth*, Gerald Brenan, ch. VI, p. 107. The extent to which Andalusia's agrarian economy was demolished by the Reconquista is reflected in a saying Brenan quotes earlier in the chapter: '*Castilla ha hecho a España y Castilla la ha desechado*' ('Castile made Spain and Castile unmade her'); these are in fact Ortega y Gasset's words, pronounced over the failure of Habsburg Spain.
8. The problems surrounding the survival of the Coto Doñana nature reserve in the province of Huelva have now reached international attention, with campaigners such as David Bellamy adding his voice to the protests.
9. The debate has drawn historians into two ideological camps, one 'reactionary', one 'progressive': to the former belong Sánchez Albornoz, Menéndez Pelayo, Kamen and younger scholars such as Felipe Fernández-Armesto (see his *Barcelona* (Sinclair-Stevenson 1990), ch. 5 pp. 199–200); to the latter Castro, Brenan and David Roberts (see his *Triumph of the West* (BBC Books 1986). On Brenan's position, Professor Paul Preston is crisply circumspect: 'Spiritually, he's right; empirically, we're not sure' (interview, Queen Mary College, London 18.12.89).
10. Brenan, p. xviii.
11. 'Chimes of Freedom', Bob Dylan, *Another Side of Bob Dylan*, 1964.

2: The Gilded Triangle: Cordoba, Seville, Granada

1. *Inside Andalusia*, David Baird, p. 15.
2. Interview, Gloria Palenzuela, Cordoba, 26.10.89.
3. *Spanish Islam*, Reinhart Dozy, II.8. p. 294.
4. Dozy, II.4. p. 255.
5. *The Arabs in History*, Bernard Lewis, ch. VII, p. 123.
6. Generally speaking, the difference between caliph and emir is equivalent to that between (say) emperor and king. A caliph's dominion was the world – the known Muslim world of the time – his ancestry no less than Mohammed; an emir was a local ruler.
7. Hitti, ch. XXXVIII, p. 526.
8. Dozy, II.5. p. 264.
9. Burckhardt, ch. V, p. 71.
10. Jacobs, ch. 2, p. 69.
11. Burckhardt, ch. VI, p. 89.
12. *Blue Guide*, Ian Robertson, VII. p. 521.
13. Equally fine Jewish examples of the same thing can be found in the

Notes

mediaeval synagogues of Cordoba and, most famously, Toledo, suggesting that this decorative impulse was a broadly Semitic talent.

14. *Moorish Poetry: A Translation of the Pennants*, A. J. Arberry, p. xiii.
15. Burckhardt, ch. VI, p. 87.
16. Hitti, ch. XLI, p. 599.
17. *Don Gypsy*, Walter Starkie, ch. XIX, p. 305.
18. *The Spanish Civil War*, Hugh Thomas, ch. 13, p. 223.
19. *ABC*, 12.4.90.
20. *The Tragic Sense of Life*, Miguel de Unamuno, II. p. 34.
21. As Gautier put it in his *Voyage en Espagne* (1841), 'The water gushes out on all sides, from under the tree-trunks and through the cracks in the old walls. And the hotter the weather the more the springs well up, for they are fed by the melting snow. This mixture of water, snow and fire makes Granada's climate unique in the world, a true earthly paradise' (Ian Gibson's translation).
22. *Obras Completas*, Federico García Lorca, II. p. 1085 (Ian Gibson's translation).
23. Lorca, I. p. 1157 (Ian Gibson's translation).
24. *Imperial Spain 1469–1716*, J. H. Elliott, 3.3. p. 109.
25. The Jews as a whole were more numerous than the Muslims throughout pre-Reconquista Spain, and formed a vital constituent of the country's mercantile and intellectual buoyancy. Their active part in the success of mediaeval Spain has been rather glossed over here, mainly because it is a large and challenging subject in its own right; in a sense, theirs is a separate history from that covered here, and would take us down many fascinating avenues, all of them unfortunately extensive digressions from the matter in hand.

3: Who are These People?

1. *The Art of Flamenco*, D. E. Pohren, p. 19.
2. Interview, Lebrija, 18.10.89.
3. Pedro Bacán, 'An Andalucian Journey', part 2, BBC2, 5.3.88.
4. This was a broad attitude of Franco's, which emerges in his many speeches. He was determined that Spain should not be 'interfered with from the outside' and once underlined this with the words, 'Spanish blood has irrigated the earth of Spain' (La Corūna, 22.6.39, from *Franco ha dicho . . .* (Madrid 1947) pp. 161–2). He never said anything actively against gypsies.

343

Notes

5. The other coastal regions of Spain tend to be limited to a single geographical and cultural influence – Galicia and the North to the Biscayan Atlantic; Barcelona to the Catalonian and north-western Mediterranean; Valencia, Alicante, Almeria and Malaga to the western and African Mediterranean.
6. *The Zincali, or the Gypsies of Spain*, George Borrow, II.ii. pp. 199–200.
7. Equivalent changes, though on a smaller scale, have taken place in Sacromonte, the famous gypsy quarter of Granada. Many gypsies left after extensive flooding in the early sixties; many have been forcibly rehoused in the breezeblock dwellings of a new suburb, La Chana. The ultimate yuppie status symbol in Granada, meanwhile, is to own a cave.
8. *Memoria del flamenco*, Félix Grande, vol. 1, p. 40.
9. Borrow, I.ix. p. 134. All the following quotations (pp. 80–83) from Borrow are taken from *The Zincali*, I.xi. pp. 157–162.
10. *The Gypsies*, Jean-Claude Clébert.
11. Grande, vol. 1, p. 267.
12. He wrote the narrative for 'Persecución', musically one of the most radical and serious attempts to historicise the gypsy struggle for an identity in recent years. Its very title, with the haunting cover-picture of a small gypsy child's face, bearing the traces of abandonment, are enough by themselves to give it the weight of a manifesto.
13. I have seen two versions of this, the first – like the one described – on a main Granada thoroughfare, the second in a busy street near the Opera in Madrid, with the difference that the man was also blasting tunelessly on a tuba (April 1990).
14. *The Flamencos of Cadiz Bay*, Gerald Howson, p. 66.
15. *Historia del cante flamenco*, Angel Alvarez Caballero, p. 35.

4: Songs of the Dispossessed: The Beginnings of Cante

1. *El Pais*, 5.10.89.
2. Prologue to Félix Grande's *Memoria del flamenco*, vol. 1, p. xx.
3. This guitarist, who shall remain nameless, was honest enough to admit that the boredom of accompanying a female dancer, good or bad, can always be alleviated by observing her bared legs and thrust-out breasts, and fantasising, though to what extent this affected the quality of his playing was not discussed. (Madrid, 7.10.89.)

344

Notes

4. It is interesting to note that the Spanish Tourist Board's choice of symbol to represent their country is typography by Joan Miró, a Catalan.
5. Quoted in Grande, vol. 1, p. 56.
6. In one of the very few British TV films made on flamenco, 'Where the Unspeakable is Sung', directed by Tom Scott-Robson for the BBC in 1969, and featuring the Jerez-based guitarist Manuel Morao, the first dance opens with the camera focusing on the clicking fingers of the singer, Antonio Núñez 'El Chocolate', which sets the tone for the entire programme.
7. The words quoted in this chapter are more or less in straightforward Castilian. Félix Grande uses gypsy phonetics, however, which make this particular verse read as follows:

> *Veintisinco calabosos*
> *tiene la carse d'Utrera.*
> *Veinticuatro llevo andaos*
> *y el mas oscuro me quea.*

This method of transcribing the words represents what they actually sound like when sung – and, impenetrable as they can be to the ear, they are always odd to look at on the page. As Pritchett points out, '. . . the gypsies and, indeed, the Andalusians, drop so many consonants from their words that the speech sounds like a mouthful of small pebbles rubbed against one another'. (*The Spanish Temper*, p. 108.)
8. *The Art of Flamenco*, D. E. Pohren, p. 118.
9. Grande, vol. 1, p. 90.
10. *Deep Song and Other Prose*, Federico García Lorca, p. 30.
11. *Historia del cante flamenco*, Angel Alvarez Caballero, p. 48.
12. *Introducción al cante flamenco*, Manuel Ríos Ruiz, pp. 77–8.
13. *Toques Flamencos*, Paco Peña, Musical New Services 1976.
14. *On Music and Musicians*, Manuel de Falla, p. 104.
15. Eduardo Castro, TVE Granada, 25.10.89.
16. The *romera* and *mirabrá* are both lighter versions of the *alegría*, most widely performed in the *café-cantante* era; the *caracoles* (literally 'snails') is still a popular dance-form, which Madrid has been known to claim as its own.
17. The poet Martial was the first to speak of them thus. See p. 140.
18. Fernando Quiñones, *De Cádiz y sus cantes*.
19. The *liviana* was (it is never sung today) probably a country song,

345

certainly not *jondo* in origin, while the *alboreá* was sung at gypsy wedding ceremonies and is often bracketed with the musical romances referred to on p. 95.

20. *Escenas Andaluzas*, Serafín Estébanez Calderón, p. 289.
21. Quoted by Alvarez Caballero (unnamed source), p. 51.
22. *Lives and Legends of Flamenco*, D. E. Pohren, p. 35.

5: Andalusia Invented: Flamenco and the Nineteenth Century

1. *The Spanish Labyrinth*, Gerald Brenan, ch. VII, p. 156.
2. *Inside Andalusia*, David Baird, pp. 66 and 135.
3. *A Guide to Andalusia*, Michael Jacobs, ch. 1, p. 21.
4. *The Alhambra*, Washington Irving, p. 10.
5. *The Zincali*, George Borrow, III. p. 316.
6. The usual English pronunciation is 'Ka-*dizz*'; the technical pronunciation in Spanish is '*Kha*-dith', though this often emerges as '*Kha*-'i'.
7. This kind of generalisation is not, I know, necessarily very helpful; I only go on my own experience. On one occasion during a year in Paris, I heard Spaniards referred to as having 'too much Arab' in them, while on another the Spanish accent was mocked derisively as a kind of hick French – in both cases, the Parisians registering their anti-Hispanism were educated and cultivated. My Valencian friend, meanwhile, refused to speak French to me (before I spoke adequate Spanish – she had good English) and in one outburst against the hygiene of her northern fellow Latins described them as '*cocinos sucios*' – dirty pigs. This was mild criticism compared to some I have heard since.
8. *Les Aventures du Dernier Abencerage*, Chateaubriand, pp. 190–1.
9. *Voyage en Espagne*, Théophile Gautier, pp. 286 and 214–15.
10. 'Sonnets from China', XVIII, W. H. Auden.
11. Quoted in Jacobs, ch. 8, pp. 187–8. Jacobs' chapter on Romantic Andalusia is a stimulating and comprehensive one, and I owe much of the information used here to his account.
12. Quoted in Jacobs, ch. 8, p. 181.
13. *Unromantic Spain*, Mario Praz, p. 12.
14. Borrow, I.VII. p. 107.
15. *La Tierra de María Santísima*, Benito Mas y Prat, pp. 59–60.
16. This was a review of Fernando de Triana's *Arte y artistas flamencos*, which appeared in the *TLS* anonymously, as was the custom then, on 9 January 1953. Its author was probably Gerald Brenan.

17. One of the very few people to have made an in-depth study of flamenco in English is Iain Jackson, who has written a thesis after graduation from Queen Mary College, London, and which, he says 'is 99 per cent complete but will probably never be finished'. This idea is one he would favour.

18. It has been suggested that the word 'Morris' originates from 'Moorish' – a delightful notion but not one worth expanding on here.

19. The *petenera* remains the most mysterious song-form. One theory is that it stems from a pre-flamenco form with roots in Spanish-Jewish culture, finding echoes in the folk music of the Sephardic communities of the Balkans and Turkey. Rarely sung today, it has attached to it an aura of superstition, which Pohren identifies as the *perdición de los hombres* – the perdition of men – traceable to the woman who first sang it, La Petenera from Paterna, near Jerez, a famous breaker of hearts. Some singers and guitarists, gypsies especially, refuse to perform it for fear of the bad luck it might bring. For all that, it is still danced often, and is highly dramatic.

20. *Lives and Legends of Flamenco*, D. E. Pohren, p. 77.

6: Musical Borrowings, Poetic Licence: Falla and Lorca

1. From *Cancionero musical español*, quoted in Falla's *On Music and Musicians*, p. 107.

2. One of the few great twentieth-century symphonists, Dmitri Shostakovich, was a Russian who, for most of his working life in the Soviet Union, composed in isolation from the musical trends of Central and Western Europe; he was and remains dynamically modern but his idiomatic use of a form that resembles the Brucknerian symphony renders his fifteen-symphony achievement inimitable, yet uninfluential.

3. *A Guide to Andalusia*, Michael Jacobs, ch. 8, p. 203.

4. *Ravel Remembered*, Roger Nicols, p. 29.

5. Nichols, pp. 79–81.

6. *Maurice Ravel: Variations on His Life and Work*, H. H. Stuckenschmidt, p. 27.

7. Ricardo Viñés (1876–1943) was a Catalan pianist who entered the Paris Conservatory in 1889, the same year as Ravel. He premiered many of the French composer's piano works, and was also a close friend of Albéniz and Granados.

8. From a 1931 *Daily Telegraph* interview with Ravel, quoted in notes

for the 1982 EMI Riccardo Muti/Philadelphia Orchestra recording of *Boléro*, etc.

9. *The New Oxford Companion to Music*, vol. 1, p. 543.
10. *On Music and Musicians*, p. 44.
11. *Barcelona: A Thousand Years of the City's Past*, Felipe Fernández-Armesto, p. 150.
12. There was indeed an 'official school' in Paris, the Schola Cantorum, begun in 1896 under the aegis of Vincent d'Indy, Charles Bordes and Alexandre Guilmant. It was created to study first early church music and plainsong, then ecclesiastical music in general. Although the 'school' being referred to here is a much more amorphous affair (i.e. a group of composers, Debussy *et al*), it would have been impossible for a musician working in Paris at the time not to be aware of the Schola Cantorum. Albert Roussel was one of its more famous later alumni.
13. From notes by Julian Bream for his 1982 RCA recording of Albéniz and Granados adapted for guitar.
14. *Manuel de Falla and Spanish Music*, J. B. Trend, p. 39.
15. Psalm 137 (*New English Bible* translation).
16. Trend writes of his experience of hearing a guitar and two mandolins by a pool in Granada (presumably in the Alhambra): 'It was as if the music were being held up to the light to see how beautiful it was, or being X-rayed to see what was the matter with it. In the strange delight of that starlit garden it could be realised how perfectly the sparkling clearness of the plucked instruments was suited to the open air.' (*Falla and Spanish Music*, pp. 37–8.)
17. *The New Oxford Companion to Music*, vol. 1, p. 793.
18. Falla, p. 111.
19. Trend, p. 39.
20. Quoted in *Federico García Lorca: A Life*, Ian Gibson, p. 93.
21. Quoted in notes by Piers Burton-Page for Decca's 1984 Rafael Frühbeck de Burgos/Alicia de Larrocha recording of *Nights in the Gardens of Spain*, etc.
22. Trend, p. 51.
23. *El amor brujo*, Leonard Bernstein/Marilyn Horne with the New York Philharmonic Orchestra, Odyssey 1976.
24. Trend, p. 84.
25. Interview, London 6.6.91.
26. *The Russian Ballet in Western Europe*, W. A. Propert, pp. 54–5.
27. *Picasso: Creator and Destroyer*, Arianna Stassinopoulos Huffington, p. 163.

28. *Gregorio y Yo*, María Martínez Sierra, p. 121.
29. Interview, Madrid, 20.9.89.
30. Trend, p. 67.
31. *Federico García Lorca: A Life*, Ian Gibson, p. 106.
32. *Poem of the Deep Song*, 'Poem of the *Soleá*: Evocation', p. 21.
33. Falla, p. 116.
34. *Manuel de Falla y 'Cante Jondo'*, Eduardo Molina Fajardo, pp. 136–7.
35. Molina Fajardo, p. 124.
36. *Obras Completas*, II, p. 940 and *Romancero gitano* (Madrid 1981), pp. 142–3 (quoted by Gibson, in his translation, pp. 134–5).
37. *Selected Poems*, pp. 59–60.
38. I have deliberately not reproduced an account of Lorca's last days, as the subject is dealt with extensively and expertly by Ian Gibson in his *The Assassination of Federico García Lorca*. Michael Jacobs' brief survey of it in his *A Guide to Andalusia* is a satisfactory introduction, while the best piece of writing on it, however conjectural it was at the time, is in Chapter 6 of Gerald Brenan's *The Face of Spain*.

7: The Closing of Spain and the Age of Legends

1. A colourful description of La Macarrona's dancing exists in the words of Pablillos de Valladolid:

   La Macarrona shines with the greatest prestige. She is a gypsy empress from an even more illustrious dynasty than Pastora. First she rises proudly, magnificently, from her chair with all the majestic dignity of a Queen of Sheba. She lifts her arms above her head, as if blessing the world. She twists them, snake-like, her hands weaving patterns in the air, the effect of which is to cast a ripple of shadows over her eyes. She moves to the back of the dance-platform, followed by the whirls of her immaculate dress, hiding the guitarist. From here she advances, redoubling her foot-stamping as she goes, stirring the dust which envelops the dancer, as if in a trajectory towards heaven. Slowly, with an almost religious cadence, she lowers her arms and folds them across her chest, now emphasised and which comes towards us in luxurious voluptuousness. Grave, liturgical, she half-opens her mouth, without forcing her expression, and shows her teeth, reddish like those of a wolf – blood red. Such is the colour too of the little shawl tied round her neck. In another unexpected rhythm she oscillates on her leg, skimming the surface of the platform with the point of her foot; around her legs lie the graceful folds of her petticoats, lightly held in her right hand, while the left is on high, the index finger pointing skywards. Both arms then arch – the handles of the amphora of her body. She rotates. She rushes across stage, the ample white train of her cambric costume in flight with her. She's like a peacock, white, regal, haughty. From her smoked-ivory face glint the vivid whiteness and smudge of her eyes, while on her matt-black hair hangs a carnation, which falls beaten, shaking, to the floor in the final strokes of her marvellous, carmine-clad feet, as if there were a pool of blood about them. . . . Undoubtedly, in another woman's form and spirit in another life, La Macarrona danced in a pharaoh's palace.

(From *Diccionario del flamenco*, vol. 2, p. 436.)

2. *Lives and Legends of Flamenco*, D. E. Pohren, p. 222. Ramón Pérez de Ayala wrote of Pastora Imperio as a young dancer:

She appeared dressed in red – dress, bloomers, stockings and shoes. In her hair were red flowers. There was a flourish. She broke into dance. All was fury and vertigiousness. Yet at the perfect moment, everything was in time, measured; and at the centre of the maelstrom you could discern an essential serenity, emanating from two points of special fascination, in two precious stones, in two enormous and burning emeralds: the dancer's eyes.

(From *Diccionario*, vol. 1, p. 373.)

3. Lorca's and La Argentinita's friendship was a close one. A recording of the poet playing the piano in accompaniment to the dancer's singing can be heard in the Lorca museum in Fuente Vaqueros, Granada.

4. Pohren, p. 226.

5. *Modern Spain 1875–1980*, Raymond Carr, p. 97.

6. Still by far the most readable and truthful account of this is to be found in George Orwell's *Homage to Catalonia* (Secker and Warburg 1938).

7. Quoted in Carr, p. 108.

8. There was even a movement at the turn of the century, linked to the Generation of 98, which professed an attitude termed *antiflamenquismo* – antiflamencoism. It was an attempt by intellectuals, including Pío Baroja and Ortega y Gasset, to denigrate what they saw as the folksy Spanishness of flamenco (and bullfighting), which did the art no favours amongst the bourgeois intelligentsia, even well into the twentieth century. See *Diccionario*, vol. 1, p. 27.

9. Pohren, p. 91.
10. *Historia del cante flamenco*, Angel Alvarez Caballero, p. 163.
11. Pohren, p. 92.
12. Alvarez Caballero, p. 167.
13. Alvarez Caballero, p. 168.
14. Alvarez Caballero, p. 203.
15. These two quotations concerning Aurelio Sellé are from *The Flamencos of Cadiz Bay*, Gerald Howson, pp. 253 and 79.
16. Pohren, p. 110.
17. As I was only twelve when Caracol died, I can claim no special inside knowledge either about him or any of the other figures in this chapter. However, they have all left behind them an abundance of stories; and most of the information about them provided here can be found by consulting the sources cited in the notes for this chapter.
18. Alvarez Caballero, p. 218.
19. Fernando Quiñones, quoted in Alvarez Caballero, p. 222.
20. Alvarez Caballero, p. 241.
21. The only other dancer from Valladolid (province) is Guillermina Martínez Cabrejas (b. 1917), known universally as Mariemma. Her career was an international one and spanned the period covered in the latter half of this chapter. Like La Argentina, she was really a ballet dancer, though her reputation as a *bailaora* was widely recognised in her flamenco world. Like Escudero, she was renowned for her line, her lightness of touch and brilliant stylisations of Spanish dance.
22. *Diccionario*, vol. 1, p. 272.
23. *Diccionario*, vol. 1, p. 32.
24. *Diccionario*, vol. 1, p. 31.

8: Madrid and Points South: Flamenco in the Modern World

1. This is the theme, and part of the title, of Chapter One of John Hooper's *The Spaniards*, to which I am indebted for the information here.
2. I personally have spent very little time on the Costa del Sol; the Costa de la Luz – between Algeciras and Huelva – is to be preferred every time. My one trip to Torremolinos included a midnight visit to the deserted beach, where the row upon row of deckchairs stretching for kilometres in two directions called to mind nothing so much as a concentration-camp barracks; a pint of

Notes

Bass on the way back up into town completed the most surrealistic experience in Spain I can remember.

3. *Hand-book for Travellers in Spain*, Richard Ford, XI, p. 706.
4. Interview, Madrid, 5.7.90.
5. Madrid is drawn on a north–south axis, with the smarter districts located around the airport-like station of Chamartín in the north, the more run-down ones around the tinnier Atocha in the south. To east and west undistinguished suburbs peter out into semi-desert.
6. Interview, Madrid, 6.7.90.
7. I once saw a young male dancer perform an hour or so's worth of a cross between flamenco and breakdancing here. It was spectacularly unsuccessful.
8. *Historia del cante flamenco*, Angel Alvarez Caballero, p. 249.
9. Quoted *Antonio Mairena: su obra, su significado*, Fernando Quiñones, p. 28.
10. There are, of course, plenty of *peñas flamencas* in and around Seville for the delectation of the *aficionado*. See Appendix One.
11. *Lives and Legends of Flamenco*, D. E. Pohren, p. 248.
12. Jana Bokova's 'An Andalucian Journey' was first screened on BBC2 in two parts, on 4/5.3.88.
13. Interview, Seville, 4.7.91.
14. Interview, Dos Hermanas, 23.4.90.
15. *Diario 16*, 7.8.89.
16. The best known figure is guitarist Paco Peña, who has lived in London since 1967. He returns every July to his flamenco centre in Cordoba (see p. 35), and plays in a disciplined, classical style. He has made many records, two of the most interesting of which are his versions of old Ramón Montoya and Niño Ricardo pieces, and his 'Misa Flamenca', which was performed at the Royal Festival Hall on 12.6.91.
17. Interview, Seville, 27.9.90.
18. Interview, San Juan de Aznalfaroche, 4.10.90.
19. Interview, Jerez, 23.4.90.
20. Interview, Sanlúcar de Barrameda, 2.7.91.
21. *La Esfera* (magazine), No. 2, 1991.
22. One Granada critic, working for the city's local paper *Ideal*, told of how when he was assigned to file a report on a Camarón concert there he wrote it in advance due to pressure of work. Camarón did not show. The critic phoned the front desk late at night after

Notes

the aborted concert to get someone to pull the review. Somehow the message did not get through and the critique appeared in all its eloquent glory in the next day's edition.

9: The Man from Almoraima

1. The friend – and the source of the story – is Ciro Diezhandino.
2. *Memoria del flamenco*, Félix Grande, vol. 2, p. 656.
3. Grande, vol. 2, p. 658.
4. One of the very few reviewers to have picked up on this was the *Observer*'s jazz critic, Dave Gelly. An adaptation of his review of Paco de Lucía's March 1987 appearance at the London Palladium is reproduced here: 'Paco de Lucía is such a blinding virtuoso that, after being exposed to his guitar playing for a couple of hours, the critical faculties come out of the concert hall with their hands up. . . . Without sacrificing any of flamenco's passion he passed smoothly from moments of extreme delicacy and tenderness to passages of savage dissonance. Each piece gave an impression of being entirely spontaneous, its form dictated by an evolving train of thought. . . . His solos . . . were by far the best pieces of the evening. His accompanying sextet is a curiously mixed outfit . . . a bass guitarist and percussionist . . . seem largely redundant. This is not to say that they are undistinguished players, simply that there is little they can add. The flamenco guitar is an instrument complete in itself. It has a built-in percussive attack and enormous dynamic range. In short, the one thing it doesn't need is a rhythm section to accompany it.' (*Observer*, 5.4.87.)
5. This took place on 28.6.90 in the open-air Greek-style theatre on the Montjuich hill, starting at 10.00 p.m. and finishing two hours later. It was an extraordinary occasion, a blend (in spirit) of ancient, elegant classicism (the theatre) and ancient, individualistic Andalusianism (the flamenco). Barcelonese style surpassed itself after the show in the form of free champagne for an audience of 1,500-odd in the gardens above the theatre. Cristina Hoyos was the toast of the balmy night – and of the entire festival.
6. Now under the artistic directorship of José Antonio, the BNE (Ballet Nacional de España) has not had an altogether happy history, with four changes of director in its first eight years of existence and a variable repertoire. It seems to find it hard to define its work as either 'Spanish dance' or 'flamenco', or as something in between. As a government-funded company, it perhaps lacks

the artistic impetus discernible in troupes run by high-profile stars like Gades, Hoyos and Manuela Vargas. To his credit, José Antonio has done much in his six-year incumbency to keep the BNE's shows on the road. Their flamenco content is not strong or spontaneous, but many of the (classically trained) dancers show immense promise.

7. Lola Greco is one of them (interview, Madrid, 25.6.91). As guest ballerina, she alternated with Ana González in the lead of the BNE's 1991 touring production of *Medea* (music by Manolo Sanlúcar, choreography by José Granero), which visited the London Coliseum for two weeks in July of that year. A willowy dancer of great poise, as memorable as her Medea was her *martinete* into which, though strictly choreographed, she put a zestful flamenco personality and nervous vigour.

10: Firedance

1. See *A Life of Picasso: Volume 1; 1881–1906* by John Richardson (Jonathan Cape 1991), pp. 10–11, for a percipient account of the painter's Andalusian preoccupations and behaviour.
2. Interview, Granada, 26.9.90.
3. Elke Stolzenberg, Madrid, 3.11.89.
4. Interview, Granada, 21.4.90.
5. 'Lapis Lazuli', W. B. Yeats, *Collected Poems* (Macmillan), p. 339.
6. *South from Granada*, Gerald Brenan, p. 101.
7. 'Play and Theory of the *Duende*', *Deep Song and Other Prose*, Federico García Lorca, p. 51.
8. 'L'Ame et la danse', Paul Valéry, p. 146.

Index

Index

habanera 155
Habichuela family xvii, xix
Habichuela, Juan 218
Habichuela, Pepe 228, 292, 324
Heredia, Carlos 289
Heredia, José 14, 331–2
Herodotus 140
Hispavox recordings 225, 248
Hitti, Philip xii, 21, 38
Hooper, John xii
Horne, Marilyn 169–70
Howson, Gerald 103, 222–3
Hoyos, Cristina 194, 321
Huelva 32, 110
Hugo, Victor 126–7
Hungarian uprising 249
Hyde, Edward, Earl of Clarendon 256

Iberia (Albéniz) 156, 158, 160–1, 162–3
'Ibéria' (Debussy) 157
Ibero-American Exhibition, Seville (1929) 243
Images (Debussy) 157, 158
Ibn-Hazm 38
Imperio, Pastora 170, 192, 196, 199, 217, 258
improvisation 103–5
Inquisition, Spanish 5, 67–8, 80, 123
International Exhibition, Barcelona (1929) 243
Iremajiri, Tsuneko 289
Irving, Washington 63, 122, 130, 132
Isabella I 5
Isabella II 123

jabera 242
Jacobs, Michael 19–20, 56, 122
Jaen 32

Japanese flamenco 265–6, 288, 289
jazz 103–4
Jerez 72–5, 108, 145–8, 294–6
Jews 5, 29, 67
Jiménez, Juan Ramón 31, 55, 177–8, 209
Jones, Josette 330
jota 153, 171
Juan Carlos, King 8
juergas 9, 146, 215, 223, 226
'Jueves flamencos', Jerez 296
Juliana, Tio Luis El de la 112
Jurado, Rocío 169–70

Karsavina, Tamara 171–2, 173
Kathak dance 140–1, 330
Ketama 324
Koran, The 140

La hija de San Juan (film) 244
La historia de los tarantos (film) 246
Lalo, Edouard 153
La vida breve (Falla) 166, 168
Largo Caballero, Francisco 203
Lebrija 75–6
Lebrijano (Juan Peña), El 83, 293–4, 323
Lee, Laurie 2–3
Legendre, Maurice 184n
L'heure espagnole (Ravel) 157
Libro de poemas (Lorca) 176
Linares, Carmen 324
Lira, Paco 288–9, 293–4
liviana 114, 211
Llobet, Miguel 304
Loco Mateo, El 190
López del Río, José Luis 267
López, Encarnación *see* La Argentinita
López, Pilar 188, 227, 240–2
Loro, Antonia La 190

tanguillo 231
taranta 111, 161
Tárrega, Francisco 163, 165
Tati (Francisca Sadornil Ruiz),
  La 264, 265–6
Tempranillo (bandit), El 121–2
Tenazas (Diego Bermúdez
  Cala), El 183–4
Terremoto 74, 296
Thomas, Hugh 6
tiento 109, 199, 220, 265
Tirso de Molina 54
Tomatito 32, 315
toná (*tonada*) 95, 112, 220
topography of flamenco 14–15,
  112
toque, el 10, 41
Torre, Manuel (Soto Loreto) 98,
  182, 184, 214–17
Torre, Pepe 221
tourism in the Sixties 250–5
Tragabuches, José Ulloa 121
Tragó, José 166
Trend, J. B. 163, 167, 170,
  184n, 194
Triana 32, 51, 77–8, 108,
  114–15
Triana, Fernando de 194
Triana, Hotel 281–3, 289–90
Turina, Joaquín 58, 167

Unamuno, Miguel de 61, 209
Utrera 76

Valderrama, Juanito xx, 213,
  287
Valdés, José 187
Vallejo, Manuel 189, 190
Vargas, Concha 71, 75
Vargas family 75
Vega, Alejandro 241
Velada de los Angeles (café)
  145
voz afillá 105, 115, 143
voz natural 218

Wagner, Richard 152–3
Williams, Peter 172
Woizikovsky, Léon 172

Ximénez, Roberto 241

Yeats, W. B. 331–2
Yepes, Narciso 165
Yerbagüena, Frasquito 183
Yunque, El xviii–xix

zajal 46, 99
zambra 227
Zambra (dance), La 329–30
Zambra (*tablao*), La 258
Zamora, Niceto Alcalá 204
zapateado 194, 231, 235–6, 239,
  326
zarzuelas 166
zorongo 166
Zuñiga, Angel 194–5

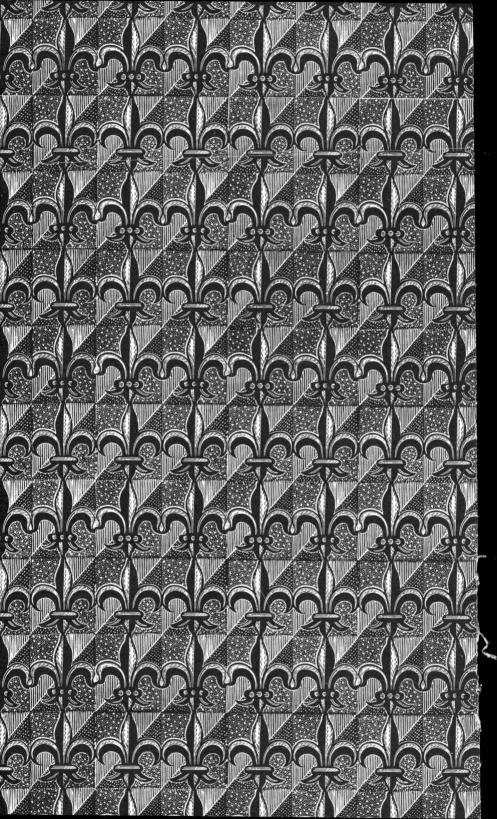